W0311827

Ich widme dieses Buch meinem geliebten Vater.

In meinem Herzen wirst du niemals sterben.

Prolog

In einer kalten, verschneiten Dezembernacht, in der alle Bewohner des kleinen Dörfchens Elm Tree friedlich in ihren warmen Betten schlummerten, bemerkte niemand, wie sich eine Gruppe schweigender Wanderer aus dem Wald in das Dorf begab.

Allen voran schritt ein schlanker Mann, der sanft ein kleines Bündel in seinen Armen wog, gefolgt von einer alten Frau, die einen kleinen Jungen an ihrer Hand hielt. Vier weitere Männer bildeten den Schluss.

Unter ihren Schritten knirschte der frostige Schnee, während über ihnen die Sterne funkelten.

Leise durchquerten sie das Dorf und machten am anderen Ende Halt. Vor ihnen befand sich die verfallene Ruine eines alten Herrenhauses, aus dessen Trümmern bereits junge Bäume sprossen.

Der Mann übergab der alten Frau das Bündel und beugte sich zu dem Jungen hinunter.

„Du erinnerst dich noch an das, was wir vor Anbruch der Reise besprochen haben?“, fragte er den Kleinen mit seiner sanften, warmen Stimme.

Der Junge nickte.

Lächelnd sagte der Mann: „Nun, dann bist du jetzt an der Reihe, Dewayne.“

Der Mann erhob sich und trat beiseite, während der Junge auf die Trümmer zuging. Mit einer seiner Handbewegungen setzte sich plötzlich alles wieder vollständig zusammen. In einem strahlenden Schweif waren die zuvor zerbrochenen Fenster wieder unbeschädigt. Die Bäume, die gerade noch in den Mauern gewuchert hatten, standen plötzlich neben dem Haus. Es bekam ein Dach sowie Türen und erstrahlte in ganz neuem Glanz. Dabei wirkte es so prächtig, als wäre es gerade eben erst erbaut worden.

Als die Wanderer das Haus betraten, leuchtete in jedem Raum ein prunkvoller Kronleuchter. Die Wände waren mit kostbarem Holz vertäfelt und die große Treppe war reichlich verziert. In den Kaminen flackerten wärmende Feuerchen.

Das Porzellan war noch gänzlich unbenutzt und niemand hatte bisher die Kleider getragen, die in den aufwändig gearbeiteten Schränken hingen.

Während die anderen Männer in den Räumen des Erdgeschosses verschwanden, ging der Mann mit dem kleinen Jungen und die alte Frau, welche noch immer das Bündel vorsichtig in ihren Armen hielt, die Treppe hinauf in das obere Stockwerk.

Der Mann übergab den Jungen wieder an seine Begleiterin. „Gute Nacht, mein Sohn“, sagte er zu dem Kleinen. „Du hast deine Sache gut gemacht. Ich bin sehr stolz auf dich.“

„Ich hoffe nur, dass niemand seine spitzen Ohren bemerken wird“, bemerkte die Alte skeptisch. „Es wäre gar nicht nett, wenn ein Haufen aufgebrachter Bauern mit ihren Forken wüten und des Nachts unser Haus anzünden würden.“

„Ssscht, Anne“, ermahnte er die Frau. „Du jagst dem Jungen Angst ein. Ich sagte doch, dass wir solche Dinge ausschließlich unter vier Augen besprechen.“

Die Frau musterte ihn beunruhigt. „Ich hoffe, du weißt, worauf du dich da eingelassen hast, Melchior. Wenn diese Sache schief geht, habe selbst ich keinen Rat mehr.“

„Mach dir keine Sorgen. Ich weiß, was ich tue. Niemand wird etwas bemerken – auch Dewaynes spitze Ohren nicht. Wenn sein ungestümes Haar weiter so schnell wächst, wird man schon mit einer Heckenschere danach suchen müssen“, witzelte der Mann.

Mit leuchtenden Augen nahm er der alten Frau das Bündel ab und brachte es in ein großzügig ausgestattetes Kinderzimmer. Dort wickelte er es vorsichtig aus und hielt ein schlafendes Baby in den Armen. Behutsam legte er es in die Wiege.

Während er das kleine Mädchen betrachtete, strahlte er über das ganze Gesicht. „Herzlich Willkommen in deinem neuen Heim, kleine Arrow. Du machst mich zum glücklichsten Vater der Welten – dieser und jener.“

Einige Räume weiter brachte die alte Frau den Jungen in sein Bett. Mit einem Griff in ihren Mantel holte sie ein kleines Säckchen hervor, welches sie in das Kaminfeuer warf. Alsbald stieg funkelnd heller Rauch den Schornstein empor.

Dann setzte sie sich neben das Bett des Jungen und sang ihm ein liebliches Schlaflied, welches auch an das Ohr eines jeden schlummernden Dorfbewohners drang.

Am nächsten Tag fiel niemandem auf, dass das prachtvolle Haus vorher nur ein Trümmerhaufen gewesen war und seine Bewohner erst des Nachts dort eingezogen waren. Alles war wie immer und ein jeder wünschte dem anderen ein frohes Weihnachtsfest, denn keiner ahnte, dass seine Erinnerungen nicht echt waren. Nicht einmal die Spuren im Schnee konnten die Neulinge verraten, denn sie waren bereits verschwunden.

16 Jahre später – Schneeballschlacht

Eine friedliche Stille legte sich über die weiße Landschaft rund um das kleine Dörfchen Elm Tree. Einem Ort, der während der übrigen Jahreszeiten von farbenfrohen Wiesen und Feldern sowie dichten, bunten Wäldern umgeben war, die stets voller Leben und immer wieder neuen Überraschungen steckten.

Doch auch zur Winterzeit war es dort nicht weniger schön, denn alles schien zu schlafen unter der glitzernden, dicken Schneedecke, die sich völlig unberührt über die gesamte Landschaft ausgebreitet hatte. Ein wahrhaft magischer Anblick, der jeden Betrachter in seinen Bann ziehen sollte, auch wenn dieser nicht die geringste Ahnung davon hatte, wie viel Magie tatsächlich in diesem Teil der Erde steckte.

Obwohl eisige Temperaturen herrschten, die sogar die kleinen Bäche und Seen zufrieren ließen, hatten sich die dicken Schneewolken am Himmel verzogen und die Sonne stand hoch am Himmel, womit die Stille ein jähes Ende finden sollte...

„Na warte, Robert Golls, deine festen Schneebälle schrecken mich dieses Jahr nicht mehr. Inzwischen weiß ich mich zu verteidigen!“

„Ach tatsächlich, Linda May? Unter Verteidigung verstehe ich etwas anderes, als die Hände vor den Kopf zu halten und schreiend davon zu laufen!“

„Na schön, aber sag nicht, dass ich dich nicht gewarnt hätte. Mädels, nehmt eure Formation ein!“

„Pah, Formation. Bereit, Adam? Dann los!“

Schelmisch kichernd formten die beiden Jungen dicke Schneebälle und feuerten sie auf die nebeneinander stehenden Linda und Lizzy ab. Doch bevor Robert und Adam sich versahen, zückten die beiden Mädchen jedes ein großes Sieb, welches sie scheinbar aus der Küche hatten mitgehen lassen. Mit diesen schlugen sie auf die Schneebälle ein, die sogleich zerplatzten und wie Puderzucker zu Boden fielen.

Die Jungen waren sprachlos. Eilig formten sie neue Bälle, die sie ununterbrochen auf die Mädchen abfeuerten, und die immer wieder von ihnen abgewehrt wurden.

Ja, ja – Küchenutensilien konnten schon sehr hilfreich sein, in jeder Lebenslage...

„Langsam wird's langweilig. Sie könnten jetzt bald mal aufgeben", murmelte Lizzy.

„Fällt euch nichts Besseres ein? Das kann unmöglich den ganzen Tag so weiter gehen! Gebt doch einfach auf und gesteht euch eure Niederlage ein", rief Linda den Jungen zu.

„Keine schlechte Leistung, die Damen. Die Sache hat nur einen Haken. Ihr seid zwar unversehrt, wir aber auch! Wirklich, ich hätte gedacht, dass ihr mehr drauf habt. Aber was will man schon von Mädchen erwarten?" Robert und Adam lachten, als sie plötzlich – PAFF – von einem Schneeball getroffen wurden. Verwundert sahen sie sich nach den Mädchen um. Linda und Lizzy standen nach wie vor ganz stolz mit ihren Küchensieben nebeneinander und kicherten, als plötzlich hinter ihnen Schneebälle direkt auf die beiden Jungen zuflogen.

„In Ordnung, Mädels. Seid ihr bereit? Aaaaaaangriff!", ertönte eine Stimme hinter Linda und Lizzy. Beide schwangen ihre Siebe in die Luft und liefen schreiend auf die Jungen zu, während hinter ihnen noch immer Bälle auf Robert und Adam zuschwirrten.

Sie rannten dem Schneeballhagel über die ganze Wiese davon und flüchteten hinter einen gewaltig großen Felsbrocken am Rande des Waldes, von dem sie überzeugt waren, dass die Erbauer von Stonehenge ihn dort einst nach der Tea Time vergessen hatten. Diese Theorie entnahmen sie der ständigen Unzufriedenheit von Roberts Vater, der sich immer wieder über die Unzuverlässigkeit der Arbeiter bei der Erweiterung der Pferdeställe ausließ. Andauernd vergaßen sie überall irgendwas, ganz besonders dann, wenn die Tea Time dazwischen lag, was das Ganze nur sehr schleppend voranbrachte.

„Mädels, anhalten!", rief die Stimme hinter Linda und Lizzy.

„Arrow, das ist unfair!", rief Adam hinter dem Felsen.

Als Linda und Lizzy zur Seite traten, tauchte ein weiteres Mädchen auf. Junge Dame wäre in ihrem Alter vermutlich die bessere Bezeichnung gewesen, wenn Arrow sich denn wie eine benehmen würde. Es war keinesfalls so, dass es ihr an Höflichkeit oder gutem Benehmen fehlte, doch diese Eigenschaften legte sie auch gerne mal zusammen mit ihrem Rock an der Haustür ab, sobald sie sich mit ihren Freunden aufmachte, um durch die Landschaft zu streifen. Natürlich hatte Anne, Arrows Kindermädchen, ihren Schützling nur allzu oft dabei ertappt, wie sie das Kleidungsstück aus der kleinen Lücke unter der Eingangstreppe hervorholte, um ihn sich dann still und heimlich – und ohne Anzeichen eines schlechten Gewissens – überzustreifen und zur Tür hereinzuspazieren, doch liebte sie „ihre Gute", wie Arrow stets von ihr genannt wurde, viel zu sehr, um ihr deshalb ernsthaft Ärger zu bereiten.

Arrow hatte Röcke nie sonderlich gern gemocht. Bei einem geselligen Abend waren sie ja ganz nützlich, um sich gelegentlich unbemerkt die Schuhe auszuziehen und die Füße zu strecken, doch ansonsten empfand sie sie eher als hinderlich. Ständig trat man auf den Saum, weshalb ein Rock beim Gehen immer angehoben werden musste. Dadurch hatte man keine Hand frei und noch dazu hielten Röcke zur kalten Jahreszeit nicht sonderlich warm. Darunter musste dann eine Fülle von noch mehr Röcken in Schichten und Beinkleidern getragen werden, die sich so füllig anfühlten, als könne man einen Sturz auf den Allerwertesten selbst aus zwei Metern Höhe ohne die geringste Andeutung eines blauen Fleckes überstehen. Außerdem konnte man ohne Rock viel besser vor einem Jungen wegrennen. Oder hinter ihm her.

„Das ist nicht unfair, sondern das, was passiert, wenn ihr nicht vorsichtig genug seid. Unterschätzt niemals die Macht einer Frau!"

Die Jungen lachten: „Von wegen Frau. Welche Frau? Wir sehen hier keine Frau, sondern nur drei naive kleine Mädchen, die besser niemals die Macht eines Mannes unterschätzen sollten!"

„Oh ja, sich hinter einem Felsen zu verstecken, ist wirklich sehr männlich", erwiderte Arrow spöttisch. „Wir sind beeindruckt!"

Plötzlich herrschte Stille.

„Jungs?"

Keine Antwort.

„Juuuhuuuuungs?"

Schneebälle schossen hinter dem Felsen hervor. Sie flogen in alle Richtungen – nur nicht auf die Mädchen.

„Was soll das denn jetzt?", murmelte Lizzy Augen rollend.

Arrow zuckte mit den Schultern.

„Also wirklich, Jungs, was macht denn das für einen Sinn, wenn ihr uns ja doch nicht mal annähernd trefft?"

Wieder keine Antwort.

Dann flog auf einmal kein Schneeball mehr. Alles war wieder still.

„Sie führen irgendwas im Schilde", mutmaßte Linda.

„Was sollten sie schon im Schilde führen?", fragte Arrow siegesgewiss. „Gegen unsere Verteidigung können sie ja doch nichts ausrichten. Es sei denn, sie ziehen sich zurück oder geben auf."

„Wollen wir nicht mal schauen, was da los ist?", fragte Lizzy beunruhigt. „Immerhin liegt der Wald dahinter und ich habe kein gutes Gefühl bei der Sache."

Der Wald. Eine besondere Betonung lag auf diesen Worten. Seit die Mädchen denken konnten, wurden ihnen viele Dinge eingeschärft – wackle nicht mit dem Stuhl, trinke nicht nach jedem Bissen, tupfe mit der Servierte nur über den Mund und wische nicht, trage immer einen Rock, lass dich nicht erwischen, wenn du keinen trägst, und betrete niemals und unter gar keinen Umständen den Wald. Wobei hiermit eindeutig nur dieser eine Wald gemeint war.

Reisende mieden ihn und sogar Jäger trauten sich immer seltener hinein. Und wenn sie es mal taten, kamen sie mit leeren Händen zurück oder gar nicht – so erzählte man es sich jedenfalls. Doch es waren Geschichten aus längst vergangenen Zeiten, denn solange die Mädchen denken konnten, gab es niemanden, der dort als vermisst gemeldet worden war. Trotzdem hielten sie sich an diese Regeln, auch Arrow (mit Ausnahme die den Rock betreffende, welche automatisch im Zusammenhang mit dem Nicht-erwischt-Werden stand).

Sie hatte nie verstanden, warum um diesen Wald so ein Aufstand gemacht wurde. Durch jeden anderen durfte sie ohne jegliche Bedenken spazieren. Und daran war doch auch nichts Schlimmes. Ein Wald war ein Wald, bestehend aus Bäumen, Moos und so Zeug. Tiere lebten darin. Dieser hier würde sich wohl kaum davon unterscheiden. Trotzdem hatte sie ihn nie betreten und würde es auch nicht tun – das musste sie ihrer Familie einst versprechen, was sie gelegentlich bedauerte.

In ihren Tagträumen hatte Arrow diesen Wald unzählige Male erkundet. Er war viel größer als die anderen Wälder dieser Umgebung und schien irgendwie magisch zu sein. Wenn sie davor stand, wollte sie mit jeder Faser ihres Körpers einfach nur hineinlaufen.

Bei Anbruch der Dunkelheit verwarf sie diese Träume dann aber jedes Mal wieder und erschauderte bei dem Gedanken, mitten in der Nacht dort umherzustreifen. Aber das traf dann auch wieder auf jeden Wald zu.

Trotzdem akzeptierte Arrow Lizzys Bedenken.

„Gut. Aber wir gehen nicht an den Felsen heran, sondern machen einen großen Bogen um ihn aus beiden Richtungen.“ Arrow zückte ihr Küchensieb. „Ihr beide geht links herum und ich rechts herum. So können sie uns nicht entwischen.“

Voller Anspannung schlichen sie los, jederzeit bereit, sich zu verteidigen.

Wie besprochen machten sie einen großen Bogen und standen schon bald in großer Entfernung hinter dem Felsen. Ratlos ließen sie die Küchensiebe sinken.

„Sie ... sind verschwunden“, stammelte Linda mit einem Anflug von Panik in ihren Augen.

„Sei nicht albern, Linda. Wohin sollten sie denn verschwunden sein? Egal, in welche Richtung sie geflohen wären – einer von uns hätte sie doch sehen müssen.

Ist alles OK, Lizzy?“ Arrow sah ihre Freundin an, die plötzlich kreidebleich wurde und auf die Spuren im Schnee deutete.

„Die führen ja genau durch uns hindurch“, wunderte sich Linda, und ehe die Mädchen verstehen konnten, was da vor sich ging, bekamen alle drei – PUFF – einen Schneeball an den Hinterkopf.

Erschrocken drehten sie sich um und hinter einem Baum erschienen Robert und Adam, die sich vor Lachen krümmten, bevor sie laut „EINSEIFEN“ schrieen.

Robert lief auf Arrow zu, die blitzschnell das Weite ergriff, und Adam stürzte sich auf Linda, die in den Schnee fiel.

Linda war Arrow gar nicht so unähnlich. Sie schämte sich nie, auszusprechen, was sie gerade dachte, und tat fast immer, wonach ihr der Sinn stand. Nur von ihrem Rock trennte sie sich unter keinen Umständen. Alle Mädchen und Frauen trugen immer überall einen Rock. Sie würde vor Scham im Boden versinken, wenn ein Mann sie je in Beinkleidern zu Gesicht bekäme. Wenn es nach ihr ginge, so war das ebenso undenkbar, wie in Schwarz gekleidet zur eigenen Hochzeit zu erscheinen.

Adam setzte sich auf Linda und rieb ihr das Gesicht mit dem klirrend kalten Schnee ein.

„So hilf mir doch, Lizzy!“, flehte Linda immer wieder unter einem schallenden Lachanfall, während sie vergeblich mit aller Kraft versuchte, sich gegen Adam zu wehren.

Lizzy überlegte kurz und feuerte dann einige Schneebälle auf ihren Bruder ab, der sich wenig beeindruckt zeigte, da die Bälle so weich gebacken waren, dass der Schnee fast nur noch in Flocken bei ihm ankam.

Hilflos schaute Lizzy sich um. Irgendwas musste sie doch für Linda tun können.

Sie sah das Sieb an, griff danach und dann kam ihr eine Idee. Nicht die beste, aber leider die einzige. Schreiend und mit all dem ihr zur Verfügung stehenden Mut rannte sie auf Adam zu und schlug mit dem Sieb auf die dick eingepackten Körperstellen. Ihr war bewusst, dass sie mit allen anderen Schlägen großen Schaden hätte anrichten können. Außerdem hatte sie keine Ahnung, wie sie ihrer Mutter das völlig ausgebeulte Sieb hätte erklären sollen. Dass sie überhaupt mit einem Sieb nach Hause kommen würde, war ja schon seltsam genug.

„Au, au, Lizzy, hör auf! Lizzy, ich werde es Mom sagen!“

„Ach ja, Adam Geronimo Smith? Na dann werde ich Mom auch einige Dinge verraten! Zum Beispiel, wer Dads Tabak geklaut hat und wer Streuner immer das Mittagessen unter dem Tisch zuschmuggelt und wer letzte Woche beim Tragen von Moms Schuhen ihre Absätze ruiniert hat! Aber vor allem werde ich ihr sagen, DASS DU DEN WALD BETRETEN HAST!“

Adam ließ von Linda ab und blickte seine Schwester entrüstet an. „Aber ich war doch gar nicht im Wald! Und was den Rest angeht, hast du versprochen, niemandem davon zu erzählen!“

Die arme Linda kugelte sich inzwischen vor Lachen. „Ist das dein Ernst?“, fragte sie Lizzy.

„Ja, aber bitte erzähl es keinem“, entgegnete sie schuldbewusst. „Er hat mir geschworen, dass er es nicht noch mal tun wird.“

„Dein Bruder heißt Geronimo?“, prustete Linda hervor.

Von weitem näherten sich Arrow und Robert, der über und über mit Schnee bedeckt war. Er lief ihr noch immer hinterher, dieses Mal jedoch, ohne dabei zu lachen.

„Meine Güte, Robert sieht ziemlich wütend aus“, staunte Lizzy.

„Was erwartest du?“, fragte Linda. „Wer nicht hören will, muss fühlen. Und wer nicht fühlen will, der muss immer und immer wieder fühlen, so lange, bis er es endlich begriffen hat.“

Arrow flüchtete sich kichernd hinter den Felsbrocken. Robert folgte ihr zornig.

„Wie oft hast du ihn eingeseift, Arrow?“, fragte Linda.

„Anscheinend nicht oft genug!“, erwiderte sie gackernd.

Robert überraschte Arrow, packte sie und warf sie zu Boden. Er rieb ihr Gesicht ordentlich mit dem feinen Schnee ein, bis Arrow, noch immer fröhlichen Mutes, rief: „Ich ergebe mich! Ich ergebe mich!“

Sie spürte einen Ruck am Nacken. Robert ließ von ihr ab und stand auf. Er sah gar nicht sehr amüsiert aus. Viel zu oft schon hatte er am eigenen Leib spüren müssen, wie es ist, einem Mädchen zu unterliegen, und mindestens genauso oft hatte er sich geschworen, dass es beim nächsten Mal anders herum sein würde. Er war es gewohnt, in allem immer der Beste zu sein, hauptsächlich, weil er eine sehr strenge Erziehung genoss. Seine Eltern erwarteten viel von ihm – zu viel, so dass er oft das Gefühl verspürte, diese Erwartungen nicht erfüllen zu können und zu versagen. Sein ganzes Leben war bereits verplant, und da ohnehin keine Chance bestand, daran etwas ändern zu können, gehorchte er einfach.

Umso mehr liebte er Momente wie diese, in denen er mit Menschen zusammen war, bei denen er sich nicht verstellen musste und gelegentlich sogar sagte, was er dachte. Umso schmerzhafter war der Gedanke, dass dies der letzte gemeinsame Winter für die Freunde sein würde, da sie im Sommer mit der Schule fertig sein würden und für ihn Schritt zwei seiner Zukunftsplanung beginnen sollte, der für Arrow, Linda, Lizzy und Adam keine Zeit mehr übrig ließ. Ein Medizinstudium in Cambridge sollte dann beginnen, für das er nebenbei auch vorbereitenden Privatunterricht bekam.

Seine Eltern hätten ihn wohl ganz von der Schule genommen, doch seine Großmutter, die sehr vermögend war, bestand auf ein soziales Umfeld für ihren Enkel. Leider war dies der einzige Punkt, bei dem sie sich je für Robert eingesetzt hatte, aber immerhin der bedeutendste.

Das alles lag aber noch in der Ferne und deshalb galt es, Augenblicke wie diesen zu genießen und jede Chance zu ergreifen, sich gegen Arrow zu behaupten...

Panisch tastete sie ihren Hals ab. „Wo ist mein Medaillon?“

„Meinst du dieses hier?“ Triumphierend ließ Robert es von seiner Hand baumeln.

„Gib es mir sofort wieder“, ermahnte ihn Arrow zornig.

„Oho. Anscheinend habe ich wohl was gefunden, das dich nicht mehr über mich lachen lässt. Tja, unterschätze niemals die Macht eines Mannes.“

„Gib es mir sofort wieder, Robert“, forderte sie ihn mit ernstem Ton auf.

„Warum sollte ich?“

„Weil es mir gehört und es dich nicht das Geringste angeht! Ich warne dich jetzt ein letztes Mal. Gib es mir wieder oder du wirst es bereuen.“

„Na gut. Du sollst es haben.“ Er streckte ihr das Medaillon entgegen, doch als sie danach griff, zog er es wieder zurück. Dann hielt er es, belustigt über Arrows wütenden Gesichtsausdruck, hoch, um es genauer zu betrachten.

Es war wunderschön, silberfarben und in der Mitte mit einem blauen Stein besetzt. Eine seltsame Wärme ging von ihm aus. Vermutlich war es sehr alt oder stammte aus einem fernen Land, denn etwas Vergleichbares hatte er noch nie zuvor gesehen. Beinahe wie in Trance starrte er es an.

„Es leuchtet ja“, flüsterte Robert ehrfürchtig, und als er mit der anderen Hand den Verschluss berührte, traf ihn ein harter Schlag mit voller Wucht ins Gesicht. Dieses Mal war es jedoch kein Schneeball, sondern eine Faust.

Robert ließ das Medaillon fallen und presste beide Hände auf die getroffene Stelle. Vor Schmerzen schreiend sank er in die Knie.

Arrow hatte sein Auge getroffen und Linda eilte zu ihm rüber, um es mit Schnee zu kühlen.

„Bist du verrückt geworden?“, fragte sie Arrow.

„Ich habe ihn gewarnt und er hat nicht hören wollen. Dieses Medaillon gehört mir, niemandem sonst und es geht auch niemanden etwas an."

Arrow hob es aus dem Schnee, band es sich um den Hals und ließ es eilig unter ihren Kleidern verschwinden.

„Er hat es doch nur ansehen wollen!"

„Linda", warf Lizzy belehrend ein, „sie hat uns schon so oft gebeten, dazu keine Fragen zu stellen und es nicht zu berühren. Ein Freund hält sich daran. Robert hätte auf sie hören müssen!"

Arrow warf ihr einen dankbaren Blick zu.

Als die fünf den Heimweg antraten, war die Sonne bereits verschwunden und dicke Wolken tauchten am Himmel auf. Es schneite wieder und eine beklemmende Ruhe legte sich über das Land.

Der Vorfall hatte allen zu denken gegeben und niemand traute sich, das Schweigen zu brechen.

Als sie das Dorf schon fast erreicht hatten, konnte Robert es nicht länger ertragen. „Wartet mal", sagte er schwermütig. „Ich kann so nicht Heim gehen. Lizzy hat Recht. Ich hätte Arrow nicht damit aufziehen sollen."

Verwundert und zugleich erleichtert blickte sie ihn an: „Keine Ursache, Robert. Mir tut es auch leid."

Als Arrow Anstalten einer Umarmung machte, taumelte Robert zurück. „Wenn eine Umarmung von dir genauso fest ist wie deine Faust, dann belassen wir es lieber bei den Worten. Ich weiß noch nicht mal, wie ich meinen Eltern das blaue Auge erklären soll. Wenn dann auch noch gebrochene Rippen dazu kommen, kann ich das Weihnachtsfest komplett vergessen."

„Ist schon OK, Robert. Wir nehmen einfach die übliche Ausrede", warf Adam ein.

„Ich soll schon wieder sagen, dass du es warst? Kriegst du dann keinen Ärger?", fragte Robert verwundert.

„Oh nein. Das letzte Mal ist ja schon eine Weile her, und wenn Lizzy nichts von dem Tabak und den Mom's Pumps erzählt, dann bin ich soweit sauber. Mom will heute Abend selbst kochen. Sie wird mir höchstens das Abendessen verbieten und unter diesen Umständen ist es mehr ein Segen. Da hättest du dann eher noch was bei mir gut."

„Was? Mom kocht?“, warf Lizzy hilflos ein. „Dann bestehe ich aber darauf, dass ich dich dazu angestiftet habe – völlig unberechtigt natürlich.“

Robert tätschelte Adam bedauernd am Arm, woraufhin dieser das Gesicht verzog.

„Man, ihr solltet in dieser Angelegenheit schleunigst was unternehmen. Wenn ihr weiterhin die Essenszeiten ausfallen lasst, glaubt dir doch keiner mehr, dass du mein Auge auch nur gestreift hast. Du hast ja jetzt schon Arme wie ein Mädchen.“

Mrs. Smith war eine sehr nette und warmherzige Frau, und auch wenn Kochen zu ihrer Leidenschaft gehörte, hieß das leider nicht, dass sie es auch konnte. Aber davon abgesehen, war sie eine wirklich wundervolle Mutter, die eine verständnisvolle und weniger strenge Erziehung für ihre Kinder bevorzugte.

Bei Adam und Lizzy schien dies auch absolut angebracht zu sein, denn sie war durch und durch eine junge Lady und er ein perfekter junger Gentleman, wenn es auch Züge an ihm gab, die ihn besonders erschienen ließen. Mit anderen Worten: Er war schon immer anders als andere Jungen in seinem Alter. Aber gerade das machte ihn so sehr liebenswert.

„Habt vielen Dank. Das ist so ... Ich weiß gar nicht, wie ich das jemals wieder gut machen soll.“

„Mach dir keine Sorgen, Arrow. Irgendwann fällt uns schon etwas ein“, entgegnete Robert. „Du könntest ein Gedicht über uns schreiben oder eine Sinfonie oder auch ein ganzes Buch. Mir fällt da aber auch noch der Aufsatz ein, der nach den Ferien fertig sein muss.“

Ihnen fielen noch einige andere, selbstverständlich überhaupt nicht weit hergeholte Unmöglichkeiten für Arrows Revanche ein. Sie lachten und scherzten und hatten immer wieder neue Ideen. Doch mit einem Mal bekam Arrow nur noch sehr wenig davon mit.

„Sagt mal, riecht ihr das auch?“, fragte sie gedankenverloren.

„Also ich rieche nichts. Ich glaube, meine Nase hast du auch erwischt“, erwiderte Robert.

„Sei froh“, entgegnete Adam, „denn es stinkt schlimm.“

„Nein, nein, schlimm riecht es nicht. Es riecht mehr nach...“

„Einem Meer von Blumen? Einem Hauch von Wärme? So wie im Frühling?“, half Linda nach.

„Ja, genau – es riecht ... nach Frühling“, träumte Arrow vor sich hin. Ein strahlendes Lächeln huschte über ihre Lippen. „Ich muss los.“

Noch bevor die anderen wussten, wie ihnen geschah, lief Arrow urplötzlich in Richtung Dorf davon.

„Aber Arrow!“, rief Lizzy verwundert. „Willst du dich denn nicht verabschieden? Wohin musst du denn so eilig?“

„Äh, ich habe noch Unterricht!“

„Aber wir haben doch Ferien!“

„Äh, Privatunterricht. Nachhilfe! Macht’s gut. Wir sehen uns morgen Abend!“

„Nachhilfe?“, murmelte Lizzy. „Aber sie ist doch eine der Klassenbesten.“

„Wer weiß, was sie schon wieder hat. Du kennst doch Arrow. Sie steckt voller Geheimnisse“, entgegnete Linda.

„Ja richtig“, sagte Robert, „Geheimnisse ist das passende Wort. Aber was mich momentan am meisten interessiert, ist, warum sie zuhaut wie ein Junge. Das ist total unnormal für ein Mädchen.“

„Ja, vor allem für ein Mädchen in dem Alter. Die haben doch nur Pudding in den Armen“, scherzte Adam.

„Ich hab mal gehört, dass ihr Vater sie in diesen Dingen unterrichten lässt.“

„Wozu sollte das gut sein, Lizzy?“, fragte Robert ungläubig. „Sie ist ein Mädchen. Alles, was sie später machen muss, ist schöne Kleider tragen, kochen und Kinder kriegen. Wobei sie wohl mit Ersterem langsam anfangen sollte, sonst findet sich nie ein Mann, der sie nimmt, und dann kann sie Letzteres vergessen. Es wäre unklug von ihrem Vater, wenn er sie wie einen Jungen erziehen würde.“

„Woher soll ich wissen, wozu das gut ist?“, entgegnete Lizzy. „Ich weiß auch gar nicht, ob es stimmt. Ich habe es nicht von ihr. Was ich allerdings sehr wohl weiß, ist, dass ihr Vater ein sehr netter Mann ist, der immer gerne jedem hilft und seine Tochter über alles liebt. Er hätte bestimmt keine bösen Absichten. Von ihm hat sie auch das Medaillon bekommen, deshalb bedeutet es ihr so viel. Und sie vermisst ihn immer fürchterlich, wenn er auf Reisen ist. Und das geschieht ziemlich oft. Außerdem ist sie unsere Freundin und wir sollten nicht so über sie reden."

„Wisst ihr", warf Robert ein, „es war sehr seltsam, dieses Medaillon. Es fühlte sich großartig an. Man hatte das Gefühl, dass etwas ganz Wunderbares passieren würde, wenn man es öffnet. Als hätte ich den Schlüssel zum Glück in meinen Händen gehalten. Ich hatte gar nicht vor, so weit zu gehen, aber als ich es mir angesehen habe ... Da war dieses Licht. Du musst es doch auch gesehen haben, Lizzy. Du standest doch neben mir."

„Da war kein Licht, Robert. Das hast du dir bestimmt nur eingebildet ... wegen der Kälte."

„Meinst du wirklich? Aber mir war gar nicht kalt."

„Nein, das meine ich nicht wirklich. Immerhin geht es hier um Arrow. Da ist schon so manch eine Einbildung zur Tatsache geworden. Trotzdem sollten wir nicht so geheimnisvoll über sie reden, wie die alten Leute es über den Wald tun."

„Meint ihr, dass sie uns jemals verraten wird, warum diese merkwürdigen Dinge geschehen?", fragte Adam.

„Vielleicht. Irgendwann. Aber das werden wir erst herausfinden, wenn es so weit ist. Bis dahin sollten wir uns lieber eine Geschichte überlegen, die glaubhaft darstellt, dass du Robert ein blaues Auge verpasst hast und ich dich dazu angestiftet habe. Wenn unsere Eltern herausfinden, dass Arrow so anders ist, werden sie uns nie wieder in ihre Nähe lassen."

„Lizzy hat Recht, Adam. Wobei mich aber eines doch noch interessieren würde."

„Was denn, Robert?"

„Was zum Geier hast du mit den Pumps deiner Mutter zu tun?", schmunzelte er.

Adam stotterte: „Nun ja, weißt du, es ist so ... so ... so eine furchtbar lange Geschichte. Die erzähle ich dir lieber ein andermal ..."

Als Arrow das Dorf erreichte, hatte sie die anderen bereits weit hinter sich gelassen.

Den Heimweg zu finden, erwies sich als regelrechte Herausforderung, denn es dämmerte nicht nur, sondern es fielen auch noch dichte, bauschige Flocken vom Himmel, die die Sicht erheblich behinderten.

Straßenlaternen wären jetzt eine große Hilfe gewesen, doch so etwas existierte nur in großen Städten wie London.

Bei diesem Wetter trieb sich niemand mehr draußen herum. In Elm Tree verbrachte man den Abend des 23. Dezember stets im Kreise seiner Lieben vor dem Kamin.

Um sich besser orientieren zu können, brauchte Arrow jetzt Konzentration. Zu diesem Zweck kniff sie ihre Augen zu schmalen Schlitzen zusammen, beugte sich vor und streckte beide Arme aus, mit denen sie wild herumfuchtelte. Trotz aller Anstrengungen ließ sich die Kollision mit einem Gartenzaun nicht vermeiden.

„Ach nein“, murmelte sie verärgert, beide Hände in die Hüften gestemmt.

„Ist dort jemand?“, rief eine Stimme aus dem Gartenhaus.

Arrow wollte antworten, beschloss dann aber doch, es lieber nicht zu tun. Schließlich hatte sie schon genug Ärger, da musste sie sich nicht auch noch gegenüber Mrs. Burton erklären – eine freundliche alte Witwe, die jede Gelegenheit, jemandes Gesellschaft zu genießen, am Schopfe packte.

Dafür hatte Arrow jetzt keine Zeit. Sie würde sie morgen besuchen und es wiedergutmachen.

Aber immerhin wusste Arrow jetzt, wo sie sich befand – am Haus von Mrs. Burton.

Nach einem Seufzen versuchte sie es erneut. Was blieb ihr auch anderes übrig? Warten, bis jemand sie fand? Mrs. Burton vielleicht? Wohl kaum. Also stapfte sie wieder vorgebeugt mit zusammengekniffenen Augen und wild fuchtelnden Armen durch den Schnee. Das ging eine ganze Weile so, bis sie erneut eine Stimme rufen hörte.

„Wer ist denn da?“

„Hä?“ Arrow war die ganze Zeit im Kreis gelaufen. Völlig verzweifelt gab sie sich zu erkennen. „Hallo Mrs. Burton. Ich bin es, Arrow Fall, die Tochter von Melchior Fall.“

Der schwache Schein einer Laterne kam auf sie zu geschwebt.

„Ach du liebes Bisschen. Arrow, was machst du denn um diese Zeit hier draußen?“

„Der Schnee ist so dicht. Ich versuche schon seit einer Ewigkeit, den Heimweg zu finden“, und sehe dabei so lächerlich aus, dass selbst ein Neandertaler sich für mich schämen würde, dachte sie.

„Aber Kind, bist du etwa allein unterwegs?"

Arrow nickte. Jetzt steckte sie mittendrin im Schlammassel und es gab kein Entkommen.

Mrs. Burton hielt Arrow die Laterne hin. „Ich würde dich gerne nach Hause bringen, es ist nur so, dass ich Besuch bekommen habe, verstehst du? Meine Schwester und unsere Cousine sind den weiten Weg aus Plymouth angereist, um mit mir das Weihnachtsfest zu verbringen. Ich habe sie seit drei Jahren nicht mehr gesehen. Wahnsinnig liebe Menschen, die beiden. Morgen Vormittag wirst du sie kennen lernen. Deinem Vater habe ich sie heute schon vorgestellt. Ein furchtbar netter Mann, sagen sie. Meine Schwester ist noch immer ganz aus dem Häuschen."

Arrow erstarrte. „Mein Vater? Sie haben ihn getroffen? Er war hier? Heute? Melchior Fall?"

„Aber ja doch. Vor einigen Stunden schon. Sagte, er wäre gerade erst heimgekehrt. Wollte ihn nicht lange aufhalten. So eine lange Reise ist bestimmt sehr anstrengend und er verreist ja so oft. In meinem ganzen Leben habe ich Elm Tree nur ein einziges Mal verlassen und das war vor dreiundvierzig Jahren, als meine Schwester meinen Schwager James heiratete. Danach habe ich zu ihr gesagt – Lilly, sagte ich, komm gefälligst zurück nach Elm Tree."

Während Mrs. Burton weiter so vor sich hin plapperte, machte es „Klick" in Arrows Kopf. Sicher verwechselte Mrs. Burton ihren Vater schon wieder mit der Person, deren Ankunft sich immer mit dem in der Luft liegenden Frühlingsduft ankündigte. Das passierte nicht zum ersten Mal, doch irgendwann hatte Arrow es aufgegeben, sie zu berichtigen. Sie waren sich ja auch in vielerlei Hinsicht sehr ähnlich. Ihr Vater würde nämlich erst am nächsten Tag eintreffen – er kam nie vor dem vierundzwanzigsten Dezember nach Hause. Das war anders, als Arrow noch ein kleines Mädchen gewesen war. Da war er immer schon am Nikolaustag gekommen und hatte mit ihr die restlichen Adventstage verbracht. Das waren noch schöne Zeiten gewesen.

Trotzdem war es nicht weniger erfreulich, von einem der Dorfbewohner zu hören, dass Arrow mit ihrer Vermutung tatsächlich richtig lag und der Frühling so kurz vor Weihnachten Heim gekehrt war.

Mit einem breiten Grinsen im Gesicht, einem überschäumenden Kribbeln im Bauch und einem jubelnden Freudensprung nahm sie Mrs. Burton die Laterne ab, drückte ihr einen dicken Kuss auf die Wange und lief davon.

„Aber bring sie mir bitte morgen zurück, Kind! Einen schönen Abend wünsche ich dir und richte deinem Vater meine Grüße aus!"

„Mach ich, Mrs. Burton! Haben Sie vielen Dank!"

Zwar war es noch immer ein Abenteuer, den Weg nach Hause zu finden, doch mithilfe der Laterne nicht mehr unmöglich, und so lief Arrow, so schnell sie ihre Beine tragen konnten.

Niemals würde sie damit rechnen, ihren Vater an diesem Abend schon wieder zu sehen. Seine monatelangen Reisen machte die Sehnsucht nach ihm oft unerträglich. Zwar kehrte er jedes Jahr an Weihnachten zu ihr zurück, jedoch niemals vor dem Heiligen Abend.

Als sie den Dorfplatz erreichte, hatte sie die Hälfte des Weges schon hinter sich, als plötzlich das Licht der Laterne erlosch.

Völlig überrumpelt blieb sie stehen und betrachtete das verräterische kleine Ding. Dann schüttelte sie es ein wenig. Dann ein wenig mehr. Dann ganz heftig und zum Schluss flog es im hohen Bogen ... irgendwo hin. Ein murrendes Quengeln in Verbindung mit einem zornigen Aufstampfen hallte durch die Nacht, gefolgt von Stille.

Einige Schritte entfernt befand sich der Dorfbrunnen – so viel hatte sie noch mitbekommen. Es war einer von den schönen großen, um den sich an wärmeren Tagen die Dorfbewohner zum allgemeinen Austausch von Informationen über nicht anwesende Dorfbewohner versammelten. Pferde stillten dort gelegentlich ihren Durst, aber sonst diente er mehr der Zierde als dem Nutzen. Er war nicht besonders tief und musste regelmäßig aufgefüllt werden, da er über kein eigenes Grundwasser verfügte. Aber Anne sagte, er würde die Menschen zusammen bringen und überhaupt bräuchte jeder Ort sein eigenes sinnloses Wahrzeichen. Also ging das wohl in Ordnung.

Arrow setzte sich auf den Rand und überlegte. Alle Anstrengungen, nach Hause zu finden, waren fehlgeschlagen, also brauchte sie einen neuen Plan.

Während die dicken flauschigen Flocken sie langsam zuschneiten, ging Arrow die Möglichkeiten durch. Rufen kam infrage oder sitzen bleiben und warten. Rufen würde sie schneller ans Ziel bringen, doch dann wäre das ganze Dorf auf den Beinen. Aber es war immerhin ein Plan.

Während sie darüber nachdachte, summte sie vor sich hin ein Liedchen, welches sie aus ihren frühesten Kindertagen kannte. Ihr Vater hatte es ihnen immer vorgesungen, wenn sie ins Bett mussten. Auch heute wirkte das Lied noch wahre Wunder, wenn es ums Einschlafen ging. Es machte den Kopf frei und ließ jede Anspannung abfallen.

Bei der zweiten Strophe stimmte plötzlich ein weiteres Summen mit ein, das Arrows Herz Purzelbäume schlagen ließ. Mit einem Sprung war sie vom Brunnenrand auf ihren Beinen.

Vor ihren Augen formte sich eine Person. Sie wippte auf und ab, lächelte Arrow an, nahm sie in den Arm und begann mit ihr zu tanzen. Es war ein Moment, der die schönsten Erinnerungen in ihr weckte. Erinnerungen an ihre Kindheit, an Freude und Schmerz, Kummer und Liebe, aber vor allem an Freundschaft.

Als das Lied vorbei war, verbeugten sie sich voreinander, bevor der „Schneeengel“, wie Arrow ihn nennen würde, in tausend Flocken zersprang.

Hinter ihr erklang wieder die Stimme: „Wie schön, dass sich einige Dinge niemals ändern.“

Sie drehte sich um und vor ihr stand in leibhaftiger Gestalt jene nach Frühling duftende Person, mit dessen Abbild sie grade noch getanzt hatte.

„Dewayne!“, rief sie freudig und fiel ihm in die Arme.

Heimkehr

Dewayne war wie ein Bruder für Arrow. Er war der Spiegel ihrer Seele.

An seine Eltern hatte er nur wenige Erinnerungen. Arrows Vater erzählte, dass sie eines Tages spurlos verschwunden waren. Niemand konnte einen Hinweis geben und jede Suche und jedes Warten waren vergebens. So nahm Melchior ihn bei sich auf. Ansonsten erwähnte er Dewaynes Eltern selten, denn sie waren seinerzeit eng verbunden gewesen und ihr Verlust schmerzte ihn sehr. Alle wussten das, auch wenn er es nicht direkt zeigte. Denn die Art, wie er Dewayne liebte, und dass er ihn immer auf gleicher Stufe mit seiner Tochter stellte (welche sich ziemlich hoch in den Wolken befand), schloss jeden Zweifel aus, dass es anders hätte sein können.

Man merkte es aber auch an Dewayne. Er war zwar irgendwie nicht wie alle anderen, doch dann auch wieder Melchior in vielen Dingen so ähnlich. Und sie verstanden sich blind. Oft redeten sie unverständlich von wichtig klingenden Angelegenheiten. Das Wenige, was Arrow von diesen Gesprächen mitbekam, ergab für sie keinerlei Sinn. Aber es schien sie miteinander zu verbinden und so hatte sie das Gefühl, dass es etwas gab, was Dewayne nicht aus ihrem Leben verschwinden lassen wollte. Denn auch er hatte unter anderem eines Tages die Leidenschaft, auf Reisen zu gehen, von Melchior übernommen. Doch anders als ihr Vater, der sich jedes Mal sehr herzlich von Arrow verabschiedete, zog Dewayne es vor, sich einfach wortlos in Luft aufzulösen.

Als er das erste Mal aufgebrochen war, hatte sie nach dem Erwachen am Morgen nur ein Vergissmeinnicht auf ihrem Kopfkissen vorgefunden und Anne hatte ihr erklärt, dass er für längere Zeit nicht heimkommen würde. Täglich hatte Arrow auf seine Rückkehr gewartet. Es war schwer ohne ihn, denn er war immer da gewesen. Und selbst als er nach Monaten für einen kurzen Besuch vorbeigeschaut hatte, hatte er nur rätselhafte Antworten gegeben, die lediglich noch mehr Fragen aufwarfen. Wieder hatte Arrow nur ein Vergissmeinnicht gezeigt, dass Dewayne erneut aufgebrochen war. Einst waren das ihre Lieblingsblumen, doch nun mochte sie sie nicht mehr und von diesem Zeitpunkt an hießen sie bei ihr nur noch „Warte-nicht-auf-mich-es-könnte-spät-werden“.

Mittlerweile hatte sie sich an dieses Ritual zwar nicht gewöhnt, ließ es jedoch ohne jeden Protest über sich ergehen. Dewayne war eben nicht wie alle anderen, was nicht nur sein wortloses Verschwinden zeigte. Gelegentlich gab es auch Schmetterlinge, die seinen Namen flüsterten und tanzende Schneeengel.

„Wie hast du das gerade gemacht?“, fragte Arrow ihn aufgeregt.

„Was meinst du?“

„Na diesen ... Schnee ... dings ... Wie hast du das angestellt?“

„Welchen Schneedings?“, fragte er schelmisch. „Geht es dir gut, Arrow?“

„Danke, es geht mir bestens ... Jetzt jedenfalls“, stammelte sie grimmig, wohl wissend, dass er ihr keine Antwort geben würde. Freudig fügte sie hinzu: „Es ist so schön, dass du wieder da bist. Und wieder einmal hat niemand etwas verraten.“

„Das mag wohl daran liegen, dass ich meinen Besuch nicht angekündigt habe – wie immer.“

Er hob seine Hand und strich ihr verträumt mit den Fingern die Strähnchen aus dem Gesicht. Arrow mochte ihr wildes Haar, denn genauso wenig Wert wie auf einen Rock legte sie auf eine neumoderne, in zwei Stunden zurecht gezauberte Frisur. Sie hatte Besseres zu tun, als stundenlang vor einem Spiegel zu sitzen und stillzuhalten. Anne war oft schon froh, wenn ihr Schützling das Haar nicht offen trug.

Arrow liebte ihr langes blondes Haar – auch wenn die Farbe identisch war mit der des Fells vom Nachbarhund. Manche Dinge empfand sie allerdings als zu viel des Guten. Wie zum Beispiel die Tatsache, dass jeder versuchte, eine Dame aus ihr zu machen. Es gab so viele andere Dinge, die das Leben interessant machten, und bei vielen Leuten hatte sie ohnehin den Ruf weg, sonderbar zu sein. Dewayne war der Einzige, den das alles nie gestört hatte, und er mochte die Tatsache, dass Arrow eine Freundin war, mit der man noch vor dem Sonnenaufgang durch die Wälder streifen konnte. So wurde er ihr zu einer sehr angenehmen Gesellschaft, da er ihr nicht ständig irgendwo reinredete.

„Dir ist doch hoffentlich klar, dass ich dich niemals wieder gehen lasse", warnte sie ihn.

„Ach wirklich? Nun, über die Dauer meines Aufenthaltes kann ich noch nichts Genaues sagen. Es werden vorerst nur einige Tage sein. Aber ich kann dir versichern, dass wir uns schon bald sehr oft sehen werden. Vielleicht sehr viel mehr, als dir lieb ist", entgegnete er und fügte diesen Worten ein Lächeln hinzu, das Arrow sehr wohl zu deuten wusste. Es lag ein bisschen Triumph darin und auch List, denn Dewayne erteilte gern vage Auskünfte. Sie war allerdings schockiert über diese Antwort, da es die präziseste war, die sie jemals auf eine solche Frage von ihm erhalten hatte. Doch Arrow wäre nicht Arrow, wenn sie nicht versuchen würde, mehr heraus zu finden – zu einem günstigeren Zeitpunkt und vielleicht bei jemand weniger wortgewandten. So tat sie es mit den Worten: „Ich werde nie zu viel Zeit mit dir verbringen können", einfach ab und wechselte das Thema. „Einige Tage, sagst du, wirst du bleiben? Dann wirst du ja auch Weihnachten bei uns verbringen!", stellte sie freudig fest.

Dewayne nahm ihren Arm und ging mit ihr einige Schritte. „Weihnachten werde ich auch hier sein", bestätigte er.

„Dann könnten wir beide am Vormittag durch das Dorf gehen und die Gaben verteilen. In diesem Jahr gibt es Mehl, Wachs und Wolle – vor allem für Mrs. Chase. Sie hat beinahe ihr gesamtes Vermögen für die Genesung ihrer Tochter ausgegeben. Oh, und wenn wir mit allem fertig sind, klauen wir Anne wieder die Plätzchen."

„Das klingt verlockend", stimmte Dewayne zu. „Dein Dad wäre aber sicher enttäuscht, wenn wir das alles ohne ihn machen würden – vor allem den Teil mit den Plätzchen."

„Oh, Dad wird erst morgen Abend eintreffen. Ich hatte auch schon daran gedacht. Eigentlich schade. Es wäre genau wie früher, wenn er mit dabei wäre", erwiderte Arrow enttäuscht.

„Vermutlich morgen Abend?", fragte er.

Arrow nickte.

Dewayne schaute eine Weile nachdenklich durch die Schneeflocken, während er in seinem Mantel kramte und etwas hervorzog, das er Arrow reichte. „Tut mir leid. Sie dachte, es wäre klug, sie heute zu backen, damit wir morgen vergeblich suchen. Wir hätten auch auf dich gewartet, aber dann wären sie vermutlich schon irgendwo sicher verwahrt gewesen. Du weißt ja, wie gut Anne ihre Plätzchen versteckt. Und dann hütet sie sie wie ein Adler."

Arrow biss ein Stück ab und ließ es auf der Zunge zergehen. Es fühlte sich noch warm an und schmeckte wie ein Gedicht.

Annes Plätzchen konnte man nicht einfach herunter schlingen, selbst wenn man es gern wollte, denn leider ließ sie sich mit allem Bitten nicht darauf ein, sie zu einer anderen Zeit des Jahres noch einmal zu backen.

„Wie hast du ihr die abgenommen?", fragte Arrow stirnrunzelnd.

„Wie jedes Jahr", antwortete Dewayne. „Dieses Mal haben wir allerdings den Kater zu Hilfe genommen, und da Anne denkt, er hätte alle Plätzchen gefressen, gibt es morgen neue. Ansonsten war alles wie gehabt. Melchior hat sie abgelenkt und ich habe den Rest erledigt – natürlich bevor ich meine Anwesenheit habe verlauten lassen."

Vor Schreck ließ Arrow das halbe Plätzchen fallen. „Dad? Aber er kommt doch erst morgen."

„Tatsächlich?", fragte Dewayne ungerührt. „Dann hat die alte Burton wohl wieder Unfug erzählt. Wirklich gruselig, das einsame Ding." Er schüttelte sich und fügte dem Ganzen ein viel sagendes Grinsen hinzu.

Beinahe konnte man die Gedanken in Arrows Kopf hören und regelrecht zusehen, wie ihr ein Licht aufging. „Er ist WIRKLICH da?" Mit einem breiten Lächeln im Gesicht machte sie schon auf der Stelle kehrt. „Ich muss los!"

Doch Dewayne hielt sie zurück. „Arrow, bitte warte noch einen kurzen Moment."

Ungeduldig drehte sie sich um, und als sie ihm in die Augen sah, wurde ihr ganz mulmig. Diesen Gesichtsausdruck hatte sie, solange sie denken konnte, nur ein einziges Mal bei ihm gesehen, und das war der Tag gewesen, bevor Dewayne das erste Mal auf Reisen gegangen war. Er hatte ihr eine gute Nacht gewünscht und von diesem Moment an hatte sie ihn für lange Zeit nicht wieder gesehen. Nur die Trennung von ihrem Vater war ihr je schwerer gefallen, ansonsten gab es nichts, das sie jemals derart traurig gemacht hatte. Viele Gedanken kreisten ihr durch den Kopf und vor lauter Überlegungen war sie unfähig, etwas zu sagen.

„Ich muss dir heute Abend etwas sagen", erklärte er bedrückt. „Ich habe auf meiner Heimreise etwas erfahren, worüber ich unbedingt mit dir reden muss, und es sollte so schnell wie möglich geschehen."

„Aber was hast du denn?", fragte Arrow wie vor den Kopf gestoßen.

„Nicht jetzt. Dein Vater erwartet dich. Wir reden nach dem Essen darüber. Ach und Arrow, erzähl niemandem davon."

Arrow nickte.

„Versprich es mir", drängte Dewayne.

„Du hast mein Wort", erwiderte sie mit zittriger Stimme. „Aber es ist doch nichts mit dir? Es geht dir doch gut, oder?"

Dewayne schüttelte den Kopf. „Alles bestens."

Arrow konnte das erdrückende Gefühl nicht unter Kontrolle bringen. In ihrer Ratlosigkeit kamen ihr immer mehr schreckliche Gedanken, die eiskalte Schauer über ihren Rücken laufen ließen. „Es ist doch nichts mit Dad, oder?"

Wieder schüttelte Dewayne den Kopf. „Arrow, es geht allen gut, das versichere ich dir. Es geht lediglich um eine ... eine Angelegenheit. Eine ... interessante Angelegenheit, aber keine, bei der jemand zu Schaden kommt ... hoffe ich."

Die letzten Worte waren wohl mehr an ihn selbst gerichtet als an Arrow und sie trugen nicht unbedingt zu ihrer Beruhigung bei. Er machte plötzlich einen äußerst beängstigenden Eindruck und so sehr Arrow auch überlegte, konnte sie sich nicht daran erinnern, ihn jemals derart betrübt gesehen zu haben – nicht einmal bei seinem ersten Abschied. Doch sie wusste, dass sie in diesem Moment auch mit noch so viel Bitten nichts weiter von ihm erfahren würde. Dewayne ließ sich nie auf Diskussionen ein, nicht mal, wenn die Hölle zuzufrieren drohte. Und so gab Arrow nach, schloss ihn fest in ihre Arme, löste sich wieder mit einem zweifelhaften Lächeln und ging zögerlich davon.

Wie seltsam, dachte sie und bemerkte, dass die Häuser und Straßen langsam wieder deutlich zu erkennen waren, obwohl es noch immer kräftig schneite. Dann dachte sie wieder an Dewayne und vergaß den Schnee.

Noch einmal warf sie einen Blick zurück, um sicher zu gehen, dass es ihm gut ging, doch er war weit und breit nicht mehr zu sehen. Auch gab es außer ihren eigenen keine anderen Spuren im Schnee, obwohl dies die einzige Richtung war, aus der er hätte kommen können. Sie schüttelte den Kopf und beschloss, nicht weiter darüber nachzudenken, denn sie würde doch keine Antworten bekommen und sich nur um Dinge sorgen, die damit vermutlich gar nichts zu tun hatten. Außerdem handelte es sich hier um Dewayne. Es war nicht das erste Mal, dass er ihr solche Rätsel hinterließ, und es war auch nicht selten, dass er des Rätsels Lösung nicht preisgeben wollte. Und so ließ sie ihre Gedanken fahren und lief so schnell sie ihre Beine tragen konnten nach Hause, denn dort sollte nach so vielen Monaten nun endlich wieder der Mensch auf sie warten, der ihr das Wichtigste auf der Welt war und ohne den ein Zuhause auch kein richtiges Zuhause war – ihr Vater.

Als das Anwesen endlich in Sicht war, konnte Arrow sich kaum noch bremsen. Durch die meisten Fenster des Hauses fielen die warmen, einladenden Lichter unzähliger Kerzen. Es war ein wundervoller Anblick in der dunklen, frostigen Winterlandschaft, denn das ließ es anmuten wie ein kleines Märchenschloss.

Als sie die Eingangstür erreicht hatte, stürmte sie geradewegs hinein. Hastig zog sie ihre Stiefel aus und ließ sie mitten im Raum stehen. Anschließend eilte sie samt Mantel, Schal und Mütze durch das ganze Haus – ein sehr großes Haus, in dem viele Leute damit beschäftigt waren, es weihnachtlich zu dekorieren, und festliche Lieder dabei sangen.

Sie lief in das große Kaminzimmer, doch ihr Vater war nicht zu sehen und so rannte sie direkt weiter in den nächsten Stock. Doch als sie an die Tür zu Melchiors Arbeitszimmer klopfte, kam auch hier keine Reaktion.

Überall schaute Arrow nach – in allen Gästezimmern, in der Bibliothek, in ihrem eigenen Zimmer, wo sie nur eine kleine Schachtel mit einer roten Schleife drum fand. Eilig griff Arrow nach dem kleinen Geschenk und rannte wieder hinunter. Dann stürmte sie in die Küche. Wie es aussah, hatten sich alle Leute des Hauses inzwischen zum gemütlichen Beisammensein dort versammelt und so wurde Arrow, die heftig nach Luft schnappte, von allen Seiten angestarrt. Einzig die Blicke ihres Vaters vermisste sie noch immer sehnsüchtig.

„Du liebes Bisschen ... Kind, wie siehst du denn aus? Wenn dein Vater dich so sieht!“ Anne war völlig empört über Arrows Anblick, die mit zerzausten Haaren, völlig errötet und mit Schal sowie Mantel und – was das Schlimmste war – mit Hosen vor ihr stand. Zu allem Überfluss tropfte ihr auch noch jede Menge geschmolzener Schnee von der Kleidung.

„Wenn er mich so sieht?", fragte sie fassungslos. „Wo ist er denn? Ich habe jeden Winkel dieses Hauses nach ihm abgesucht!"

„Wirklich jeden Winkel?", ertönte eine Stimme hinter ihr. Sie drehte sich um und da stand Dewayne. Er sah völlig entspannt aus, gar nicht so, als wäre er gerade noch in der eisigen Winterlandschaft herumspaziert. Auch machte er nicht den Eindruck, als wäre er durch das ganze Dorf gehetzt.

„Wie hast du das nun schon wieder angestellt?", fragte Arrow mehr wütend als überrascht.

„Das ist aber keine sehr herzliche Begrüßung, Arrow", zog er sie auf. „Immerhin ist es Monate her, dass wir und das letzte Mal gesehen haben."

Arrow fiel wieder ein, dass niemand von ihrem Gespräch erfahren sollte, und so gab sie sich widerwillig geschlagen.

„Dewayne, wie schön, dich hier zu sehen!" Abermals fiel sie ihm in die Arme und ergänzte heuchlerisch: „Du hast ja ganz warme Wangen. Du bist wohl schon eine ganze Weile hier und zwischendurch nicht ein einziges Mal vor die Tür gegangen."

Alle starrten Arrow verwundert an. Statt der erwarteten Freudensprünge machte sie eher den Eindruck, als wäre sie verrückt geworden.

„Ich freue mich auch, dich nach so langer Zeit wieder zu sehen. Ich denke, ich nehme dir erstmal deinen Mantel ab, dann können wir uns weiter unterhalten." Schelmisch grinste er sie an und hielt ihr seine Hand entgegen.

„Wo ist er denn nun?", fragte sie die ungeduldig und begann, Schal und Mütze abzulegen und sie Dewayne zu reichen.

„Kind, geht es dir gut?", fragte Anne verunsichert.

Arrow drehte Dewayne den Rücken zu und knöpfte weiter ihren Mantel auf.

An Anne gewandt erwiderte sie aufgebracht: „Ja, es geht mir gut. Ich bin den weiten Weg wie verrückt gelaufen, weil ich dachte, Dad wäre hier. Ich habe ihn im ganzen Haus gesucht, aber er war nirgendwo zu finden, und obwohl ich alle Welt nach ihm befrage, verrät mir niemand, wo er steckt."

Hinter ihr fragte Dewayne: „Aber wie kommst du denn darauf, dass er hier ist? Meines Wissens sollte er erst morgen eintreffen."

In diesem Moment platzte Arrow der Kragen. Sie konnte eine ganze Menge Spaß verstehen, doch was diesen Punkt anging, war die Grenze erreicht, an dem sie überhaupt nichts mehr witzig fand.

Vor lauter Wut lief sie rot an, holte tief Luft und drehte sich zu Dewayne mit dem Gedanken, ihm den Hals umzudrehen, doch zu ihrer Überraschung blickte sie in ein ganz anderes Gesicht.

Völlig entrüstet stand sie nur da und regte sich nicht, als dann endlich die Anspannung von ihr fiel.

„Dad!" völlig überwältigt fiel sie Melchior in die Arme und auch er war so gerührt, dass er nicht einmal eine Begrüßung herausbringen konnte.

Der Abend vor dem Fest

Obwohl bis tief in die Nacht viel geredet und ausgiebig gespeist wurde, verging der Abend für Arrows Empfinden viel zu schnell. Die ganze Familie sowie auch die Hausangestellten hatten sich vor der großen verrußten Feuerstelle in der Küche zusammengefunden um alle vergangenen Ereignisse und Neuigkeiten auszutauschen. Nicht einmal Anne suchte an diesem Abend vorzeitig ihr Bett auf. Immer wieder tat sie ihren Ärger über den Plätzchen fressenden Kater kund, der ihrer Meinung nach ohnehin schon viel zu fett war. Arrow kicherte bei diesen Worten nur still in sich hinein.

Anne war die gute Seele des Hauses und ihr Wort wurde stets befolgt, an jedem Tag des Jahres und zu jeder Gelegenheit. Doch wie es in allen anderen Bereichen des Lebens nun einmal Ausnahmen gab, bestätigten diese auch hier die Regel und das betraf eben Annes Weihnachtsplätzchen. Den ganzen Abend bekam Arrow unter dem Tisch von Melchior und Dewayne welche gereicht und verspürte dabei nicht den Hauch eines schlechten Gewissens. Genüsslich ließ sie sich die kleinen Wunder auf der Zunge zergehen, während die Männer nebenbei über alles schwärmten, was sie auf ihren Reisen gesehen, verzehrt und erlebt haben. Außerdem diskutierten sie noch über Politik – zu Arrows Erstaunen ein Thema, bei dem sogar Anne mitreden konnte. Für Arrow war es allerdings viel zu schwere Kost und so bekam sie auch nicht mehr mit, wann sie am Tisch eingeschlafen oder wie sie überhaupt in ihr Bett gekommen war.

Als sie am nächsten Morgen erwachte, fielen bereits prickelnde Sonnenstrahlen durch die Fenster. Arrow schreckte auf. Im Winter konnte das nur bedeuten, dass es schon spät am Morgen sein musste. Eilig schwang sie die Bettdecke zur Seite und vernahm ein dumpfes Geräusch.

Die kleine Schachtel, die sie auf der Suche nach ihrem Vater am Vorabend gefunden hatte, lag neben ihrem Bett. Scheinbar hatte das Geschenk ebenso den Weg zurück in Arrows Zimmer gefunden, wie sie selbst. In all der Aufregung hatte sie völlig vergessen, es zu öffnen.

Vorsichtig zog Arrow an der kleinen Schleife und nahm den Deckel ab. Zwei kleine Haarspangen in der Form von funkelnden weißen Eiskristallen kamen darunter zum Vorschein. Arrow fand die kleinen Kostbarkeiten viel zu schön für den Alltag und legte sie in eine Schatulle, die vor lauter Schätzen beinah überquoll.

Eilig machte sie sich zurecht und lief hinunter. Zu ihrer Überraschung stellte sie fest, dass sie kein Nachzügler war. Melchior und Dewayne mussten sich von ihrer Reise und dem langen Abend erholen und so wurden auch die nicht im Hause untergebrachten Angestellten erst zu späterer Stunde bestellt. Da auch der kommende Abend nicht so schnell enden würde, schien das nur angemessen zu sein, denn Melchior hatte alle Freunde zu einem festlichen Essen eingeladen.

Da die Zeit drängte, musste auf ein ausgiebiges Frühstück verzichtet werden und so schnappte sich jeder im Vorbeigehen eine Kleinigkeit für unterwegs.

Anne bereitete in der Küche alles zum Backen vor, während sich ein halbes Duzend weiterer Leute mit der Zubereitung des Abendessens beschäftigte.

Wie immer schien diese Frau vor Energie zu strotzen. Niemand war an diesem Morgen so ausgeschlafen und flink wie sie. Oft schon hatte Arrow sich gefragt, wie alt Anne wohl sein mochte. Stellte man ihr gezielte Fragen zu ihrem Alter, so antwortete Anne immer nur knapp "neunundsiebzig". Aber diese Auskunft hatte sie auch schon vor zehn Jahren, weshalb Arrow den Wahrheitsgehalt dieser Information stark anzweifelte.

Gemessen an den tiefen Falten in ihrem Gesicht und der Weisheit, mit der sie stets sprach, würde Arrow ihr die neunundsiebzig Jahre vermutlich abnehmen. Doch das alles passte einfach nicht mit ihrer Ausdauer und ihremDurchsetzungsvermögen zusammen. Zweifellos hatten die Jahre gewisse Spuren bei ihr hinterlassen, trotzdem hatte man nicht unbedingt den Eindruck, eine Alte Frau vor sich zu haben, was nicht zuletzt an ihrer Ausstrahlung liegen mochte. So viel Güte, Härte, Ehrgeiz und Zielstrebigkeit in einer solch kleinen Person konnte gar nicht unbemerkt bleiben.

Voller Vorfreude auf die allseits beliebten Plätzchen hatte Arrow sich zusammen mit ihrem Vater und Dewayne auf den Weg ins Dorf gemacht. An Weihnachten war es bei ihnen Brauch, von Tür zu Tür zu gehen, nach den Leuten zu schauen und nützliche Dinge, die im Haushalt fehlten, zurückzulassen.

Es gehörte einfach zum Zauber der Weihnacht, wenn man etwas geben konnte und ein dankbares Gesicht zurückbekam.

Als Arrow, Melchior und Dewayne wieder daheim waren, mussten sie sich beeilen, denn die Abenddämmerung ließ bereits die ersten Sterne am Himmel durchblitzen. Die Gäste würden bald eintreffen und sie mussten sich noch umziehen. Flink betraten sie das warme, festlich geschmückte Haus, das überall nach Leckereien duftete.

An der Tür ihres Zimmers hielt Dewayne Arrow zurück. „Unser Gespräch hast du nicht vergessen?“, fragte er besorgt.

Arrow schüttelte den Kopf, und bevor sie etwas sagen konnte, öffnete Anne auch schon die Zimmertür von innen und drängte Arrow, hinein zu kommen. „Kind, wir müssen uns beeilen. Ich habe dir schon alles bereit gelegt. Du musst es nur schnell überziehen und dann schauen wir, was wir mit deinen Haaren anstellen.“

Anne war ganz versessen darauf, Arrow wie eine Dame herzurichten, und so ließ ihr Schützling es ausnahmsweise über sich ergehen.

Sie zog sich das wallende eisblaue Kleid über und ließ sich ihr langes, dunkelblondes Haar hochstecken. Anne hatte viel Übung darin. Seit Arrow denken konnte, trug die alte Dame ihr weißes Haar knielang. Jeden Morgen zauberte sie mühelos die schönsten Frisuren damit, nur am Abend vor dem Schlafengehen öffnete sie es. Als Arrow noch ein kleines Mädchen war, hatte sie sich oft in Annes Zimmer geschlichen und sie darum gebeten, ihr das Haar bürsten zu dürfen. Wenn Anne sich dann auf den Stuhl an ihre Kommode setzte, reichte es ihr genau bis zum Boden. Für Arrow wurde daraus dann eine abendliche Sportbetätigung, wenn sie sich jedes Mal in die Knie hocken und wieder aufstehen musste. Während ihrer Zeit als kleiner Wildfang hatte Arrow es auch vorgezogen, ihr Haar aus praktischen Gründen so kurz zu tragen, wie es die Etikette erlaubte. Doch der Anblick von Annes wallenden Harren hatte Arrow irgendwann umgestimmt und so entschied sie sich, ihr Haar wachsen zu lassen, bis es nicht mehr wollte. Anne war zu einem regelrechten Vorbild für Arrow geworden und das nicht nur, was Äußerlichkeiten anging. Auch hatte sie inzwischen viele Eigenschaften von Anne übernommen. Stets hatte Arrow sie bewundert und war immer der Meinung, dass sie, obwohl Anne nicht mehr die Jüngste war, nie eine schönere Frau und keine mit auch nur annähernd ihrer Ausstrahlung gesehen hatte.

Voller Begeisterung kramte Anne in Arrows überquellender Schmuckschatulle und war beim Anblick der kleinen Eiskristalle, die erst am Morgen dazu gekommen waren, ganz aus dem Häuschen.

„Jetzt siehst du aus wie eine Eisprinzessin!“

Selbstironisch lächelte Arrow über diese Bemerkung. Sie blickte in den Spiegel und betrachtete sich. Den Anblick, der sich ihr bot, empfand sie nicht als hässlich und dennoch konnte sie sich nicht mit dem Gedanken anfreunden, dass das noch immer sie sein sollte. Arrow kam sich vor, als stünde ihr eine Fremde gegenüber. Das Gefühl, sofort flüchten zu wollen, stieg in ihr auf, denn innerlich trug sie noch immer Stiefel, offenes zerzaustes Haar und Beinkleider. Beim Betrachten ihres Äußeren fühlte sich ihr Inneres völlig fehl am Platz. Es war höchst merkwürdig und so beschloss sie, ab sofort nicht mehr in einen Spiegel zu schauen und einfach zu vergessen, wie sehr Anne sie herausgeputzt hatte – auch wenn die drückenden neuen Schuhe sie ständig daran hindern würden. Nichts wollte sie lieber, als einfach nur sie selbst sein. Nur Arrow.

Ihre Familie behauptete immer, dass sie besonders hübsch sei, doch sie selbst empfand ihr Äußeres lediglich als ganz passabel. Vielmehr sah sie für ihr Empfinden einfach nur in Ordnung aus, doch es übertraf nicht unbedingt den allgemeinen Durchschnitt. Sie war schlank, aber nicht zu dünn und weder zu groß, noch zu klein. Alles an ihr erinnerte sie immer an Linda. Die beiden waren sich in so vielen Dingen so ähnlich – bis auf die Tatsache, dass Linda eindeutig üppigere Rundungen besaß, und dafür beneidete Arrow sie ungemein. Über irgendwelche Besonderheiten verfügte Arrow nicht – weder über bewundernswerte noch unvorteilhafte.

Was Arrow allerdings als sehr schmeichelhaft empfand, das waren die häufigen Vergleiche mit ihrem Vater, denn sie hielt ihn für einen ausgesprochen gut aussehenden Mann. Er hatte wunderschönes hellbraunes Haar. Seine Figur wirkte überaus sportlich und er bot Haltung eines Gentlemans. Für einen Bart hatte er nie etwas übrig gehabt, doch seine Koteletten pflegte er stets in der vornehmsten Länge zu tragen. Und die Tatsache, dass sämtliche heiratsfähige Damen jeden Alters zu kichern anfingen, sobald er irgendwo auftauchte, sprach eindeutig für ihn. Doch viel mehr als die blau-grauen Augen teilten sie Arrows Ansicht nach nicht. Hier und da bemerkten die Leute oft Dinge wie „das gleiche Lächeln“ oder „die gleiche Nase“, doch vielleicht sagten sie es auch nur, um irgendein Gespräch zu beginnen. Und es war schön, wenn über ihn geredet wurde. So hatte Arrow stets das Gefühl, ihrem Vater ganz nah zu sein.

Nachdem Arrow eine ganze Weile vor der Tür verharrt hatte, atmete sie tief ein und schlich auf Zehenspitzen aus ihrem Zimmer. Zwar hatte sie nichts angestellt, doch trotzdem fühlte sie sich nicht wohl in ihrer Haut – oder vielmehr in ihrem Kleid. Alles kam ihr so vor, als wäre etwas Ungewöhnliches geschehen. Etwas, das sie früher oder später beichten müsste, und als sie die vielen Stimmen im Erdgeschoss vernahm, zuckte sie zusammen, denn das würde wohl eher früher als später geschehen – viel zu früh.

Am oberen Ende der Treppe presste Arrow ihren Rücken gegen die Wand. Vorsichtig wollte sie einen Blick nach unten werfen, um sich ein Bild davon zu machen, was sie erwarten würde. Wäre sie den Gästen zuvor gekommen, hätte es sie weniger Überwindung gekostet, denn dann hätte sie sich nur schön nacheinander den Blicken Einzelner stellen müssen. Inzwischen allerdings wartete eine gierige Meute im Erdgeschoss, die danach lechzte, Arrow einmal vor Scham im Boden versinken zu sehen. Nicht, dass es keine guten Menschen waren. Die Familie verband mit jedem von ihnen eine starke freundschaftliche Beziehung. Alles andere wäre geheuchelt und in ihrem Hause absolut unerwünscht gewesen. Aber trotz aller Freundschaft waren die Gäste vor allem auch Nachbarn. Elm Tree war ja nur ein Dorf und die Verwandlung einer unbändigen Teenagerin in eine junge Lady in einer einzigen Nacht – oder vielmehr an einem einzigen Abend – das war für die Leute ein gefundenes Fressen. Aber so oder so kostete es immer sehr viel mehr Überwindung, sich bereits vertrauten Menschen stellen zu müssen als völlig Fremden.

Arrow konnte erkennen, dass wenigstens die Hälfte der Gäste inzwischen eingetroffen waren. Trotzdem waren es eindeutig zu viele.

Ihre engsten Freunde Linda, Lizzy, Adam und Robert waren noch nicht anwesend, was in dieser Situation noch weniger beruhigend wirkte. Die Vier waren immer da, um Arrow den

Rücken zu stärken, doch dieses Mal musste sie da offenbar allein durch.

Arrow schloss die Augen und begann tief ein- und auszuatmen. Sie hoffte, dass es ihre Aufregung mindern und plötzlich der richtige Moment kommen würde – der Moment, in dem sie bereit war. Der passende Augenblick ließ allerdings auf sich warten und so lehnte sie weiter an der Wand.

„Arrow?“, fragte eine vertraute Stimme.

Erschrocken drehte sie sich um. Offenbar war sie nicht die Einzige, die zur eigenen Feier zu spät kam.

„Dad ... Ich ...“

Arrow schämte sich zu sehr, um ihm in die Augen sehen zu können. Noch bevor sie wusste, was sie sagen sollte, kam er ihr zuvor.

„Du bist wunderschön“, sagte Melchior mit leuchtenden Augen.

Arrow lächelte wenig überzeugt. „Findest du?“, fragte sie eingeschüchtert. „Ich dachte, es wäre ein bisschen viel ...“

„Wunderschön“, wiederholte er betonend.

„Aber Dad“, stammelte Arrow, „das bin nicht ich. Die Leute werden mich die ganze Zeit anstarren und ... und sie werden erwarten, dass ich mich so benehme, wie ich aussehe.“

Melchior runzelte die Stirn. „Wie siehst du denn aus?“, fragte er.

Arrow fuchtelte die ganze Zeit mit ihren Händen und schaute ständig umher, um sich zu vergewissern, dass niemand in der Nähe war. Beinahe hatte sie das Gefühl zu hyperventilieren.

Ganz vorsichtig beugte sie sich ihrem Vater entgegen und antwortete im Flüsterton: „So erwachsen und ... vornehm.“

Melchior lachte, dann nahm er ihre Hände und schaute glücklich in ihre Augen. „Mein Kind, die Leute beobachten dich schon seit Jahren aus genau diesen eben genannten Gründen. Ich habe dich so oft allein gelassen, dass du viel schneller erwachsen geworden bist als all deine Freunde. Und auch wenn man es deinem Äußeren nicht ansieht – du bist schon immer vornehm gewesen. Du bildest dich selbstständig weiter, pflegst Kontakte, bist stets freundlich und für die Menschen da, wann immer du kannst. Nicht die Kleider lassen uns vornehm sein, sondern das, was in ihnen steckt. Ich bin sehr stolz auf dich.

Es ist immer interessant, wie sich ein junger Mensch entwickelt, ganz besonders in deinem Fall. Unsere Art zu leben ist sehr ungewöhnlich und sorgt überall für Gespräche. Mich wundert es allerdings sehr, dass du erst ein schönes Kleid überziehen musst, um das zu bemerken."

An der Stelle, an der ihr Vater gelacht hatte, waren Arrow tausend Gründe eingefallen, um sich noch einmal umzuziehen. Nachdem er jedoch zu Ende gesprochen hatte, waren alle Ausreden verschwunden. An keine einzige erinnerte sich Arrow mehr, denn in gewisser Weise hatte Melchior Recht.

Natürlich beobachteten die Leute mit Spannung die Entwicklung eines jeden jungen Menschen. Sie selbst hatte es nie anders gemacht. Wie oft hatte sie bei ihren Hausbesuchen schon festgestellt, dass die kleine Jenny Jones so groß geworden war? Und wie sehr hatte Arrow die Tatsache nicht mehr losgelassen, dass der junge Thomas Meyer wegen seiner außergewöhnlichen Begabung Privatunterricht nehmen musste, da der Schulunterricht ihn nicht ausreichend forderte? War es da denn tatsächlich noch verwunderlich, dass die Leute über ein kleines Mädchen sprachen, das inzwischen zur Teenagerin geworden war, aus dem besten Hause der gesamten Gegend stammte und eine Vorliebe für Hosen hatte?

Mit einem verlegenen Lächeln gestand Arrow sich ein, dass es für Bedenken, wie sie ihr gerade durch den Kopf schwirrten, eindeutig zu spät war.

Melchior bemerkte, wie die Anspannung von seiner Tochter abfiel und sie sich geschlagen gab. Stolz bot er ihr seinen Arm an. „Wollen wir uns dann jetzt der Meute stellen?", fragte er scherzhaft.

„Es wäre mir eine große Freude", erwiderte sie erleichtert und nahm den Arm ihres Vaters an.

„Eins noch", hielt Melchior sie zurück. „Es kommt niemals darauf an, was andere von dir erwarten. Einzig und allein deine eigenen Erwartungen sind es, die zählen. Alles andere hält dich nur von deinem Weg ab."

Es waren sehr ernste Worte, die er an seine Tochter richtete, und sie waren aufrichtig – Worte, die ihr wieder einmal vor Augen führten, warum sie ihren Vater so sehr liebte.

Glücklich gab Arrow ihm einen Kuss auf die Wange. „Danke, Dad", flüsterte sie.

Alles kam, wie es Arrow sich vorgestellt hatte. Die Gäste bestaunten sie, überhäuften sie mit Komplimenten und tauschten sich gegenseitig über die niedlichen kleinen Haarspangen und das umwerfend schöne Kleid aus. Natürlich redeten sie auch über andere Dinge und andere Gäste. Anne jedoch erntete für ihr Werk ordentlich Bewunderung und sorgte voller Stolz dafür, dass ihr Schützling im Gespräch blieb. Und Arrow konnte es ihr nicht übel nehmen, so sehr sie es auch wollte, denn Anne hatte immer nur das Beste für sie gewollt und das Großartigste für sie bekommen. Zwar teilten sie in einigen Dingen nicht die gleiche Meinung, doch das betraf lediglich Modefragen und beeinträchtigte Arrows Entwicklung in keiner Weise. Was das Wesen anging, ähnelten sich die beiden Frauen nur zu sehr und vor allem den Dickkopf, den Arrow sich von Anne abgeschaut hatte, empfand sie immer wieder als großen Vorteil.

Das Haus war wunderschön geschmückt. Alles war in den klassischen Weihnachtsfarben dekoriert – grün für den Baum und die Girlanden, rot für das Fest der Liebe und gold, weil es einfach das schönste Ereignis des Jahres war. Alles war perfekt, nur eines fehlte noch – oder vielmehr vier fehlten.

Ein kühler Luftzug an ihrem Arm verriet Arrow, dass sich die Tür öffnete, um die letzten erwarteten Gäste einzulassen. Und da waren sie auch schon – alle vier. Auch Robert war erschienen, hatte also offenbar keinen Hausarrest bekommen.

Hübsch waren sie alle zurechtgemacht, doch bei Lizzy und Adam war das nichts Ungewöhnliches. Die haselnussfarbenen Locken der beiden waren ohnehin in jeder Situation ein besonderer Blickfang. Und mit ihren großen rehbraunen Augen konnte man ihnen auch nie sehr lange böse sein – zumal sie einem dazu ausgesprochen selten Anlass gaben. Außerdem liebte es ihre Mutter, sie beide so oft wie möglich herauszuputzen. Adam wirkte dabei stets etwas zerbrechlich. Er besaß nicht unbedingt großes Selbstvertrauen und hielt sich lieber im Hintergrund, während seine Schwester immer genau wusste, was sie wollte, aber dennoch stets Haltung bewahrte. Sie war wohl das einzige Mädchen ihrer Jahrgangsstufe, das nicht für Robert schwärmte. Allerdings hätte es Arrow auch sehr verwundert, wenn dem so gewesen wäre, denn die zwei glichen einander wie Feuer und Wasser. Robert hatte seit jeher immer nur Flausen im Kopf. Sobald auf der Bildfläche ein Mädchen erschien, das lieber mit Puppen spielte, als über Wiesen und Felder zu ziehen, schien er es automatisch auszublenden?. Es existierte praktisch gar nicht – was wiederum große Enttäuschung bei seinen weiblichen Bewunderern hervorrief. Verdenken konnte Arrow es ihnen nicht, denn er war eine gute Partie – schlank, einen guten halben Kopf größer als das größte Mädchen der Klasse, aschblondes Haar und strahlend blaue Augen. Vermutlich war es nur seiner Verschlossenheit geschuldet, dass Arrow ihm bisher nicht verfallen war. Robert war ein guter Freund, doch über sich selbst – seine Vorstellungen, Wünsche und Träume – sprach er so gut wie nie. Und diese Tatsache ließ ihn immer meilenweit entfernt wirken.

Rasch begrüßten sie die Leute, denen sie beim Eintreten begegneten, während sie sich suchend umsahen. Dann endlich hatte Lizzy sie gesehen. Aus der Ferne nickte sie Arrow zu, drehte sich dann aber wieder Ausschau haltend um, bis sie sich plötzlich wieder Arrow zuwandte – mit einem für eine Dame viel zu weit geöffnetem Mund. Zwei Sekunden später bemerkten die anderen drei Lizzys Fassungslosigkeit und erblickten Arrow ebenfalls.

Niemand von ihnen bewegte sich. Sie standen einfach nur da und starrten ihre Freundin auf sehr unhöfliche Art und Weise an. Peinlich berührt nahm Arrow es selbst in die Hand und ging ihnen entgegen.

„Hey, wie schön, dass ihr alle gekommen seid“, stammelte sie. Doch es wirkte nicht. Niemand regte sich oder zuckte auch nur mit der Wimper.

Arrow fühle sich nicht besonders wohl und stieß ihre Freunde genervt aus der Trance.

„Hallo“, sang sie förmlich. „Ich bin es – eure Freundin. Wir kennen uns schon, solange wir denken können, und wenn euch irgendwas an dieser Freundschaft liegt, dann hört endlich auf, mich so anzuglotzen. Das ist unhöflich und nicht ... damenhaft!“

„Hey! Was willst du damit sagen?“, protestierte Robert.

„Ich bitte euch! Ihr müsstet euch mal sehen. So wie ihr mich anschaut, könnte man glatt meinen, dass mir Zweige aus der Nase wachsen und ich grün angelaufen bin.“

Die vier Freunde kicherten.

„Was?“, fragte Arrow wütend.

„Naja", antwortete Robert, „der Vergleich ist gar nicht so schlecht. Eine gewisse Ähnlichkeit besteht in der Tat."

Arrow kochte innerlich. Die anderen schien das alles sehr zu amüsieren, und knapp bevor sie mit der Faust ausholen wollte, um Robert ein hübsches Veilchen zu verpassen, das wunderbar mit seinem schon vorhandenen harmonieren würde, machte er sie auf etwas aufmerksam, das sich hinter ihr befand.

Hastig drehte sie sich um und da stand er – ein prächtiger Christbaum, der über und über mit blauem Schmuck behangen war. Es gab blaue Figürchen, die Mr. Samuel gern bei einem Glas Whiskey aus seinem Feuerholz anfertigte, und es hingen blaue Beutelchen an den Zweigen, die köstliche Süßigkeiten enthielten. Sogar die Weihnachtssterne leuchteten in gleißendem Blau. So oder so war der Baum wunderschön, doch es gab etwas an ihm, das seltsam war. „Vorhin war doch noch alles rot gewesen", murmelte Arrow vor sich hin.

Völlig verdutzt wandte sie sich wieder ihren Freunden zu und in genau diesem Moment traf es sie wie ein Schlag. „Dewayne!", sagte sie zornig.

Linda, Lizzy, Adam und Robert drehten sich um und da war er – inmitten einer Menschenmenge, die herauszufinden versuchte, wo er die letzten Monate verbracht hatte und wie es ihm denn ginge und ob er denn gedenke, sich bald zu festigen, stand er da und nickte ihnen zur Begrüßung amüsiert zu.

„Na warte, dir wird das Lachen heute noch vergehen", murmelte Arrow wütend.

„Oh mein Gott", stieß Linda nach Luft schnappend hervor. „Er ist da. Er ist tatsächlich ..."

Robert und Adam rollten mit den Augen. „Jetzt geht das schon wieder los. Komm Adam, lass uns Arrows Dad suchen, damit wir uns für die Einladung bedanken können."

Linda kniff sich in die Wangen und prüfte, ob ihre Frisur saß. Mit den Worten „ich muss sofort zu ihm" war sie von einem Moment auf den nächsten in der Menschenmenge verschwunden.

„Was war denn das?", fragte Arrow verständnislos.

„Was meinst du?", wollte Lizzy wissen.

„Na das", wiederholte Arrow aufgebracht und deutete abwechselnd in Richtung von Robert und Adam und von Linda und Dewayne.

„Ach das. Das war nichts weiter. Dewayne war so lange fort und wir freuen uns nur, dass er wieder da ist – das ist alles“, winkte Lizzy ab. „Ich werde eben mal schauen, wo die Jungs bleiben“, sagte sie, und bevor Arrow auch nur die Chance hatte, noch irgendeine Frage zu stellen, war Lizzy auch verschwunden und sie stand allein da – schon wieder.

Ein schrilles Lachen fand ihre Aufmerksamkeit, und als sie aufschaute, stellte sie fest, dass es von Linda kam, die sich ganz angeregt mit Dewayne unterhielt. Sie kicherte, bewegte sich komisch und lief bei jedem Lächeln, das Dewayne ihr schenkte, erneut rot an.

Die Sache war seltsam. Irgendwas war da im Busch und sie musste an diesem Abend unter allen Umständen herausfinden, was.

Wenige Augenblicke später wurde das Dinner eröffnet. Linda stürmte die Tafel und Arrow hätte schwören können, dass ihr ursprünglich ein anderer Sitzplatz zugeteilt war. Wie es der Zufall wollte – oder in diesem Falle wahrscheinlich eher Linda –, saß sie nun direkt neben Dewayne und kicherte und gackerte, was das Zeug hielt.

Arrow nahm zwischen Anne und ihrem Vater Platz, der wiederum zu Dewaynes Linken saß. Linda war praktisch nicht zu überhören. Obwohl sich auch der Rest der Gesellschaft sehr angeregt unterhielt, war es unmöglich, die Aufmerksamkeit auf jemand anderen zu lenken. Immer wieder fragte Linda, ob er gedenken würde, bald wieder fort zu gehen, was er denn alles erlebt und ob er sie denn auch vermisst habe, und ließ verlauten, wie schön doch die Zeit gewesen war, als sie noch zu sechst über die Wiesen gezogen waren, kicher, kicher mit Errötungen von rosé bis purpur. Es war seltsam oder mehr als das. Auf Arrow wirkte es fast lächerlich und sie konnte es nicht unterlassen, bei jedem erneuten Gekicher mit den Augen zu rollen. Dafür erntete sie von Lizzy Blicke, die vermutlich töten würden, sollte sie sich nicht augenblicklich zusammenreißen.

Gleich nachdem das Essen beendet war und sich alle in den Salon begeben hatten, um ein wenig den Klängen des Pianos zu lauschen, fing Arrow Linda an der Tür ab.

„Hat dir das Essen gefallen?“, fragte Arrow mit unhöflichem Unterton.

Linda nickte begeistert. „Es war köstlich – ganz hinreißend. Das ist ein wunderbarer Abend.“ Sie lächelte dabei so glücklich, dass es Arrow regelrecht Angst machte. Noch nie hatte sie ihre Freundin so erlebt, und obwohl alle anderen scheinbar wussten, was mit Linda los war, hatte sie selbst nicht die geringste Ahnung. Stets hatte sie Linda als eine Art Seelenverwandte empfunden. Sie glich ihr in so vielen Dingen, dass man fast meinen könnte, sie wären Zwillinge, und nun gab es etwas, das zwischen ihnen stand, etwas, das Linda nicht mit Arrow teilen wollte.

„Na gut“, sagte Arrow ungeduldig. „Bitte erkläre mir, was hier los ist.“

Linda runzelte die Stirn. „Was meinst du?“, fragte sie verwundert.

„Linda, ich sehe doch, dass hier etwas anders ist. Ihr verheimlicht mir etwas und du führst dich auf wie ... wie ... ein Clown.“

Lindas Lächeln wich einem gequälten Gesichtsausdruck. Sie blickte nach allen Seiten, um zu prüfen, ob jemand etwas von dieser Unterhaltung mitbekommen hatte. Dann drehte sie sich weg und wollte gehen, doch Arrow hielt sie am Arm.

„Was bildest du dir eigentlich ein?“, fuhr Linda sie daraufhin an. „Seit zwei Jahren, sieben Monaten und dreiundzwanzig Tagen habe ich auf diesen Moment gewartet und ich werde ihn mir ganz sicher nicht von einer verwöhnten, taktlosen Göre wie dir kaputt machen lassen.“

Geschockt von Lindas Worten wusste Arrow nicht, was sie sagen sollte. Bevor sie die Gelegenheit bekam, das offensichtliche Missverständnis aufzuklären, war Linda auch schon verschwunden. Gerade als Arrow ihr folgen wollte, wurde sie selbst am Arm gepackt.

„Bist du von allen guten Geistern verlassen?“, schalt Lizzy sie. „Was hast du dir nur dabei gedacht?“

Arrow war völlig fassungslos. Es gab nur selten Momente, in denen ihr die Worte fehlten. Jetzt konnte sie noch nicht einmal welche denken.

Lizzy sah die Ratlosigkeit ihrer Freundin und zog sie in eine abgelegene Ecke. Flüchtig schaute sie sich um, und als sie sicher war, dass niemand zuhörte, erklärte sie: „Sie ist in ihn verliebt.“

Arrow runzelte die Stirn. „In wen?“

„Na in Dewayne.“

„Linda ist in Dewayne verliebt?“, fragte sie aufgelöst.

„Psssst!“, fuhr Lizzy sie an und zerrte Arrow in ein Nebenzimmer, in welchem sie allerdings enttäuscht feststellen musste, dass sie auch dort nicht ungestört reden konnten. So versuchten sie es in drei weiteren Zimmern.

Trotz aller Dringlichkeit grüßte Lizzy freundlich alle Anwesenden. Plötzlich jedoch wandte sie sich leise fluchend Arrow zu, die schockiert war, dass Lizzy Ausdrücke hervorbrachte, die selbst Arrow noch nicht einmal denken würde. Völlig außer sich brüllte Lizzy plötzlich: „Großer Gott, kann man denn hier heute nirgendwo alleine sein?“

Um sie herum verstummten die Leute und richteten ihre Blicke auf die beiden jungen Damen. Während Arrow diese ganze Sache so peinlich war, dass sie rot anlief, packte Lizzy sie einfach und schleifte sie in Arrows Zimmer.

Vorsichtig schloss Lizzy die Tür und versicherte sich erneut, dass niemand zugegen war.

Nachdem sie hinter alle Vorhänge geschaut, diese zugezogen, alle Schränke geöffnet und unter alle Tische und das Bett geschaut hatte, wandte sie sich wieder Arrow zu.

„Was ist nur mit dir los?“, fragte Lizzy aufgebracht.

„Was mit mir los ist?“, fragte Arrow empört. „Was ist denn mit euch los?! Gestern war noch alles in Ordnung und jetzt plötzlich ... DAS?“

„Was?“

„Robert und Adam flüchten bei Dewaynes Anblick. Linda klebt an ihm wie ein Magnet, du zerrst mich durch das halbe Haus, um mir fast den Kopf abzureißen, und offenbar erwartet auch noch jeder von mir, dass ich das alles verstehe!“

„Dann willst du damit sagen, dass du nie etwas bemerkt hast?“, fragte Lizzy verblüfft.

„Aber wie denn? Niemand hat etwas gesagt.“

„Das war doch auch nicht nötig. Sie hat die ganze Zeit nur von ihm gesprochen. Sie hat dich doch mit Fragen über ihn bombardiert!“

Arrow überlegte. Natürlich hatte Linda ihr Fragen gestellt, aber das taten alle. Für sie hatte es nie etwas Verwunderliches daran gegeben. Schließlich war Dewayne auch immer der Freund ihrer Freunde und zu einer Zeit, als er noch in Elm Tree lebte, waren sie alle praktisch unzertrennlich gewesen.

Für Arrow war es nur verständlich, dass die anderen oft nach ihm fragten. Ein anderer Grund als Freundschaft wäre ihr dabei nie in den Sinn gekommen.

„Wann hat Linda es euch denn gesagt?“

Lizzy schüttelte den Kopf. „Arrow, es war offensichtlich! Jedes Mal, wenn es keine Neuigkeiten von ihm gab, war sie unendlich betrübt, überglücklich, wenn er da war und am Boden zerstört, wenn er zu Besuch war, ohne dass wir davon wussten. Wie kannst du denn so etwas nur übersehen?“

Arrow senkte den Blick. Nach einem Moment der Stille antwortete sie: „Ich weiß es nicht.“

Lizzy begriff, dass Arrow tatsächlich nie die leiseste Ahnung gehabt hatte und es keineswegs in ihrer Absicht lag, Linda vor den Kopf zu stoßen, geschweige denn sie zu verletzten.

„Bist du dir auch ganz sicher, dass es nicht nur eine Schwärmerei ist?“, fragte Arrow bedacht.

„Ich weiß nicht. Dauert eine Schwärmerei denn länger als vier Jahre?“

„Vier Jahre!“ wiederholte sie bestürzt. Solange sie denken konnte, war Linda immer eine ihrer engsten Freundinnen gewesen, doch scheinbar hatte sie einen wichtigen Moment in ihrem Leben, vielleicht sogar den wichtigsten überhaupt, trotz ihrer ständigen Anwesenheit nicht miterlebt.

„Ich habe mir über solche Dinge nie Gedanken gemacht“, sagte sie betrübt. „Ich dachte immer, wir wären alle noch zu jung dafür.“

„Zu jung für die Liebe? Arrow, wir sind sechzehn Jahre alt. In wenigen Monaten sind wir mit der Schule fertig und die meisten in unserem Alter sind bereits verlobt. Ein Leben, wie wir es führen, entspricht nicht im Geringsten der Regel. Es ist ein großes Glück für uns, dass unsere Eltern uns solche Dinge so lange erspart haben. Im Übrigen weiß ich auch gar nicht, ob es dafür so etwas wie eine Altersgrenze gibt. Ich meine, du wachst ja schließlich nicht an deinem achtzehnten Geburtstag auf und dann ist es da, so wie ... Hunger oder Durst oder so.“

„Und was soll ich jetzt machen?“, fragte Arrow.

„Rede mit ihr“, schlug Lizzy vor.

„Vor all den Leuten dort unten wird sie sich niemals bereit erklären, mich auf ein Wort zu begleiten. Du hast doch gesehen, wie verletzt sie ist.“

„Dann bringe ich sie eben zu dir."

Kaum hatte Lizzy den Satz beendet, war sie auch schon verschwunden.

Natürlich fand sie Linda dort, wo auch Dewayne war. Nur mit Mühe, konnte sie ihre Freundin von ihm weg locken, schaffte es jedoch letzten Endes unter dem Vorwand, dass sie, wie sie Linda zuflüsterte, große Neuigkeiten über ihn zu berichten wüsste.

Unter dem Protest, dass der Zeitpunkt schlecht gewählt sei und sie sich gefälligst beeilen solle, folgte sie Lizzy, die es gerade noch schaffte, die Tür zu versperren, bevor Linda bei Arrows Anblick wütend die Flucht ergreifen konnte.

„Stellst du dich jetzt etwa auf ihre Seite?", fragte sie Lizzy trotzig und drehte Arrow den Rücken zu.

„Es tut mir leid", rief Arrow ihr zu.

Zornig wirbelte Linda herum. „Was tut dir leid? Dass du mir seinen Besuch wieder mal verschwiegen oder mich in aller Öffentlichkeit bloßgestellt hast?"

„Aber ich hatte keine Ahnung, dass er hier sein würde", verteidigte Arrow sich. „Er hat niemandem etwas verraten. Das tut er so gut wie nie."

„Und warum sollte ich dir das glauben?"

„Bitte Linda, wir sind Freundinnen!", flehte sie. „Warum sollte ich dich anlügen?"

Spöttisch lachte Linda auf. „Weil du es mir nicht gönnst! Ständig musste ich dir jede Kleinigkeit über ihn aus der Nase ziehen. Oft hatte ich ja nicht einmal die Gelegenheit, ihn zu sehen!"

„Aber ich wusste selbst nie etwas davon. Bitte, du musst mir glauben. Ich hatte nicht die geringste Ahnung, wie viel er dir bedeutet. Ich dachte, es wäre rein freundschaftliches Interesse."

Linda wandte sich von ihren Freundinnen ab.

Bedacht ging Lizzy auf sie zu. „Sie sagt die Wahrheit."

Und dann konnte Linda die Tränen nicht mehr zurück halten. Arrow nahm sie sofort in die Arme und wartete geduldig, bis ihre Freundin sich wieder gefangen hatte. Dann übergab sie kurz an Lizzy und wühlte in ihrem Schrank nach dem einzig auffindbaren Taschentuch, das sie ihrer aufgelösten Freundin reichte.

„Ich komme mir so dumm vor“, schluchzte Linda, während sie sich die Tränen vom Gesicht tupfte.

„Aber das musst du nicht“, entgegnete Arrow. „Eher bin ich diejenige, die sich dumm vorkommen muss. Es tut mir schrecklich leid, Linda. Hätte ich nur die geringste Ahnung gehabt, das musst du mir glauben, wäre ich niemals so plump gewesen.“

„Aber von uns allen bist du immer die Sensibelste gewesen. Jedes Mal warst du die erste, die bemerkt hat, wenn etwas nicht stimmte, und dann hast du alles unternommen, damit es demjenigen besser ging. Für mich war es immer selbstverständlich, dass du von Anfang an Bescheid wusstest.“

„Und durch mein Verhalten dir gegenüber hast du dann gedacht, dass ich es dir nicht gönnen würde“, schlussfolgerte Arrow betroffen. „Ach Linda, nichts auf der Welt könnte mich jemals dazu veranlassen, dir etwas so Schönes nicht zu gönnen. Wie ich so blind sein konnte, verstehe ich ja selbst nicht. Ich habe einfach gedacht, dass es euch so geht wie mir und es hat mich selbst immer unglücklich gemacht, dass er nicht mehr so greifbar war wie früher. Das hat mir einfach wehgetan und ich bin deshalb noch immer sehr oft sehr wütend auf ihn, obwohl ich weiß, dass ich ihm damit Unrecht tue. Die Antworten auf all die Fragen, die ihr mir über ihn gestellt habt, kannte ich selbst nicht und stets hat mich das geärgert.“

„Aber Arrow“, warf Lizzy dazwischen, „warum hast du nie etwas gesagt?“

Mit einem wenig überzeugenden Lächeln antwortete sie: „Ich dachte immer, es wäre offensichtlich.“

Linda und Lizzy umarmten sie. Plötzlich sprang Lizzy wie vom Blitz getroffen zur Seite. „Wisst ihr was?“, rief sie ganz begeistert. „Was heute hier geschehen ist, sollte uns eine Lehre sein. Ich finde, wir sollten uns deshalb ein Versprechen geben, und zwar das Versprechen, dass wir ab sofort keine Geheimnisse mehr voreinander haben und uns alles erzählen, damit es nie wieder zu solchen Missverständnissen zwischen uns kommt.“

Während Linda freudestrahlend dem Vorschlag zustimmte, senkte Arrow betrübt den Blick. „Ihr wisst, dass ich euch dieses Versprechen nicht geben kann“, erwiderte sie.

Linda und Lizzy schauten einander in die Augen und kamen – wie so oft – stillschweigend zu der Übereinkunft, dass es zwar schwierig war, jedoch der Freundschaft zu Arrow nicht im Wege stehen sollte. Schließlich hatte es immer schon Dinge gegeben, die Arrow einfach nicht erzählen konnte, und mindestens genauso oft hatten die Mädchen ihr angesehen, dass sie es zu gerne mit ihnen geteilt hätte. Es war nicht einfach, darüber hinwegzusehen, doch es gab so unendlich viele andere Dinge, die gerade für diese Freundschaft sprachen. Keinen von ihnen hatte Arrow je im Stich gelassen. Immer hatte sie ihre Versprechen gehalten, und auch wenn sie Dinge verheimlichte, so log sie ihre Freunde niemals an.

Und für sie selbst war es nicht weniger schwer. Seit sie denken konnte, passierten Dinge um sie herum, wie sie sonst nur in Märchen geschahen. Dinge, von denen die Leute nur erzählten, es hätte der Großvater des Onkels der besten Freundin vor langer Zeit erlebt, aber nie der Erzähler selbst. Dinge, wie sie nur in Büchern geschrieben standen – Bücher, die verstaubt in einer Ecke des hintersten Regals der zweistöckigen Bibliothek versteckt waren.

Anne hatte Arrow streng verboten, auch nur in die Nähe dieser Bücher zu kommen geschweige denn, jemals darin zu lesen. Es ging sogar so weit, dass Arrow die Bibliothek ohne Begleitung nicht mehr betreten durfte. Lange war ihr der Grund dafür vorenthalten worden, bis es deshalb zu einem heftigen Streit gekommen war. Arrow hatte sich ungerecht behandelt gefühlt. Nie zuvor hatte sie Anne enttäuscht und daher gab es auch keinen Grund ihr, etwas vorzuenthalten.

„Kind“, hatte Anne ihr eindringlich erklärt, „es ist nur zu deinem eigenen Schutz. Es gibt Dinge, von denen jeder weiß, dass sie wirklich existieren, über die jedoch niemand jemals wagen würde zu reden. Solltest du jemals in einem unbedachten Moment irgendwem über das, was in diesen Büchern geschrieben steht, berichten, würden sie dich für verrückt erklären. Die Leute hätten Angst vor dir, und was sie fürchten, das bekämpfen sie. Du darfst noch nicht einmal erwähnen, dass wir so etwas im Haus haben – versprich es mir!“

Natürlich hatte Arrow ihr dieses Versprechen gegeben und es beschäftigte sie jeden Tag aufs Neue, denn sie hatte es nicht gehalten. Es betrübte sie sehr, denn sie liebte Anne über alles, vielleicht sogar noch mehr, als jemand jemals fähig war, seine richtige Großmutter zu lieben, denn nicht weniger war Anne für sie. Doch gerade die Dinge, welche nicht erlaubt sind, erscheinen am verlockendsten – ganz besonders dann, wenn des Nachts alle schlafen und man selbst noch gar nicht müde ist.

So hatte Arrow sich Nacht für Nacht aus ihrem Zimmer geschlichen, um eines dieser Bücher zu holen, und hatte es immer vor Sonnenaufgang wieder an seinen Platz zurück gebracht. Seltsamerweise war die Tür nie versperrt gewesen und so war es jedes Mal ein Leichtes, in aller Ruhe einen solchen Ausflug zu wagen. Das allerdings belastete ihr schlechtes Gewissen nur noch mehr, denn offenbar hatte Anne doch sehr viel mehr Vertrauen zu ihr, als sie es zugeben wollte.

Nächtliche Wanderungen dieser Art unternahm Arrow schon seit sie imstande war, einen zusammenhängenden Text zu lesen und zu verstehen. Das Versprechen, das Anne ihr einst abgewann, hatte Arrow also schon lange vor dessen Zustandekommen gebrochen. Inzwischen hatte sie jedes Buch schon drei- oder sogar viermal gelesen.

Doch mit einer Sache konnte sie absolut im Reinen sein – niemals hatte sie irgendjemandem gegenüber auch nur das kleinste Wort über den Inhalt dieser Bücher verloren. Allein bei der Vorstellung, wie die Mädchen reagieren könnten, wenn Arrow von Dewaynes Schneeengel erzählen würde – was beim besten Willen nicht das Seltsamste war, das je passiert war –, zuckte sie zusammen.

Sie würde nichts erzählen – niemals. Nicht einmal um die Freundschaft zu Lizzy und Linda zu retten – sofern diese jemals dadurch gefährdet wäre.

„Wisst ihr was?“, fragte Arrow.

Die Mädchen schüttelten die Köpfe.

„Zwar kann ich nicht versprechen, euch immer alles zu erzählen, aber ich kann sehr wohl einen anderen Eid leisten, der nicht weniger wert ist.“

Die Mädchen blickten sie erwartungsvoll an.

„Ich verspreche, dass ihr und die Jungs immer auf mich zählen könnt.“

„Aber Arrow“, entgegnete Linda, „das wissen wir doch. Komm, wir sollten wieder runter gehen. Ich muss meine Zeit nutzen.“

„Hast du dich verletzt?“, fragte Lizzy und deutete dabei auf Arrows Unterarm.

Überrascht stellte Arrow fest, dass sie aus einer kleinen Wunde blutete. „Keine Ahnung, woher ich das habe“, murmelte sie. „Hättest du nichts gesagt, hätte ich’s gar nicht bemerkt.“

„Ich wische es ab“, sagte Lizzy. „Es wäre schade um dein schönes Kleid.“

Als Lizzy fertig war, nahm Linda Arrows Hand und zusammen kehrten sie wieder zur Feier zurück.

Noch immer war Arrow völlig verdutzt über die fehlende Euphorie bezüglich ihres Versprechens. Scheinbar war es schon lange eine Selbstverständlichkeit für ihre Freunde, dass sie ihnen immer zur Seite stehen würde, und sie grübelte, ob man es wohl unter Selbstüberschätzung verbuchen könnte, wenn sie sich nicht weiter darüber wunderte. Als sie bemerkte, dass sie sich – wie immer – zu viele Gedanken um alles machte und davon ganz verwirrt war, beließ sie es dabei und entließ die Adam suchende Lizzy und die freudestrahlende Linda mit einer Umarmung.

Arrow sah Linda nach, und auch als diese längst wieder in ein Gespräch mit Dewayne vertieft war, blieben ihre Blicke an den beiden haften. Es war ungewohnt, sie aus dieser neuen Perspektive zu betrachten, aber Lizzy hatte Recht – sie waren keine Kinder mehr. So sehr man an vielen Dingen auch festhalten mochte, würden sie sich jetzt doch verändern oder hatten es schon getan. Linda hatte sich verliebt und wen immer man auch fragte, bestätigte, dass es DAS Ereignis im Leben eines jeden Menschen sei.

Und Dewayne? Tatsächlich hatte er sich schon längst verändert. Aus dem kleinen Jungen mit den vielen Flausen im Kopf war inzwischen ein junger Mann geworden – jemand, der von allen Seiten jede Aufmerksamkeit wie ein Magnet auf sich zog. Und ja – er war attraktiv. An dieser Tatsache konnte noch nicht einmal sein ungestümes, strohblondes Haar etwas ändern. Die vornehme Haltung hatte er von Melchior geerbt. Seine auffällig schlanke Figur konnte man wohl seiner mäßigen Ernährung zuschreiben. Es betonte seine vorstehenden Wangenknochen. Und mit seinen grün-blauen Augen hatte er bisher jedes Mädchen um den kleinen Finger wickeln können.

Arrow war das alles bisher nie aufgefallen. Doch jetzt, wo sie Linda zuschaute, die Dewayne mit den strahlendsten Augen anschmachtete, wie Arrow es noch nie zuvor bei ihr beobachtet hatte, wurde ihr all das klar. Linda war an diesem Abend ein völlig anderer Mensch und doch sie selbst. Was mit ihr geschah, schien ganz wunderbar zu sein. Genau genommen hatte sie etwas derartiges auch anderswo noch nie beobachtet.

Und während Arrow darüber nachdachte und die Gespräche noch einmal durchging, wurde ihr plötzlich ganz mulmig zumute.

Jedes Mal, wenn es keine Neuigkeiten von ihm gab, war Linda unendlich betrübt, überglücklich, wenn er anwesend, und am Boden zerstört, wenn er zu Besuch war, ohne dass sie davon wusste – das waren Lizzys Worte, mit denen sie nicht nur Lindas Gefühle beschrieb, sondern auch ihre eigenen.

Wie in einem Traum

Als Arrow von ihrem Vater geweckt wurde, hatte sie das Gefühl, sie sei vor einigen Minuten erst eingeschlafen.

„Arrow, komm. Du musst jetzt aufstehen. Es wird Zeit, dass wir aufbrechen."

Völlig benommen rieb sie sich die Augen. „Ist alles in Ordnung?", fragte sie schläfrig.

Er nickte: „Es ist alles gut. Aber du musst jetzt aufstehen. Bitte zieh dir den dicksten Mantel und die wärmsten Stiefel an. Wir haben einen weiten Weg vor uns."

Arrow richtete sich auf und sah sich um.

„Es ist noch dunkel draußen. Welche Zeit haben wir?"

„Die richtige", antwortete er.

Verwundert stand sie auf und tat, wie ihr Vater es ihr aufgetragen hatte. Als sie fertig war, reichte er ihr eine Laterne und fragte sie, ob sie auch ihr Medaillon dabei habe.

„Selbstverständlich. Ich lege es niemals ab."

„Gut, dann lass uns gehen."

„Nur wir beide?", fragte Arrow verwundert. „Wohin wollen wir denn?"

„Mach dir keine Sorgen, mein Kind. Dort, wo wir hin wollen, warten die anderen bereits auf uns."

Als sie das Haus verließen, bot die verträumte Landschaft einen atemberaubenden Anblick. Mond und Sterne standen hoch am Himmel und in ihrem Licht glitzerte der Schnee wie tausend Diamanten. In der Luft lag der Geruch von Winter.

Arrow musste gähnen. Wie eine Wolke stieg der warme Atem aus ihrem Mund, und obwohl sie kein kleines Kind mehr war und bereits einige Winter erlebt hatte, fand sie es noch immer faszinierend.

Sie gingen durch das Dorf, in dem nirgendwo das Licht einer Kerze zu sehen war. Alles schien tief und fest zu schlafen.

Noch einmal warf Arrow einen Blick zum Haus zurück, um sich zu vergewissern, dass dort tatsächlich nirgendwo ein Licht brannte. Ihre Familie war immer für allerhand Späße zu haben und sie wartete sehnlichst auf den Moment, in dem alle herauskamen und in Gelächter ausbrachen, doch es blieb ruhig.

Enttäuschung breitete sich in ihr aus. Melchior schien es tatsächlich ernst zu meinen. Und so beschloss sie, sich geschlagen zu geben. Das allerdings währte nur den Bruchteil einer Sekunde, denn was im nächsten Moment geschah, jagte ihr einen eisigen Schauer über den Rücken– viel eisiger noch als die Temperatur um sie herum.

Das prächtige große Gutshaus verwandelte sich vor ihren Augen in eine kleine heruntergekommene Ruine ohne Fenster und mit eingestürzter Treppe.

Melchior warf einen Blick zurück, um nach seiner Tochter zu sehen, die mit offenem Mund in die Richtung starrte, aus der sie gekommen waren.

„Ist alles in Ordnung, Arrow?"

Langsam hob sie den Arm und zeigte starr auf das Haus.

„Hast du etwas gesehen? Gelegentlich treiben sich um diese Zeit Wölfe hier herum."

Mit einem völlig verständnislosen Blick wandte Arrow ihm den Kopf zu. „Was?!"

„Sorge dich nicht. Sie werden uns nichts tun. Sie streunen nur umher."

„Dad", fuhr sie ihn an, „unser Haus!"

„Was ist damit?", fragte er.

Arrow lachte auf, als würde sie jeden Moment die Nerven verlieren. „Es ist ... weg!"

„Ssscht, nicht so laut. Du darfst niemanden wecken."

„Ach nein? Ich fürchte, dass sich das nicht vermeiden lassen wird, denn wir sind gerade obdachlos geworden und müssen heute Nacht ja wohl irgendwann irgendwie irgendwo noch schlafen!"

„Sssscht", versuchte Melchior sie wieder zu beruhigen. Er ging auf sie zu und legte seine Hände sanft auf ihre Schultern. „Arrow, was redest du da? Wir sind nicht obdachlos. Mit dem Haus ist doch alles in Ordnung."

„Ach ja? Das denke ich aber nicht. Schau es dir doch mal genauer an. Es ist ein Trümmerhaufen. Von einem Moment auf den nächsten – alles zerstört."

„Aber Kind, hör dir doch selbst mal zu. Wie sollte das denn möglich sein? Es sieht alles noch aus wie vorher und es war auch nichts zu hören. Ein Einsturz wäre mir wohl kaum entgangen. Aus dir spricht die Müdigkeit. Sobald wir unser

Ziel erreicht haben, legst du dich erstmal schlafen und danach ist alles besser."

Völlig fassungslos starrte sie ihren Vater an. Seinen Worten nach schien er zu glauben, sie sei verrückt geworden, was ihr inzwischen nicht einmal mehr so abwegig vorkam, denn er hatte Recht. Kein einziger Ton war zu hören gewesen und außerdem war sie völlig übermüdet. Es lag ja nicht nur daran, dass sie in dieser Nacht noch nicht geschlafen hatte. Die letzten Tage waren sehr anstrengend gewesen, und auch wenn sie in der Nacht zuvor genügend Schlaf bekommen hatte, so fühlte sie sich bei weitem nicht erholt.

Noch einmal warf sie einen Blick auf das Haus. Es würde ihr leichter fallen, den Weg fortzusetzen, wenn sie wüsste, dass sie noch bei Verstand war, doch leider bestätigte sich dies nicht, denn noch immer war der Trümmerhaufen anstelle des Hauses zu sehen. Und wieder wusste sie – Schlaf fehlte, Schlaf musste nachgeholt werden, lieber früher als später und so gab sie sich geschlagen.

Der Schnee knirschte bei jedem ihrer Schritte. Seit Einbruch der Dunkelheit waren die Temperaturen noch weiter gesunken und der Frost hatte sich über das ganze Land ausgebreitet.

Arrow war nicht imstande, auf den Weg zu achten. Die ganze Zeit hatte sie das Bild des verfallenen Hauses vor Augen, das über so viele Jahre immer ihr geliebtes Heim gewesen war. Wie konnte das nur geschehen? Vielleicht hätte sie es nicht einmal bemerkt, wenn es zu dem Zeitpunkt, als sie zurückgesehen hatte, schon so gewesen wäre. Wenigstens hätte sie sich dann einreden können, dass es nicht dasselbe Haus war. Doch alles war vor ihren Augen geschehen von einer Sekunde zur nächsten ohne einstürzendes Dach und ohne klirrende Fenster. Nicht ein einziges Geräusch hatte es gegeben. Schlaf war wichtig.

„Vorsicht!", rief Melchior, der seine Tochter davor bewahrte, gegen einen Baum zu laufen.

Erschrocken sah Arrow sich um. Überall Bäume, Schnee und Dunkelheit.

„Wo sind wir?"

„Na im Wald."

„Im Wald?", fragte sie aufgelöst. „In DEM Wald? Mitten in der Nacht?"

Melchior zuckte mit den Schultern. „Ja."

Arrow verschränkte die Arme. Sie schien förmlich zu beben vor Zorn. „Sag mal, habe ich irgendwo irgendwann irgendetwas nicht mitbekommen?", fragte sie geradezu hysterisch.

„Kind, beruhige dich", redete Melchior auf sie ein, doch es bewirkte das Gegenteil.

„Beruhigen?! Beruhigen soll ich mich?! Soll das ein Scherz sein? Ich werde mich erst wieder beruhigen, wenn ich in meinem mollig warmen Bett in unserem wunderschönen Haus aufwache, nicht mehr friere und vor allem nicht in der Dunkelheit durch DEN Wald spaziere!"

„Aber vertrau mir doch. Es ist nicht mehr sehr weit und dann wirst du alles verstehen, denn so schlimm, wie dir das alles jetzt vorkommt, ist es nicht."

„Nicht schlimm? Es ist nicht schlimm? Unzählige Male hast du mir das Versprechen abgenommen, dass ich niemals und unter keinen Umständen den Wald betrete. Arrow, geh niemals auf die andere Seite des Waldes. Die andere Seite ist gefährlich. Niemals Arrow, niemals", ahmte sie seine Worte nach. „Ich hatte ja keine Ahnung, dass das nur bei Tageslicht gilt!"

„Arrow!", rief Melchior schroff. „Genug jetzt! Ich werde dir alles erklären, wenn wir unser Ziel erreicht haben, und ich werde dir auf alles eine Antwort geben. Aber erst müssen wir weiter. Wir müssen vor Tagesanbruch dort sein."

Tränen stiegen Arrow in die Augen. Sie verstand die Welt nicht mehr.

„Aber wo müssen wir denn sein, Dad? Es war doch alles schön, so wie es war und WO es war."

„Kind, du musst mir bitte vertrauen. Ich kann es dir jetzt nicht erklären. Dafür haben wir keine Zeit." Er versuchte ruhig zu klingen, doch in seinen Worten hallte ganz deutlich Ungeduld wider.

Arrow senkte den Blick. Wie ein Bächlein liefen Tränen über ihre Wangen.

Als Melchior nichts weiter sagte, nickte sie ihm zu und sie setzten den Weg fort. Was hätte sie auch sonst tun sollen? Ihr Vater machte nicht den Eindruck, als würde er umkehren wollen. Er war entschlossen die Reise fortzusetzen. Welche Wahl hätte sie da noch? Allein zurückgehen? An irgendeine Tür klopfen und um Obdach bitten, weil ihr Heim zerstört und ihr

Vater von der Idee besessen war, mitten in der Nacht den Wald zu durchqueren? Alle diese Gedanken auf einem Haufen schienen völlig verrückt. Und sie auszusprechen, würde es nicht besser machen.

Von diesem Moment an redeten sie kein Wort mehr miteinander. Das Ganze wirkte äußerst unheimlich.

Am helllichten Tage wäre dies sicher ein wunderschöner Ausflug geworden, doch in der Dunkelheit wirkte es wie ein Alptraum. Wölfe heulten in der Ferne und Eulen, die zwischen den Bäumen saßen, bekundeten mit lauten Rufen ihre Anwesenheit. Zweige knackten und das trübe Mondlicht ließ Spuren im Schnee erkennen, die Arrow kaum einem Tier zuordnen konnte.

Immer und immer wieder spielte sich das soeben erlebte in ihrem Innern ab und dazwischen erklang ständig dieser eine wichtige Satz, der ihr Leben bestimmte, seitdem sie gehen konnte: „Gehe niemals auf die andere Seite des Waldes“.

Auch ihre Freunde hatten einmal angedeutet, dass jeder von den seltsamen Dingen, die dort geschahen, wüsste. Es redete allerdings niemand offen darüber, da viele, die es einst taten, für verrückt erklärt worden waren. So war dann auch aus ihren Freunden nicht mehr viel herauszubekommen.

Unzählige Gedanken gingen Arrow immer wieder durch den Kopf und in dem Moment, als sie dachte, dass sie bis zum Morgengrauen wandern würden, blieb Melchior stehen.

„Wir sind jetzt da“, sagte er.

Sie standen auf einer kleinen Lichtung mitten im Wald. Außer Bäumen war noch immer nichts weiter zu sehen. Ein großer Hügel auf der Lichtung versperrte allerdings die Sicht zur anderen Seite.

„Bitte warte hier einen Moment“, sagte Melchior.

Arrow stand auf der Lichtung, während ihr Vater auf die andere Seite des Hügels ging. Als er nicht mehr zu sehen war, wurde es noch viel unheimlicher als zuvor. Und dabei hatte sie die ganze Zeit gedacht, dass es nicht schlimmer kommen könnte.

„Dad?“, rief sie ängstlich. Doch Melchior antwortete nicht.

„Um mich loszuwerden, hättest du mich nicht unbedingt im Wald aussetzen müssen. Eine Heirat hätte es auch getan!“ Anders, als erwartet, half auch ihr Sarkasmus nicht, sie zu beruhigen, doch glücklicherweise tauchte Melchior plötzlich wieder auf der anderen Seite des Hügels auf, ging einmal herum und verschwand dann wieder dahinter.

Plötzlich dämmerte es Arrow – SIE war gar nicht verrückt geworden, sondern ihr Vater! Nur, dass er bei seinen irren Aktivitäten nicht frieren musste, sondern sich durch Bewegung warm halten konnte...

Vielleicht wollte er ja einfach warten, bis sie erfroren war. Oder er dachte möglicherweise, er wäre ein Hering. Die schwammen ja schließlich auch immer weiter – sogar in einer Endlosschleife.

Vielleicht war er aber auch der Annahme, dass er seine Tochter schon lange hinter sich gelassen hatte. Sollte das der Fall sein, würde sie sich nicht wieder bemerkbar machen, bis er vor Erschöpfung umfiel. Zur Strafe würde sie ihn erst dann aus seinem Glauben reißen und ihn zusätzlich endlos mit Vorwürfen quälen.

Arrow schüttelte den Kopf. Was waren das nur für wirre Gedanken? Wirre Gedanken in einer wirren Situation.

Vielleicht war es einfach das Sinnvollste, nicht wild herum zu spekulieren, sondern einen kühlen Kopf zu behalten, bis er wieder zu sich kam.

Jedes Mal, wenn er nun hinter dem Hügel auftauchte, winkte sie ihm lächelnd zu. Zu Arrows Leidwesen nahm er allerdings nicht die geringste Notiz von ihr, sondern ging ganz konzentriert und ruhig weiter.

Inzwischen schaute Arrow sich völlig gelangweilt nach einer Sitzgelegenheit um. Am Rande der Lichtung bot sich ein entwurzelter Baum an. Nachdem sie sich dort niedergelassen hatte, betrachtete sie den Sternenhimmel. Nachdenklich begann sie die Sternbilder zu bestimmen. Bei den meisten gelang ihr das sogar auf Anhieb, und gerade als sie dabei so richtig in Schwung kam, hatte Melchior seine Heringsreise beendet. Mit einem erwartungsvollen Lächeln auf den Lippen winkte er seine Tochter zu sich.

Fast befürchtete Arrow, ihm würde sein Spaziergang allein keinen Spaß mehr machen und sie sollte ihm dabei Gesellschaft leisten, doch dann wurde ihr schwindelig und die Erde unter ihr bebte.

Erschrocken griff sie Melchiors Hand. „Was geschieht hier?“

„Arrow, erinnerst du dich noch an die vielen Geschichten über die Natur und ihre Geister? Ich habe sie dir oft erzählt, als du noch klein warst.“ Mit einem erwartungsvollen Blick starrte er erst den Hügel, dann seine Tochter an. Dann fügte er hinzu: „Sie sind alle wahr.“

Im selben Moment gab der Hügel vor ihren Augen einen torgroßen Eingang preis, hinter dem dicker Nebel waberte.

„Was ist das?“, fragte Arrow panisch.

„Das ist die andere Seite des Waldes – Orbis Alia. Und es ist dein Zuhause.“

„Was?! ... MEIN ZU HAUSE ist das, was wir gerade hinter uns gelassen haben. Es ist die meistheruntergekommene Ruine in ganz England, weißt du noch?“, schimpfte sie voller Sarkasmus.

„Aber du bist hier geboren worden, genauso wie ich vor dir und alle, die vor uns kamen“, erklärte er mit ruhiger Stimme. „Du bist ein Teil DIESER Welt und DIES ist dein wahres Zuhause.“

Es war verrückt. Für ihren Vater schien das alles ganz klar und logisch zu sein, fast als wartete er auf den Moment, in dem Arrow ihm um den Hals fiel und rief „Endlich! Endlich bin ich wieder dort, wo ich hingehöre“, doch so war es ganz und gar nicht.

„Ich möchte dir etwas zeigen.“ Vollkommene Zuversicht stand in seinem Gesicht geschrieben.

Arrow war voller Hoffnung, dass DIES der Moment war, in dem alle hinter den Bäumen hervorsprangen und 'ÜBERRASCHUNG' brüllten. Aber irgendwie heulten nur die Wölfe und sie zuckte zusammen.

Melchior griff unter seinen Schal und holte sein Medaillon hervor. Es war fast identisch mit dem von Arrow und wie auch bei ihrem eigenen wusste sie nicht, welches Geheimnis es hütete. In seinen Händen flammte es auf – wie ein Licht, das aus einem Schlaf oder zum Leben erwachte. Melchior öffnete das Schmuckstück und gab das Leuchten frei.

Im ersten Augenblick schien es ein Glühwürmchen zu sein, doch dann wurde es immer größer und kräftiger. Mitten in der Luft verharrte es vor Melchiors Gesicht. Eindringlich starrte er es an, dann glitt sein Blick zu Arrow und das Leuchten schwebte auf sie zu.

Ein seltsames Gefühl überkam sie. Merkwürdigerweise schien das Licht mit ihr zu sprechen und sie zu beruhigen – aber auf die gleiche Weise, wie ihr Vater es immer tat. Worte benutzte es dabei allerdings nicht, sondern eine völlig andere und doch seit Anbeginn der Welt bekannte Sprache.

Ein Kribbeln an ihrem Herzen ließ Arrow aufschrecken. Eilig holte sie ihr Medaillon hervor, welches plötzlich genauso strahlte wie zuvor das von Melchior.

Das schwebende Leuchten wandte sich von ihr ab und verschwand durch den Eingang des Hügels.

„Öffne es“, flüsterte ihr Vater zuversichtlich.

„Ich weiß nicht, wie“, antwortete Arrow befangen.

„Doch, du weißt es. Du musst nur den Mut haben.“

Mut haben – das hörte sich ja ganz toll an. Seltsamerweise konnte sie sich an keine Situation erinnern, in der ihre Beinkleider gefüllter waren.

Ohne den Blick von dem Schmuckstück zu wenden, tat sie, was ihr Vater von ihr verlangte. Sie hatte es schon so oft probiert und noch nie öffnen können, doch dieses Mal machte es KLICK.

Ein winziges Licht trat daraus hervor und wurde mit jedem ihrer Atemzüge stärker.

Arrow fühlte sich hypnotisiert. Es war, als schien die Zeit stehen zu bleiben – der Moment, bevor das Universum die Dinge ihrem rechtmäßigen Platz zuordnete.

Dies war der kraftvollste Moment, den Arrow je erlebt hatte. Sie hörte das Gras schlafen und sie hörte, wie sich die Schneeflocken in den aufziehenden Wolken bildeten. Jedes Kind hörte sie lachen, jeden Menschen weinen und die Herzschläge aller Lebewesen. Sie fühlte den Schmerz und das Glück dieser und jener Welt und die Erde erzählte ihr ihre Geschichte. Sie sagte ihr, wohin sie wirklich gehörte, und dass dieses strahlende, reine Licht ein Teil von ihr war – etwas, ohne das sie nicht sein konnte.

Langsam schrumpfte das Leuchten wieder auf die Kraft einer Kerzenflamme zusammen, bevor es sich von ihr abwandte und durch das Hügeltor verschwand.

Inzwischen schneite es wieder und die Flocken sammelten sich in Arrows Haar. Es schien kälter geworden zu sein, doch sie fror nicht mehr. Ihr war angenehm warm, doch sie wusste, dass sich das schnell ändern würde, sollte sie noch länger hier verharren.

Mit ausgestrecktem Arm stand Melchior auf der anderen Seite des Tors.

Arrow ließ ihr Medaillon in der Tasche ihres Mantels verschwinden.

Unschlüssig, ob sie die Hand ihres Vaters ergreifen sollte, warf sie einen Blick zurück über ihre Schulter.

„Den ganzen Abend dachte ich, dass nichts Schlimmeres mehr geschehen könnte, und doch habe ich mich jedes Mal geirrt. Was erwartet mich dort auf der anderen Seite?“

Zuversichtlich lächelte Melchior seine Tochter an, bevor er antwortete: „Das Glück. Du musst nur tapfer genug sein, um es zuzulassen.“

Orbis Alia – Die andere Seite

Durch den Eingang zu schreiten, fühlte sich an, als tauchte man in Wasser ein. Aber es war nicht kühl oder unangenehm, sondern mehr wie ein lang ersehntes heißes Bad an einem kalten Winterabend, das einem Geborgenheit spendet.

Arrow sah sich um, doch sie erkannte kaum etwas. Der Nebel verwehrte ihr beinah jede Sicht, doch die Luft war herrlich warm und schmeckte süß wie Honig.

„Jetzt kannst du deinen Mantel ablegen. Hier wirst du ihn nicht mehr brauchen“, riet Melchior, der bereits dabei war, seinen eigenen zu öffnen.

„Hier ablegen?“, fragte sie verwundert.

Melchior nickte. „Wir haben noch ein kleines Stück vor uns und du musst ihn nicht tragen. Es wäre vergebens. Die warmen Schuhe wirst du übrigens auch nicht mehr brauchen.“

„Welche soll ich dann anziehen? Du hast nicht gesagt, dass ich andere Schuhe mitnehmen soll.“

„Hier wirst du überhaupt keine Schuhe mehr benötigen.“

Empört stemmte Arrow die Hände in die Hüften. „Und wie soll ich das bitteschön Anne erklären? Sie hat die letzten fünf Sommer gebraucht, mich dazu zu bringen, im Freien nicht barfuß herumzulaufen.“

„Das war etwas anderes. Hier ist das in Ordnung.“

Ihre Augen leuchteten, und während sie den Mantel fein säuberlich über irgendetwas, das der Nebel verhüllte, ablegte, flogen die Schuhe unkoordiniert im hohen Bogen durch die Gegend. Unter ihren Füßen fühlte Arrow glatte, warme Steinplatten. Es war das angenehmste Gefühl seit Tagen.

Lächelnd reichte Melchior seiner Tochter die Hand. „In diesem Nebel sind schon viele Dinge verloren gegangen. Einige davon suchen wir seit mehreren hundert Jahren.“

Während ihr Vater zielgerichtet voran ging, umklammerte Arrow seinen Arm ganz fest. Dies war ein ungünstiger Zeitpunkt, um verloren zu gehen.

Ihr Weg führte sie zu einer wuchtigen steinernen Treppe mit einem ebenso wuchtigen Steingeländer.

Während Arrow gespannt versuchte, etwas von der Umgebung zu erkennen, gingen sie unzählige Stufen hinab. Erst bemerkte sie es gar nicht, aber der Nebel klärte sich mit jedem

Schritt mehr auf. Zwischen den dicken Schwaden wurden Umrisse von Bäumen erkennbar und die Luft war gefüllt mit dem süßen Duft von Sommer. Jeder Atemzug schmeckte nach Äpfeln, Orangen und Raps, gemischt mit einer Priese von Moos und Pilzen.

Arrows Füße sanken in weiches Gras. Obwohl es vom Morgentau noch ganz feucht war, fühlte es sich angenehm warm an. In der Hoffnung, erkennen zu können, von wo sie gekommen waren, schaute sie zurück, doch die große Steintreppe verschwand in einer dichten Wolke, die keinerlei Einblicke preisgab.

Ihr Weg führte über eine Wiese, die völlig mit bunten Blumen bewachsen war. Vögel zwitscherten aus allen Ecken und Wasser plätscherte in der Nähe. Von der natürlichen Schönheit der Landschaft war Arrow auf Anhieb verzaubert. Sie glich so überhaupt nicht den penibel gepflegten englischen Gärten, die in Elm Tree ein jeder Bewohner meilenweit um sein Haus anlegte. Das hier war einfach nur Natur. Alles war darin möglich und man wusste nie, was einen beim nächsten Schritt erwartete.

Als Arrow sich umwandte, bot sich ein Anblick, der ihr den Atem stocken ließ. Links von ihr lag eine Landschaft, wie sie es sich in ihren kühnsten Träumen nicht hätte vorstellen können. Ihr Blick schweifte über ein riesiges Tal mit endlosen Wäldern, um die sich bunte Wiesen säumten. Allerhand Obstbäume und -büsche wuchsen dort verstreut und ein vor sich hinplätschernder Bach schlängelte sich in weiter Ferne durch die Landschaft.

Auf der anderen Seite befand sich ein Gebirge, das sich weit entfernt rund um das Tal säumte und an dessen Fuß eine lange pflanzenüberwucherte Treppe, die hier und da auf kleine bunte Gebirgswiesen abzweigte, zu einem riesigen Schloss führte. Es ragte aus dem Berg, als wäre es dort hineingemeißelt. Hätte Arrow nicht so nah davor gestanden, wäre es ihr womöglich gar nicht aufgefallen, so perfekt fügte sich der Palast in die Natur ein.

„Ist dies das Paradies?“, fragte sie überwältigt.

Glücklich lachte Melchior seine Tochter an. „Nein. Das Paradies ist im Vergleich hierzu langweilig.“

Arrow fühlte die Lebensgeister in sich zurückkehren. Keine Kälte, keine Müdigkeit und keine Erschöpfung – einfach nur das Glück zu leben.

Die Sonne drang gerade so durch den hohen Nebel, um kein einziges Stück blauen Himmel durchblitzen zu lassen. Noch immer hingen dicke Schwaden überall auf den Wiesen. Es war vollkommen.

Glücklich darüber, dass es noch so früh am Morgen war, folgte Arrow ihrem Vater hinauf zum Schloss. Weit und breit war keine einzige Seele zu sehen. Noch schlief diese Welt, deren überwältigenden Anblick sie ganz unbekümmert genießen konnte.

Wie viel von dieser Leichtigkeit wohl noch in ihr stecken würde, wenn sie auch nur annähernd geahnt hätte, wie viele Blicke hinter jedem Baum, jedem Stein und jedem Grashalm in diesem Moment tatsächlich auf sie gerichtet waren...

Das Innere des Schlosses war von Licht durchflutet. Es gab keine kahlen oder dunklen Wände, die zum Gruseln einluden. Alles war aus hellem Sandstein und auch drinnen noch wirkte es wie ein riesiger ummauerter Garten. Überall rankten Blumen, aus den Wänden ragten Reliefs, die an Shakespeares Sommernachtstraum erinnerten, und in allen Ecken standen Vogeltränken.

Einige Gänge und Treppen weiter hielten sie an einer Wand, auf die Melchior zeigte. Im selben Moment bewegten sich die massigen Blumenranken zur Seite und gaben einen Raum frei.

„Das ist dein Zimmer", erklärte er.

Neugierig trat Arrow ein. Es sah hier kaum anders aus als auf den Gängen. Überall Blumen, Reliefs und an der Wand eine kleine Tränke. Nur das mit Blüten überflutete Himmelbett machte den Unterschied von einem Garten zu einem Wohnraum. Da bekam die Redensart „Auf Rosen gebettet" eine ganz neue Bedeutung. Das absolute Highlight war allerdings das riesige offene Fenster, welches einen atemberaubenden Ausblick auf die gesamte Landschaft bot.

Zum ersten Mal, seitdem sie aufgebrochen waren, schenkte Arrow ihrem Vater ein strahlendes Lächeln.

„Dir gefällt es hier, ja?", fragte er verunsichert.

„Machst du Witze? Natürlich gefällt es mir. Von einem solchen Ort hätte ich nicht einmal zu träumen gewagt." Arrow umarmte ihn so fest, dass alle Anspannung von ihm abfiel.

„Das freut mich", sagte er. „Ich schlage vor, dass du dich jetzt erst mal ausruhst. Mein Zimmer befindet sich am Ende des Ganges. Wenn du etwas brauchst, dann lass es mich wissen."

Stirnrunzelnd löste sie sich aus der Umarmung. „Ich soll jetzt schlafen? Ich kann jetzt nicht schlafen! Dafür bin ich viel zu aufgeregt. Ich möchte alles sehen."

Ohne, dass Arrow eine Chance gehabt hätte, hob Melchior seine Hand und pustete ihr funkelnden Staub entgegen. Umgehend verschwammen die Farben und Konturen des Raumes und Arrow begann zu taumeln. Im letzten Moment fing Melchior sie auf, bevor ihre Beine nachgaben.

„Keine Eile mein Kind. Von jetzt an haben wir alle Zeit der Welt für uns", waren die letzten Worte, die sie hörte, bevor sie in einen tiefen Schlaf fiel.

Als Arrow erwachte, befand sie sich in ihrem Bett in Elm Tree. Sie war also wieder zu Hause. Wie ein Pfeil schoss sie hoch, zündete eine Kerze an und sah sich um. Alles war unversehrt – als wäre nie etwas geschehen.

Eilig lief sie zum Fenster, doch außer Dunkelheit, die sich über die Schneelandschaft legte, war nichts zu erkennen. Kein Wald, keine Wiesen, nur der Geruch der paradiesischen Landschaft war noch da – oder vielmehr die Erinnerung daran.

Enttäuscht schlich sie sich aus dem Zimmer in die Bibliothek.

Dieses Mal machte sie sich nicht die Mühe, ein Buch auszuwählen, das sie mit in ihr Bett nahm, sondern setzte sich vor das Regal und breitete alle Exemplare, nach denen sie suchte, vor sich auf dem Boden aus.

Sie las und las in jedem der verbotenen Bücher, die sie schon fast in- und auswendig kannte. Jede Geschichte über Elfen, Meerjungfrauen, Zentauren und Nixen sog sie in sich auf. Bedauerlicherweise lieferte ihr das keine neuen Erkenntnisse und somit ließ sich ihr Wissensdurst nicht stillen. Enttäuscht packte sie die Bücher wieder zusammen und kramte ein weiteres hervor, das sie schon oft in den Händen gehalten hatte, für das sie sich jedoch nie wirklich hatte erwärmen können.

Ganz offensichtlich gehörte es nämlich nicht in diese Abteilung, denn nichts Besonderes stand drin – lediglich endlose Abhandlungen über die Elemente, das Wetter und dessen Zusammenspiel mit der Natur. Zu allem Überfluss fehlten auch noch auffällig viele Seiten, die irgendwann mal jemand herausgerissen hatte – wohl aus Wut, weil er es genauso öde fand, dachte Arrow.

Ihr kam die Idee, dass, wenn sich dieses Buch in das Regal über Naturgeister, Sagen und Legenden verirrt hatte, sich vielleicht auch ein Exemplar über Mythologie in den anderen Regalen befinden könnte.

Erfolglos suchte sie die halbe Bibliothek ab, bevor ihr auffiel, dass der Tag noch gar nicht angebrochen war. Mit dieser Erkenntnis tauchte die Umgebung in gleißendes Licht und sie erwachte in ihrem Rosenblütenbett, um das sich ein Vorhang aus Ranken gelegt hatte.

Arrow wagte kaum, sich zu bewegen. Viel Geflüster war zu hören und sie war sich nicht sicher, ob dies jetzt der Traum war. Einzig der süße Geruch von Honig lag wieder in der Luft oder vielleicht auch bloß die Erinnerung daran...

Nach einigem Zögern und der Überlegung, was sie nun tun sollte, knurrte Arrow der Magen so laut, dass das Geräusch durch das ganze Zimmer hallte. Prompt verstummte das Geflüster. Damit machte es wohl wenig Sinn, sich weiterhin schlafend zu stellen.

Sie setzte sich auf und die Ranken des Himmelbetts glitten zur Seite. Vor ihr befand sich über einem Ständer das blaue Kleid, das sie seit der Weihnachtsfeier nicht mehr ausgezogen hatte. Erschrocken blickte sie an sich hinunter, stellte dann jedoch zu ihrer Erleichterung fest, dass sie nicht nackt war.

Neugierig stand sie auf. Sie trug ein Kleid. Und es war so anders als alles, was sie sonst getragen hatte. Es besaß weder Ärmel noch Träger und weder Unter- noch Reifrock befanden sich darunter.

Aus dem Augenwinkel sah Arrow eine Bewegung, die ihre Aufmerksamkeit erregte. Zu ihrer Beruhigung handelte es sich dabei nur um die Wiedergabe ihres eigenen Spiegelbildes. Erstaunt betrachtete sie sich. Das Kleid wirkte auf eine ungewohnte Art bezaubernd schön. Es war weiß und fiel wallend bis zum Boden, wo sich der Saum wie ein Blütenkelch nach außen wölbte. Erstaunlicherweise schien es nicht nur so auszusehen, sondern es fühlte sich auch an wie die zarten Blüten eines frisch gewachsenen Schneeglöckchens. Ansonsten war es eher schlicht – ohne jeden Schnickschnack. Aber gerade das machte seinen besonderen Reiz aus.

In Arrows Haaren blitzten die glitzernden Schneeflocken auf, welche sie erst kürzlich von ihrem Vater geschenkt bekommen hatte. Sie harmonierten perfekt zu den unzähligen winzigen Blumen, die ihre Haarpracht wie ein Netz umgaben.

Als ihr Magen erneut knurrte, wusste sie, dass es eindeutig an der Zeit war, ihren Vater aufzusuchen. Aber Hunger hin oder her – Arrow hatte ohnehin geschätzte drei Millionen Fragen, die nach Antworten verlangten.

Vor ihr rankten sich die Blumen zur Seite und gaben den Ausgang frei, doch sie zögerte hinauszugehen.

„Ob das hier wohl ein Nachthemd ist?“, fragte sie sich.

Erschrocken erspähte Arrow aus den Augenwinkeln heftiges Kopfschütteln und als sie bemerkte, dass diese Bewegungen von den Reliefskulpturen an den Wänden ausgingen, konnte sie einen Aufschrei nicht unterdrücken.

Von Panik ergriffen stürzte Arrow aus dem Zimmer. Verwirrt sah sie sich um. Am Ende des Ganges wohnte ihr Vater. Wie es jedoch schien, hatte dieser Korridor mehr als ein Ende. Verärgert über diese doch sehr dürftige Information über seinen Aufenthaltsort stemmte sie ihre Hände in die Hüften. Als ihr dann jedoch auffiel, dass ihr unzählige steinerne Augenpaare durch die Ranken entgegenblinzelten, lief sie vor Schreck einfach los.

Schon bald bemerkte Arrow, dass sie sich verlaufen hatte, und blieb stehen. Als sie sich umsah, erblickte sie erneut ihr Spiegelbild und betrachtete ihre verschlafenen Augen.

Glücklicherweise befand sich direkt unter dem Spiegel ein Becken. Das war gut, etwas Wasser ins Gesicht würde ihr sicher helfen, frischer auszusehen. Nachdem sie ihre Hände mehrere Male eingetaucht und die kühlen Tropfen in Gesicht und Dekolleté verteilt hatte, fühlte sie sich gleich besser. Sie sah auch gleich sehr viel erholter aus, doch die Tatsache, dass sie – so jedenfalls zeigte es ihr das Spiegelbild – einen Goldfisch auf der Stirn hatte, war höchst ungewöhnlich.

Im selben Moment zuckten Arrow und der Fisch zurück und plötzlich schwebte er über ihr. Arrow sah sich um, doch außerhalb des Spiegels war der kleine Fisch nirgends zu sehen.

„Ich frage mich ...“, flüsterte sie forschenden Blickes und tippte mit dem Finger vorsichtig gegen den Spiegel. Als die Oberfläche daraufhin winzige Wellen schlug, musste Arrow kichern und versuchte es gleich noch einmal. Der Fisch kam näher und stupste mit seinem Maul gegen Arrows Fingerspitze. Dieses Gefühl war so merkwürdig, dass sie erneut kichern musste. Völlig unerwartet sprang der Fisch aus dem Spiegel und plumpste in das darunter liegende Becken, wo er flink davon schwamm. Obwohl das Volumen des Beckens nicht größer zu sein schien als das eines Wassereimers, war er plötzlich nirgendwo mehr zu sehen.

Neugierig steckte Arrow ihre Hand in das kühle Wasser. Den Boden klar und deutlich vor Augen, war sie entschlossen, ihn zu berühren, doch er war nicht greifbar. Ungläubig kniete sie sich auf den steinernen Fußboden, doch obwohl ihr Arm bereits bis zur Schulter im Wasser versunken war, fühlte sie noch immer keinen Grund.

Grübelnd zog Arrow ihren Arm wieder heraus und erhob sich. Prüfend betrachtete sie ihr Spiegelbild und plötzlich nahm sie breit grinsend einen tiefen Atemzug und steckte ihr Gesicht bis zu den Ohren in den Spiegel, der von innen vollkommen anders aussah.

Überall schwammen Fische und Pflanzen wogen sich in der sanften Strömung. Der Spiegel war ein See mit vielen Fenstern, die in jeder Höhe schwammen – offenbar Spiegel in anderen Bereichen des Schlosses.

Als Arrow einen Blick nach unten warf, schnappte sie erschrocken nach Luft, denn auf dem Grund des Sees saßen Nixen und Meerjungfrauen, die sie verwundert beäugten.

Eilig zog sie sich aus dem Spiegel heraus, stolperte und hustete lautstark das verschluckte Wasser wieder aus.

Gerade als sie sich wieder einigermaßen erholt hatte, blies ihr ein kleiner, aber starker und angenehm warmer Wind ins Gesicht. Mit Händen und Füßen versuchte sie ihn abzuwehren, doch er verfolgte sie und ließ erst nach, als sie vollständig getrocknet war.

Als Arrow ihre Augen öffnete, blickte sie auf eine Wolke, die direkt vor ihrem Gesicht schwebte und kaum größer war als ihr Kopf. Als sie noch ein kleines Mädchen war, hatte man ihr erzählte, dass Engel in den Wolken lebten, und so hegte sie schon seit langem den Wunsch, zu erfahren, wie sich dieser wattige Himmelskörper anfühlte. Vorsichtig glitt sie mit der Hand hindurch. Zu ihrer Enttäuschung gab es da nichts, das man anfassen konnte. Wenn doch nun aber Engel IN der Wolke lebten, mussten sie doch wenigstens ein Sofa zum Ausruhen haben ...

Arrow ließ ihre Hand noch einige Male durch die Wolke gleiten. Dabei wurde sie immer schneller, so dass ein Beobachter hätte meinen können, sie würde das arme Ding ohrfeigen.

Als Arrow endlich die Gewissheit hatte, dass absolut gar nichts in einer Wolke wohnen konnte, gab sie auf. Doch bevor sie die Chance hatte, sich endgültig etwas anderem zuzuwenden, vernahm sie ein dumpfes Geräusch, das wie ein Husten klang, und gleich darauf war ihr Gesicht wieder nass. Sichtlich beleidigt kehrte die Wolke ihr den Rücken zu und ließ sich über dem Becken nieder. Dunst stieg darin auf und die Wolke wuchs auf das Dreifache ihrer vorherigen Größe.

Als der Dunst sich legte, schwebte sie weiter zu den Blumen, die überall blühten, und flog mit einem schwachen Regen darüber hinweg.

Einige der Pflanzen hatten ein eher schauriges Aussehen. Ihre Blüten erinnerten stark an einen Mund, in welchem viele spitze Zähnchen aufblitzten. Tatsächlich schnappte eine von ihnen plötzlich auch nach der Wolke, die zwar gleichzeitig mit Arrow zurückschreckte, sich aber nichts gefallen ließ. Ganz offensichtlich war auch bei Wolken irgendwann das Maß erreicht, denn schließlich färbte sie sich grau, stieß einen hellen Blitz aus und von einem Moment auf den nächsten war die schnappende Pflanze nur noch glimmende Holzkohle. Ärgerlich murmelnd flog die Wolke davon.

Kopfschüttelnd drehte Arrow sich um und bekam den nächsten Schreck, denn die vielen steinernen Augenpaare aus ihrem Zimmer hatten zwischenzeitlich Gestalt angenommen und wandten sich ihr neugierigen Blickes zu.

„Ihr seid wohl überall im Schloss?“, fragte sie mit freundlicher Resignation.

Viele begeisterte Sommernachtstraumfiguren nickten heftig. „Aber ja, wir sind das Schloss“, erwiderte ein Elfenknabe. „Wir und noch ein paar Blumen.“ Die anderen Oberkörper stimmten ihm abermals mit begeistertem Nicken zu.

„Oh“, stammelte Arrow, „dann muss ich mich wohl für meine Benehmen von vorhin entschuldigen. „Normalerweise besitze ich genügend Anstand, nicht davon zu laufen, wenn ich jemanden kennen lerne. Es ist nur ..." Arrow ging dichter an die Figuren heran, hielt eine Hand neben ihren Mund und flüsterte: „Das hier ist alles noch ganz neu für mich und ich wusste über diese Welt so gut wie nichts."

Die Skulpturen nickten. „Wir erzählen es nicht weiter", flüsterte eine in Blättern gekleidete Dame, woraufhin alle die Köpfe schüttelten.

Zurückhaltend lächelte Arrow die vielen Gesichter an. Das war vielleicht alles seltsam. Dagegen war alles Sonderbare, das sie bisher erlebt hatte, irgendwie normal. Aber sie hatte schon oft gedacht, dass einige merkwürdige Begebenheiten nicht mehr übertroffen werden konnten, und nicht selten wurde sie dann eines Besseren belehrt.

„Okay, danke", stammelte sie. Eigentlich eine nette Plauderei, dachte sie, bevor ihr Magen sie zum wiederholten Male mit lautem Protest an ihren Hunger erinnerte.

„Du hast Hunger", stellte der kleine Junge fest.

Arrow nickte. „Ja, deshalb bin ich auch unterwegs. Ich suche meinen Vater. Er hat versprochen, mir alles zu zeigen und nun müsste er mir sagen, wo ich etwas zu essen bekommen kann. Wisst ihr vielleicht, wo er wohnt?"

Alle nickten. „Aber er ist gerade nicht da", erklärte die Dame, woraufhin alle die Köpfe schüttelten.

„Oh ...", bemerkte Arrow enttäuscht. „Habt ihr vielleicht eine Ahnung, wo er sich im Moment aufhält?"

„Aber ja. Er ist vorhin in den Wald gegangen", sagte der Elfenjunge.

Arrow lächelte. „Dann ... dann werde ich dort mal nach ihm suchen. Ich danke euch."

Arrow wandte sich um, aber alles, was sie sah, waren Pflanzen und Gänge. Nach einen kurzen Zögern richtete sie sich wieder an ihre Beobachter.

„Ähm ... darf ich euch noch einmal um etwas bitten?"

Die Reliefskulpturen nickten begeistert.

„Ich glaube, ich habe mich verlaufen und irgendwie ... finde ich den Weg nach draußen nicht."

Schweigend wurde sie gemustert und auch noch Sekunden später wurde sie nur angestarrt.

„Ähm ... Könntet ihr mir vielleicht den Weg hinaus zeigen?“

Ein begeistertes „Natürlich!“ erklang von allen Seiten und so folgte Arrow den Figuren, die sich durch den Sandstein bewegten.

Der Weg nach draußen kam ihr viel länger vor als bei ihrer Ankunft der Weg hinein. Scheinbar war sie nach dem Schreck in ihrem Zimmer in eine völlig falsche Richtung gelaufen. Unterwegs musste sie noch einer ganzen Menge Klein-Wetter-Wolken ausweichen, unter denen sie auch sofort die von vorhin wieder erkannte. Tobend polterte der kleine Himmelskörper vor sich hin – scheinbar war es nicht ihr Tag. Erleichtert erblickte Arrow schließlich den Ausgang.

Sie bedankte sich. Schon auf dem Weg nach draußen drehte sie sich noch einmal um.

„Ich bin übrigens Arrow“, stellte sie sich vor.

„Wissen wir“, antworteten die Figuren einstimmig nickend.

Verblüfft von dieser so sonderbaren, aber überaus angenehmen Bekanntschaft verließ Arrow das Schloss. Der Blick auf das Tal war genauso überwältigend wie bei ihrer Ankunft, und obwohl alles noch sehr nebelverhangen war und man nicht unendlich in die Ferne schauen konnte, war es doch viel klarer geworden und auch die Anwesenheit von Beobachtern blieb nicht länger verschleiert.

Überall auf den Wiesen tummelte sich das Leben mit Picknicks, Musik und Gelächter.

Schüchtern schritt Arrow die lange Treppe hinunter. Etwas Derartiges hatte sie noch nie zuvor gesehen. Es gab dicke Leute, große Leute, dünne Leute und kleine Leute. Außerdem waren da noch Leute mit spitzen Ohren und langen Nasen, mit wüstem Haar und einige ganz ohne Behaarung. Ein jeder wirkte ganz einzigartig, jemanden vergleichbaren konnte man weit und breit kein zweites Mal sehen. Einige unter ihnen waren überaus vornehm gekleidet, andere in Lumpen gehüllt und bei wieder anderen war nur das Nötigste mit Blättern, Blüten oder Blumen bedeckt. Gelegentlich fehlte die Kleidung auch ganz.

Und ich habe mir wegen meines Kleides Sorgen gemacht, dachte Arrow erleichtert. Doch obwohl das Äußere all dieser Leute recht sonderbar schien, war es etwas Anderes an ihnen, das Arrow in ihren Bann zog. Es war die Art und Weise, wie sie alle miteinander umgingen. Ihr ganzes Verhalten drückte Respekt, Liebe und Leidenschaft aus, doch gab es keine Ergebenheit, keine Eifersucht und keine Verbundenheit zu einem Einzelnen. Es existierte allein das große Ganze, ungeachtet der Kleidung, des Aussehens oder des Geschlechts. Dieses Spektakel war einfach faszinierend.

Plötzlich vernahm Arrow das donnernde Geräusch galoppierender Pferde. Seit sie denken konnte, hatten diese anmutigen Wesen sie in ihren Bann gezogen und ihre Anwesenheit hatte sich selbst in Elm Tree immer wie ein Besuch aus der Zauberwelt angefühlt.

In großer Zahl und mit Kindern auf ihren Rücken galoppierten sie wild über die Wiesen. Als sie dichter kamen, war Arrow sich allerdings gar nicht mehr so sicher, ob es wirklich Kinder waren. Zwar waren sie ziemlich klein und jubelten umso ausgelassener, je mehr die Vierbeiner beschleunigten, doch dem Aussehen nach zu urteilen schienen sie sehr erwachsen, teilweise sogar wie kleine Greise.

Unbändig sprangen die Pferde über jeden Stein, jeden Busch und den kleinen Bach, der sich durch die Landschaft schlängelte.

An einem Teich warf eines der schönen Rosse seinen Reiter ins Wasser ab und galoppierte davon.

Auf den ersten Blick sah der Sturz gar nicht gut aus, und als das Männchen nach einer Weile nicht wieder auftauchte, machte Arrow sich Sorgen. Doch dann erblickte sie den Kopf des Alten, der noch immer fröhlich vor sich hin kicherte. Arrow ging näher, um ihm aus dem Wasser zu helfen, doch diesen Gefallen tat ihm stattdessen ein Adler, der ihn an seinen Schultern herauszog und unter kräftigem Zappeln und schallendem Gelächter davontrug.

Am Ufer des Teiches stand ein junger Mann, der von diesem ganzen Vorfall scheinbar völlig unbeeindruckt blieb, sofern er überhaupt etwas davon mitbekommen hatte, denn sein Blick war ununterbrochen auf die Wasseroberfläche geheftet. Eilig entledigte er sich seiner Kleider und folgte vielstimmigem Gekicher in den Teich.

Als Arrow sich näher heranschlich, erblickte sie anmutig schöne junge Damen, die darin badeten.

Der junge Mann schwamm auf sie zu und begrüßte jede mit einem leidenschaftlichen Kuss. Die Damen kicherten und umgarnten ihn von allen Seiten. Als ihr aufgrund des weiteren Geschehens die Schamesröte ins Gesicht stieg, meldete sich erneut ihr Magen.

Zu ihrer Erleichterung, fiel im gleichen Moment ein Apfel vom Baum, vor dem sie gerade stand.

Arrow hob ihn auf, putzte ihn grob mit der Hand ab und wollte gerade genüsslich hinein beißen, als eine holzige, dünne Hand zwischen den Blättern auftauchte, die hektisch nach dem Apfel zu greifen versuchte.

Vor lauter Schreck stolperte Arrow einige Schritte zurück. Dann verschwand die Hand wieder zwischen den Blättern. Nichts regte sich mehr im Baum. Neugierig näherte sich Arrow ihm und entdeckte zwischen den Blättern und Zweigen ein ängstlich wirkendes Augenpaar.

Vorsichtig nahm sie die Zweige beiseite und entdeckte dahinter ein kleines Männchen, zu dem die Augen und wohl auch die dürre Hand gehörten.

Wie ein verschrecktes Reh schaute es sie an und regte sich nicht. Dann fiel es Arrow wieder ein: „Ah, du bist wohl das Apfelbaummännchen. Ich habe mir dich ganz anders vorgestellt. In all den Büchern gab es keine einzige Zeichnung von dir."

Einen Moment lang betrachtete sie noch den verlockend gut aussehenden Apfel, bevor sie ihn dem kleinen Mann reichte. „Den letzten soll man dir nicht wegnehmen."

Scheu griff der kleine Mann nach dem Apfel und umarmte ihn dankbar, als wäre er sein kostbarster Schatz.

Langsam ließ Arrow die Zweige wieder zurück gleiten. Der kleine Mann sah so scheu aus, dass sie ihn nicht noch mehr einschüchtern wollte. Grübelnd drehte sie dem Baum den Rücken zu und sah sich erneut nach etwas Essbarem um, als sie plötzlich ein Tippen auf ihrer Schulter spürte. Hastig drehte sie sich um erblickte einen aus den Zweigen ragenden Arm, der ihr den Apfel entgegenstreckte.

„Oh, aber das kann ich nicht annehmen", winkte sie ab. Doch das Männchen reichte ihr den Apfel noch näher.

„Nein, das geht wirklich nicht. Ich weiß, wie wichtig er für dich ist."

Für einen Moment verschwand der Arm samt Apfel in den Zweigen. Ein Knacken ertönte und der Arm tauchte mit einer Hälfte des Apfels wieder auf.

Ein dankbares Grinsen machte sich auf ihrem Gesicht breit und Arrow nahm die Hälfte freudig an.

Der Arm verschwand wieder und aus dem Baum ertönte ein saftiges Krachen und zufriedenes Schmatzen, das sie selbst nur allzu sehr zum Essen animierte.

Genüsslich biss sie in den Apfel. Er war köstlich und die Hälfte noch immer groß genug, um vorerst satt zu werden.

Zufrieden setzte Arrow ihren Spaziergang fort. Beim letzten Blick über die Schulter fiel ihr auf, dass zwischen den Zweigen der übrigen Bäume ebenfalls Augenpaare aufgetaucht waren, die sich neugierig auf sie richteten, bis sie hinter einem Hügel verschwunden war.

Je näher sie zum Wald kam, desto deutlicher vernahm sie die Klänge ganz zauberhafter Musik. Zwischen den Bäumen kam etwas kaum sichtbar Funkelndes auf sie zugeflogen. Als es um Arrow herum schwebte, erkannte sie dank der glitzernden Sonnenstrahlen, die mühsam durch den Nebel drangen, die Silhouetten von zarten, tanzenden Wesen, die sich immer und immer wieder um ihre eigene Achse drehten und sich wie verzaubert zum Takt der Klänge bewegten. Dabei rissen sie Arrow förmlich mit sich. Sie wusste nicht, ob es an den Wesen, die kaum mehr als ein Windhauch waren, oder an der Musik lag, doch ohne darüber nachzudenken tanzte sie mit ihnen über die Wiese. Das war etwas, von dem sie ganz genau wusste, dass sie es niemals bei klarem Verstand tun würde. Was würden denn die Leute von ihr denken, wenn sie sich wie von Sinnen benähme?

Aber welche Leute eigentlich? Die, die sich unbekleidet auf den Wiesen tummelten, oder die, die sich schüchtern zwischen den Zweigen der Bäume verkrochen? Hier waren so viele Dinge so anders und mit dieser Gewissheit ging sie ganz in dem Tanz und der Musik auf.

Arrow hatte kein Gefühl dafür, wie lange sie sich dieser Vergnügung hingegeben hatte, doch als die zarten Geister von ihr abließen, fühlte sie ganz deutlich wunde Stellen an den Füßen und Erschöpfung im ganzen Körper. Aber trotzdem war sie glücklich.

Irgendwo abseits allen Getümmels fand sie sich auf der Wiese wieder. In der Nähe vernahm sie das Rauschen eines Wasserfalls. Unbedacht schlenderte sie darauf zu. Sie hatte jede Angst von sich abfallen lassen und überlegte, dass Furcht nicht unbedingt etwas war, was sie dieser Welt näher bringen konnte. Hier war alles neu und ganz anders, als sie es bisher gekannt oder auch nur für möglich gehalten hatte, doch auf eine ganz wunderbare Art und Weise. So vieles musste neu erlernt und entdeckt werden und Furcht würde sie nur davon abhalten.

Je näher sie dem Wasserfall kam, desto deutlicher vernahm sie das Donnern der Wassermassen. Noch immer war die Sonne nicht zu erkennen. Gerade die nötigsten Strahlen erreichten die Erde.

Eine Weile verharrte Arrow an dem See. Träumend trank sie von dem Wasser, bevor sie den Rückweg antrat.

Sie hielt sich an den Bach, der aus dem See ablief. Sicher war es der gleiche, der sich durch die Wiesen schlängelte und sie nach Hause bringen würde. Gedankenverloren folgte sie ihm.

Als ihre Kräfte zu schwinden begannen, erblickte sie das Schloss in der Ferne, was sich, so zugewachsen, wie es war, als gar nicht so einfach erwies. Nachdem sie schon ein ganzes Stück gewandert war, nahm sie am Waldrand auf einem entwurzelten Baumstamm Platz, um zu verschnaufen.

Laubrascheln holte sie aus ihrem Tagtraum und nicht lange darauf tauchten hinter den Bäumen drei große Gestalten auf, die ihre Blicke neugierig auf Arrow richteten.

Sie schlichen um die Bäume wie hungrige Katzen, die sich bettelnd an ihren Besitzer schmiegten, und auch der Blick dieser Wesen ließ sich unglaublich gut mit ihnen vergleichen.

Ganz langsam kamen die drei auf sie zu. Natürlich war ihnen nicht entgangen, dass Arrow sie längst bemerkt hatte, trotzdem näherten sie sich wie Raubtiere, die auf ihre Beute lauern. Obwohl Arrow gar nicht wohl bei der Sache war, konnte sie sich ihnen nicht entziehen.

Die Beine der Wesen waren vollkommen mit Fell bedeckt und anstelle der Füße hatten sie Hufe. Der Oberkörper jedoch glich dem eines Menschenmannes, sie trugen Bärte und aus ihren Köpfen ragten neben den Ziegenohren Hörner.

Nur wenige Schritte von Arrow entfernt begannen sie einen leidenschaftlichen Tanz aufzuführen, bei dem keiner von ihnen auch nur ein einziges Mal seinen Blick von ihr nahm. Während die anderen beiden ihren Tanz ununterbrochen fortsetzten, ging der Dritte näher auf sie zu und streckte, einen Pfirsich in der Hand haltend, seinen Arm aus. Als Arrow wie gebannt danach greifen wollte, zog das Wesen seinen Arm weg. Prompt reichte es ihr seine andere Hand und küsste die ihre, während er sie dabei voller Begehren anfunkelte.

Ohne jeden Zweifel entsprach keine dieser drei Kreaturen auch nur im Entferntesten den Vorstellungen ihres Traummannes, doch trotzdem zogen sie Arrow magisch an.

Die Vorstellung endete abrupt, als die Wesen aufhorchten, einen raschen Blick über die Schulter warfen und panisch in die Tiefen des Waldes flüchteten.

Einen gefühlten langen Augenblick sah Arrow ihnen noch nach, während sie sich hinunterbeugte, um den Pfirsich aufzuheben, den der Verehrer fallen gelassen hatte. Mit jedem Schritt, den sich die drei weiter von ihr entfernten, ließ Arrows Interesse an ihnen nach und wich wachsender Abneigung.

„Bei deinen ersten Erkundungstouren solltest du nicht allein umher wandern. Das könnte unangenehme Konsequenzen nach sich ziehen“, ermahnte sie eine vertraute Stimme.

„Musstest du sie so erschrecken? Sie hatten doch keine bösen Absichten“, erwiderte Arrow vorwurfsvoll, noch ehe sie wieder ganz bei Verstand war, den Blick noch immer auf die Stelle geheftet, wo die Kreaturen im Wald verschwunden waren.

Benebelt spürte sie einen leichten Kopfschmerz und zwei Hände auf ihren Schultern, die sie sanft herumdrehten.

„Satyrn manipulieren mit ihren Duftstoffen den Verstand, Arrow. Du hast sie nicht wirklich begehrt.“

Arrow hielt inne. In der diesigen Umgebung sah Dewayne so viel anders aus als sonst. Er wirkte größer und schlanker. Und obwohl Arrow nicht gedacht hätte, dass es möglich wäre, war er auch blasser als sonst.

Sein langes aschblondes Haar stand wirr in alle Richtungen und ließ die spitzen Ohren durchblitzen, die er seit jeher um jeden Preis verstecken musste.

Es war noch nicht lange her, dass Arrow mit Dewaynes überaus anziehender Wirkung auf junge Damen konfrontiert worden war, und auch wenn sie sich noch nicht ganz damit abgefunden hatte, so musste sie doch feststellen, dass er in diesem Moment attraktiver wirkte als jemals zuvor. Nicht zuletzt lag es wohl auch an seinen strahlenden Augen, die ausdrückten, wie sehr er an diesen Ort gehörte, wo er nicht gezwungen war, sich zu verstellen.

„Ab jetzt gehst du ohne Begleitung nirgendwo mehr hin“, bestimmte er sanft.

Hastig griff Arrow sich an die Schläfen. Wie donnernde Echos hallten Dewaynes Worte in ihrem Kopf wider, die sie zudem wie tausende spitze Nadeln durchbohrten.

„Kannst du etwas leiser sprechen, bitte?“, flüsterte sie gequält. „Und es wäre auch nett, wenn du allen Vögeln hier den Hals umdrehen könntest, damit sie still sind.“

Dewayne lachte. „Kopfschmerzen und schlechte Laune? Typische Symptome für einen Kater.“

An einen Baumstamm gelehnt, ließ Arrow sich ins weiche Moos sinken. Bei jeder Bewegung verzerrte sie ihr Gesicht.

„Eine Katze habe ich hier nirgends gesehen“, erwiderte sie um sich blickend.

Mit einem selbstgefälligen Lächeln beugte Dewayne sich über sie und küsste ihre Stirn. Von einer Sekunde zur nächsten verschwand der Schmerz und Arrow fühlte sich wie neu geboren.

Ohne dass sie es bemerkte, hatte Dewayne sich neben sie auf den moosigen Waldboden gesetzt. „Besser?“, fragte er.

Verwundert schaute sie ihn an. „Äh .. ja. Vielen Dank ... – auch dafür, dass du die Vögel am Leben gelassen hast ... natürlich.“

„Hattest du einen schönen Tag?“, fragte er sanft.

Arrow lachte unsicher. „War es ein schöner Tag oder ist es ein unglaublich schöner Traum?“, murmelte sie mit sehnsüchtigem Blick, während sie ihren Kopf an den Baum lehnte.

„Träumt man denn von gefühlten Kopfschmerzen?“, gab er die Frage zurück.

„Auch wieder wahr“, musste sie sich geschlagen geben. „Aber es ist einfach unglaublich schön hier. Hat dieses umwerfende Fleckchen Erde denn auch einen Namen?“

Dewayne nickte: „Wir nennen es Nebulae Hall. Es ist wirklich einzigartig – von allem nur das Beste.“

„Bis auf die den Verstand vernebelnden ... Wie hast Du sie genannt? – Satyrn?“, fragte Arrow scherzend.

„Solange man in ihrer Gegenwart nur flach und durch den Mund atmet, sind sie harmlos. Wenn sie mitbekommen, dass ihr Opfer immun ist, lassen sie davon ab.“

„Dann heißt das wohl im Klartext, dass meine erste große Liebe nur ein fauler Zauber war.“

In diesen Worten steckte so viel Ironie, dass Arrow natürlich wusste, dass sie sich bei klarem Verstand niemals auf einen derartigen Flirt eingelassen hätte. Scheinbar gab es noch so einige Dinge, über die es viel zu lernen galt.

„Keine Sorge“, beruhigte er sie, „die wahre, wirkliche Liebe ist im Gegensatz hierzu unvergleichlich.“

„Vernünftiger?“

„Nicht im Geringsten.“ Und mit glühenden Augen fügte er hinzu: „Aber stärker. Wobei ... Kopfschmerzen kann sie unter Umständen auch verursachen.“

„Oh, dann habe ich diese Qualen also den Satyrn zu verdanken.“

Dewayne nickte. „Die Duftstoffe, die sie absondern, haben in etwa die gleiche Wirkung wie Alkohol, und hätte Melchior hin und wieder auf mich gehört und dich ab und zu ein Glas Rotwein trinken lassen, so wäre ihre Wirkung weniger stark ausgefallen.“

„Und wie sondern sie diesen Duftstoff ab? Sie werden ja wohl nicht immer ein kleines Fläschchen dabei haben?“

„Natürlich nicht“, antwortete Dewayne, der sich bereits erhoben hatte und Arrow auf die Beine half.

Eilig putzte sie ihr Kleid ab und folgte ihm aus dem Wald.

„Er befindet sich in ihrem Urin“, erklärte er, wobei im gleichen Moment ein pochendes Geräusch ertönte, das dem von fallendem Obst verblüffend ähnelte.

Völlig schockiert blickte Arrow sich am Boden um, der übersät war mit leblosen kleinen Vogelkadavern.

Dewaynes schallendes Gelächter hallte durch den Wald, als er sich umdrehte und die Empörung in ihren Augen sah. Grinsend beruhigte er sie dann: „Kopf hoch – es war nur ein Scherz.“ Und im nächsten Moment sprang lebhaft ein jeder Vogel auf und flog voller Panik davon.

Wohl wissend, dass mit dem „Scherz“ lediglich die Vögel und nicht die Bemerkung über den Urin der Satyrn gemeint waren, verzog Arrow angewidert das Gesicht. Im selben Moment wurde ihr bewusst, dass sie über ihre drei ersten großen Lieben hinweg war, wobei sie auch Andenken, die bei eventueller Schmerzbewältigung hilfreich schienen, nicht länger als nötig empfand. So warf sie den Pfirsich, den sie die ganze Zeit fest umklammert hatte, mit aller Kraft in den Wald.

„Hast du sie denn schon einmal erlebt – die wahre Liebe?“, fragte Arrow neugierig, während sie gemütlich über die Wiese spazierten.

„Warum fragst du?“

„Vorhin, als wir unter dem Baum saßen, da waren deine Worte, dass die wahre Liebe viel stärker wäre. Es klang, als wüsstest du, wovon du redest.“

Einen Moment lang schwieg er, doch dann fiel seine Antwort nur knapp aus. „Nein.“

Arrow war wenig überzeugt von dem Wahrheitsgehalt dieser Aussage. Es fiel Dewayne nie schwer, Anderen etwas vorzumachen – darin hatte er jahrelange Übung. Dieses Mal jedoch wirkte er schuldbewusst, als hätte er etwas unendlich Wichtiges einfach verraten. Jemandem, der ihn weniger gekannt hätte, wäre es wohl verborgen geblieben, doch für Arrow war er wie ein Bruder – schließlich waren sie zusammen aufgewachsen.

„Hast du deinem Leuchten denn schon einen Namen gegeben“, lenkte Dewayne auf ein anderes Thema.

„Meinem Leuchten?“, fragte Arrow. Da fiel es ihr wieder ein. „Ach, du meinst den kleinen Stern in meinem Medaillon. Diese Dinger haben Namen?“

„Nenn sie nicht Dinger, Arrow. Sie sind so viel mehr als das“, wies er sie zurecht.

„Hm, keine Ahnung. Vielleicht sollte ich ihn Star nennen.“

„Etwas fantasielos, oder?“

Arrow überlegte, doch etwas Anderes fiel ihr nicht ein.

„Wie heißt denn dein Leuchten?“

„Sein Name ist Ardor.“

„Ein schöner Name. Ich weiß nicht, wie ich meinen Stern nennen soll. Schließlich bin ich ihm erst ein einziges Mal begegnet und dabei hatte ich die ganze Zeit das Gefühl, als würde er zu mir sprechen. Allerdings war es kein normales Gespräch, sondern vielmehr ein Flüstern. Es war gar nicht so einfach, seinen Worten zu folgen.“

„Flüstern?“, fragte Dewayne. „Eigentlich ein schöner Name – Whisper.“

Arrow war erstaunt. „Stimmt. Vielen Dank.“

„Wofür? Du hast ihm den Namen gegeben.“

Obwohl Arrow ihm gerne noch so einige Fragen über das Leuchten gestellt hätte, ging ihr das vorangegangene Gespräch nicht mehr aus dem Kopf. Dewaynes Augen sagten ihr, dass er in Sachen Liebe einiges zu verbergen hatte. Aber wo sie schon über Dewaynes etwas zu verbergen versuchende Blicke nachdachte, kam auch die Erinnerung an etwas ganz Anderes wieder hoch.

„Dewayne, worüber wolltest du mit mir sprechen, als du nach Elm Tree gekommen warst?“

Abrupt blieb er stehen. Eine Weile war alles an ihm ausdruckslos, völlig starr – die Augen, das Gesicht, der Körper – einfach alles.

Als er sprach, war sein Blick in die Ferne gerichtet. „Dann kann ich es wohl nicht länger aufschieben.“

Geduldig verharrte Arrow neben ihm. Dewayne schien nach den richtigen Worten zu suchen und sie wollte es ihm nicht schwerer machen, als es ohnehin zu sein schien. Doch als er zu sprechen begann, hörte sie kein Wort von dem, was er sagte, sondern vernahm einzig und allein den zauberhaften Klang ihr bereits bekannter Musik.

Ein glitzernder Schweif kam ihr entgegen, und bevor sie auch nur das Geringste von Dewaynes Worten mitbekam, wurde sie erneut mit in den Tanz gerissen und schwebte mit funkelnden Gestalten davon.

Ein liebevolles Streicheln an ihrer Wange ließ Arrow erwachen. Ihr war nicht aufgefallen, dass sie eingeschlafen war. Der Tanz schien nahtlos in einen jener Träume übergegangen zu sein, aus denen man nicht erwachen möchte.

Als sie ihre Augen öffnete, fühlte sie sich orientierungslos. Grelles Licht fiel durch das große glaslose Fenster und flutete den hell gestalteten Raum.

„Hast du gut geschlafen, mein Kind?“, fragte die warme Stimme, von der sie seit jeher auf diese Art geweckt wurde.

Einige Male musste sie noch blinzeln, um etwas zu erkennen, und selbst als alles klare Umrisse annahm, traute Arrow ihren Augen nicht.

Scheinbar veränderte diese Welt einfach jede Person auf unerklärbare Weise, denn auch Anne sah so viel erholter und gesünder aus als noch vor einigen Tagen. Solange Arrow denken konnte, hatte sie Anne immer als warmherzige und gütige Großmutter gekannt, die stets Geschmack bewies und sich gern herausputzte – aber eben wie eine Großmutter. Jetzt allerdings erblickte sie eine bezaubernde, geradezu strahlende Lady, die zwar reich an Jahren war, es jedoch locker mit jeder weit jüngeren Frau aufnehmen konnte.

„Du siehst aus wie ein Engel“, murmelte Arrow noch ganz benommen. Im wachen Zustand hätte sie es gewiss anders ausgedrückt, obwohl es die Sache genau traf.

Wie sonst üblich, war Anne dieses Mal nicht in eine dicke Strickjacke gehüllt und hatte ihr Haar nicht zu einem kunstvollen Knoten hochgesteckt. Nein, sie trug ein wallendes smaragdgrünes Kleid und ihr endlos weißes Haar offen, so dass es vollkommen mit den hellen Blüten auf dem Bett verschmolz. Eine Blätterkrone zierte ihren Kopf.

„Hm, es ist zwar nicht die übliche Feste-Umarmung-Begrüßung, aber daran könnte ich mich auch gewöhnen“, schmunzelte Anne.

Natürlich verstand Arrow die Botschaft und holte die versäumte Feste-Umarmung-Begrüßung umgehend nach.

„Welche Zeit haben wir?“, fragte Arrow.

„Hm, Zeit ...“, murmelte Anne verträumt. „Genau genommen spielt Zeit hier eine sehr geringe Rolle. Ausnahmsweise aber muss ich gestehen, dass es, wenn du's genau wissen möchtest, höchste Zeit wird, uns auf den Weg zu machen. Es ist Abend. Die Dunkelheit wird bald hereinbrechen.“

„Wie seltsam. Erst Abend? Ich fühle mich so ... erholt, als hätte ich viel länger geschlafen.“

„Du hast einen ganzen Tag geschlafen, mein Kind. Die Sylphen waren glücklicherweise so freundlich und haben dich in der Nacht nach Hause gebracht. Ich hatte schon befürchtet, dass wir ewig nach dir suchen müssten. Sie tun das nicht für jeden, musst du wissen. Anscheinend haben sie Gefallen an dir gefunden.“ Beim letzten Satz hatte Anne ein selbstverständliches und dennoch geradezu stolzes Lächeln auf den Lippen.

Sie war die Frau, die Arrow großgezogen hatte. In ihrem Charakter ähnelten sich die beiden unwahrscheinlich. Und auch was Arrow nicht von Anne übernommen hatte, machte sie nicht weniger stolz auf ihre Enkelin – wie sie sie immer gesehen hatte. Und so war es für Anne ganz natürlich, dass Arrow sich so großer Beliebtheit erfreute.

Mit einem Satz erhob Anne sich vom Bett, überhaupt nicht gebrechlich und ganz ohne ihren Gehstock – sie wirkte so fit wie jemand in Arrows Alter. Dann reichte sie ihr die Hand. „Komm jetzt, Kind. Wir müssen gehen. Es wird wirklich ... Zeit."

„Aber wofür denn?"

Anne beugte sich zu ihr. Mit strahlenden Augen flüsterte sie: „Für etwas ganz Wunderbares."

Schon wieder etwas GANZ Wunderbares, dachte Arrow. Sie fragte sich, wie viel Wunderbares ein Mensch wohl ertragen konnte. Diese Welt war zweifellos sehr aufregend, doch fürs Erste war ihr Bedarf an Wunderbarem eigentlich gedeckt.

Sie erhob sich von ihrem Bett und warf einen Blick in den Spiegel. Mit einem erschrockenen „Ach du liebe Güte" sah sie an sich herunter.

„In Ordnung. Ich will jetzt SOFORT wissen, wer das hier ständig mit mir anstellt und wie viele Leute mich dabei nackt gesehen haben!"

Arrow kochte vor Wut. Mit jeder Sekunde wurde ihr Gesicht ein bisschen roter.

Anne hingegen zuckte ratlos mit den Schultern. „Was meinst du?"

„Na das!", tobte Arrow und zeigte auf ihr Kleid. Wieder einmal hatte jemand ihr die Mühe abgenommen, sich selbst umzuziehen, ohne, dass sie davon das Geringste bemerkt hatte.

Das leichte weiße Sommerkleid war einem grau-blauen schweren Winterkleid mit langen weiten Ärmeln und einer großen Kapuze gewichen. Zweifellos war es sehr schön, wenngleich es sehr schlicht war. Das alles jedoch änderte nichts an der Tatsache, dass Arrow dieses heimliche Umkleiden missfielen.

Anne schaute nach wie vor völlig überrumpelt. Mit einer geschwungenen Handbewegung über ihre Brust änderte sich ihr wallend grünes Kleid in ein grau-blaues, wie Arrow es trug.

Fragend schauten sich die beiden Frauen an.

Nach einem Moment des Schweigens zuckte Anne mit ihren Schultern. „Hhäm?“, stieß sie fragend hervor, was übersetzt so viel wie ein genervtes „Frage beantwortet?“ heißen sollte.

Schweigend nickte Arrow und folgte Anne ungerührt zu etwas „ganz Wunderbarem“.

Die grüne Lady

Die untergehende Sonne tauchte das Schloss in ein feurig rotes Licht, durch das sich lange Schatten zogen. Es war um einiges zu warm unter den schweren Gewändern, doch sie schienen wichtig zu sein, denn die Gänge waren voll von Leuten, die alle die gleiche Tracht trugen. Alle gingen in dieselbe Richtung. Keiner von ihnen sagte etwas. Jeder behielt seine Gedanken für sich.

Der Weg endete in einer großen Halle tief im Innern des Schlosses. Außer zahlreichen anderen Leuten befand sich nichts weiter in dem großen Raum. Über viele verwinkelte Ecken drangen nur noch wenige Sonnenstrahlen zu diesem Saal vor.

Obwohl sich die Halle immer weiter füllte, war es dennoch seltsam still an diesem Ort. Die Blicke aller Anwesenden hatten sich starr auf die Wand zur Berginnenseite geheftet. Das Relief darauf stellte den Abendhimmel dar. Am Horizont ging die Sonne unter, ziehende Wolken enthüllten den aufgehenden Mond. Die Darstellung wirkte überwältigend, vor allem, weil sie sich tatsächlich im Einklang mit dem realen Himmel bewegte. Als die Sonne unterging, erhellte silbriges Mondlicht den Raum.

Wie aus dem Nichts schwebten hunderte von Sternen von der Decke herab. Instinktiv formte Arrow ihre Hände zu einer Schale, auf denen sich ein einzelner leuchtender Funke niederließ und darin ruhte. Natürlich erkannte sie ihn auf Anhieb wieder. Es war dasselbe vertraute Leuchten, das sie zum ersten Mal erblickte, als sie ihre Welt verlassen hatte, dasselbe Leuchten, das sie in diese Welt begleitet hatte, und dasselbe Leuchten, das, obwohl sie es vorher nie erahnt hatte, seit jeher an ihrer Seite war.

„Arrow“, flüsterte Anne, während sie auf die Wand zeigte. „Nur mit einem Stern kannst du den Himmel betreten.“

Der Reihe nach gingen die Anwesenden in den Mond – durch die Wand. Offenbar war sie die Nächste.

Skeptisch folgte sie ihrem Vorgänger. Bloß nicht auffallen, bloß nichts falsch machen, dachte sie. Wenn Andere das können, dann schaffe ich das auch – durch eine Wand gehen ...

Ohne anzuhalten ging sie darauf zu, atmete tief ein und hielt die Luft an, bis sie auf der anderen Seite war. Dort angekommen, stellte sie erleichtert fest, dass es sich gar nicht um einen Zauber handelte, sondern wirklich nur um einen Durchgang, den die Dunkelheit nicht als solchen zu erkennen gab.

Dem Gefühl der Erleichterung folgte Kälte und dem Gefühl von Kälte folgte ein Pieks in die Hüfte.

Bei einem Blick über die Schulter, bedeutete Dewayne ihr, dass sie die Kapuze aufsetzen und ihren Weg fortsetzen sollte.

Ein kalter Schauer lief Arrow über den Rücken. Dieser Ort war dunkel und kalt. Endlos schien es in alle Richtungen. Es war das Berginnere, eine riesige Höhle, durch die sich unzählige Stalagmiten und Stalaktiten zogen.

Über Höhlen und Gebirge stand eine Menge in den verbotenen Büchern der Bibliothek. Sie bargen sehr viel mehr Geheimnisse in sich als andere Orte der Natur.

Arrow folgte ihren Vorgängern eine in Fels gehauene Treppe hinunter. Es wirkte gespenstisch. Die Umrisse der Leute verloren sich in der Dunkelheit, nur die Sterne verrieten, dass Hunderte vor ihr waren. Tatsächlich sah es so aus, als befände sich der Himmel in diesem Abgrund.

Schwach waren überall an den Felswänden viele kleine Treppen zu sehen, die zu unzähligen Eingängen führten. Öffnungen über und neben den Eingängen ließen erkennen, dass sich dahinter hohle Räume befanden.

Arrow wurde das Gefühl nicht los, beobachtet zu werden. Jedoch konnte sie nicht sagen, ob es von den Nachfolgenden ausging oder von etwas anderem hier unten. Etwas, das nicht mit ihnen durch den Eingang gekommen war, sondern hier lebte und diesen Platz für sich selbst beanspruchte. Vielleicht war es aber auch nichts von beidem, sondern einfach nur dieser Ort selbst, der eine derartige Unbehaglichkeit in ihr auslöste.

Mit jedem Schritt abwärts wurde es kälter. Das Gewand, das ihr zuvor noch lästig, viel zu schwer und zu dick erschien, fühlte sich nur noch an wie ein Nachthemd bei einem Winterspaziergang. Einzig die vom Funken gewärmten Hände konnten der Kälte trotzen.

Zu Arrows Erleichterung wurde es in der Tiefe heller. Tausende Kristalle reflektierten die schwachen Lichter.

Am Fuße der Treppe angekommen, nahm Dewayne sie gleich zur Seite, wo sie verharrten, bis auch der Letzte unten angekommen war.

Die Stille war erdrückend. So mussten sich Gefangene, die in ihren Verließen auf ihre Hinrichtung warteten, gefühlt haben, dachte sie.

Jemand trat vor und ließ seinen Funken aufsteigen, dem die anderen folgten. Gemeinsam bildeten die kleinen Lichter einen gleißenden Lichtballon, der, so gebündelt, um ein Vielfaches stärker und heller leuchtete als zuvor.

Vor der wartenden Menge lag ein Meer aus Efeu, das alles überwucherte, was sich in der Tiefe befand. Die Blätter bewegten sich, als würden sie auf Wellen dahin gleiten. Etwas stieg daraus hervor – eine Frau.

Ihr wallendes, erdbraunes Haar fiel geschmeidig über ihre Hüften und die helle Haut schien in Milch gebadet. Der Efeu schlang sich um ihren schlanken Körper wie ein freizügiges Gewand. Mit ihren vollen Lippen und den glasklaren Augen, die wie Smaragde funkelten, strahlte sie die Anmut einer Göttin aus. Eine aus Efeu geflochtene Krone unterstrich ihre Erscheinung.

Arrow war vollkommen gefesselt. Etwas so Schönes hätte nie ein Maler auf die Leinwand und nie ein Dichter zu Papier bringen können.

Wie eine Königin ihr Volk begrüßte, so nickte auch sie der Menge zu.

Mit ihren großen, strahlenden Augen und einem engelsgleichen Lächeln konzentrierte sie sich auf die Person, die den ersten Funken hatte steigen lassen.

Arrow konnte nicht erkennen, wer es war, denn die Person stand mit dem Rücken zu ihr und hatte die Kapuze tief ins Gesicht gezogen. Doch offenbar handelte es sich um einen Mann, denn einen solchen Gesichtsausdruck hatte sie bisher nur ein einziges Mal beobachten können – als Linda mit Dewayne geflirtet hatte. Dort vorne musste es sich allerdings um jemand anderen handeln, da Dewayne, wie ihr ein Blick über die Schulter verriet, noch immer hinter ihr stand.

Der Mann brachte die Frau zum Lachen, was die gesamte Höhle noch heller leuchten ließ. Zu gern hätte Arrow gehört, was er ihr zuflüsterte, doch trotz der andauernden Stille drang kein einziges Wort zu ihr vor. Nichtsdestotrotz war es himmlisch, diese Frau anzusehen. Sie sah so glücklich aus.

Der Mann drehte sich um und Arrow erschrak. Es war ihr Vater. Das war ja eine schöne Überraschung. Erst brachte er sie in diese Welt, ließ sich tagelang nicht mehr blicken und dann fiel ihm mal eben irgendwann noch so ein, dass ja seine Tochter hinter ihm steht.

Er winkte sie zu sich.

Unsicher, ob er wirklich sie meinte, schaute Arrow sich nach beiden Seiten um. Ein Schubs von Dewayne stellte klar, dass es so war. Ihre Beine zitterten, als sie sich der Frau näherte.

Es war verblüffend. Ziemlich oft schon hatte Arrow erlebt, dass jemand aus der Ferne betrachtet umwerfend schön aussah, doch je mehr man sich ihm näherte, desto weniger davon übrig blieb. Manchmal kamen Falten zum Vorschein, ein unschönes Mal oder zu viel Make-up. Diese Frau jedoch wurde mit jedem Schritt, den Arrow ihr näher kam, schöner. Alles an ihr war natürlich und vollkommen.

„Arrow, ich möchte dir die Grüne Lady vorstellen“, sagte Melchior.

Erwartungsvoll lächelte sie Arrow an, die völlig gebannt keine Miene verzog.

„Äääh ... Hallo.“

„Hallo“, antwortete die Lady lächelnd. „Ich hoffe, es gefällt dir bei uns.“

„Ja, sehr“, stammelte Arrow wieder.

„Das freut mich. Wir haben so lange darauf gewartet, dich endlich kennen zu lernen.“

Arrow runzelte die Stirn.

„Das ist eine Geschichte, von der ich ihr noch nicht erzählt habe“, erklärte Melchior.

Wäre ja nicht die erste, dachte Arrow.

Die Lady verstand. „Dann gibt es wohl noch eine Menge nachzuholen. Du solltest damit nicht zu lange warten, Melchior. Es ist nicht gut, sie unwissend hier umherstreifen zu lassen. Damit könnte sie zu einer leichten Beute werden.“

„Aber hier geschieht ihr doch nichts. Ich will sie nicht überfordern. Wir haben alle Zeit der Welt und hier ist sie in Sicherheit.“

Das Lächeln der Lady wich einem besorgten Gesichtsausdruck. „Ich hoffe für dich, dass es so ist. In Zeiten wie diesen ist sie nirgendwo sicher. Ich habe ein ungutes Gefühl. Irgendetwas wird passieren und es wird alles verändern."

„Das wird es", antwortete er zuversichtlich. „Es wird sich alles zum Guten wenden, das verspreche ich dir."

Die Nächte in Nebulae Hall

Der Rückweg erwies sich als weniger einfach. Zwar wurden zum Aufstieg Fackeln gereicht, doch das strahlende Licht warf nur längere Schatten durch die Höhle. Es machte deutlich, wie unheimlich dieser Ort tatsächlich war. Selbst wenn man die Sonne hier einschließen würde, brächte einen die Angst vor der Dunkelheit um.

„Das hier ist die Zwergenstadt“, erklärte Dewayne.

„Deshalb ist alles hier so klein“, entgegnete Arrow. „Und wo sind sie alle hin – die Zwerge?“

„Sie sind immer da – immer und überall.“

Arrow fuhr zusammen. Keinen Moment hatte sie die Umgebung unbeobachtet gelassen und trotzdem war weit und breit niemand zu sehen. Nicht einmal ein Huschen in den Augenwinkeln hatte sie vernommen.

Die vielen Stufen hinauf ließen Arrow das Drumherum auch nicht vergessen. Sie gehörte mit zu den Letzten, die den Ausgang erreichten.

Silbriges Licht fiel durch die Fenster hinter dem Ausgang des Zwergenreiches. Dewayne achtete darauf, dass Arrow ihm folgte.

„Sie halten sich aus unseren Angelegenheiten raus. Zwerge sind nicht die freundlichsten Wesen. Setzt man sie dem Sonnenlicht aus, sterben sie – jedenfalls in ihrer wahren Gestalt. Des Nachts streifen sie gelegentlich umher, doch niemals sieht man sie. Fußspuren deuten auf ihr Wandern hin. Sie mögen die Gesellschaft anderer nicht und bleiben lieber unter ihresgleichen. Schade eigentlich. Sie besitzen Kräfte, von denen selbst so mancher Riese nur zu träumen wagt.“

„Und in welcher Gestalt sieht man sie bei Tageslicht?“

Dewayne grinste. „Nicht aus jeder Kröte wird ein Prinz, wenn man sie küsst.“

Angewidert verzog sie das Gesicht.

Draußen angekommen, verschwanden die trüben Gedanken an die Höhle und ihre Bewohner.

Die gesamte Landschaft vor dem Schloss hatte sich in einen einzigen Festsaal verwandelt, dessen Decke der Himmel war, an dem Sternbilder lebendig wurden. Der große Bär zog den kleinen Wagen, der Wassermann umwarb die Jungfrau und

Orion prüfte ununterbrochen, ob sein Gürtel an der richtigen Stelle saß. Unzählige Glühwürmchen schwirrten durch die Nacht und Salamanderrosse donnerten mit ihren mächtigen Hufen, den flammenden Mähnen und Schweifen über die Wiesen. Und aus allen Richtungen erklang Festmusik, zu der Arrow freudig wippte.

„Gefällt dir das Stück?“, wollte Dewayne wissen.

Arrow nickte begeistert.

„Stammt von einem jungen Burschen, der erst kürzlich hier zu Besuch war. Ich glaube, sein Name war ... Bootsfahrt ...“

„Mozart!“, erklang empört eine unbekannte Stimme aus einer dunklen Ecke.

„Mozart“, verbesserte Dewayne schnell. „Ein lustiger Kerl, der Kleine. Sehr lebensfroh. Seine Begeisterung zur Musik war leidenschaftlich – nicht zu bremsen.“

Auf halbem Weg den Berg hinunter lud eine endlos steinerne Tafel, die sich wie ein Ring um den Fels schmiegte zu Speis und Trank ein. Von dort aus hatte man einen prächtigen Blick auf die Wiesen, wo das Leben tobtc. Es wurde gegessen, getrunken, geflirtet und getanzt. Von überall her ertönte Staunen und Gelächter.

Gemessen an dem, was sich am Tage dort abspielte, könnte man ebenso gut eine rauschende Ballnacht mit einem öden Kaffeekränzchen vergleichen.

Dewayne ergriff Arrows Hüfte und mit einem Schwung ließ er sie um sich selbst drehen. Damit war sie ihre schwere Kutte los und trug ein schillerndes Festkleid, das mit jeder ihrer Bewegungen golden funkelte.

„Willkommen zu Hause“, sagte Dewayne, und bevor Arrow wusste, wie ihr geschah, ergriff er ihre Hand und schwebte, sie fest umschlungen, mit ihr zur Festtafel hinunter. Im Flug kreischte sie aus Leibeskräften, doch die Schreie fanden nirgendwo Beachtung.

Mit einem Satz waren sie unten. Starr vor Schreck klammerte sich Arrow weiter an Dewayne . Doch bevor sie sich versah, hatte er sich von einem Moment auf den nächsten gelöst und sie neben ihrem Vater an der Tafel platziert. Ihr Magen rebellierte. Wäre seit ihrem letzten Mahl nicht so viel Zeit vergangen, so hätte sie sich übergeben. Alle Farbe war aus ihrem Gesicht gewichen und ihre Muskeln entspannten sich schleichend langsam.

„Kind, geht es dir gut?“, fragte Melchior besorgt.

Am ganzen Leib zitternd warf sie ihrem Vater einen verständnislosen Blick zu.

Melchior reichte ihr einen Kelch. „Trink“, sagte er. „Es hilft dir, dich zu lockern.“

Ohne weiter nachzudenken griff sie nach dem Gefäß und leerte es mit einem Zug. Der rote Saft schmeckte beerig, süß und sauer zugleich. Sie kannte das Getränk nicht, doch als der Becher sich erneut wie von Zauberhand füllte, leerte sie ihn wieder in einem Zug.

„Geht es dir besser?“, fragte Melchior fürsorglich.

„Wo warst du in den letzten Tagen?“, fuhr sie ihn an, ohne auf seine Frage zu antworten.

„Immer in deiner Nähe – so wie ich es schon dein ganzes Leben lang war“, entgegnete er entgeistert.

„Aber du hast mich einfach allein gelassen. Ich hätte mir gewünscht, dich bei mir zu haben – nur für einen Tag, damit ich mich besser an all das hier gewöhnen kann.“

„Aber Arrow, ich war bei dir. Du hast es nicht gesehen, doch mit einem Auge habe ich dir immer zugeschaut und das nicht erst, seitdem du hier bist. Selbst in der Menschenwelt habe ich dich sehr viel öfter besucht, als du glaubst.“

Langsam beruhigte sich Arrow. Der Saft zeigte seine Wirkung. Ihre Wut schwand und sie war einfach nur froh, ihren Vater jetzt bei sich zu haben.

„Und nur nebenbei – die Idee, Küchenutensilien zur Verteidigung bei einer Schneeballschlacht einzusetzen, gefiel mir ausgesprochen gut. Auf so etwas wäre ich nie gekommen“, fügte er mit einem verschmitzten Lächeln hinzu.

Arrow bemerkte die Röte, die ihr bei den Gedanken an das Küchensieb, die Bratpfannen und die vielen silbernen Löffel, aus denen sie im Sommer Taschenkatapulte gebaut hatte, ins Gesicht schoss.

Während Melchior ausgelassen zur Musik klatschte, nahm Arrow einige Bissen zu sich. Das Essen war ausgesprochen lecker und die Auswahl unerschöpflich.

Als sie endlich gesättigt war, wechselten sie und Melchior einige Worte über die vergangen Jahre. Er offenbarte ihr, dass es immer beabsichtigt war, ihr die „verbotenen“ Bücher irgendwie schmackhaft zu machen und nichts weckt mehr Interesse als das Unerlaubte. Natürlich war es da ein Leichtes für sie, diese alten Schinken zu finden und eingehend studieren zu können. Bis auf den Wald war es das Einzige, das ihr je verboten worden war. Da Leute, die sich an alle Regeln halten, im Allgemeinen als Spießer gelten, musste sie irgendeine Regel brechen. Eingehende Überlegungen führten zu dem Schluss, dass die Bücher weit weniger Aufsehen erregen und im Falle des Ertapptwerdens auch weniger Ärger nach sich ziehen würden. Nun aber würde sie durch eine List ihrer Familie dann doch unter die Spießer fallen.

Auf ihre Frage, wie es dazu kam, dass sie nie dafür vorgesehen war, in der Menschenwelt alt zu werden, wurden sie von einem guten Dutzend kichernder Damen unterbrochen.

Melchior warf einen Blick über seine Schulter und lächelte ihnen zu.

„Mein Kind, ich fürchte, ich muss dich für eine Weile allein lassen. Es wird Zeit, zu tanzen."

Er erhob sich von seinem Stuhl und kehrte auf halbem Weg noch einmal zu seiner Tochter zurück.

„Bevor ich es vergesse." Mit einem Griff in seine Tasche holte er etwas hervor und reichte es Arrow. „Mein Willkommensgeschenk. Pass gut darauf auf. Die wenigsten finden je einen solchen Schatz."

Mit einem Kuss auf ihre Stirn und einem Lächeln auf den Lippen wandte er sich den Damen zu und führte sie zum Tanz.

Gespannt öffnete Arrow ihre Hand. Eine kleine Blüte lag darin. Sie war gelb und recht hübsch anzusehen.

„Du solltest gut darauf achten", hörte sie eine vertraute Stimme sagen.

Die Füße auf den Tisch gelegt und mit einer äußerst arroganten Miene hatte Dewayne den Platz eingenommen, auf dem gerade noch Melchior gesessen hatte.

Geheimnisvoll lehnte er sich zu Arrow herüber und flüsterte ihr zu: „Weißt du, was das ist?"

Sie schüttelte den Kopf.

„Man nennt sie Schlüsselblume. Ihren Namen hat sie bekommen, weil sie der Schlüssel zu Glück und Reichtum ist. Mit ihrer Hilfe stehen dir alle Türen offen. Sie verleiht dir Macht, Gesundheit und schützt dich vor dem Bösen. Es war klug von deinem Vater, nicht die ganze Pflanze mitzunehmen. Sie wird es dir eines Tages umso mehr danken."

„Dann bin ich jetzt unbesiegbar?", fragte Arrow skeptisch.

„Ja und nein. Eine Schlüsselblume überträgt ihr Glück nicht so offensichtlich. Sie tut es unbemerkt. Doch zuerst musst du es dir verdienen."

Arrow wurde das Gefühl nicht los, dass Dewayne sie wieder mal aufzog. Natürlich war die Blume sehr hübsch, doch warum sollte etwas so Kleines, Unscheinbares so viel Macht verleihen? Das klang einfach lächerlich. „Wenn sie es unbemerkt tut, woher willst du dann wissen, dass es nicht einfach Zufall ist? Dass es nichts mit der kleinen Blume zu tun hat?"

Arrogant zuckte Dewayne mit den Schultern. „Ich weiß es eben."

Typisch. Als Elf konnte er sich solche Antworten wohl leisten.

Dewayne reichte Arrow seine Hand. „Komm jetzt. Es wird Zeit für das Gespräch, um das ich dich gebeten habe."

„Jetzt? Aber ich warte noch auf Dad. Er wollte nur eben tanzen gehen. Siehst du? Der Tanz ist auch gerade beendet und er ..."

Arrow verschlug es die Sprache. Kaum hatte Melchior eine Dame verabschiedet, begann er mit der nächsten zu tanzen.

„So wird es jetzt den ganzen Abend gehen", erklärte Dewayne. „Die überschaubare Gruppe von Damen dort sind seine Gefährtinnen und er schuldet jeder von ihnen mindestens einen Tanz.

Arrow war sicher, sich verhört zu haben. Der sonderbare Saft machte einen offenbar ganz wirr im Kopf. „Er hat eine Freundin?! Welche von denen ist es?"

„Jede", antwortete Dewayne ungerührt.

„Was, die alle?!" Arrow war fassungslos. „Aber er hatte noch nie eine Frau an seiner Seite. All die Jahre haben unzählige Damen an unsere Tür geklopft und jede von ihnen hat er abgewiesen. Er sagte doch immer, dass er keine Zeit für Liebschaften hätte."

Stumm zählte sie noch einmal nach. „Vierzehn Frauen! Wie kann so etwas möglich sein?!"

„Womit dann auch deine Frage beantwortet sein dürfte, warum er nie Zeit hatte für Liebschaften ... beziehungsweise noch mehr Liebschaften."

„Aber wie hält man die alle auseinander?!"

„Na an der Haarfarbe."

„Was?", fragte Arrow ungläubig. „Bin ich denn die Einzige hier, die das seltsam findet?"

Dewayne blickte sich über die Schultern. „Offenbar schon", antwortete er.

„Willst du damit sagen, dass alle so leben? In ... in Dutzenden?", fragte Arrow schockiert.

„Oh, gewiss nicht. Einige kommen mit der Hälfte klar. Doch mehr Damen, als dein Vater sie um sich hat, schaffen die wenigsten. Das ist aus organisatorischen Gründen einfach nicht möglich."

Arrow erhob sich wutentbrannt. Sie suchte nach Worten, die sie Dewayne gegen den Kopf knallen wollte, doch ihr fiel nichts ein. Als sie fürchtete, zu lange überlegt zu haben, ging sie schweigend davon.

Plötzlich stand er wieder vor ihr. Lachend packte er sie an ihren Schultern und versuchte, ihre Blicke zu fixieren. „Es war bloß Spaß, Arrow."

„Bloß Spaß? Ich möchte später nicht als Haarfarbe in einem Dutzend enden!", fuhr sie ihn an.

„Das wirst du nicht. Davon bin ich überzeugt. Leider ist es jedoch so, dass nicht jeder die Liebe seines Lebens findet. Die wenigen hier, die sie gefunden haben, halten daran fest. Doch diejenigen, denen solch ein Glück nicht vergönnt ist, verbringen ihre Zeit auf diese Art. Diese Welt hier ist anders als die, die du kennst."

„Aber wenn nun eines Tages einer kommt, jemand, der in einer von ihnen mehr sieht als eine Haarfarbe ...?"

„ ... dann wird dein Vater sie gehen lassen, so wie er es schon bei vielen zuvor getan hat", beendete Dewayne ihren Satz.

„Du sagst das, als würde so was ständig passieren."

„Aber das tut es auch."

„Aber was soll denn ein Mann von einer Frau denken, die eine ... eine ... eine Haarfarbe ist?"

„Dass sie ihr Leben gelebt hat? Dass sie sich an keine Regeln bindet, sondern frei ist in ihrer Entscheidung. Dass sie nicht vor lauter Einsamkeit verbittert ist und ohne Vorurteile?"

Arrow wollte antworten, doch es fiel ihr nichts ein, was sie darauf hätte erwidern können. Was Dewayne sagte, machte Sinn, und so sehr Arrow sich auch wünschte, dass es anders sei, musste sie am Ende doch eingestehen, dass an der Sache etwas dran war.

„Es gibt andere Gründe, sich von jemandem abzuwenden. Schlimme Dinge, die eine ganze Welt ins Verderben stürzen und nicht rückgängig gemacht werden können. Du musst vergessen, was du in der Menschenwelt gelernt hast. Toleranz, auch wenn sie diesen Begriff sehr großzügig benutzen, ist für die Menschen ein Fremdwort. Hier hingegen ist es das einzig Wichtige, was man zum Überleben braucht, sogar mehr noch als die Luft zum atmen. Bevor du dich von jemandem abwendest, musst du versuchen, ihn zu verstehen, sonst verlierst du das Spiel. Eines Tages wirst du wissen, was ich meine."

„Und wie viele Gefährtinnen hast du?", fragte Arrow verlegen.

„Keine. Keine einzige. Nicht jetzt und nie zuvor."

Zum ersten Mal seit langer Zeit, hörten sich Dewaynes Worte nicht wie ein Scherz an.

Nochmals reichte er ihr seine Hand, als Aufforderung, ihn zu begleiten. Nach einem letzten kurzen Blick zurück, bei dem sie ihren Vater beobachtete, musste Arrow sich eingestehen, ihn nie glücklicher gesehen zu haben. Zwar war er nie ein Mann von Traurigkeit gewesen, doch es war nicht zu vergleichen mit seiner Stimmung in diesem Moment.

Erleichtert griff sie nach Dewaynes Hand, der mit ihr in den Wald spazierte.

Während Dewayne nach den richten Worten zu suchen schien, lauschte Arrow den Klängen der Musik. Sie kam ihr bekannt vor, doch wusste sie nicht, woher.

„Dewayne, der Komponist dieses Stücks. Du hast von ihm in der Vergangenheit gesprochen. Was ist mit ihm geschehen?"

„Er ist wieder in die andere Welt zurückgekehrt. Schade eigentlich, doch wir konnten ihm diesen Wunsch nicht abschlagen. Nicht alle Menschen wollen bei uns bleiben."

„Menschen kommen hier her?“, fragte Arrow ungläubig.

Dewayne nickte. „Ja, natürlich. Einige freiwillig, andere nicht. Viele von ihnen dürfen wieder gehen, doch manche binden wir an uns. Sie kehren niemals wieder zurück.“

„Ihr lasst sie hier, bis ans Ende ihres Lebens?“

„Wenn wir gnädig sind, ja. Wenn nicht, verbringen sie die Ewigkeit hier. Aber warum überrascht es dich? Schließlich bist auch du jetzt hier. Oder was dachtest du, was du bist?“ Diesen Worten fügte Dewayne ein Lachen bei, das bei Arrow Gänsehaut verursachte. Aber die Frage war berechtigt. Was sollte sie sonst sein? Dewayne hatte schon immer Dinge geschehen lassen, die nicht zu erklären waren, und wo Arrow jetzt darüber nachdachte, hatte sein Aussehen ihn schon lange verraten. Und Anne? Arrow hatte sie nie auf frischer Tat ertappt bei ihrer Zauberei, doch seltsame Dinge spielten sich auch in ihrer Gegenwart ab.

„Und warum genau bin ich dann hier?“, fragte sie mit leuchtenden Augen.

Mit ernster Miene legte Dewayne die Hand auf Arrows Schulter. „Das ist etwas, das dir dein Vater erklären sollte.“

„Ich weiß ja, dass es etwas mit ihm zu tun haben muss, aber ...“ Arrow erschrak. Bei einem Blick über Dewaynes Schulter sah sie hinter einem Baum eine junge Elfe. Tränen liefen ihr über die Wangen, als sie die beiden beobachtete.

Dewayne drehte sich um. Als er die Elfe erblickte, drehte sie sich um und lief davon. Er sah ihr nach, rührte sich jedoch nicht vom Fleck und Arrow wusste, warum, denn da war er wieder – der Blick. Einige Tage zuvor hatte sie ihn bei Dewayne gesehen, im Wald, nachdem er die Satyrn verscheucht hatte. Arrow hatte ihn gefragt, ob er schon einmal die wahre Liebe erfahren hatte. Offenbar war dies nun die Antwort.

Von einem Moment auf den nächsten fing er sich wieder. „Lass uns weiter gehen“, sagte er unbeeindruckt.

Doch Arrow machte keine Anstalten, den Spaziergang fortzusetzen. Einsamkeit breitete sich in ihr aus. Offenbar führte hier jeder sein eigenes Leben mit eigenen Gefühlen und Erfahrungen. Ein Leben, an dem sie bisher nicht beteiligt war und es vielleicht niemals sein würde. Und plötzlich dachte sie wieder an ihre Freunde in Elm Tree.

„Sie hat geweint, Dewayne“, sagte sie mitfühlend.

Ohne Arrow in die Augen zu sehen antwortete er: „Ich weiß."

„Sie fühlt sich allein. Ich habe es gesehen. Du musst zu ihr gehen."

„Arrow, es gibt Dinge, die du nicht verstehst."

„Ach ja? Das kann gut sein. Aber ich weiß, dass du das da verstanden hast. Ich bin nicht blind, Dewayne. Also geh und rede mit ihr."

„Unser Gespräch ..."

„... kann warten", beendete sie forsch den Satz. „Also was ist nun? Gehst du zu ihr? Wenn nicht, werde ich es tun."

Nach einem kurzen Zögern verschwand Dewayne im dunklen Wald. „Neve!", hörte sie ihn noch einige Male rufen, bevor sich seine Stimme in der Musik verlor.

Erst jetzt bemerkte sie, wie unheimlich es um sie herum war. Zwar konnte sie nicht behaupten, dass Dewayne sie allein im Wald zurück gelassen hatte, trotzdem wirkte er unwesentlich tröstlicher als die Zwergenstadt. Viele Blicke waren auf sie gerichtet. Hinter jedem Baum lugten starre Gestalten hervor.

Etwas bewegte sich zwischen den Ästen. Es kam immer näher und erhellte mit seinem gleißendem Licht mehr und mehr den Wald.

Erleichtert stellte Arrow fest, dass sie von alten Freunden heimgesucht wurde. Im Mondlicht strahlten sie um ein Vielfaches heller als am Tage. Aus Silhouetten waren deutlich erkennbare Gestalten geworden, die noch immer aus funkelndem Licht bestanden.

Lächelnd reichten die Sylphen Arrow die Hand und zogen sie mit sich. Für den Moment verschwanden die trüben Gedanken.

Auf weichem Moos gebettet erwachte Arrow am Morgen. Vögel zwitscherten in den Bäumen. Die dicken Nebelschwaden, die gelegentlich Sonnenstrahlen auf den Boden fallen ließen, verzauberten den Wald.

Ihr erster Blick fiel auf ihre Hand. Vorsichtig öffnete sie sie und stellte zu ihrer Erleichterung fest, dass die kleine Blume noch immer da war – genauso strahlend wie am Abend zuvor und unversehrt. Achte gut auf sie, hatten Dewayne und

Melchior gesagt, und so war sie die ganze Nacht darauf bedacht gewesen, die zerbrechliche Pflanze zu schützen.

Wenn es stimmte, war sie ein Schatz, doch auch ohne mysteriöse Kräfte wäre sie für Arrow wertvoll gewesen, denn es war das erste Geschenk ihres Vaters, das sie in dieser Welt von ihm bekommen hatte. Genauso verhielt es sich damals mit dem Medaillon. Arrow besaß es, seit sie denken konnte, und auch wenn es zu einer Zeit der Unwissenheit im Grunde nichts anderes war als ein Schmuckstück, so hat es ihr immer weitaus mehr bedeutet. Es war, als trüge sie ein Stück ihres Vaters bei sich, und es war nicht nur geschenktes Metall. Es war ein Stück seines Herzens, seiner Liebe und seines Vertrauens. Genauso verhielt es sich mit der kleinen Blume, nur das diese zweifellos weniger robust war.

Am längsten würde sie sich halten, wenn Arrow sie an einem sicheren Ort in einer Schachtel verwahrte – in ihrem Zimmer zum Beispiel. Doch es wäre nicht dasselbe. Sie bräuchte sie bei sich zu jeder Zeit, wohin sie auch ging. Es gab ihr ein gewisses Maß an Geborgenheit.

Nach langem überlegen kam ihr eine Idee. „Ich tue sie in das Medaillon!"

Angestrengt überlegte Arrow, wo sie es zuletzt hingetan hatte. Kurz überfiel sie die Angst, es in der Menschenwelt zurückgelassen zu haben, doch dann fiel es ihr wieder ein. Nachdem sie den leuchtenden Funken daraus befreit hatte, hatte sie es in die Tasche ihres Wintermantels gleiten lassen. Den Mantel hatte sie bei ihrer Ankunft abgelegt. Jetzt ärgerte sie sich, nicht besser auf ihre Sachen geachtet zu haben.

Voller Hoffnung, dass er noch nicht verschwunden war, lief sie über die Wiesen zurück an den Ort, von dem sie und ihr Vater vor einigen Tagen gekommen waren.

An der Treppe wurde der Nebel immer dichter. Je höher es ging, desto langsamer wurde Arrow, denn ihre Füße waren schon nicht mehr zu erkennen und die Stufen genauso wenig.

Oben angelangt, tastete sie vorsichtig das steinerne Geländer ab und da war er, der Mantel. Mit einem Griff in die Tasche hielt Arrow auch ihr Medaillon wieder in den Händen. Geschwind ließ sie die kleine Blume darin verschwinden und band es sich um den Hals.

Wenn sie das Medaillon genau vor ihr Gesicht hielt, konnte sie es erkennen. Es war noch immer schön, doch nicht mehr auf dieselbe Art. Es war anders. Der Funken hatte es stets gewärmt, doch nun war das Metall kühl.

Plötzlich erschrak sie und der Anhänger glitt ihr aus den Händen, als ein eisiger Luftzug ihren Arm streifte. Er war so kalt, dass sie fröstelte. Neugierig, woher die Kälte stammte, folgte sie dem Zug. Wenige Schritte weiter stand sie vor einer Tür. Das Schloss, das sie versperrte, zerfiel durch bloßes Antippen zu Staub. Der Eingang öffnete sich. Die Kälte, die aus ihm strömte, war unerträglich, was Arrow aber sehr gelegen kam, denn dies konnte nur eins bedeuten. Eilig lief sie zurück, um sich den klammen Mantel überzuziehen. Nichts auf der Welt konnte sie davon abhalten, sofort durch diese Tür zu gehen, denn dies musste der Weg nach Hause sein, wo noch immer Winter war.

Sie würde keinen langen Ausflug unternehmen, nur ganz kurz hindurch huschen und schauen, wie es ihren Freunden ging. Niemand würde ihre Abwesenheit bemerken.

Aufgeregt zog sie an der morschen Tür, bis sie gerade weit genug geöffnet war, um durchzugehen.

Dieses Mal war es anders. Sie spürte nicht die wohltuende Wärme, als sie durch das Tor ging, und auch sonst fühlte sie nichts Magisches. Es war einfach so, wie es immer war, wenn man durch eine Tür schritt. Und auch was Arrow auf der anderen Seite vorfand, war alles andere, als das, was sie erwartet hatte.

Hinter dem Eingang befand sich eine Höhle, deren Raum vollständig von einem einzigen riesigen Baum ausgefüllt wurde. Er war von solcher Größe, dass ihr altes Haus in Elm Tree problemlos dort hinein gepasst hätte. Und er lebte an diesem einsamen trostlosen Ort, der ihn von der gesamten anderen Welt ausgrenzte. Seine gewaltig großen Blätter ließen kaum bis zur Decke blicken. Geschwind flüchtete Arrow sich an die Felswand, da sie um ein Haar vom fallenden Laub verschüttet worden wäre.

Völlig gebannt rührte sie sich nicht vom Fleck. Der Anblick war einfach überwältigend. Wie konnte man so etwas Schönes nur wegsperren? Zweifellos war dieser Baum um ein Vielfaches älter als das marode Türschloss.

Arrows Begeisterung fand ein jähes Ende, als Whisper an ihr vorbei flog und hinter dem Baum verschwand. Es gäbe sicher Ärger, wenn sie ihn verlieren würde und so rannte sie ihm nach, um ihn einzufangen.

Sie sah ihn gerade noch durch den Gang mit der schmalen Wendeltreppe verschwinden. Wie beinahe alles hier schienen die Stufen endlos zu sein. Erst führten sie hoch, dann runter, mal geradeaus, dann links herum und dann wieder nach rechts. Arrow wollte schon aufgeben, als sie plötzlich den Ausgang erreichte.

Kein einziger Stern war am Himmel. Doch der Mond erhellte das gesamte Land, das endlos von Schnee überzogen war.

Kein einziges Stück Gras, Erde oder Fels war unter der dicken Decke zu erkennen. Zweifellos befand sie sich nicht zu Hause, doch noch immer in einem Gebirge. Von Leben gab es allerdings keine Spur. Nicht einmal die Andeutung eines Baumes zeichnete sich irgendwo ab.

Fast hätte Arrow vergessen, warum sie an diesen Ort gekommen war, da flog vor ihren Augen der Funken davon. Eilig rannte sie ihm nach, in der Hoffnung ihn einzuholen, doch er entfernte sich mehr und mehr.

Völlig außer Atem gab Arrow die Verfolgung auf. Vielleicht würde er ja allein den Heimweg finden.

Während sie sich auf den Rückweg machte, lauschte sie dem Heulen des eisigen Windes. Es war eine gute Idee, den Mantel überzuziehen. Eine schlechte Idee dagegen war es, die Winterschuhe weggeworfen zu haben, und überhaupt die dümmste Idee war es, sich durch ein unbekanntes Tor allein wegzuschleichen. Jeder ihrer Schritte schmerzte wie tausend Nadelstiche. Aber das geschah ihr nur recht.

Als sie den Eingang fast reicht hatte, wurde das Heulen immer lauter. Arrow überkam das ungute Gefühl, dass es vielleicht gar nicht der Wind war, der diese gruseligen Laute von sich gab. Doch bevor sie das herausfinden konnte, wurde es ihr schwarz vor Augen. Ein grauenhaft dumpfer Schmerz breitete sich an ihrem Hinterkopf aus und sie sank zu Boden. Das Letzte, was sie sah, war eine verschwommene Gestalt, die sich über sie beugte. Und das Letzte, was sie hörte, waren unzählige kreischende Schreie, die aus dem Berg hinter der Wendeltreppe drangen.

Zwei Jahre später

Als Arrow ihr Bett in den frühen Morgenstunden verließ, fröstelte sie. Die dicke Federdecke hatte schön warm gehalten, doch das Haus war inzwischen ausgekühlt.

Hastig streifte sie sich dicke Socken und einen schweren Mantel über, entzündete eine Laterne und schlich dann leise durch das Haus, um die Kamine einzuheizen.

Danach begab sie sich in ihre Werkstatt, die sich im obersten Geschoss unter dem Dach befand. Dort glühte die Kaminasche noch immer, denn vor wenigen Stunden erst hatte sie diesen Raum verlassen, um sich schlafen zu legen.

Kaum, dass sie den Kamin wieder eingeheizt hatte, erschien auch schon Marb. Wie immer saß sie gemütlich auf den flammenden Holzscheiten und schaute Arrow mit ihren dunklen Knopfaugen beruhigend an. Lange schon war das Moosweiblein keine Fremde mehr in diesem Haus. Ihre Gegenwart wirkte auf Arrow äußerst angenehm, und obwohl Marb noch nie ein einziges Wort gesagt oder auch nur mit der Wimper gezuckt hatte, schätzte Arrow ihre Anwesenheit in höchstem Maße. Das war nicht immer so gewesen. Ihre erste Begegnung mit der kleinen Frau hatte in ihr großes Unbehagen ausgelöst. Mit ihrer kartoffelfarbenen Haut, dem zerzausten Haar und dem Mooskleid hatte Marb nicht unbedingt eine besonders freundliche Erscheinung. Auch die Tatsache, dass sie immer sofort aufgetaucht war, sobald Arrow ein Feuer entzündet hatte, behagte ihr ganz und gar nicht – und dass sie, mitten in den Flammen sitzend, nicht selber Feuer fing, beunruhigte sie am meisten.

Da jedoch die einzige Alternative gewesen wäre, zu frieren – so ganz ohne Feuer – und Marb ohnehin nichts Anderes tat, als einfach nur da zu sein, hatte Arrow sich irgendwann mit dem Gedanken angefreundet, sie um sich zu haben. Die Sache hatte ja auch etwas Gutes – sie war nicht allein und musste sich trotzdem nicht krampfhaft um Gesprächsstoff bemühen. Vor allem bei der Arbeit in ihrer Werkstatt war dies ein überaus angenehmes Gefühl.

Arrow liebte dieses Zimmer. Es war das einzige in diesem Stockwerk. Von dort aus konnte sie das ganze Dorf beobachten, wurde dabei jedoch kaum selbst bemerkt. Mit einem kurzen Blick durch das Fenster sah sie nach, ob sie als Einzige schon auf den Beinen war. Tatsächlich brannte nirgendwo sonst ein Licht. Sogar der alte Bäcker gegenüber schien noch zu schlafen, was schon sehr ungewöhnlich war, denn er war sonst immer der Erste, der sich am Morgen an die Arbeit machte. Dass es an diesem Tag anders war, störte Arrow jedoch nicht.

Sie liebte die einsame Stille um sich herum. Zwar war es nicht so, dass sie die Gesellschaft anderer nicht mochte, doch der Reitunfall hatte sie scheu gemacht. Bei diesem Vorfall hatte sie ihr Gedächtnis verloren und jeder Versuch, auch nur die kleinste Erinnerung herbeizurufen, scheiterte kläglich. Nicht das Geringste kam ihr danach vertraut vor – kein Gesicht, keine Stimme, kein Geschmack und auch kein Geruch.

Großmutter Rose erzählte oft, dass sie vorher ganz anders gewesen war, viel aufgeschlossener und lebendiger. Je öfter Arrow dies hörte, desto mehr zog sie sich von allem zurück.

Viele Freunde hatte sie nicht, denn sie mied es, Freundschaften zu knüpfen. Zwar war sie überall gern gesehen, doch der Gedanke an den Gedächtnisverlust wurde zu ihrem ständigen Begleiter, der sich wie ein Schatten an sie heftete. Sie fühlte sich verloren und wusste nicht, wohin sie gehörte.

Eine Weile beobachtete Arrow melancholisch, wie draußen die dicken Flocken stumm zur Erde fielen. Seit dem Abend hatte es wenigstens einen Meter Neuschnee gegeben, was jedoch nicht verblüffte, wenn man bedachte, dass es seit Jahren nichts anderes als Frost und Schnee gegeben hatte. Einen Meter konnte man hier verkraften.

Um die trüben Gedanken loszuwerden, machte Arrow sich an die Arbeit. Ganz allein konnte sie sie jedoch nicht bewältigen und so mussten zuerst die kleinen Helfer geweckt und versorgt werden. Eine kleine Handvoll Grünzeug in jeder Laterne ließ die Werkstatt zum Leben erwecken. Das Leuchten der kleinen Glühwürmchen signalisierte ihre Zufriedenheit und flutete den ganzen Raum mit Licht.

Arrow setzte sich an ihren Tisch und begann, die Krüge, die sie erst vor wenigen Stunden hergestellt hatte, zu bemalen. Im ganzen Haus gab es unzählige Gefäße, auf denen verträumte Winterlandschaften abgebildet waren. Andere Motive fand man weniger, denn der Winter war alles, was Arrow kannte.

Als sie damals damit angefangen hatte, bezog sie die Gefäße noch vom örtlichen Töpfer, doch als der mit ihren Bestellungen nicht mehr hinterherkam, stellte sie selbst einige Krüge her, inzwischen sogar aus Glas.

Derweil fand sich in jedem Haushalt des kleinen Bergdorfes mindestens eine ihrer Schöpfungen. Aber auch über das Dorf hinaus erfreute sich das bebilderte Geschirr großer Beliebtheit. Kein Motiv fand sich irgendwo ein zweites Mal.

Zusammen mit den kleinen Gewächshäusern, die Rose betrieb, hatten die beiden Frauen einen guten Verdienst für ihren Lebensunterhalt. Obwohl überall alles knapp war, mussten sie weder Hunger leiden noch frieren und auch das große Haus, das sie ihr Eigen nannten, lag gut über dem Durchschnitt.

Die Stunden flogen nur so dahin und nach einer Weile machte sich der kleine Pinsel in Arrows Hand regelrecht selbstständig, so dass sie völlig die Zeit vergaß. Auf ihrem Tisch entstand ein kleines Kunstwerk nach dem anderen und so waren schon bald alle Gefäße bemalt.

Ein Blick aus dem Fenster verriet nicht nur, dass der Bäcker bereits den Weg aus seinem Bett gefunden hatte, sondern auch alle anderen Dorfbewohner. Der Tag war schon lange angebrochen.

„Oh nein, das Frühstück!“, fiel es Arrow erschrocken ein.

Hastig stürmte sie aus dem Zimmer und lief die Treppe hinab. In der Küche war der Frühstückstisch bereits gedeckt.

„Großmutter?“, rief Arrow, doch eine Antwort blieb aus.

Ein Blick in Roses Schlafzimmer ließ lediglich die Eule aufschrecken, die darin ihr Schläfchen hielt, doch von der Großmutter fehlte jede Spur.

Arrow ließ sich am Tisch nieder und schaute aus dem Fenster. Vor dem Haus bauten Kinder einen Schneemann. Als sie damit fertig waren, begannen sie eine Schneeballschlacht. Es war sehr lustig, ihnen zuzusehen, und lieferte außerdem ein hübsches Motiv für die nächsten Krüge.

Als sich die Haustür öffnete, trat Rose mit einem Korb frisch dampfender Brötchen herein.

„Dieser verdammte Schnee“, fluchte sie. „Wenn das so weiter geht, können wir die Nachbarn bald nur noch über Tunnel erreichen. Eine geschlagene Stunde habe ich damit verbracht, alles freizuschaufeln.“

„Oh“, stammelte Arrow verlegen. „Du hättest etwas sagen sollen. Ich hätte das doch erledigen können.“

„Ist schon gut, mein Kind“, beruhigte sie Rose, während sie Arrow über die Wange strich. „Deine Unruhe habe ich gestern Abend schon bemerkt und da war mir klar, dass dies eine kurze Nacht für dich wird.“

„Ja, ich weiß. Mir ging nur die ganze Zeit deine Geschichte über den Fiedler nicht mehr aus dem Kopf. Ganz deutlich habe ich es vor mir gesehen – ihn und die Ruine im Wald.“

Während Arrow ausgiebig von ihren Ideen und deren Umsetzungen erzählte, strahlten ihre Augen. Sie liebte es, Geschichten aufzuschnappen, ihre Fantasie spielen zu lassen und ihr dann durch Bilder Ausdruck zu verleihen. So war Rose immer darum bemüht, Arrow ausgiebig mit Erzählungen zu versorgen, die sie den Alltag vergessen ließen. Sonst gab es nichts weiter, das ihre Enkelin auf andere Gedanken brachte. Das perfekte Glück war dies zwar nicht, doch wie so oft gab Rose sich damit zufrieden, dass es überhaupt etwas gab.

Wenn Arrow ihre Werkstatt betrat, wurde sie zu einer anderen Person. Es war ihre eigene kleine Welt ohne Zweifel und ohne Sorgen.

Rose war ihr in dieser Hinsicht eine große Hilfe. Arrow vertraute ihr blind und bei ihr fühlte sie sich geborgen. Diese Gefühle waren jedoch nicht innerhalb der letzten Jahre entstanden. Arrow hatte ihr beinahe sofort nach dem Unfall getraut, noch bevor Rose auch nur ein Wort an sie gerichtet hatte. Es hatte sich angefühlt, als wäre es immer schon so gewesen.

Um ihrer Enkelin näher zu sein, hatte Rose einen eigenen Sessel in die Werkstatt stellen lassen, wo sie sehr oft verweilte. Manchmal las sie dort, gelegentlich strickte sie auch, doch die meiste Zeit verbrachte sie damit, Arrow zuzuschauen oder ihre bis ins kleinste Detail ausgearbeiteten Kunstwerke eingehend zu betrachten.

In Gedanken versunken nahmen die Frauen ihr Frühstück zu sich und beobachteten die Kinder beim Bau eines Schneemannes.

Schön ist es, ein Kind zu sein, dachten sie beide. Sie sind so frei von Sorgen und Schuld. Ihre Zukunft ist noch ungewiss und fern.

Als eines der Kinder einem Schneeball auswich, landete dieser genau am Küchenfenster.

Erschrocken starrten die Kinder zu den beiden Frauen, bevor sie in Windeseile davon liefen. Glücklicherweise hinterließ der Ball nicht einmal einen Kratzer. Das Frühstück war allerdings mit diesem Schrecken beendet.

Als Rose begann, das Geschirr zusammenzuräumen, schob Arrow sie zur Seite. „Lass nur. Jetzt bin ich mal dran. Gleich danach werde ich mich um das Gewächshaus kümmern."

„Das ist schon erledigt", antwortete Rose.

„Was?", erwiderte Arrow verblüfft. „Na gut. Dann füttere ich eben Merlin."

„Ein zweites Frühstück braucht dein Pferd nicht."

Arrow war völlig sprachlos, denn sie wusste nicht, ob Rose scherzte oder es tatsächlich ernst meinte. Wie viele Dinge konnte eine Frau von gut achtzig Jahren denn vor dem Frühstück schon verrichten?

„Aber du sollst dich doch schonen! All diese Dinge kann man nicht auf einmal erledigen. Selbst ich würde das nicht schaffen!"

Mit einem liebevollen Lächeln berührte Rose ihre Enkelin am Arm. „Mach dir um mich keine Sorgen, mein Kind. In den letzten Tagen hast du so viel Arbeit im Haushalt verrichtet, dass du dir einen freien Tag verdient hast. Jeden Morgen erzählt der Bäcker mir, wie früh du auf den Beinen bist und dass du es heute sogar vor ihm warst. Außerdem fragen mich die Leute immer häufiger, wann du wieder etwas zum Verkauf anbietest."

Roses Worte erfüllten Arrow mit tiefer Dankbarkeit. Sie spürte genau, wie stolz ihre Großmutter war und für sie war es die höchste Form der Anerkennung, die ihr zukommen konnte.

Eilig räumte Arrow die Küche auf, um Rose schnellstmöglich in der Werkstatt zeigen zu können, was sie vergangene Nacht alles erschaffen hatte.

„Einen Moment noch", bat Rose. Nach kurzem Kramen in der Tasche ihres Mantels drückte Rose Arrow zwei Taler in die Hand.

„Die sind für Sam. Heute morgen habe ich bei ihm keinen Schinken mehr bekommen, doch er sagte, heute Abend hätte er wieder welchen, da habe ich gleich einen bei ihm bestellt."

Arrow guckte völlig entgeistert. Sie sollte raus gehen? Heute? – Die typische Reaktion, wenn Arrow sich unter Leute begeben sollte. Normalerweise beanspruchte sie einen Tag, um sich mit dem Gedanken anzufreunden, doch Roses Beobachtungen hatten ergeben, dass dies Arrows Begeisterung nicht im Geringsten steigerte und auch ihr Unwillen wurde dadurch nicht wirklich gebremst.

„Ich sehe deine Gedanken ganz genau, mein Kind, aber die frische Luft wird dir gut tun. Außerdem habe ich bei Sam auch wieder etwas für dein Kelpie bestellt. Ich habe ihm gesagt, dass du es vor Einbruch der Dunkelheit abholen wirst."

Arrow fühlte sich überrumpelt. In regelmäßigen Abständen versuchte Rose sie unter Leute zu bringen. Doch Arrow konnte ihr kaum böse sein. Immerhin hatte ihre Großmutter an diesem Tag den gesamten Haushalt erledigt und dann gab es da auch noch die Gelegenheit, Stone einen Besuch abzustatten. Nach einer zweiten Überlegung gefiel ihr die Idee dann doch noch ganz gut.

Den Rest des Tages verbrachte Arrow in ihrer Werkstatt, während Rose sich am Vormittag um ihre Pflanzen kümmerte und ihrer Enkelin dann am Nachmittag Gesellschaft leistete. Wie immer staunte ihre Großmutter über alles bereits Gesehene und auch Ungesehene, bevor sie später über ihrem Buch einnickte.

Völlig in ihrer Arbeit aufgehend, merkte Arrow einmal mehr nicht, wie es draußen immer dunkler wurde.

Ein leises Klopfgeräusch holte sie aus ihren Gedanken zurück in die Realität.

Arrow schreckte auf, als sie sah, dass es draußen schon fast finster war. Eilig griff sie nach ihrem Mantel und öffnete die Tür.

Mit einem noch größeren Schrecken stolperte sie rückwärts, als ihr eine völlig muntere Schleiereule entgegen flatterte. Sie landete auf Roses Schoß und stupste die alte Frau sanft wach.

„Oh, wie spät ist es?", fragte sie benommen.

„Die Abenddämmerung hat vor einer Weile eingesetzt. Ich wollte gerade zu Sam aufbrechen."

Noch bevor Arrow aus dem Zimmer stürmen konnte, rief Rose sie zurück. „Warte bitte, mein Kind! Sei doch so gut und nimm Grey mit. Sie muss ohnehin auf die Jagd gehen."

Ihr Einverständnis bekundend hob Arrow ihren Arm, auf dem die Eule landete. Dann machten sich beide auf den Weg.

Das Dorf war wunderschön anzusehen. Der frostüberzogene Schnee funkelte im Schein der Fackel, und obwohl die eisige Kälte Arrow in die Wangen biss, trübte es das Bild nicht.

Nach einigen Schritten flatterte Grey zur Jagd davon.

Arrow wickelte ihren Schal um das halbe Gesicht, so dass nur noch ihre Augen und einige blonde Haarsträhnen zu sehen waren. Dann lief sie eilig zu Sam.

Obwohl es dem Fleischer nicht das Geringste ausmachte, dass Arrow später aufgetaucht war als verabredet, war es ihr furchtbar unangenehm. Während Sam sogar sehr erfreut über ihren Besuch war, entschuldigte Arrow sich ununterbrochen bei ihm.

Dankend nahm sie die bestellten Sachen entgegen und verschwand genauso schnell, wie sie gekommen war.

Ihr Weg führte sie in das direkt angrenzende Wäldchen. Nach einem kurzen Spaziergang gelangte sie zu einem kleinen See, der völlig zugefroren und eingeschneit in die Nacht hinein schlummerte.

Arrow betrat den See. Als sie in seiner Mitte stehen blieb, schaute sie beunruhigt nach allen Seiten, um sich zu vergewissern, dass ihr auch niemand gefolgt war. Seltsamerweise hatte die Angst, gesehen zu werden, nie nachgelassen, obwohl ihre Besuche am See schon so oft ohne Zwischenfälle verlaufen waren.

Als Arrow sicher war, allein zu sein, schob sie auf einer Stelle den Schnee beiseite, bis die dicke Eisschicht darunter zu erkennen war. Anschließend schwenkte sie die Fackel einige Male über dem Boden hin und her.

Danach schaute sie wartend zum Himmel hinauf und betrachtete die Sterne. Schön waren sie anzusehen und so magisch. Nacht für Nacht schauten sie zur Erde hinab. Welche Geheimnisse sie wohl für sich behielten? Vielleicht ja sogar das Geheimnis ihrer Vergangenheit?

Großmutter Rose hatte Arrow viel über ihre Kindheit erzählt, doch für sie waren es nur leere Geschichten. Nichts von alledem kam ihr vertraut vor oder weckte gar irgendein Erinnerungsgefühl. Sie erzeugten nur endlose Gedanken, die ins Nirgendwo führten.

Plötzlich bebte der Boden. Dann folgte Stille.

Geduldig blickte Arrow zum Ufer des Sees. Auf einmal erzitterte die Erde erneut, woraufhin wiederum Stille folgte.

Mit der nächsten Erschütterung explodierte die Eisschicht in Ufernähe. Unzählige Eisstücke wurden durch die Luft geschleudert, dicke Schollen schlitterten in alle Richtungen.

Arrow sprang zur Seite, um nicht von einem Eisbrocken zu Fall gebracht zu werden. Als sich das Gepolter beruhigt hatte, kletterte eine gewaltige dunkle Kreatur aus dem Loch des Sees, die sich die Wassertropfen aus dem eigenwilligen Fell schüttelte. Die wenigen Tropfen, die darin hängen blieben, gefroren dort schon nach wenigen Sekunden.

Etwas benommen schaute sich das Wesen um.

„Ich bin hier hinten, Stone!“, rief Arrow ihm zu.

Als das struppige Wesen sie erblickte, trabte es gemütlich zu ihr hinüber.

In der Dunkelheit hätte man meinen können, dass es sich bei dieser Kreatur um ein überaus großes, heruntergekommenes Pferd handelte. Seine Silhouette und Bewegungen wirkten exakt wie die eines Ackergauls. Doch was auf den ersten Blick so harmlos aussah, brachte im Schein der Fackel etwas ganz Anderes zum Vorschein, denn Stone war ein Kelpie.

Selbst Arrow konnte nicht behaupten, dass es sich bei Stone um ein eigenwillig schönes Wesen handelte. Sein Aussehen könnte man vielmehr als eine Laune der Natur bezeichnen mit den leuchtend grünen Augen und den zwei Reihen messerscharfer Zähne, die selbst einen Wolf vor Neid erblassen lassen würden. Auch hatte er eine ziemlich zottelige Erscheinung und aus seinem stinkenden Maul quoll unentwegt zähflüssiger Schaum.

Zur Begrüßung beschnupperte Stone Arrows Gesicht und sabberte dabei ihren ganzen Schal voll. Ein Ritual, das Arrow nicht wirklich als angenehm empfand, doch er war nun mal, was er war, und traurigerweise hatte die Erfahrung gezeigt, dass Stone gewiss sein musste, wen er vor sich hatte.

Arrow streifte einen Handschuh ab und tätschelte dem Kelpie den Kopf. Er liebte das und wie sein Aussehen vermuten ließ, gab es niemanden sonst, der den Mut aufgebracht hätte, sich einem Kelpie auf diese Art und Weise zu nähern.

Arrow breitete die in einem Tuch eingewickelten Gedärme vor Stone aus, der sich sogleich über die Reste hermachte. Zwar war es keine besonders gute Mahlzeit und genauso wenig war sie sonderlich groß, doch trotz alledem war es eine Mahlzeit und mehr als willkommen in dieser trostlosen Winterwelt.

Der ewige Schnee machte es ohnehin unmöglich, im Wohlstand zu leben. Überall war ständig alles knapp. Man konnte zwar über die Runden kommen, musste dabei jedoch äußerst sparsam vorgehen. Verlor man die Kontrolle, so hatte man das bitter zu bezahlen. Eine Erfahrung, die vor allem Stone vor einigen Monaten machen musste. In einer Zeit, als es für Raubtiere immer schwieriger wurde, zu jagen, entlief einem Bewohner des Bergdorfes ein junges Lamm. Leider hatte es das Pech, Stone über den Weg gelaufen zu sein, der schon damals ein alter Herr war und dem die Jagd somit ohnehin schwer fiel. Trotz allem war er ein Raubtier, das im schlimmsten Fall auch vor Menschen keinen Halt machte.

Als jedoch ein gutes Dutzend Dorfbewohner, die auf der Suche nach dem verschwundenen Lamm waren, mit ansahen, wie Stone es verspeiste, ohne auch nur einen Knochen übrig zu lassen, wurde er zum Gejagten.

Die Männer prügelten ihn in jener Nacht fast zu Tode und überließen ihn dann in der Kälte seinem Schicksal. Niemand hatte damals mitbekommen, dass Arrow hinter einem Baum alles mit angesehen hatte.

Mit einem Geschirr hatte sie das halb tote Tier seinerzeit hinter Merlin gespannt, der Stone zu ihnen nach Hause gebracht hatte. Über viele Wochen hatte Arrow ihn dort wieder gesund gepflegt. Weder Tier noch Mensch dieses Haushaltes hatte er je ein Haar gekrümmt. Für Arrow wurde er zu einem Teil der Familie und sie liebte ihn sehr.

Als Stone dann wieder völlig genesen war, war er zu seinem See zurückgekehrt.

Arrow versprach, weiterhin für ihn zu Sorgen, und ermahnte ihn im Gegenzug, nicht mehr in diesem Gebiet zu jagen. Zu gefährlich wäre es, wenn jemand mitbekäme, dass er noch immer lebte. Sollten die Dorfbewohner ihn abermals fangen, würden sie sicher gründlicher sein.

Nachdem das Kelpie sein Mahl verspeist hatte, schaute es Arrow enttäuscht an. Offenbar war er noch nicht satt und prüfte schnuppernd, was sie noch Köstliches vor ihm zu verbergen hatte.

„Was? Nein Stone!“ Arrow drehte sich in alle Richtungen und versuchte mit allen Mitteln den Schinken vor ihm zu schützen. „Großmutter hat ihn extra bestellt. Wenn ich mit leeren Händen nach Hause komme, wird sie sicher furchtbar wütend sein. So leid es mir auch tut – es geht nicht."

Enttäuscht schaute das Kelpie sie mit seinen großen Augen an, während das Knurren seines Magens durch den Wald hallte. Liebevoll umarmte Arrow ihn zum Abschied und machte sich dann auf den Heimweg. Ein letztes Mal drehte sie sich noch zu ihm um. Da stand er nun mit gesenktem Kopf und noch größeren Augen, von denen man hätte meinen können, dass sie ihm beinahe heraus fielen.

Diesen Anblick konnte selbst sie jetzt nicht mehr ertragen. In der Gewissheit, dass sie es die ganze Nacht bereuen und kein Auge zutun würde, sah sie bereits in Gedanken vor sich, wie sie am nächsten Tag einen doppelt so großen Schinken bei Sam kaufen würde, um diesen dann in einer roten Schleife gewickelt zu ihrem Kelpie zu bringen. Welch ein Aufwand im Gegensatz zu Großmutters Verärgerung.

Und so lief sie, so gar nicht von sich selbst überrascht, kopfschüttelnd zu Stone zurück und gab ihm den wunderbar schmackhaften Schinken, der auch umgehend am Stück verspeist wurde. Dankbar stupste er Arrow gegen ihre Schulter, bevor sie sich beruhigt auf den Heimweg machte.

Das Kelpie verschwand mit einem Satz wieder durch das Loch im See.

Zusammen mit Grey kam Arrow wenig später zu Hause an, wo bereits das Abendessen auf sie wartete. Erstaunt bemerkte Arrow den großen Schinken auf dem Tisch.

„Was?", fragte Rose forsch. „Er hat schon die letzten drei aufgefressen, da konnte ich wohl unmöglich annehmen, dass er diesen verschonen würde."

Roga

Am folgenden Tag platzte Rose ganz außer Atem und völlig aufgeregt in Arrows Werkstatt, so dass ihr vor Schreck ein Krug aus den Händen glitt.

„Ich habe einen Auftrag für dich!“, rief die alte Frau stolz.

„Einen Auftrag?“, fragte Arrow erstaunt.

„Einen Auftrag. Einen großen Auftrag. Und dir winkt ein schöner Batzen Geld dafür.“

„Das hört sich gut an“, entgegnete Arrow noch etwas zurückhaltend. „Für wen soll es denn sein?“

„Für das Schloss oben. Ich habe Sally einen deiner Krüge gezeigt und sie war ganz aus dem Häuschen. Voller Neid war sie, als ich ihr erzählt habe, dass unser gesamtes Haus mit diesen Schätzchen gefüllt ist. Die arme Sally sieht so etwas nicht alle Tage, denn in den Wänden des Schlosses finden sich hauptsächlich Staub und Ruß. Es sieht ziemlich heruntergekommen aus. Lange hat sich niemand mehr um die Erhaltung und Verschönerung der Räume gekümmert und es ist durch und durch trostlos dort. Leider hat sich mittlerweile auch Ungeziefer dort angesiedelt. Als dann letzte Woche Sallys schöner Braten von einer Horde singender Ratten davongetragen wurde, platzte ihr der Kragen. Einen ganzen Tag hatte sie für die Vorbereitung gebraucht. Seitdem ist Harold rund um die Uhr nur noch damit beschäftigt, das Schloss von Untermietern zu befreien, aber Sally genügt das nicht. Sie sagt, dass der alte Glanz wieder her müsse. Und dafür benötigt sie deine Hilfe.“

„Na wenn das so ist, bin ich dabei“, entgegnete Arrow frohen Mutes.

„Prima. Ich habe ihr gesagt, dass du gegen Ende nächster Woche dort vorbeischaust.“

Erschrocken sprang Arrow von ihrem Stuhl auf. „Was?“, stieß sie mit weit aufgerissenen Augen aus. „Das kann unmöglich dein Ernst sein, Großmutter. Du kennst mich doch! Gerade du müsstest doch wissen, wie ungern ich dieses Haus verlasse. Und in diesem Schloss sind vermutlich Leute, mit denen ich reden muss!“

„Na das wird sich wohl nicht umgehen lassen“, entgegnete Rose ganz ungerührt. „Ich denke ohnehin nicht, dass du dort sehr viel Gesellschaft haben wirst. Die einzigen Leute, die dort leben, sind Sally und Harold. Und beide kennst du."

„Ja, aber nur aus deinen Erzählungen", entgegnete Arrow entgeistert. „Keinem von ihnen bin ich je begegnet."

„Dann wird es wohl höchste Zeit", sagte Rose ganz unbeeindruckt.

Wütend schnappte Arrow nach Luft. Innerlich kochte sie und stapfte, etwas Unverständliches murmelnd, zur Tür hinaus. „Ich werde dort nicht hingehen! Wenn sie etwas wollen, erledige ich das hier!"

Traurig sah Rose ihrer Enkelin hinterher. Sie hatte sehr wohl gewusst, dass Arrow versuchen würde, diese Sache abzublocken, jedoch nicht erwartet, dass sie eine regelrechte Wand um sich errichten würde. Auch machte sie sich Vorwürfe, dieses Mal zu streng zu ihrer Enkelin gewesen zu sein. Hätte sie es auf eine andere Art versucht, wäre sie mit etwas Aufwand wohl eher an Arrow herangekommen. Eigentlich hätte sie es wissen müssen ...

Arrow verkroch sich bei Merlin im Stall. Sie wollte Rose nicht über den Weg laufen und hoffte, bei ihrem Schimmel etwas Ruhe zu finden. Aufgebracht striegelte sie das Pferd. Allerdings ließ es diese Prozedur nur kurz über sich ergehen und machte dann deutlich, dass es das gar nicht als angenehm empfand. Erschrocken von dem zornigen Wiehern ließ Arrow das Putzzeug fallen. Auge in Auge stand sie vor dem Schimmel.

„Seltsam. Ich dachte immer, mit dir muss ich nicht reden, weil ich es gar nicht kann. Dabei sagt dein Blick viel mehr als tausend Worte."

Langsam beruhigte sie sich und strich dem Hengst nachdenklich über den Hals. So verging die Zeit bis zum Einbruch der Dunkelheit.

Rose saß wartend am gedeckten Abendbrottisch, als Arrow endlich aus dem Stall kam. Ihre Großmutter hatte noch nichts zu sich genommen und sprang gleich auf, als sie ihre Enkelin erblickte. „Es tut mir leid, mein Kind. Ich hätte nicht so streng sein sollen", sagte Rose niedergeschlagen.

„Mir tut es auch leid, Großmutter. Ich weiß, dass du es nicht böse meinst."

Roses Miene erhellte sich. „Dann lass uns die Sache einfach vergessen."

„Wenn das so einfach wäre", entgegnete Arrow. „Ich habe die ganze Zeit darüber nachgedacht. Es wäre wohl eine Herausforderung für mich – in vielerlei Hinsicht. Und ich weiß nicht, ob ich dem gewachsen bin. Wirst du denn enttäuscht sein, wenn es nicht funktioniert?"

Mit leuchtenden Augen antwortete Rose: „Ach Kind. So stolz, wie du mich in meinem ganzen Leben schon gemacht hast, wird es dich sehr viel mehr kosten, mich zu enttäuschen. Die Zeit mit dir war und ist mir die schönste in meinem Leben."

Mit diesen Worten war der Streit beigelegt.

„Bitte vergiss nicht, dass dein Elf morgen im Dorf sein wird", bemerkte Rose beim Abendessen. „Die Wunde des Weißen scheint zwar gut verheilt zu sein, doch er kann es sich ja noch einmal anschauen."

Arrow nickte zustimmend.

Man konnte kaum behaupten, dass Elfen sich besonderer Beliebtheit erfreuten. Sie waren sehr listig vom Wesen her und die Beweggründe ihrer Handlungen waren oft unbegreiflich. Row jedoch machte dabei eine Ausnahme, was wiederum auch nur in einer einzigen Hinsicht zutraf – er kannte sich wie kein anderer mit Pferden aus. Einige Male im Jahr führte ihn sein Weg in dieses Dorf. Glücklicherweise war er damals zur rechten Zeit zur Stelle gewesen, als Merlin sich eine hässliche Schürfwunde im Wald zugezogen hatte, die sich zu entzünden drohte. Dank Rows Hilfe ließ sich das Schlimmste vermeiden. Er war bei Arrow gern gesehen. Schon viele hilfreiche Tipps hatte sie im Umgang mit Pferden von ihm bekommen, aber vor allem war er seinerzeit auch eine große Hilfe gewesen, als es um Stone gegangen war.

Rose hingegen duldete nur ihrer Enkelin zuliebe einen Elfen in ihrem Haus. Sie traute diesen spitzohrigen Burschen nicht über den Weg. Arrow fand, dass ihre Großmutter übertrieb, doch es nützte nichts, ihr dieses Misstrauen ausreden zu wollen.

Als die beiden Frauen es sich an der Feuerstelle in der Küche gemütlich machten, schaute Arrow verträumt zum Fenster hinaus. Eine Schar kichernder kleiner Feen zog ihre Aufmerksamkeit auf sich. Sie waren kaum größer als ein Finger und in dicke Wintermäntel gehüllt.

Auf tellergroßen Eisblumen glitten sie vom Himmel herab und versprühten ihren Feenstaub über das Dorf. Leider empfingen sie die Bewohner immer mit gemischten Gefühlen, denn sie galten allgemein als Vorboten der Rauhnächte. Einerseits war ein jeder sehr dankbar für das schützende Geschenk der Feen, doch fürchtete man mehr das bevorstehende Ereignis, zu dessen Zweck der Staub diente.

Von allen Gefahren, die diese Welt in sich barg, gehörten die Rauhnächte zu den meist gefürchteten. In jenen Nächten zog Frau Perchta mit ihrer Dämonen- und Geisterschar aus, um jeden Unseligen, der sich zu dieser Zeit im Freien aufhielt, ins Verderben zu stürzen. Wen sie erwischten, der war unweigerlich verloren.

Diejenigen, die in den Rauhnächten ihr Haus verließen, wurden von den Dämonen mitgezerrt, gequält und in Perchtas Reich entführt.

Es gab aber auch Leichtsinnige, die diese Dämonen nicht allzu ernst nahmen. Und es gab auch Neugierige. Doch wer es mit den Geistern aufnahm, verfolgte nicht selten das Ziel, jemanden Geliebtes wieder zu treffen, der bereits das Zeitliche gesegnet hatte. Aber auch wenn dieses Vorhaben glückte, so führte es dennoch ins Verderben. Oft erkennt der Verstorbene die vertraute Seele gar nicht wieder. Aber selbst wenn er es tut, so ist der Geist durch Perchtas Reich so verändert, dass er den eigenen Freund so lange quält, bis auch diese Seele unwiederbringlich verloren ist.

Natürlich gab es viele Rituale, die vor den Geistern der Wilden Jagd Schutz boten, doch auch der Feenstaub tat seine Wirkung. Man konnte nicht vorsichtig genug sein.

Von allen Seiten stürmten die Leute herbei, um die Gabe der kleinen Feen zu empfangen. Ganz besonders die Kinder waren überaus angetan von den winzigen, warmherzigen Wesen, die so viel Hoffnung und Zuversicht in den Herzen aller weckten.

Rose und Arrow beobachteten, wie einer nach dem anderen sich beschenken ließ und es vor dem Haus langsam leer wurde.

Als alle wieder gegangen waren, flog eine kleine Fee zu Arrow ans Fenster und klopfte zart. Als Arrow es öffnete, lächelte sie das kleine Wesen herzlich an und überwarf die beiden Frauen mit dem Staub. Dann kehrte die Fee zurück, kletterte auf ihre Eisblume und verschwand mit einem kräftigen Windstoß wieder in den Lüften. Noch aus der Ferne war ihr liebliches Kichern zu hören.

Diese kleinen Wesen waren so furchtlos und taten so viel Gutes. Arrow beneidete sie.

Rose umfasste die Hand ihrer Enkelin. Sehr wohl hatte sie bemerkt, wie beeindruckt Arrow von den Feen war.

„Kind", sagte sie liebevoll. „Dort draußen wartet eine zauberhafte Welt darauf, von dir entdeckt zu werden. Verschließe dich ihr nicht."

Am nächsten Morgen waren Arrow und Rose sehr zeitig auf den Beinen, um das Haus zu putzen. In einem Tag schon sollte die Wilde Jagd beginnen. Sauberkeit und Ordnung boten Schutz vor den Geistern.

Jeder Winkel des Hauses wurde unter die Lupe genommen.

Am späten Nachmittag eilte Arrow in den Stall, um Merlin für einen Ritt in das Dorf vorzubereiten. Sie wollte Row aufsuchen, um ihren Schimmel noch einmal untersuchen zu lassen.

Der Hafereimer fiel ihr vor Schreck aus der Hand, als ein Kopf hinter Merlin hochschnellte.

„Alles in bester Ordnung."

Erschrocken von Arrows Reaktion trampelte der Schimmel wild umher.

„Ruhig, ganz ruhig", redete Row auf Merlin ein.

„Sag mal – BIST DU WAHNSINNIG?", fauchte Arrow. „Normale Leute klopfen an die Tür. Sie warten brav und treten erst dann ins Haus ein, wenn sie darum gebeten werden. Du hättest dich ankündigen können!"

„Das mag wohl sein", erwiderte Row. „Doch gehöre ich gewiss nicht zu diesen Leuten und euer Haus habe ich auch nicht betreten, denn wir befinden uns hier – wie du mir sicherlich zustimmen wirst – im Stall."

Row klang gar nicht sehr wohlwollend. Immerhin war er ein Elf und der Ton in seiner Stimme sollte Arrow daran erinnern, dass sie nicht irgendwen Dahergelaufenen vor sich hatte.

Elfen vertrugen nur gemäßigt Spaß und duldeten ausschließlich einen respektvollen Ton. Normalerweise war man gut beraten, wenn man ihnen aus dem Weg geht, doch in diesem Fall war er überaus willkommen.

Row war der einzige Elf, den Arrow bisher kennen gelernt hatte. Die anderen seines Volkes blieben lieber unter sich. Sie lebten in ihrer eigenen Welt. Row dagegen ließ sich regelmäßig blicken, denn keiner – und in diesem Punkt waren sich alle einig – verstand so viel von Pferden wie er. Was das anging, konnte man sich auf ihn verlassen. Ansonsten war er wie alle Elfen: schlau, listig, von schlanker Statur und überaus schön anzusehen.

Meistens lächelte er aus Schadenfreude und mit einem vieldeutigen Funkeln in den Augen. Wenn man ihn beleidigte oder hinterging, konnte man sich Row zu seinem schlimmsten Feind machen. Gab man einem Elfen sein Wort, durfte es nie gebrochen werden und sein Vertrauen durfte unter keinen Umständen missbraucht werden.

All das wusste Arrow und unter normalen Umständen hätte sie sich eher auf die Zunge gebissen, als ihm einen Anlass zu geben, auf sie wütend zu sein.

Missbilligend schaute er sie an und erwartete natürlich eine Entschuldigung für ihren Wutausbruch.

Arrow zögerte nicht. „Es tut mir leid. Die Worte entstammten dem Schreck. Ich bin ja froh, dass du hier bist.“

Mit einer Spur der Verachtung in seinem Blick reichte er Arrow ein kleines Fläschchen.

„Reib ihn damit täglich ein. Vermutlich ist es sowieso verheilt, aber schaden kann es nicht. Bewahre den Rest auf, falls er sich wieder verletzen sollte.“

Arrow nickte.

„Hast du an die Pflanzen gedacht?“, fragte Row.

„Steht alles schon bereit“, antwortete sie.

Die Pflanzen, von denen die Rede war, erhielt Row anstelle einer Bezahlung. In der Winterzeit waren diese für ihn sehr viel mehr wert als jeder goldene Taler, der ihm angeboten wurde.

Schon viel zu lange taute der Schnee nicht mehr. Somit hatten weder Blume noch Kraut eine Chance zu gedeihen.

Regelmäßig bestellte Row Roten Fingerhut, Kreuzkraut und Stiefmütterchen in größeren Mengen. Ein Drittel des Gewächshauses betrieb Rose fast ausschließlich für ihn und er dankte es ihnen stets großzügig: Nach seinen Besuchen waren stets alle Defekte im Haus beseitigt.

Arrow griff nach einem Körbchen, das auf der Fensterbank stand. Rose hatte es ihr schon am Morgen bereitgestellt, damit sie es nicht vergaß.

„Das ist unser erster Versuch mit den Samen des Wilden Thymians, den du letztes Mal hier gelassen hast. Leider ist er nicht so gewachsen, wie Rose es sich vorgestellt hatte. Sie sagt, dass dies nicht einmal die Hälfte der Größe ist, die er in freier Natur erreicht hätte. Kannst du ihn trotzdem gebrauchen?"

Sorgfältig beäugte Row das Körbchen von allen Seiten. „Ich finde ihn gar nicht so schlecht. Bei euch ist er sehr viel besser gewachsen als anderswo."

„Anderswo?", fragte Arrow erstaunt.

„Natürlich. Oder hattest du etwa gedacht, dass alle Elfen dieser Welt allein mit euren Pflanzen haushalten können?"

„Eigentlich dachte ich, dass du sie nur für dich allein benötigst."

„Meine liebe Arrow", belehrte Row sie, „welch ein Elf wäre ich wohl, wenn ich meinem Volk nicht auch das Überleben sichern würde? In anderen Angelegenheit mögen wir sicher weniger selbstlos handeln, doch für diese Sache ist uns kein Preis zu hoch und kein Weg zu weit." Melancholisch ließ er seine Worte ausklingen.

„Ist mit dir alles in Ordnung?", fragte Arrow verblüfft.

„Wie kommst du darauf?"

„Noch nie hast du mir so viel über dich oder dein Volk erzählt. Das ist mir nicht geheuer. Und dann tauchst du auch noch so völlig ohne Ankündigung bei uns im Haus – äh ich meine bei uns im Stall – auf. Also frage ich mich doch, ob bei dir alles in Ordnung ist."

Rows Verhalten war in der Tat seltsam. Er wirkte sonst immer äußerst kühl und distanziert. Nie zuvor hatte er sich dazu hinreißen lassen, Gefühle zu zeigen.

„In der Tat bin ich nicht grundlos hergekommen. Du musst etwas für mich tun."

Kaum, dass Row den Satz ausgesprochen hatte, scharrten hinter ihm kleine Hufe. Als der Elf einen Schritt zur Seite trat, kam für den Bruchteil einer Sekunde ein wundersames kleines

Wesen zum Vorschein, welches sich umgehend wieder hinter Row versteckte.

Der Elf beugte sich hinab und redete ihm Mut zu, woraufhin es vortrat.

„Oh du liebes bisschen", rief Arrow strahlend. „Ein Einhornfohlen!"

Mit leuchtenden Augen kniete sie sich auf den Boden und streckte ihre Hand aus. Nach einem kurzen Zögern stapfte das Fohlen auf sie zu und verlor von einem Moment auf den nächsten seine ganze Angst. Die schüchterne Zurückhaltung wich verspieltem Schmusen.

Arrow streichelte das kleine Einhorn und es genoss die Zuneigung in vollem Maße.

„Oh, wie niedlich. Sieh nur – es leckt an meiner Hand."

Arrow war wie verzaubert. Das kleine Fohlen nahm sie völlig für sich ein.

„Ja, sie scheint dich sehr zu mögen", bemerkte der Elf trocken.

„Sie?", fragte Arrow. „Also haben wir hier eine kleine Stute."

„Ihr Name ist Roga und sie wird für eine Weile bei dir bleiben."

Plötzlich war Arrow wie versteinert. Langsam erhob sie sich vom Boden und erwiderte erschrocken Rows Blick.

„Sie soll hier bleiben? Ein Einhorn bei uns im Haus? Wie stellst du dir das vor? Wenn jemand davon erfährt, sind Großmutter und ich hier nicht mehr sicher. Und Roga sowieso nicht. Das kann ich nicht verantworten. Es wird uns alle in Teufels Küche bringen."

„Anscheinend hast du mich nicht verstanden, Arrow. Das war keine Bitte."

Row sah sehr ernst aus und seine Worte klangen beinahe wie eine Drohung.

„Du wirst sie bei dir behalten und großziehen. Sobald sie ausgewachsen ist, werde ich sie holen und in das Elfenreich bringen. Dort wird sie eines Tages unserem Schutz dienen."

„Aber Row, weißt du überhaupt, was du da von mir verlangst? Die Einhörner dieser Welt sind nahezu ausgestorben. Ich dachte nicht, dass ich überhaupt jemals eines zu Gesicht bekommen würde. Die wenigen, die der Winter noch nicht dahingerafft hat, werden gejagt und abgeschlachtet. Sollte jemand mitbekommen, dass ich ein solches Tier in meinem Haus habe, sind unsere Tage hier gezählt!"

„Genug jetzt!", unterbrach sie Row. „Ich sage es dir ein letztes Mal – das ist keine Bitte, Arrow. Entweder du ziehst sie für mich groß oder du und deine Großmutter werden am eigenen Leib erleben, was wirkliches Unheil bedeutet."

Arrow sah sich in die Knie gezwungen. Die Drohung eines Elfen sollte man immer und in jedem Falle ernst nehmen. Rose erinnerte sie allzu oft daran, wenn sie Row aufsuchte. Und Arrow wusste nur zu gut, dass es – hatte man erst einmal den Zorn eines Elfen auf sich gezogen – keinen Ausweg geben würde. Weder Betteln oder Flehen konnten einem dann noch helfen.

Für Arrow stellte sich die Frage, was wohl schlimmer wäre – Rows Vergeltung oder dass die falschen Leute von dem Einhorn erfuhren. Es nahm sich wohl kaum etwas. Allein die Tatsache, dass sie, wenn sie es schlau anstellte, lange genug vertuschen könnte, ein Einhorn im Haus zu haben, war ein eindeutiger Pluspunkt.

„Was frisst denn so ein Einhorn?", fragte sie niedergeschlagen.

„An jedem Abend und an jedem Morgen wirst du neben eurer Haustür ein Bündel Heu vorfinden. Das gibst du ihr und nur das. Du musst gut auf sie achten, solange sie bei dir ist. Sollte ihr etwas zustoßen, werde ich dich dafür zur Rechenschaft ziehen."

Besorgt schaute Arrow die kleine Roga an. „Und was soll ich tun, wenn jemand sie erkennt? Gibt es eine Möglichkeit, dich dann zu erreichen?"

Row winkte ab. „Keine Sorge. Niemand wird sie erkennen. Ihr Horn wird anderen verborgen bleiben."

„Oh, na gut. Aber hättest du das dann nicht auch vor mir verbergen können? Du hättest ja sagen können, dass sie ein Elfenross ist. Mir wäre lieber, ich würde die Wahrheit nicht kennen."

„Auch dann wäre es nicht weniger gefährlich, sie im Haus zu haben", erwiderte der Elf unbeeindruckt.

Verspielt hüpfte Roga um Merlin herum. Er war aus dem Alter raus, um herumzutollen. Trotzdem störte ihn das kleine Einhorn nicht.

Warum ich, fragte sich Arrow. Sie dachte daran, dass ihre Großmutter furchtbar wütend sein würde. Vermutlich würde sie ihr sogar den Kopf abreißen. Vielleicht wäre dieser Aspekt dann aber auch positiv zu betrachten, denn wenn der Kopf erstmal ab wäre, hätte sie Ruhe vor Elfen und Einhornjägern.

Auf jeden Fall hatte es Priorität, sich fürs erste nur und uneingeschränkt vor Rose zu fürchten. Sicher würde ihre Großmutter nicht so ruhig bleiben wie damals, als Arrow das Kelpie mit nach Hause gebracht hatte.

Bei diesem Gedanken fiel Arrow jedoch gleich noch etwas Anderes ein. „Row, könntest du dir Stone noch einmal anschauen, bevor du dich auf den Heimweg machst? Zwar hat er kein Leiden, doch wie du weißt, ist er nicht mehr der Jüngste."

„Kümmerst du dich etwa immer noch um diese alte Fleisch fressende Mähre?", fragte der Elf verächtlich.

„In deinen Augen mag er das vielleicht sein, aber für mich ist er ein Teil meiner Familie", fuhr Arrow ihn an. „Also schaust du ihn dir nun an oder nicht?"

„Du hättest ihn damals seinem Schicksal überlassen sollen, anstatt ihn gesund zu pflegen. Zum Dank dafür wird er dich eines Tages als Dessert verspeisen."

Row redete jedes Mal so über Stone. Er hatte nichts übrig für Kelpies. In seinen Augen wäre ein elendes Ende das Richtige für „die alte Fleisch fressende Mähre" gewesen.

Arrow regte das nicht weiter auf, denn schließlich mochte niemand außer ihr dieses Kelpie. Eigentlich verstand sie sogar die Ansicht der Leute über es, denn schließlich wäre jeder andere tatsächlich auf Stones Speisekarte gelandet. Warum sollte sie es also jemandem übel nehmen? Einzig die Tatsache, dass alle Welt immer versuchte, sie von ihrer Meinung abzubringen, störte sie gewaltig. Einst hatte Arrow sich ihr eigenes Bild gemacht und jetzt erwartete sie von ihrer Umwelt diesbezüglich ein wenig Toleranz.

„Nun, ich habe ihn aber nicht seinem Schicksal überlassen, sondern ihm das Leben gerettet und das würde ich jederzeit wieder tun. Lieber ließe ich mich von den Bewohnern dieses Dorfes steinigen, als dass ich immer mit der Gewissheit leben müsste, eine gequälte Kreatur sterbend und allein zurück gelassen zu haben!"

„Siehst du, Arrow?", lächelte Row sie hinterhältig an. „Genau deshalb sollst du Roga großziehen. Wer sich so sehr für ein alterndes Kelpie aufopfert, wird ein Einhorn ganz sicher nicht im Stich lassen."

Na das war ja noch schöner! Jetzt sollte sie also auch noch für ihr Mitgefühl bestraft werden, obwohl das eine mit dem anderen ebenso wenig zu tun hatte wie der Wolf mit dem Lamm. Nur zu gerne hätte Arrow darauf die passende Antwort gegeben, doch es machte ohnehin keinen Sinn mehr. Die Entscheidung war gefallen und ein Einspruch wurde nicht geduldet beziehungsweise sogar bestraft.

„Was denkst du, wie lange es dauern wird, bis Roga ausgewachsen ist?", fragte Arrow.

„Das kommt darauf an. Ich denke, dass es schneller geschehen wird, als du es für möglich hältst. Vermutlich wird der Schnee schon bald tauen. Dann wird der Frühling Einzug halten. Wenn die Wälder wieder in voller Blüte stehen, hole ich sie nach Hause."

Arrow rollte mit den Augen. „Also wenn ich auf den Frühling warten soll, werde ich sie wohl zeitlebens behalten. Schon zu viele Jahre ist der Schnee nicht getaut und kaum einer erinnert sich noch an die Formen der Blätter oder den Geruch von Moos."

„Warte nur ab, Arrow. Die Zeit des Winters wird schon bald ihr Ende finden. Denk an meine Worte."

Mit dieser Antwort machte Row auf dem Absatz kehrt und ging davon. Als Arrow wenig später den Stall betrat, waren die Pflanzenkörbe verschwunden. Wie versprochen fand sie an der Eingangstür des Hauses ein Bündel Heu. Und so ließ der Elf sie zurück – mit vielen Fragen und einem Einhorn.

„Ein Einhorn!", schrie Rose. „Hast du den Verstand verloren?"

Arrow hatte sie noch nie so wütend gesehen. Offenbar wirkte Rows Zauber nicht, denn Rose hatte beim ersten Blick von ihr gewusst, dass etwas nicht stimmte, und sie so lange mit Fragen gelöchert, bis Arrow ihr alles erzählte.

„Es tut mir ja leid. Ich habe wirklich alles versucht, um es ihm auszureden, aber er wollte einfach nicht auf mich hören. Und zum Schluss ..." Arrow senkte den Blick. Tränen stiegen ihr in die Augen. Sie hasste es, sich so sehr verteidigen zu müssen. Rose kannte sie doch. Sie hätte wissen müssen, dass Arrow sich nicht leichtfertig eine solche Aufgabe hätte aufhalsen lassen. Doch Rose war eigentlich gar nicht auf sie böse, dachte sie. Ihre Wut galt Row, und da dieser längst über alle Berge war, musste Arrow es ausbaden.

In Momenten wie diesen wünschte sie sich immer, dass sie sich nicht alles so zu Herzen nehmen würde. Aber das gelang ihr nie, was sie wiederum wütend auf sich selbst machte.

Oft dachte sie über die kleinsten unbedachten Äußerungen tagelang nach und machte sich Gedanken, wie sie dem hätte aus dem Weg gehen können. Doch stets blieb die Lösung ungreifbar. Zwar beschloss Arrow oft, dass sie härter werden musste, doch zuletzt kam sie immer wieder an den Punkt zurück, an dem sie heulte – wie jetzt.

„Er hat dir gedroht", schlussfolgerte Rose.

Unter einem lauten Schluchzen nickte Arrow heftig. Das kleine Einhorn schmiegte sich an ihre Beine. Roga war Arrows Verzweiflung nicht entgangen und sie hatte bereits die ganze Zuneigung des kleinen Tieres für sich gewonnen. Also tat Roga das, was Einhörner in solchen Situationen immer tun, sie spendete Trost – auf eine ganz spezielle Art und Weise.

Ein unglaubliches Gefühl überkam Arrow. Von einem Moment auf den nächsten beruhigte sie sich vollkommen. Aller Kummer und Schmerz waren vergessen und sie fühlte sich, als wäre sie nie von einer Sorge geplagt gewesen.

Noch niemals zuvor hatte sie etwas Derartiges empfunden – weder beim Malen, noch beim Reiten oder wenn sie Stone besuchte. Am liebsten hätte Arrow jetzt Bäume ausgerissen.

Ihre Tränen wichen einem strahlenden Lächeln. Rose jedoch wurde immer wütender.

„Erkennst du jetzt, was der Elf angerichtet hat?", fragte sie ihre Enkelin.

„Es ist ganz wunderbar", strahlte Arrow und tänzelte durch die Küche.

Rose packte sie am Arm und schaute ihr tief in die Augen. „Es ist nicht real, mein Kind. Deshalb ist es so gefährlich, sie im Haus zu haben. Einhörner können Gefühle kontrollieren und ohne es zu wollen den größten Schaden anrichten. Vielleicht vermag sie dich eine Zeit lang glücklich zu machen, doch es ist nur Schein und unterdrückt alles Wahre in dir. Sobald sie uns verlassen muss, wird alles zu dir zurückkehren. Alle Gefühle von dem heutigen Tage an. Wenn du nicht stark genug dafür bist, wird es dich umbringen."

Arrow hörte ganz genau, was Rose sagte, doch es beeindruckte sie nicht. Und sogar der Gedanke, dass sie das nicht beeindruckte, ließ Arrow unbeeindruckt. Immerhin flüsterte ihr eine innerliche Stimme zu, dass sie die Warnung ihrer Großmutter nicht unterschätzen durfte.

Rose betrat ihr Schlafzimmer und holte ein kleines Kästchen unter einer Diele hervor. Sie nahm etwas aus ihm heraus und versteckte es dann wieder an seinem Platz.

„Hier mein Kind“, drückte sie es Arrow in die Hand, die es eine Weile verwundert betrachtete. Vier Blätter an einem winzigen Stiel. Etwas Derartiges hatte sie nie zuvor gesehen.

„Das ist ein Kleeblatt“, erklärte Rose. „Du musst es immer bei dir tragen. Es wird dich vor ungewolltem Zauber beschützen. Allerdings darfst du niemandem gegenüber ein Wort davon verlieren.“

„Und wie soll ich es immer bei mir tragen?“

„Du darfst es niemals irgendwo vergessen. Es darf nicht fehlen, wenn du im Wald oder im Stall oder in der Werkstatt bist. Sogar während du schläfst muss es bei dir sein. Du kannst es in dein Medaillon tun.“

„Medaillon?“, fragte Arrow verwundert.

„Die Kette, die du Tag und Nacht um deinen Hals trägst. Den Anhänger kann man öffnen und etwas hinein tun.“

Arrow holte die Kette unter ihren Kleidern hervor und betrachtete den Anhänger. Man konnte dort etwas hinein tun? In dieses kleine Ding?

„Warte, ich werd es dir zeigen.“ Als Rose das kleine Schmuckstück öffnete, fiel ganz unerwartet etwas heraus.

Arrow hob es auf: die Blüte einer kleinen gelben Blume und sie sah noch ganz frisch aus, als wäre sie gerade eben erst gepflückt worden.

„Scheint, als wäre das Medaillon bereits besetzt“, freute sich Arrow. Doch Rose war gar nicht zum Lachen zumute. Sie war kreidebleich, als hätte sie einen Geist gesehen.

Arrow sorgte sich. „Ich kann es doch auch austauschen oder vielleicht passt ja beides hinein“, versuchte sie ihre Großmutter heiter zu stimmen.

„Bitte versuch beide dort unterzubringen“, stammelte Rose. „Diese Blume war ein Geschenk von deinem Vater.“

Beim Abendessen sprachen die beiden kein Wort miteinander. Rose schien sich von dem Schock nicht erholen zu können.

Emotional kümmerte Arrow dies wenig. Noch immer stand sie unter dem Einfluss des Einhorns und das Kleeblatt hatte alle Mühe, gegen diesen Zauber anzukämpfen. Trotzdem dachte sie über die Worte ihrer Großmutter nach. Das war schon seltsam. Es fühlte sich an, als beschäftigte man sich mit etwas, das einen im Grunde überhaupt nicht interessierte.

Mit der Schlüsselblume, wie man sie nannte, hatte sie einen Hinweis auf ihre Vergangenheit gefunden und es berührte sie kein bisschen. Allerdings wusste sie sehr wohl, dass es das getan hätte, wenn Roga nicht da gewesen wäre.

Vielleicht würde es sie später ärgern, dass ihre Gefühle in einem so wichtigen Moment ihres Lebens manipuliert wurden. Aber vielleicht hätte sie dieses Ereignis innerlich auch so zerrissen, dass die Schmerzen unerträglich gewesen wären. In einem solchen Fall sollte sie natürlich dankbar für Rogas Gabe sein. Sie wusste es nicht und ließ es einfach auf sich beruhen. Ändern könnte sie es ohnehin nicht.

In der Hoffnung, Rose auf andere Gedanken bringen zu können, räumte Arrow flink den Tisch ab und erklärte ihr, was sie noch alles im Haus erledigen könnte – nun, da sie so voller Tatendrang steckte. Sie sagte, dass sie die Nacht durchmachen wolle, so dass sich die beiden Frauen am nächsten Tage schöneren Dingen widmen könnten als dem Haushalt.

„Das hat dein Elf alles schon erledigt“, murmelte Rose benommen.

„Wann denn das?“, fragte Arrow erfreut.

„Zum gleichen Zeitpunkt, an dem er solche Sachen immer tut – wenn wir nicht hinsehen.“

„Das ist doch großartig! Dann können wir uns auch jetzt gleich schöneren Dingen widmen. Worauf hast du Lust, Großmutter?“

Teilnahmslos zuckte Rose mit den Schultern.

„Wie wäre es denn, wenn wir in meine Werkstatt gehen? Ich könnte dir die neuen Krüge zeigen oder ich lese dir etwas vor oder … Oh, jetzt habe ich es – wir könnten den Bäcker beim Aufräumen beobachten. Vielleicht schleckt er ja wieder die Teigschüssel mit seiner Zunge aus und wäscht sie danach nicht ab.“

Arrow freute sich über so viele gute Ideen. Eine davon würde Rose bestimmt gefallen. Sicher die letzte. Das war immer ihre Lieblingsbeschäftigung. Und während Arrow sich nie sonderlich dafür begeistern konnte, heimlich andere Leute zu beobachten, da man viel zu oft Dinge erfuhr, die man eigentlich gar nicht wissen wollte, war sie diesmal ganz angetan von dieser Vorstellung.

„Heute nicht, mein Kind. Vielleicht morgen", murmelte Rose bekümmert.

„Aber morgen beginnen doch die Rauhnächte. Aus dem Fenster zu schauen, während die Dämonen toben, ist das Dümmste, was man tun könnte – ausgenommen, du möchtest dann draußen einen Spaziergang machen. Das wäre natürlich noch unvernünftiger."

„Du hast Recht, mein Kind." Völlig benommen merkte Rose, dass ihre Gedanken sie nicht loslassen wollten. Sie hatte nicht damit gerechnet, so unvorbereitet mit der Vergangenheit konfrontiert zu werden. Es war kaum in Worte zu fassen, was diese kleine Blume in ihr ausgelöst hatte. Über all das war sie dann schon wieder glücklich über Rogas Anwesenheit. Undenkbar, wenn das jetzt auch noch ihre Enkelin belasten würde.

Besorgt setzte Arrow sich zu Rose an den Tisch und versuchte, sie zu trösten.

„Großmutter, ich verstehe deinen Kummer. Oder nein ... Eigentlich verstehe ich ihn nicht. Doch ich weiß sehr wohl, dass ich heute nicht ich selbst bin. Tatsache ist allerdings, dass wir daran nichts ändern können. Sich den Kopf darüber zu zerbrechen macht es nicht besser. Drum bitte ich dich von ganzem Herzen – lass es auf sich beruhen."

Erschöpft lächelte Rose sie an. „Ich weiß, dass du es nur gut meinst, mein Kind, und vielleicht hast du auch Recht. Du bist so ein gutes Mädchen."

Der Stolz leuchtete in Roses Augen. Obwohl Arrows Sinne vernebelt wurden, behielt sie noch immer einen kühlen Kopf für das Wesentliche. Für ihr Alter wirkte sie überaus erwachsen.

„Dann wollen wir jetzt nach oben gehen?", fragte Arrow fröhlich.

„Nein, heute nicht", antwortete Rose. „Ich bin sehr müde. Ich denke, dass ich jetzt zu Bett gehen werde."

Arrow war enttäuscht, wollte ihre Großmutter jedoch nicht zurückhalten, denn die Erschöpfung war ihr durchaus anzusehen.

„Macht es dir denn etwas aus, wenn ich noch ein wenig hier bleibe, um mit Roga zu spielen? Immerhin ist dies ihre erste Nacht hier. Sicher fürchtet sie sich allein."

Rose nickte. Eine Weile beobachtete sie noch ihre Enkelin beim Spielen mit dem Fohlen.

„Niedliches kleines Ding", schwärmte Arrow, als sie das Einhorn hinter den Ohren krauelte. „Wie kommt es nur, dass jemand auf dich Jagd machen kann? Am besten wäre es, wenn du deine Verfolger mit ihren Gefühlen zur Hölle jagst."

„Das kann sie jedoch nur bei solchen tun, die auch über Gefühle oder einen schwachen Willen verfügen", erklärte Rose. „Nicht alle Wesen sind mit Empfindungen ausgestattet. Viele Kreaturen sind eiskalt. Sie sind es, die die Einhörner jagen und für sich zur Waffe machen."

Entrüstet schaute Arrow ihre Großmutter an.

„Kind", erwiderte Rose ihren Blick, „es gibt immer irgendwo irgendwen oder irgendetwas, das mächtiger ist als ein anderes Wesen. Das Entscheidende dabei ist allein, auf welcher Seite es steht."

Arrow wusste nicht, was Rose mit dieser Aussage bezwecken wollte. Es klang nicht so, als würde es dabei noch immer nur um das Einhorn gehen, doch es passte zu der Laune, die ihre Großmutter den ganzen Abend über plagte.

„Ich werde Roga nachher zu Merlin bringen", stammelte Arrow verwirrt. „Seine Gesellschaft heitert sie sicher auf."

Rose nickte. „Dann öffne gleich den Durchgang zum Stall. Ab morgen hätten wir das ohnehin getan, da kommt es auf einen Tag mehr auch nicht an."

Wie fast überall, befand sich auch in diesem Haus der Stall direkt neben der Küche. Die Tiere nebenan zu haben, hielt die Wärme, doch der Ruß der Feuerstelle in der Küche tat Merlin nicht gut. Nachdem der Abzugsschacht jedoch wieder gereinigt war, konnte man den Durchgang wieder ohne Bedenken öffnen. Das hätte Arrow, wie Rose bereits bemerkte, am nächsten Tag wegen der Rauhnächte ohnehin getan. In den Zeiten, zu denen die Geister des Nachts wüteten und allerhand schaurige Geräusche zu hören waren, hatte es niemand gern, ein Mitglied der Familie irgendwo allein zurück zu lassen, und das galt auch für

Haus- und Nutzvieh. So war es allerorts Sitte, die Tiere immer im Haus zu haben und mit ihnen zusammen zu warten, bis der Morgen graute.

Während Arrow mit Roga spielte und dabei von Marb beobachtet wurde, dachte sie über Rose nach, die ihre Tür einen Spalt weit offen gelassen hatte. Arrow wusste genau, dass ihre Großmutter nicht schlafen konnte, und das tat ihr leid.

Die halbe Nacht quälte Rose sich mit Gedanken, die die Blume in ihr ausgelöst hatte. Dabei machte ihr weniger die Blüte an sich zu schaffen, sondern vielmehr die Tatsache, dass sie noch immer so frisch war.

Die Wilde Jagd

Nur zäh quälten sich die Stunden des nächsten Tages dahin. Die Anspannung war allgegenwärtig. Ein jeder fürchtete sich vor dem Einbruch der Dunkelheit, denn obwohl sich dieses Treiben schon so oft ereignet hatte, schlich sich hier niemals Routine ein.

Man konnte sich vor einem Angriff schützen, wenn man die strengen Regeln befolgte. So hatte man beispielsweise darauf zu achten, dass im Haus keine Unordnung herrschte. Es war verboten, weiße Kleidung zu tragen, und ebenso wenig durfte solche zum Trocknen auf die Leine gehängt werden. Bei Einbruch der Nacht mussten alle Fensterläden geschlossen sein. Unter keinen Umständen durfte man während der Jagd einen Blick hinaus werfen und vor allem keinen Fuß vor die Tür setzen.

Doch immer blieb auch die Angst, in all der Aufregung etwas übersehen zu haben. So bangte ein jeder die ganze Nacht gemeinsam mit der Familie vor der Feuerstelle, dem grauenvollen Wüten der Dämonen lauschend, dass ja nichts vergessen wurde.

Stille herrschte im ganzen Haus, als es dunkel wurde. Sogar die Tiere fühlten, dass sie in dieser Nacht auf der Hut sein mussten. Und pünktlich zum Einbruch der Nacht kamen sie.

Arrow und Rose hielten den Atem an. Noch waren die Geister weit weg, doch ihr Geheul war schon in der Ferne zu hören.

Neben den Holzscheiten, die im Feuer ordentlich knackten und krachten, drang dieses unbeschreibliche Geräusch von draußen herein. Es ließ einem das Blut in den Adern gefrieren und die Hände feucht werden. Egal, wie oft man dieses Ereignis schon miterlebt hatte, gewöhnen konnte man sich einfach nicht daran. Todesängste rief es wach und das nicht nur bei so zart besaiteten Leuten wie Arrow. Selbst der tapferste Krieger, der schon gegen Drachen oder listige Hexen angetreten war, erstarrte vor Furcht, denn diese Dämonen konnte man nicht bekämpfen – weder mit dem Schwert noch mit dem Verstand.

Noch immer sprach keine der beiden Frauen. Alle saßen dicht zusammen gekauert beieinander. Rose hatte sich in einem Sessel niedergelassen. Grey saß treu auf ihrer Armlehne. Auf dem Boden daneben saß Arrow, die eine Hand ganz fest um die ihrer Großmutter geklammert, die andere Merlin streichelnd, der neben ihr lag. Roga hatte ihren Kopf auf Arrows Schoß gebettet, doch auch ihr war die Unruhe anzumerken. Obwohl sie so jung war, schien sie genau zu wissen, was da draußen vor sich ging.

Und schließlich war auch Marb wieder erschienen, die mit ihren Knopfaugen – und wie immer schweigend – die Beunruhigung der Anwesenden zur Kenntnis nahm.

Langsam kam das Geheul der Wilden Jagd immer näher. Schließlich hatten die Dämonen das Dorf erreicht.

Die Flammen flackerten aufgebracht. Arrows Herz raste so laut, dass sie überzeugt war, die Geister würden es hören.

Das Buch, in dem Rose gerade noch gelesen hatte, fiel ihr mit einem lauten Knall vom Schoß. Alle schreckten auf und Arrow hatte Mühe, Roga wieder ruhig zu stellen.

Allerhand Geschrei drang zu ihnen hinein. Sprachen, die Arrow nicht verstand, beängstigendes Gelächter und ganz plötzlich auch die Hilferufe eines Kindes.

Arrow war wie versteinert. Sie hatte furchtbare Angst vor dem, was da draußen vor sich ging, doch offenbar war ein kleines Mädchen in Not geraten. Man musste ihr helfen.

Vorsichtig schob sie Rogas Kopf beiseite und erhob sich, doch bevor sie einen Schritt gehen konnte, hielt Rose sie zurück.

„Du kannst ihr nicht helfen“, flüsterte ihre Großmutter eindringlich. „Das Mädchen ist schon lange verloren. Noch bevor ihre Zeit gekommen war, verstarb sie und ist dazu verdammt, so lange mit Frau Perchta durch das Land zu ziehen, bis der Zeitpunkt des ihr vorherbestimmten Todes eintreten wird. Erst wenn dieser Moment gekommen ist, wird sie erlöst sein. Doch bis es so weit ist, wird sie fortwährend ihr Leid klagen.“

„Aber es muss doch eine andere Möglichkeit geben. Es bricht mir das Herz, ihr zuzuhören!“

Rose schüttelte den Kopf. „Es gibt keinen Weg. Auf eine schreckliche Weise hat sie ihren Tod gefunden und ein jeder stirbt allein. Niemand kann sie von diesem Leid erlösen. Du kannst ihr nur helfen, indem du ihren Klagen Gehör schenkst und mit ihr fühlst.“

„Und woher willst du das wissen, Großmutter? Es kann doch ebenso gut möglich sein, dass sie gerade erst von den Geistern erwischt wurde und noch gar nicht tot ist. Vielleicht ist es noch nicht zu spät.“

„Arrow“, redete Rose weiter auf sie ein, „du kannst ihr nicht helfen. Selbst wenn es so wäre, wäre sie schon verloren. Wer einmal von der Wilden Jagd mitgezerrt wurde, ist nie wieder der, der er einst war. All solche wird Perchta mit in ihr dunkles Reich nehmen, wo sie sich selbst auf ewig verlieren werden. Selbst wenn sie ihr entkämen, so blieben sie nur noch ein Schatten ihrer selbst und siechten hoffnungslos dahin.“

„Dann ist es also doch möglich?“, fragte Arrow herausfordernd.

Arrow befreite sich aus Roses Griff und ging auf die Tür zu.

„Arrow, warte!“, rief Rose. Doch ihre Enkelin hörte nicht auf sie. „Arrow, Arrow!“, wiederholte sie immer wieder.

Dann klopfte es an der Tür und alle zuckten zusammen. Roga schmiegte sich ganz dicht an Merlin und Grey krächzte, als gäbe es kein Morgen mehr.

Arrow starrte mit weit aufgerissenen Augen zur Tür und hielt den Atem an.

Einen unendlichen Moment lang geschah nichts. Niemand zuckte auch nur mit der Wimper.

Dann klopfte es erneut und eine schrill klingende Stimme kicherte hinterlistig „Arrow, Arrow!“

Hastig stolperte Arrow zurück an die Seite ihrer Großmutter und setzte sich wieder auf den Boden.

„Ich habe es mir anders überlegt“, stammelte sie, am ganzen Leib zitternd.

Rose war erleichtert und schüttelte den Kopf. Sonst setzte Arrow keinen Fuß vor die Tür, doch sobald sie das Gefühl überkam, dringens gebraucht zu werden, wurde sie so mutig, dass sie selbst Frau Perchta in die Knie zwingen wollte. Welch ein sonderbares Kind.

Die Stunden vergingen und der Spuk tobte weiter. Doch mit dem Morgengrauen war alles vorbei.

Der erste Hahnenschrei ließ verlauten, dass die Nacht und damit auch die Jagd beendet waren.

Zitternd öffnete Rose die Tür einen Spalt breit und stellte erleichtert fest, dass sie es tatsächlich überstanden hatten. Auch in den Nachbarhäusern regten sich die Leute.

Mit einem Nicken gab Rose ihrer Enkelin zu verstehen, dass nun alles wieder in Ordnung war und sie keine Angst mehr zu haben brauchte. Noch nicht ganz davon überzeugt schlich Arrow zum Fenster und warf einen Blick hinaus.

Der Weg vor dem Haus füllte sich mit Leuten. So viele erleichterte Gesichter waren zu sehen. Sie alle fielen sich in die Arme und erzählten aufgeregt von dem herzzerreißenden Wehklagen des kleinen Mädchens Emily Jane. Ihr Schicksal war bei den Dorfbewohnern nicht unbekannt. Kälte und Armut hatten ihr einen qualvollen Tod beschert. Ihr trauriges Schicksal stimmte Arrow nachdenklich. Natürlich war es eine Qual, sich nicht an die eigene Vergangenheit erinnern zu können, doch hatte Arrow nie Hunger leiden müssen. Stets erfreute sie sich bester Gesundheit, lebte in einem schönen Haus und vor allem hatte sie Rose. Im Vergleich zu der kleinen Emily war ihr Schicksal so wunderbar und doch verbrachte sie die meiste Zeit damit, sich vor der Welt zu verstecken.

„Ich werde schnell zum Bäcker gehen", sagte Rose. „Decke uns doch eben den Tisch, damit wir gleich essen können."

Lächelnd nickte Arrow ihrer Großmutter zu.

Erschöpft von der langen Nacht nahmen die beiden Frauen ihr Frühstück zu sich, während Merlin und Roga tief und fest neben der Feuerstelle schliefen. Grey war inzwischen von ihrer Jagd zurückgekehrt. Rose hatte sie losgeschickt, als sie zum Bäcker gegangen war. In den frühen Morgenstunden ließ sich noch etwas für die Eule finden.

Nach dem Essen wurde noch schnell aufgeräumt, bevor sich die beiden Frauen schlafen legten. Sie mussten fit für den Abend sein, wenn alles wieder von vorne beginnen würde.

Während der kommenden Nächte bestimmte die Wilde Jagd den gesamten Ablauf. In dieser Zeit dachte Arrow besonders viel an Stone. Am Tage durfte sie ihn nicht besuchen. Zu gefährlich wäre es für ihn, wenn jemand sehen würde, dass er noch lebte.

Des Nachts durfte sie das Haus ohnehin nicht verlassen. Nach und nach wurde das nächtliche Treiben zur Gewohnheit.

Eine neue Lieblingsbeschäftigung schienen die Dämonen darin gefunden zu haben, gegen Fenster und Türen zu hämmern und Arrows Namen zu rufen. Im ganzen Dorf wunderte man sich inzwischen darüber.

Endlich war die letzte der Rauhnächte gekommen. Nur noch wenige Stunden und dann würde endlich wieder der Alltag einkehren … Oder auch nicht.

Arrow erinnerte sich an den Auftrag im Schloss. Noch war ihre Entscheidung diesbezüglich nicht gefallen. Einerseits sträubte sie sich noch immer dagegen, doch dann musste sie auch wieder an das Schicksal der kleinen Emily Jane denken, die ihre Einsamkeit nicht selbst gewählt hatte und vermutlich alles darum gegeben hätte, mit Arrow tauschen zu können.

Die arme Emily. Ihr zuliebe wollte Arrow es versuchen und so teilte sie ihre Entscheidung an jenem Abend Rose mit. Natürlich war ihre Großmutter ganz aus dem Häuschen. „Ach Kind! Du glaubst ja gar nicht, wie sehr ich mich darüber freue! Mit Sally habe ich auch schon gesprochen. Das Fohlen kannst du dorthin mitnehmen."

Arrow war außer sich. „Du hast ihr von dem Einhorn erzählt!"

„Aber Kind, wo denkst du hin? Ich sagte ihr, dass du ein kleines Pferd im Wald gefunden hättest, welches du jetzt aufziehen würdest. Natürlich darf niemand erfahren, dass es sich dabei um ein Einhorn handelt."

„Da hast du vollkommen Recht, Großmutter", erwiderte Arrow. „Und genau deshalb musst du dich ab jetzt um Roga kümmern."

„Daraus wird wohl nichts", winkte Rose ab. „Der Elf hat sie dir anvertraut und du wirst sie wohl oder übel mitnehmen müssen. Diese Aufgabe ist nicht übertragbar."

„Aber dann wird sie doch jeder sofort erkennen!"

„Wie kommst du denn darauf? Der Elf sagte doch, dass er sich darum kümmern würde, ihre wahre Identität zu verschleiern. Daran wird er sich ganz sicher halten."

„Daran hält er sich? Aber du hast sie sofort erkannt, nachdem du nur einen Blick auf sie geworfen hast!" Arrow fühlte sich auf den Arm genommen.

„Aber das heißt doch nicht, dass andere sie auch erkennen werden. Kind, glaube mir, der Elf hat dich, was das angeht, nicht betrogen."

„Und wie kommt es dann, dass du gleich wusstest, was sie ist?“

„Das“, antwortete Rose grinsend, „bleibt mein Geheimnis.“

Voller Zufriedenheit, ihre Enkelin endlich sprachlos zu sehen, schloss Rose ihre Augen, lehnte sich zurück und schlief, trotz des schallenden Lärms vor der Tür, friedlich ein.

Kopfschüttelnd über diese rätselhafte Antwort warf Arrow Marb einen enttäuschten Blick zu, doch wie immer saß das Moosweiblein nur ganz ungerührt da.

Vorsichtig deckte Arrow ihre Großmutter zu und schnappte sich das Buch, das Rose krampfhaft während der letzten Nächte zu lesen versucht hatte.

Arrow beschloss, am nächsten Morgen selbst zum Bäcker zu gehen und ihre Großmutter erst zu wecken, wenn das Frühstück fertig war. Das hatte Rose sich verdient und außerdem würde Arrows zurückgezogenes Leben ohnehin bald vorbei sein.

Mit dem Klang des ersten Hahnenschreis legte Arrow das Buch zur Seite, zog sich Mantel und Stiefel über und öffnete die Tür. Was sie sah, ließ das Blut in ihren Adern gefrieren.

Die Nacht war noch nicht vorbei und die Morgendämmerung hatte noch nicht eingesetzt. Statt in die ersten Sonnenstrahlen eines neuen Tages blickte sie in die pechschwarzen Augen eines gehörnten Dämons, dessen Schwanz mit Stacheln übersät war. Sein faulig stinkender Sabber hing bis auf den Boden. In seiner Hand hielt er triumphierend einen toten Hahn in die Höhe.

Eiskalt und erbarmungslos formten sich seine zernarbten Lippen zu einem hässlichen Grinsen, das messerscharfe Zähne zum Vorschein brachte.

Der Dämon hatte Arrow reingelegt und jetzt war sie verloren. Sie versuchte zu schreien, doch die Furcht schnürte ihr die Kehle zu.

Als der Dämon ihre Angst erkannte, klang sein Lachen wie ein mächtiges Donnern. Dann verschwand er ganz plötzlich so wie all die anderen Geister. Die Nacht war vorüber.

Noch immer stand Arrow wie angewurzelt in der Tür. Rose und die Tiere schliefen friedlich. Niemand regte sich. Erst als sich die Wege des Dorfes mit Leben füllten, erwachte ihre

Großmutter. Benommen erblickte sie Arrow, die noch immer regungslos in der Tür stand.

„Ist alles in Ordnung?“, fragte Rose.

Arrow zuckte zusammen, antwortete aber nicht.

„Arrow?“

Ihrer Großmutter weiterhin den Rücken zukehrend, holte Arrow tief Luft und beschloss, den Vorfall vorerst für sich zu behalten.

„Ich gehe jetzt zum Bäcker“, stammelte sie und verließ das Haus.

Den ganzen Tag über rechtfertige Arrow ihre Verwirrung mit dem fehlenden Schlaf. So begab sie sich auch in ihr Bett. Doch auch wenn dieser Grund nicht völlig an den Haaren herbei gezogen war, konnte sie lange nicht einschlafen. Immer und immer wieder sah sie dieses teuflische Ungeheuer vor ihrem inneren Auge.

Lange grübelte sie, ob es nicht doch besser wäre, ihrer Großmutter davon zu erzählen, beschloss aber dann doch, dass es ihr Geheimnis bleiben sollte. In den letzten Tagen hatte Rose genug durchgemacht und die Entscheidung, dass Arrow sich zum Arbeiten in das Schloss begeben würde, erheiterte sie sehr. Arrow brachte es einfach nicht übers Herz, ihrer Großmutter diese Freude zu trüben. In der Hoffnung, dass dieser Vorfall bald vergessen sein würde, schlief sie endlich ein.

Das Schloss

Am nächsten Morgen war Arrow schon früh auf den Beinen. Sie belud den Schlitten und spannte dann Merlin an. Rose hatte ihr angeboten, sie an ihrem ersten Tag ins Schloss zu begleiten, doch Arrow lehnte strickt ab. Welch ein Licht würde es auf sie werfen, wenn eine erwachsene Frau an der Hand ihrer lieben Omi zur Arbeit erscheinen würde? Da verlöre sie ihr Gesicht ja gleich am ersten Tag. Und außerdem hatte sie erst am Tage zuvor dem Teufel selbst gegenüber gestanden. Da konnte das erste Zusammentreffen mit Sally so schlimm nicht werden. Also machte sie sich auf den Weg.

Die Luft war sauber und klar, es war schönes Wetter. In der vergangen Nacht hatte es wieder kräftig geschneit, doch inzwischen hatten sich die dicken Wolken verzogen und die Sonne schien mit aller Pracht. Angenehm prickelten die Strahlen in Arrows Gesicht.

Arrow genoss die Schlittenfahrt in vollen Zügen. Immer seltener hatte sie sich an die frische Luft begeben und so geriet das damit verbundene befreiende Gefühl mehr und mehr in Vergessenheit. In Momenten wie diesen erkannte sie, wie sehr sie die Natur doch vermisste, und beschloss, ihr wieder mehr Zeit zu widmen.

Das kleine Einhorn kauerte unter einer Decke neben ihr. Noch traute Arrow der ganzen Sache nicht so, wie sie es gerne wollte. Außerdem konnte es nicht schaden, diesbezüglich Vorsicht walten zu lassen.

Kurz vor den Toren des Schlosses verließ Arrow dann der Mut. Sie überlegte, umzukehren, doch plötzlich kam eine füllige Dame herausgestürmt, die sie freudig begrüßte. „Arrow! Wie schön, dass du da bist!“

Jetzt gab es kein Zurück mehr. Aufgeregt kletterte Arrow vom Schlitten, um die nette Begrüßung zu erwidern.

„Du bist doch Roses Enkelin, nicht wahr?“, fragte die Dame nach Atem ringend.

Arrow nickte. „Ja Ma'am, die bin ich. Und sie müssen wohl Sally sein.“

„Ganz recht, junge Dame – ich bin Sally und nur Sally. Keine Ma'am und keine Miss und keine Lady.“

Sally kicherte. Ihr freundliches, herzliches Wesen, das in keiner Weise aufgesetzt wirkte, nahm Arrow sofort für sich ein, und obwohl Sally ganz offensichtlich schon zur älteren Generation gehörte, konnte Arrow sich vorstellen, mit ihr Freundschaft zu schließen.

„Bitte komm doch herein“, sagte Sally. „In der Eile habe ich versäumt, mir einen Mantel überzuziehen, und die Kälte sticht mir ins Hinterteil. Außerdem habe ich einen Braten im Ofen und der will wohl gelingen.“

„Gerne“, erwiderte Arrow. „Ich lade nur eben meinen Schlitten ab. Gibt es einen Platz, wo ich mein Pferd unterstellen kann?“

„Aber natürlich doch. Dort drüben ist der Stall.“ Sally deutete auf das angrenzende Gebäude des Schlosses, dessen Fenster über und über mit Spinnweben behangen waren.

„Wo ist denn das kleine Pony, von dem deine Großmutter erzählt hat?“, fragte Sally und schaute sich dabei suchend zu allen Seiten um.

„Pony?“ Wie kam sie denn auf ein Pony? Und plötzlich fiel es Arrow wie Schuppen von den Augen – Sally sprach von Roga.

Vorsichtig schob Arrow die schwere Decke beiseite und wurde sogleich von der weichen Schnute des kleinen Einhorns gegen die Nase gestupst. Behutsam nahm sie die kleine Stute in die Arme und setzte sie neben dem Schlitten ab. Neugierig beschnupperte Roga den Schnee. Es schien ihr zu gefallen, denn schon im nächsten Moment schlug sie darin Purzelbäume.

„Nein, wie niedlich“, freute sich Sally. „Das ist ja ein wahrhaft herzliches kleines Ding und noch so jung. Ach, was ist es süß!“

Roga lief Sally in die Arme und ließ sich von ihr verhätscheln. Dabei beobachtete Arrow sie genau. Jeder Blick und jede Bewegung könnte andeuten, dass sie es wusste. Doch Sally bemerkte nichts.

„Also ich werde dann schon mal hineingehen. Stell deine Sachen ruhig hier vorne ab und melde dich bei mir, wenn du so weit bist. Du findest mich in der Küche. Einfach der Nase nach – du kannst es nicht verfehlen. Ach, es ist so schön, dass du gekommen bist!“

Obwohl sich die beiden Frauen zum ersten Mal begegneten, waren Sallys Worte so aufrichtig, dass Arrow ganz verlegen wurde. Doch es war ein guter Start für den ersten Arbeitstag.

Arrow tat, wie Sally es ihr aufgetragen hatte. Sie stellte Merlin in den Stall und lud den Wagen ab.

Von außen sah das Schloss gar nicht so heruntergekommen aus, wie Rose es beschrieben hatte, und auch der erste Eindruck vom Inneren der Räumlichkeiten war nicht unbedingt schlecht. Zwar war es nicht so prunkvoll, wie man sich ein Schloss vorstellte, doch immerhin in recht gutem Zustand. Aber sie stand ja erst in der Eingangshalle. Womöglich würde sie drinnen Schlimmeres erwarten.

Wie Sally gesagt hatte, war die Küche leicht zu finden. Ganz gemütlich stapfte die kleine Roga hinter Arrow her. Auf ihrem Weg begegnete ihr niemand und auch in der Küche fand sie nur Sally vor.

„Ah, da bist du ja, Liebes. Bitte setz dich doch einen Moment. Im Handumdrehen bin ich fertig. Dann werde ich dir alles zeigen."

Geschwind schnappte Sally zwei Teller, von denen sie einen auf den Tisch stellte und den anderen Arrow reichte. „Für dich, Kindchen", sagte sie. „Sicher hattest du noch kein Frühstück."

Dankbar nahm Arrow die ihr angebotenen Brote an. Zwar hatte sie bereits gegessen und war eigentlich viel zu nervös, um noch etwas herunterzubekommen, doch wollte sie dieses nette Angebot nicht ablehnen. Sally war ihr sympathisch und sie gab sich solche Mühe, damit Arrow sich wohl fühlte.

Als Sally sich bückte, um Roga einen frisch aufgeschnittenen Apfel zu reichen, schreckte Arrow auf. „Halt!", rief sie. „Die darf sie nicht essen!" Row hatte sie angewiesen, an Roga nur das Heu zu verfüttern.

„Aber warum denn nicht?", fragte Sally ganz erschrocken.

„Äh ... Sie ... Nun ja, sie ... hat gerade erst eine schwierige Wurmkur hinter sich und bekommt vorerst nur spezielles Futter."

Dumme Ausrede, dachte Arrow. Dabei wusste sie gar nicht, ob Pferde überhaupt Würmer haben können. Aber Sally schaute die kleine Roga mitleidig an und ließ dann von ihr ab. Vermutlich wusste sie es selbst nicht.

Mit hoffnungsvollen Blicken wandte sich die Köchin an Arrow. „Was ist denn mit Möhren?"

„Nein bloß nicht", stammelte Arrow. „Von denen … bekommt sie Blähungen."

„Ach." Besorgt schüttelte Sally den Kopf.

„Eigentlich braucht sie nichts weiter", redete Arrow auf sie ein. „Roga hat heute schon ausreichend Futter bekommen."

„Na da hast du dir ja ein ziemliches Sorgenkind an Land gezogen. Da werde ich ihr für morgen etwas Hafer besorgen."

„Bloß keinen Hafer!", warf Arrow ein. „Der … nun … von dem … Ach, was da passiert, willst du gar nicht wissen, glaub mir."

„Dann kann ich ihm also gar keinen Gefallen tun, dem niedlichen kleinen Ding? Sie sieht so hungrig aus."

„Nun, ich fürchte, dass du ihr mit etwas Essbarem keine Freude machen kannst. Aber streicheln kannst du sie, so oft du möchtest. Das liebt sie."

Sally tätschelte Roga am Hals und bestätigte ihr wieder und wieder, welch eine Süße sie doch sei.

„Vielleicht", sagte Sally, „solltest du das kleine Ding mal zu einer weißen Hexe bringen. Ich kenne da eine, die drei Tagesreisen westlich von hier lebt. Bestimmt kann sie dem kleinen Schatz helfen."

„Oh ja … Das hört sich gut an", erwiderte Arrow zögerlich und hoffte, dass Sally die Verzweiflung in ihrer Stimme überhörte. „Ich werde es mir mal überlegen. Ähm … Großmutter sagte, dass du allein in diesem großen Schloss lebst?"

„Nicht ganz. Harold lebt auch noch hier, doch man sieht ihn selten. Wir lachen und streiten wie ein altes Ehepaar, doch im Grunde sind wir nur gute Freunde."

Sally erzählte und erzählte. Erleichtert atmete Arrow auf – Kurve gekriegt.

„Ich hoffe, du wirst dich durch ihn nicht abschrecken lassen. Harold ist nicht ganz einfach. Doch unter seiner rauen Schale steckt ein weicher Kern, musst du wissen."

„Und wie kommt es, dass nur ihr beide hier lebt?"

„Das ist eine lange Geschichte", antwortete Sally, während sie einen verträumten Blick aus dem Fenster warf. „Vor vielen Jahren gab es hier einen großen Brand. Unser damaliger Herr und Schlossbesitzer kam in den Flammen um. Für viele gab es somit keine Beschäftigung mehr und sie verließen das Dorf, um woanders nach Arbeit zu suchen. Die wenigen, die blieben, halfen beim Wiederaufbau, doch die meisten verschwanden kurze Zeit später. Sie waren der Annahme, dass hier ein Geist umhergehen würde.“ Sally lachte und schüttelte den Kopf.

„Ein Geist“, fragte Arrow ganz gefesselt von der Geschichte. „Hast du ihn denn auch gesehen?“

„Kindchen, dies ist ein überaus altes Gemäuer mit alten Balken und jeder Menge Ungeziefer in allen möglichen Ecken. Wenn es da komische Geräusche gibt und seltsame Erscheinungen, weil eine Staubwolke von A nach B fliegt, wundert mich das nicht im Geringsten. Ich bin eine alte Frau. Zu vieles habe ich schon gesehen in meinem Leben, um mich von solchen Hirngespinsten einschüchtern zu lassen.“

Sally klang müde. Gewiss hatte sie eine lange Geschichte hinter sich, die sie Arrow irgendwann erzählen würde. Leute mit einer Geschichte hatten sie schon immer fasziniert und sie war sich sicher, dass sie mehr vor sich hatte als nur eine ältere, mollige Dame, die gut mit dem Kochlöffel umgehen konnte.

Die knarrende Tür unterbrach die Stille. Herein kam ein älterer Mann, der das ganze Gegenteil von der herzlichen Köchin war. Er sah ziemlich groß aus, war schlank und hatte das graue Haar zu einem Zopf gebunden. Tiefe Falten prägten sein Gesicht und die langen Finger wirkten knochig. Nichts Freundliches war in seinem Blick. Seine Anwesenheit bereitete Arrow Unbehagen.

„Sie kann im Speisesaal beginnen“, sagte er zu Sally und musterte Arrow mit einem verächtlichen Blick, richtete jedoch kein Wort an sie – weder um sich vorzustellen, noch um sie zu begrüßen.

„Wie schön“, freute sich die Köchin. „Na dann komm mal mit, mein Kind.“

Harold war schon wieder verschwunden, als Sally sie durch die Räume führte. Dabei ging Arrow sein Blick nicht mehr aus dem Kopf.

„Ach Kindchen“, wandte sich Sally tröstend an sie, „mach dir nichts daraus. Er ist, wie er ist. Irgendwann werdet ihr schon miteinander klarkommen. Außerdem ist es allgemein bekannt, dass immer überall ein Miesepeter lauert, und diese Rolle meistert er perfekt.“

Arrow kicherte verlegen über diese Bemerkung. Normalerweise ließ sie sich nicht dazu hinreißen, sich über jemanden, den sie kaum kannte, eine vorschnelle Meinung zu bilden.

Doch Sallys Bemerkung traf Arrows ersten Eindruck von Harold ziemlich genau.

„Siehst du, Kindchen“, erwiderte Sally, „alles gar nicht so schlimm. Wir machen aus dir schon noch einen Schwan. Irgendwann wirst auch du ohne Zweifel und Furcht mit hoch erhobenem Kopf durch diese Gänge wandeln.“

Interessant, dachte Arrow, Rose hatte Sally also in Arrows Defizite eingeweiht und alles war nur eine Verschwörung, um sie selbstbewusster zu machen.

Ihr Weg endete in einem riesigen Raum, in dem keine Möbel standen. Die Spuren des Brandes, von dem Sally erzählt hatte, waren hier noch immer allgegenwärtig. Die Wände waren schwarz und trostlos.

„Dies ist der Speisesaal. Hier kannst du beginnen, und wenn du fertig bist, kannst du im Raum nebenan weiterarbeiten. Genaue Vorstellungen habe ich nicht. In der Hauptsache sollte es bunt sein. Schwarz so wenig wie möglich – denn das sind die Räume ja schon – und weiß bitte ebenso wenig. Immerhin ist es draußen weiß genug.“

Arrow runzelte die Stirn. Anfangs verstand sie Sally nicht, doch dann dämmerte es ihr. „Ich soll die Wände bemalen?“, fragte sie ungläubig.

Sally nickte lächelnd.

„Aber ich bemale nur Geschirr – Krüge und gelegentlich auch Teller. Wände habe ich noch nie bemalt.“

„Oh, dann wird das ja eine richtige Premiere. Wie mutig von dir, dass du es trotzdem versuchen willst. Also breite dich in aller Ruhe aus, und wenn du Hilfe benötigst, dann melde dich einfach. Du weißt ja, wo ich zu finden bin.“

Flink verschwand Sally zur Tür hinaus und ließ eine zweifelnde Arrow zurück.

Während sie alles aufbaute, fragte sie sich die ganze Zeit, wie sie aus dieser Nummer wieder rauskommen konnte. Doch sie wusste es nicht, und bevor sie sich versah, dachte sie auch schon darüber nach, wo und womit sie anfangen sollte.

Die Wände waren voller Ruß. Es war unmöglich, etwas Vernünftiges auf solch einem Untergrund auch nur im Ansatz zustande zu bringen. Bevor Arrow also mit dem Malen beginnen konnte, mussten die Wände gewaschen werden.

Nachdem sie den Kamin eingeheizt hatte, befreite sie die erste Fläche von dem schwarzen Staub. Bunte Farbkleckse kamen darunter zum Vorschein. Auf den ersten Blick wirkte es, als hätte jemand einen Tuschkasten darüber geschüttet, doch Arrow wurde neugierig. Vorsichtig wusch sie an der nächsten Stelle, und was sie sah, war mehr als verblüffend. Jemand hatte die Wände dieses trostlosen Schlosses schon einmal bemalt, doch es musste eine Ewigkeit her sein. Sally hatte es sicher vergessen. Gerne hätte Arrow sie gesucht, um die Erinnerung wachzurufen, doch die Neugier auf das gesamte Kunstwerk war stärker.

Während Arrow arbeitete, vergaß sie völlig die Zeit. Als die erste Wand vom Ruß befreit war, dämmerte es schon, doch es hatte sich gelohnt.

Das Bild stellte einen Festsaal dar. Die Wände und der Boden strahlten in hellem Marmor. Durch den gesamten Raum rankten Rosen und durch die riesigen Fenster fluteten Sonnenstrahlen. Und die Leute in dem Saal sahen glücklich aus. Sie tanzten, lachten und schienen nicht an ein Morgen zu denken.

Das Bild zeigte einen Moment, wie Arrow ihn nie erlebt hatte. In ihrer Welt versuchte jeder, über die Runden zu kommen. Seit der Ewige Winter ausgebrochen war, wurde das Feuerholz immer knapper. Der Boden war an vielen Stellen so gefroren, dass neue Bäume und Pflanzen nicht wachsen konnten. Damit wurde auch die Nahrung immer knapper. Den Leuten im Bergdorf ging es bisher den Umständen entsprechend gut, doch wie lange würde das noch so bleiben? Die Armut und die Verzweiflung wurden immer greifbarer.

Gewächshäuser wie die von Rose fanden sich inzwischen schon überall, doch war es mit der Zeit unmöglich geworden, den Bedarf zu decken, zumal in ihnen auch lange nicht alle Pflanzen so gut gediehen wie in dem der Großmutter.

Arrow wusste nicht, ob sie das Bild mögen sollte oder nicht, denn so traurig und nachdenklich sie diese Darstellung auch stimmte, so glücklich machte sie sie auch. Im Detail war es einfach wunderschön und vom Stil her musste es sehr alt sein.

Als Arrow alles aufgeräumt hatte, machte sie sich auf den Heimweg. Im Schloss suchte sie vergeblich nach Sally und auch Harold lief ihr glücklicherweise nicht über den Weg.

Als sie mit Merlin nach Hause ritt, war es bereits dunkel und Greys Rufe verrieten ihr, dass Rose schon mit dem Abendessen wartete.

Begeistert schwärmte Arrow ihr von der Entdeckung vor, indem sie ihr das Bild bis ins kleinste Detail beschrieb. Ihre Großmutter war sehr glücklich darüber – wurde doch der erste Tag statt zu einer gefürchteten Katastrophe zu einem großen Erfolg

Bilder der Vergangenheit

Als Arrow am nächsten Tag im Schloss eintraf, fand sie Sally im Speisesaal beim Betrachten des Bildes. Stumm starrte sie es an und Arrow hätte meinen können, so etwas wie Sehnsucht in ihren Augen erkannt zu haben. Sally bemerkte nicht einmal, dass Arrow hinter ihr stand, so vertieft war sie in die Malerei.

„Hallo, Sally“, begrüßte sie sie.

Erschrocken drehte sich die Köchin um. „Oh ... Hallo, mein Kind“, erwiderte sie zart, bevor sie sich wieder dem Bild zuwandte.

„Es ist wunderschön, nicht wahr?“, fragte Arrow mit leuchtenden Augen.

„Das ist es. Ich hatte es vergessen. Als ich es heute morgen erblickte, traf es mich wie ein Schlag und doch ist es ein Segen.“

„Dann kennst du dieses Bild also?“

Sally nickte. „Nach dem Brand hatte ich damit gerechnet, dass es zerstört sein würde. Es muss hunderte Jahre alt sein.“

„Es ist ein Schatz“, murmelte Arrow verträumt.

„Ja, das ist es und es ruft die schönsten Erinnerungen in mir wach.“

Sally hatte Tränen in den Augen, da war sich Arrow sicher. Doch sie versuchte mit aller Mühe, sie zurückzuhalten.

„Dann ... dann stimmst du mir also zu, wenn ich sage, dass ich die Wände nicht neu bemale, sondern einfach restauriere.“

Sallys Augen strahlten, wie die eines Kindes an Weihnachten. „Das wäre wunderbar, mein Kind.“

Somit machte Arrow sich an die Arbeit. Sie malte den ganzen Tag an der Wand und Sally kam sie dabei so oft besuchen, dass die beiden Frauen sogar das Mittagessen dort zu sich nahmen. Selbst Harold verschlug es beim Anblick des Bildes einen winzigen Moment lang die Sprache.

In den nächsten Tagen pendelte sich dieser Ablauf ein. Irgendwann ging es sogar so weit, dass sie Harold zum Essen dazu baten, damit der sich nicht ständig an der Tür rumdrücken musste, um ihnen unauffällig Gesellschaft zu leisten. Selbst Rose besuchte sie gelegentlich zur Mittagszeit, um an diesem Ritual teilzunehmen. Zusammen erzählten die drei von alten

Zeiten und Arrow verfolgte diese Geschichten mit größter Spannung. Über viele Anmerkungen brachen sie gelegentlich in schallendes Gelächter aus. Letzten Endes hatte diese Arbeit für sie alle viele gute Seiten. Sally und Rose benahmen sich manchmal wie gackernde Teenager und zweifellos hatte Harold sehr viel mehr sympathische Züge an sich, als Arrow es für möglich gehalten hatte. Es tat ihr leid, ihn so falsch eingeschätzt zu haben.

Scheinbar gab es nicht nur in Arrows Leben einen großes Stück, das fehlte, sondern auch bei Rose, Sally und Harold. Natürlich waren die verschwundenen Erinnerungen aus Arrows Vergangenheit damit nicht zur Nebensache geworden, doch sie waren weniger präsent und das zum ersten Mal seit dem Unfall. Es war nur ein kleiner Schritt für ihre Zukunft, doch trotzdem von unschätzbarer Bedeutung.

Einmal mehr war es bereits spät geworden, als Arrow das letzte Stück Wand in der großen Halle freilegte. Nach all den Tagen hatte ihre Begeisterung mehr und mehr zugenommen und sie konnte es kaum erwarten, das Gesamtkunstwerk zu betrachten.

Als Sally ihr einen Tee brachte, nahm sie diesen dankbar an. Beide Frauen schreckten zusammen, als es ans Fenster klopfte.

Schnell beruhigten sie sich wieder, als Arrow erkannte, dass es nur Grey war, die nach ihr Ausschau hielt. Sie öffnete ihr.

„Es wird noch einen Moment dauern. Sag Großmutter, dass ich bald aufbreche“, flüsterte sie ihr zu. Nachdem sie ihr einen Kuss auf ihre Stirn gegeben hatte, machte die Eule sich wieder auf den Weg und Arrow daran, ihre Arbeit zu vollenden.

Offenbar handelte es sich nur noch um eine Person, die der Ruß verbarg. Dem Körper nach zu urteilen wart sie etwas größer dargestellt als die übrigen.

„Ach weißt du, Arrow, es tut so gut, dies alles wieder zu sehen. Es bringt neue Hoffnung. Innerhalb dieser Wände ging es einst sehr viel lebhafter zu als heute“, schwärmte Sally.

Ohne ihre Arbeit zu unterbrechen, antwortete Arrow: „Es freut mich sehr, dass euch das so glücklich macht. Und ich bin mehr als gespannt, was im nächsten Zimmer auf mich wartet.“

„Das bin ich auch“, kicherte Sally. „Ich habe nämlich nicht die geringste Ahnung.“

Als Arrow mit ihrer Arbeit fertig war, nahm sie Sallys Worte nur noch verschwommen wahr und starrte wie gebannt in die Augen eines Mannes, dessen Blick sie völlig fesselte.

„Wer ist das?“, fragte Arrow halblaut, ohne zu bemerken, dass sie Sally unterbrach.

Mit einem Lächeln, welches nur zu gut verriet, dass Sally genau wusste, was in Arrow vorging, antwortete sie: „Einst lebte er hier. Dies war sein Schloss und diese Bilder stammen von ihm.“

„Er hat das gemalt? Woher weißt du das?“

Während Arrow sprach, konnte sie ihre Augen nicht von dem Bildnis dieses Mannes nehmen. Mit Sicherheit war er auf der Darstellung schon einige Jahre älter als Arrow, doch er sah einfach wunderschön aus. Sein athletischer Körper und der arrogante Blick ließen sie nicht mehr los. Die dunklen Kleider und sein dunkles Haar unterstrichen die Erscheinung. Um den Hals trug er eine Kette, an der eine kleine Sonne hing. Seine Erscheinung war perfekt.

„Aber jeder hier hat schon mal von ihm gehört. Er war bekannt für seine Arroganz und vor allem für seine Wirkung auf Frauen. Was viele heute nicht mehr wissen, ist, dass er ein Mann mit einer wunderbaren Persönlichkeit war, aber für solch eine Eigenschaft ist ja leider noch nie jemand berühmt geworden. Aber dir gefällt er auch, stimmt 's?“

Arrow errötete. „Und wie war sein Name?“

„Er hieß Keylam.“

Der Mann mit dem Umhang hieß Keylam.

An den folgenden Tagen beschäftigte sich Arrow auffallend intensiv mit der Restaurierung des letzten Bildes. Immer wieder befürchtete sie, die falschen Farben einzusetzen oder zu großzügig aufzutragen. Sie wollte um jeden Preis vermeiden, dass auch nur das Geringste von seinem ursprünglichen Charme verloren geht.

Als sie fertig war, setzte sie sich glücklich mitten in den Raum und betrachtete ihr Werk, oder zumindest einen speziellen Teil davon. Verschmust legte Roga ihren Kopf auf Arrows Schoß und schlief ein.

Als Arrow bemerkte, dass sie so den halben Tag verbracht hatte und die Abenddämmerung bereits einsetzte, räumte sie eilig ihre Sachen in den nächsten Raum, so dass sie am nächsten Tag erst gar nicht in Versuchung kommen würde, sich ablenken zu lassen. Danach verabschiedete sie sich von Sally und verschwand nach Hause.

Die nächsten Tage gingen nur noch schleppend voran. Natürlich machte Arrow die Arbeit noch immer Spaß, dennoch war sie mit ihren Gedanken woanders. Glücklicherweise wartete auch im nächsten Zimmer eine Darstellung, die der Ruß so lange versteckt gehalten hatte. Ähnlich wie in der Halle zeigte das Bild viele Leute, die sich durch Tanz und Gelächter vergnügten, diesmal jedoch bildete die Natur den Hintergrund. Den Platz erkannte Arrow eindeutig wieder. Die kleine Wiese lag nicht weit entfernt vom Schloss. Anders, als sie diesen Ort jedoch kannte, gab es auf dem Bild nicht einmal die Andeutung von Schnee, sondern nur sattes Gras in einem Blumenmeer, von denen sie viele Pflanzen gar nicht bestimmen konnte, weil sie sie nicht kannte. Etwas Derartiges hatte sie nicht erwartet, genauso wenig wie etwas Anderes, das ihr beinah die Sprache verschlug.

Aufgeregt lief Arrow zu Sally in die Küche.

„Oh, hallo Kind. Du hast heute aber früh Hunger bekommen. Einen Moment dauert es noch. Setz dich doch so lange zu mir.“

„Ja, danke“, antwortete Arrow verwirrt, ohne sich von der Tür zu bewegen. „Sag mal, Sally, sind alle Bilder, die sich unter dem Ruß verstecken so alt wie du gesagt hast?“

„Aber natürlich. Warum fragst du? Hast du wieder etwas Schönes entdeckt?“, fragte sie mit leuchtenden Augen.

„Könnte man so sagen. Erklären kann ich es aber nicht. Das solltest du dir besser selbst anschauen ...“

Irritiert betrachtete Sally die Entdeckung. „Sie ist meine Urururur .... Ach was, sie gehört zu meinen Vorfahren.“

„Zu deinen Vorfahren? Sie sieht aus wie deine Zwillingsschwester. Hast du eine?“

„Nein“, antwortete Sally ganz selbstverständlich.

„Und du bist dir sicher, dass du das nicht selbst bist?“

„Ach Kind“, winkte Sally ab, „wie sollte das gehen? – vor so vielen Jahren? Komm mit zum Essen, dann erzähle ich dir von ihr.“

Sally erzählte Arrow von der Kammerdame Nelly, die vor vielen hundert Jahren eine enge freundschaftliche, sogar mütterliche Beziehung zu dem Mann in dem Umhang pflegte, woraufhin er verfügte, dass alle ihre Nachkommen das Schloss bewohnen dürfen. Das Seltsame an der Sache war, dass Sally nichts über diese Nachkommen sagen konnte, da zu ihnen angeblich keine Informationen überliefert waren.

Was wäre aber, wenn die Zeichnungen noch gar nicht so alt waren, wie Sally behauptete? Damit verbunden wäre auch der Brand noch nicht sehr lange her. Doch dann müssten auch die Leute im Dorf davon wissen und darüber reden. Aber so leichtsinnig könnte Sally niemals sein. Sie müsste doch wissen, dass jeder Bewohner sie widerlegen könnte. Insgesamt kaufte Arrow ihr die Geschichte nicht ab, doch was sollte sie tun? Etwas Anderes konnte sie nicht beweisen, aber die Vermutung, dass Sally ihr etwas verheimlichen könnte, beunruhigte Arrow zutiefst.

An den folgenden Tagen beschäftigte Arrow sich mit dem zweiten Zimmer. In ihren Gedanken geisterte noch immer Sallys Geschichte herum, doch nicht so sehr wie der Mann im Umhang. Auch nach Wochen hatte sein Bild nichts von dem Zauber verloren, doch Arrow war weiterhin bemüht, sich nicht durch ihn ablenken zu lassen.

Auf einer wackligen Konstruktion, die sie bereits im Speisesaal verwendet hatte, reinigte sie die obere Hälfte der letzten Wand in diesem Raum. Anfangs eignete sich der alte Transportkarren gar nicht so schlecht als Leiterunterbau. Man konnte ihn sogar nach Belieben ein Stück in die Höhe kurbeln. Doch nach einer Weile begannen sich die Schrauben aus den ausgeleierten Öffnungen zu lösen. Man konnte sie immer mal wieder festziehen, doch mittlerweile waren sie völlig überdreht.

Für den Moment funktionierte der Unterbau noch, und bis Arrow etwas anderes einfiel, sah sie einfach darüber hinweg, als würde das die Sache aus der Welt schaffen.

Dieses Problem war ohnehin vergessen, als Arrow sich einem viel schwerwiegenderen konfrontiert sah. Auf dem letzten Viertel der Wand fehlte eine Darstellung. Das Bild war einfach zu Ende und zeigte nur noch die nackte graue Wand. Vielleicht wäre es weniger schlimm, wenn es lediglich ein Stück

Himmel gewesen wäre, das ergänzt werden musste, doch das wäre das größte Stück Blau auf der gesamten Darstellung gewesen. Ein Maler, der so detailliert arbeitet wie auf den Wänden zuvor, hätte das nicht hingenommen. Es wäre Pfusch gewesen und jemand, der so viel Liebe und so viel Hingabe in sein Werk steckte, hätte es lieber unvollendet gelassen als zu improvisieren.

Der einzige Anhaltspunkt, den Arrow finden konnte, war eine junge Frau, die ihre Hände zum Himmel ausstreckte. Doch wonach? Einem Vogel, einem Schmetterling oder etwas ganz Anderem? Wäre es tatsächlich nur ein Insekt gewesen, so fehlte noch immer die restliche Darstellung. Der Punkt war viel zu groß, um ihn allein einem so kleinen Wesen zu widmen. Oder es war eine Riesenmotte – haha.

Arrow war ratlos. Angestrengt versuchte sie, mehr Anhaltspunkte in der restlichen Darstellung zu finden. Der Maler hatte eindeutig auf etwas hin gearbeitet. Aber worauf?

Plötzlich hörte sie etwas im Nebenzimmer klappern.

„Sally?“, rief sie, doch niemand antwortete.

„Harold?“ Wieder nichts.

Eilig sprang sie vom Wagen. Wer immer dort war, musste ihr jetzt helfen. Schlechtere Ideen als eine Riesenmotte konnten dabei wohl nicht herum kommen.

Nach einem weiteren Laut nebenan wollte sie loseilen, doch ihr Rock hing am Wagen fest. Völlig entnervt riss sie ihn sich vom Leib. Bei dieser Kälte trugen ohnehin alle Frauen ein Beinkleid darunter. Jede, die es nicht tat, musste selbst aus Eis und Schnee bestehen. Außerdem hasste Arrow Röcke, auch wenn sie sie früher – wie Rose immer wieder erwähnte – geliebt hatte. Sollten die Leute doch denken, was sie wollen.

Als Arrow das Nebenzimmer erreichte, war niemand zu sehen. Einzig ein zerbrochener Kübel bezeugte ihr, dass sie sich nicht verhört hatte.

„Arrow?“ erklang es hinter ihr.

Kreidebleich und mit einem ohrenbetäubenden Kreischen fuhr Arrow herum.

„Sally ... Sag mal, bist du von allen guten Geistern verlassen?! Was machst du hier?“

Völlig entgeistert musterte Sally sie. „Na du hast doch nach mir gerufen.“

„Ja. Ich dachte, du wärst hier. Ich habe Geräusche gehört. Wo ist denn Harold?“

„Zum Schneider gegangen.“ Verwirrt erblickte Sally die Bruchstücke des Kübels. „Oh, ja ... ja das war ich. Den ganzen Tag habe ich immer wieder vergessen, die Scherben zu entsorgen.“

Ungläubig stemmte Arrow die Hände in die Hüften. „Ach ja? Aber es hat so geklungen, als sei er eben gerade erst zerbrochen.“

„Wirklich? Nun, das muss daran liegen, dass ich gerade darüber gestolpert bin.“

„Und wieso kommst du dann jetzt plötzlich von der anderen Seite?“

„Ich habe deine Rufe nicht deuten können. Und verwirrt, wie ich war, bin ich versehentlich in die falsche Richtung gelaufen“, antwortete Sally ganz selbstverständlich.

Schon wieder so eine Ausrede. Aber was nützte es, weiter zu fragen? Sally würde ihr ohnehin nicht die Wahrheit sagen – schon gar nicht, wenn Arrow sich wie eine Furie aufführte. Also zügelte sie sich. Im Moment war es auch nicht wichtig.

„Ach, ist ja auch egal. Ich muss dir etwas zeigen.“ Eilig brachte sie die Köchin zu der Wand.

Fragend betrachtete Sally das Bild. „Tut mir leid, mein Kind, aber ich kann dir nicht helfen. Ich wüsste nichts, was er damit hätte ausdrücken wollen.“

„Aber fällt dir denn keine Geschichte ein, die darauf hindeuten könnte? Irgendwas?“

Sally schüttelte den Kopf.

„Und was machen wir jetzt? Soll es nach all der Arbeit so bleiben?“

Ermutigend legte Sally ihre Hand auf Arrows Arm. „Nun, ich fürchte, dass es dazu nicht gedacht war. Von jetzt an ist deine Kreativität gefragt.“

„Was? Aber ich weiß doch gar nicht ... Ich kann doch gar nicht ... Es würde das Bild zerstören.“

„Vielleicht wirst du es aber auch retten. Allerdings werden wir das nie erfahren, wenn du es nicht versuchst.“

Mit diesen Worten und einem warmherzigen Lächeln ließ die Köchin Arrow alleine. Stundenlang überlegte sie, wie sie den leeren Platz füllen sollte. Prickelnde Sonnenstrahlen, die durch das Fenster fielen, lieferten ihr die einzige Idee.

Nach Einbruch der Dunkelheit hatte sie eine Sonne skizziert, deren funkelnde Strahlen die Frau einzufangen versuchte. Es sah ganz hübsch aus, stellte Arrow jedoch nicht zufrieden.

Durch die Herausforderung, die sich ihr bot, war sie nicht völlig bei der Sache. Außerdem wurde sie das Gefühl nicht los, beobachtet zu werden. Nie zuvor war ihr diese Idee gekommen, doch seit sie wusste, dass Sally ihr etwas verheimlichte, fühlte sie sich im Schloss nicht mehr wohl. Als die Dunkelheit einbrach, legte sie ihre Arbeit nieder und machte sich auf den Heimweg.

Am nächsten Morgen sortierte Arrow eine ganze Weile ihre Farben und stellte das benötigte Werkzeug zusammen, bevor sie den ersten Schrecken bekam.

Jemand hatte die skizzierte Sonne entfernt und stattdessen ein Ebenbild der Frau, die ihre Hände gen Himmel ausstreckte, gezeichnet. Das Ebenbild schwebte ihr von oben entgegen und streckte ebenfalls die Hände nach ihrem Zwilling aus. In der Art der Darstellung war die neue der alten zum verwechseln ähnlich, als hätte der Maler selbst sein Kunstwerk weitergeführt.

An einen Geist wolle Arrow nicht glauben, zumal ihr auch die Vorstellung peinlich war, dass er sie beim Anhimmeln seines Bildes beobachtet haben könnte.

Ihrer Meinung nach trieb jemand seinen Schabernack mit ihr, und da sie wusste, dass sie auf all das keine Antworten bekommen würde, schmiedete sie den Plan, das Spielchen mitzuspielen.

Da bisher nur eine Skizze des Bildes vorhanden war, stellte sie die Farben entsprechend zusammen und übertrug diese auf die graue Wand.

Erst zur Mittagszeit erschien Sally, um Arrow zu Tisch zu bitten.

„Kind, nein – das sieht ja ganz fabelhaft aus! Die Sonne fand ich auch schön, aber DAS passt perfekt."

„Danke, Sally. Der Einfall kam mir ganz plötzlich über Nacht", antwortete Arrow mit hochgezogenen Augenbrauen und einem Schulterzucken.

Sie beobachtete Sally ganz genau. Spätestens jetzt, da Arrow versuchte, sich fremde Lorbeeren zu erschleichen, müsste sie sich doch verraten. Ein skeptischer Blick würde reichen und sie wüsste, dass sich Sally dieses Mal nicht rausreden konnte. Doch die erhoffte Wirkung blieb aus.

„Ganz fantastisch! Aber ich kenne das, mein Kind. Manchmal grüble ich stundenlang, was meiner Suppe wohl noch fehlen könnte, und dann – plötzlich über Nacht – fällt es mir ein. Schön hast du das gemacht. Ich wusste doch gleich, dass du das hinkriegst."

Nichts. Kein seltsamer Blick, kein Stottern und keine verräterische Pause. Nichts. Nur völlige Begeisterung und Stolz.

Aber gut. Wer sagte denn schon, dass es unbedingt Sally gewesen sein musste? Harold lebte schließlich auch hier und sein Kleidungsstil oder überhaupt die ganze Art, wie er sein Äußeres pflegte, verrieten, dass er ein Händchen für Details hatte. Natürlich kannte Arrow keine Frau, die dermaßen penibel auf jede Haarsträhne achtete, doch die Vermutung, dass er malerisches Talent besäße, lag vernichtend nahe. Außerdem war er viel zu arrogant, um tatenlos zuzusehen, wie jemand Anderes sein Lob kassierte.

„Wenigstens passt es jetzt zueinander", kommentierte er ungefragt. „Mit dem gestrigen Entwurf hätte man nicht weiter daneben liegen können."

„Ähm ... ja. Die besten Einfälle kommen mir immer im letzten Moment", erwiderte Arrow ungeachtet Harolds Beleidigung.

„Ja – das Talent scheinbar auch", entgegnete Harold arrogant und verschwand.

Das Talent scheinbar auch? Und so etwas von jemandem, der selbst sein bestes Kunstwerk ist – und offenbar sein einziges! Damit schied Harold als Verdächtiger aus.

Wie es immer schon Arrows Art war, stellten sich mit der Dunkelheit wieder die Hirngespinste ein. Sobald es dämmerte, war die Idee des umher spukenden Geistes gar nicht mehr so abwegig. Natürlich war ihr auch klar, dass sie am nächsten Morgen über diese kindischen Gedanken den Kopf schütteln würde, doch lag es nun einmal in ihrer Natur, am Tage mutiger zu sein als in der Nacht. Trotzdem packte sie ihre Sachen schnellstmöglich zusammen und verschwand.

Die nächsten Wochen wurden immer seltsamer. Die große Lücke im zweiten Zimmer sollte nicht die einzige bleiben, die sie finden würde. Mit jedem nachfolgenden Raum gewannen die grauen Wände an Macht. Tröstlich war nur, dass sie kein gänzlich leeres Zimmer vorfand – noch nicht.

Doch Arrow konnte tun, was sie wollte – am nächsten Tag waren fast alle ihre Entwürfe wieder überarbeitet. Da war ein pausbackiger Mann, dem sie das fehlende Frühstücksbrot ergänzte – am nächsten Tag befand sich anstelle dessen eine Flöte. Es gab eine dicke Frau, die tief Luft holte – doch anstatt des Mannes, der ihr ein Taschentuch reichte, befand sich am folgenden Tag eine kleine Musikkapelle an der Wand. Und dann gab es auch noch einen jungen Mann, der voller Begeisterung auf den Boden vor sich starrte. Arrow ergänzte die Fläche mit einer Blumenwiese. Anstelle dessen fand sich dort am nächsten Morgen eine bezaubernde Nixe in einem Teich. Hier gab es jedoch den Hinweis, dass dem Künstler das Blumenfeld gefallen hatte. Ein Pfeil verwies auf eine Stelle, an der es umgesetzt werden sollte.

Gegen Arrows Farbgebung für seine Entwürfe schien er kaum Einwände zu haben. Es gab lediglich kleinere Änderungen.

Während dieser ganzen Zeit erzählte sie niemandem etwas davon und verkaufte alles als ihr eigenes Werk. Allerdings war ihr gar nicht wohl dabei. Zweifellos konnte man das fortgeschrittene Talent des Künstlers erkennen und sie gestand es sich selbst auch ein, gewisse Techniken oder Perspektiven, die er benutzte, nicht beherrschen zu können. Nichtsdestotrotz war es unfair, sie so an der Nase herumzuführen.

Als lediglich Kleinigkeiten zur Vollendung des nächsten Zimmers ergänzt werden mussten, beschloss Arrow nach vielen Wochen, am Abend mal wieder länger zu bleiben. Zwar fühlte sie sich noch immer nach Einbruch der Dunkelheit unwohl im Schloss, doch so konnte sie den nächsten Tag mit einem neuen Raum beginnen.

Ein kleiner Vogel unter den Wolken musste noch ausgebessert werden, dann war das Werk vollständig.

Als sie sich zurücklehnte, vernahm sie ein leises Knarren, das ihr wiederholt ins Gedächtnis rief, auf welch einer wackligen Konstruktion sie sich befand. Doch ehe sie sich einmal mehr sagen konnte, dass es an der Zeit war, sich etwas Neues zu überlegen, brach das gesamte Gestell unter ihr zusammen.

Vor lauter Panik griff sie nach einem alten Metallgestell, das aus der Wand ragte und einst dazu gedient hatte, eine Fackel zu tragen. Zweifellos war es schon länger nicht mehr in Benutzung und noch weniger Zweifel hatte Arrow daran, dass es jemals dazu gedacht war, das Gewicht einer erwachsenden Frau auszuhalten. Wie in einer Sanduhr bröselte der Putz von der Halterung. Anscheinend war es nur eine Frage der Zeit, bis Arrow sich nach einem Sturz in die Tiefe sämtliche Knochen brechen würde.

Nach einem weiteren Rumpeln unter ihr vernahm sie ein Schaben an der Wand.

„Die Leiter steht genau neben dir“, hörte sie eine fremde Stimme sagen. „Ich halte sie fest, bis du unten bist.“

Am ganzen Leib zitternd, suchte sie mit ihrem Fuß nach der Stufe. Als sie wieder sicher auf der Leiter stand, krallte sie sich mit aller Kraft daran fest. Nur zögerlich trat Arrow die Stufen herunter, denn der Schreck saß ihr in allen Knochen. Bei der letzten Stufe angekommen, gaben Arrows Beine unter ihr nach. Jemand fing sie auf, bevor sie zu Boden fallen konnte. Doch als sie sich wieder sammelte und umdrehte, wartete ein viel größerer Schock auf sie.

„Der Mann in dem Umhang“, flüsterte sie leise. Und er war es wirklich. Der stechende Schmerz in ihren Armen verriet, dass sie nicht träumte. Doch er sah anders aus, als auf dem Bild – jünger und schöner.

Einige Räume entfernt, waren schnelle Schritte zu hören. „Kind! Arrow! Ist alles in Ordnung? Ich habe es bis in die Küche scheppern ...“ Mitten im Satz brach Sally ab. Ihr Gesicht war kreidebleich. „Keylam! Bist du von allen guten Geistern verlassen? Du hast hier nichts zu suchen!“

„Er hat mich gerettet“, stammelte Arrow verwirrt.

„Das tut nichts zur Sache!“, erwiderte Sally verärgert.

„Es reicht Sally!“, antwortete Keylam schroff, doch er sah sie nicht an und hielt Arrow nach wie vor im Arm. „Geht es dir gut“, fragte er fürsorglich. Benommen nickte Arrow ihm zu.

„Dann bringe ich dich jetzt heim“, sagte er.

Arrow konnte nicht aufhören, ihm in die Augen zu schauen. Tatsächlich war er noch viel schöner als auf dem Bild. Zwar fand sich in seinem Blick keine Spur von Arroganz, trotzdem verbarg sich etwas in ihnen, das sie nicht loslassen wollte.

„Ich kann sie nach Hause bringen“, sagte Sally schroff.

„Keine Widerrede!“, befahl er.

„Und wenn dir nun etwas passiert?“

„Das wird es nicht.“

Harold war nicht weniger geschockt, als der Mann im Umhang ihn darum bat, Arrows Pferd aus dem Stall zu holen.

Als sie sich auf den Weg machten, wollte Keylam ihr auf Merlin helfen, doch nach dem Beinahe-Unfall zog sie es vor, lieber festen Boden unter den Füßen zu spüren, als sich unkontrollierbaren Höhen hinzugeben. Und so gingen sie zu Fuß zum Haus ihrer Großmutter. Dabei mussten sie einen kleinen Umweg in Kauf nehmen, der am Dorf vorbei führte. Völlig übermüdet tapste die kleine Roga hinter ihnen her.

„Geht es dir gut?“, fragte Keylam erneut.

Arrow nickte. „Es ist nur der Schreck, der mir noch in den Gliedern sitzt.“

„Verletzt hast du dich nirgendwo?“

„Nein, ich denke nicht“, antwortete sie verlegen.

Es war ein seltsames Gespräch, was wohl mehr an dieser unwirklich scheinenden Situation lag. Wie oft schon hatte sie sich vorgestellt, was sie ihm sagen würde, wenn sein Bild plötzlich lebendig wäre? Und nun war er da, was genau genommen unmöglich sein konnte.

Den Rest des Weges schwiegen sie, doch Arrow nutzte jeden Moment, um ihn zu beobachten. Ihr erster Blick hatte sie nicht getäuscht. Er war tatsächlich jünger als auf seiner Darstellung, doch er wirkte müde und ausgebrannt. Während sie gingen, tätschelte er Merlin. Scheinbar genoss Keylam die Gegenwart des Pferdes und Arrow wusste, warum. Mit Tieren musste man nicht reden. Sie hatten Verständnis. Mit Worten konnte man nicht in Ungnade fallen und mit Schweigen auch nicht. Die meisten Leute, die Arrow kannte, sahen in ihrem Haustier nur Nutzvieh, doch für Arrow war Merlin sehr viel mehr. Er war ihr Freund und scheinbar auch der von Keylam.

Nachdem sie das Haus fast erreicht hatten und das letzte Stück durchs Dorf gingen, zog Keylam seine Kapuze tiefer und wickelte seinen Schal so, dass gerade noch seine Augen zu erkennen waren.

„Sprich mich nicht an“, wandte er sich an Arrow.

„Bitte? Was ...“

„Bitte nenne mich nicht beim Namen und erkläre niemandem, wer ich bin und woher du mich kennst.“

Ohne weiter zu fragen, hielt Arrow sich daran.

Als sie zur Tür herein kamen, sprang Rose vom Stuhl auf.

„Kind, ist alles in Ordnung? Du warst noch nie so spät dran und Grey konnte dich nicht finden.“

Als Keylam die Tür schloss und seine Kapuze abnahm, wurde Rose kreidebleich und versicherte sich rasch, dass alle Vorhänge an den Fenstern zugezogen waren. Aber natürlich waren sie es. Arrow hasste es, wenn die Leute sie nach Einbruch der Dunkelheit beobachten konnten, und sei es nur einen flüchtigen Moment lang. Deshalb bestand sie darauf, dass die Vorhänge aller Fenster bei Beginn der Dämmerung zugezogen wurden.

„Keylam ... Ist etwas passiert?“, fragte Rose besorgt.

„Du weißt, wer er ist?“, entgegnete Arrow überrascht, doch Rose beachtete sie nicht.

In knappen Worten erklärte Keylam, was vorgefallen war und dass er darauf bestanden hatte, Arrow nach Hause zu begleiten.

„Aber du kannst dich doch wegen so etwas nicht einfach in Gefahr bringen! Ist dir klar, was geschieht, wenn dich jemand erkennt?“

„Niemand wird mich erkennen. Am Tage verlasse ich das Schloss nicht und den Wald meiden die Dorfbewohner in der Nacht.“

„Ja natürlich meiden sie ihn! Du weißt doch selbst, was darin lauert“, erwiderte Rose barsch und zeigte auf Arrow. „Wenn ihr Kelpie dich erwischt, dann bist du verloren. Dann sind wir alle verloren!“

„Stone? Aber der tut doch niemandem was.“ Arrow verteidigte ihren Freund. Nach allem, was ihm die Dorfbewohner damals angetan hatten, glaubte sie nicht mehr daran, dass ER das Monster war.

„Weil du ihn schützt! Weil du ihm das Leben gerettet hast! Aber hast du dir mal überlegt, ob er dich genauso schützen würde?“

„Aber Großmutter, Keylam hat mir doch nichts getan. Es wäre unnötig, mich vor ihm zu schützen. Wenn er nicht gewesen wäre, würde ich jetzt nicht so wohl behalten vor dir stehen. Und überhaupt hat Stone dir auch nie etwas getan."

„Natürlich nicht! Er hat hier gelebt, er kennt meinen Geruch und weiß, dass ich zu dir gehöre, aber ihn", deutete Rose wütend auf Keylam, „kennt er nicht. Er ist neu und im Zweifel ist er böse."

„Aber Großmutter, so beruhige dich doch. Es ist mir doch nach Einbruch der Dunkelheit auch nie etwas im Wald geschehen. Stone verlässt den See nur, wenn ich ihn besuche."

„Das denkst du, mein Kind", erwiderte Rose mit ruhiger, aber fester Stimme. „Die Tatsache, dass du ein Kelpie zum Freund hast, ist überhaupt der einzige Grund, warum du dich in der Nacht unbesonnen draußen bewegen kannst. Er beobachtet dich ständig. Du weißt sehr wohl, dass auch hier gefährliche Kreaturen durch die Dunkelheit schleichen. Für dich ist er eine Lebensversicherung. Für ihn jedoch", deutete Rose wieder auf Keylam, „ist er der sichere Tod. Und was für ihn der sichere Tod ist, ist es für uns alle."

„Aber warum denn? Ich verstehe nicht ..."

Rose wandte sich von Arrow ab. Unter einer Diele kramte sie in den versteckten Gefäßen. Mit einer ausgetrockneten Blume in der Hand rückte sie die Diele wieder an ihren Platz. Merlin tätschelnd gab sie ihm das vertrocknete Ding, der es genüsslich verspeiste. Zusehends färbte sich sein strahlend weißes Fell dunkelbraun.

Dann wandte sich Rose wieder an Keylam. „Du wirst durch das Dorf zurück reiten. Das Pferd werden die Leute nicht erkennen. Arrow wird morgen zu Fuß zu euch kommen und ihn wieder mitnehmen."

Mit einem Pfiff bedeutete Rose Grey, zu ihr zu kommen. Durch einen kleinen Spalt in der Tür ließ sie die Eule in die Nacht hinaus, damit sie auskundschaften konnte, ob Keylam sich unbemerkt auf den Weg machen konnte. Mit einem Krächzen meldete Grey, dass die Luft rein war.

Als Keylam sich auf Merlin schwang, eilte Arrow hinterher. „Vielen Dank für alles", sagte sie. Mit einem Lächeln verschwand er in der Dunkelheit.

Hastig zerrte Rose Arrow zur Tür hinein und versperrte sie. Grey lauschte wachsam auf einer Stuhllehne, ob sie unerwünschte Zuhörer hatten. Als Rose sicher war, dass sie allein waren, packte sie Arrow an den Schultern und redete auf sie ein.

„Kind, hör mir zu. Du musst unter allen Umständen vergessen, was heute Abend geschehen ist. Die Geschichte endet an dem Punkt, dass du über das Malen die Zeit vergessen hast und eilig nach Hause bist. Vergiss seinen Namen und vergiss, dass du ihn jemals getroffen hast."

Es war unheimlich. Auf diese Art hatte Rose noch nie mit ihr gesprochen. Es hörte sich an, als hinge ihr Leben davon ab.

„Aber warum ...", setzte Arrow an.

Doch Rose schüttelte heftig den Kopf. „Je mehr du weißt, desto größer ist die Gefahr. Eine unbedachte Äußerung oder Handlung kann alles zerstören."

„Aber ich würde doch niemandem schaden wollen. Ich kann es für mich behalten."

„Nein. Das ist mein letztes Wort. Du kennst die Risiken nicht. Wenn es darum geht, kennen sie keine Skrupel. Es tut mir leid."

Rose meinte es bitter ernst.

„Ach, und noch etwas. Unter keinen Umständen darfst du Sally oder Harold dazu befragen. Das würde auch sie in größte Schwierigkeiten bringen. Vergiss diesen Vorfall und tu so, als wäre das alles nie geschehen. Und jetzt lass uns essen."

Während des restlichen Abends sprachen die beiden Frauen kein Wort miteinander. Offenbar nahm Keylams Auftauchen Rose sehr mit.

Es dauerte lange, bis Arrow endlich einschlafen konnte. Zu viele Dinge gingen ihr durch den Kopf. Sie hatte Sally und Harold zu Unrecht verurteilt. Mit ihrem seltsamen Verhalten hatten sie offensichtlich nur versucht, Keylam zu schützen. Aber wovor?

Noch immer wurden ihre Knie weich, beim Gedanken an diesen Abend. Doch lag es mehr an der überraschenden Begegnung, als an dem, was sie ausgelöst hatte.

Am nächsten Morgen fand Arrow alles so vor, wie sie es am Abend verlassen hatte. Sally wirkte besorgt und Harold eingeschnappt. Von Keylam war weit und breit nichts zu sehen. Arrow fragte auch nicht nach ihm, wie sie es Rose versprochen hatte. Sogar Merlin hatte zu seiner ursprünglichen Farbe zurückgefunden und begrüßte sie mit einem freudigen Wiehern.

Also machte sie sich daran, die Wände im Spiegelsaal zu waschen. Von der ersten bis zur dritten Wand wurden die Lücken immer größer. Auf der vierten Wand ließ sich gar keine Darstellung finden.

Wieder begann sie an den folgenden Tagen, die Lücken mit ihrer eigenen Kreativität zu füllen, doch Verbesserungsvorschläge blieben dieses Mal aus. Arrow war zutiefst betrübt. Nicht einmal das von ihr geschaffene auf einem Schwein reitende Strichmännchen hatte Keylam korrigiert. Offenbar beabsichtigte er nicht weiter, ihre Nähe zu suchen. Auf einmal wirkte alles trostlos.

Um sich nicht mehr mit den lückenhaften Wänden befassen zu müssen, die ihr nach allem scheinbar gar nichts mehr zu sagen hatten, machte sie sich an die vierte, leere Wand. Es sollte die erste sein, die sie völlig allein gestalten würde, und ein passendes Motiv zu finden, fiel ihr nicht schwer. Sie entschied sich für Merlin vor dem glitzernden Winterwald. Er hatte ihr schon oft Modell stehen müssen und so ging ihr dies ganz locker von der Hand. Mal ganz davon abgesehen, dass er Arrows Freund war, kam auch noch dazu, dass es sich bei ihm um eine wahre Schönheit handelte. Sogar Row hatte anfangs noch versucht, ihn ihr abzukaufen. Natürlich hatte er Arrow über den Tisch ziehen wollen, aber sie hatte sich nicht anmerken lassen, dass sie das wusste. Außerdem stand ein Verkauf ohnehin nicht zur Diskussion.

Als der Abend näher rückte, wurde sie immer langsamer, in der Hoffnung, dass Keylam sich vielleicht doch noch zeigen würde, doch er tat es nicht. So ritt sie enttäuscht nach Hause.

Am nächsten Tag ließ Arrow vor Überraschung den Farbkübel fallen, als sie den Spiegelsaal betrat und vor ihrem vollendeten Kunstwerk stand. Die Skizze war über Nacht zum Gemälde geworden, die Farben waren genau so gewählt, wie sie es sich vorstellt hatte. Nicht die geringste Kleinigkeit der Skizze war verändert worden.

„Ich habe es hoffentlich getroffen?“, hörte sie Keylam fragen. Mit Unsicherheit in seinen Augen musterte er sie.

Ohne etwas sagen zu können, lächelte Arrow ihn an. Sie war glücklich, ihn endlich wieder zu sehen. Nach einer kurzen Pause nickte sie. „Es ist perfekt“, brachte sie gerade so heraus.

„Vielen Dank. Das da ist übrigens auch perfekt", sagte Keylam und deutete auf das reitende Strichmännchen. Er hatte es nicht entfernt, sondern lediglich den Hintergrund gefüllt und dem Männchen ein breites Lächeln verpasst.

Arrow lachte. „Das ist ... Es war keine Absicht", stammelte sie.

„Nein, nein. Es ist wirklich gut."

Merklich schoss ihr die Röte in den Kopf. „Nein, es war unüberlegt. Einfach aus dem Bauch heraus. Es wirkt sehr ... beleidigend."

Keylam berührte Arrows Arm und sah ihr tief in die Augen. „Es ist nicht beleidigend. Ich kann mich nicht daran erinnern, wann ich das letzte Mal so gelacht habe", sagte er ernst. Scherzhaft fügte er hinzu: „Außerdem sind Entscheidung aus dem Bauch heraus doch immer die besten."

Von diesem Moment an leistete er Arrow täglich Gesellschaft. Die meiste Zeit schwiegen sie nur, während sie die Wände bemalten. Trotzdem war sie erleichtert. Jede Anspannung war abgefallen. Sogar Sally wirkte nach einer Woche voller Sorgen wieder glücklich, obwohl es anfangs gar nicht in ihrem Sinne war, dass Keylam sich bei Tage dort aufhielt. Daher bestand sie darauf, alle Fensterläden zu schließen und die winzigen Ritzen dazwischen fest zuzustopfen. Nicht einmal der kleinste Zipfel durfte verschont bleiben. Dabei prüfte Sally jeden Millimeter so genau, dass Arrow sie am liebsten gefragt hätte, ob man die Fenster nicht besser zumauern sollte.

Oft arbeitete sie jetzt bis spät in die Nacht, was selbst Rose nichts mehr ausmachte. Dabei erzählte ihr Keylam, wie die Bilder einst zustande gekommen waren. Alles beruhte auf wahren Begebenheiten, doch es waren keine ruhmreichen, von denen man sich heute noch Geschichten erzählte, keine Heldentaten. Es waren einfach nur schöne Momente, deren Erinnerungen ihn nicht losgelassen hatten. Einfach nur Augenblicke, die im Gedächtnis blieben, wenn etwas besonders erheiternd war wie der Festabend, oder besonders ergreifend wie der Gesang der pausbackigen Dame.

Fragen über ihn stellte Arrow nicht. Zu groß war die Sorge, dass er wieder verschwinden würde. Sie hielt sich lieber an das Versprechen, das sie Rose gegeben hatte.

Als Arrow eines Morgens erneut zum Schloss aufbrechen wollte, hielt Rose sie zurück.

„Kind, vergiss nicht, heute vor Einbruch der Dunkelheit wieder zurück zu sein oder besser noch nach dem Mittag.“

Arrow runzelte die Stirn. „Hatten wir denn für heute etwas geplant?“

„Aber Kind“, antwortete Rose schockiert, „du wirst doch wohl über all deine Arbeit nicht den Karfreitag vergessen haben!“

„Stimmt“, entgegnete Arrow melancholisch. „Frau Perchta lässt heute wieder ihre Dämonenschar auf uns los.“

Roses Gesichtszüge wurden hart. „Sprich nicht so über sie! Darüber scherzt man nicht.“

Arrow erschrak. Natürlich wusste sie, wie viel Respekt ihre Großmutter vor Perchta hatte, doch in den letzten Monaten wirkte sie allgemein sehr angespannt. Genau genommen hat es angefangen, als Roga in ihre Obhut gegeben wurde. Seither häuften sich die Ereignisse.

Prüfend musterte Arrow sie. „Ist alles in Ordnung mit dir?“

„Versprich mir einfach, dass du nach dem Mittag wieder hier bist“, antwortete Rose, die Arrow umarmte und dann wieder im Bett verschwand.

Als Arrow im Schloss ankam, waren schon alle auf den Beinen. Es gab jede Menge zu tun, und anstatt sich dem Malen zu widmen, packte Arrow mit an.

Sie half den ganzen Vormittag beim Aufräumen und kontrollierte abschließend mit Sally, ob alle Fensterläden geschlossen waren. Die meisten wurden ohnehin selten geöffnet und regelmäßig auf ihre Haltbarkeit geprüft, doch vor der Wilden Jagd herrschte immer und überall eine gewisse Anspannung. Niemand tat in einer solchen Nacht ein Auge zu und es würde die Sache nicht besser machen, wenn man sich ständig hätte fragen müssen, ob dieses oder jenes Fenster nicht doch irgendwann von irgendwem nach der letzten Jagd geöffnet und nicht wieder ordnungsgemäß verschlossen worden war.

Wie alle Häuser im Dorf waren auch die meisten Fenster im Schloss mit Außen- und Innenläden ausgestattet. Die restlichen verfügten nur über Innenläden, während an der Außenseite nicht einmal mehr Splitter an das Glas erinnerten, das sich dort einst befunden hatte. Keylam hatte darauf bestanden, Fluchtwege in regelmäßigen Abständen im Schloss zu haben. Er sagte, dass nicht allein Perchtas Dämonen das Gefährliche dieser Zeit wären. Würde etwas Unvorhergesehenes geschehen, säßen sie in der Falle.

Erleichtert stellten sie fest, dass alles in bestem Zustand und die Arbeit erledigt war.

Als Arrow Merlin sattelte, um sich auf den Heimweg zu machen, flog die Stalltür auf. Völlig aufgeregt rannte Sally auf sie zu und ergriff ihre Hand.

„Deine Großmutter“, stammelte sie.

„Was ist mit ihr? Ist ihr etwas zugestoßen?“, fragte Arrow entsetzt.

Sally schüttelte den Kopf. „Sie ist hier. Wir müssen sofort ins Schloss. Die Jagd wird jeden Moment beginnen.“

„Was? Aber es ist doch noch mitten am Tage! Bei Tageslicht jagen sie nicht.“

Sally packte Arrow am Arm und zerrte sie nach draußen, wo sie auf die Sonne deutete, über die sich ein dunkler Fleck schob.

„Eine Sonnenfinsternis“, stammelte Arrow schockiert und im selben Moment begann es zu stürmen. Merlin wieherte panisch und aus der Ferne erklangen Schreie, die sich näherten.

Mit einem Satz war sie zurück im Stall und griff nach dem erstbesten Seil, das sie erblickte. Hastig schlang sie es um Rogas Hals und reichte es Sally.

„Lauf sofort zum Schloss!“

„Du musst auch kommen!“, rief Sally entsetzt. Der Wind wehte schon so stark, dass ihre Worte beinahe darin erstickt wurden. Allein Merlin trampelte und wieherte so panisch, dass er alle anderen Geräusche noch übertönte.

„Ich werde ihn nicht zurück lassen! Geh!“

Ohne zu prüfen, ob Sally sich daran hielt, machte sie kehrt. Im Stall war kaum noch mehr als die Umrisse von Merlin zu erkennen. Das Pferd zog hysterisch an dem Strick, an dem es festgebunden war und trat dabei in alle Richtungen. Sich ihm gefahrlos zu nähern, war unmöglich.

Eilig griff Arrow nach der Axt, die sie schon beim Betreten des Stalls neben der Tür entdeckt hatte. Grelle Lichter blitzten draußen auf, doch es donnerte nicht. Der Wind wirbelte Gegenstände umher, die gegen die Stallwände knallten. Das wechselnde Spiel zwischen Hell und Dunkel machte Arrow orientierungslos, doch sie wusste, dass sie an diesem Ort keine

Chance hatte. Mit einem Schwung hob sie die Axt und schlug zu, doch sie hörte nichts. Es gab kein Anzeichen, dass sie ihr Ziel getroffen hatte. Der Lärm erstickte alles. Das Gefühl der Verzweiflung packte sie. Sie musste jetzt gehen. Sie durfte nicht bleiben und auf den nächsten Blitz warten und vor allem durfte sie sich nicht der Vorstellung eines Blut überströmten weißen Pferdes hingeben, dessen Kopf in zwei Hälften geteilt waren.

Als sie nach dem Ausgang suchte, durchströmte die Furcht ihren Körper bis in die Zehenspitzen, als sie etwas Warmes und Weiches streifte, gefolgt von etwas Kaltem, Glatten. Der Sattel. Merlin. Eilig schwang sie sich auf und fühlte, wie sich das Pferd in Bewegung setzte. Sie hielt ihre Augen fest geschlossen und krallte sich in seine Mähne, als wollte sie mit ihm verschmelzen.

Dann fühlte Arrow einen eisigen Schauer am Rücken, doch er kam nicht von Innen, sondern war direkt hinter ihr. Etwas Kaltes streckte seine knochigen Finger nach ihr aus. Es hatte sie noch nicht erreicht, doch sie fühlte es – das dürre, herzlose Wesen, das ihr auf den Fersen war. Noch bevor sie sich umdrehen konnte, um zu sehen, was es war, hob das Pferd ab. Seine gewaltigen Hufe donnerten auf dem glatten Marmor. Die Worte „hier, friss mein bestes Stück“ und der Knall eines zuschlagenden Tores war das letzte, was sie hörte, bevor sie kraftlos von Merlins Rücken glitt und in Tränen ausbrach. Keylam fing sie auf, ehe sie zu Boden sinken konnte.

Es dauerte eine ganze Weile, bis Arrow sich wieder beruhigt hatte. Die Uhr zeigte an, dass es Zeit fürs Abendessen war, doch kaum jemand wollte etwas zu sich nehmen. Ohnehin gab es nur Speisen, die keinen Abwasch hinterließen, oder irgendwelche Reste. Brot krümelte zu sehr, Gemüse war unbedenklich. Arrow hatte oft darüber nachgedacht, wie sauber der Haushalt tatsächlich bleiben musste, damit man kein Risiko einging, doch nicht einmal Rose hatte eine Antwort auf diese Frage. Fakt war nur, dass man nicht vorsichtig genug sein konnte. Schließlich war es ja nur eine Nacht. Immerhin gab es heißen Tee rund um die Uhr. Das machte die ganze Sache erträglicher.

Gemeinsam saßen sie am Kamin und achteten darauf, dass regelmäßig Holz nachgelegt wurde. Solange das Feuer arbeitete, galt auch die bis dahin entstandene Asche als unbedenklich. Würde es erlöschen, zählte es zum vernachlässigten Haushalt.

Zu Arrows Verwunderung tauchte sogar Marb in dem Feuer auf, die sie – wie gewohnt – mit ihren leuchtenden Knopfaugen beruhigend anschaute. Sally bemerkte sie nicht sofort und schrie erschrocken auf, als sie Holz nachlegen wollte und das Weiblein erblickte.

„Sie tut dir nichts“, versicherte Rose.

„Ich weiß“, entgegnete Sally, als sie sich wieder gefangen hatte. „Ich war nur nicht darauf vorbereitet.“

„Seit vielen, vielen Jahren schon habe ich kein Moosweiblein mehr gesehen“, erzählte Harold, der Marb träumend ansah. „Früher waren sie so allgegenwärtig, dass man irgendwann aufhörte, sie wahrzunehmen.“

Seine sehnsüchtigen Blicke wurden von Marb nicht erwidert. Stattdessen sah sie nur Arrow an und wie immer half es ihr.

„Woher wusstest du von der Sonnenfinsternis?“, fragte Arrow Rose.

„Ich wusste es nicht. Die Pflanzen waren es. Als die Blütenkelche sich schlossen, war mir klar, was geschehen würde. Am helllichten Tage tun sie so etwas nicht.“

„Dann weiß wohl auch niemand, wie lange sie anhalten wird?“, fragte Arrow besorgt.

Teilnahmslos schüttelte Rose den Kopf. Arrow umarmte die alte Frau.

Es war immer wieder sonderbar, zu welcher Person Rose wurde, wenn die Jagd tobte. Nichts blieb mehr übrig von der selbstbewussten, starken Frau, die sie sonst war. In diesen Nächten war die Rose, die sie kannte, immer weit weg.

„Ich habe die Dorfbewohner noch gewarnt“, sagte Rose mit leeren Augen. „Auf meinem Weg hierher sagte ich es jedem, den ich traf. Nicht auszudenken, was denen geschieht, welche die Nachricht zu spät erreicht.“

Arrow goss ihrer Großmutter Tee ein. „Sie haben es alle geschafft. Da bin ich sicher“, flüsterte Arrow ihr zu. Tatsächlich war sie nicht sicher und erschauderte selbst bei dem Gedanken daran, dass jemandem etwas geschehen konnte. Doch in Panik auszubrechen oder Rose zuzustimmen, brachte sie jetzt auch nicht weiter. Außerdem konnten sie ohnehin nichts tun. Sollten sich ihre schlimmsten Befürchtungen bewahrheiten, so blieb wenigstens noch genügend Zeit zum Trauern, wenn es so weit war.

Mit gezwungenem Lächeln und liebevollem Blick drückte Rose ihre Enkelin an sich. Auch sie wusste, dass Arrows Zuversicht gespielt war, trotzdem schätzte sie ihre Bemühungen, sie aufzuheitern.

Als Arrow aufstand, um Keylam und Merlin Gesellschaft zu leisten, ruhten noch immer Marbs Augen auf ihr. Keine Sekunde schaute sie woanders hin und kein einziges Mal blinzelte sie.

Insgesamt bot sich Arrow ein erdrückender Anblick. Rose, Sally und Harold hatten noch nie zuvor so still beieinander gesessen. Immer hatten sie sich etwas zu erzählen und zu lachen gehabt, doch jetzt starrte ein jeder von ihnen nur teilnahmslos ins Feuer. Und obwohl das Heulen und Kreischen von außerhalb unüberhörbar war, vergaßen sie die Welt um sich herum.

Roga, die neben Merlin lag, schlief tief und fest. Keylam strich dem Schimmel immer wieder über den Kopf. Dabei wirkte er so ausgeglichen, wie sonst nie.

Arrow erschrak, als sie Merlins Strick in einer Ecke entdecke. Er war gerade noch einen knappen Meter lang, obwohl sie das andere Ende hatte treffen wollen, hatte sie das Pferd um Haaresbreite verfehlt. Die Stelle, an der er den Strick getragen hatte, war völlig blutig geschürft.

„Ich bin noch immer überwältigt, dass er nicht nach Hause gelaufen ist, sondern wusste, welcher Weg der richtige war“, stammelte Arrow mit einem Kloß im Hals.

„Ich denke fast, dass die Kleine dort ihre Finger im Spiel hatte“, erwiderte Keylam, während er auf Roga deutete. „Sie ist ziemlich zäh. Sogar während sie schläft kontrolliert sie noch unsere Gefühle. Bei einem Einhorn ihres Alters habe ich so etwas noch nicht erlebt.“

Arrow wurde starr. „Du weisst, dass sie ein Einhorn ist?“, fragte sie bestürzt.

„Sie alle wissen es“, rief Rose ihr kraftlos vom Sofa aus zu.

Arrow schluckte. Für einen Moment glaubte sie, nicht richtig gehört zu haben. Dann fragte sie verärgert: „Und seit wann, bitteschön, ist das so?“

Während Rose sich wieder dem Feuer zuwandte, legte Keylam seine Hand auf Arrows Arm. „Wir werden es nicht verraten“, sagte er beschwichtigend. Dann deutete er auf sich. „Ein Geheimnis im Gegenzug für ein anderes.“

Dem hatte Arrow nichts mehr entgegenzusetzen. Inzwischen betrachtete sie die eigenwilligen Schlossbewohner ohnehin als so etwas wie ihre Familie und offenbar war es ihnen schon seit vielen Jahren gelungen, das Geheimnis um Keylam zu wahren. Vielleicht war ihres um Roga dann auch bei ihnen sicher. Außerdem hatte es keinen Nutzen, jetzt verärgert zu sein. Sie alle wussten von dem Einhorn und ein Wutausbruch würde daran nichts ändern können.

„Du hast großes Glück, sie in deiner Nähe zu haben“, versuchte Keylam das Gespräch fortzuführen.

Arrow lächelte verlegen. „Ja. Sie hat mich schon einige Male vor dem Wahnsinn gerettet, und wenn deine Vermutung stimmt, verdanke ich ihr jetzt auch noch mein Leben.“

Gesenkten Blickes schüttelte Keylam den Kopf. „Was dich da erwartet hätte, ist weitaus schlimmer, als der Tod. Dann zu sterben, wäre lediglich die ersehnte Erlösung.“

Er tätschelte Merlin den Hals und setzte sich dann zu Arrow, die sich neben Roga niedergelassen hatte.

„Arrow, manchmal wenn du über die Wilde Jagd redest, kommt es mir so vor, als würdest du Perchta nicht ernst nehmen. Ich weiß, dass das keine Gefühle sind, die ein Einhorn erzeugt. Selbst in ihren tiefsten Träumen ist Roga wachsamer als wir alle hier und sogar sie weiß um die Gefahren, die in diesem Moment dort draußen lauern.“

Nachdenklich lehnte Arrow ihren Kopf gegen die Wand. „Manchmal weiß ich nicht, wie ich jemand anderen ernst nehmen soll, wenn ich mich selbst nicht ernst nehmen kann. Alles, woran ich mich erinnere, ist in den letzten zwei Jahren geschehen. Davor ist nichts. Perchta ist wie ich – es gibt viele Geschichten und man weiß, dass es sie gibt, doch wer kann bei all dem Erzählten die Wahrheit von der Lüge trennen? Niemand weiß, wer sie wirklich ist, und ich weiß einfach nicht, wer ich wirklich bin.“

Selbstsicher blickte Keylam Arrow in die Augen. „Das ist nicht dasselbe. Du hast vielleicht keine Erinnerungen mehr an die Zeit davor, doch du weißt trotzdem, wer du bist. Du triffst Entscheidungen, stehst dafür ein und dabei lässt du dich von niemandem abbringen. Ich kenne weit mehr Menschen, die sich sogar noch an die ersten bewusst wahrgenommenen Worte ihrer Mutter erinnern und trotzdem ihr Leben nach den Ansichten von jemand anderem leben. Sie haben dieselbe Meinung, wollen dieselben Dinge und gehen denselben Weg. Doch sie tun es nicht aus dem Herzen heraus. Sie sind es, die nicht wissen, wer sie wirklich sind, und die mit dieser Gewissheit eines Tages sterben werden."

Arrow lächelte. „Wenn du das so sagst, klingt es, als wäre das etwas Besonderes."

„Das ist es auch. Es ist das, was uns von den anderen unterscheidet, ganz egal, wie viel Mut man dafür braucht. Du hältst dich immer im Hintergrund und doch lässt du dir nichts vormachen. Du hast deinen eigenen Kopf und machst dir dein eigenes Bild. Außerdem musst du etwas Besonderes sein, wenn dir jemand ein Einhorn zur Seite stellt."

Verträumt schaute Arrow das Fohlen an und beneidete es, wie es so ruhig schlief.

„Ist schon verrückt – sie ausgerechnet mir in die Obhut zu geben."

„Wenn du mich fragst – wer immer sie dir einst überlassen hat, hatte keineswegs im Sinn, dass DU auf SIE aufpassen sollst."

Arrow runzelte die Stirn. „Wie meinst du das?"

Nach einem kurzen Zögern, als würde Keylam erwarten, dass Arrow selbst darauf kommen würde, sagte er: „Sie ist hier, um dich zu schützen. Das ist ihre Aufgabe."

Arrow dachte nach. Natürlich hatte Rogas Anwesenheit sich das eine oder andere Mal als überaus hilfreich erwiesen, doch es ergab keinen Sinn. Arrow kam ohne sie zurecht. Das musste sie vorher ja auch. Außerdem war Roga doch das Kind, das kleine zarte Wesen, das allein nicht überleben würde in der Kälte und der Dunkelheit – nicht Arrow. Oder doch? Aber welchen Grund sollte Row schon haben, sie schützen zu wollen? Und vor wem? Arrow brauchte höchstens Schutz vor sich selbst.

Sie schauderte, als die Bilder der Ereignisse nach Einbruch der Sonnenfinsternis in ihr aufstiegen.

„Was vorhin geschehen ist ... Es war knapp, nicht wahr? Er war direkt hinter mir."

Keylam nickte ernst.

„Wie habt ihr ... Ich meine ... Wie ist es euch gelungen, ihn auszusperren?"

„Oh", Keylam schaute amüsiert zu Sally, „sie hat ihre Bratpfanne nach ihm geworfen."

„Ihr habt ihn mit Küchenausstattung bekämpft? Ihr kommt ja auf verrückte Ideen."

„Oh, das haben vor uns schon andere gemacht, und wenn sich etwas bewährt, dann gibt es immer Nachahmer." Keylam grinste.

Verträumt schaute Arrow die Wände an. „Erzähl mir, wie es früher war."

„Zu der Zeit, als diese Bilder entstanden sind?", fragte Keylam.

Arrow nickte. „Ich möchte wissen, wie es ohne Schnee ist, ohne Angst vor der Kälte und dem Hunger."

Arrow und Keylam redeten bis spät in die Nacht. Die Erinnerungen von jemand anderem zu teilen, ließ Arrow aufleben. Es war die erste tröstliche Jagd überhaupt. Rose hatte Gleichgesinnte, mit denen sie gemeinsam schweigen konnte, und Arrow hatte jemanden, mit dem sie reden und sich ablenken konnte. Vor allem aber waren sie alle zusammen und zum ersten Mal fühlte es sich an, als hätte Arrow eine richtige Familie.

Die Sonnenfinsternis überdauerte die Nacht glücklicherweise nicht. Ja, es kam sogar noch besser. Keine einzige Wolke zog am Morgen über den Himmel. Während des Vormittags schmolz der gesamte Schnee. Kein Zipfel war mehr zu sehen – das hatte Arrow vorher noch nie erlebt.

Bevor sie Merlin sattelte, erzählte Arrow ihrer Großmutter, was Keylam über Roga gesagt hatte. Rose strich sich nachdenklich über ihr Kinn, doch so viel sie auch überlegte, konnte sie sich auch keinen Reim darauf machen.

Als alles gepackt war, suchte Arrow nach Rose. Als sie ihre Großmutter gefunden hatte, unterhielt diese sich gerade in einem abgeschiedenen Raum mit Keylam.

„Wenn sogar der Elf jetzt schon Vorsichtsmaßnahmen eingeleitet hat, sollten wir es auch tun", hörte Arrow Rose sagen, bevor sie sie bemerkten.

„Ich wollte nicht stören", stammelte Arrow. „Es ist alles fertig. Wir können dann los, wenn du so weit bist."

Gerade wollte Arrow das Zimmer verlassen, als Rose sie zurückhielt.

„Kind, unsere Pläne haben sich geändert. Wir ziehen in das Schloss."

„Was?!", fragte Arrow wie vom Blitz getroffen.

„Sattel das Pferd ab und spann ihn vor den Wagen. Wir werden noch heute unser Haus verlassen."

Arrow kannte diesen Ton. In der letzten Zeit hörte sie ihn oft von Rose und er galt nur ihr. Es war ihre Art, ihrer Enkelin zu sagen, dass sie eine Entscheidung getroffen hatte, die nicht anzuzweifeln war. Fragen waren unter keinen Umständen zulässig – sie hatte ihre Gründe.

Als sie zu Hause ankamen, packten sie die nötigsten Sachen zusammen, bis der Wagen voll war, und kehrten noch vor Anbruch der Dunkelheit zum Schloss zurück.

Keylam führte sie in ihre Zimmer.

Tatsächlich gab es einen kleinen Flügel im Schloss, der bewohnbar und sogar gemütlich war. Nach all dem Chaos, das sich Arrow dort sonst nur geboten hatte, war sie positiv überrascht.

Als sie das ihr zugewiesene Zimmer betrat, glitten ihr vor Schreck die Koffer aus den Händen. „Aber das sind ja all unsere Sachen – alle unsere Möbel!"

„Dachtest du etwa, du bist die Einzige mit einem Elfenfreund?", fragte Rose ganz selbstverständlich.

Arrow runzelte die Stirn. „Ich dachte, man könne einem Elfen nicht trauen ... Und warum überhaupt musste ich dann heute den ganzen Tag meine Sachen zusammenpacken und den Wagen beladen?"

„Die Leute müssen nicht alles wissen. Sie haben gesehen, dass wir umgezogen sind. Das reicht. Außerdem brauche ich meine Sachen, sonst fühle ich mich nicht heimisch." Die erste Bemerkung ihrer Enkelin ließ Rose unkommentiert.

Die ersten Tage im neuen Heim gestalteten sich auf eine sehr angenehmen Art und Weise ungewohnt. Die Arbeit an den Wänden blieb liegen. Stattdessen führte Keylam Arrow im Schloss herum und erzählte ihr von seinen Erinnerungen an längst vergangene Tage. Bis auf einen Turm, der direkt an den bewohnbaren Flügel angrenzte, zeigte er ihr alles. Als Arrow neugierig danach fragte, lenkte er sie geschickt davon ab und führte sie in den nächsten Raum.

Nachdem Arrow alles gesehen hatte, halfen sie Rose, ihre Pflanzen in dem Gewächshaus, das neben dem Wohnflügel lag, wieder aufzupäppeln. Die Glühwürmchen, die den Pflanzen auch über die Dämmerung hinaus noch Licht spendeten, schwirrten durch das ganze Schloss.

Grey wirkte auch viel ausgeglichener. Sie hatte hier weitaus mehr Platz zum Fliegen und musste sich dafür nicht mehr an Zeiten halten, in denen sie raus durfte. Auch zum Jagen bot sich das Schloss an.

Nachdem die Ställe durch die letzte Jagd zu Ruinen verwüstet worden waren, diente jetzt sogar der Raum neben dem Gewächshaus als Pferdestall.

Der Alltag eines jeden wurde völlig auf den Kopf gestellt. Alles war plötzlich anders – magisch, voller Leben und Wärme. Sogar das Wetter spielte seitdem verrückt, denn es hatte nicht mehr geschneit oder gestürmt. Ganz überraschend wurde es Frühling und Arrow erblickte zum ersten Mal Schneeglöckchen und Blumenfeen. Sie waren viel kleiner und zerbrechlicher, als sie es sich vorgestellt hatte – fast filigran. Roga, die inzwischen zu einer ausgewachsenen Stute geworden war, spielte täglich mit ihnen. Obwohl sie jetzt sehr majestätisch anmutete, hatte sie glücklicherweise nichts von ihrer kindlichen Unschuld verloren. Arrow fürchtete nun jeden Tag, dass Row bald kommen würde, um sie zu holen. Mittlerweile hatte sie das Einhorn einfach zu gern, um sich jetzt noch ein Leben ohne sie vorstellen zu können.

Ungewohnt zeitig bat Sally Keylam zum Abendessen, als er aus dem Fenster sah und Arrow beobachtete, wie sie mit Merlin vom Ausritt heimkehrte.

„Aber es ist noch fast Nachmittag."

„So ist es", entgegnete Sally. „Aber heute machen wir eine Ausnahme oder hast du etwa die Tagundnachtgleiche vergessen?"

„Du meinst die Spottjagd? Willst du etwa zu diesem Ball?", fragte Keylam verblüfft.

„Vielleicht, vielleicht aber auch nicht. Vielleicht möchte aber auch jemand anderes auf diesen Ball gehen", erwiderte Sally geheimnisvoll, während sie Arrow einen zweideutigen

Blick zuwarf und ihr zuwinkte. Mit einem breiten Grinsen ließ sie den verwunderten Keylam allein.

Die Spottjagd fand einmal jährlich an einem verborgenen Ort statt. Ein gewöhnlicher Ball war dies jedoch nicht. Es gab Regeln, die unter allen Umständen von jedem Besucher eingehalten werden mussten, denn bei der Spottjagd handelte es sich um einen Maskenball. Ein jeder musste sich so verkleiden, dass ihn nicht einmal die eigene Großmutter erkennen würde. Man musste allein dort erscheinen. Niemand durfte wissen, dass man den Ball besuchte, und deshalb durfte man sich auf gar keinen Fall zu erkennen geben.

In der Hauptsache ging es darum, die Dämonen der wilden Jagd zu verspotten und alle erdenklichen Regeln des Benehmens zu brechen. Wer dazu nicht aus eigener Kraft imstande war, dem half der dort gereichte Frostwein, wobei ein jeder selbst abzuschätzen hatte, wie viel er davon vertragen konnte.

Jederzeit waren die Augen strenger Wächter auf alle Beteiligten gerichtet, die darauf achteten, dass man sich an die Ballregeln hielt und die Benimmregeln brach. Wer still in der Ecke saß, wurde dafür von den feiernden Meistern des Balles verpönt.

Nach dem Essen hatte es Arrow eilig, in ihr Zimmer zu kommen, was sie mit Unwohlsein begründete.

Schnell kramte sie aus dem doppelten Boden ihres Kleiderschrankes ein Kostüm hervor, das sie sich schon vor Monaten geschneidert hatte. Glücklicherweise passte es noch. Vorbild dafür war Keylams Gemälde im Speisesaal, doch zu der Zeit, als sie damit angefangen hatte, konnte Arrow noch nicht im Geringsten ahnen, dass er eines Tages leibhaftig vor ihr stehen würde.

In den schwarzen Kleidern, dem Umhang und den Stiefeln sah sie tatsächlich beinahe aus wie ein Mann. Nur die langen blonden Haare könnten sie jetzt noch verraten, deshalb versteckte sie sie unter einem schwarzen Hut. Ein bisschen wirkte sie wie ein Pirat, aber das machte nichts. Es stand im krassen Gegensatz zu ihrer wahren Natur und bot somit die perfekte Tarnung.

Vorsichtig kletterte sie aus dem Fenster und schlich sich weiter. Mit jedem Schritt stieg ihre Aufregung.

Sie besuchte den Ball nicht zum ersten Mal. Dort konnte sie sich in einer Nacht des Jahres unbekümmert und sorglos austoben. Niemanden interessierte, wer sie war, denn es zählte zu den Regeln, jemand anders zu sein. Dieses Jahr jedoch war es noch etwas anders, das sie dort hin zog. Sie hatte so ein Kribbeln in ihrem Bauch, das sie mehr und mehr zwang, loszurennen. Es war keine Angst, sie wollte nicht vor etwas davon laufen, sondern zu etwas hin. Es war ein ganz neues Gefühl, das sie nicht einordnen konnte, etwas, das sie noch nie zuvor erlebt hatte.

Als Arrow vor der Tür einer kleinen Hütte stand, fühlte sie ihr Herz rasen. Sie hob die Hand, zögerte dann aber, anzuklopfen. So real, wie alles wirkte, würde niemand auf die Idee kommen, dass diese Hütte nur ein einziges Mal im Jahr auftauchte. Immer stand sie an einer anderen Stelle im Dorf. Es kennzeichnete sie nichts Besonderes, trotzdem wussten die Leute, wozu sie diente.

Nach einem tiefen Atemzug klopfte Arrow erst zweimal am Rahmen und dann noch einmal an der Tür. Sogleich öffnete sie sich von allein. Als sie eintrat, befand sie sich in einer gemütlichen Küche. Ein Feuerchen prasselte im Kamin, heißer Tee dampfte aus einer Kanne auf dem Tisch, wo auch ein aufgeschlagenes altes Buch lag.

Arrow goss den Tee in eine Tasse, blätterte eine leere Seite im Buch weiter, legte ein Holzscheit ins Feuer und ging dann in das Nebenzimmer. Kein Fenster befand sich dort und auch sonst war der Raum leer. Sie schloss die Tür, verbeugte sich tief, drehte sich einmal um sich selbst, klatschte in die Hände und befand sich von einem Moment auf den nächsten auf dem Ball.

Der Saal war – wie immer – prunkvoll geschmückt. Malerei und Gold verzierten Wände und die Decke, welche von riesigen Säulen getragen wurde. Silberne Kerzenleuchter standen in allen Ecken und der gewaltige Kronleuchter bestand aus funkelnden Diamanten. Die Wächter gaben sich nicht zu erkennen, trotzdem wusste Arrow, dass sie da waren. Ihre Anwesenheit war schon auf dem Weg zum Ball zu spüren gewesen. Sie sorgten dafür, dass man ungesehen dort ankam und die Hütte erst betrat, wenn niemand anderes darin war. Die Spottjagd wurde sehr ernst genommen, beinahe genauso sehr wie die Wilde Jagd selbst.

Das Fest war bereits in vollem Gange. Laute Musik ertönte, es wurde getanzt, getrunken, gegessen und gelacht. Gläser wurden auf dem Marmorboden zerschellt, Schabernack wurde getrieben und Kobolde, die sich durch ihre Körperhaltung verrieten, machten jene betrunken, die zu schwach waren, abzulehnen.

Arrow griff sogleich nach einem Weinkelch, den sie gereicht bekam. Mit einem Zug trank sie ihn leer und schmiss den leeren Kelch auf das Fenster hinter sich. Wie fast alles war es nur eine Täuschung – ein Elfenzauber. Angeblich wurde die Spottjagd in einer Koboldhöhle tief unter der Erde gefeiert. Aber wen interessierte das schon? Das Glas jedenfalls zersprang und klirrte täuschend echt, bevor die Scheibe sich mit dem nächsten Augenzwinkern wieder völlig unversehrt an ihrem Platz befand. Sogar der Sternenhimmel, den man durch das Fenster sah, wirkte verblüffend real.

Die feiernde Gesellschaft brach dabei in schallendes Gelächter aus und zerrte Arrow auf die Tanzfläche.

Der Elfentanz war in seiner natürlichen Umgebung nicht ungefährlich. In gefühlten Sekunden konnten Jahre vergehen. Sobald der Tanz endete, befand man sich in einer völlig anderen Zeit an einem völlig anderen Ort. Auf der Spottjagd war das glücklicherweise nicht der Fall. Ein Zauber hielt die Elfen, die ebenfalls am Ball teilnahmen, davon ab, Unwissende in ihre Welt zu ziehen. Trotzdem galt es als leichtsinnig, an einem Elfentanz teilzunehmen, was die Sache umso aufregender machte.

Arrow genoss den Ball in vollen Zügen. Aber dennoch war sie vorsichtig genug, sich nicht zu überschätzen. Die schillernden Farben, die prächtigen Kostüme und die schnelle Musik konnten einen rasch dazu bringen, es mit dem Feiern zu übertreiben. Doch den Ball vorzeitig verlassen zu müssen, war das Letzte, was sie wollte, und so appellierte sie an ihren Verstand, was sie nicht selten große Überwindung kostete.

Die Schreie einer Frau rissen sie gerade noch rechtzeitig aus dem Tanz. Ein Elf ließ den wallenden Rock der Dame entgegengesetzt der Schwerkraft schweben – sofern diese überhaupt dort existierte. Von der Hüfte aufwärts verhüllte der Rock alles an ihr, während er nach unten alles entblößte. Es ist immer gut, Unterwäsche zu tragen, dachte Arrow, die froh darüber war, dass diese Dame es auch tat. Auf dem Ball war das nicht immer der Fall, und während des Elfentanzes ging oft das eine oder andere Kleidungsstück verloren oder nahm Schaden.

Während sie sich an einigen Weintrauben bediente, beobachtete sie die tanzende Menge. Ihr Blick blieb an einem Mann hängen, dessen Kostüm ihrem gar nicht so unähnlich sah. Arrow ärgerte sich darüber, einen Ballzwilling zu haben. Sie fand, dass ihm das Outfit nicht stand. Offenbar war seine Tanzpartnerin anderer Meinung. Sie schmachtete ihn nur so an und wenn man die eifersüchtigen Damen quer durch den ganzen Raum bemerkte, die mit geradezu tödlichen Blicken auf das Paar starrten, wusste man auch, dass die Tänzerin nur eine von vielen war.

Ein Kobold riss Arrow aus der Verärgerung, als er ihr einen Becher Wein anbot. Schroff, wie es sonst nicht ihre Art war, stieß sie ihm den Becher aus der Hand und wandte sich dann wieder den Weintrauben zu.

Jemand, der sich hinter Arrow befand, reichte ihr um sie herum abermals einen Kelch Wein. Zornig wirbelte sie herum, um dem Kobold den Inhalt des Gefäßes ins Gesicht zu schütten, doch sie erstarrte. Vor ihr stand ihr Zwilling, der ihr mit einem betörenden Blick den Wein anbot. Sie wusste weder, warum, noch ob sie es überhaupt wollte, doch wie benommen trank sie davon. Da seine Maske, wie auch die ihre, nur die obere Hälfte seines Gesichts verhüllte, machte er mit seinem selbstsicheren Lächeln kein Geheimnis von der Freude seines Triumphs über sie.

Seinen Blick ununterbrochen auf Arrow geheftet, zog er sie auf die Tanzfläche. Viele Augen richteten sich auf sie, auch die der eifersüchtigen Damen im ganzen Saal. Im Gegensatz zu den anderen Leuten, bohrten sich diese jedoch wie spitze Nadeln in Arrows Rücken – das dachte sie jedenfalls. Die Partnerin, dessen Platz Arrow nun eingenommen hatte, verließ sichtlich gekränkt die Tanzfläche.

Plötzlich verschwammen die Farben, die Musik und die Kostüme dann doch miteinander. Alles wirkte weit entfernt – alles bis auf ihn.

Arrow konnte nicht sagen, wie lange sie tanzten. Sie fühlte auch keine Erschöpfung und keinen Durst. Sie tanzte einfach nur und nahm ihre Augen nicht von ihm. Als er sie wiederholt herumwirbelte, war er plötzlich verschwunden.

Völlig vor den Kopf gestoßen stand Arrow auf der Tanzfläche, während das Geschehen, das sie umgab, wieder deutliche Umrisse annahm. Eine trostlose Leere machte sich in ihr breit.

Die feiernde Meute zerrte an ihr und wollte sie ermutigen, weiter zu tanzen, doch sie konnte nicht. Zu groß war die Enttäuschung.

Aufgelöst lief Arrow durch den Saal, auf der Suche, nach einem Ort, wo sie allein sein konnte. Zwar würden sie die Meister dafür bestrafen, dass sie Trübsal blasen wollte, doch das war ihr egal.

Als sie eine ruhige Ecke erblickte, packte sie jemand am Arm und zog sie hinter eine Säule. Da war der Zwilling wieder und hielt sie fest umschlungen. Sein Blick fühlte sich an, als würde er direkt in ihre Seele schauen können, und was er ihr zuflüsterte, bekräftigte dieses Gefühl.

„Heute Nacht warst du mehr du selbst, als jemals zuvor. Aber keine Angst – ich werde es niemandem verraten."

Und bevor Arrow die Chance bekam, etwas darauf zu erwidern, küsste er sie. Als er sich aus dem Kuss löste, wurde sie von dem Anhänger seiner Kette geblendet. Erst jetzt fiel ihr auf, dass er überhaupt eine trug. Gerade noch in dem Moment, bevor er wieder verschwand, erkannte sie den Anhänger. Ihr Herz machte einen so gewaltigen Sprung, dass sie rückwärts gegen die Wand taumelte und ihre Finger auf die Lippen legte. Kurz darauf ertönte ein Hahnenschrei. Die Musik verstummte, die Leute verschwanden, und als Arrow sich umsah, fand sie sich in ihrem eigenen dunklen Zimmer im Schloss wieder. Der Ball war vorbei.

Wie in Trance legte sie sich in ihr Bett, doch statt zu schlafen, konnte sie die ganze Zeit nur an die kleine Sonne denken, die sie mitten in der Nacht geblendet hatte.

Begegnung mit der Vergangenheit

Noch nie zuvor hatte Arrow an einem Morgen so viel Zeit vor dem Spiegel verbracht. Immer und immer wieder prüfte sie verlegen, ob sie frisch aussah und ihre Haare richtig lagen.

Die Temperaturen waren wieder gestiegen. So warm war es noch nie gewesen. Arrow hatte gar keine angemessene Kleidung für solch ein Wetter. Alles, was man normalerweise brauchte, war dick und hielt warm, wärmer, am wärmsten. Bei dem nun herrschenden Wetter hingegen würden solche Kleider einen Hitzschlag nach sich ziehen.

Als sie sich endlich überwinden konnte, ihr Zimmer zu verlassen, lief sie auch gleich Keylam über den Weg.

„Geht es dir wieder besser?“, fragte er lächelnd.

„Ging es mir denn schlecht?“, erwiderte Arrow charmant.

„Gestern Abend. Du bist nach dem Essen in deinem Zimmer verschwunden und nicht noch mal runter gekommen. Ich habe am Kamin auf dich gewartet.“

Arrow war verwirrt. Warum fragte er, wie es ihr ging? Er hatte sie doch gestern gesehen und mit ihr getanzt.

„Ähm ... Ich hatte mich hingelegt und ... und bin dann auch gleich eingeschlafen.“

„Ich war gerade dabei, die Wände in der Bibliothek zu säubern. Hättest du Lust, heute wieder mit dem Malen zu beginnen?“

„Äh ... Ja.“

Bevor Arrow Keylam Gesellschaft leistete, ging sie in die Küche und bereitete sich ein kleines Frühstück zu. Sally war glücklicherweise nirgendwo zu sehen und so konnte sie ungestört mit ihren Gedanken alleine sein.

Warum stellte Keylam so merkwürdige Fragen? Er war doch gestern mit ihr zusammen auf dem Ball gewesen. Er hatte sie doch erkannt und danach sich selbst zu erkennen gegeben. Und jetzt tat er so, als wäre das alles gar nicht geschehen? Wie konnte ihm das so gleichgültig sein? Und warum überhaupt war es ihr so wichtig? Warum drehte sich plötzlich alles nur noch um ihn? Früher hatte es sich nie um etwas anderes gedreht als um ihre Vergangenheit. Das alles war plötzlich so sehr in den Hintergrund gerückt. Aber warum nur?

Auf dem Weg in die Bibliothek kam Arrow durch den Speisesaal, wo sie magisch von Keylams Bild angezogen wurde. Da war sie doch – die Sonne. Und da war er – umgeben von all den Frauen – jede von ihnen eine von vielen.

„Geht es dir wieder besser?“, fragte Harold.

Arrow erschrak. Er sprach sie äußerst selten an, was sie im Grunde nicht störte. So richtig an ihn gewöhnt hatte sie sich nach den anfänglichen Schwierigkeiten noch nicht.

„Äh ... ja. Farbe ... Etwas Farbe war hier abgeplatzt. Ich wollte es schnell ausbessern.“ Nervös fuchtelte sie mit dem Pinsel herum.

Für einen Moment vertiefte Harold sich in das Bild. Er machte keine Anstalten, wieder zu gehen.

„Geht es dir denn auch gut?“, fragte Arrow besorgt.

Wie aus einem Traum erwacht, schaute er sie fragend an. „Ja ... oh ja. Es ist nur ... Dieses Bild weckt Erinnerungen und das Wetter Hoffnungen.“

„Das Wetter? Du meinst die Sonne?“ Arrow war verwirrt. Harold wirkte sehr ausgeglichen und friedlich. Was genau er aber meinte, blieb ihr ein Rätsel.

Er nickte. „Ja, die Sonne. Vor langer Zeit einmal gehörte sie ihm, doch dann hat er sie verloren.“

Keylam hatte die Sonne verloren? Was war das denn für eine Überleitung? Wurde Harold jetzt verrückt?

Arrow betrachtete das Schmuckstück, das Keylam auf dem Bild trug, und dachte erneut an die Ereignisse der vergangenen Nacht. Verwirrt fragte sie: „Aber er hat sie doch wieder gefunden, nicht wahr?“

Gequälten Blickes antwortete er: „Ich fürchte, nein. Ich habe es immer gehofft, doch den Glauben daran längst aufgegeben, denn tief in meinem Herzen weiß ich, dass sie jetzt jemand anderem gehört.“

„Nein. Nein, das kann nicht stimmen. Du irrst dich sicher“, entgegnete sie stirnrunzelnd.

„Junge Dame“, erwiderte er in ungewohnt sanftem Ton, „ich weiß, dass es schwer sein muss, die Dinge zu akzeptieren. Doch lass dir von einem alten Mann gesagt sein, dass es besser ist. Man sollte sich nicht von dem winzigen Schimmer der Illusion von seinem Weg abbringen lassen, bevor man eines Tages die Wahrheit erkennt und an dieser Erkenntnis zugrunde geht.“

Mit diesen Worten drehte er Arrow den Rücken zu und ließ sie wieder allein.

Der winzige Schimmer der Illusion. Wusste Harold etwa von der letzten Nacht? War es möglich, dass er auch auf dem Ball gewesen war und sie beobachtet hatte? Aber wer außer Keylam sollte ihr sonst etwas so Persönliches sagen? Ihr kam niemand in den Sinn, der sie so gut kennen könnte. Oder gab es vielleicht doch jemanden?

Die vielen Fragen raubten ihr regelrecht den Atem.

„Arrow?", hörte sie Keylam rufen.

Wie angewurzelt stand sie da, als er sie fand.

Besorgt musterte er sie. „Geht es dir gut?", fragte Keylam als er seine Hand auf ihren Arm legte.

Völlig verloren suchte sie mit ihren Blicken seinen Hals ab. Ein Teil der Kette musste doch da sein. Irgendwo musste sie doch durchschimmern. Harold musste sich irren. Noch immer fühlte sich alles genauso an, wie in der vergangenen Nacht. Oder dachte sie das nur, weil sie es sich so sehr wünschte?

„Ich glaube, ich fühle mich nicht sehr wohl. Ich brauche frische Luft", stammelte sie und stürmte aus dem Zimmer.

Eilig griff sie nach dem Beutel, den Sally ihr schon am Tage zuvor für Stone zusammengepackt hatte, und verschwand.

Sie ging einfach in den Wald, ohne darüber nachzudenken, wohin sie wollte. Als es ihr wieder einfiel, bemerkte sie, dass sie sich verlaufen hatte. Während sie gegangen war, hatte sie jedes Gefühl für Zeit und Entfernung verloren. Ärgerlich versuchte Arrow, den Heimweg zu finden.

Als es bereits dämmerte, gab es noch immer keinen Anhaltspunkt, wo sie sich befinden könnte. Sich zu orientieren, war ohnehin nicht ihre Stärke. Nie zuvor war sie so unaufmerksam durch den Wald gestreift oder hatte sich auch nur einen Schritt zu weit vom Dorf entfernt.

Die Temperaturen sanken erschreckend schnell. Darauf war sie nicht vorbereitet. Es wurde immer kälter und dunkler. Arrow war der Verzweiflung nahe.

Als es im Gebüsch raschelte, blieb ihr Herz beinahe stehen. „Ist da jemand?", fragte sie verängstigt.

Es kam keine Antwort.

„Stone?"

Rose hatte einst gesagt, dass er sie beschützen würde, doch es war überhaupt nicht seine Art, sich auf ihren Ruf hin weiter zu verstecken.

Erneut raschelte es. Die Kälte war vergessen, die Stille im Wald erdrückend.

Plötzlich spürte Arrow einen stechenden Schmerz im Kopf. Ein Bild tauchte auf. Ein Baum, der in einem Zimmer stand. Äpfel und merkwürdige Kugeln befanden sich daran. Und eine Frau! Sie stand ihr gegenüber und sah genauso aus wie sie, nur viel schöner. Die Frau trug ein wallendes blaues Kleid und kleine funkelnde Spangen in den Haaren. Sie sahen aus wie Eiskristalle.

Der Schmerz wurde immer schlimmer. Beinahe wollte Arrow schreien. Es war so unerträglich, dass der dunkle Wald und die Kälte völlig vergessen waren.

Dann folgte ein schriller Schrei durch die Nacht. Die Kopfschmerzen verschwanden augenblicklich, und was immer in den Büschen gelauert hatte, suchte ebenfalls das Weite.

Bevor sie über das nachdenken konnte, was geschehen war, vernahm Arrow einen vertraut strengen Geruch, den sie nur allzu sehr liebte.

Mit viel Gesabber wurde sie von Stone beschnuppert. Als er sicher war, die richtige Person vor sich zu haben, machte er sich über Arrows Beutel her, und als er fertig war, führte er die völlig abwesende Arrow nach Hause. Er wich ihr nicht von der Seite, bis sie am Schloss angekommen waren, wo sie auch zum ersten Mal bemerkte, dass es schneite.

Mit einer dankbaren Umarmung verabschiedete sie ihn und ging hinein.

Ungehalten stürzte Rose ihr in die Arme.

„Kind! Ist alles in Ordnung? Wir haben uns solche Sorgen gemacht!“

Arrow konnte nicht antworten und brach unter Tränen zusammen.

Die Tür sprang auf und Keylam stürmte hinein. Eilig riss er sich die Kapuze herunter und ließ sich zu Arrow auf den Boden nieder.

„Was hat sie?“, fragte er aufgeregt.

Rose kämpfte mit den Tränen. „Ich weiß es nicht. Sie ist gerade eben rein gekommen.“

Keylam nickte. „Ich weiß. Ich habe das Kelpie gesehen."

Völlig hilflos packte er Arrow an den Armen. „Kannst du mir sagen, was geschehen ist? Hat dir jemand etwas angetan?" Er versuchte, so sanft, wie möglich zu klingen, doch die Aufregung war unüberhörbar.

Arrow weinte nur und weinte.

„Sie ist völlig unterkühlt", bemerkte Keylam. „Sally, bring sofort Tee und Suppe. Rose, besorg schnellstmöglich Decken. Wir müssen sie wärmen."

Keylam half Arrow auf und führte sie zum Sofa vor dem Kamin. Kaum, dass Arrow sich dort niedergelassen hatte, erschien Marb.

Nachdem Arrow sich mit Rogas Hilfe beruhigt hatte, konnte Sally sie noch dazu bringen, etwas Suppe zu sich zu nehmen. Sonst bekamen sie nichts aus ihr heraus.

Eine ganze Weile starrte Arrow noch in das Feuer zu Marb, bevor sie endlich einschlief.

Es folgte eine traumlose Nacht.

Kaum dass Arrow am Morgen erwacht war, stiegen die Bilder wieder in ihr auf.

Keylam, der auf einem Sessel neben dem Sofa saß, beugte sich sofort zu ihr.

„Arrow, geht es dir gut?", fragte er sanft.

Nachdem sie ihn einen Moment lang angesehen hatte, nickte Arrow.

„Ich hole deine Großmutter."

Kaum, dass er zu Ende gesprochen hatte, war er schon aufgesprungen und auf dem Weg.

Als Arrow sich umsah, entdeckte sie auf dem Tisch den Tee und die Suppe. Offenbar hatte sie das alles nicht nur geträumt, obwohl sie es bis eben noch gehofft hatte.

Sie griff nach einem Zettel und einem Stift und begann, etwas zu zeichnen.

Als Rose herbei stürmte und ihr erleichtert in die Arme fiel, gab Arrow ihr das Blatt Papier. „Was ist das?", fragte sie ihre Großmutter.

Rose betrachtete den Zettel und auch Keylam schaute ihr über die Schulter, um einen Blick darauf zu werfen. „Ein Weihnachtsbaum", antwortete sie zurückhaltend.

„Und was ist Weihnacht?“

Rose schaute sie eindringlich an. „Arrow, was ist gestern geschehen? Bist du durch ein Tor gegangen?“

„Rose, Weihnachten ist erst in sechs Monaten“, erinnerte Keylam sie.

„Was ist das?“, fragte Arrow schroff.

„Weihnachten ist ein Fest. Es wird jedoch nicht bei uns gefeiert, sondern weit weg von hier. Arrow, bitte – du musst uns sagen, was gestern geschehen ist.“

Starr blickte Arrow in die Leere. „Etwas war da. Es hat mich verfolgt, als ich mich im Wald verlaufen habe.“

„Was hat dich verfolgt?“, fragte Keylam schroff.

Tränen stiegen Arrow in die Augen. „Ich weiß es nicht.“

„Hat es dir etwas angetan?“

Arrow schüttelte den Kopf. „Es war um mich herum und plötzlich tat alles so weh. Bilder tauchten auf.“

Rose wurde kreidebleich. „Von diesem Baum hier?“ Sie hob den Zettel.

Arrow nickte. „Stone kam. Er hat es verjagt und mich nach Hause gebracht.“

Sie sah nicht, wie Rose und Keylam stumme Blicke wechselten, und auch nicht, welch ein Entsetzen darin geschrieben stand.

„Kind, geh dich umziehen. Es ist kalt geworden. Sally wartet auf dich mit dem Frühstück. Wenn es dir besser geht, erzählst du mir alles noch mal in Ruhe“, sagte Rose beschwichtigend.

Ohne sich zu widersetzen, tat sie, worum Rose sie gebeten hatte. In der Küche fiel Sally ihr erleichtert in die Arme, doch auch aus ihren Augen war die Besorgnis nicht wegzuwischen.

Ohne Arrow mit Fragen zu quälen, plauderte sie bedrückt über dies und das. Sally hoffte, sie so auf andere Gedanken bringen zu können, doch Arrow war unfähig zuzuhören.

Bei jedem Blick aus dem Fenster schauderte sie. Der Gedanke, an etwas, das womöglich dort draußen auf sie lauern könnte, schnürte ihr die Luft ab.

Als sie fertig war, suchte sie im Schloss nach Rose, doch sie war nicht mehr am Kamin.

Vorsichtig näherte Arrow sich der Bibliothek, aus der aufgebrachte Stimmen zu hören waren.

„Aber er ist jetzt da!“, stieß Rose hervor. „Du kannst es nicht ändern!“

„Wir können sie von hier wegbringen!“, erwiderte Keylam bang.

„Und dann? Ewig auf der Flucht sein? Glaubst du wirklich, dass sie sich ein solches Leben wünscht? Sie würde auf ewig im Dunkeln tappen!“

„Das wäre mir lieber, als sie zu verlieren!“

„Keylam, hör dir doch zu! Glaubst du denn gar nicht an sie?“

„Dir muss ich wohl kaum sagen, dass wir sie vielleicht für immer verlieren, wenn sie ihm noch einmal begegnet!“

„Das werden wir nicht, Keylam. Daran glaube ich ganz fest. Was ich aber mit Sicherheit weiß, ist, dass sie ein Leben in Ungewissheit früher oder später zugrunde richten wird.“

Verstört platzte Arrow herein. „Es geht um mich, oder?“

„Kind, wir haben gar nicht mitbekommen, dass du da bist“, stammelte Rose. Die Situation war angespannt.

„Das war keine Antwort“, erwiderte Arrow schroff.

„Arrow, bitte bleib ruhig.“

„Ich will sofort wissen, über wen ihr da geredet habt! Wer ist hinter mir her?“

„Ich werde dir alles erklären, aber zuerst musst du mir noch einmal erzählen, was genau sich gestern zugetragen ...“

Rose kam nicht dazu, den Satz zu beenden. Arrow hatte etwas entdeckt. Schockiert heftete sie ihren Blick auf die Wand hinter ihrer Großmutter. Das Bild einer Frau kam zum Vorschein. Ihr Kopf war nur zur Hälfte vom Ruß befreit, doch die Statur und die langen weißen Haare ließen Arrow das Schlimmste befürchten.

Angespannt eilte sie hinüber und lüftete das Geheimnis. Sie rubbelte so intensiv, dass sogar einige Farbkrümel abplatzen und das Bild zu zerstören drohten. Als Arrow fertig war, ließ sie entsetzt den Lappen fallen.

Wie vor einem Spiegel stand Rose vor der Wand und betrachtete ihr Abbild.

„Die Zeichnungen sind also schon einige hundert Jahre alt? Und wenn ich mich recht erinnere, ist der Brand schon viele Jahre her. Und obwohl ein Mensch nicht annähernd ein Alter von einhundert Jahren erreicht, so gibt es dennoch Bilder von euch allen, die wesentlich älter sind?“ Wie Arrow es sagte, klang es nach einem einzigen großen Vorwurf. Als sie fortfuhr, versuchte sie ruhig zu klingen, doch in ihrem Gesicht zeigte sich, dass sie innerlich kochte. „Wenn ich noch eine Ausrede höre oder wenn irgendjemand auf die Idee kommt, mir zu sagen, dass mich irgendetwas nichts angeht, dann schreie ich das ganze Schloss zusammen. Ich will auf der Stelle wissen, was hier los ist. Wer ist hinter mir her? Was hat mich da gestern Abend verfolgt?“

Rose wollte gerade zu einem letzten vergeblichen Versuch ansetzen, die Situation zu retten, doch sie erkannte, dass es längst zu spät war. Mit zitternder Stimme antwortete sie: „Deine Vergangenheit.“

Es war, als hätte Arrow die Antwort gewusst. Seit dieser Begegnung war sie ruhelos und nun war die Zeit für ein zweites Treffen gekommen.

„Arrow warte!“, rief Keylam ihr noch hinterher. Doch es war zu spät. In dem Moment, da Rose es ausgesprochen hatte, kehrte sie der Gegenwart den Rücken zu und ging ihrer Vergangenheit entgegen.

„Lass sie gehen“, redete Rose auf Keylam ein.

„Aber wir haben sie nicht über die Gefahren aufgeklärt. Sie hätte wissen müssen, dass der Tod auf sie lauert!“

„Das wissen wir nicht. Es ist nur die schlimmste Befürchtung. Außerdem glaube ich nicht, dass sie diesen Teil unseres Gespräches versäumt hat. Ich habe es in ihren Augen gesehen. Ihre Zukunft wird sich jetzt entscheiden.“

„Ihre Zukunft oder ihr Ende?“, erwiderte Keylam aufgebracht und verschwand.

Ein neues Leben mit alten Erinnerungen

Ein Blick nach draußen verriet Arrow, dass der Winter zurückgekehrt war und stündlich an Macht gewann. Sie zog den dicksten Mantel an, den sie finden konnte, und schnappte sich das Schwert, welches über dem Kamin hing. Zwar hatte sie keine Ahnung, wie man damit umging oder ob es überhaupt nach all den Jahren noch zu gebrauchen war, doch sie konnte sich später immer noch davon trennen.

Ohne sich zu verabschieden, brach sie auf.

Arrow ging einfach in den Wald. Die Leute, die ihr im Dorf noch über den Weg liefen, grüßte sie nicht einmal mehr. Sie hatte nur noch ein Ziel vor Augen.

Das Schneetreiben wurde immer dichter, doch glücklicherweise war es windstill. Vorsorglich setzte sie ihre Kapuze auf und band sich den Schal um den Mund. Dieses Wetter ließ einem schnell die Gliedmaßen steif frieren.

Arrow wusste, dass sie sich hätte fürchten müssen, doch sie blieb ganz ruhig. Während sie immer tiefer in den Wald ging, fragte sie sich allerdings, ob sie nicht hätte mit Rose reden sollen. Vielleicht war es unfair gewesen, ihr einfach so den Rücken zuzukehren. Tatsache war jedoch, dass sie irgendetwas über sie wusste, was sie ihr verheimlicht hatte – aus welchen Gründen auch immer. Doch Rose musste es doch besser wissen als jeder andere Mensch, wie wichtig es für Arrow war, sich erinnern zu können. Und trotzdem war sie nicht ehrlich zu ihr gewesen.

Viele Gedanken schossen Arrow durch den Kopf. Zum Schluss blieben sie bei Keylam hängen. Als sie aufgewacht war, war er der Erste gewesen, der da war, und am Abend zuvor hatte er äußerst besorgt gewirkt. Aber warum? Er war nicht der Mann auf dem Ball gewesen – soviel stand fest. Trotzdem war der Wunsch, dass er es doch war, noch immer präsent und wurde stärker – je mehr sie darüber nachdachte.

Die Gedanken erloschen. Arrow blieb stehen.

Es war da. Sie hatte nichts gehört und verspürte auch keine Schmerzen, aber sie fühlte es und es war seltsam. Sie hätte vor Angst verrückt werden müssen, doch das passierte nicht. Nicht annähernd.

Die Anspannung war groß. Sie fieberte dem Moment entgegen. Es kam immer näher. Gleich würde es ihr gegenüber stehen. Sie wusste es. Es war unausweichlich. Jede Möglichkeit, es sich noch anders zu überlegen, war verwirkt. Der Schnee fiel dicht und schwer, doch sie vergaß ihn, denn es stand jetzt hinter ihr.

Schwer atmend drehte sie sich langsam um. Wie gelähmt stand sie ihrer Vergangenheit gegenüber und blickte ihr direkt in die unruhigen Augen. Mit einem lauten Wiehern lief es plötzlich los – direkt auf sie zu.

Arrow konnte sich nicht bewegen. Es war unmöglich, dem riesigen schwarzen Pferd auszuweichen. Doch es fühlte sich richtig an.

Mit einem Stoß rammte es sie gegen einen Baum, wo sie zu Boden sank. Da war er wieder – der stechende Schmerz. Doch er war stärker als zuvor. Wie ein Wolf biss er sich in ihrem Kopf fest.

Der Rappe tänzelte unruhig um sie herum und stieß einen Schrei nach dem anderen aus, doch Arrow bemerkte es nicht, denn sie schrie selbst vor Schmerzen. Für einen Augenblick war sie dem Wahnsinn nahe, bevor sie es plötzlich ganz deutlich sah.

Da waren Kinder im Schnee – ihre Freunde! Ein Halbelf, dessen Ebenbild aus Schnee mit ihr tanzte. Der Weihnachtsbaum und Rose, nein – Anne! Anne war Rose! Rose war Anne! Und plötzlich sah sie das fehlende Stück ihres Herzens. „Dad“, flüsterte Arrow benebelt.

Sie erinnerte sich an den Moment, da sie die Welt der Menschen verlassen hatte. Aber da war noch etwas Anderes – das strahlende Leuchten und die Erinnerung an die erste Begegnung mit ihm. Da wurde es ihr klar. Sie kannte dieses Gefühl. Es war noch gar nicht so lange her, dass sie es zum letzten Mal gespürt hatte, denn es passierte in genau diesem Moment.

Am ganzen Körper zitternd öffnete sie die Augen. Da kniete sie nun im Schnee, der noch immer so dicht fiel.

Das Pferd stand ruhig vor ihr. Es war wie ausgewechselt. Es sah aus, als würde es etwas erwarten, irgendeine Reaktion.

Vorsichtig erhob sich Arrow. „Whisper.“ Und obwohl sie es zum ersten Mal erblickte, umarmte sie es, wie einen alten Freund, den sie lange nicht gesehen hatte.

„Bring mich nach Hause", flüsterte sie ihm zu und ohne Aufforderung ging der riesige Rappe in die Knie. Kaum dass Arrow auf ihm saß, galoppierte er los.

Whisper war viel kräftiger und schneller als Merlin. Der eisige Wind stach mit tausenden Nadeln und dicke Schneeflocken peitschten ihr ins Gesicht. Es war zu anstrengend, sich auf den Weg zu konzentrieren, so dass sie ihren Oberkörper einfach nur an den Rücken des Pferdes presste und sich mit aller Kraft in seine Mähne krallte.

Sie ritten die ganze Nacht hindurch. Es kam Arrow gar nicht so lange vor, denn sie war mit ihren Gedanken ununterbrochen bei den Erinnerungen an das Leben, das sie vor diesem geführt hatte.

Immer wieder ging sie wichtige Begebenheiten durch. Alles schien wieder da zu sein. Doch wie viel Zeit zwischen der letzten Erinnerung vor dem Unfall und der ersten danach vergangen war, wusste sie nicht. Und auch die wichtigste blieb unbeantwortet – warum war von ihrer gesamten Familie nur noch Anne an ihrer Seite und dann auch noch unter einem anderen Namen?

Als Whisper langsamer wurde, wagte Arrow, sich aufzurichten. Sie befanden sich mitten in einem schneeverhüllten Gebirge. Die Beine des gewaltigen Pferdes waren bis zu den Knien im Schnee versunken.

In einer Felsspalte erblickte sie einen Eingang. Es war ihr noch möglich, das Pferd darin unterzustellen, doch dann trennten sich ihre Wege, denn für Whisper war es unmöglich die Reise über die schmale Wendeltreppe fortzusetzen.

Arrow kannte diesen Ort. Sie war schon einmal hier gewesen – direkt vor dem Unfall. Je weiter sie ging, umso mehr breitete sich ein stechend modriger Geruch aus. Am Ende der Treppe befand sie sich in einem schwach beleuchteten Raum. Der gewaltige Baum, der auch damals schon darin thronte, trug keine Blätter mehr, sondern schlummerte in einem tiefen Winterschlaf.

Als sie weiterging, erblickte Arrow auch gleich das Tor, durch das sie einst gegangen war. Es existierten gerade noch einige Fetzen der riesigen Flügel davon und der Durchgang war nun frei. Vorsichtig huschte sie hindurch.

Die andere Seite bot einen erschreckenden Anblick. Alles war nur grau, die farbenprächtige Landschaft war verschwunden. Und auch der Nebel hatte sich verzogen. Von der hoch gelegenen Terrasse hatte man einen weiten Ausblick und voller Entsetzen erkannte Arrow, was Nebulae Hall wirklich war – nichts anderes als ein unendlich erscheinendes ausgehöhltes Gebirge, das seinen Bewohnern einst die Illusion eines Paradieses geboten hatte.

Während der letzten Jahre hatte sich alles verändert. Die gesamte Landschaft war verrottet. Nichts als ein modriger Sumpf war noch übrig.

Langsam ging Arrow die Treppe hinunter. Der Gestank war so unerträglich, dass Übelkeit in ihr aufstieg.

Eine Eisschicht bedeckte die sumpfige Wiese, über die sie zum Schloss ging. Zweifellos hatte der Winter seine kalten Finger bis in diese Höhle ausgestreckt, denn auch die Treppe zum Schloss war vereist.

Als Arrow den Eingang erreicht hatte, lief ihr ein kalter Schauer über den Rücken. Sie hatte wohl erwartet, dort jemanden anzutreffen, doch es war niemand zu sehen. Lange Risse zogen sich durch die Wände, und wo vorher Blumen rankten, tropfte brauner Matsch auf den Boden. Dies war ein gespenstischer Ort.

Aus der Ferne hörte sie ein Krachen durch die Gänge hallen. In der Hoffnung auf Antworten folgte sie dem Geräusch.

Die Gänge sahen alle gleich aus. Die vermoderten Pflanzen gaben zum Teil preis, welche Zimmer sich dahinter verbargen.

Nachdem Arrow endlos umhergeirrt war, blieb sie zweifelnd stehen. Würde es denn etwas nützen, wenn sie ihre Anwesenheit durch Rufen bemerkbar machen würde? Vielleicht war hier irgendwo noch jemand, der auf sie wartete. Vielleicht war dieser Ort aber auch genauso verlassen wie sie selbst.

Es nützte nichts. Um die ganze Höhle zu erkunden, würde sie Tage brauchen, und nachdem sie sich umgesehen hatte, war die Hoffnung, hier auf jemanden zu Treffen, der ihr Antworten geben konnte, wie weggeweht. Hier drinnen gab es nichts außer den Tod. All das blühende strahlende Leben war erloschen. Keine noch so winzige Pflanze hatte die quälenden Jahre ohne Sonnenlicht überlebt und ohne Gewächse konnte auch kein anderes Leben existieren.

Arrow machte sich auf den Rückweg. Der schlierige Matsch verriet, aus welcher Richtung sie gekommen war – er zeigte ihre Fußspuren. Und er verriet noch mehr. Sie war im

Kreis gegangen. Durch diesen Gang irrte sie inzwischen schon das zweite Mal. Viel schlimmer aber war die Tatsache, dass sie verfolgt wurde. In unheimlich breiten Abständen entdeckte sie klauenähnliche Fußabdrücke, die mindestens dreimal so groß waren, wie ihre eigenen. Vor Angst zitternd schaute sie sich um. In den Gängen war niemand. Dann hörte sie es hinter dem Matsch an der Wand knurren. Große gelbe Augen starrten sie an – Furcht erregende Augen.

Ohne zu überlegen, rannte sie los und sogleich löste sich das Monster aus seinem Versteck und nahm die Verfolgung auf. Arrow rannte immer weiter, doch es holte auf. Sie war erschöpft. In der vergangenen Nacht hatte sie nicht geschlafen und seit vielen Stunden hatte sie nichts gegessen.

Als sie einen Blick über ihre Schulter warf, erschauderte sie. Etwas so Hässliches hatte sie nie zuvor gesehen und auch die Art, wie es sich bewegte, ließ ihr einen eisigen Schauer über den Rücken laufen.

Geschwind rannte Arrow eine Treppe hinauf, die das Wesen mit einem einzigen Sprung zerstörte. Als sie vor sich eine Sackgasse erblickte, wusste sie, dass sie sich für die andere Richtung hätte entscheiden sollen.

Am Ende des Ganges tauchte ein Spiegel auf, zu deren Seiten jeweils Vogeltränken überliefen.

Arrow erinnerte sich, dass die wenigen Spiegel, die sie hier einst gesehen hatte, vielmehr Eingänge zu einem See waren. In der Hoffnung, dass dies auf alle Exemplare zutraf, erhöhte sie ihre Geschwindigkeit und setzte zum Sprung an. In ihrem Rücken fühlte sie, wie die eiskalten Finger des Monsters sie streiften. Der Moment, bis sie in den Spiegel tauchte, fühlte sich quälend lang an, und als sie in das Wasser eintauchte, stach es sie wie tausend Nadeln. Sie spürte, dass das Wesen seine Verfolgung aufgegeben hatte. Trotzdem verfiel sie in Angst, denn in diesem See sah sie sich einem Monster gegenüber, das genauso hässlich war wie ihr Verfolger und zudem war es auch noch doppelt so groß.

Panisch versuchte sie, ihm zu entfliehen, doch die stechende Kälte lähmte ihren Körper und ohne eine Chance zu entkommen, griff es nach ihr.

Arrow hatte nicht länger die Macht über sich. Unkontrolliert zappelte sie um ihr Leben, doch es gab keine Möglichkeit, dem Monster zu entkommen. Wie es schien, sollte sie in einem riesigen, stinkenden Maul voller spitzer Zähne enden und ein stummer Hilfeschrei sollte das Letzte sein, was sie von sich gab. Niemand würde sie hören und keiner könnte ihr mehr helfen. Es war zu spät.

Eingesperrt in einem Käfig voller Zähne tastete sie sich durch den zähen Speichel der Kreatur. Dann erblickte sie das Licht – jenes strahlend helle Licht, das man den Erzählungen nach nur ein einziges Mal im Leben sehen sollte – am Ende der Reise.

Von einer Sekunde zur nächsten war es wieder dunkel. Gefangen in einem versteinerten Käfig sank sie auf den Grund des Sees, doch sie konnte sich noch immer nicht befreien. Irgendetwas hatte die Kreatur verändert. Sie bewegte sich nicht mehr.

Arrow fehlte die Kraft, sich zu befreien. Die Kälte machte sie bewegungsunfähig. Das letzte, was Arrow spürte, war eine kräftige Druckwelle und wie sie jemand am Arm packte. Dann verlor sie das Bewusstsein.

Im Untergrund

Schallendes Gelächter weckte Arrow. Sie brauchte einen Moment, bis sie wieder ganz bei Bewusstsein war, doch während sie sich umsah, musste sie feststellen, dass ihr dieser dunkle Raum gänzlich unbekannt war. Nur ein winziger Schimmer fiel durch einen Spalt auf der anderen Seite. Die Wände waren schwarz und uneben.

Als Arrow versuchte aufzustehen, spürte sie einen Schmerz, der durch den ganzen Körper fuhr. Plötzlich erinnerte sie sich wieder an das hässliche Ding in dem eisigen Wasser.

Glücklicherweise war ihr jetzt nicht mehr kalt.

Die seltsame Anhöhe, auf der sie lag, war steinhart. Vorsichtig erhob sich Arrow. Musik drang an ihr Ohr – eine Fidel. Wer immer sie spielte, beherrschte sie perfekt – so viel stand fest.

Wieder folgte lautes Gelächter. Neugierig schlich sie durch den Spalt. Als Arrow aus dem Raum trat, erkannte sie den Ort sofort wieder. Solange sie sich an ihren ersten Besuch hier erinnern konnte, gestaltete er ihre Alpträume.

Die riesige Treppe, die sie einst entlang gegangen war, lag am anderen Ende der Höhle. Mit Erleichterung bemerkte sie, dass es nicht so dunkel war, wie beim letzten Mal.

Einige Meter weiter entdeckte Arrow eine große, feiernde Gesellschaft. Sie saßen lachend und erzählend um ein großes Feuer herum. Einige tanzten sogar ausgelassen und starrten dabei die Decke an. Etwas abseits saß ein Kind, das rhythmisch zur Musik klatschte und dabei hin und her schunkelte.

„Entschuldigung“, sprach Arrow es an und erschrak sogleich, als es sich zu ihr umdrehte. Vor ihr saß kein Kind, sondern ein alter Mann mit weißem Haar und einem langen Bart, der lediglich die Größe eines Kindes besaß.

„Was willst du?“, fragte das Männlein mürrisch.

Arrow wurde kreidebleich. Noch nie zuvor hatte sie es mit einem Zwerg zu tun gehabt, doch jetzt befand sie sich mitten in ihrer Welt.

„Ähm“, stammelte sie. „Du bist ein Zwerg.“ Noch bevor die Worte ihren Mund verlassen hatten, ohrfeigte sie sich innerlich. Nur ein einziges Mal hatte sie von den Zwergen gehört. Dewayne hatte es ihr damals erzählt und alles, was er einst berichtete, klang äußerst Furcht einflößend. Sie war nervös.

„Ein kluges Mädchen bist du“, erwiderte der Zwerg spöttisch. „Noch mehr Geistesblitze?“

Arrow musterte ihn verwundert. „Kann ich gehen?“, fragte sie.

„Du wirst dich ja wohl noch daran erinnern, wie du von dort drüben hier her gekommen bist? Das nennt man gehen. Folglich lautet die Antwort JA!“

„Dann ... bin ich nicht eure Gefangene?“, fragte sie überrascht.

„Gefangene? Für wie blöd hältst du uns? Bist du in Ketten aufgewacht mit einer spitzen Klinge am Hals?!“

Arrow schüttelte den Kopf.

„Dann wirst du wohl keine Gefangene sein!“

„Und ... was tue ich dann hier? Wie bin ich hergekommen?“

Das Männlein rollte mit den Augen. „Fragen über Fragen. Die Antworten kannst du dir beim Chef abholen. Ich mag nicht mehr!“

„Der Chef? Wer ist das?“

Das Männlein ignorierte Arrow und klatschte wieder freudig zur Musik. Am Feuer tanzte und lachte alles. Es waren so viele Zwerge. Hätte sie jeden einzelnen gefragt, wer das Kommando hatte, wäre sie eine Weile beschäftigt gewesen.

„Bitte sag es mir. Ich möchte mit ihm reden.“

Mit hochgezogener Augenbraue wandte er sich Arrow zu. Ein fieses Lächeln umspielte seine ledrigen Lippen.

„He Bon! Gnädigste will dich sprechen!“, rief er der Menge zu.

Die Musik und das Getuschel verstummten. Ein schwerfälliges Murren ertönte.

Etwas am Feuer bewegte sich. Arrow konnte nicht genau erkennen, was es war. Es erhob sich. Aus der Ferne wirkte es größer als die anderen Zwerge, doch als es auf sie zukam, erkannte Arrow erst, wie riesig es tatsächlich war.

Der lange Schatten hüllte sie vollständig ein und sie erschrak so sehr, dass sie sogar einige Schritte zurücktaumelte. Die Zwerge brachen daraufhin in schallendes Gelächter aus.

Arrow stand einem Riesen gegenüber. Zwar hatte sie noch nie zuvor einen gesehen, doch da dieser mindestens doppelt so groß war wie sie selbst, konnte dies nie im Leben ein Zwerg sein.

„Du möchtest mich sprechen, junge Dame?“, fragte er mit tiefer Stimme.

Verglichen mit den anderen Zwergen trug er recht kurzes Haar, das in alle Richtungen abstand. Eines seiner Augen saß etwas tiefer als das andere. Einen Bart hatte er nicht und auch sonst sah er nicht so alt aus wie die anderen.

„Bist du der Chef hier?“, fragte sie mit zitternder Stimme. Wieder folgte Gelächter.

„Das bin ich“, erwiderte er lächelnd. „Mein Name ist Bartlmä Bon, aber du darfst mich Bon nennen.“ Der Riese streckte Arrow seine Hand entgegen.

Zweifellos wirkte er Respekt einflößend, doch trotzdem strahlte er noch mehr aus. Anders, als der erste Eindruck schien, wirkte er sehr sanft. Sein Lächeln war so gar nicht hinterhältig und seine Stimme klang beruhigend.

Plötzlich musste Arrow an ihren Vater denken. Melchiors Stimme klang auch immer sehr beruhigend. Stets hatte sie ihm stundenlang zuhören können und noch länger. Unter tausenden würde sie seine Stimme wieder erkennen. Es war Magie.

„Mein Name ist Arrow“, erwiderte sie lächelnd und schüttelte ihm die Hand.

Bon hatte Arrow mit ans Feuer gebeten. Kaum dass sie saßen, ertönte wieder Musik. Irgendwelche Bemerkungen folgten nicht und auch sonst wurde sie von niemandem wie eine Fremde behandelt.

Der Kreis um das Feuer war wie ein kleines Kolosseum angelegt, in dessen Mitte Bon thronte. Arrow bekam den Platz daneben und saß mit ihm auf Augenhöhe. Er bot ihr etwas zu essen an und einen Becher voll Wein. Dankbar nahm sie es an. Ihre letzte Mahlzeit war eine Ewigkeit her, und bevor sie sich unterhalten konnte, musste sie erst etwas zu sich nehmen.

Als Arrow sich umsah, stellte sie fest, dass beinahe alle Zwerge zur Decke schauten. Allerdings gab es dort nichts zu sehen. Alles verlor sich in der Dunkelheit.

„Suchst du etwas?“, fragte Bon.

„Ich wollte nur wissen, was alle so anstarren“, erklärte sie.

Mit einem mächtigen Schwung, der Bon scheinbar sehr viel Anstrengung kostete, erhob er sich von seinem Platz. Er stand genau neben Arrow und winkte ihr zu. Um sein Gesicht sehen zu können, musste sie ihren Kopf weit in den Nacken legen. Wie jede andere Bewegung, schmerzte sie auch diese.

Schwerfällig setzte Bon sich wieder.

„Wenn du eine Weile bei uns bleibst, wirst auch du eines Tages zu allem aufschauen – ganz gleich, ob es das verdient hat oder nicht.“ Bon lachte herzlich.

„Wie kommt es, dass du hier bei den Zwergen lebst?“, fragte Arrow neugierig.

„Na ganz einfach – ich bin ein Zwerg! Jeder lebt doch am liebsten unter seinesgleichen“, antwortete er amüsiert.

Schweigend runzelte Arrow die Stirn.

„Glaubst du mir nicht?“, fragte Bon verschmitzt.

Sie schüttelte den Kopf.

„Arrow, weißt du, woher die Zwerge stammen?“

Nach einer kurzen Überlegung antwortete sie: „Hm, darüber habe ich viele Theorien gehört. Alles in allem läuft es aber immer darauf hinaus, dass die Zwerge dem Fleische des Urriesen Ymir entsprungen sind.“

Bon nickte. „Genauso war es. Und manchmal kommen die alten Gene auch heute noch durch.“

„Dann bist du wirklich ein richtiger echter Zwerg?“, fragte sie verblüfft.

„Ganz recht.“

„Aber du siehst so völlig anders aus.“

„Das mag wohl sein, doch innerlich fühle und denke ich wie ein Zwerg.“

„Aber unter Riesen würdest du bestimmt weit weniger auffallen.“

Bon lachte. „Diese Aussage zeugt davon, dass du noch nie einen echten Riesen in seiner leibhaftigen Gestalt gesehen hast, denn in der Anwesenheit eines solchen wäre ich offensichtlich nichts anderes als das, was ich bin – ein Zwerg.“

„Ein richtiger Zwerg ...“, sagte Arrow erstaunt. „Dann tut es mir leid, dass ich dich für einen Riesen gehalten habe. Ich wollte dich nicht dazu bringen, deine Herkunft zu rechtfertigen.“

„Oh, das geht schon in Ordnung“, winkte Bon ab. „Ich erlebe das nicht zum ersten Mal, doch ich habe mich daran gewöhnt. Mittlerweile stehe ich über solchen Dingen.“ Bons schweres Lachen hallte in der ganzen Höhle wider.

„Dann macht es dir gar nichts aus, so anders zu sein?“, fragte sie leicht betrübt.

Bon schaute sich zu den anderen Zwergen um, die zeitweise wirkten, als unterhielten sie sich mit der Decke.

„Gelegentlich ist es etwas unpraktisch, doch oft auch sehr amüsant. Warum fragst du mich das? Findest du, dass es mir etwas ausmachen sollte?“

Sie zuckte mit den Schultern. „Ich stelle es mir sehr schwer vor.“

„Nein, das tust du nicht“, entgegnete Bon. „Du weißt, wie es ist, anders zu sein, richtig?“

Grüblerisch nickte sie.

„Es gefällt dir nicht, so aus der Masse heraus zu stechen. Du möchtest gerne sein wie alle anderen und trotzdem kannst du dich nicht anpassen, nicht mit dem Strom schwimmen. Der Drang nach Selbstverwirklichung ist immer stärker.“

Arrow schreckte auf. „Kannst du Gedanken lesen?“, fragte sie eingeschüchtert.

Bon lachte. „Nein, aber glaub mir – irgendwann macht jeder von uns mal diese Phase durch. Glücklich wirst du nur, wenn du es akzeptierst. Schau mich an! Was hätte ich tun sollen? Ein Kopf kürzer wäre nicht wirklich eine Alternative gewesen.“

Er machte einen wirklich netten Eindruck. Arrow fühlte sich wohl. Längst schon hatte sie vergessen, was Dewayne ihr einst über die Zwerge erzählt hatte.

„Deinen Perseiden haben wir im Übrigen auch gefunden. Nein, vielmehr hat er eigentlich dich gefunden. Er schläft friedlich in der Kammer neben deiner.“

Arrow runzelte die Stirn. „Meinen was?“

„Der Rappe“, erklärte Bon mit hochgezogener Augenbraue.

Arrow entglitten die Gesichtszüge. „Whisper! Geht es ihm gut?“, fragte sie wie vor den Kopf geschlagen.

Bon nickte. „Er befand sich bei seiner Ankunft hier in weit besserer Verfassung als du. Einen Moment lang dachten wir schon, du würdest es nicht schaffen.“

Der Riese klang bei diesen Worten niedergeschlagen. Es war, als kannte er Arrow schon ein Leben lang, und so behandelte er sie wie eine längst vertraute Freundin.

„Irgendetwas hat mich verfolgt und dann ... im Wasser war noch so ein ... Ding."

Bon nickte. „Finsterlinge."

„Finsterlinge?"

„Ja. Sie werden aus den Schatten verzweifelter Trolle geboren und können deshalb nur in der Dunkelheit existieren. Sonnenlicht tötet sie. Darum empfiehlt es sich immer, ein Fläschchen der Strahlen dabei zu haben. In der letzten Zeit sind diese Kreaturen sehr zahlreich geworden."

„Man kann Sonnenlicht in Flaschen abfüllen?"

„Ja. Das heißt wir können es nicht, denn uns Zwerge tötet es auch. Eine junge Elfe, die sich in den Höhlen hier herumtreibt, versorgt uns gelegentlich damit. Es ist die einzige Waffe gegen diese Biester. Natürlich empfiehlt es sich für uns, behutsam damit umzugehen."

„Eine Elfe?", fragte Arrow aufgeregt. „Gibt es noch andere?"

„Leider nicht. Sie ist die einzige, die Nebulae Hall nicht verlassen hat. Alle anderen sind ... verschwunden." Nachdenklich musterte Bon sie. „Arrow, hat dir niemand erklärt, was Perseiden sind?", fragte er zurückhaltend.

Sie schüttelte den Kopf.

„Dann erzähle ich es dir auch nicht. Nachdem wir dich damals mit ihm hier unten gesehen haben, waren wir der Annahme, du wüsstest Bescheid."

Niedergeschlagen senkte Arrow den Kopf. „Nein. Niemand hat mir etwas erklärt. Alle versuchen nur immer, mich vor irgendwelchen Dingen zu bewahren. Sie halten es für besser, mir Sachen vorzuenthalten."

„Du darfst es Anne nicht übel nehmen. Sie hütet dich wie einen Schatz – dein ganzes Leben schon."

„Du kennst Anne?", fragte Arrow entgeistert.

„Wer kennt sie nicht?", antwortete der Riese mit einer Gegenfrage.

Plötzlich sprudelte es aus Arrow heraus. „Bon, vor über zwei Jahren ist etwas geschehen, an das ich mich nicht erinnern kann. Seitdem haben sich die Ereignisse überschlagen und mein Leben hat sich komplett geändert."

„Du möchtest wissen, was damals vorgefallen ist, nicht wahr?"

Arrow nickte betrübt.

Die Musik und die Zwerge um sie herum rückten in den Hintergrund. Arrow vergaß ihre Anwesenheit und konzentrierte sich völlig auf den Riesen.

„Du hast inzwischen herausgefunden, was Nebulae Hall tatsächlich ist?"

Abfällig antwortete sie: „Eine Illusion. Es sollte seine Bewohner zum Narren halten."

„Was bringt dich zu dieser Annahme?"

„Die Welt dort draußen – die reale Welt – ist sehr viel härter und grausamer. Die Welt, wie sie hier erschaffen wurde, gibt es nicht wirklich – nirgendwo. Alles war nur eine Lüge."

„Nun, das entspricht nicht der Wahrheit, Arrow. Jeder der Bewohner in Nebulae Hall wusste von Anfang an, was du erst jetzt herausgefunden hast. Für niemanden war es eine Lüge. Sie alle haben dabei geholfen, diesen Ort aufzubauen."

„Warum?", fragte Arrow verständnislos.

„Das ist eine Frage, die ich dir nicht beantworten kann. Alles, was ich dir erzähle, ist, dass es eine uralte Geschichte ist. Dabei ging es um Eifersucht, Verrat, Hass ... und Liebe."

Einer der Zwerge schenkte Wein nach. Bon unterbrach die Erzählung, was Arrow umso ungeduldiger machte.

„Vor langer Zeit gab es eine solche Welt, wie du sie einst hier drinnen kennen gelernt hast. Sie existierte fast überall außerhalb dieses Gebirges. Hätten sie die Nebulae Hall nicht erschaffen, würde sich heute hier gar nichts mehr befinden – weder ein sonniges Paradies, noch eine erbarmungslose Schneelandschaft. Alles wäre nur noch ein großes Loch im Endlosen."

„Bon", sagte Arrow traurig. „Wo sind alle hin?"

Niedergeschlagen senkte er den Blick. „Denjenigen, die damals nicht umgekommen sind, gelang es zu fliehen. Wohin es sie verschlagen hat, wissen wir nicht."

„Es gab Tote? Wie konnte das geschehen?" Arrow war entsetzt. Damit hatte sie nicht gerechnet.

„Etwas hat den verborgenen Weg in diese Hallen gefunden – etwas, vor dem die Bewohner hier Schutz suchten."

„Wie?"

„Indem jemand das Tor geöffnet hat. Fußspuren im Schnee haben ihn verraten."

Arrow ließ den Becher fallen. „Ich ...", begann sie mit zitternder Stimme. In ihren weit aufgerissenen Augen sammelten sich Tränen.

„Du darfst es niemandem sagen", ermahnte Bon sie flüsternd. „Auf keinen Fall darfst du jemals aussprechen, was du jetzt gerade denkst!"

„Was?" Das Gesicht des Riesen verschwamm unter den Tränen, die wie ein Wasserfall aus ihr sprudelten.

Behutsam nahm er Arrow an die Hand und brachte sie in ihr Quartier.

„Stimmt was nicht?", fragte der grimmige Zwerg, den Arrow anfangs von der Musik abgehalten hatte.

„Alles in Ordnung, Smitt. Unser Wein ist scheinbar zu stark für so zarte Gemüter", erklärte Bon lachend.

In dem Raum angekommen, verriegelte Bon den einzigen Spalt, der nach draußen führte. Er entzündete ein Feuer, setzte sich zu Arrow aufs Bett und reichte ihr einen schmuddeligen alten Fetzen, mit dem sie sich die Tränen aus dem Gesicht wischte.

„Arrow, hör gut zu. Was ich jetzt sage, darf diese Mauern niemals verlassen, und sollte es trotzdem passieren, werde ich es leugnen – zum Schutze meines Volkes."

Arrow starrte nur den Boden an. Sie schien wie in einem Schockzustand, in dem sie nichts mehr wahrnehmen konnte, doch sie hörte dem Riesen zu.

„Ich weiß, dass du es damals warst. Ich weiß aber auch, dass du nicht um die Gefahren wusstest. Keiner außer mir kennt dieses Geheimnis und du darfst es niemandem verraten, denn von deinem Leben hängt das vieler anderer ab."

„Was?", fragte sie aufgelöst.

„Es gibt eine Prophezeiung, in der es heißt, dass der jüngste Nachkomme deines Volkes uns eines Tages von diesen Qualen befreien und die alte Ordnung wieder herstellen wird. Nach allem, was wir wissen, bist du das."

„Ich?“, fragte Arrow empört. „Wie kommst du darauf? Viele Menschen leben in dieser Welt. Und es ist ja wohl nicht ausgeschlossen, dass noch immer welche dazukommen. Ich halte es für höchst unwahrscheinlich, dass die Beschreibung auf mich passt. Sieh mich doch an – ich bin erwachsen. Außerdem bin ich es, die das Unheil in diese Hallen gebracht hat!“

Mit gequältem Gesicht erwiderte der Riese: „Was bringt dich denn zu der Annahme, du seiest ein Mensch?“

Arrow war unfähig, auf diese Frage zu antworten. Sie fühlte sich wie gelähmt. Konnte es denn noch schlimmer kommen?

„Niemand, der von einem Perseiden behütet wird, ist ein Mensch – soviel steht fest.“

„Und was bedeutet das?“

„Zweifellos gehörst du dem Volk der Nyriden an.“

„Und was sind Nyriden?“

Bon schüttelte den Kopf. Fassungslos begriff er, dass Anne ihr gar nichts erzählt hatte – weder über ihr Volk noch über die Geschichte und erst recht nicht über die wichtige Aufgabe, die Arrow zu erfüllen hatte. Schmerzlich fragte er sich, wie sehr man einem so jungen Mädchen vertrauen konnte, das so unvorbereitet war.

„Es wird Zeit, dass du nach Hause gehst, Arrow. Die Antworten, die du suchst, wirst du bei uns nicht finden.“

„Bon?“, fragte Arrow aufgelöst.

Besorgt und mitfühlend schaute er sie an.

„Mein Vater ... War er auch unter ... den Toten?“

Er schüttelte den Kopf. „Nein. Und wie von ihm so fehlt auch von dem Halbelfen fehlt jede Spur.“

Arrow runzelte die Stirn. „Halbelf? Meinst du Dewayne?“

Bon nickte. „Seine Mutter war einst eine Elfe. Sein Vater gehörte deinem Volk an.“

Erstaunt und getroffen zugleich begriff Arrow, wie wenig sie von den für sie liebsten Personen wusste. Aber das Schlimmste war zweifellos, dass niemand sie seit dem Vorfall gesehen hatte. Arrow tappte im Dunkeln. „Meinst du, es ist ein gutes Zeichen, dass sie verschwunden sind?“, fragte sie ängstlich.

Der Riese schwieg und Arrow überkamen grauenvolle Gedanken. Erneut brach sie in Tränen aus.

„Hör mir zu, Arrow. Ich weiß, dass es schwer ist, doch du darfst jetzt nicht verzweifeln. Es gibt noch immer Hoffnung. Uns Zwergen kommt sehr viel zu Ohren. Niemals haben wir gehört, dass einer von ihnen nicht mehr am Leben sei.“

„Aber dass sie es sind, wisst ihr auch nicht.“

„Nein. Und trotzdem gibt es nur zwei Möglichkeiten. Entweder nimmst du all deinen Mut zusammen und findest es heraus oder du gibst auf und wirst es nie erfahren. Der Weg führt nur nach vorn – niemals zurück. Geh ihn oder bleib an diesem Punkt stehen.“

„Aber mein Vater war immer da – mein ganzes Leben lang. Allein schaffe ich das nicht.“

„Arrow, wenn du allein wärst, wärst du jetzt nicht mehr am Leben und dieses Gespräch hätte nie stattgefunden. Es gibt viele dort draußen, die auf dich achten, doch ebenso auch andere, die dir gar nicht wohl gesonnen sind. Vergiss das nie. Tust du es doch, so haben nicht wir dich im Stich gelassen, sondern du uns.“

Mit diesen Worten verließ er sie und nach vielen wirren Gedanken schlief Arrow auch irgendwann wieder ein.

Nyriden und Perseiden

Dem Aufwachen folgte anfängliche Orientierungslosigkeit. Als Arrow sich zurechtfand, erwartete sie eine unfreundliche Begrüßung.

„Das wurde aber auch Zeit. Ich dachte schon, du würdest den ganzen Tag pennen“, fuhr Smitt sie an. „Komm endlich – wir müssen los. Essen kannst du unterwegs.“

Der Zwerg schritt voran und auch Whisper kam Arrow geradewegs entgegen getrabt. Er begrüßte sie mit einem Nasenstupser.

Obwohl Arrow seine Anwesenheit zeitlebens gespürt hatte, war Whisper ihr noch ein wenig fremd. Er überrumpelte sie förmlich mit seinen freundlichen Gesten. Immerhin gab er sich mehr Mühe als Smitt.

„Ich würde mich gern noch von Bon verabschieden“, erklärte Arrow eingeschüchtert.

„Der hat keine Zeit. Ist längst schon los zur Miene. Ich bringe dich zum Ausgang.“

Traurig schaute Arrow zurück. Sie hatte den Zwergriesen in ihr Herz geschlossen und wusste nicht, ob sie ihn je wieder sehen würde.

„Willst du da Wurzeln schlagen?“, rief Smitt ungeduldig.

Dann machten sie sich auf den Weg.

Es schien, als würden sie stundenlang durch die Gänge laufen, und ein Ende war noch immer nicht in Sicht.

„Hätten wir nicht lieber den Weg durch die Halle nehmen sollen?“, fragte Arrow ungeduldig.

„Klar hätten wir das. Wenn den Finsterlingen ein solcher Leckerbissen wie du über den Weg läuft, müsste ich noch nicht einmal weglaufen. Auf Zwergenfleisch lassen sie sich nur ein, wenn sie kurz vorm Abkratzen sind.“

„Aber gibt es denn keinen kürzeren Weg?“

„Kommt darauf an.“

„Worauf?“

„Ob du gerne unseren Barnabas kennen gelernt hättest. Er baut hier ständig um und leitet Wanderer in die Irre. Dann kommst du nie dort an, wo du hin willst.“

„Du willst mir doch nur Angst einjagen!“, konterte Arrow zänkisch.

„Ach tatsächlich? Möchtest du es denn gern herausfinden?“, fragte Smitt mit einem fiesen Grinsen.

„Du kannst mir nichts vormachen“, entgegnete sie altklug. „Natürlich weiß ich, welche Meinung die Leute von euch Zwergen haben. Aber wenn ihr tatsächlich so böse wärt, würde ich längst nicht mehr leben.“

Du hattest nur Glück, dass wir dich zuerst gefunden haben. Zwerge untereinander verstehen sich gut, Nyriden und andere Sonnenwandler hassen wir wie die Pest.“

„Willst du damit sagen, dass Zwerge doch böse sind?“

„Was ist denn dein Verständnis von 'böse'?“

Arrow verlor die Fassung. „Keine Ahnung. Was denkst du denn?“, fauchte sie ihn an.

Smitt schnaubte. „Du bist doch bei den Menschen aufgewachsen, da solltest du eigentlich wissen, dass die Grenzen zwischen Gut und Böse stark verschwimmen. Du kannst nicht einfach sagen, dass Zwerge schlecht sind und Elfen nicht. Wenn du die Natur eines Wesens bestimmen möchtest, musst du es als Individuum betrachten und kennen lernen – so einfach ist das.“

Arrow blieb stehen. „Woher weißt du das alles – diese Dinge über mich? Dass ich bei den Menschen gelebt habe?“

Smitt wandte sich ihr zu und ahmte Arrows Stimme nach: „Weil wir Verbündete der Lady sind.“

„Die Lady? Die Grüne Lady? Ist sie hier? Kann ich mit ihr sprechen?“, fragte Arrow aufgeregt.

„Nein“, würgte er sie ab. „Sie hat sich seit dem Vorfall nicht mehr blicken lassen.“

„Oh ... Aber vielleicht kommt sie ja, wenn ich nach ihr schaue?“

„Eingebildet bist du wohl nicht? Denke ja nicht, du wärst etwas Besseres als wir!“

„Ich frage mich ja nur, warum ihr euch immer von der Nebulae Hall ferngehalten habt, wenn ihr doch auch ihre Verbündeten seid“, antwortete sie eingeschüchtert.

„Es ist ja nicht so, als hätten wir uns das aussuchen können. Wir waren eben nicht willkommen. Aber auch, wenn wir nicht ständig mit den Bewohnern dort zusammengehockt und Wein gesoffen haben, verfolgen wir doch dieselben Ziele."

„Die da wären?"

„Aus dieser vermaledeiten Welt wieder einen lebenswerten Ort zu machen!"

Smitt funkelte Arrow zornig an. Er kämpfte tatsächlich für diese Sache – so viel stand fest. Und auch wenn er sie offensichtlich nicht ausstehen konnte, so machte ihn das für sie trotzdem sympathisch.

„He, junge Dame!", fauchte er sie an, während seine Augen weit aufgerissen waren. „Woher hast du das?" Smitt deutete auf ihren Hals.

Verwundert zog Arrow ihr Medaillon hervor. „Mein Vater hat es mir einst geschenkt", erwiderte sie traurig.

„Aber das gehört mir! Ich suche schon seit einer Ewigkeit danach!"

„Oh ... Ähm ... Kann ich es dir abkaufen?"

Der Zwerg strich sich geschäftstüchtig am Kinn. „Was bietest du denn?"

Arrow durchsuchte ihre Taschen. Sie hatte nichts bei sich, was sie Smitt hätte geben können. Mit gesenktem Blick schüttelte sie den Kopf.

„Was ist denn mit deinem Schwert?"

Arrow fasste sich an den Gürtel. „Das geht nicht."

„Kannst du überhaupt mit so einem Ding umgehen?", fragte Smitt genervt.

„Äh, nein. Aber es geht trotzdem nicht. Das Schwert gehört mir nicht. Ich habe es nur geliehen."

„Und sonst hast du nichts?"

Arrow schüttelte den Kopf. Schweren Herzens band sie sich das Medaillon ab und betrachtete es. Es war hart, sich davon trennen zu müssen, doch es half nichts. Mit einem Klick öffnete sie es, nahm die Schlüsselblume und das Kleeblatt heraus und ließ beides in der Tasche verschwinden. Traurig reichte sie dem Zwerg das Medaillon.

Smitt freute sich, doch für ihn war es ausschließlich von materiellem Wert. Er suchte es nach Mängeln ab und prüfte mit einem Biss zur Sicherheit noch einmal die Echtheit. Niemals würde er verstehen können, was es ihr bedeutete.

„Und noch etwas, Mädchen. Diese ganze Nyriden-Perseiden-Geschichte behältst du schön für dich! Sollte dich jemand auf deiner Reise ansprechen, bist du ein Mensch und dein Gaul ist ein Elfenross! Hast du verstanden?“

Arrow nickte eingeschüchtert.

„Gut, denn wenn du dich verplapperst, wirst du dein Zuhause unter Umständen niemals wieder sehen!“

„Und was soll ich sagen, wenn uns jemand erkennt?“

„Dann bleibst du trotzdem hübsch bei deiner kleinen Geschichte und siehst zu, dass du das Weite suchst. Nur Nyriden haben ein Gespür für Perseiden. Und selbst wenn es so scheint, als begegne dir ein anderer Nyrid, so könnte es eine Falle sein – vergiss das nicht! Wir wussten es auch nur, weil du uns bekannt warst!“

Wieder nickte Arrow.

„So und nun schwing dich auf deinen Whiskey und zisch ab! Da vorne ist der Ausgang. Ich kann nicht mit, denn es ist Tag.“

Arrow versuchte, mit aller Kraft auf den Rücken des riesigen Pferdes zu klettern, was ihr nach vielem Hin und Her auch gelang. Während Whisper sich diesen Kraftakt in aller Ruhe gefallen ließ, trampelte Smitt ungeduldig mit den Füßen.

„Bitte richte Bon meinen Dank aus“, trug sie dem Zwerg auf.

„Ja, ja“, erwiderte der genervt.

„Ach und Smitt!“

„Was ist denn noch?“

„Vielen Dank – für alles.“

„Pha“, winkte Smitt ab und machte sich auf den Heimweg.

In einigen Metern Entfernung fand Arrow den Ausgang. Der Schnee lag unglaublich hoch und noch immer fielen dicke Flocken in Mengen.

Wie es schien, kannte Whisper den Heimweg und lief ohne Aufforderung los.

Als Arrow sich wieder an ihn pressen wollte, spürte sie einen stechenden Schmerz an ihrer Brust. Verwundert tastete sie danach und fühlte etwas Hartes. Als sie es hervorzog, strahlte sie bis über beide Ohren, denn wie durch ein Wunder hielt sie ihr Medaillon wieder in den Händen. In der kurzen

Zeit war es eiskalt geworden. Mit einem kleinen Klick entdeckte sie sogar, dass sich die kleine Schlüsselblume und das Kleeblatt wieder an ihrem Platz befanden. Voller Freude machte sie sich auf den Heimweg.

Was sie nicht bemerkte, war, dass sie dabei eine kleine Kröte, die sich unter dem Schnee versteckte, beobachtete. „Das dumme Ding wollte nicht mal darum streiten“, quakte sie brummig vor sich hin und hüpfte zurück in ihre Höhle.

Der Schnee wurde immer dichter und der Wind blies so eisig, dass Arrow kaum noch ihre Finger spürte, die sie fest in Whispers Mähne gekrallt hatte. Fast war sie der Meinung, er würde sie nach Hause fliegen, so zart und doch geschwind galoppierte er durch die weiße Winterwelt, die mehr und mehr zu einer Winterhölle wurde. Und Hölle war das richtige Wort, denn obwohl Arrow sich irgendwann mit dem ewigen Winter nicht nur abgefunden, sondern auch angefreundet hatte, konnte sie sich beim besten Willen nicht daran erinnern, dass er je so erbarmungslos war.

Gelegentlich wagte sie es, ihren Blick nach vorne zu richten, um nachzusehen, ob sich das Dorf schon in Sichtweite befand, doch die riesigen Flocken peitschten ihr wie Hagelkörner ins Gesicht, so dass sie den Kopf schnell wieder senken musste.

Arrow war überrascht, wie schnell und offenbar mühelos der Hengst sie durch den Schnee trug. Sie musste ihn nicht treiben und er zeigte auch keine Anstalten von Erschöpfung. Seltsam war auch, dass – obwohl sie unter diesen Umständen keine andere Wahl gehabt hätte – sie ihm bedingungslos vertraute. Arrow fühlte, dass er nicht ziellos durch die Landschaft galoppierte, und sie spürte auch, dass er sie nach Hause bringen würde.

Unerwartet jedoch unterbrach er den Ritt und lief unruhig einen engen Kreis. Arrow machte dieses Verhalten stutzig und sie sprang ab, um zu sehen, was ihn so aus der Fassung brachte.

Mit seiner Nase stupste Whisper im Schnee herum, bis unter der weißen Decke etwas Kleines, Dunkles zum Vorschein kam. Sobald Arrow darin die Umrisse eines Flügels erkannte, fiel sie auf die Knie, um zu graben. Es war Grey. Anne hatte sie offenbar losgeschickt, um nach ihr zu suchen, und der furchtbare Schneesturm war ihr dabei zum Verhängnis geworden.

Arrow beschloss, sie trotzdem zurück nach Hause zu bringen. Es wäre sicher ein großer Schlag für Anne, doch sie konnte sich bestimmt eher damit abfinden, wenn sie es mit eigenen Augen sehen würde.

Als sie die Eule berührte, zuckte diese überraschenderweise mit dem Bein. Arrow stieß einen Schrei aus, der vom Tosen des Windes sogleich wieder erstickt wurde. Doch dann leuchteten ihre Augen, denn vielleicht war es doch noch nicht zu spät. Womöglich konnte sie das arme Tier noch retten. Behutsam nahm sie Grey und steckte sie in ihren Mantel, den sie gerade soweit zuknöpfte, dass das Tier noch Luft bekam. Dann schwang sie sich wieder auf Whisper, der sich mit einem dröhnenden Wiehern auf die Hinterbeine stellte um dann seinen Weg fortzusetzen.

Das schien wohl eine Angewohnheit von ihm zu sein, an die Arrow sich erst noch gewöhnen musste, denn von Merlin kannte sie ein solch temperamentvolles Verhalten nicht. Während ihr weißer Hengst immer ein richtiger Gentleman war, hatte Whisper scheinbar seinen eigenen Kopf. Man konnte sein Freund sein, jedoch niemals sein Herr, und wie gut er seine Sache machte, zeigte sich spätestens, als Arrow vor sich einen riesigen „Schneeberg“ erblickte, der ganz klar die Umrisse des Schlosses aufwies.

Mit einem hallenden Wiehern stoppte der Hengst vor dem Eingang. Geschwind sprang Arrow ab und führte ihn zum Tor, doch gerade, als sie es öffnen wollte, flog es auf und Anne fiel ihr weinend in die Arme.

Arrow schrie auf, als sich daraufhin kräftige Krallen in ihren Bauch rammten.

„Vorsicht!“, rief sie und drückte Anne sanft zur Seite. Behutsam knöpfte sie ihren Mantel auf und entnahm die Eule, die scheinbar ein wenig zu Kräften gekommen war.

Mit leuchtenden Augen nahm Anne ihre geliebte Grey in die Arme und wickelte sie sogleich in ihren Mantel.

Ganz sacht drückte sie das geschwächte Tier an sich und nahm Arrows Hand.

„Ihr seid beide zurückgekommen. Ich hatte schon mit dem Schlimmsten gerechnet.“

„Um ein Haar wäre das bei Grey auch der Fall gewesen. Du hättest sie nicht nach mir suchen lassen dürfen – nicht bei diesem Wetter. Was hast du dir nur dabei gedacht?“ Obwohl Arrow froh war, endlich wieder daheim zu sein, konnte sie ihre Enttäuschung nicht verbergen.

„Das ist jetzt nicht wichtig, mein Kind.“ Annes Leuchten schwand aus ihren Augen, in denen sich plötzlich nur noch Verzweiflung und Angst widerspiegelte. „Du musst schnell zu ihm gehen. Vielleicht ist es noch nicht zu spät.“

Arrow wurde kreidebleich und alles um sie herum drehte sich. Noch bevor sie daran dachte, Anne zu fragen, was geschehen war, rannte sie schon durch die Halle und die Treppen hinauf in den Turm. Ohne zu wissen, ob Keylam sich überhaupt in seiner Dachkammer aufhielt, war dies ihr erstes Ziel und sie hatte Glück, denn eine völlig hilflos aussehende und geschwächte Sally lehnte erschöpft an der Wand und flüsterte mit gefalteten Händen etwas unverständliches vor sich hin.

Irritiert von dem Bild, das Arrow sich darbot fragte sie: „Macht man so etwas nicht nur bei den Menschen?“

Bei Arrows Anblick brach Sally in Tränen aus und sackte schluchzend zu Boden.

Offenbar war hier etwas Schreckliches in Gange. Mühsam unterdrückte sie den Gedanken, dass sie sich auf das Schlimmste vorbereiten sollte. Sie versuchte, einen kühlen Kopf zu bewahren und herauszufinden, was geschehen war, bevor sie ebenfalls in Verzweiflung ausbrechen würde, und so hockte sie sich zu Sally und streichelte dieser tröstend den Arm.

„Dem Himmel sei Dank – du bist wieder da. Ich hatte schon alle Hoffnung aufgegeben“, schluchzte Sally kaum verständlich.

„Natürlich bin ich wieder da und es ist alles gut. Ssscht ... es ist doch nichts passiert, Sally. Alles ist in Ordnung. Mir fehlt auch nichts.“

Doch Sally ließ sich kaum beruhigen und völlig aufgewühlt stammelte sie etwas vor sich hin.

„Er hat seit Tagen nichts zu sich genommen. Weder gegessen noch getrunken. Starrt nur in die Leere und redet mit niemandem. Das Zimmer verlässt er auch nicht und zuletzt hat er sich eingesperrt. Kein Zeichen gibt er von sich und niemand kann sagen, ob er denn überhaupt noch am Leben ist!“

Bei diesen Worten konnte auch Arrow sich nicht länger zügeln, und obwohl sie es versuchte, war das Zittern in ihrer Stimme nicht zu überhören. „Okay, Sally, hör mir zu. Bitte beruhige dich. Wann hast du das letzte Mal an seine Tür geklopft?“

„Andauernd. Ich habe nicht aufgegeben, doch er reagiert nicht.“

„Und wann genau habt ihr ihn das letzte Mal gesehen oder gehört?“

„Ich weiß es nicht mehr. Es muss Tage her sein und er hat gar nichts angerührt.“

Arrow strich Sally immer weiter beruhigend über den Arm, doch es half nicht.

Sie erhob sich und starrte voller Furcht auf die Tür, die sich direkt vor ihr befand. Noch einmal atmete sie tief ein, um allen Mut zu sammeln, und klopfte leise. Als nichts geschah, legte sie ihr Ohr dagegen in der Hoffnung, etwas zu hören. Doch auch hier wurde sie enttäuscht.

Ohne nachzudenken klopfte sie wieder und wieder – lauter und lauter. Mit zitternder Stimme rief sie nach ihm. „Keylam! Keylam, bitte!“

Gespannt presste sie wieder ihr Ohr gegen die Tür und nach einem scheinbar unendlichen Moment wurde sie plötzlich aufgeschlossen und geöffnet.

Mit bleichem Gesicht, tiefen Augenrändern und blutunterlaufenden Augen schaute er Arrow an, bevor er völlig geschwächt seine Arme um sie schlang und sie an sich drückte, als wäre es das Letzte, was er tun würde. Sie konnte ihn gerade noch stützen, bevor er bewusstlos zu Boden sank.

Als Arrow die Kammer betreten hatte, wurde sie von einem fürchterlichen Gestank überfallen. Das Feuer war offensichtlich über den Kamin getreten und hatte den kleinen Teppich in Brand gesteckt. Glücklicherweise hatte es sich nicht ausgebreitet, doch der verkohlte Vorleger roch scheußlich. In Windeseile hatte sie ihn zusammengerollt und aus einem der kleinen Turmfenster geworfen. Sally hatte neue Betten besorgt und die alten, nach Qualm stinkenden sofort entfernt.

Die Stunden vergingen und Arrow wich Keylam keinen Moment von der Seite. Regelmäßig prüfte sie seine Stirn, machte ihm Umschläge, sorgte für frische Luft und legte immer genügend Holz im Kamin nach.

Anne erzählte ihr, er hätte sich nach ihrem Aufbruch schreckliche Vorwürfe gemacht und wäre vor Sorge krank geworden. Danach schalt sie Arrow, weil diese immer gedacht hatte, dass es so etwas nicht geben würde. Denn Anne hatte ihr mehr als einmal vorgeworfen, dass Arrow sie vor Sorge krank gemacht hätte, wenn sie nicht pünktlich zu Hause war. Über andere Dinge hatten sie noch nicht gesprochen. Dafür war keine Zeit. In der Hoffnung, dass er Arrows Anwesenheit vielleicht spüren würde, verweilte sie lieber neben Keylams Bett und hielt seine Hand. Und es schien das Richtige zu sein, denn er schlief ruhig und fest.

Trotzdem hoffte Arrow, dass er bald aufwachen würde, denn die letzten Tage hatten seinem Körper einiges abverlangt und laut Sally hatte er schon lange nichts mehr zu sich genommen.

Arrow empfand es als eigenartig, endlich in der kleinen Kammer zu sein, die Keylam als Rückzugsmöglichkeit für sich beanspruchte. Am Tage hatten drei ziemlich kleine Fenster den Raum erhellt und es noch schlichter wirken lassen als in der Dunkelheit.

Nur das Nötigste befand sich in dem Raum. Es gab ein kleines Bett, einen Schreibtisch und noch einen Tisch mit zwei alten Sesseln. Der Kamin war auch recht schlicht gehalten. Aber trotz der ganzen Anspruchslosigkeit wirkte das Zimmer mit der niedrigen Decke und der schönen Aussicht höchst gemütlich. Es hatte in gewisser Weise etwas von der Werkstatt in ihrem alten Haus – nur ohne das ganze Gerümpel.

Nachdenklich schaute Arrow aus dem Fenster. Es war noch sehr früh am Abend, trotzdem war es inzwischen schon dunkel geworden und der volle Mond erhellte die nächtliche Winterlandschaft.

Arrow betrachtete die Lichter im Dorf. Alles war so still und friedlich. Es erinnerte sie an Weihnachten. Ein wunderbar warmes Gefühl durchströmte ihren Körper, wie es immer der Fall war, wenn sie an das Fest der Liebe dachte. Jetzt war es umso stärker, denn es war das erste Mal seit über zwei Jahren, dass sie überhaupt wieder daran denken konnte. Während dieser Zeit hatte sie nicht einmal gewusst, dass es das Weihnachtsfest überhaupt gab.

Sie erinnerte sich an den Duft von Tannen, Bratäpfeln, Plätzchen, räuchernden Kaminen und an die vielen Heimlichkeiten, die sich um sie herum abspielten. Doch vor allem erinnerte sie sich an die Aufregung und Vorfreude, die sie schon Tage zuvor verspürte, und das nicht nur der Geschenke wegen, sondern vor allem deshalb, weil es die einzige Zeit des Jahres war, in der sie sich auf die Heimkehr ihres Vaters verlassen konnte.

Natürlich kam er auch mehr als einmal im Jahr zu ihr zurück, doch er kündete diese Besuche niemals vorher an und gab genauso wenig Auskunft über die Dauer des Aufenthaltes. Das Weihnachtsfest allerdings, soviel stand fest, verbrachte er immer bei ihr – von Anfang bis Ende.

Weihnachten war eben doch die schönste Zeit des Jahres, und während sie so in Erinnerungen schwelgte, kam sie zu dem Schluss, dass sie irgendwie nichts davon hier vermissen musste. Die letzten Jahre waren eine lange Adventszeit und als hätte es dem Schicksal missfallen, hatte es das Fest nie kommen lassen, denn ihr Vater kehrte in dieser Zeit nicht Heim. Doch der ewige Schnee, die vielen Tannenwälder und auch der Rest fehlten im Grunde nicht wirklich. Es war, als müsste jeden Augenblick die Tür aufspringen und er würde da stehen. Dann würde Weihnachten sein!

Eine schmerzhafte Schlinge legte sich um ihr Herz bei dem Gedanken an ihn und so machte es riesige Sprünge, als es plötzlich leise klopfte.

Ohne einen Laut von sich zu geben, huschte Arrow zur anderen Seite des Zimmers, um die Tür zu öffnen.

„Hallo mein Kind", flüsterte Anne mit einem Tablett in den Händen, auf dem eine große Kanne Tee den Duft von Pfefferminze verbreitete.

Anne schritt leise zu dem Tisch und stellte das Tablett ab, bevor sie Keylam einen besorgten Blick zuwarf. „Wie geht es ihm?", fragte sie.

„Schon viel besser", antwortete Arrow, während sie sanft seine Stirn berührte. „Sein Fieber ist gesunken und er schläft seit Stunden tief und fest. In einigen Tagen ist er wieder auf den Beinen."

„Es scheint, als wärst du im letzten Moment heimgekehrt."

Arrow seufzte. Traurigkeit überkam sie bei dem Gedanken, was hätte passieren können. Sie war auf die Reise gegangen, um Antworten zu bekommen. Doch was sie tatsächlich gefunden hatte, waren nur noch mehr Fragen.

„Anne", begann sie zögerlich, „was sind Perseiden?"

Wie ein nasser Sack ließ Anne sich auf einem der Sessel sinken. Sie hätte sich wohl denken können, dass Arrow nicht so unwissend nach Hause kommen würde, wie sie gegangen war. Trotzdem hatte Anne gehofft, sie könne diesen Moment hinauszögern oder bestenfalls ganz umgehen.

Nichtsdestotrotz wusste sie, dass ihre Enkelin ein Recht darauf hatte, etwas über sich zu erfahren – etwas, das sie nicht in ihren Erinnerungen finden konnte, da es stets vor ihr verheimlicht wurde.

Arrow setzte sich zu ihrer Großmutter an den Tisch, und während sie Tee einschenkte, suchte Anne nach dem richtigen Anfang.

„Was genau hat dir dein Vater alles über uns erzählt?"

Arrow zuckte mit den Schultern und überlegte kurz. „Im Grunde hat er mir gar nichts erzählt."

„Dann weißt du also auch nichts über die Wächter?", fragte Anne und musterte dabei sehr genau Arrows Reaktion.

Sie schüttelte den Kopf.

„Gut", entgegnete Anne und holte tief Luft. „Dann wirst du es heute von mir erfahren."

Arrow war angespannt. Sie hatte damit gerechnet, dass ihre Großmutter eher streiten würde, als ihr etwas zu erzählen, doch offenbar blieb das dieses Mal aus.

„Die Wächter, oder auch Perseiden, sind ein Teil der Nyriden. Aber ... was genau das bedeutet ... dazu komme ich später.

Vor sehr, sehr langer Zeit waren Nyriden freie Wesen – unabhängig, ungebunden und ohne einen Wächter an ihrer Seite. Sie verfügten über große Macht, denn sie regelten den Kreislauf der Natur. Obwohl ... regelten ist das falsche Wort – sie WAREN der Kreislauf der Natur. In ihren Händen lagen der Wechsel der Jahreszeiten und die Entscheidung zwischen Leben und Tod. Ein jeder von ihnen besaß einen kleinen Teil dieser Macht. Einige besorgten den Regen, andere den Schnee und wieder andere Wind oder Wärme. Niemals besaß einer die gesamte Macht oder mehr als einen Teil davon. Jeder hütete nur eine einzige Kraft.

Die einzige Ausnahme bildeten die Urmächte. Sie trugen das Zentrum dessen in sich – den Kern, aus dem alles entstanden ist. Du kennst diese Mächte heute als die vier Jahreszeiten.

Doch so schön und unbekümmert das alles erschien, gab es auch eine andere Seite, und zwar die mit Wünschen und Erwartungen.“

Anne schaute Arrow erwartungsvoll an. Sie erhoffte sich von ihrer Enkelin einen Geistesblitz. Es fühlte sich an wie früher, als sie noch für Arrows schulische Ausbildung zuständig gewesen war.

„Du weißt nicht, wovon ich spreche?“

Verständnislos schüttelte Arrow den Kopf. Woher sollte sie es wissen, wenn ihr es ja eigentlich niemals jemand erzählt hatte?

„Das wundert mich, mein Kind. So oft, wie du die 'verbotenen Bücher' damals aus der Bibliothek geholt hast, solltest du den Inhalt doch inzwischen auswendig können.“ Anne lachte.

„Du weißt davon?“ Arrow versuchte es zu unterdrücken, doch der Ton des Ertappt-Werdens hallte unweigerlich im Raum wider.

„Das war damals unser Ziel. Schließlich solltest du dich hier zurecht finden. Nur deine menschlichen Freunde durften nichts davon erfahren. Wärst du mit diesen Dingen ohne Angst an die Welt heran getreten, hättest du uns in größte Gefahr gebracht.“

Arrow überlegte, worauf Anne wohl anspielte. An vieles, was sie damals in den Büchern gelesen hatte, erinnerte sie sich gar nicht mehr. Im Grunde wusste sie nur das, was sie in den letzten Jahren hier gelernt hatte. Sie zuckte mit den Schultern.

„Nyriden waren, wie die meisten anderen Naturgeister, seelenlose Geschöpfe“, antwortete Anne. „Sie wünschten sich nichts sehnlicher, als eine Seele zu besitzen.“

Arrow runzelte die Stirn. „Ein Geist verspürt den Wunsch nach einer Seele, obwohl er nicht weiß, wie es ist, eine zu haben? Das verstehe ich nicht. Ich habe immer angenommen, dass man etwas, das nie da war, gar nicht vermissen kann.“

Anne musterte ihre Schülerin und Arrow wusste, dass ihre Großmutter nicht vollkommen unzufrieden mit der Antwort war, es allerdings noch eine Bessere geben musste.

„Mein Kind, du denkst an die Seele im biblischen Sinne, wo es heißt, dass seelenlose Wesen in die Hölle kommen. Bei uns ist das anders. Hier ist es so, dass ein Wesen, das keine Seele besitzt, nicht einfach stirbt, sondern eines Tages einfach aufhört zu existieren. Eine Seele gelangt nach ihrem Tod in das Himmelreich oder in die Unterwelt, doch sie ist unsterblich. Ohne Seele verschwindet man eines Tages einfach von der Bildfläche. Man wird durch jemand anderen rücksichtslos ersetzt und vergessen. Mit einer Seele lebt man weiter – in einer anderen Welt und in den Herzen jener, die einen lieben oder hassen.

Man erinnert sich an Gerüche, Schmerzen, Glück, Leid oder Liebe. Vor allem aber erinnert man sich an diejenigen, die all das mit einem geteilt haben. Nie wird sie aufhören zu leben, auch wenn die Hülle gestorben ist und vielleicht wird sie sogar in diese Welt wieder geboren."

Das hatte gesessen. Noch nie zuvor hatte Arrow etwas so schnell überzeugt wie das. Seit jeher besaß sie einen ausgeprägten Dickkopf und den Willen, zu diskutieren, doch dieses Mal blieben absolut keinerlei Fragen offen.

„Eines Tages", fuhr Anne fort",traten die Nyriden vor die Perseiden, um für die so lang ersehnten Seelen zu bitten. Die Perseiden, musst du wissen, entspringen aus derselben und doch aus einer anderen Welt – aus dem großen Ganzen. Sie haben weit mehr Macht als jedes andere Geschöpf. Wie Götter thronen sie über allen Wesen und schauen auf uns herab. Jedes Kind hat sie schon einmal gesehen, doch kaum einer weiß, dass es sie gibt. Nur sie sind in der Lage, einen solchen Wunsch zu erfüllen."

„Wenn das stimmt", unterbracht sie Arrow, „warum musste ich Whisper dann so lange vor der ganzen Welt und mir selbst in diesem Medaillon verstecken?"

„Du hast also schon herausgefunden, dass dein Rappe ein Perseide ist?", fragte Anne überrascht.

Arrow nickte.

„Woher weißt du das?"

„Bitte Großmutter. Ich werde dir alles erzählen – sobald du mir alles erzählt hast."

Ungern gab Anne ihrer Enkelin in diesem Moment nach. Wenn jemand anders zu viel wusste und es einfach so ausplauderte, war das nie ein gutes Zeichen, denn es könnte genauso bedeuten, dass Arrow in falschem Vertrauen Dinge verraten hatte, die sie nicht erzählen durfte.

„Als dein Perseide noch kein Rappe war – da war er nur ein Funken reinen Lichtes. Was meinst du, hätten wohl deine Freunde dazu gesagt, wenn sie einen solchen Stern nicht nur am Himmel, sondern in der Halskette des Nachbarmädchens entdeckt hätten? Von den Erwachsenen ganz abgesehen! Sie hätten dich als Hexe gejagt und verurteilt. Menschen fürchten sich vor dem Unbekannten. Lieber töten sie es, als es kennen- und verstehen zu lernen.

Trotz dieser Gefahren konnten wir dich nicht von dem Perseiden trennen. Es war notwendig, dass er immer an deiner Seite blieb – ohne Ausnahme.

Jedenfalls – wo waren wir – ... Ach ja! Die Perseiden entschieden nicht sofort über die Bitte nach den Seelen, sondern berieten lange und ausgiebig, so dass der Entschluss erst Jahre später feststand. Und wie man heute sieht – stimmten sie dafür.

Anfangs schien alles perfekt, doch schon bald häuften sich die Probleme, denn mit der Seele kam nicht nur die Unsterblichkeit, sondern auch Gefühle.

Im Gegensatz zu Menschen hatten die Nyriden nicht die Gelegenheit, als Kinder geboren zu werden und mit ihren Erfahrungen, Wissen und Gefühlen zu wachsen. Nein, sie bekamen alles auf einmal – die gesamte Palette. Und weil sie diese nicht kontrollieren konnten, zerstörten sie beinahe diese Welt mit ihren Kräften. Das Wetter unterlag fortan ihren Gefühlsausbrüchen. Die Nyriden waren nicht länger fähig, logisch zu handeln.

Zu spät erkannten die Perseiden die Folgen ihrer Entscheidung und trennten die Nyriden wieder von ihren Seelen. Doch auch wenn danach keine Gefühle mehr möglich waren, so erinnerten sie sich sehr wohl daran und wollten ihre Seelen zurück – um jeden Preis.

Verzweifelt versuchten die Perseiden, einen Ausweg aus dieser Situation zu finden, doch es war zu spät. Zerstören durften sie die Nyriden nicht, denn das hätte auch das Ende allen Lebens hier zur Folge gehabt. Auch durften die seelenlosen Nyriden nicht in die Unterwelt und so wurden sie verbannt."

„Verbannt? Zu einem seelenlosen Umherwandeln mit einem Perseiden an unserer Seite?", fragte Arrow aufgeregt.

Verbittert schüttelte Anne den Kopf. „Kind, du trägst einen Perseiden an deiner Seite und hast du schon einmal einen Sturm hervorgerufen, bist auf dem Rücken des Windes geritten oder hast eine Blume zum Blühen gebracht?“

Arrow zuckte mit den Schultern. „Ich glaube nicht“, antwortete sie zögerlich.

„Und hast du schon einmal Wut empfunden, Trauer, Glück oder vielleicht auch Liebe?“, fragte Anne sie weiter.

Arrows Augen verengten sich und sie konnte es nicht umgehen, bei dem Wort „Liebe“ einen Blick auf den friedlich schlafenden Keylam zu werfen.

„Dann sind wir die Seelen und nicht die Nyriden?“, fragte Arrow mit gequältem Blick.

Anne nickte.

„Wozu dann die Wächter?“

„Nun, sie hätten die Seelen für die Verbrechen, die sie begangen haben, in die Unterwelt schicken können, doch die Perseiden fühlten sich mit schuldig und so ließen sie einen hauchdünnen Faden der Verbindung zwischen Seele und Nyriden bestehen, in der Hoffnung, sie eines Tages wieder vereinen zu können. Trotz alledem bleibt auf jeder Seite ein Loch zurück, das gefüllt werden muss – ein Teil, der fehlt. Diesen Teil ersetzt bei jeder Seele einer der Perseiden, der darüber wacht, dass der Faden nicht abreißt, und sie beschützt – auch vor sich selbst. Nur durch ihn können sie weiter existieren. Er fühlt alles, was sie fühlen, weiß alles, was sie wissen, und sieht alles, was sie sehen. Er ist er und er ist sie.“

„Und wer füllt das Loch auf der anderen Seite? Wer sorgt für die Nyriden?“, fragte Arrow zögerlich.

Anne schüttelte den Kopf. „Nichts und niemand“, flüsterte sie und in ihren Augen blitzten Tränen auf. „Sie existieren am Ort der Verbannung mit ihren Qualen, die sie unaufhörlich daran erinnern, was sie einst verloren haben. Das Einzige, was sie noch mit ihrer Seele teilen, ist der Zeitpunkt ihres Todes. Stirbt einer von beiden, erwartet den jeweils anderen das gleiche Schicksal.“

Arrows Blick war auf ihre Tasse geheftet. Sie atmete tief ein, um eine Frage zu stellen, vergaß sie aber sofort wieder und sank zurück in die Starre. Tausende Gedanken wirbelten in ihrem Kopf herum. Sie hatte erwartet, dass es nicht einfach werden würde, doch dass es so kompliziert und sogar schmerzlich sein könnte, stellte sie auf eine Zerreißprobe. Fast hätte sie schreien wollen, denn in ihrem Kopf spielten sich noch einmal geballt alle Informationen ab und es machte sie beinahe wahnsinnig. Doch sie fing sich wieder und plötzlich fiel ihr die entwichene Frage wieder ein. „Wohin wurden sie verbannt?“

Verzweiflung stieg in Annes Augen und Arrow kannte die Antwort schon, bevor Anne sie aussprach. „Das wissen wir nicht.“

„Und die Wächter? Wissen sie es vielleicht?“, fragte Arrow. Doch Anne schüttelte den Kopf.

In der Absicht, ein paar Schritte zu gehen, erhob Arrow sich von ihrem Stuhl, doch Anne hielt sie zurück. „Das war noch nicht alles.“

Verständnislos starrte Arrow sie an, ließ sich dann jedoch wieder zurückfallen.

„Nach dem Chaos“, berichtete Anne weiter, „das die Nyriden hier damals angerichtet hatten, waren die anderen Bewohner dieser Welt nicht gerade milde gestimmt. Die Gefühlsausbrüche der Wettergeister ließen die Ernte verdorren, Wälder niederbrennen und Dörfer überschwemmen. Die Bewohner forderten natürlich, dass sie alles wieder herrichteten, doch wie macht man das, wenn man nur noch eine machtlose Seele ist und nicht mehr der Geist mit den Kräften? Von diesem Moment an mussten sie sich verstecken. Kaum ein anderes Wesen kennt das Geheimnis und kaum eines von ihnen hätte Verständnis für ihre Situation. Das Handeln der Nyriden hat viele Leben gekostet, und wenn sie nicht freiwillig für ihre Fehler bezahlten, so würde man sie dazu zwingen, sogar, wenn das den Untergang allen Lebens bedeutet.

Inzwischen sehnen sich viele den Tod mehr herbei als alles andere. Der Kampf ums Überleben ist erbarmungslos geworden in dieser Schneehölle. Deshalb leben Nyriden abgeschirmt von der Außenwelt. Die Wächter mussten sie verstecken, wie du deinen damals in dem Medaillon versteckt hast. Wenn Nyriden sich in die Öffentlichkeit wagen, so geben sie sich als Menschen aus, die den Weg in diese Welt gefunden haben. Aus diesem Grund bist du in der Menschenwelt aufgewachsen – um ihre Gewohnheiten und Ansichten zu übernehmen und damit kein Geist zu der Annahme kommen kann, es wäre anders.“

„Wenn wir aber keine Macht haben und der Kreislauf der Natur ohne die Nyriden nicht stattfinden kann, wie ist es dann noch möglich, dass diese Welt weiterhin besteht?“

„Wie ich dir vorhin erzählt habe, gibt es die Urmächte. Einer von ihnen, der den Sommer in sich trägt, ist von dem Schicksal der anderen verschont geblieben. Unter Aufsicht des mächtigsten Perseiden trägt er seine Seele und den Nyriden vereint in dieser Welt. Mit ihm wurde unsere Rettung gewährleistet. Solange er lebt, leben wir alle.“

Skeptisch ließ Arrow ihre Augen durch den Raum schweifen. „Du meinst den des Winters“, korrigierte sie.

Doch wieder schüttelte Anne den Kopf und Arrow überkam das Gefühl, dass es die ganze Nacht kein Ende nehmen würde. Langsam wurde es ihr zu viel.

„Ich meine den des Sommers“, machte Anne noch einmal deutlich. „Aber du hast natürlich nicht Unrecht, denn der des Winters spielt, wie nicht zu übersehen ist, ebenfalls eine wichtige Rolle. An der Sache gibt es nur einen Haken – er existiert nicht mehr.“

Arrow runzelte die Stirn. Wenn sie Anne richtig interpretierte, bedeutete „nicht existieren“ ausgelöscht sein, und dieser Gedanke machte ihr Angst.

„Der Träger des Ur-Winters ist im Zuge der Verbannung vernichtet worden und auf alle anderen Fragen, die du dazu hast, kann ich dir vermutlich keine Antworten geben, denn auch wir tappen seitdem im Dunkeln.“

„Dann wisst ihr nicht, warum diese Welt einen endlosen Winter erlebt?“, fragte Arrow beunruhigt.

„Anfangs dachten wir, dass die Urmacht auf jemand anderen übergesprungen ist, der vermutlich selbst nicht die geringste Ahnung davon hatte, dass er sie trägt. Das ist nichts Ungewöhnliches. Nur die wenigsten Träger der Urmächte bemerkten ihre Kraft. Sie zeigt sich nicht offen.

Viele hundert Jahre haben wir nach dem Winter gesucht – ohne Erfolg. Denn die Urmacht kann nur auf einen Nyriden übergehen, der ebenfalls von dem Schicksal der anderen verschont geblieben ist. Zweifellos ist uns aber nur der Sommerträger erhalten geblieben. Hätte einer der Verbannten die Kraft des Winters bekommen, so würde seine Macht nicht bis hierher wirken. Die Verbannung unterbindet das.

Also schlussfolgerten wir, dass sich die Urmacht verselbständigt und das Eis einfach über das Land gelegt hat. Sollten wir mit dieser Annahme Recht behalten, kämpfen wir somit gegen etwas Unsichtbares ohne Gewissen oder Bewusstsein, denn scheinbar hat der Sommer nicht die geringste Chance gegen den Winter."

Ängstlich senkte Arrow ihren Blick. „Wer trägt den Sommer?", fragte sie mit zitternder Stimme.

Ohne ein Wort zu sagen, ließ Anne ihren Blick zu Keylam schweifen.

Arrow stand blankes Entsetzen im Gesicht geschrieben. Mit weit aufgerissenen Augen schüttelte sie verzweifelt den Kopf.

„Das kann nicht wahr sein", flüsterte Arrow immer wieder.

Ohne die Erschütterung ihrer Enkelin zu berücksichtigen, sprach Anne weiter.

„Unter Einigen, sogar unter Nyriden, verbreitete sich die Theorie, dass auch Keylam getötet werden muss, damit die Macht des Sommers sich in ihrem Ursprung frei entfalten kann. Sie denken, dass das den Winter besiegen wird.

Wir allerdings halten das für absoluten Schwachsinn und sind sicher, dass sein Tod uns allen den Untergang bringen würde. Deshalb inszenierten wir einst einen Brand in diesem Schloss und konnten den Leuten glaubhaft machen, dass er darin umgekommen war. Seitdem versteckt er sich und steht unter unserem Schutz.

Lange Zeit dachten wir, dass ihm die Urmacht entzogen und dass der Sommer in die Verbannung geschickt wurde. Doch nun, da die Wärme zurückgekehrt ist, sind wir der Meinung, dass wir etwas übersehen haben."

„Aber der Sommer war kaum mehr als ein paar Tage da. Es gab schon oft mildere Zeiten bei uns. Du erinnerst dich bestimmt daran", entgegnete Arrow mit dem Willen, erst gar keine Hoffnung in sich aufkeimen zu lassen.

Annes ehrgeiziger Blick durchbohrte Arrow und ließ die alte Dame trotz wallenden weißen Haars und der vielen tiefen Falten in ihrem Gesicht Respekt einflößend aussehen.

„Aber niemals zuvor war es so stark, dass es Schneeglöckchen hat blühen lassen", flüsterte sie und wusste dabei genau, dass ihre Enkelin dem nichts mehr entgegnen konnte.

Verblüfft senkte Arrow ihren Blick. Sie konnte es nicht fassen. Als sie einst in diese Welt gekommen war, hätte sie niemals erwartet, in etwas so Erbarmungsloses zu geraten – in einen Krieg.

„So“, sagte Anne und lehnte sich vor. „Jetzt will ich deine Geschichte hören.“

Nach einem Seufzen erzählte Arrow ihr alles, angefangen bei dem Moment, als sie das Schloss verlassen hatte, um Whisper zu treffen, bis zu ihrer Rückkehr. Geduldig hörte Anne sich an, welch ein trostloser Ort aus der schönen blühenden Nebulae Hall geworden war, wie ihre Enkelin dem Tod ins Auge geblickt hatte und von – entgegen der weit verbreiteten Meinung – überaus freundlichen Zwergen mit einem Riesen als Anführer gerettet wurde.

Ohne weitere Fragen erhob sich Anne nach der Geschichte, um zu Bett zu gehen, doch Arrow hielt sie zurück.

„Eine Frage habe ich noch. Was ist damals geschehen in der Nacht, als ich mein Gedächtnis verloren habe? Ich weiß, dass es kein Reitunfall war!“

Wieder sackte Anne auf den Sessel zurück. Natürlich hatte sie gerade dieses Thema nicht anschneiden wollen, doch es war wohl das Beste, es hinter sich zu bringen. Am schlimmsten daran war, dass es ein kurzes Gespräch werden würde, denn ihre Antwort lautete: „Ich weiß es nicht genau.“

Arrow wirkte erschrocken und entschlossen zugleich. „Aber etwas weißt du schon?“

„Zu wenig und zu unvollständig.“

„Das ist mir egal. Ich will es hören – jede Kleinigkeit, jedes Detail – egal wie unbedeutend!“

Anne senkte den Blick und versuchte sich zu erinnern. Es muss sehr schmerzlich gewesen sein, denn die Verzweiflung stand ihr ins Gesicht geschrieben und Tränen sammelten sich in ihren Augen.

„Ich erinnere mich an ... Schreie und Tod. Es war Rauhnachtszeit und die Geister kamen plötzlich von überallher. Viele von uns starben in jener Nacht. Die wenigen, die übrig blieben, flüchteten. Die meisten habe ich bis zum heutigen Tage nicht wieder gesehen und auch habe ich nichts von ihnen gehört.

Ich selbst bin damals hierher geflüchtet. Rose ist mein zweiter Vorname. Nur meine engsten Vertrauten kennen ihn und nur sie hätten mich darunter aufspüren können. Erst vier Tage später klopfte es an meine Tür. Als ich öffnete, stand Bon davor, der dich zu mir brachte – scheinbar in letzter Minute. Nachdem er dich abgelegt hatte, erzählte er, dass er dich zusammen mit einem Jagddämon gesehen hatte. Wir wussten nicht, was er dir angetan hatte. Es gab schon Berichte, dass sie ihr grausames Selbst in unschuldige Seelen einpflanzten und ungesehen durch diese Welt spazierten, um das Leid auszubreiten. Dabei können sie die Vertrauten des Wirtes sehr gut hinters Licht führen, denn sie nisten sich in den Verstand und die Erinnerungen ein. Den Wirt selbst allerdings verdrängen sie dabei und es ist schwer, ihnen auf die Schliche zu kommen.

Nur dein Perseide hätte sehen können, ob der Dämon dich in Besitz genommen hat. Doch er war verschwunden. Als er nach tagelangem Warten noch immer nicht aufgetaucht war, nahm ich dir dein Gedächtnis. Hätte der Jagddämon in dir gewohnt, so wäre auch er ohne Erinnerungen gewesen. So konnte ich ihn ablenken, bis der Perseide auftauchte."

„Und es gab wohl keine andere Möglichkeit?", fragte Arrow forsch, die sich an all den Kummer und das Leid erinnerte, das sie in den letzten Jahren durchlebt hatte.

„Die Alternative wäre gewesen, dich zu töten!", erwiderte Anne barsch – wohl wissend, was ihre Enkelin durchgemacht hatte und ihren Zorn spürend.

Arrow erschrak. „Und jetzt, wo Whisper wieder aufgetaucht ist, wie weiß ich da, dass ich keinen Jagddämon in mir trage?"

„Wäre das der Fall gewesen, hätte er dich umgebracht! Das ist seine Aufgabe. Deshalb ist er an deiner Seite!"

Arrow fuhr sich mit den Händen durch ihre Harre. Kopfschüttelnd fragte sie sich, warum sie noch immer lebte, wo doch scheinbar der Tod ihr schon so viele Male so dicht auf den Fersen gewesen war.

„Und Whisper", entgegnete sie schluchzend, „weißt du auch, warum er jetzt die Gestalt eines Pferdes angenommen hat?"

„Nach dem Vorfall der besagten Nacht haben alle Wächter eine Gestalt angenommen. Es diente ihrem Schutz. Unsere Tarnung war aufgeflogen und unsere Verfolger waren uns auf den Fersen. In unsere Verstecke konnten wir nicht zurück. Es schien sicherer, hier ein neues Leben zu beginnen mit ihnen als

Haustiere an unserer Seite. Doch lediglich die Gestalt haben sie verändert. Für unser Leben spielen sie eine genauso wichtige Rolle wie zuvor."

„Und Merlin ist dann auch ein Perseide?", fragte Arrow verunsichert.

„Aber nein", winkte Anne ab. „Er mag etwas Besonderes sein, trotzdem ist er ein gewöhnliches Pferd. Wenn du auf einen Perseiden triffst, dann wirst du es fühlen."

Bevor Anne ging, drückte sie ihrer Enkelin noch einige Blätter Papier in die Hand. Es waren die Seiten aus dem Buch, das Arrow so oft verärgert in das Regal der Bibliothek in Elm Tree zurück gestellt hatte. Sie erzählten die Geschichte ihres Volkes.

Arrow brauchte lange, um in dieser Nacht endlich einschlafen zu können. Als sie schließlich auf dem Sessel einschlummerte, hörte sie noch dumpf den morgendlichen Hahnenschrei.

Keylams Perseide

Lautes Gewusel weckte Arrow. Als sie wieder ganz wach war, sah sie, wie Anne und Sally sich um Keylams Bett geschart hatten. Eilig ging sie hinüber, um zu sehen, was dort vor sich ging.

„Oh Kind“, sagte Sally besorgt, „wir wollten dich nicht wecken.“

Arrow sah zu Keylam, der sich unruhig in seinem Bett umher wälzte.

„Was ist denn geschehen?“, fragte sie sorgenvoll.

„Wir wissen es nicht“, erklärte Sally mit tränenden Augen. „Den ganzen Tag haben wir nach euch geschaut und alles schien in bester Ordnung. Wir haben ihm Umschläge gemacht und auch sonst alles getan. Sein Fieber war fast weg. Und von einem Moment auf den anderen ging es wieder bergab.“

Arrow kniete sich zu Keylam, nahm seine Hand und testete die Stirn. Es wurde tatsächlich wieder schlimmer und er reagierte auch nicht, wenn man ihn ansprach.

„Hast du nicht noch irgendwelche Kräuter, die wir ihm geben können?“, fragte Arrow ihre Großmutter angespannt.

Anne schüttelte den Kopf. „Wir haben schon alles versucht. Er reagiert auf gar nichts.“

„Bitte denk noch einmal genau nach! Bist du ganz sicher, dass wir nichts übersehen haben?“ Arrows Stimme vibrierte.

„Das bin ich. Ich habe ihm alles gegeben, was auf die Symptome passt.“

„Dann gib ihm eben noch etwas anderes! Irgendetwas muss doch helfen!“, entgegnete Arrow aufgebracht.

Anne wirbelte sie an der Schulter herum. „Wenn du Keylam umbringen willst, können wir ihn gerne als Versuchskaninchen benutzen. Sollte das nicht in deinem Sinne sein, wäre es besser, einen anderen Weg zu finden!“

Arrow schaute sie hilflos an.

„Ich weiß, was du jetzt denkst, Kind“, erwiderte Anne auf Arrows verzweifelte Blicke. „Doch du wählst einen denkbar ungünstigen Zeitpunkt, um jetzt den Kopf zu verlieren – merk dir das. Nur mit klaren Gedanken trifft man gute Entscheidungen.“

Sally stand hilflos neben der Tür und wischte mit ihrem Ärmel die Tränen weg. „Das Feuerholz ist fast aufgebraucht. Ich gehe und hole neues.“

„Nein, ich mache das“, entgegnete Arrow. Als sie sich erhob, funkelte sie ihre Großmutter zornig an. Sie hatte Anne immer für ihre Klarheit und Geduld bewundert. Trotzdem verstand sie nicht, warum ihre Großmutter in solchen Momenten nicht wenigstens einmal Gefühle zeigen konnte.

Eilig lief sie die Treppen hinunter und kaum, dass sie unten ankam, erhoben sich Roga, Merlin und Whisper, um sie zu begrüßen.

Während Roga und Merlin in einer Ecke des Raumes nebeneinander saßen, von wo aus sie Whisper kritisch beäugt hatten, lag der Perseide, alle Viere von sich gestreckt, allein in der anderen Ecke. Obwohl er gemustert wurde, als könne man ihm nicht trauen, fühlte er sich dennoch sichtlich wohl.

Als Whisper auf Arrow zulief, machten ihm Roga und Merlin anstandslos Platz. Verwundert über dieses Schauspiel runzelte Arrow die Stirn und streichelte den großen Rappen am Hals. Plötzlich kam ihr eine Idee. Geschwind lief Arrow wieder die Treppen hinauf.

„Hat er einen Perseiden?“, fragte sie nach Luft schnappend.

Sally sah Anne fragend an und zuckte mit den Schultern. „Ich denke schon“, antwortete sie.

„Was meinst du mit ‚ich denke schon’?“

„Bestimmt hat er einen, aber wir haben ihn nie zu Gesicht bekommen.“

Arrow schaute verständnislos von einer Frau zur anderen. Wie konnte es sein, dass sich ständig alle so viele Sorgen um Keylam machten und dann so etwas Wichtiges nicht berücksichtigten?

Aber das spielte jetzt keine Rolle. Es war, wie es war, und für Vorwürfe blieb keine Zeit.

Um ein Haar blieb Arrow das Herz stehen, als Harold plötzlich hinter ihr stand. „Er versteckt etwas – in den Kellergewölben.“

„Es gibt ein Kellergewölbe?“, fragte Arrow erstaunt darüber, dass Keylam ihr diesen Teil des Schlosses vorenthalten hatte.

„Harold! Du kannst sie nicht dort hinunter gehen lassen! Er ist eine boshafte Kreatur – das weißt du genau!“, brachte Sally empört hervor.

„Das mag wohl sein, aber das Mädchen hat nach dem Perseiden gefragt und ich habe ihr geantwortet“, entgegnete Harold herablassend.

„Aber du weißt doch gar nicht, ob er einer ist!“

„Ob er keiner ist, wissen wir auch nicht. Das Mädchen kann es für uns in Erfahrung bringen. Es heißt, dass Nyridenseelen einen Perseiden erkennen.“

„Was, ich?“, rief Arrow dazwischen. „Ich kenne mich mit diesen Sachen nicht aus. Vor wenigen Tagen erst habe ich überhaupt von dieser ganzen verkorksten Geschichte erfahren! Was ist, wenn ich falsch liege? Jemand, der mehr Erfahrung hat, ist wesentlich besser dafür geeignet!“

„Ach ja?“, entgegnete Harold arrogant. „Wer denn, bitteschön? Unsereins würde ihn nicht erkennen und meines Wissens nach lebt der nächste Nyride im Tagereich. Mit einem guten Pferd erreichst du das in einem Monat. Meinst du, Keylam hält so lange durch?“

„Was willst du damit sagen?“, rief Arrow zornig. Sie war entsetzt, dass Harold sein überhebliches Wesen gerade jetzt wieder hervorholte.

„Damit will ich sagen, dass du der einzige Nyride hier bist. Oder dachtest du etwa, wir wären von deiner Sorte? Wenn das der Fall ist, kann ich dir nur raten, dass du dich künftig auf etwas mehr als nur deine hübschen Augen verlässt!“

Wütend machte Arrow auf dem Absatz kehrt und marschierte in Richtung der Kellergewölbe. Offenbar hatte Anne vergessen, einige Dinge zu erwähnen. Wie viele Informationen gab es wohl noch, die ihr entfallen sein konnten?

Unten angekommen, entzündete sie alle Fackeln, die sie finden konnte. Ein schweres Schloss mit einer dicken Kette versperrte das einzige Tor.

„Öffne es!“, forderte Arrow barsch, die genau wusste, dass Harold hinter ihr stand, obwohl er keinen Laut von sich gegeben hatte.

Aus einer Fackelhalterung entnahm er den versteckten Schlüssel. Es erforderte viel Kraft, das angerostete Schloss zu öffnen, doch es funktionierte.

Mit einer Fackel in der Hand ging sie einige Schritte in den finsteren Raum hinein.

„Was ist das?“, fragte sie angespannt. Ängstlich bemerkte sie, dass ihre Worte in die Ferne hallten.

„Ein Labyrinth. Was du suchst, befindet sich darin“, antwortete Harold trocken.

Anne und Sally kamen die Treppe hinunter. „Kind! Du willst doch wohl nicht etwa dort hinein gehen?“, rief Sally bestürzt.

„Was immer wir suchen, befindet sich irgendwo hier drinnen, und ich nehme an, dass es schneller geht, wenn ich danach suche, als darauf zu warten, dass es nach mir sucht.“

„Dann begleiten wir dich“, entgegnete Anne entschlossen.

„Kennt sich denn einer von euch hier drinnen aus?“

Harold, Sally und Anne schüttelten die Köpfe.

„Dann gehe ich allein. Wir verlieren zu viel Zeit, wenn sich jemand verirrt.“

„Warte!“, rief Sally. Sie drückte Arrow einen Faden in die Hand. „Ich weiß nicht, ob er halten oder reichen wird, aber einen Versuch ist es wert.“

Arrow nickte. Als sie sich auf den Weg machte, sprang das dicke Knäuel wie ein Floh in Sallys Armen auf und ab.

Mit rasendem Herzen verschwand Arrow in dem Labyrinth. Sie sprühte nur so vor Sarkasmus und befand es als eine ganz tolle Idee, so etwas in seinen Keller zu bauen. Überhaupt war sie der Meinung, dass jeder so etwas mit überflüssigen Räumen gestalten sollte.

Sie ging und ging. Ohne zu überlegen, nahm sie einfach immer die nächste Abzweigung. Das hatte System und strengte nicht an.

Bis auf verwitterte Wände und weichen, sandigen Boden fand sie nichts in den Gängen.

Gelegentlich entdeckte sie noch einige Rattenskelette, doch weiter nichts Außergewöhnliches.

Nach endlosem Umherirren schnappte Arrow sich den Faden, welchen sie an ihrem Gürtel befestigt hatte, und suchte nach dem Ausgang. Immer größer wurde ihr Wunsch, aus diesem grauenvollen Labyrinth herauszukommen, und immer schneller ihre Schritte. Umso größer war ihre Überraschung, als sie plötzlich mit etwas Weichem zusammenstieß. Der Aufprall war so heftig, dass Arrow dabei zu Boden fiel. Glücklicherweise war die Fackel im Sand nicht erloschen.

Als Arrow wieder auf die Beine kam, die Fackel aufhob und hinter die Wand schaute, um zu sehen, womit sie zusammen gestoßen war, ließ sie sie gleich wieder fallen.

Mit aufgerissenen Augen und zitternden Knien stolperte sie rückwärts gegen eine Wand.

„Ein Minotaurus“, flüsterte sie entsetzt.

Der dünn bekleidete Stier mit dem menschlichen Körper schritt auf Arrow zu. Er besaß gewaltige Hörner und seine großen Augen funkelten zornig.

Der Stier kam Arrow so nahe, dass sie seinen fauligen Atem riechen konnte. Offenbar hielt in dieser Welt kaum einer etwas von guter Mundhygiene.

Eine ganze Weile stand er nur da und schaute sie böse an. Arrow dachte daran, dass sie jetzt bloß nicht die Fassung verlieren durfte – so gerne sie es auch wollte. Bisher hatte sie einem solchen Wesen noch nie gegenübergestanden und es wirkte äußerst beängstigend.

Konzentriere dich, sagte sie sich immer wieder. Schwer atmend schloss sie ihre Augen, um sich zu beruhigen. Das hatte ihr schon oft geholfen, doch der Gedanke, was der Minotaurus wohl machte, solange sie ihn nicht sah, beunruhigte sie noch mehr. Also öffnete sie sie wieder und da war es – das Gefühl. Sie würde einen Perseiden erkennen, sobald sie auf einen traf – das hatte Harold gesagt und es stimmte. Zwar war es lange nicht so stark wie das Gefühl, das Whisper bei ihr erzeugte, doch es reichte aus, um zu wissen, dass er einer war.

„Hallo“, sagte sie aufgeregt. „Mein Name ist Arrow.“

Ein lautes Grollen klang durch die Gänge. Arrow erschrak und kniff erneut die Augen zusammen. Als sie sie wieder öffnete, starrte der Stier seinen Bauch an, aus dem ein weiteres Grollen erklang.

„Du hast Hunger?“, fragte sie vorsichtig.

Der Stier schaute sie an, doch er bewegte sich keinen Zentimeter von seinem Platz.

Ganz langsam wand Arrow sich aus der beklemmenden Lage zwischen Wand und Minotaurus, der sie dabei keine Sekunde aus den Augen ließ.

Sie schnappte sich ihre Fackel und suchte nach dem Faden. Als sie alles beisammen hatte, wandte sie sich dem Stier zu, der noch immer dicht hinter ihr stand.

„Komm mit“, sagte sie vorsichtig.

Rückwärts schlich sie durch die Gänge und behielt dabei den Minotaurus im Auge, der ebenfalls seinen Blick nicht von ihr nahm.

Als sie am Ende des Labyrinths wieder auftauchte, seufzten Anne und Sally erleichtert. Als sie jedoch den Minotaurus hinter Arrow erblickten, stieß Sally einen empörten Schrei aus.

„Kind, was machst du da?“

„Ich habe den Perseiden gefunden“, antwortete sie wie ganz selbstverständlich.

„Sehr schön. Und jetzt, da du ihn uns gezeigt hast, komm da raus und schick ihn wieder in das Labyrinth.“ Sally versuchte so ruhig, wie möglich zu klingen, doch alle wussten, welche Angst sich hinter ihren Worten verbarg.

Arrow lockte den Minotaurus durch das Tor, verschloss die Türen und verriegelte sie mit dem schweren Schloss.

„Äh, Kindchen“, sagte Sally, die sich fest an eine Wand gepresst hatte, „du hast da was vergessen.“ Zitternd deutete sie auf den Stier, der vor ihr stand und sie eingehend betrachtete.

„Sally, er tut dir nichts. Er tut niemandem was. Er ist nur hungrig, das ist alles.“

Langsam lockte Arrow ihn die Treppe hinauf. Den Schlüssel für das Tor ließ sie ihn ihrer Tasche verschwinden, damit niemand auf die Idee kommen könnte, den Stier dort wieder einzusperren.

Nach langen Erklärungen konnte sie den Stier dazu bringen, sich auf eine Bank vor den Kamin zu setzen. Trotz anfänglicher Bedenken, ob diese das schwere Gewicht des Minotaurus’ aushalten würde, atmete sie erleichtert auf, als er es sich darauf bequem machte.

Während Arrow bis über beide Ohren strahlte, beäugten die anderen den Stier eingeschüchtert.

„Sally, machst du ihm bitte etwas zu essen? Ich bin gleich wieder da.“

„Moment mal!“, fuhr Sally hysterisch herum. „Wohin willst du denn?“

„Na Feuerholz holen“, erwiderte Arrow lächelnd und verschwand.

Nach all den dunklen Tagen und den traurigen Geschichten, die sie in der letzten Zeit gehört hatte, freute sie sich endlich über ein Erfolgserlebnis. Schon lange war sie nicht mehr so sicher, das Richtige getan zu haben. Als sie zu Keylam ins Zimmer kam, legte sie als erstes Holz nach. Es war wichtig, dass der Raum nicht auskühlte. Anschließend kniete sie sich zu ihm ans Bett.

Sein Kopf war noch immer ganz heiß, doch er lag wieder ruhig da. Die nächsten Stunden würden entscheiden, ob sie mit dem Perseiden richtig lag. Für sie war es einleuchtend, dass, wenn zwei Wesen zusammen gehörten, auch ihr Wohlbefinden voneinander abhing.

Whisper konnte sich in den letzten Jahren immer selbst versorgen, doch ein Geschöpf, das in einem dunklen Keller eingesperrt war, war auf jemanden angewiesen, der sich darum kümmerte. Und wer hätte das tun sollen, wenn der Einzige, der das immer getan hatte, bewusstlos und mit hohem Fieber an ein Bett gekettet war?

Behutsam nahm Arrow Keylams Hand, woraufhin er ihr den Kopf zuwandte und die Augen öffnete. Für eine Sekunde sah er sie mit leuchtendem Blick an, bevor er erneut das Bewusstsein verlor.

Arrow wurde von ihren Gefühlen überwältigt, denn in der Annahme, dass dies vielleicht ein Abschied gewesen sein könnte, brach sie in Tränen aus.

Als Arrow sich wieder gefangen hatte, machte sie sich auf den Weg zur Küche, wo Sally und Harold den Stier noch immer kritisch beobachteten.

„Wie geht es ihm?“, fragte Arrow.

Sally zuckte mit den Schultern. „Er ist ganz ruhig.“

„Habt ihr ihm denn etwas zu essen gegeben?“

Sally nickte.

„Ja und?“, fragte Arrow ungeduldig. „Hat er viel zu sich genommen? Hat es ihm geschmeckt?“

„Noch spielt er damit“, antwortete Sally.

Fragend schaute Arrow die Köchin an, die den Minotaurus nicht eine Sekunde aus den Augen ließ. Als sie das Frage-Antwort-Spiel satt hatte, ging sie selbst zu dem Stier. Fassungslos betrachtete sie das, was sich vor ihren Augen abspielte.

Noch immer saß der Minotaurus ganz ruhig auf der Bank vor dem Kamin. Ein Huhn kuschelte sich in seinen Schoß und ließ sich gemütlich von dem Stier mit dem Menschenkörper streicheln. Die beiden sahen sehr friedlich aus.

„Kann mir bitte mal jemand erklären, was das soll?“, fuhr Arrow Harold und Sally an.

„Na du hast doch gesagt, dass wir ihm etwas zu essen geben sollen, und das haben wir getan!“, entgegnete Sally entrüstet.

„Und wie bitteschön kommt ihr darauf, dass er Fleisch frisst – lebend?!“

Harold warf Arrow eine Rolle Pergament entgegen. „Steht alles hier in der Anleitung für Minotauren.“

Geschwind entrollte Arrow das Blatt und studierte die „Anleitung“.

„Woher habt ihr das?“, fragte sie verwirrt.

„Ein Mensch hat es uns verkauft – unten auf dem Markt. Wir haben immer alles strikt befolgt.“

Wütend ging Arrow zum Kamin und warf die Rolle ins Feuer.

„Das ist keine Anleitung!“, erklärte Arrow aufgebracht. „Das ist die Geschichte des Minotaurus’ von Kreta!“

„Eine Geschichte?“, fragte Sally überrascht.

„Ja, eine Geschichte“, entgegnete Arrow schon ruhiger. „Wie konntet ihr nur auf so etwas reinfallen? Ich meine, seht ihn euch doch an – er ist eine Art Rind! Seit wann fressen Rinder denn bitteschön Fleisch?“

Eine Stunde später sahen Anne, Sally, Harold und Arrow dem Stier beim Fressen zu. Sally hatte ihm eine Suppe aus verschiedenen Blättern, Gräsern und Gewürzen zubereitet. Es schien ihm zu schmecken, denn er schaufelte es großzügig in sich hinein.

Das Huhn saß friedlich an seiner Seite. Hier und da reichte der Minotaurus ihm einige Körner, während er die restlichen in einer Tasche, die an seinem Gürtel baumelte, verschwinden ließ. Das Huhn gackerte zufrieden.

„Wir sollten ihm einen weichen Schlafplatz vor dem Kamin bereitstellen. Im Labyrinth war es eisig kalt. Er muss sich aufwärmen", sagte Arrow.

Als der Stier fertig war, strich er sich gemütlich über den Bauch. Sally platzte beinahe vor Stolz, deutete sie diese Geste doch als Kompliment für ihre Kochkünste.

Es war schon spät, als sich alle in ihre Betten begaben.

Der Minotaurus schlief sofort tief und fest. Arrow konnte allerdings nicht einschlafen, denn sie war erst seit wenigen Stunden wach und Keylams Zustand machte ihr große Sorgen. Zwar schlief er wieder ruhig, doch er kam nicht mehr zu sich. Außerdem traute Arrow der Stille nicht mehr. Schließlich hatte es in der Nacht zuvor auch den Anschein erweckt, als würde er sich auf dem Weg der Besserung befinden, doch dann war alles anders gekommen.

Unruhig prüfte sie Keylams Stirn, legte Feuerholz nach und sah gelegentlich nach dem Stier. Nur Grey war sonst noch im Schloss unterwegs. Zufrieden jagte sie die ganze Nacht lang.

Alles war in bester Ordnung und trotzdem war Arrow rastlos. Noch vor dem ersten Hahnenschrei hatte sie Roga, Merlin und Whisper gefüttert. Als alle erwachten, wartete sie schon mit dem Frühstück.

„Das ist aber eine Überraschung", freute sich Sally, als sie zusammen mit Anne und Harold zur Küche herein kam.

„Ich konnte nicht schlafen", erklärte Arrow zurückhaltend. „Außerdem wollte ich mich bei euch entschuldigen."

Die beiden Frauen und Harold warfen Arrow erstaunte Blicke zu.

„Na ich war nicht besonders freundlich – gestern und vielleicht auch vorgestern und so. Das tut mir leid. Es ist nur ... im Moment ..."

„Das geht uns allen so", unterbrach Anne lächelnd. Stolz strich sie ihrer Enkelin über die Wange, woraufhin Arrow sie in fest in ihre Arme schloss.

„Ich wünschte nur manchmal, ich könnte mich besser kontrollieren", flüsterte Arrow ihrer Großmutter ins Ohr.

„Das kommt irgendwann schon. Trotzdem schlägst du dich bisher ziemlich tapfer", beruhigte sie Anne.

„Äh, sag mal, Kind – erwartest du Besuch?“, fragte Sally irritiert.

„Nein“, grinste Arrow sie an, „der Platz ist für den Stier.“

„Er soll mit uns an einem Tisch zur selben Zeit essen?“, fragte Sally ungläubig.

„Nun, ich denke, da er einen Menschenkörper besitzt, das heißt, er auf seinen vier Buchstaben sitzen und nach einem Suppenlöffel greifen kann – wie wir ja alle gestern gesehen haben – sollte das kein Problem sein.“ Arrow strahlte bis über beide Ohren. Sie mochte Sally überaus gern, doch noch mehr mochte sie Sallys Gesichtszüge, die ihr regelmäßig entglitten.

Nach dem Frühstück ging Anne zu Keylam. Sie sollte ihn im Auge behalten, während Arrow sich mit dem Stier beschäftigte. Sie war der festen Überzeugung, dass, wenn es Keylam besser gehen sollte, es auch dem Minotaurus gut gehen musste. Unter diesem Aspekt hatte sie ihre Angst vor dem fremden Wesen völlig verloren.

Sie nahm ihn mit auf einen der oberen Türme, von wo aus sie einen weiten Blick über das Land und natürlich auch das Bergdorf hatten. Außerdem war er hier an der frischen Luft und niemand würde ihn dort oben sehen. Sally hatte eine Weile rumgekramt und dicke Kleidung gefunden, die ihm passte. Gern tauschte er auch seine gammelige Tasche gegen ein kleines Ledersäckchen, das er sich stattdessen an den Gürtel band und mit Heu und Körnern befüllte.

Danach stellte sich überraschenderweise heraus, dass der Stier Mau-Mau spielen konnte. Doch Arrow protestierte schnell, als sie bemerkte, dass das Huhn, welches ihm nicht mehr von der Seite wich, ihr in die Karten sah und ihm Tipps zugackerte.

Der Tag verging recht schnell und als Arrow bei Einbruch der Dämmerung nach Keylam sah, war er noch immer nicht aufgewacht.

„Keine Sorge. Er schläft die ganze Zeit tief und fest. Bald ist er wieder auf den Beinen“, beruhigte Anne sie.

Arrow löste ihre Großmutter ab. Sie bat Anne darum, sich um den Minotauren zu kümmern, riet jedoch davon ab, sich auf ein Kartenspiel mit ihm einzulassen.

Erschöpft von dem langen Tag ließ sie sich auf den Sessel fallen und schlief ein.

Als sie erwachte, war es schon lange dunkel.

Arrow erschrak, als sie vor sich den Minotaurus erblickte. Behutsam legte er ihr eine Decke über und sah sie an. Dann nahm er seinen Lederbeutel ab und reichte ihn ihr.

„Hast du Hunger?“, fragte Arrow leise.

Der Minotaurus schüttelte den Kopf. Das war neu. Scheinbar verstand er sie besser, als er bisher vorgegeben hatte und konnte sich auch verständigen. Er bot ihr den Beutel erneut an, und als sie danach griff, machte der Stier ihr mit einer Handbewegung deutlich, vorsichtig zu sein.

Ganz langsam nahm sie das Täschchen an sich und wickelte die obere Kante herunter, und was Arrow sah, erstaunte sie zutiefst.

Ein kleines schwarzes Küken hatte sich gemütlich in das Heu des Täschchens gekuschelt und schlummerte friedlich vor sich hin.

Arrow lächelte den Stier an, wickelte den Beutel wieder zu und reichte ihn dem Minotaurus zurück, doch der winkte ab. Sacht schob er ihre Hand zurück und bedeutete Arrow, dass sie es behalten sollte. Vorsichtig öffnete er das Täschchen noch einmal und streichelte dem kleinen Vogel sanft über den Kopf. Arrow sollte es dem Minotaurus nachmachen. Sie tat es und er nickte.

„Ich soll mich gut darum kümmern?“, versuchte sie seine Gesten zu deuten. Und wieder nickte er.

Behutsam schloss sie den Beutel wieder. „Ich verspreche es dir“, sagte sie mit einem stolzen Lächeln.

Der Stier strich Arrow sanft über die Wange und wandte sich von ihr ab. Er ging zu Keylam, nahm seine Hand und betrachtete ihn. Nach einem Moment wandte er sich um und ging aus dem Zimmer.

Arrow wartete, ob er noch einmal wiederkommen würde, doch als sie das schwere Eingangstor knarren hörte, wusste sie, dass er das Schloss verlassen hatte.

Eilig rannte sie die Treppen hinunter und erblickte das gackernde Huhn, das aufgeregt vor dem Tor umhertippelte. Geschwind schnappte sie es, stopfte es zusammen mit viel Heu in eine große Ledertasche und lief barfuß zur Tür hinaus.

Bald schon hatte sie den Minotaurus eingeholt. Sie drückte ihm die Tasche in die Hand, über die er sich sichtlich freute, und umarmte Arrow herzlich.

„Wann immer du ein Heim suchst, bist du bei uns jederzeit herzlich willkommen."

Sie wusste, dass er sie verstanden hatte.

Eine Weile sah sie ihm noch nach, bis seine Umrisse in der dunklen Winterlandschaft verschwanden.

Neue Regeln

Bei Tagesanbruch war Arrow wieder auf den Beinen. Zwar war es noch immer kalt, doch es hatte aufgehört zu schneien und sogar die Sonne hatte sich einen Weg durch die dicken Wolken gekämpft. So entschied sie sich zu einem Ausritt. Ihre Wahl fiel dabei auf Merlin. Er war schon viel zu lange nicht mehr richtig bewegt worden. Zu einem Ausritt auf Whisper hatte sie Bedenken, und bevor sie auf Roga ausritt, wollte Arrow erst die Erlaubnis von Row einholen, was gar nicht so einfach war, da er, seit er ihr das Einhorn überlassen hatte, nicht wieder aufgetaucht war.

Es war ein schöner Tag. Sie alle tollten durch den Schnee und genossen die Bewegung sichtlich.

Der große Whisper wurde hier und da respektvoll angestarrt, doch sonst sagte keiner der Dorfbewohner etwas und auch Roga wurde noch immer nicht als Einhorn erkannt.

Als Arrow gegen Mittag wieder im Schloss ankam, wurde sie schon am Tor von Anne abgefangen.

„Kind, komm schnell. Wir brauchen jetzt jede Hilfe. Uns läuft die Zeit davon."

Anne klang so besorgt, wie es selten der Fall war.

„Ist etwas mit Keylam? Geht es ihm gut?", fragte Arrow.

Doch Anne schüttelte den Kopf. „Keine Sorge, ihm geht es gut. Doch eine schlimme Nachricht hat uns erreicht. Frau Perchtas Dämonen sind unterwegs. Sie verwüsten Land und Dörfer!"

„Aber wie kann das sein?", erwiderte Arrow fassungslos. „Es ist doch gar nicht ihre Zeit!"

„Es heißt, dass einer ihrer Generäle die Anwesenheit eines Geistes gespürt hat, den sie vor einigen Jahren bei einem ihrer Streifzüge verloren haben", erwiderte Anne nervös.

„Verloren?", fragte Arrow überrascht.

„Ja. Eigentlich ist es unmöglich, ihr zu entkommen, es sei denn, sie gibt denjenigen frei – was bisher noch nie geschehen ist. Doch das allein ist noch nicht das Seltsamste." Anne schaute hilflos. Sie versuchte, die richtigen Worte zu finden für etwas, das ihr unerklärlich schien. „Anscheinend ist das Fehlen dieses Geistes vorher nie bemerkt worden. Bei den letzten Streifzügen erst wurde seine Anwesenheit gespürt. Seitdem suchen die Dämonen ihn."

„Und jetzt bezwecken sie, ihn zurückzuholen?", fragte Arrow nervös.

Anne nickte. „Der Geist muss sehr kostbar sein, wenn Perchta ihre Dämonen sogar außerhalb der einzuhaltenden Zeiten ausschickt. Ab sofort entfallen die Gesetze der Wilden Jagd. Frau Perchta wird jetzt jede Nacht jagen – bis sie ihn gefunden hat. Wir müssen uns beeilen!"

Geschwind sprang Arrow von Merlin ab. Sofort machte sie sich an die Arbeit. Glücklicherweise war nicht sehr viel zu tun, denn das Schloss war ja vom Prinzip her immer sehr rein gehalten, doch auch diese Gewissheit konnte die Anspannung nicht vertreiben.

Während Arrow den Pferdestall säuberte, dunkelte Anne ihr Gewächshaus ab. Harold prüfte alle Fensterläden und Sally reinigte die Küche.

Bis zum Abend hatten sie alles erledigt und standen besorgt an der Tür, um auf das Heulen zu warten.

Das Gefühl war erdrückend. Die Zeit verging quälend langsam, und als es dämmerte, hielt ein jeder die Luft an. Sie wollten nicht glauben, dass die Regeln außer Kraft gesetzt wurden, dass Perchta sie von nun an jede Nacht heimsuchen würde. Alle hofften sie, dass es nur ein schlechter Scherz war. Doch das war es nicht. Mit dem letzten Sonnenstrahl ertönten die fürchterlichen Schreie in der Ferne.

Schweren Herzens verschlossen sie das Tor.

„Ich kann es nicht glauben. Als hätten wir nicht schon genug Probleme", fluchte Arrow gequält.

„Vielleicht ist es nur für diese eine Nacht. Möglicherweise finden sie ihn schnell und er ganze Spuk ist vorbei, bevor er richtig begonnen hat."

Arrow wusste, dass Anne sich ihre Worte selbst nicht abnahm, aber es war ihr egal. Die Situation war, wie sie war, und schlechte Laune würde daran nichts ändern können.

„Sally!", rief Anne.

Die Köchin drehte sich um.

„Wohin hast du Keylams Bettlaken getan? In seiner Kammer konnte ich es nicht finden."

Sally wurde kreidebleich. „Ich dachte, du hättest es von der Leine genommen“, erwiderte sie schluchzend.

Harold und Sally wechselten ängstliche Blicke und auch Anne musterte Arrow streng.

„Das Laken?“, fragte Arrow ungläubig.

Anne nickte. „Hat es etwa niemand von der Leine genommen?“

Harold schüttelte den Kopf. „Sally hatte heute Morgen schon alles abgenommen.“

„Aber ich habe es am Morgen noch gewaschen und in die Sonne gehangen“, erwiderte Anne aufbrausend. „Ihr müsst es doch bemerkt haben. Ihr wart die ganze Zeit dabei!“

Niemand antwortete.

„Kann es vielleicht sein, dass Sally noch einmal draußen war und es abgenommen hat?“ Arrow versuchte, ruhig zu klingen, doch die Panik ließ ihre Stimme erzittern.

Es herrschte vollkommene Stille. Alle hielten den Atem an.

Harold sah Arrow mit gequältem Gesichtsausdruck an. Tränen schossen ihm in die Augen und kaum hörbar, als würde er keine Luft mehr bekommen, antwortete er: „Wir dachten alle, dass das erledigt wäre.“

„Seid ihr sicher?“, fragte Anne aufgebracht.

Harold konnte die Tränen jetzt nicht mehr unter Kontrolle halten. Mit verzerrtem Gesicht nickte er heftig.

Völlig schockiert drehte Anne sich zu Arrow um. „Wenn den Dämonen das Laken in die Hände fällt, ist Keylam verloren! Dann werden sie es ihm bei der nächsten Jagd als Leichentuch zurückbringen. Das ist sein Untergang!“

Niemand sagte ein Wort. Der Sturm hatte das Dorf erreicht. Umher wirbelnde Gegenstände schlugen gegen die Wände und der Wind heulte so laut, dass es sich anhörte, als würde jeden Moment alles einstürzen.

Ohne weiter nachzudenken, stürmte Arrow los. Sie lief von einem Zimmer ins nächste, bis sie schließlich die gegenüber liegende Seite des Schlosses erreicht hatte. Mit aller Wucht stieß sie die Läden des erstbesten Fensters, welches lediglich von innen verschlossen war, auf und sprang hinaus.

Arrow schaute sich um, bevor sie das Laken nur wenige Meter entfernt erblickte.

Es grenzte an ein Wunder, dass der Wind es noch nicht abgerissen und davon getragen hatte, denn es wirbelte stark in alle Richtungen.

Arrow hatte Schwierigkeiten, sich zu orientieren. Weder Mond noch Sterne waren am Himmel zu sehen und in jedem Moment, in dem es nicht so stark aufblitzte, dass sie ihre Augen vor dem gleißenden Licht schützen musste, war es so dunkel, dass man die eigene Hand nicht vor den Augen erkennen konnte.

Ihre ganze Aufmerksamkeit hatte sich nun auf das Laken gerichtet, dem sie entgegen rannte. Entsetzt stand Anne am Fenster und beobachtete das Schauspiel. Verzweifelt rief sie Arrow hinterher, dass sie umkehren solle, doch der tosende Wind erstickte ihre Worte.

Arrow nahm nichts um sich herum wahr, auch dachte sie nicht darüber nach, wie sie wieder ins Schloss gelangen sollte. Das Fenster, aus dem sie gesprungen war, befand sich jetzt mindestens einen Meter über ihrem Kopf, und die Eingangstür rechtzeitig zu erreichen, war unmöglich. Doch vielleicht war es auch unnötig, jetzt schon darüber nachzudenken, denn möglicherweise würde sie IHNEN vorher in die Hände fallen.

Wenige Schritte vor ihrem Ziel wurden ihre Beine immer schwerer, und obwohl das Laken zum Greifen nah war, schien es doch endlos weit entfernt.

In dem Moment, da Arrow zum Sprung ansetzte und ihre Hand nach dem Laken ausstreckte, fiel jede Konzentration von ihr ab. Ihr wurde klar, dass Keylams Leben und auch ihr eigenes jetzt davon abhingen, dass sie nicht scheiterte, und dass sie ihr Ziel noch nicht erreicht hatte, sondern sich erst dann in Sicherheit befinden würde, wenn sie wieder wohl behalten zurück im Schloss war.

Ein Windstoß wehte das Laken in Arrows Richtung und mühelos griff sie danach. Dies war der falsche Moment, um sich von Zweifeln ablenken zu lassen. Wer zweifelt, macht Fehler, verliert Zeit, die nicht verloren werden darf, schoss es ihr durch den Kopf. Mit einem Ruck riss sie das Laken von der Leine und landete sogleich wieder auf dem Boden. Der Wind brachte sie zum Wanken, doch jetzt hatte sie es fast geschafft. Nur der Rückweg lag noch vor ihr. Sie musste jetzt nichts weiter tun, als sich umzudrehen und loszulaufen.

Fest entschlossen hielt sie das umher wirbelnde Laken in ihren Händen. Schnell wollte sie es zerknüllen, damit es sie auf ihrem Weg zurück nicht behindern konnte, doch kaum, dass sie es unter Kontrolle gebracht hatte, lockerte sie ihren Griff und das Laken flog mit einem Stoß davon.

Dem Schloss noch immer den Rücken zugewandt, stand sie wie angewurzelt da. Nichts bewegte sich mehr. Am Himmel blitzte es grell auf, doch sie war nicht fähig, ihre Augen vor dem Licht zu schützen. Der Schock saß ihr in allen Gliedern. Er ließ sie weder atmen noch denken und selbst ihr Herz unterbrach den regelmäßigen Schlag. Der Anblick, der sich ihr bot, nahm ihr jede Kontrolle über ihren Körper und ließ ihr gesamtes Leben in ihrem Innern vorbeiziehen.

Sie war nicht länger allein dort draußen. Jemand war gekommen, um sie scheitern zu lassen. Eine körperlose Gestalt, die vor ihr verharrte wie dichter, funkelnder Morgennebel. Sie war gewaltig, sah so zornig und Furcht einflößend aus, dass es einem das Blut in den Adern gefrieren ließ.

Arrow überkamen eiskalte Schauer. Tränen stiegen ihr in die Augen und mit ihnen kamen auch die letzten Erinnerungen an ihr früheres Leben zurück. Dies war der perfekte Moment und sie fühlte sich so vollkommen wie schon lange nicht mehr.

Mit dem letzten ihr verbliebenen Atem öffnete sie den Mund und formte ein einziges Wort, das in dem tobenden Sturm nicht einmal die Gestalt hören konnte, die direkt ihr gegenüber verharrte. „Dad“, versuchte sie zu sagen, und auch, wenn es den Klang nicht vernehmen konnte, so fühlte das Wesen trotzdem die Bedeutung.

Die harten Züge auf seinem Gesicht verschwanden von einem Augenblick auf den nächsten. Arrow hätte schwören können, dass sich seine Augen mit Tränen füllten.

Stumm standen sie einander gegenüber und sahen sich an. Niemand sprach auch nur ein einziges Wort und doch führte Arrow in diesem Moment das wichtigste Gespräch ihres Lebens.

Das wechselnde Spiel zwischen völliger Dunkelheit und gleißend grellem Licht war inzwischen zur Nebensache geworden. Auch hatte sie keine Ahnung, ob sie mit ihm allein war, doch wäre es ohnehin egal gewesen. Direkt vor ihr befand sich das fehlende Stück ihres Herzens, ihres Lebens, vor allem ihrer selbst und es war zum Greifen nah. In diesem Moment waren alle Sorgen und jeder Schmerz vergessen und alles war wieder, wie es früher gewesen war und wie es immer hätte sein sollen – in diesem Moment.

Dann wandte er sich von ihr ab und seine wolkenartige, funkelnde Gestalt flog in Windeseile davon.

Fragend sah Arrow ihm nach, ohne die geringste Ahnung zu haben, was das zu bedeuten hatte. Die heilen, schützenden Mauern, die sie gerade noch umgeben hatten, zerbrachen wie hauchdünnes Glas. Ohne einen Gedanken daran zu verschwenden, welche Konsequenzen ihr Handeln nach sich ziehen könnte, löste sie sich aus der Starre und rannte los – ihm hinterher.

Die Verfolgung

Er war so schnell verschwunden, dass Arrow gar nicht wusste, ob sie auf dem richtigen Weg war. Sie hielt sich einfach nur direkt an die Richtung, die er eingeschlagen hatte, und diese führte sie direkt in den Wald.

Ohne sich umzusehen oder langsamer zu werden, lief sie mit aller Kraft weiter. Der Wechsel von Hell und Dunkel raubte ihr beinahe die Orientierung und sie hatte große Mühe, sich auf die richtige Richtung zu konzentrieren. Doch obwohl es ihr alles abverlangte, ließ sie sich nicht unterkriegen. Sie fühlte, dass dies womöglich die einzige Gelegenheit war, ihn nicht zu verlieren – nicht noch einmal.

Bei jedem Aufblitzen zeichneten sich die Umrisse dunkler Gestalten ab, doch Arrow ließ sich nicht beirren. Es konnte sich um alles Mögliche handeln. Vielleicht waren es Tiere, die durch die Nacht streiften, oder Wanderer, die vom Weg abgekommen waren. Vielleicht war es aber auch nichts von alledem und sie bildete sich nur ein, dass da etwas war.

Obwohl er weit und breit nicht zu sehen oder zu hören war, war sie fest entschlossen, nicht aufzugeben, jedenfalls nicht freiwillig. Solange sie ihre Beine tragen konnten und ihr Körper nicht erschöpft zusammenbrach, würde sie kämpfen. Sie würde alles geben und noch mehr.

Doch es war nicht so einfach, wie es früher einmal war – damals, als ihr Leben noch „normal“ ausgesehen hatte, als sie ständig mit ihren Freunden durch Wälder und Wiesen gestreift war und keine Gelegenheit ausgelassen hatte, auch nur die kleinsten Entfernungen in einen Wettkampf ausarten zu lassen, als es immer darum ging, wer der Schnellere, der Stärkere und der Überlegene war. Diese Ausdauer hätte Arrow jetzt gut gebrauchen können. Sie hätte ihr klare Vorteile verschafft. Jetzt ärgerte es sie, dass sie über Jahre ihre Zeit damit verschwendet hatte, sich in einem kleinen Zimmer einzusperren und in ihrer eigenen Welt zu versinken. Sie hätte darauf vorbereitet sein müssen, dass solche Dinge passieren würden! Sie hätte es wissen und für einen solchen Fall gewappnet sein müssen!

Ihre Wut trieb sie immer schneller voran. Jetzt war sie von sich selbst enttäuscht. Unbändiger Ärger stieg in ihr auf.

Plötzlich spürte sie etwas an ihrem Oberarm und verlor das Gleichgewicht. Starker Schmerz stieg in ihr auf. Es brannte wie Feuer. Im letzten Moment fing sie den Sturz mit den Händen ab. Jetzt hatte sie die Kontrolle verloren. Benommen setzte sie sich auf die Knie und presste ihre Hand auf die schmerzende Stelle. Vorsichtig nahm sie die Hand beiseite und erkannte, dass sie sich verletzt hatte. Ein spitzer Zweig musste sie gestreift und ihre Haut aufgeritzt haben.

Arrow fiel auf, dass die Blitze seltener und schwächer wurden. Die Dunkelheit war nicht mehr länger undurchdringlich. Inzwischen fielen auch wieder dicke Schneeflocken.

Es musste schon eine ganze Weile geschneit haben, denn auf ihren Knien versank sie beinahe im Schnee.

Um herauszufinden, aus welcher Richtung sie gekommen war, suchte Arrow nach ihren Spuren. Langsam erhob sie sich vom Boden, und als sie sicher war, drehte sie sich, um ihren Weg fortzusetzen. Doch auch an diesem Ort war sie nicht länger allein. Ihr stockte der Atem. Unzählige gruselige Gestalten umgaben sie und starrten sie ausdruckslos an. Wie glitzernde Nebelschwaden verharrten sie vor Arrow und sie waren überall – unter ihr, über ihr und neben ihr. Es schien, als bildeten sie eine sie umgebende Blase. Ihr Gesichtsausdruck wirkte kühl und emotionslos, als wären sie tot. Und das war auch alles, woraus sie bestanden – Gesichter ohne Körper, die genauso nebelverhangen aussahen wie die Gestalt ihres Vaters. Einzig die Größe dieser Gestalten unterschied sich von der ihres Vaters. Während sein Gesicht so groß wie Arrow selbst war, hatten diese Gesichter gerade eine normale Größe. Allerdings regte sich rein gar nichts in ihnen.

Eilig betrachtete Arrow jedes der Gesichter. Melchior war nicht unter ihnen.

Nun, da sie entdeckt worden war, machte es wenig Sinn, wenn sie versuchen würde, zu entkommen.

Sie zitterte am ganzen Körper und jeder Atemzug, den sie machte, stieß Reif hervor. Du musst einen kühlen Kopf bewahren, beschwor sie sich selbst.

Arrow schloss die Augen, um sich zu konzentrieren. Langsam atmete sie tief ein und dann traf es sie wie ein Blitz. Entschlossen öffnete sie ihre Augen wieder. „Ich werde nicht kampflos aufgeben“, sagte sie und stürmte los – mitten durch die Kreaturen, die die ganze Sicht vernebelten. Eilig rannte sie durch den Wald, ohne die geringste Ahnung zu haben, wo genau sie sich befand. Es schneite immer mehr und sie musste die Hand schützend vor ihre Augen halten, um den Weg beibehalten zu können.

Sie fragte sich, ob die Kreaturen sie wohl verfolgen würden, und riskierte einen Blick über die Schulter, was sie sofort bereuen sollte. Jetzt wurde sie allein von Angst getrieben. Panik stieg in ihr auf und wurde so stark, dass sie nichts Anderes mehr fühlen konnte. Denn die Gespenster waren dicht hinter ihr und es waren weit mehr, als es gerade noch den Anschein hatte. Zu Tausenden verfolgten sie sie und machten sie zur Gejagten.

Ohne sich noch einmal umzudrehen, rannte sie weiter und weiter. Sie keuchte inzwischen so laut, dass man sie durch den ganzen Wald hätte hören müssen, und schließlich gaben ihre Beine nach.

Dort lag sie nun und starrte zu Boden. Nach Luft ringend wartete sie förmlich darauf, dass es endlich ein Ende nahm, dass sie nach ihr schnappten, sie fortschleppten und ihr grausame Dinge antaten. Sie verharrte eine ganze Weile in dieser Position, starr vor Angst. Doch nichts geschah. In diesem Moment wurde ihr bewusst, dass auch Warten und Ungewissheit mit zu den schlimmsten Formen der Qualen zählten. Zu der Angst, die bis dahin als einziges Gefühl ihren Körper durchzog, kam jetzt auch Wut. Wie lange soll das noch so gehen?, fragte sie sich. Vielleicht bis ich vor Kälte und Hunger gestorben bin?

Wie sie da so lag, fühlte sie sich lächerlich und machte sich Vorwürfe. Mit ihrem Verhalten hatte sie nichts erreicht. Sie hatte das Laken verloren und damit Keylam. Auch die anderen hatte sie in Gefahr gebracht, denn sie hatte ein Fenster geöffnet – eines der dümmsten Dinge, die man tun konnte, wenn Frau Perchta ihre Geister und Dämonen in die Welt entsandte. Und sie hatte ihren Vater verloren – zum zweiten Mal. Für all das sollte sie jetzt bis in alle Ewigkeit unendliche Qualen in Perchtas Reich erleiden. Das war wohl nur fair, da alle Selbstvorwürfe und Schuldzuweisungen sich selbst gegenüber das alles niemals wieder gutmachen würden. Aber was bedeutete das eigentlich? Kann man denn wirklich durch eigene Qualen etwas wieder gutmachen, das man selbst anderen angetan hat? Dem Verursacher gibt es vielleicht das Gefühl, dass es so ist, doch die Opfer werden trotzdem immer Opfer bleiben und nie vergessen, wie sehr sie gelitten haben, dachte sie. Vermutlich werden sie auch nie etwas von dem Schmerz erfahren oder auch nur erahnen, den der Verursacher durchmacht. Oh Gott, Arrow, du hast viel zu lange dein blödes Glas bemalt. Jetzt dreh dich schon um und zerfließe nicht in Selbstmitleid!, schrie es in ihr.

Mit einem tiefen Atemzug holte sie Schwung, doch dann versteinerte sie erneut. Jemand war da. Jemand beobachtete sie und wollte sie leiden sehen, wollte sehen, wie sie die Verzweiflung in den Wahnsinn trieb.

Etwas berührte sie an ihrem Rücken, dann am Kopf und dann an ihrem Ohr. Dann ließ es von ihr ab und alles war still. Nichts geschah, bis ihr schließlich etwas den Nacken herunter kroch. Ganz langsam bewegte es sich. Zähflüssig und schleimig. Und es war ganz warm. Noch dazu stank es bestialisch.

Dann traf es Arrow wie ein Schlag. Zähflüssig, schleimig und warm?

Mit einem Ruck drehte sie sich auf den Rücken, wo sie von den ihr liebsten messerscharfen Zähnen angelächelt wurde, die sie je gesehen hatte.

„Stone!“, rief sie erleichtert.

Natürlich lächelte er nicht wirklich, sondern sabberte sie nur voll, doch der Gedanke, dass er lächeln könnte, machte die ganze Sache weit angenehmer.

Arrow setzte sich auf und streichelte seinen Kopf, bevor sie sich zu allen Seiten umschaute. Sonst war niemand weiter zu sehen. Nur Bäume und tausende von tanzenden Schneeflocken umgaben sie.

Mit letzten Kräften hievte sie sich auf das riesige Kelpie, das beinahe so groß und kräftig war wie Whisper. Leise trug es sie davon und spitzte dabei wachsam seine Ohren.

In Arrow keimte Erleichterung auf. Die Jagd schien vorbei zu sein und sie war nun nicht mehr allein. Sie war auch vorher nicht allein gewesen, doch Stones Gesellschaft war ihr weit angenehmer als die von tausenden körperlosen Gespenstern, die sie praktisch in ewige Qualen hatten verdammen wollen.

Stone schlich mit aller Vorsicht durch den Wald. Plötzlich blieb er stehen. Seine Ohren drehten sich hektisch in jede Richtung und er stieß ein unheilvoll klingendes Knurren aus.

„Was ist los?“, fragte Arrow beunruhigt.

Dann rannte er los.

Sie hatte Mühe, nicht herunterzufallen, und krallte sich in seiner Mähne fest. Stone blieb nicht auf dem Weg, sondern lief quer durch das Gestrüpp.

Wie bei Whisper presste Arrow ihren Körper fest an den des Kelpies. Er lief nun blind umher und es sah nicht so aus, als würde er Rücksicht darauf nehmen können, ob ein Ast ihr ins Gesicht peitschte.

Die Kälte biss Arrow und betäubte fast jeden Zentimeter ihrer Haut. Aufzusehen würde ihr gerade nicht sehr viel nützen. Die Schneeflocken würden ihr wie Kieselsteine ins Gesicht fliegen. Gelegentlich spürte sie ihren verletzten Oberarm brennen und immer wieder meinte sie, einen solchen Schmerz auch am restlichen Körper zu fühlen.

Sie wusste nicht, wie ihr geschah, doch sie hatte keine andere Wahl, als Stone zu vertrauen und alles darauf zu verwenden, sich an ihm festzukrallen. Die Kälte ließ sie kaum noch ihre Hände spüren. Bis zur völligen Erschöpfung würde es wohl nicht mehr lange dauern, soviel stand fest.

Da blieb Stone ruckartig stehen. Wie wild stieg er mit den Vorderhufen in die Luft und rammte sie wieder auf den Boden. Wieder und wieder und immer wieder. Arrow verlor den Halt und stürzte. Für einen Moment verlor sie die Orientierung. Sie spürte den Schnee am ganzen Körper und die Kälte ließ jedes Gefühl in ihr ersticken. Als sie sich wieder zurechtfand, sah sie sich um. Jetzt endlich fiel ihr auf, wo sie waren. Dies war Stones See und er hämmerte mit seinen Hufen ein Loch in das Eis.

Arrow wusste nicht, was das zu bedeuten hatte, und sah ihm benommen zu. Als das Loch groß genug war, wandte er sich um und packte sie an ihrem Schuh.

„Was?! Stone, nein!!“

Völlig hilflos versuchte sie sich zu befreien, doch Stone ließ nicht locker. Er packte sie fester und schüttelte sie hin und her, wodurch sie noch wehrloser wurde.

„Stone, ich bin es – ARROW! Wir sind Freunde! Das kannst du nicht tun!“

Tränen stiegen in ihr auf. Stone und sie waren Freunde und er würde es bereuen, sobald er zur Besinnung gekommen war. Aber vielleicht war dieses Schicksal besser als das, was sie hinter den Bäumen erwartete.

Er schien sehr hungrig zu sein. So wild hatte sie ihn noch nie erlebt und vielleicht war es auch ihre Bestimmung. Vielleicht war es für sie vorgesehen, von der Kreatur getötet zu werden, die sie einst vor einem grauenvollen Tod gerettet hatte. Oder vielleicht war es auch nur seine Art, jemanden, den er sehr liebte, vor einer grauenvollen Verdammnis zu bewahren.

Arrow hatte nun keine Kraft mehr und voller Verzweiflung gab sie auf. Sie beschloss, es sich und auch ihm nicht schwieriger zu machen, als es ohnehin schon war, und hoffte auf ein schnelles Ende.

Doch dann gab Stone sie plötzlich frei und galoppierte zähnefletschend in den Wald. Arrow war überrascht. Was sollte denn noch alles geschehen? Völlig verwirrt drehte sie sich auf den Bauch und sah ihm nach. Sie war viel zu kraftlos, um davonzulaufen, und völlig in ihrem Sarkasmus aufgehend, war sie ohnehin sicher, dass gleich noch jemand anderes vorbeikommen würde, der ihr nach dem Leben trachtete. Um es also schnell hinter sich zu bringen, bot es sich an, zu warten.

Arrow war am Ende ihrer Kräfte – bereit für den Tod und gespannt darauf, wer es jetzt wie erledigen würde. Aber vielleicht hatte Stone ja auch gar nicht aufgegeben. Möglicherweise war er nur schnell noch einmal los, um sich passende Gewürze zu besorgen. Hoffentlich beeilte er sich, bevor das Loch wieder zufror.

Wie Arrow ihm so hinterher sah und versuchte, der ganzen Sache etwas Positives abzugewinnen, spürte sie, wie das Leben aus ihr wich. Sie fühlte keine Kälte mehr und auch keinen Schmerz, einzig einen kleinen Druck an ihrem Fußgelenk nahm sie noch wahr.

Na super, dachte sie, das ist mit Sicherheit die Strafe dafür, dass ich die letzten Jahre so verplempert habe. So kurz vor dem Ende drückt mir das Schicksal wohl alles auf einmal auf.

Arrow bemerkte, wie sie ins Wasser glitt. Plötzlich spürte sie wieder die Schmerzen der Kälte wie tausend Nadelstiche. Reflexartig versuchte sie nach Luft zu schnappen, doch es ging nicht, weil sie unter Wasser war. Panik stieg in ihr auf. Sie hatte es sich anders überlegt. Ihre Kräfte waren zurückgekehrt und sie wünschte sich jetzt einen sanfteren Tod. Es sollte schnell gehen und auch, wenn das hier bestimmt nicht die langsamste Art war zu sterben, so zog es sich trotzdem zu einer Ewigkeit hin. Aber es sollte auch nicht jetzt sein und nicht hier. Das wurde ihr schlagartig klar. Es gab keine dümmere Idee, als jetzt sterben zu wollen. Sie hatte noch eine Aufgabe zu erfüllen!

Aufgeregt tastete sie um sich. Irgendwo musste das Loch doch sein – ganz in der Nähe. Sie musste raus aus dem Wasser. Sie musste wieder atmen können.

Etwas packte sie von hinten und schlang sich fest um ihren Körper. Hysterisch versuchte Arrow, sich zu befreien, doch sie hatte keine Chance. Plötzlich spürte sie einen Wirbel. Etwas war ins Wasser gefallen, nicht weit entfernt. Das musste das Loch sein. Sie wehrte sich, so gut es ging, doch es half nichts. Dieses Etwas wollte sie nicht freigeben.

Ein lautes Grollen war zu hören. Es klang, als wäre ein Gewitter aufgezogen. Dann blitzte es wieder hell und in diesem Moment wünschte Arrow sich, dass sie sich nicht gewehrt hätte, sondern geduldig schon wenige Minuten zuvor gestorben wäre, so wie es das Schicksal für sie vorgesehen hatte, denn was sie sah, bohrte ihr einen Pfeil direkt in ihr Herz und er schmerzte sehr viel schlimmer als die Nadelstiche und die Atemnot. Vor ihr sank etwas auf den Grund des Sees mit weit aufgerissenen Augen, die leer direkt in ihre schauten. Ein Anblick, den sie selbst im Jenseits niemals vergessen würde. Ein Schmerz, der niemals vergehen würde. Es war Stones lebloser Körper, der langsam in den Tiefen des Sees verschwand.

Nun gab Arrow auf. Vor ihren Augen wurde alles schwarz. Sie spürte noch, wie das Etwas sie aus der Umarmung löste und an ihr vorbei glitt.

Jetzt war es vorbei. Sie würde Stone auf seinem Weg begleiten …

Das Feuer im Innern

Gleich nach der Dunkelheit folgte helles Licht. Arrow fand sich in einem dichten Nebel wieder, doch es schien kein unheilvoller Ort zu sein. Sie fühlte sich sehr wohl. Sie sah an sich hinunter. Keine zerrissenen Kleider mehr. Ein dicker Mantel wärmte ihren Körper und ihre Hände waren nicht überall aufgerissen, wie noch einen Moment zuvor. Ein Griff an den Oberarm ließ sie keine Schmerzen spüren. Ihr Körper war völlig unversehrt.

Ein Wiehern klang durch den Nebel. Arrow drehte sich um und da stand er wieder. Eilig lief sie zu ihm und umschlang seinen Hals.

„Ich hatte solche Angst um dich“, flüsterte sie Stone ins Ohr. Er sabberte ihr sanft die Schulter voll.

Stone wendete und ging durch den Nebel. Arrow folgte ihm. Sie waren nicht allein. Überall gingen Leute in die gleiche Richtung. Sie waren alle fröhlich und schienen ohne Angst oder Sorge.

Um ihn nicht wieder zu verlieren, legte Arrow ihre Hand an Stones Hals. Sie wollte ihren Freund nah bei sich haben und wissen, dass er nicht gleich wieder verschwinden würde. Wo immer der Weg auch hinführte, dort sollten sie gemeinsam hingehen.

Friedlich schritten sie voran, bis Arrow plötzlich einen Ruck am Kragen ihres Mantels spürte. Etwas hatte sie gepackt und zog sie rasend schnell davon. Auf einmal wurde es unerträglich heiß. Immer weiter entfernte sie sich von Stone, und obwohl sie verzweifelt seinen Namen rief, drehte er sich nicht um. Er schien gar nicht zu bemerken, wie sie verschwand.

„Ihr müsst ihr die Sachen ausziehen!“, schrie jemand hysterisch. „Holt alle Decken, die ihr finden könnt und packt sie vor den Kamin! Bringt Feuerholz! Es muss wärmer werden! Und füllt eine große Tonne mit heißem Wasser!“, wies die gleiche Stimme an.

Arrow spürte Schmerzen und Kälte, doch um sie herum war es noch immer dunkel. Sie fühlte, wie ihr die nassen Kleider vom Leib genommen wurden, nachdem sie jemand zerrissen hatte. Viele Stimmen waren zu hören und sie redeten alle gleichzeitig.

Dann war plötzlich Ruhe. Arrow fühlte, wie sie wieder das Bewusstsein verlor. In der Ferne erklang Stones Wiehern. Er hatte also doch bemerkt, dass sie weg war, und jetzt kam er zurück, um auf sie zu warten. Das machte sie glücklich.

Jemand presste etwas auf ihre Lippen und gleich darauf wurde es wieder unerträglich heiß – als würde sie mitten auf einem Scheiterhaufen liegen.

Arrow spürte starke Schmerzen am ganzen Körper und schnappte nach Luft. Endlich konnte sie wieder atmen, doch die Luft war so heiß, dass sie glaubte, sich in der Hölle zu befinden. Schlagartig riss sie ihre Augen auf. Helles Licht fiel durch die Fenster. Noch immer presste jemand etwas auf ihre Lippen. Langsam wurden die Umrisse deutlicher und sie erkannte, was geschah.

Keylam! Er lebte. Er hielt sie im Arm und er ... er küsste sie. Eine starke Flamme durchzog ihren Körper, doch diese fühlte sich plötzlich anders an.

Sie konnte sich kaum richtig daran erinnern, was geschehen war, doch sie war sich einer Sache ganz sicher. Jetzt, wo der Mann, in den sie sich auf den ersten Blick unsterblich verliebt hatte, sie endlich in den Armen hielt und küsste, musste sie daran festhalten. Und so schloss sie ihre Augen und formte ihre Lippen zu einem Kuss.

Es war viel schöner, als sie es sich je hätte vorstellen können. Dieses Gefühl ließ sie am ganzen Körper erzittern und in dem Glauben, dass sie noch immer im Sterben lag, wünschte sie sich, dass sie die Schwelle zwischen Leben und Tod niemals überschreiten würde. Noch nie in ihrem Leben war sie so glücklich gewesen und dieses Mal wusste sie genau, dass es stimmte.

Behutsam löste er den Kuss. Arrow öffnete die Augen und sah ihn an. Völlig überrumpelt schaute Keylam ihr in die Augen. Noch nie zuvor war er so schön wie in diesem Moment. Er roch besser als jede Jahreszeit, die sie je erlebt hatte und er war so warm, dass es sich wie im Himmel anfühlte. Mit aller Kraft versuchte er die Tränen zu unterdrücken, die in ihm aufstiegen. Er sah so erleichtert und so engelhaft aus.

Vorsichtig nahm er Arrow in seine Arme und sie fühlte, wie sie kurz davor war, vor Glück zu zerspringen. Mit diesem Gefühl in ihrem Herzen wurde ihr wieder schwarz vor Augen. Gerade so hörte sie noch, wie die vielen Stimmen wieder ertönten und in der Ferne ein leises Wiehern erklang. Es war das letzte Mal, dass sie etwas von Stone hörte, denn er sagte: „Lebewohl."

Als Arrow erwachte, traute sie sich kaum, ihre Augen zu öffnen. Sie hatte Angst, zu erkennen, dass ihre Rettung vielleicht nur ein Traum gewesen war, dass sie sich vielleicht gar nicht an dem sicheren, vertrauten Ort befand, der ihrer letzten Erinnerung gehörte. Angestrengt versuchte sie wahrzunehmen, was um sie herum geschah.

Etwas in ihrer Nähe knisterte angenehm beruhigend und das Auf- und Abflackern, das sie auch mit geschlossenen Augen noch wahrnehmen konnte, verriet ihr, dass es ein Feuer sein musste.

Ein wohltuender Duft lag in der Luft. Einer, der ihr nur allzu vertraut war von den langen Winterabenden, die sie so oft schweigend und lesend zusammen mit Anne verbracht hatte. In Momenten wie diesen durfte nie eine schöne Tasse Pfefferminztee mit Pflanzen aus Annes eigenem Anbau fehlen.

Arrow beruhigte diese Erkenntnis mehr denn je, denn es bedeutete natürlich, dass sie zu Hause war und Anne auf ein Lebenszeichen von ihr wartete. Und so öffnete Arrow die Augen und sah sich um. Zu ihrer Verwunderung musste sie feststellen, dass sie doch nicht unten in der Halle vor dem Kamin war, wo sie geglaubt hatte sich zu befinden. Doch diese Tatsache störte sie wenig, da ihr dieser Ort genauso lieb, wenn nicht sogar noch lieber war.

Sie lag auf dem Fußboden in Keylams Dachkammer. Dort hatte man in der Nähe des Kamins ein Nachtlager für sie hergerichtet. Kälte spürte sie nicht und es fühlte sich auch nicht hart an, womit es von unterhalb sehr angenehm war. Das gleiche konnte sie von oberhalb allerdings nicht behaupten, denn ein riesiger Monsterberg von Decken lastete auf ihr, der sie fast bewegungsunfähig machte. Mit aller Kraft versuchte sie, den Berg zur Seite zu schieben, um ihm zu entfliehen. Das Ganze gestaltete sich weniger einfach, als sie gedacht hatte. Nicht nur, dass Arrow eine Menge Kraft aufbringen musste, um ihn zu überwältigen. Dazu kam auch noch, dass sie am ganzen Körper schmerzen verspürte, ganz besonders an ihrem Oberarm. Sie wollte ihn sich ansehen, als es ihr gelang, den Deckenberg zu besiegen, doch auch das stellte sich als Herausforderung dar, denn sie trug einen flauschigen, langen Mantel, unter dem ihr Arm mit dickem Verbandszeug eingewickelt war.

Vorsichtig setzte sie sich auf und der Mantel entblößte ihre Waden, die mit Kratzern und blauen Flecken übersät waren. Sie wusste nicht so recht, woher diese Spuren stammen konnten, und das machte ihr Angst.

Arrow schaute sich um. Sie war allein. Neben ihrem Schlaflager fand sie den heiß ersehnten Pfefferminztee, der dampfend und angenehm temperiert auf sie wartete, was nur bedeuten konnte, dass sie noch nicht sehr lange allein war. Genüsslich nahm sie einen Schluck und schaute sich dann weiter im Zimmer um.

Die Fensterläden waren verschlossen und ließen auch an den Rändern keinen Lichtstrahl durch. Es musste also Abend oder Nacht sein.

Arrow stellte den Tee zur Seite. Als sie aufstand, bemerkte sie den riesigen Deckenberg, auf dem sie saß. Er war mindestens doppelt so hoch, wie der, der sie vor wenigen Augenblicken noch fast erdrückt hatte. Sie fühlte sich sehr schwach und ging langsam in Richtung Fenster, um einen Blick hinaus zu werfen. Ihre Hand berührte schon den Griff, doch dann schrie plötzlich etwas in ihr, dass sie es nicht tun sollte. Verwirrung stieg in ihr auf, denn dieser Schrei machte sie neugieriger. Doch je stärker das Verlangen danach wurde, trotzdem einen Blick nach draußen zu werfen, umso lauter wurde der Schrei, und dann dröhnte er plötzlich so schallend in ihrem Kopf, dass sie ihre Hand erschrocken wegzog. Im selben Moment waren auch die Schreie verschwunden.

Arrow fragte sich, was das wohl zu bedeuten hatte. Ihr war nicht wohl bei dem Gefühl, schon wieder die Erinnerung verloren zu haben. Wenn man etwas nicht wusste, konnte man Fehler machen, vielleicht sogar solche, die schlimmste Konsequenzen nach sich ziehen würden. Sie musste jemanden finden, der ihr sagen konnte, was mit ihr geschehen war. Warten kam jetzt nicht infrage und so ging sie zur Tür, um das Zimmer zu verlassen.

Ängstlich legte sie die Hand auf den Griff und wartete, ob wieder etwas ertönte, das ihr davon abriet, hinauszugehen. Doch es geschah nichts und so öffnete sie die Tür und spähte vorsichtig auf den Gang. Niemand war zu sehen und auch dort waren alle Vorhänge zugezogen. Nur das Feuer der Fackeln an den Wänden flackerte gemütlich vor sich hin und erzeugte damit gruselige Schatten in den Ecken.

Mit dem unguten Gefühl, dass sie jeden Moment eine böse Überraschung erleben könnte, schlich Arrow den Gang entlang und drehte sich dabei ständig zu allen Seiten um, damit sie alles genau im Blick hatte. Langsam schlich sie die Treppe hinunter und ging weiter in Richtung Küche. Sie dachte sich, dass es vielleicht noch gar nicht so spät wäre und sie dort alle beim Abendessen vorfinden würde. Aus dem Augenwinkel bemerkte sie plötzlich eine Bewegung. Vor Aufregung blieb ihr fast das Herz stehen. Jemand war an ihr vorbei gehuscht, ohne auch nur einen Laut von sich zu geben. Sie wusste, dass sie nicht allein war, und dieser jemand hatte sie dermaßen erschrocken, dass sie sich mit dem Rücken an eine Wand presste und nach Luft schnappte. Doch als sie sich umsah, war die Person verschwunden.

Die Schamesröte stieg ihr ins Gesicht, als sie die missbilligenden Blicke ihres eigenen Spiegelbildes erkannte. Fassungslos musterte sie sich.

Arrows Gesicht war mit Schrammen und Blutergüssen übersät. An ihrer Augenbraue entdeckte sie eine Platzwunde. Sie fühlte sich furchtbar bei ihrem Anblick und sie sah aus, als wäre sie in einen Kaktus gefallen. Es war so entsetzlich, dass sie schnell weiterging, um dem Spiegelbild zu entfliehen.

Als sie durch die Gänge wandelte, bemerkte sie einige Räume weiter helles Licht. In der Hoffnung, dort jemanden finden zu können, schlich sie achtsam dorthin.

Schüchtern spähte sie durch die offen stehende Tür, doch das Einzige was sie vorfand, war das pure Chaos. Überall standen Leitern, Farbtöpfe und es lagen Tücher und Pinsel herum. Alles war direkt vor der großen bunten Wand aufgebaut, die sich vor Arrow befand. Sie brauchte einen Moment, um zu begreifen, was das Bild an der Wand darstellte. Als sie es verstand, durchzog es sie wie ein Blitz, denn es spiegelte eine Szene im Wald wider, die sie unzählige Male erlebt hatte. Es war eine glückliche Szene, die jedoch auch Erinnerungen zurückbrachten, an denen sie nun zu verzweifeln drohte.

Das Bild zeigte den dunklen, in Schnee gehüllten Wald, durch dessen Bäume das Licht von Mond und Sternen fiel. Im Mittelpunkt stand auf einem zugefrorenen See eine schlanke, in einen dunklen Umhang gehüllte Frau mit einer aufgesetzten

Kapuze, die liebevoll ein sabberndes, zotteliges Kelpie streichelte.

Die Darstellung hatte lebensgroße Maße. Arrow hatte das Gefühl, direkt vor dem Kelpie zu stehen und in seine dunklen, großen Augen zu blicken. Auch kam es ihr vor, als würde sein modriger Geruch in der Luft liegen und sein schnaubender Atem zu hören sein.

Tränen stiegen in ihr auf und wie in Trance streckte sie ihren Arm nach ihm aus. Sie wehrte sich gegen die Vorstellung, dass ihre Erinnerungen tatsächlich Erinnerungen waren und versuchte sich einzureden, dass alles nur ein böser Traum gewesen war und er ihr gleich wieder auf die Schulter sabbern würde, sobald er sie beschnupperte. Doch bevor ihre Berührung ihn erreichen konnte, wurde sie von der Realität eingeholt.

Eine große, sandsteinfarbene Hand griff von hinten nach der ihren und zog sie behutsam zurück. Sie spürte seinen warmen Atem auf ihrem Nacken und mit leiser Stimme flüsterte er ihr ins Ohr: „Die Farbe ist noch nicht trocken."

Sein anderer Arm umschlang ihre Hüfte und nachdem sie kurz den Halt verlor, umschlang er sie fest. Behutsam, als wäre sie eine zerbrechliche Blume, drehte er sie herum und blickte ihr in die Augen.

Arrow wurde von ihren Gefühlen überwältigt. Keylam lebte und es ging ihm gut. Sie war wieder in Sicherheit, und obwohl sie deshalb überglücklich war, spürte sie neben all den schönen Gefühlen auch etwas, das ihr vor Schmerz fast das Herz zerriss.

Sie vergrub ihr Gesicht in ihren Händen und die Tränen sprudelten nur so hervor.

„Er hat mir das Leben gerettet", schluchzte sie. „Und dafür musste er selbst sterben."

„Sssch ... Ich weiß", sagte Keylam sacht.

Sanft drückte er sie ganz an sich. Arrow legte ihren Kopf auf seine Schulter und er strich ihr liebevoll übers Haar.

Das alles hatte sie sehr mitgenommen, und obwohl es für sie keinen besseren Trost hätte geben können, überwog es ihre Trauer nicht. Als ihre Beine ein weiteres Mal nachgeben wollten, schlang Keylam seine Arme noch fester um ihren Körper. Sobald sie ihre Balance wiedergefunden hatte, ging Keylam in die Knie und nahm sie mit einem Ruck auf seine Arme.

Behutsam trug er Arrow durch das Schloss, die Treppe hinauf und setzte sie, zurück in seinem Zimmer, auf sein Bett.

„Du hast noch gar nichts gegessen", bemerkte er besorgt mit einem vorwurfsvollen Unterton und deutete dabei auf einen Teller Suppe und einen Laib Brot neben dem Tee.

Arrow war verwundert. „Ich hatte das vorhin gar nicht gesehen", erwiderte sie benommen.

Keylam reichte ihr den Teller, und als Arrow ihn nahm, fühlte sie, dass er noch lauwarm war.

„Sally ist rund um die Uhr damit beschäftigt, warme Speisen und Getränke für dich vorzubereiten, damit du sie zu dir nehmen kannst, sobald du aufwachst. Sie und Anne sehen regelmäßig nach dir."

Entgeistert horchte Arrow auf. „Anne? Sie ist hier? Geht es ihr gut?"

Keylam nickte zuversichtlich. „Sie sind völlig übermüdet. Ich habe sie angewiesen, sich schlafen zu legen, und versprochen, dass ich auf dich aufpasse. Immerhin bin ich gut erholt und die beiden haben seit zwei Tagen ununterbrochen für dich gesorgt."

„Zwei Tage?", fragte Arrow erstaunt.

„Ja, du hast tief und fest geschlafen. Nicht einmal die Wilde Jagd hat dich wecken können."

Ein eiskalter Schauer lief ihr bei diesem Begriff über den Rücken, der die Angst und die Kälte jener Nacht erneut in ihr aufsteigen ließ.

„Sie schickt noch immer ihre Dämonen aus?", fragte Arrow erschüttert. In ihrer Stimme lag Verzweiflung und obwohl Keylam ihr bereits die Antwort gegeben hatte, hoffte sie trotzdem, dass er ihre Frage verneinen würde.

Sein langsames Nicken ließ sie ihr Gesicht erneut in ihren Händen vergraben. Er setzte sich neben sie und umfasste sanft ihre Handgelenke, um ihre Hände auf ihren Schoß zu legen.

Obwohl Arrow jetzt versuchte, die Tränen zu unterdrücken, ruhten sie in ihren Augen. Mit einer gespielt gefassten Miene sah sie ihn an und schwieg.

Sein Blick durchbohrte sie. So viel Güte und Zärtlichkeit lag in seinen Augen und noch etwas Anderes, was sie sich wünschen ließ, ihm noch näher zu sein.

„Was hast du dir nur dabei gedacht?“, fragte er ruhig und liebevoll mit dem Versuch, es wie einen Vorwurf klingen zu lassen. „Wie konntest du nur das Schloss verlassen, obwohl du gewusst hast, dass sie dir längst auf den Fersen waren?“

„Hätte ich es nicht getan, so hätte es deinen Tod bedeutet“, antwortete sie, während ihr die Tränen über die Wange liefen.

„Aber was hast du dir dabei gedacht? Es war reines Glück, dass der Wind das Laken zu Anne ans Fenster getrieben hat. Hast du dir nur einmal überlegt, was geschehen wäre, wenn sie dich bekommen hätten, wenn Stone und die Elfe dich nicht gefunden hätten?“

„Eine Elfe?“, fragte Arrow überrascht.

Keylam nickte. „Sie hat dich einfach hier abgegeben und war sofort wieder verschwunden.“

„Kannst du sie beschreiben?“

„Leider nicht. Anne hat ihr die Tür geöffnet ... Aber das ist doch auch völlig egal! Arrow – verstehst du denn nicht, welche Angst du uns gemacht hast? Welchen Sinn hätte dein Tod gemacht?“

„Er hätte meine Schuld bei Stone bezahlt und immer noch dein Leben gerettet“, erwiderte sie niedergeschlagen.

„Aber was für ein Leben?“, fragte Keylam ungläubig. „Mit der Gewissheit, dass du deines dafür gegeben hast? Bist du dir selbst denn wirklich so wenig wert?“

Noch immer sprach er ruhig und bedacht zu ihr. Seine Augen leuchteten hell, als würde auch er jeden Moment die Beherrschung verlieren und in Tränen ausbrechen, doch das geschah nicht. Liebevoll und eindringlich blickte er ihr tief in die Augen und erwartete eine Antwort.

„Aber was hast du denn erwartet?“, fragte sie ihn verzweifelt. „Glaubst du denn, dass es mir anders ergangen wäre? Glaubst du, dass ich es ohne dich noch hätte haben wollen – dieses Leben? Dann schau mich doch an! Alles, was ich jetzt bin, bin ich nur durch dich! Du hast mich ins Leben zurückgeholt. Ohne dich würde ich den gleichen Tod sterben, den ich schon einmal gestorben bin!“

Schluchzend saß Arrow auf dem Bett und sah ihn an. Beschämt senkte sie den Blick, doch bevor sie sich ganz von ihm abwenden konnte, schreckte sie auf. Die Wunde an ihrem Arm brannte stark. Keylam bemerkte ihre Schmerzen und schob ihren Ärmel hoch.

„Der Verband muss erneuert werden“, sagte er, als er darüber strich.

Arrow durchzuckte es wie ein Blitz. Schweigend saß sie auf dem Bett und ließ sich von Keylam einen neuen Verband anlegen.

Als er fertig war, gab er ihr einen Kuss auf die Stirn und ohne Arrow noch einmal anzusehen, verließ er das Zimmer.

Stimmen flüsterten in der Dunkelheit. Viele Stimmen. Was sie sagten, war nicht zu verstehen. Doch sie wurden lauter. Es wurden immer mehr. Und obwohl sie weiterhin nur flüsterten, schmerzte es wie donnernder Lärm in ihren Ohren. „Du hast das Tor geöffnet. Du hast ihn umgebracht.“

Unter der Last dieser Worte brach Arrow zusammen. Es wurde hell. Wie glitzernde Nebelschwaden sahen sie zu tausenden auf Arrow hinab. Sie schrie, doch es erzeugte keinen Ton. Immer wieder: „Du hast das Tor geöffnet. Du hast ihn umgebracht.“

Als Arrow erwachte, zitterte sie am ganzen Körper. Keylam presste ihre Arme gegen ihren Körper.

„Es war nur ein Traum, Arrow. Du bist in Sicherheit“, versuchte er sie zu beruhigen.

„Oh mein Gott!“, flüsterte sie und vergrub ihr Gesicht in ihren Händen. Sie fühlte, dass ihre Wangen ganz nass waren, als hätte jemand einen Eimer Wasser darüber gegossen, doch sie wusste, dass es ihre Tränen waren, die auch jetzt noch immer unkontrolliert wie ein Wasserfall hervor strömten.

„Es war nur ein Traum“, flüsterte Keylam wieder und drückte ihren Kopf ganz fest an seine Brust.

Doch Arrow konnte sich nicht beruhigen. Was sie da gerade erlebt hatte, war das Schlimmste überhaupt. Sie liebte ihren Vater mehr als alles Andere auf der Welt. Er war ihre Sonne, ihr Universum, ihr ein und alles und nun sagten ihr die Stimmen, dass er tot war – durch ihr Verschulden.

Das war fernab jeder Realität. Es war absurd und völlig ausgeschlossen!

Aber war es das wirklich? Seit Jahren gab es keine Spur von ihm und auch ihre letzte Begegnung vor wenigen Tagen war wenig aussagekräftig. Er würde doch nach ihr suchen, wenn er noch lebte, oder etwa nicht? Hatte er vielleicht etwas anderes gefunden, dass ihm mehr Freude bereitete, als seine eigene Tochter, die oft monatelang auf seine Rückkehr gewartet und ihn dann vor Glück übersprudelnd und mit stolzen, leuchtenden Augen empfangen hatte? Oder hatte er vielleicht auch sein Gedächtnis verloren und wusste gar nicht, wer er war oder dass es sie gab? Immerhin konnte sie sich noch immer nicht daran erinnern, was an jenem Tag geschehen war, als sie das Tor geöffnet hatte, denn sie wurde bewusstlos geschlagen und vielleicht hatte ihn das gleiche Schicksal ereilt. Aber vielleicht ... vielleicht hatte sie damals auch etwas Schlimmes ausgelöst, obwohl sie nicht die geringste Ahnung hatte, und vielleicht hatte diese Tat auch seinen Tod gefordert, so dass es doch ihre Schuld war...

Arrow erzitterte bei dem Gedanken daran. Keylam strich ihr immer und immer wieder tröstend über den Kopf. Doch Arrow nahm es überhaupt nicht wahr. In ihrem Kopf hörte sie tausende Stimmen und alle redeten durcheinander. Sie stellten tausende Fragen, doch keiner gab eine Antwort. Und mit dem Gefühl, dass sie Antworten liefern müsste, murmelte sie immer wieder unter ständigem Schluchzen: „Ich weiß es nicht. Ich weiß es nicht."

Nach einer Weile, als Arrow ruhiger wurde, nahm Keylam ihren Kopf in seine Hände und schaute in ihre geschwollenen Augen. Noch immer war ihr Gesicht von Tränen überströmt und die Haut ganz rot vom Salz.

„Es war so furchtbar", flüsterte sie.

Keylam nickte verständnisvoll. „Ich weiß. Ich habe alles mitbekommen."

„Was hast du mitbekommen?", fragte Arrow mit einem Anflug von Panik in der Stimme.

„Du hast die ganze Zeit geschrien, dass du deinen Vater nicht umgebracht hast", antwortete er.

„Habe ich das?", fragte sie aufgelöst.

Keylam nickte.

„Und habe ich noch etwas gesagt?", fragte sie ängstlich.

„Nein. Aber du hast es ständig wiederholt. Es hat lange gedauert, bis ich dich wecken konnte."

Offenbar hatte sie das Tor nicht erwähnt und das war auch gut so. Bon hatte sie ermahnt, niemandem davon zu erzählen. Es war eine Last, nicht darüber reden zu können, und auch wenn sie es nicht tat, so war der Gedanke doch immer da. Wie ein Schatten, in dem ein schauriger Finsterling wohnt, verfolgte er sie. Natürlich vertraute sie Keylam und Anne sowieso. Trotzdem wurde Arrow das Gefühl nicht los, dass es sie bei der Suche nach Antworten behindern würde, sollte sie das Geheimnis preisgeben. Und das konnte sie nicht riskieren. Es stand einfach zu viel auf dem Spiel, oder mehr noch – es stand einfach alles auf dem Spiel!

„Ich muss ihn finden“, hauchte sie Keylam zu, während erneut Tränen über ihre Wangen liefen.

„Ich weiß“, sagte Keylam.

„So schnell wie möglich. Ich werde gleich morgen aufbrechen. Er muss leben. Ohne ihn bin ich verloren.“

Mit einem Nicken nahm Keylam sie wieder in seine Arme und strich ihr über den Kopf.

In diesem Moment wurde Arrow bewusst, dass sie unter der Last, die ihr auferlegt, und unter dem Geheimnis, das sie wahren musste, wohl bald zusammenbrechen würde.

Die Reise beginnt

Mit dem ersten Sonnenstrahl verließ Arrow das Bett, um alles für die Reise vorzubereiten.

Keylam hatte vergeblich versucht, sie wieder zum Einschlafen zu bringen. Doch immerhin hatte sein Trost geholfen, sie zu beruhigen.

Sie packte Salben ein und legte sich neues Verbandszeug an. Als sie die Treppen zur Eingangshalle herunter kam, wurde sie schon von den anderen erwartet.

Als sie Anne und Sally sah, die sie mit besorgten Blicken empfingen, wurde Arrow Angst und Bange, denn die beiden Frauen waren vollkommen in Schwarz gekleidet – die Farbe der Trauer.

„Oh mein Gott“, stieß Arrow aus. „Was ist geschehen? Hast du eine Nachricht von Dad?“

Hastig schüttelte Anne den Kopf. „Es ist alles in Ordnung, mein Kind.“

„Aber warum ...“

Anne kannte bereits die Frage, so dass Arrow nicht dazu kam, sie zu stellen.

„Es ist zu deinem Schutz. Eine Erklärung würde zuviel Zeit in Anspruch nehmen.“

„Zu meinem Schutz?“, fragte Arrow misstrauisch. „Bist du dir sicher? Ist das wirklich alles?“

Anne nickte zuversichtlich.

„Bist du so weit?“, fragte Keylam. Er machte nicht den Eindruck, als würde er sich von ihr verabschieden wollen. Verwundert und auch sprachlos nickte sie ihm zu. „Dann können wir ja los.“

„Du willst ... mich begleiten?“, fragte Arrow überrascht.

„Na was hast du denn gedacht? Dass ich mich wieder in meinem Turm einschließe und darauf hoffe, dass du mich nicht vergisst?“, erwiderte er ironisch.

Verlegen, jedoch mit leuchtenden Augen lächelte Arrow ihn an. „Aber es ist gefährlich, Keylam. Die Wilde Jagd ist noch immer nicht vorbei und ich habe keine Ahnung, wohin mich meine Reise führen wird.“

„Na das klingt ja ganz danach, als hätten wir denselben Weg“, erwiderte Keylam mit einem verschmitzten Lächeln.

Unerwartet klopfte es an der Tür. Alle blickten erschrocken auf. Anne und Sally wechselten ängstliche Blicke.

„Ich werde öffnen“, verkündete Arrow, die bereits in Richtung Tür marschierte. Auf halbem Wege jedoch hielt Sally sie zurück. „Sssch, Kind. Ich erledige das“, flüsterte sie entschlossen.

Anne drängte die übrigen Anwesenden in die abgedunkelte Ecke unter der Treppe und wies sie an, still zu sein.

„Ist es wahr?“, hörte Arrow eine ihr unbekannte männliche Stimme fragen.

„Ja, ist es“, antwortete Sally und schluchzte herzzerreißend. Offenbar wollte sie den Herrn nicht herein bitten und ein schmaler Lichtstrahl auf dem Boden verriet, dass sie die Tür kaum eine Hand breit geöffnet hatte.

„Wann ist es geschehen?“, fragte der Mann voller Mitgefühl.

„Gestern Abend, kurz vor Sonnenuntergang“, antwortete Sally.

„Mein herzliches Beileid Ma'm“, ertönte die Stimme des Herrn ein letztes Mal, bevor Sally die Tür wieder schloss.

„Anne, was ist her los?“, herrschte Arrow sie an.

Doch Anne schüttelte nur den Kopf. „Mach dir keine Sorgen. Es ist nichts geschehen.“

„Das kannst du mir nicht erzählen! Du verheimlichst mir etwas und ich werde nicht eher gehen, bevor du es mir gesagt hast.“ Zorn lag in Arrows Stimme und sie trat überaus bestimmt auf. Anne wusste deshalb, dass sie sich lieber etwas einfallen lassen sollte, denn sie kannte den Sturkopf ihrer Enkelin nur zu gut.

„Na gut“, gab sie endlich nach. „Wir haben draußen vor dem Tor die Trauerflagge gehisst. Es wird eurem Schutz dienen. Perchtas Dämonen sind noch immer auf der Jagd. Sie werden nicht aufgeben, bis sie gefunden haben, wonach sie suchen. Wenn sie erfahren, dass Reisende aufgebrochen sind ohne ein Ziel, wird das ihre Aufmerksamkeit auf sich ziehen, und dann habt ihr keine Chance. Es käme einer Flucht gleich und damit wärt ihr verloren.

Wir haben den Dorfbewohnern erzählt, dass du von deinem nächtlichen Ausflug nicht zurückgekehrt bist. Ihr werdet damit Zeit gewinnen. Wir werden hier den Schein wahren und bis dahin Trauer tragen."

„Du meinst, die Dämonen könnten davon erfahren?", fragte Arrow verblüfft. „Wir werden uns nächtliche Quartiere suchen und nur bei Tag reisen. Sie können uns nicht finden."

„Oh mein Kind, du hast ja nicht die leiseste Ahnung, wie viele dort draußen mit dunklen Dämonen in Kontakt stehen. Man findet sie sogar in unseren eigenen Reihen. Niemandem darfst du trauen – nicht einmal einem Nyriden! Sie haben ihre Seele verkauft und arbeiten für die Dämonen. Noch leben sie unter uns, doch es ist nur eine Frage der Zeit, bis Perchta ihnen ein neues Heim gibt in ihrem Reich. Ihre Leute sind mehr als nur bösartige Dämonen. Du darfst sie nie unterschätzen, hörst du Kind? Nie! Sie sind die Wächter der Verdammten und niemand entkommt ihnen. Ihre Spione sind überall. Und genau deshalb werdet ihr nicht bei Tage reisen, sondern in der Nacht und ihr werdet einen Weg nehmen, der unter Umständen noch viel größere Gefahren birgt als Perchtas Dämonen."

Verwirrung schien in diesen Tagen zu einem ständigen Begleiter geworden zu sein. Arrow wollte sich gerade damit anfreunden, doch dann merkte sie, dass es wohl auch zu den unzuverlässigsten aller Empfindungen gehörte, denn verdrängt wurde es durch das Gefühl, dass sie sich jetzt über gar nichts mehr zu wundern brauchte. „Wie meinst du das – ein Weg, der größere Gefahren birgt?"

„Wir reisen unter Tage – durch das Zwergenreich", antwortete Keylam.

Am anderen Ende des Schlosses führte hinter fünf schweren, verriegelten Toren ein breiter Weg in die Tiefe. Er war eben ausgearbeitet, wurde von vielen Balken gestützt und von Fackeln an allen Seiten beleuchtet. Einst hatten die Bergbauarbeiter hier beste Arbeit geleistet.

Behutsam band Arrow Whisper den kleinen Lederbeutel, den sie von dem Minotaurus bekommen hatte, an den Sattel.

„Wir müssen gut darauf aufpassen", flüsterte sie dem Rappen ins Ohr.

Arrow war froh, dass Whisper sich anstandslos auf einen Sattel eingelassen hatte. Wenn er richtig loslegte, wurde ein

Ritt auf ihm sehr anstrengend, und Arrow brauchte etwas, woran sie sich festklammern konnte.

Keylam hatte Merlin gesattelt. Arrow war nicht wohl bei dem Gedanken, ihn auch mitzunehmen. Zwar war er ein gesundes Pferd in den besten Jahren, doch im Falle der Gefahr war er Roga und Whisper weit unterlegen. Sie wollte ihn gern im Schloss lassen, wo er Anne dabei helfen sollte, die Einkäufe aus dem Dorf heimzubringen, doch ihre Großmutter lehnte das ab. Sie wüsste sich schon zu helfen, hatte sie entgegnet.

Als sie aufbrachen, drückte Harold Keylam noch eine Karte in die Hand. „Sie ist nicht auf dem neusten Stand", erklärte er, „doch sie verrät euch, wo ihr bei Einbruch der Dunkelheit den nächsten Eingang in das Zwergenreich findet. Ich ermahne euch jedoch, die Eingänge nicht im letzten Augenblick aufzusuchen. Einige sind getarnt und ihr werdet Zeit brauchen, um sie als solche zu erkennen. Lasst euch nicht von den Jagddämonen dabei erwischen, wie ihr einen dieser Durchgänge benutzt. Sie kennen das Zwergenreich nicht und suchen es deshalb nicht auf. Wenn ihr unvorsichtig seid, könnte sich das ändern und dann findet ihr nirgendwo mehr Sicherheit."

Arrow fiel der Abschied schwer. Solange sie denken konnte, hatte sie Anne immer an ihrer Seite gehabt. Nun, da sie ihre Enkeltochter allein auf die Reise schickte, standen der alten Frau Tränen in den Augen. Es war herzerweichend. Keine Dämonen und kein Rückschlag hatte Anne jemals eine Miene verziehen lassen, doch Arrow in die Welt hinauszuschicken, ließ die harte Hülle schmelzen.

Als sie aufbrachen, suchte keiner von beiden das Gespräch. Zu unsicher fühlten sie sich in dieser unbekannten Welt. Das Gefühl, beobachtet zu werden, ließ sich nicht abschütteln. Und dann war da noch Keylams Reaktion in der vergangenen Nacht. So schnell die Leidenschaft auch aufgeflammt war, so schnell war sie auch wieder verschwunden. Arrow wusste nicht, wie sich sich verhalten sollte.

Den schön ausgearbeiteten Schacht hatten sie längst hinter sich gelassen. Einzig die beiden Fackeln in ihren Händen leuchteten jetzt noch den Weg, wobei die funkelnden Kristalle der Höhle das Licht zu allen Seiten reflektierte.

Keylam hatte vorgeschlagen, einfach den entgegengesetzten Weg zur Nebulae Hall einzuschlagen, da Arrow bereits dort gewesen war und es sie kaum weiter gebracht hätte, noch einmal diesen Ort aufzusuchen. Es fehlten Hinweise. Sie wusste, wonach sie suchte, doch nichts deutete darauf hin, wo es zu finden war.

Tagelang reisten sie durch das Zwergenreich. Die Stimmung war erdrückend. Bis auf einige Gespräche über die Karte des unterirdischen Reiches, die Vorräte und Nachfragen, wie es dem jeweils anderen ginge, behielten Arrow und Keylam ihre Gedanken für sich.

Normalerweise hatte Arrow nichts gegen die Stille, doch hier unten war sie unerträglich und ihr fehlten die prickelnden Strahlen der Sonne auf ihrer Haut.

Als sie das Gefühl bekam, von den Wänden erdrückt zu werden, sackte sie zusammen. Heftig rang sie nach Atem und krallte die Finger in den Boden.

Keylam ging sofort zu Arrow in die Knie. „Was ist los?“, fragte er.

„Die Wände ...“, presste Arrow hervor. „Alles bewegt sich!“

„Nein! Nein Arrow, hör mir zu! Da vorne ist der nächste Ausgang. Der Morgen bricht gerade an. Die Sonne müsste jeden Moment aufgehen. Es sind nur noch ein paar Schritte. Schaffst du das?“

Doch Arrow nahm seine Worte kaum wahr. In Sekunden war die Farbe aus ihrem Gesicht entwichen. Noch immer schnappte sie hysterisch nach Luft.

Für den Bruchteil einer Sekunde verlor Arrow das Bewusstsein. Dann ging alles ganz schnell. Sie wurde geschüttelt und hochgehoben. Keylam rannte mit ihr zum Ausgang. Die Pferde waren dicht hinter ihm und stießen beunruhigende Laute aus.

An der Stelle, die die Karte als Tor ausgewiesen hatte, entdeckte Keylam lediglich den alten Rahmen einer Tür an der Felswand, in dem ein riesiges Spinnennetz gespannt war. Ein Ausgang befand sich nirgendwo.

Panisch tastete er an der Wand entlang, doch nichts passierte. Als er das Netz beiseite streichen wollte, kam sofort eine Schwarze Witwe hinter dem Rahmen vor, die ihn mit einer drohenden Geste darauf hinwies, dass sein Vorhaben eine schlechte Idee war.

Whisper stieß Keylam beiseite und die monströse Spinne verschwand wieder in ihrem Versteck. Nachdem er das Netz beschnuppert hatte, trat er mit seinem Huf sanft gegen den Rahmen. Es hörte sich an wie ein Klopfen.

Eilig kam das Insekt wieder hervor und baute von der Mitte nach außen ihr Netz ab. Das alles passierte so schnell, dass Keylam von dem gleißenden Licht dahinter überrascht wurde und seine Augen fest zusammenkneifen musste. Dann stolperte er mit Arrow im Arm durch das Tor. Kaum, dass sie es passiert hatten, löste sich Arrow aus der Umarmung und übergab sich am nächstgelegenen Baum. Unmittelbar danach ging es ihr sichtlich besser.

Nachdem die Pferde ebenfalls durch das Tor gegangen waren, wob die Spinne das Netz wieder zu, doch von außen sah es nur aus wie das satte, dichte Gras eines bewachsenen Hügels. Als Keylam es prüfend beiseite strich, fand er auch den Holzrahmen wieder.

Die Sonne war erst wenige Augenblicke zuvor aufgegangen. Dichte Nebelschwaden hingen noch überall auf den Hügeln. Die Vögel zwitscherten und bunte Wildblumen blühten überall. Offenbar war hier kein Winter – und das seit einiger Zeit schon nicht mehr.

Mit jedem Moment, den sie länger auf der Wiese saßen, wurde der Himmel blauer und die Luft wärmer. Es war das angenehmste Gefühl seit Tagen.

Die Pferde grasten und tobten ausgelassen. Sogar Whisper genoss das Wetter und die Landschaft sichtlich. Er war nicht länger ein Fremder für die anderen, sondern ein fester Bestandteil der Gruppe. Zwar hatte Arrow noch immer Schwierigkeiten, sich auf das große Tier zu setzen, trotzdem gewöhnte sie sich mehr und mehr an ihn.

Sie genoss diesen Moment in vollen Zügen. Mit den prickelnden Sonnenstrahlen auf ihrer Haut und dem Duft des Morgens atmete sie die frische Luft tief ein.

„Geht es dir wieder schlechter?“, fragte Keylam sofort.

„Nein, nein – alles bestens“, gab Arrow zurück. „Es ist nur ... so anders als in der kalten dunklen Höhle und ich versuche, so viel wie möglich davon in mich aufzunehmen, bevor wir wieder dorthin zurück müssen.“

Besorgten Blickes beugte Keylam sich über sie. „Arrow, du hättest mir früher sagen müssen, dass du dich unwohl fühlst. Ich bin seit Jahren an das Schloss gebunden und es gewöhnt, eingesperrt zu sein, doch du kennst das nicht."

Nachdenklich senkte sie den Blick. „Ich weiß gar nicht, ob es an der Höhle liegt. Die Ungewissheit ist sehr viel quälender."

„Dann rede doch einfach mit mir darüber", bat er sie sanft.

„Aber das ist es ja", erwiderte Arrow verzweifelt. „Im Grunde gibt es gar nichts zu bereden. Keine neuen Fakten oder Erkenntnisse. Ich habe dir alles erzählt und die Tatsache, dass ich alles im Kopf immer und immer wieder durchspiele und es keinen Sinn ergibt, treibt mich noch in den Wahnsinn."

Arrow war aufgebracht. Die Hoffnungslosigkeit stand ihr über das ganze Gesicht geschrieben und sie schämte sich. Dieser Morgen hatte so perfekt begonnen. Die ganze Anspannung war von ihr abgefallen. Doch jetzt, da sie offen über ihre Ängste sprach, fühlte es sich an, wie in der Höhle. Es schnürte ihr die Luft ab.

„Und das nennst du 'nichts'?", fragte Keylam überrascht.

„Es führt zu nichts und gerade deshalb sollte es dich nicht auch noch belasten", erwiderte sie aufgewühlt.

„Es führt dazu, dass du nicht noch einmal zusammenbrichst", entgegnete er belehrend. „Und es belastet mich nicht."

Als Arrow ihren Blick senkte, hob Keylam sanft ihr Kinn, damit sie ihm in die Augen schaute und nicht wieder ausweichen konnte. „Seit Tagen schon zerbreche ich mir den Kopf darüber, was wohl in dir vorgehen könnte", erklärte er niedergeschlagen. „Vor gar nicht allzu langer Zeit hast du alle deine Gedanken mit mir geteilt und plötzlich verschließt du dich. Es interessiert mich, wie es dir geht – du interessierst mich."

Als Arrow die Tränen nicht länger unterdrücken konnte, versuchte sie, sich von Keylam abzuwenden, doch er ließ sie nicht gewähren.

„Arrow, irgendetwas ist geschehen, als du Nebulae Hall warst – etwas, das du nicht erzählen möchtest. Du bist so rastlos wie nie zuvor. Krampfhaft versuchst du, die Dinge in deiner Umgebung in Ordnung zu bringen und bist dabei so furchtlos, dass es mir Angst macht."

„Wie kommst du darauf, dass ich mich nicht fürchten würde?", fragte sie unter Tränen.

„Weil du einfach planlos alles in Angriff nimmst, was sich dir in den Weg stellt“, antwortete Keylam beunruhigt. „Arrow, ich werde dir jetzt eine Frage stellen und du musst sie mir wahrheitsgemäß beantworten.“

Angespannt blickte sie Keylam in die Augen. Tausende Gedanken gingen ihr durch den Kopf und bei einem zuckte sie immer wieder zusammen. Du hast das Tor geöffnet, flüsterte es immer und immer wieder in ihrem Inneren.

„Bei der Jagd“, begann Keylam mit zitternder Stimme, „als du deinem Vater begegnet bist – hast du da aufgegeben?“

„Wie meinst du das?“, fragte Arrow erschrocken.

„Hast du ihn als Geist interpretiert und dich aufgegeben, um ihm zu folgen und sein Leid zu teilen?“

Sie bewegte sich nicht. Versteinert, wie eine Statue sah sie ihn an.

„Arrow, bist du etwa so waghalsig, weil dir dein Leben egal ist? Weil du denkst, dass du im Leben keine Antworten finden kannst, sondern nur im Tod?“ Obwohl er sich bemühte, so rücksichtsvoll wie möglich zu klingen, wurde er mit jedem seiner Worte zorniger.

„Hör auf damit“, würgte sie flehend hervor.

Wieder lenkte Keylam sanft ihren Blick auf sich. „Arrow, was du da gesehen hast, war kein Geist, sondern sein Nyridenwesen. Keiner von uns kann sich erklären, woher er plötzlich gekommen ist. Anne nimmt an, dass sein Auftauchen mit der Wilden Jagd im Zusammenhang steht, doch wir wissen nichts Genaues.“

„Warum hast du mir nicht schon früher davon erzählt?“, fragte Arrow aufgelöst.

„Weil ich nicht wusste, ob ich mit meiner Vermutung richtig lag, und ich Angst hatte, falsche Hoffnungen in dir zu wecken.“

Arrow wischte sich die Tränen vom Gesicht, doch es half nichts. Immer wieder kamen neue. Es wollte gar kein Ende nehmen.

„Dann ist es also das, was dich in den letzten Tagen so beschäftigt hat?“, fragte sie in der Annahme, die Antwort zu kennen.

„Nicht unbedingt“, entgegnete Keylam bewegt. „Viel mehr hat es mich beschäftigt, dass es dir egal ist, was du hier zurück lässt, wenn du stirbst. Hast du nie darüber nachgedacht, dass dein Tod auch jemandem das Herz brechen könnte?“

„Das ist etwas Anderes“, schluchzte Arrow. Du hast das Tor geöffnet, dröhnte es in ihrem Kopf.

„Das ist es nicht!“, widersprach Keylam schroff. „Vielen hier würde es ebenso ergehen wie dir jetzt!“

Du hast das Tor geöffnet!

„Nein!“ Arrow schüttelte den Kopf.

Du hast das Tor geöffnet!

„Und warum nicht!?“, fragte Keylam zornig.

Du hast das Tor geöffnet!

„Weil alles meine Schuld ist!“ Bei diesen Worten brachen die Tränen nur so aus ihr heraus. Sie war unfähig, noch weiter zu diskutieren. Am liebsten wäre sie genau dort liegen geblieben, bis die Nacht hereinbrechen und die Dämonen sie holen würden.

Schuldbewusst nahm Keylam sie in seine Arme. Nicht im Geringsten hatte er mit dieser Antwort gerechnet und nun schämte er sich zutiefst, Arrow so zugesetzt zu haben. Sie dachte, dass es ihre Schuld war, und hatte damit die gesamte Last auf ihren Schultern genommen. Dass sie irgendwann darunter zusammenbrechen würde, wäre abzusehen gewesen – wenn es denn jemand bemerkt hätte.

„Es tut mir leid“, flüsterte er ihr immer wieder ins Ohr. „Wir finden ihn – das verspreche ich dir. Dann wird alles wieder gut.“

Arrow verstand diese Reaktion nicht. Gerade eben hatte sie ihm gebeichtet, dass sie das grauenvolle Schicksal von Nebulae Hall und deren Bewohnern heraufbeschworen hatte und ihm tat es leid. Doch obwohl sie der Ansicht war, seinen Trost nicht verdient zu haben, half es ihr. Schon bald hatte sie sich beruhigt. Immer und immer wieder strich Keylam ihr über den Arm und wiederholte seine Worte.

Als es im hohen Gras raschelte, schreckten Keylam und die Pferde auf. Beunruhigt sah er sich nach allen Seiten um. Ähnlich hatte er auch schon während ihrer Wanderung durch das Zwergenreich reagiert, doch hier oben bei diesem herrlichen Wetter und der atemberaubenden Landschaft, schien es Arrow ungewöhnlich.

„Wir sollten aufbrechen“, sagte Keylam angespannt.

Eilig packten sie ihre Sachen zusammen. Als Arrow losging, packte Keylam sie am Arm.

„Diesen Eingang können wir nicht nehmen“, flüsterte er ihr zu. „Wir brechen zum nächsten Tor auf.“

„Aber ...“, wollte Arrow widersprechen. Doch Keylam zog sie grob zu sich heran.

„Etwas ist uns gefolgt“, flüsterte er. „Wir müssen es abhängen.“

Erschrocken sah Arrow sich um.

„Nein“, wies Keylam an. „Es hat sich versteckt und beobachtet uns. Wenn wir danach suchen, verlieren wir nur noch mehr Zeit. Komm jetzt.“

Mit einem Schwung half er Arrow auf Whisper. Als er auf Merlin saß, blickte Keylam sich noch einmal flüchtig um, bevor sie davon galoppierten.

Gesellschaft

Den nächsten Eingang zum Zwergenreich hatten sie schnell gefunden. Allerdings dauerte es eine Weile, bis sie wussten, wie man ihn öffnet. Eine Trauerweide musste zum Lachen gebracht werden, was Keylam und Arrow in der momentanen Verfassung gar nicht so leicht fiel. Als ihnen die Witze ausgingen und Roga sich sogar für ein Nickerchen hingelegt hatte, kitzelte Keylam die Weide an der Wurzel.

Mit schallendem Gelächter, das auch ein bisschen irre klang, riss die Weide ihre Zweige hoch und gab den Eingang frei.

Als alle das Tor passiert hatten, beendete Keylam das Kitzeln und schaffte es gerade noch hinein, bevor die Weide den Durchgang wieder versperrte. Aber obwohl sie jetzt wieder im Trauerzustand war, hatte sie große Mühe, ihr Lachen zu unterdrücken. Das hörte sich so komisch an, dass Arrow und Keylam einfach mitkichern mussten.

Die Stimmung hatte sich gelockert. Jetzt war alles viel angenehmer als noch am Morgen. Zwar hatte Keylam noch einige Fragen zu ihrem Gespräch auf der Wiese, doch das musste warten. Jetzt war es wichtig, Arrow abzulenken. Mit ein paar kleinen Späßen konnte er sie wieder für sich gewinnen. Doch mit allem Anderen konnte er sie unter Umständen wieder verlieren und der Faden durfte kein zweites Mal reißen.

In den folgenden Tagen wanderten sie abwechselnd an der Oberfläche und im Untergrund. Dass sie auf ihrer Reise niemandem begegnet waren, beunruhigte Arrow. Vielleicht hätte jemand ihnen einen Tipp geben können, damit sie ein bestimmtes Ziel hätten verfolgen können, doch bisher irrten sie noch immer umher.

Am Abend bei einem Lagerfeuer erzählte sie Keylam von ihren Bedenken.

„Darüber habe ich mir auch schon Gedanken gemacht“, sagte er. „Das nächste Dorf ist zwei Tagesreisen entfernt. Wenn wir nur an der Oberfläche wandern, könnten wir es auch an einem Tag schaffen. Einen direkten Weg im Untergrund gibt es nicht. Aber es wäre zu gefährlich. Selbst wenn wir mit dem ersten Sonnenstrahl losreiten, schaffen wir es nur knapp, und dann dürfen wir auch keine Fehler machen. Mit deinem Rappen könntest du es allein schaffen."

„Ich lasse euch nicht im Stich!", gab Arrow forsch zurück.

„So würde ich das nicht bezeichnen", erwiderte Keylam charmant.

„Es steht nicht zur Diskussion! Keine Ausflüge mehr im Alleingang. Wer weiß, ob ich euch je wiederfinden würde, und selbst wenn ich das Dorf erreiche – was soll ich dann sagen? 'Hey Leute, ich suche meinen Dad. Er besteht nur aus einem zwei Meter großen Nebelkopf, einen Körper hat er nicht. Hat ihn vielleicht jemand hier rumhängen sehen? Ach ja – übrigens ist er ein Nyride...' Ich hätte keine Ahnung, wie ich das anstellen sollte."

Keylam amüsierte sich prächtig über Arrows kleine Ansprache. Verträumt lächelte er sie an. Er war wirklich bildschön, wie er da so lag und seinen Kopf auf den Arm stützte. Immer wieder hatte sie versucht, diesem Gefühl, das sie bei seinen Blicken überwältigte, zu widerstehen, doch jedes Mal war sie gescheitert. Es war hoffnungslos.

Ganz plötzlich verschwand das Lächeln auf Keylams Gesicht und er starrte an Arrow vorbei.

„Ist alles in Ordnung?", fragte sie stirnrunzelnd.

„Alles bestens", murmelte er abwesend. „Entschuldigst du mich einen Moment?"

Und bevor Arrow antworten konnte, war er schon aufgestanden und verschwunden.

Sie nutzte den Moment, um nach ihrem kleinsten Schützling zu schauen, den sie Whisper anvertraut hatte. Behutsam öffnete sie den Lederbeutel und warf einen Blick hinein. Der kleine Vogel sah vollkommen erholt aus, doch – wie fast immer – schlief er.

Arrow hatte niemandem von ihm erzählt, was nicht daran lag, dass er ihr nicht wichtig war, denn genau das Gegenteil war der Fall. Es war beinahe so wie damals, als Row die kleine Roga in ihre Obhut gegeben hatte. Der Elf war vielleicht nicht ihr bester Freund, doch ein Freund war er allemal und er hatte ihr etwas anvertraut – einen Schatz. Und es war ein gutes Gefühl. Es war etwas, das ihrem Kopf sagte, dass sie gebraucht wurde – selbst wenn ihr Herz es nicht so wahrnahm. Sie hatte eine Aufgabe. Doch wie sich bald herausgestellt hatte, sollte nicht sie Roga beschützen, sondern das Einhorn sie, und inzwischen war es erwachsen geworden. Im Grunde hatte es sie nicht gebraucht, doch die Erinnerung an das Gefühl – an die Verantwortung – war geblieben. Und nun hatte der Minotaurus ihr etwas anvertraut, das ihre Hilfe brauchte. Vielleicht war es nicht so bedeutend wie ein Einhorn, doch die Augen des Stiers hatten ihr verraten, dass der kleine Vogel ein Schatz war – zumindest für ihn –, und dieses Gefühl hatte sich auf sie übertragen. Natürlich könnte sich auch jemand anderes darum kümmern – wenn denn jemand davon wüsste. Doch sie erzählte es niemandem und behielt die Verantwortung lieber ganz bei sich.

Behutsam strich sie dem kleinen Küken über den Kopf und band den Beutel wieder zu.

Als Arrow sich wieder ans Feuer setzte, wunderte sie sich über Keylams lange Abwesenheit. Ungeduldig schaute sie sich um, als plötzlich zwei Gestalten aus der Dunkelheit stürzten.

Keylam hatte eine zierliche Person mit Mantel und Kapuze zu Fall gebracht, die jedoch flink wie eine Katze wieder auf den Beinen war. Immer und immer wieder versuchte Keylam, sie zu überwältigen, doch die fremde Gestalt entwand sich jedes Mal seinem Griff. Überraschenderweise versuchte sie nur zu fliehen. Schaden fügte sie Keylam nicht zu oder versuchte zumindest, dies zu vermeiden.

Als es ihr gelang, ihn zu Boden zu stürzen, schnappte sie sich den großen Beutel, den sie bei Keylams Angriff hatte fallen lassen, und lief an Arrow vorbei in die Dunkelheit. In diesem Moment schaute sie ihr in die Augen und Arrow erkannte sofort das Gesicht, das bei dem Wort Elfe immer wieder in ihren Erinnerungen aufgetaucht war.

„Neve!“, rief sie aufgelöst und die Schritte verstummten in der Dunkelheit.

Eine gefühlte Ewigkeit verging, als die Elfe plötzlich zögernd aus dem Schatten trat. Keylam, der schon wieder auf den Beinen war, wollte sie angreifen, doch Arrow hielt ihn zurück.

„Aber sie verfolgt uns seit Tagen!“, erwiderte er ihre Geste aufgebracht.

„Ich weiß“, antwortete Arrow abwesend.

Keylam schaute sie fragend an. „Wie meinst du das?“

„Naja, eigentlich habe ich es nicht gewusst, aber ich habe es gefühlt und noch mehr habe ich es gehofft“, erwiderte sie ruhig.

Eingeschüchtert schaute die Elfe in Arrows Augen, die ihren Blick voller Dankbarkeit erwiderte.

Langsam ging Arrow einige Schritte auf die verschreckte Elfe zu. „Danke, dass du mir das Leben gerettet hast“, hauchte sie ihr entgegen.

Neve lächelte nervös. „Gern geschehen“, antwortete sie, und bevor sie sich versah, hatte Arrow sie herzlich in die Arme geschlossen.

Überraschender Besuch

„Du hättest mir sagen müssen, dass du sie kennst“, warf Keylam Arrow am Feuer vor.

Neve hatte zögerlich verraten, dass sie ihre Vorräte schon zwei Tage zuvor aufgebraucht und ihr die Zeit gefehlt hatte, sich etwas Essbares zu suchen. Sie erklärte, dass sie sonst den Anschluss verpasst hätte. Prompt reichte Arrow ihr die letzten Äpfel und einige Nüsse, die Sally ihnen eingepackt hatte.

„Eigentlich kenne ich sie gar nicht ... – jedenfalls nicht richtig. Bisher habe ich sie nur ein einziges Mal gesehen und dabei das Glück gehabt, ihren Namen zu erfahren“, erklärte Arrow. Keylam musterte Arrow misstrauisch.

„Außerdem hat sie mir das Leben gerettet“, erwiderte sie seinen Blick.

„Beim ersten Mal war es wirklich knapp. Eine Sekunde später und du hättest in der Speiseröhre des Finsterlings gesessen. Dann wäre es zu spät gewesen“, entgegnete Neve schmatzend.

„Das warst auch du?“, fragte Arrow verwundert.

Verlegen kaute die Elfe auf einer Nuss herum. „Ich dachte, du wüsstest das. Ich wollte mich nicht mit Ruhm bekleckern ...“

„Nein, nein“, fiel Arrow ihr ins Wort. „Das ... Ich dachte, die Zwerge haben mich gerettet. Das ist wirklich ... Ich danke dir.“

„Die Zwerge hätten nichts für dich tun können“, erwiderte Neve. „Wäre etwas schief gegangen und der Sonnenstrahl hätte einen von ihnen getroffen, wäre er jetzt auch nicht viel mehr als ein Stück Fels auf dem Grunde des Sees.“

„Und wie hast du das angestellt?“, fragte Keylam skeptisch.

Neve kramte in ihrem Beutel und holte ein kleines, in einen Stofffetzen gewickeltes Fläschchen hervor, das wie eine winzige Sonne leuchtete, als sie es auswickelte.

„Was ist das?“, fragte Arrow neugierig, nahm das Fläschchen und betrachtete es.

„Sonnenstrahlen“, antwortete Neve knapp.

„In Flaschen?“ Arrow war begeistert. Sie konnte gar nicht aufhören, das kleine Fläschchen in ihrer Hand von allen Seiten zu betrachten. Das Licht hatte eine beruhigende Wirkung. Es fühlte sich sogar ein bisschen an wie die echte Sonnc.

„Die Zwerge, denen du begegnet bist, bauen einen seltenen Kristall ab, der nirgendwo anders zu finden ist", erklärte Neve. „Anschließend verarbeiten sie ihn zu Gefäßen, in denen man die Sonnenstrahlen abfüllen kann. Mit gewöhnlichem Glas oder Tonkrügen funktioniert das nicht. Allerdings wirkt ein solches Gefäß, wenn es befüllt ist, selbst wie eine kleine Sonne. Die Strahlen gibt es in geringen Mengen ab, bis das Fläschchen irgendwann leer ist. Wickelt man es ein, hält sich die Energie sehr viel länger. Und wenn man es öffnet oder zerbricht, entlädt sich der Strahl sofort. Damit kann man Finsterlinge erledigen."

Keylam nahm Arrow das Fläschchen ab und betrachtete es misstrauisch. „Davon habe ich noch nie gehört", entgegnete er argwöhnisch.

„Das wundert mich nicht", antwortete Neve barsch. „Die Eigenschaften des Kristalls wurden auch erst vor kurzer Zeit entdeckt, und wie wir alle wissen, gab es so gut wie keine Möglichkeit, Sonnenlicht abzufüllen, da die grauen Schneewolken pausenlos den Himmel bedeckten."

Sichtlich verärgert über diese Antwort erhob sich Keylam und ging einige Schritte, bis er in der Dunkelheit verschwand. Arrow fühlte sich von dieser Reaktion überrumpelt.

„Er kann mich offenbar nicht ausstehen", murmelte Neve gekränkt.

„Was? Nein, das glaube ich nicht." Arrow wollte diesen Streit unbedingt schlichten. Sie verstand nicht, was los war, denn das erste Mal seit Tagen verspürte sie ein Erfolgserlebnis. Neve war zu ihnen gestoßen. Das erste bekannte Gesicht, das sie seit dem Unglück in Nebulae Hall nicht mehr gesehen hatte. Sie waren jetzt nicht mehr allein und ganz offensichtlich konnte die Elfe ihnen eine Hilfe sein.

„Eines würde mich mal interessieren", ertönte Keylams Stimme aus der Dunkelheit, aus der er mit schnellen Schritten wieder auftauchte. „Warum hast du dich nicht früher zu erkennen gegeben? Warum hast du uns verfolgt, wenn deine Absichten doch so edel sind?"

„Keylam, was soll denn das?", fragte Arrow verzweifelt.

„Ich musste Dewayne versprechen, mich von Arrow fernzuhalten", antwortete die Elfe betrübt. Sie senkte den Blick und im Schein des Feuers funkelten die Tränen in ihren Augen wie Sterne am Himmel. Genauso hatte sie ausgesehen, als Arrow sie das erste Mal getroffen hatte, und sie hielt es noch immer für ein Wunder, dass ein so trauriges Wesen so wunderschön aussehen konnte.

Als Arrow noch klein war, hatte sie einst auf dem Markt eine Mutter mit ihrer kleinen Tochter schimpfen hören. Das Mädchen wünschte sich so sehr das smaragdfarbene Band, das sie sich als Schleife in ihr Haar binden wollte. Doch die Mutter kaufte nur etwas für ihre ältere Tochter. Als das kleine Mädchen daraufhin anfing zu weinen, sagte die Frau der Kleinen, dass sie sofort damit aufhören sollte, denn weinende Mädchen wären hässlich und verdienten nichts Schönes.

Oft hatte Arrow an dieses Ereignis zurückgedacht und überlegt, wie viel Wahrheit wohl in dieser Äußerung stecken würde. Doch als sie Neve das erste Mal so gesehen hatte, wusste Arrow, dass es eine Lüge war. Denn die Tatsache, dass die Elfe etwas traurig gemacht hatte, schmälerte ihre Schönheit nicht im Geringsten.

Ihr ungestümes schwarzes Haar, das in unterschiedlichen Längen in alle Richtungen abstand und unter dem die spitzen Ohren hervorschauten, glänzte wie Seide und ihre Haut schimmerte wie Perlmutt.

„Aber wenn ich mein Versprechen gehalten hätte, wäre sie jetzt tot und das hätte ihm das Herz gebrochen“, schluchzte Neve.

Voller Mitgefühl setzte Arrow sich zu der Elfe ans Feuer. Verzweifelt suchte sie nach einem Taschentuch, doch das Einzige, was sie finden konnte, war der alte Stofffetzen, der zuvor um das Fläschchen gewickelt war. Neve nahm ihn dankbar entgegen.

„Du hast Dewayne seit dem Vorfall nicht mehr gesehen, richtig?“, fragte Arrow behutsam.

Neve schüttelte den Kopf.

„Weißt du denn ...“, Arrow zögerte. „Weißt du, ob er es überlebt hat?“

„Über seinen Tod habe ich nichts gehört, allerdings auch nichts über das Gegenteil“, antwortete sie mit leeren Augen. „Natürlich hoffe ich, dass er lebt. Es ist das Einzige, was mich dazu bringt, nicht aufzugeben. Das Einzige, was mich weiter machen lässt.“

Verständnisvoll lächelte Arrow sie an. „Dann geht es dir wie mir.“

Neve senkte den Kopf.

„Verrätst du mir auch, warum du ihm dieses Versprechen geben musstest?“, fragte Arrow behutsam.

Die Elfe riss den Kopf hoch und sah sie fragend an. „Das weißt du nicht?“

„Nein. Sollte ich es denn wissen?“, fragte Arrow stirnrunzelnd.

Neve wandte sich von ihr ab. „Dann kann ich es dir auch nicht sagen. Es tut mir leid, aber nachdem ich mein Versprechen gebrochen habe, möchte ich ihn wenigstens in dieser Hinsicht nicht enttäuschen.“

„Aber Neve, ich ...“

„Nein, bitte nicht!“, herrschte sie Arrow an. „Ich kann ihm das nicht antun. Es ist ein Geheimnis und ich werde es nicht verraten.“

Die Elfe konnte Arrow nicht überzeugen. Sie sagte die Worte, doch ihr Blick verriet, dass es ihr besser gehen würde, wenn sie es sich von der Seele reden würde, wenn sie sich jemandem anvertrauen könnte. „Bist du sicher?“, fragte Arrow hoffnungsvoll.

Plötzlich schaute Neve ihr tief in die Augen. Ihr Blick war so hart, dass es Arrow einen Stich versetzte. „Hast du nicht auch Geheimnisse, Arrow?“, fragte die Elfe. „Etwas, das niemand erfahren darf, weil es deine Mission gefährden und dich von deinem Weg abbringen würde? Wenn man ein Geheimnis verrät, kann das Türen schließen oder ... Tore öffnen.“

Arrow erschrak. Neve wusste es. Sie wusste, dass Arrow es damals gewesen war, und sie klang entschlossen, es zu verraten. Jetzt war Arrow nicht länger mit ihrem Geheimnis allein, und obwohl sie sich die ganze Zeit gewünscht hatte, es mit jemandem teilen zu können, umso mehr wollte sie jetzt das Gegenteil.

In diesem Augenblick kam die Elfe in Neve durch und es erinnerte Arrow an die Worte ihrer Großmutter, die sie immer vor den unberechenbaren Elfenwesen gewarnt hatte.

Neve hatte sie gerettet, trotzdem verfolgte sie ihre eigenen Ziele. Bis sie dorthin gelangte, würde sie eine Verbündete sein, aber was danach geschehen würde, wollte Arrow sich lieber nicht ausmalen.

„Hast du einen Plan?“, fragte Arrow die Elfe resignierend.

Die harten Züge in Neves Gesicht verschwanden. Sie wischte sich die Tränen von den Wangen und berichtete mit großer Entschlossenheit von ihrem Vorhaben. „Vor einigen Tagen habe ich in einem Pub gehört, dass in den Slate Mountains die Anwesenheit eines außerordentlich starken Perseiden zu spüren war. Einige Leute haben versucht, ihn zu finden, doch offenbar wird es von einem Monster gefangen gehalten.“

„Was für ein Monster?“, fragte Keylam interessiert.

„Das weiß ich nicht. Das Gespräch wurde unterbrochen. Doch ich bin gewillt, es herauszufinden und wenn ich Glück habe, treffe ich vielleicht sogar auf den Schützling.“

„Und wie willst du das anstellen?“, fragte Keylam geringschätzig. „Du bist eine Elfe. Du könntest einen Perseiden nicht von einem Stück Holz unterscheiden!“

„Einen Plan hatte ich noch nicht – bis jetzt.“ Neve schaute Arrow herausfordernd an.

„Wir kommen mit“, antwortete Arrow entschlossen.

Keylam packte sie am Arm. In seinen Augen spiegelte sich wider, wie besorgt er war. „Hast du eine Ahnung, wie gefährlich das für uns wird? Wenn es sich schon so weit rumgesprochen hat, werden wir nicht die Einzigen sein, die dort auftauchen.“

„Es ist der erste Anhaltspunkt und vielleicht bringt es uns unserem Ziel ein Stück näher“, antwortete Arrow.

Keylam ließ ihren Arm wieder los. „Deinem Ziel bringt es dich vielleicht näher. Mein Ziel ist es, dich zu beschützen, und eine Reise in die Slate Mountains entfernt mich davon weitestgehend.“ Zornig verschwand er wieder in der Dunkelheit.

Als Arrow sich schlafen legte, war Keylam noch immer nicht wieder aufgetaucht. Sie dachte die ganze Zeit über seine Worte nach und akzeptierte seine Bedenken. Allerdings war sie auch der Ansicht, dass übertriebene Vorsicht sie nicht weiterbringen würde, und so konnte sie keine Rücksicht auf Keylam nehmen. Ihren Vater zu finden, hatte oberste Priorität, denn mit jedem Tag, der verging, meldeten sich die Stimmen in ihrem

Kopf häufiger und immer lauter riefen sie: Du hast das Tor geöffnet.

Aber natürlich war es nicht nur das schlechte Gewissen, das Arrow antrieb. Melchior fehlte ihr. So weit entfernt wie jetzt war er noch nie gewesen, denn selbst wenn er damals mal nicht in Elm Tree war, so hatte Arrow doch immer seine Anwesenheit gespürt. Immer hatte er sich darum bemüht, dass es ihr an nichts fehlte. Er war ein guter Vater und Arrow brauchte ihn. Soviel hatte er ihr beigebracht und sie war dabei immer so glücklich gewesen. Doch seit sie in diese neue Welt gekommen war, musste sie alles ohne ihn erkunden und lernen. Natürlich war sie dabei nicht allein, doch es war nicht dasselbe. Melchior war einfach nicht zu ersetzen. Niemand füllte die Lücke in ihrem Leben und auch nicht die in ihrem Herzen.

Manchmal hatte Arrow das Gefühl, dass das Loch immer größer werden und sie eines Tages auffressen würde. Dann wäre die Leere endlich vorbei. Oder nicht?

Als Arrow in der Nacht aufwachte, hatte sie noch nicht lange geschlafen, doch ein seltsames Gefühl quälte sie. Sie wurde beobachtet, das spürte sie genau.

Neve schlief tief und fest. Sie hatte vor dem Einschlafen weitere Fläschchen ausgewickelt und aufgestellt. Offenbar sollten sie vor unangenehmem Besuch schützen.

Keylam war noch immer nicht zu ihnen zurückgekehrt. Arrow fand ihn nur wenige Meter entfernt in einer Ecke. Geschlafen hatte er scheinbar noch nicht.

„Ist alles in Ordnung mit dir?“, fragte Arrow.

„Ich traue ihr nicht“, antwortete Keylam schroff. „Leuten, die etwas zu verbergen haben, kann man nicht trauen – niemals. Und schon gar nicht Elfen, denn die haben immer etwas zu verbergen.“

„Dann traust du mir auch nicht?“, fragte sie betrübt.

„Wie kommst du denn darauf? Bist du jetzt eine Elfe?“, entgegnete er überrascht.

„Du sagtest, ich hätte mich verändert, seit ich in Nebulae Hall war, und dass dort etwas geschehen sein müsste, was ich niemandem verraten würde.“

„Das ist doch etwas Anderes“, winkte Keylam sofort ab.

„Ist es das?“, fragte Arrow mit hochgezogenen Augenbrauen.

Keylams Gesichtszüge wurden plötzlich ganz weich. Mit leuchtenden Augen schaute er Arrow an und zog sie zu sich. „In der kurzen Zeit, in der wir uns jetzt kennen, haben wir so viel zusammen erlebt und durchgemacht. Glaub mir – ich weiß, wer du bist, selbst wenn du es erst noch herausfinden musst. Und außerdem hast du keine Geheimnisse vor mir. Du hast mir gesagt, was dich bedrückt.“

Betrübt senkte Arrow den Blick. „Weißt du, ich ...“

„Sssscht“, unterbrach Keylam sie. „Hörst du das auch?“

Angespannt lauschte Arrow und dann hörte sie es auch. Das Geräusch erklang in regelmäßigen Abständen und es wurde lauter. Etwas näherte sich.

Inzwischen war auch Neve aufgewacht und horchte misstrauisch auf.

Arrow schrie auf, als eine plumpe Kreatur aus dem Schatten auf sie zusprang. Sofort zückte Keylam sein Schwert und richtete es auf das Geschöpf, das daraufhin mit weit aufgerissenen Augen erstarrte.

Es war eine Kröte, die um einiges größer war, als man es von Kröten gewohnt war. Sie reichte Arrow bis zur Hüfte und quakte sie flehend an. Eines ihrer Augen saß ein kleines Stück tiefer als das andere. Irgendwo hatte sie das schon einmal gesehen. Es kam ihr vertraut und wichtig vor.

Als Keylam mit seinem Schwert zum Schlag ausholen wollte, hielt Arrow ihn zurück. „Bon?“, fragte sie ungläubig. Der Blick der Kröte erhellte sich und sie quakte erfreut. Im gleichen Moment brach aus dem Schatten eine ganze Krötenschar hervor. Sie kamen aufgeregt aus allen Richtungen und sprangen in alle Richtungen. Als sich der Grund für diese Massenhysterie wenig später zeigte, ließ es Arrow das Blut in den Adern gefrieren.

„Ein Finsterling!“, schrie Neve und schnappte sich prompt zwei Fläschchen, die sie auf das Monster warf.

„Vorsicht! Die Zwerge!“, rief Arrow ihr zu.

„Die Krötengestalt schützt sie vor dem Sonnenlicht!“, antwortete Neve.

Die Fläschchen zersprangen an dem Finsterling, doch nichts passicrtc. Er lachte triumphierend und lief auf Neve zu, die ihm geschickt auswich.

„Zwerge?", fragte Keylam angespannt. „Nette Zwerge?"

„Die besten", antwortete Arrow, schnappte Keylams Hand und lief mit ihm vor dem Monster davon.

Die Kröten sprangen noch immer wild um sie herum. Neve war dicht hinter dem Wesen und warf immer neue Flaschen auf ihn, doch es passierte nichts.

„Er trägt Kleidung, die ihn schützt!", rief die Elfe. „Außerdem benutzt er einen Spiegel als Schild! Ich kann ihn nicht aufhalten!"

Arrow und Keylam liefen immer weiter. Der Finsterling zeigte sich von Neves Angriffsversuchen unbeeindruckt und zertrümmerte wahllos alles Gestein, das ihm im Weg war.

„Ich weiß nicht, ob wir ihn zu dritt besiegen können", rief Keylam Arrow zu. „Er ist stark und verdammt schnell."

„Und welche Alternative haben wir dann? An der Oberfläche ist der Tag noch nicht angebrochen. Da warten nur Perchtas Dämonen und ich glaube nicht, dass sie uns helfen werden!"

Keylam lachte auf. „Verstärkung wäre aber gar nicht schlecht!"

Arrow wurde langsamer. „Bist du verrückt?", schrie Keylam sie an. „Komm weiter!"

„Ich habe eine Idee", erwiderte sie. „Neve! Zerbrich alle Flaschen, dessen Licht in dieser Höhle leuchtet! Kein einziger Strahl darf mehr abgesondert werden!"

„Was?", rief die Elfe entgeistert.

„Tu es einfach!!", befahl Arrow hysterisch.

Verständnislos schüttelte Neve den Kopf, doch sie tat, worum Arrow sie gebeten hatte, und in der Dunkelheit zeichneten sich plötzlich die Umrisse unzähliger kleiner Männer und die eines Riesen ab.

Bevor die Lichter erloschen waren, hatten Arrow und Keylam sich noch hinter einen Felsvorsprung flüchten können. Nachdem ihre Augen sich an die Dunkelheit gewöhnt hatten, konnten sie den Kampf genau verfolgen.

Von allen Seiten griffen die Zwerge den Finsterling an. Sie zerrissen seine Kleidung und rammten ihm überall ihre Messer in den Körper. Die Kreatur schrie fürchterlich und warf seinen Spiegel nach den Zwergen. Doch er flog direkt auf Arrows und Keylams Schutzwall zu und zerbrach in tausend Splitter.

Als Arrow wieder hinter dem Vorsprung aufschaute, sah sie noch, wie der Riese dem Finsterling sein Schwert in den Bauch rammte. Dabei zitterte die Kreatur am ganzen Körper, bis sie schließlich starb.

Geschockt starrte Arrow das Wesen an. So etwas hatte sie noch nie gesehen, und obwohl sie wusste, dass der Finsterling ihr nach dem Leben getrachtet hatte, war es dennoch genauso grauenvoll mitanzusehen, als wäre es ein Freund gewesen. Es erinnerte sie an Stone.

„Alles in Ordnung?“, fragte Keylam, der genau wusste, was in ihr vorging. Arrow schluckte. Verstört nickte sie.

Eine kugelrunde Flasche leuchtete vor Neves Gesicht auf, doch es war kein helles, strahlendes Licht, sondern blau und schwach.

„Ich dachte, es funktioniert nicht mit Mondschein“, sagte Bon mit seiner tiefen, schwerfälligen Stimme.

„Das sind Irrlichter“, erklärte Neve mit einem schelmischen Grinsen. „Die kleinen Biester haben mir das Leben in Nebulae Hall ganz schön schwer gemacht und ich wollte nicht, dass sie mich vermissen, solange ich weg bin.“

Neve lachte amüsiert und Bon stimmte mit ein, bevor sie sich bei all der Wiedersehensfreude in die Arme fielen.

„Jemand zu Hause?“, fragte Smitt Arrow genervt, die noch immer apathisch in die Leere starrte.

Vom Fingerschnipsen des Zwerges kam sie wieder zu sich und fiel sogleich Bon in die Arme, der sie sichtlich glücklich empfing. Eine ganze Weile wollte sie ihn gar nicht wieder loslassen, bis sie bemerkte, dass sie von allen Seiten angestarrt wurden. Eilig löste sie sich aus der Umarmung und zog Keylam vor sich.

„Ihr kennt euch noch nicht“, murmelte sie verlegen.

„Freunde von Neve und Arrow sind auch meine Freunde. Ich bin Bartlmä Bon, aber du darfst mich Bon nennen.“

Bon lächelte Keylam an, der sichtlich beeindruckt war und ihm die Hand reichte.

„Was macht denn ein Riese bei den Zwergen?“, fragte Keylam verwundert.

Arrow hatte vergessen, Keylam von Bons außergewöhnlicher Erscheinung zu berichten. Obwohl sie ihm sonst alles erzählt hatte, war ihr das einfach entfallen.

Glücklicherweise trug Bon es ihr nicht nach und klärte Keylam geduldig auf. Die beiden verstanden sich auf Anhieb und sogar Smitt war ihm nicht unsympathisch.

Inzwischen hatten sie ein Lagerfeuer entzündet, auf dem auch umgehend Marb erschienen war.

„Hallo, altes Mädchen!“, begrüßte Bon das Moosweiblein freudig. Und als diese ihm daraufhin zuzwinkerte, haute das Arrow völlig aus den Latschen.

Im Schein des Feuers betrachtete Arrow neugierig die blau leuchtende Kugelflasche, die Neve zuletzt hervorgezaubert hatte. Kleine flammende Wesen tasteten darin nach einem Ausgang, klopften an die Scheibe und begannen abwechselnd eine Prügelei.

Arrow kicherte. „Sie sehen lustig aus. Und irgendwie erinnern sie mich an Irrgras.“

„Das wundert mich nicht“, entgegnete Neve. „Irrlichter sind ihre entfernten Verwandten. Fünf Tagesreisen östlich von Nebulae Hall gibt es ein Gebiet, auf dem sie das ganze Jahr über wilde Saufgelage veranstalten. Früher war es ganz witzig, dort zuzuschauen, aber mittlerweile laufen da so viele seltsame Typen rum, dass es einfach nicht mehr dasselbe ist.“

„Seltsame Typen?“, fragte Arrow kichernd.

„Ja – die Umherirrenden. Sie rennen kreuz und quer vor deiner Nase herum. Andauernd rempeln sie einen an und schrecken dann völlig entgeistert auf.“

„Sollte man ihnen dann nicht helfen, wenn sie umher irren?“

„Warum?“, entgegnete Neve verständnislos. „Die meisten dort wollen doch zu der Party. Sie wissen vorher, dass sie in die Irre geleitet werden. Das ist okay. Ihnen passiert da sonst nichts.“

Neve nahm die Flasche hoch und schaute die kleinen Lichter an. Dann schüttelte die Elfe sie heftig und sagte: „Allerdings können sie recht lästig werden, wenn man es nicht darauf abgesehen hat, von ihnen verfolgt zu werden. Aber gerade dann finden sie es besonders witzig.“

Arrow grinste. „Und du möchtest ihnen jetzt Respekt einflößen und sie wieder laufen lassen, wenn sie ihre Lektion gelernt haben, damit sie neu anfangen können und arme, einsame Wanderer sicher nach Hause geleiten?"

„Machst du Scherze?", fragte Neve empört. „So wie ich die in die Mangel genommen habe, führen die nur noch eine Person wo hin und zwar MICH ins Verderben." Die Elfe grinste. „Aber ich werde dafür sorgen, dass es nicht so weit kommt." Dann klopfte sie an das Glas. „Titankristall. Und der Verschluss ist versiegelt. Man müsste schon die Kraft von zwanzig Riesen besitzen, um das Gefäß zu zerbrechen. Allerdings würden es drei Zwerge auch schaffen ..."

„Es war eine echte Herausforderung, euch zu finden", sprach Bon Arrow an. „Als Anne mir sagte, dass ihr kein Ziel habt, dachten wir schon, wir würden euch niemals finden. Glücklicherweise habt ihr die Richtung beibehalten."

„Da hattet ihr wirklich großes Glück, denn ab heute haben wir ein Ziel und brechen in eine andere Richtung auf", ließ Arrow ihn wissen. „Wir wollen in die Slate Mountains."

Bon nickte. „Ihr sucht nach dem Perseiden."

„Ja. Wir denken, dass er uns unter Umständen helfen kann."

„Dann werden wir euch durch den Untergrund dorthin folgen", beschloss er. „Es hält sich das Gerücht von einem Monster, das den Perseiden gefangen hält."

„Weißt du, was es sein könnte?", fragte Arrow erwartungsvoll.

„Leider nicht", antwortete der Riese beunruhigt. „Alles, was wir gehört haben, ist, dass es sehr mächtig ist und kein Erbarmen haben soll."

Arrow senkte den Blick. Da wusste Bon nicht viel mehr als sie selbst.

Die Zwerge feierten wieder die ganze Nacht hindurch, doch Arrow hielt sich nicht sehr lange auf den Beinen. Schon bald schlief sie am Feuer ein und es war ein guter Schlaf – tief und fest. Denn zum ersten Mal seit Tagen fühlte sie sich sicher. Sie wusste, wie mächtig ihre Verbündeten waren, und wie zahlreich. Wenn jemand angreifen würde, würden die Zwerge sie beschützen.

Natürlich konnte Arrow auch gut für sich selbst sorgen. Keylam konnte perfekt mit dem Schwert umgehen, und wer sich mit Roga oder Whisper anlegen würde, hätte in ihnen mächtige Gegner. Außerdem würden sie Merlin um jeden Preis schützen. Das alles änderte jedoch nichts daran, dass Arrow sich für sie alle verantwortlich fühlte und nichts dem Zufall überlassen wollte. Glücklicherweise nahmen die Zwerge es ihr dieses Mal ab und sie war mehr als nur dankbar, diese Verantwortung für einen kurzen Moment ablegen zu können.

Die Slate Mountains

Keylam weckte Arrow, als alle anderen schon für die Abreise bereit waren. „Du hast geschlafen wie ein Stein. Von dem Trubel hier hätten sogar die Bewohner der drei Tagesreisen entfernten Stadt aufwachen müssen."

Sie fühlte sich gut an diesem Morgen und marschierte mit leerem Kopf bis zum nächsten Ausgang. Es war so befreiend, an nichts denken zu müssen. Alles fühlte sich unglaublich leicht an.

Bon hatte eine Rüstung angelegt und Arrow erklärt, dass diese für ihn unentbehrlich geworden war, während die anderen Zwerge nicht unbedingt eine bräuchten. Sie waren klein und äußerst flink. Bons Größe hingegen machte es ihm schwer, schnell genug zu reagieren, und so musste er sich schützen.

Er sah wirklich beeindruckend aus, vor allem, weil ihn die Rüstung noch etwas größer wirken ließ.

Der Ausgang war ganz leicht zu finden. Man musste nur eine dort zu findende Kerze anzünden, deren Schein den Durchgang freigab.

Während Keylam, Neve und Smitt vor dem Passieren des Tores noch besprachen, wo sie sich am Abend treffen würden, nahm Bon Arrow beiseite.

„Ich hatte seit unserem Wiedersehen gestern keine Gelegenheit, dich zu fragen, wie es dir geht." Der Riese klang besorgt. Es war rührend, wie er sich um sie kümmerte, und Arrow fühlte sich zutiefst geehrt.

Sie lächelte ihn an. „Danke. Es geht mir gut – vor allem seit der letzten Nacht. Ich bin wirklich froh, dass ihr gekommen seid."

„Als wir die Nachricht von Anne erhielten, haben wir uns sofort auf den Weg gemacht. Viele Geschichten ranken sich um die Prophezeiung, die dich betrifft. In einigen heißt es, dass ganze Völker dir folgen werden."

Die Prophezeiung. Arrow hielt nicht viel von Prophezeiungen. Man wusste nie, auf welcher Grundlage sie entstanden waren. Viele Leute klammerten sich oft krampfhaft an solche Vorhersagen und riskierten in ihrem Glauben nicht selten alles. Am Ende waren schon so viele bitter enttäuscht worden.

Sie hatte schon längst nicht mehr daran gedacht. Sie glaubte einfach nicht an so etwas und schon lange nicht daran, dass ausgerechnet sie etwas damit zu tun haben sollte. Sie wollte nicht für die Enttäuschung ganzer Völker verantwortlich sein. Alles, was sie sich wünschte, war, ihren Vater und Dewayne wiederzufinden, um mit ihnen zusammen die Nebulae Hall wieder aufzubauen. Da zählten nicht die Erwartungen Tausender, sondern nur ihre eigenen – nur sie selbst. Allein diese Bürde zu tragen, war schon schwer genug.

„Anne erwähnte, dass du dich seit deiner Rückkehr sehr zurückgezogen hast. Über dein Geheimnis hast du doch hoffentlich mit niemandem gesprochen?“, fragte Bon besorgt.

Und da war es wieder. Du hast das Tor geöffnet. Der Alltag hatte sie wieder eingeholt...

Arrow schüttelte den Kopf. „Nein, habe ich nicht. Aber du hättest mir sagen müssen, dass Neve davon weiß.“

„Sie kennt das Geheimnis?“, fragte Bon mit verengten Augen.

„Hattest du das nicht gewusst?“ Arrow war überrascht.

„Nein und ich wüsste auch nicht, wer es ihr hätte verraten können. Ich war der Annahme, dass ich es als Einziger kenne. Aber was ich genau weiß, ist, dass sie zu dem Zeitpunkt, als das passierte, auf der anderen Seite von Nebulae Hall war. Sie kann dich nicht gesehen haben. Jemand anderes muss es ihr verraten haben.“

Arrow zuckte zusammen. Was Bon da sagte, gefährdete ihren Plan in höchstem Maße, denn wenn jemand das publik machen würde, machte es sie zur Gejagten. Dann wäre sie auf sich selbst gestellt und hätte keine Chance mehr, ihre Familie je wiederzufinden.

„Hast du eine Ahnung, wer es sein könnte?“, fragte Arrow nervös.

Nachdenklich strich sich der Riese über sein Kinn. „Leider nicht. Aber mich würde schon interessieren, warum die Mitwisser es so lange geheim halten.“

„Ich hoffe doch, dass sie es aus den gleichen Gründen tun wie du. Sollte das nicht so sein, wäre ich verloren.“

„Dann wären wir alle verloren“, antwortete Bon mit einem gefährlichen Unterton in seiner Stimme. „Aber sie hat es doch wohl hoffentlich nicht Keylam erzählt? Weiß er davon.“

„Nein und ich glaube auch nicht, dass sie das tun würde."

„Aha. Und was bringt dich zu dieser Annahme?"

Arrow zuckte mit den Schultern. „Ich vertraue ihr. Ich weiß nicht, warum das so ist, aber ich tue es. Mein Kopf sagt mir, dass ich vorsichtig sein sollte, doch mein Herz vertraut ihr bedingungslos."

„Dann hör gut zu und verlasse dich lieber auf deinen Kopf", ermahnte Bon sie. „In diesen Zeiten kannst du niemandem trauen."

Der Himmel war strahlend blau, als Arrow das Tor zur Oberfläche passierte. Ein leichter, aber warmer Wind wehte und die Luft duftete nach Honig. Ein schöner Tag, um in die Berge zu wandern.

Erschrocken stellte Arrow fest, dass Neve sich auf Roga geschwungen hatte und mit ihr über die Wiese galoppierte.

„Aber sie hat gar nicht gefragt", murmelte Arrow vor sich hin.

„So ganz stimmt das nicht", entgegnete Keylam. „Du sagtest, du hättest sie von einem Elfen bekommen, und wir dachten, dass er kein Problem damit hätte, wenn seinesgleichen die Stute reitet. Und Roga hat sich auch nicht beschwert. Ich glaube, sie mag die Elfe."

Fragend musterte Arrow ihn. „Ich dachte, du traust ihr nicht?"

„Das tue ich auch nicht", entgegnete er. „Aber wenn wir zu Fuß gehen, erreichen wir die Berge heute nicht mehr."

„Whisper hätte uns beide tragen können. Das wäre für ihn kein Problem."

Keylam schaute verblüfft. „Da hast du vermutlich Recht. Aber jetzt ist es ohnehin egal – wo sie schon mal auf dem Einhorn sitzt."

Bevor sie sich auf den Weg machten, ließen sie noch die Pferde weiden.

Als Arrow sich sicher war, nicht beobachtet zu werden, stopfte sie einige Gräser in den kleinen Lederbeutel an Whispers Sattel. Zum ersten Mal schaute sie das junge Küken dabei an. Ein flüchtiger Schimmer in den Farben eines Regenbogens glitt ihm dabei über die großen Augen. Als Arrow ihm sanft über die Brust strich, schlief es gleich wieder friedlich ein.

Behutsam band sie den Beutel wieder zu und setzte sich zu den anderen in die Sonne.

„Wie hast du die Zwerge damals kennen gelernt?“, fragte Arrow Neve.

Die Elfe senkte den Kopf. „Ich kann mich kaum daran erinnern. Als das Unglück damals geschah – in Nebulae Hall –, da liefen alle hysterisch durcheinander. Die Menge überrannte mich förmlich. Bald wurde ich ohnmächtig, und als ich wieder aufwachte, lag ich im gleichen Bett wie du bei deinem letzten Besuch. Zu dem Zeitpunkt war schon alles vorbei. Die Wenigen, die überlebt hatten, waren längst auf und davon. Die Zwerge waren die Einzigen, die zurückgeblieben sind ... und ich.“

„Und du hattest keine Angst vor ihnen?“

Neve lachte auf. „Oh doch, die hatte ich. Damals erzählte man sich ja eine Menge über Zwerge und dabei hörte man nie etwas Gutes. Aber wie du selbst weißt, fällt es ihnen ja nicht schwer, Skeptiker schnell vom Gegenteil zu überzeugen.“ Neve lächelte. Sie war wirklich hübsch und in der Sonne blühte sie auf wie eine Rose.

„Und dann bist du bei ihnen geblieben?“, fragte Arrow. Sie konnte ihre Neugier nicht bändigen. In der Hoffnung, dass die Elfe sich verplappern würde, einen Hinweis geben würde, der sie verraten könnte, versuchte Arrow, das Gespräch am Laufen zu halten.

„Ja“, antwortete Neve betrübt. „Ich habe lange überlegt, ob ich Nebulae Hall ebenfalls verlassen soll. Aber wohin hätte ich gehen sollen?“

„Du hättest in das Elfenreich gehen können“, warf Keylam verständnislos ein. „Immerhin bist du eine Elfe, und wenn sie dich dort nicht verbannt haben, wärst du da am besten aufgehoben gewesen.“

„Das Elfenreich?“, fragte Arrow interessiert. „Ich dachte immer, die Elfen sind Teil dieses Reiches – wie wir alle hier.“

„Das sind wir auch“, antwortete Neve. „Wir gehören hierher wie jeder Baum und jeder Stein des Landes. Aber als einst die dunklen Zeiten über diese Welt kamen, schufen wir unser eigenes Reich. Es ist ... eine andere Welt – ein Reich im Reich. Dort herrschen eigene Gesetze und Regeln, denn es wird von einer Königsfamilie regiert. Ein jeder, der auch nur einen einzigen Tropfen Elfenblut in sich trägt, ist berechtigt, dort zu leben. Alle anderen sind im Elfenreich nur zu Gast. Die Erlaubnis ihres Aufenthalts ist zeitlich begrenzt und sie müssen sich den Regeln beugen."

„Aber dann hat Keylam Recht. So, wie es sich anhört, gehörst du in dieses Reich. Was hat dich hier gehalten?"

Neve senkte den Blick. „Ich weiß nicht, wie man dort hingelangt."

„Wie meinst du das?", fragte Keylam verwirrt.

Aufrichtig sah die Elfe ihm in die Augen und sagte: „Ich bin in Nebulae Hall geboren und habe es nie verlassen. Das war mein Heim. Natürlich habe ich nach dem Vorfall oft herauszufinden versucht, wo sich das Elfenreich befindet und wie man dort hingelangt, doch ich denke, du weißt, wie streng mein Volk dieses Geheimnis hütet. Die Wahrscheinlichkeit, dass jemand nach Nebulae Hall zurückkommen würde, um mich zu suchen, war einfach größer, als der Wunsch, mich auf die Suche zu machen. Und so habe ich gewartet, bis eines Tages Arrow dort auftauchte. Von da an bin ich ihr gefolgt."

Keylam nickte schuldbewusst. Danach sagte keiner von ihnen mehr ein Wort und schon bald setzten sie sich auf die Pferde und ritten in die Berge.

Das Wetter verschlechterte sich. Wolken zogen auf. Das passte zur Stimmung. Als sie ihr Ziel erreichten, klopfte Arrows Herz so schnell, als wollte es ihre Brust durchschlagen.

Glücklicherweise hatten sie noch Zeit bis zum Einbruch der Dunkelheit und so ließen sie die Pferde an der Oberfläche zurück, während sie nach der erstbesten Höhle suchten. Keylam hielt das für angebracht, da im Berg offenbar ein Monster hauste, das gern Jagd auf Perseiden machte. Whisper sollte nicht sein nächstes Opfer werden.

Neve holte aus ihrer Tasche ein Schwert hervor und reichte es Arrow.

„Danke", antwortete diese zurückhaltend. „Aber ich kann damit gar nicht umgehen."

„Nimm es trotzdem. Es ist immer noch besser, im Notfall eines zu haben, als unbewaffnet zu sein."

Unbeholfen schnallte Arrow es sich um die Hüfte.

Den Eingang in den Berg hatten sie schnell gefunden. Er war ungewohnt groß und nicht zu übersehen. Schleifspuren von Krallen pflasterten Weg und Wände. Der Gang führte so weit in den Berg, dass Neve schon bald ein Fläschchen mit Sonnenlicht hervorholen musste, um etwas sehen zu können.

„Nimm lieber das Gefäß mit den Irrlichtern“, schlug Keylam vor. „Wenn die Zwerge uns zu Hilfe kommen, schadet das Sonnenlicht uns mehr, als dass es uns nützt.“

„Wenn wir auf der Hut sein müssen, sind die Irrlichter uns nicht von Nutzen“, entgegnete Neve. „Ihr Licht ist zu schwach. Wenn das Monster sich in unserer Nähe aufhält, könnten wir es zu spät bemerken.“

„Dann nehmen wir einfach die letzten Fackeln“, warf Arrow ein. Keylam und Neve stimmten ihr zu.

Eilig versuchte Keylam sie zu entflammen, bevor er plötzlich innehielt und aufschaute. „Spürst du das auch?“, fragte er Arrow hoffnungsvoll.

Sie nickte. „Wir sind nicht umsonst gekommen.“

Neve atmete angespannt. Sie wusste, was das bedeutete.

Als sie weitergingen, passierten sie die Flügel eines geöffneten Tores, das offenbar den Tunnel versperren sollte. Keylam schloss eine Seite und bedeutete Arrow, die andere Seite auch zu schließen.

„Bist du verrückt geworden?“, flüsterte Neve aufgebracht. „Jetzt sitzen wir in der Falle.“

„So kann es uns nicht entkommen. Es kann Whisper nichts tun und es kann nicht mit dem Perseiden fliehen. Er ist schwach – das spüre ich.“

Arrow schreckte auf. „Habt ihr das gehört?“

Ein dunkles Brummen hallte durch die Höhle. Arrow erstarrte. „Da ist etwas. Es ist hier.“

Als sich vor ihr etwas im Schein des Feuers wand, hielt sie den Atem an. Ein gewaltiger Schwanz von wenigstens fünf Metern Länge verschwand in der Dunkelheit, aus der sie leuchtend rote Augen finster anstarrten.

Keylam schubste Arrow hinter einen Felsen und stürzte sich auf das Biest. Mit donnernden Schreien, die den Berg erzittern ließen, stieß es einen Feuerschwall aus und wehrte sich.

Das Monster war also ein Drache. Arrow wusste kaum etwas über Drachen, da sie in dieser Gegend als ausgestorben galten.

Aus der Ferne hörte sie schon, wie sich die Zwerge näherten. Angespannt verharrte sie hinter dem Felsen, nicht wissend, was sie tun sollte.

Hufschläge erklangen hinter dem schweren hölzernen Tor, das sie gerade erst geschlossen hatten. Immer und immer wieder wieherte Whisper panisch.

Endlich erschienen auch die Zwerge und stürzten sich mit Gebrüll auf den Drachen.

Mit einem Sprung tauchte Neve auf und versteckte sich bei Arrow hinter dem Felsen.

„Er hat jede Menge Wunden, doch er wehrt sich wie ein Löwe. Am besten bleibst du, wo du bist. Der Kampf schwächt ihn. Bald haben wir das Biest erledigt."

Neve schaute hinter dem Felsen hervor und verfolgte aufgeregt den Kampf.

Immer und immer wieder donnerte Whisper gegen das Tor. Irgendetwas stimmte hier nicht.

Arrows Herz schlug immer langsamer. Das Kampfgebrüll rückte in den Hintergrund. Ihr wurde übel und sie bekam keine Luft mehr. Dumpf donnerten die Hufe gegen das Holz. Ständig sah sie auf, doch vor ihren Augen verschwamm alles. Whispers Wiehern klang, als wäre es meilenweit entfernt.

Panik ergriff Arrow. Etwas stimmte nicht. Alles war falsch. Sie fasste sich an die Kehle, als würde sie ersticken, dann griff sie sich an den Kopf, als würde sie jeden Moment dem Wahnsinn verfallen. Etwas stimmte nicht. Die Hufe donnerten. Whisper schrie. Es war nicht richtig.

Und plötzlich ... auf einmal, da roch es nach Frühling und Kindheitserinnerungen erwachten in ihr. Sie liefen eine Wiese entlang. Überall erklang das Lachen glücklicher Kinder. Schmetterlinge flüsterten ihr etwas ins Ohr. Und dann wusste sie es. Von einem Moment auf den nächsten war alles ganz klar.

Sie stemmte sich auf und sprang hinter dem Felsen hervor. Viele Fackeln erleuchteten jetzt den Raum und der gewaltige blaue Drache war genau zu erkennen. Er schrie unter den Schmerzen, die er durchlebte. Immer und immer wieder spie er Feuer. Das Berginnere war höllenheiß.

Schwach spürte Arrow, wie Neve sie zurückhalten wollte. Reflexartig holte sie aus und schlug der Elfe ihre Faust ins Gesicht. Als Neve von ihr abließ rannte Arrow, so schnell sie ihre Beine tragen konnten, an den Zwergen vorbei und zog ihr Schwert. Mit fürchterlichem Gebrüll lief sie auf den Drachen zu und sprang vor Bon, der gerade mit seinem Schwert zu einem letzten gezielten Schlag ausholten wollte. Als er Arrow bemerkte, konnte er es nicht mehr stoppen und verletzte sie am Arm. Sie schrie, als würde sie dem Tod ins Auge blicken, rührte sich aber nicht von der Stelle und verharrte zwischen dem Drachen und Bon. „Sofort aufhören!“, schrie sie die Zwerge an.

Niemand bewegte sich. Sogar der Drache wurde ganz ruhig. Panisch blickten Keylam und Bon sie an.

Zitternd hob Arrow ihr Schwert. „Wer ihm von diesem Moment an noch ein Leid zufügt, bekommt es mit mir zu tun.“

Ihre Augen funkelten zornig. Arrow ließ ihr Schwert fallen und fasste sich mit schmerzverzerrtem Gesicht an den verwundeten Arm. Dann wandte sie sich um und ging auf den Drachen zu, der sie verstört musterte. Zögerlich streckte er ihr seinen Kopf entgegen und betrachtete sie.

Als Arrow hinter sich Schritte hörte, drehte sie sich hastig um. „Nein!“, schrie sie Keylam an. „Bleib, wo du bist!“

Dann wandte sie sich wieder dem Drachen zu. Sein heißer Atem brannte ihr in den Augen. Arrow starb tausend Tode und doch sagte ihr Herz, dass sie es richtig machte.

Mit einem tiefen Atemzug drückte der Drache seine gewaltigen Pranken in den Boden und brüllte Arrow so laut an, dass sie unter dem dröhnenden Schmerz die Augen fest zusammenkniff, doch sie rührte sich nicht von der Stelle.

Als der Drache verstummte, musterte er sie fragend, und als Arrow die Augen wieder öffnete, blitzten Tränen auf.

„Ich weiß“, flüsterte sie ihm zu. „Und es tut mir leid, denn ich habe dich auch vermisst, Ardor.“

Entsetzt ließ Neve ihr Schwert fallen, sackte auf den Boden und brach in Tränen aus.

Arrow saß an der Wand gelehnt, als Keylam ihr den Arm verband. Apathisch schaute sie den Drachen an. Ganz ruhig saß er mit geschlossenen Augen auf seinem Platz und streckte eine Klaue aus, die Roga mit ihrem Horn berührte. Ohne einen

Funken Angst hatte sich das Einhorn vor ihn gesetzt. Ihr Zauber stärkte ihn. Er hatte viel durchgemacht in den letzten Jahren. Offenbar wurde er unbarmherzig gejagt, denn schon vor ihrer Ankunft war er verwundet und geschwächt.

„Um ein Haar hätten wir ihn getötet“, murmelte Arrow verstört.

Keylam versuchte besorgt, ihren Blick auf sich zu lenken. „Wir wussten nicht, dass er der Perseide ist.“

„Dann hätten wir eben warten müssen, bis wir es herausgefunden hätten!“, erwiderte sie hart und von neuem füllten sich ihre Augen mit Tränen. „Dewayne ist mein Bruder und mein bester Freund. Ich hätte ihn nie wiedergesehen. Dann wäre ich auch noch für seinen Tod verantwortlich gewesen.“

„Du bist für den Tod von niemandem verantwortlich!“, entgegnete Keylam schroff. „Hör endlich auf, dir das immer einzureden. Das bringt uns nicht weiter!“

„Das mag wohl sein!“, entgegnete sie wütend. „Aber eintausend Jahre herumzusitzen und das Problem zu ignorieren, hat die Nyriden ja auch nicht gerade weitergebracht. Da warten lieber alle darauf, dass ein kleines Mädchen erscheint und sie von allem Übel befreit!“

„Wie meinst du das?“, fragte Keylam erschrocken.

„Ich meine, dass diese blöde Prophezeiung an allem Schuld ist!“

Keylam zuckte zusammen. „Woher weißt du davon?“

„Was spielt denn das für eine Rolle?“, entgegnete Arrow aufgelöst. „Viel schlimmer finde ich, dass alle anderen es wussten! Und obwohl wir vereinbart hatten, dass es keine Geheimnisse mehr gibt, kommen doch ständig neue ans Licht.“

Keylam senkte den Blick. Darauf konnte er nichts erwidern. Er fühlte sich schuldig. Tröstend nahm er Arrow in den Arm.

„Ständig frage ich mich, wie es so weit kommen konnte“, schluchzte sie. „Ich hatte eine glückliche Kindheit und bin behütet aufgewachsen. Alles war in Ordnung, bevor ich in diese verfluchte Welt gekommen bin. Von diesem Moment an ging einfach alles schief. Angefangen damit, dass ich die wichtigste Person in meinem Leben verliere, bis hin zu der Geschichte, dass ich Teil einer Prophezeiung sein soll, die diese Welt von ihrem Leiden erlösen wird. Das sind nicht unbedingt geringe Erwartungen, die eine ganze Bevölkerung da in mich setzt, und dabei weiß ich ja noch nicht einmal, ob ich meine eigenen Erwartungen erfüllen kann. Manchmal wünschte ich mir einfach, dass ich niemals in diese Welt gekommen wäre. Ich habe als Mensch gelebt und hätte auch als Mensch sterben können. Auf der Erde hätte ich alt werden können und mein Vater auch. Dort wäre es uns besser ergangen als hier."

Keylam sah sie traurig an. Er spürte ihre Verzweiflung und fühlte sich hilflos. „Bei den Menschen warst du schon lange nicht mehr in Sicherheit", flüsterte er ihr zu. „Seit du geboren wurdest, haben sie dich überall gesucht – Elfen, Zwerge, Gnome und sogar Nyriden. Sie haben dich und jene, die an dich glaubten, gejagt. Die Zahl der Opfer ist erschütternd. Sie interpretierten die Prophezeiung so, dass nur dein Tod Erlösung bringen werde. Lange hat es gedauert, bis sie bemerkt haben, dass sie dich in dieser Welt nicht finden werden. Melchior wusste das und nur deshalb ließ er dich bei den Menschen aufwachsen und verbrachte so viel Zeit wie möglich hier – er wollte sie auf eine falsche Fährte locken.

Damals hielten es viele von uns für das Beste, wenn er dich nicht so oft aufgesucht hätte. Wir dachten, dass uns das Zeit verschafft hätte. So hättest du noch länger dort leben können und wir hätten dich besser vorbereiten können, doch das kam für ihn nie infrage. Sein Wunsch nach einer Tochter war einfach zu groß. Er hatte so lange dafür gekämpft, sich dieses eine Mal einen eigenen Traum zu erfüllen. Sonst hat er immer nur alles für andere getan. Niemand konnte ihn daran hindern, dein Vater zu sein. Immer hat er nur von dir gesprochen."

„Du hast ihn gekannt?", fragte Arrow verwundert.

Keylam nickte. „Er war mein bester Freund und ich weiß nicht, wo ich heute ohne ihn wäre."

„Aber warum erzählst du mir das erst jetzt?"

„Ich wusste nicht, wie ich es dir sagen sollte."

Arrow schwieg. Vieles, auf das sie lange keine Antwort gewusst hatte, wurde ihr jetzt klar. Keylam konnte sie gar nicht lieben, jedenfalls nicht auf die gleiche Weise, auf die sie ihn liebte. Deshalb hielt er sie auf Abstand. Er war gar nicht derjenige, der sie bei der Spottjagd geküsst hatte, sondern nur ein Freund ihres Vaters, der in seiner Schuld stand und dessen Tochter er beschützen wollte.

„In der Menschenwelt", fuhr er fort, „hatten sie bereits nach dir gesucht. Es war schon gefährlich, ein letztes Abschiedsessen für dich und deine Freunde abzuwarten. Melchior brachte dich praktisch in letzter Sekunde dort weg. Dewayne und Anne hatten in dieser Nacht alle Hände voll zu tun, um eure Verfolger abzulenken. Du warst nie dazu gedacht, ewig dort zu leben."

„Und warum seid ihr euch so sicher, dass ich das Mädchen aus dieser Prophezeiung bin?", fragte Arrow verzweifelt. „Es kann auch jede andere nach mir sein."

„Arrow", sagte Keylam ernst, „es gibt keine nach dir. Und es gibt auch keine vor dir. Alle, die du kennst, sind mindestens eintausend Jahre älter als du."

„Was?", fragte sie zitternd. „Aber wie kann das sein?"

Keylam senkte den Blick. „Wir wissen es nicht. Es ist Melchiors Geheimnis und er hat es mit niemandem geteilt. Tatsache ist, dass seit der Teilung keine Kinder mehr geboren werden und dass du ... ein Wunder bist."

Lange konnte Arrow an diesem Abend nicht einschlafen. Durch den Eingang, dessen Tunnel sie zur Drachenhöhle geführt hatte, hörte man die Wilde Jagd toben. Noch immer machten ihr diese Geräusche Angst. Man konnte sich nicht daran gewöhnen, so oft man es auch schon erlebt hatte.

Arrow fragte sich, wie lange es wohl noch so weitergehen würde. Offenbarte Geheimnisse führten immer nur zu weiteren Geheimnissen und Fragen, auf die niemand Antworten wusste.

Während Arrow doch der Müdigkeit erlag und die Bilder vor ihren Augen verschwammen, erblickte sie im Schein des Feuers die Elfe, wie sie sich sehnsüchtig zu dem Drachen schlich und weinend an ihn schmiegte. Ardor stieß ein friedliches Brummen aus. Offenbar genoss er Neves Gesellschaft.

Arrow hätte ihnen gern noch länger zugeschaut. Die beiden sahen so glücklich und zufrieden aus. Und während sie sich wünschte, ebenso mit der Welt im Einklang zu sein wie die zwei, stellte sie sich die Frage, ob sie die Prophezeiung vielleicht nur erfüllen könnte, indem sie diese Welt zerstörte. Dann würde jeder endlich seinen Frieden finden.

Aufbruch ins Elfenreich

„Ich habe gehört, dass es im Norden liegt!"

„Ich glaube eher, dass es im Süden ist!"

Alle redeten durcheinander. Bis dahin hatte Arrow es nicht für eine schlechte Idee gehalten, alle Hinweise über die Lage des Elfenreiches zusammenzusuchen, doch jetzt war sie am verzweifeln. Einzig Neve hielt sich aus der Diskussion heraus und streichelte stattdessen lieber Roga.

Ratlos schlich Arrow sich zu der Elfe, um nur für einen Augenblick Ruhe zu haben.

„Das geht jetzt schon seit Stunden so", murmelte Arrow kopfschüttelnd. „Und du weißt wirklich gar nichts?"

„Leider nein", antwortete Neve verständnisvoll. „Bis das Unglück in Nebulae Hall passierte, war ich immer sehr glücklich dort und habe nie Fragen nach dem Elfenreich gestellt und danach – ich hätte es hätte wissen müssen – gab es einfach niemanden mehr, der es mir hätte sagen können. Und was passiert, wenn man jemanden fragt, der noch nie dort gewesen ist, aber trotzdem glaubt, es zu wissen, siehst du ja gerade. Da könnte man ebenso gut blind drauflos suchen."

Die beiden Frauen schmunzelten. Dann wollte Arrow sich wieder ins Getümmel werfen, doch Neve hielt sie zurück.

„Willst du dir das wirklich antun?", fragte die Elfe mitfühlend. „Du könntest hier mit uns warten, bis sie sich geeinigt haben. Außerdem ist es in Rogas Gesellschaft viel angenehmer. Sie strahlt ihre Ruhe überall hin aus."

„Ja", erwiderte Arrow, „sie ist wirklich ein Schatz. Ich kann dir gar nicht sagen, wie oft sie mich schon vor dem Wahnsinn bewahrt hat."

Neve lächelte und strich dem Einhorn über den Hals. „Sie ist wirklich süß. Woher, sagtest du nochmal, hast du sie?"

Arrow zuckte zusammen, als hätte sie einen Geist gesehen. „Von einem Elfen", war ihre Antwort und sie schlug sich an die Stirn.

Auch wenn Arrow nicht wusste, ob Roga jemals das Elfenreich betreten hatte, war es den Versuch wert. Sie fragte das Einhorn und die Stute marschierte los. Die Zwerge folgten ihr widerwillig.

Neve wich dem Drachen nicht mehr von der Seite, während Merlin noch immer großen Abstand zu Ardor wahrte.

Arrow fand den Gedanken witzig, dass sie jetzt ein ziemlich bunter Haufen waren.

Nachdem sie sich weit genug von den Slate Mountains entfernt hatten, gingen sie durch einen Ausgang an die Oberfläche – die Zwerge natürlich ausgenommen.

Dichter Nebel hing in dem Wald, den sie durchquerten. Das machte es ihnen einfach, unbemerkt zu reisen.

Ardor war in die Lüfte aufgestiegen und hatte Neve bei seinem Flug mitgenommen. Somit war Arrow mit Keylam, Merlin und Roga allein. Whisper begleitete die Zwerge im Unterirdischen Reich. Damit sie sich nicht verlieren konnten, hielt er Kontakt mit Ardor.

Der Wald wirkte wie verzaubert. Duft von Pilzen und von Moos lag in der Luft. Sommerliche Temperaturen herrschten zwar nicht, trotzdem war es atemberaubend schön.

An einem Baum machten sie Rast und genossen die Welt um sich herum. Die herbstliche Atmosphäre füllte Arrow voll und ganz aus. Immer schon hatte sie das Gefühl, diese späte Jahreszeit ganz besonders in jeder Faser ihres Körpers zu spüren. Es war, als würde man mit der Natur verschmelzen.

Als sie aufbrechen wollten, sah Arrow sich mit einem Problem konfrontiert.

„Wenn wir ab hier reiten wollen, müsste einer von uns Roga nehmen."

„Hast du noch immer Angst, dass der Elf erbost sein könnte, wenn jemand auf ihr reitet? Neve hat es auch getan und wurde nicht vom Erdboden verschluckt ... Zumindest bis jetzt nicht." Keylam lächelte sie an. Er wirkte so entspannt wie schon lange nicht mehr. Dies war das erste lockere Gespräch seit Tagen. Doch Arrow fand es gar nicht lustig, wenn er auf ihre Kosten Scherze machte.

„Ach, denk doch, was du willst", murrte sie ihn an und ging zu Roga.

Keylam war es gewohnt, ihr beim Aufsteigen behilflich zu sein, da sie seit Aufbruch ihrer Reise sonst nur auf dem deutlich größeren Whisper geritten war. Roga hatte die normale Größe eines Pferdes und so schreckte Arrow auf, als sie Keylam hinter sich bemerkte. Reflexartig packte sie ihn am Handgelenk, bevor sie seine Absicht verstanden hatte. Als ihr auffiel, wie schreckhaft sie reagiert hatte, lockerte sie den Griff.

„Alles in Ordnung?“, fragte Keylam, der direkt hinter ihr stand.

Als er ihr seine Hand entziehen wollte, spürte Arrow etwas an seinem Unterarm, das ihre Neugier weckte. Vorsichtig drehte sie ihn herum und betrachtete die merkwürdigen Zeichen, die darauf abgebildet waren. Sie fühlten sich an wie Narben und bedeckten die halbe untere Seite.

„Was ist das?“, fragte Arrow, während sie sanft mit ihren Fingern darüber strich.

„Einst gegebene Versprechen, die noch nicht erfüllt wurden“, flüsterte er in ihr Ohr. Dann nahm er Arrows Arm und drehte ihn vorsichtig um. Sie war überrascht. „Das habe ich noch nie zuvor gesehen“, flüsterte sie, als sie einige ähnliche Symbole auch bei sich erkannte. „Und ich weiß auch gar nicht, was ich versprochen haben soll und wem.“

„Das geht vielen von uns so“, antwortete Keylam. „Hier bei uns ist ein Versprechen bindend und sehr viel mehr wert als bei den Menschen. Man geht einen Pakt mit etwas Größerem ein. Solange es unerfüllt ist, sind es nur Symbole. Aber wenn man es bricht, brennen sie sich schmerzhaft in die Haut ein. Diese Narben verheilen nie.“

„Und wenn ich mich nicht erinnern kann und es gar nicht in meiner Absicht liegt, es zu brechen?“, fragte Arrow unsicher.

„In unserer Welt erzählt man sich, dass die Erinnerungen daran in der letzten Stunde des Lebens zurückkehren. Dabei ist es egal, wie lange es her ist und ob man noch die Möglichkeit hat, es zu erfüllen. Wenn man es aber mit in den Tod nimmt, zeichnet das die eigene Seele und die Seele desjenigen, dem das Versprechen gegeben wurde. Das quälende Gewissen wird einen nie mehr los lassen.

Wie du siehst, hast auch du solche bindende Versprechen gegeben, die noch nicht erfüllt wurden. Vielleicht solltest du das bedenken, wenn du wieder mal vorhast, dich selbst aufzugeben.“

Verwundert schaute sie Keylam an, dessen Gesicht ausdruckslos blieb. Dann half er ihr auf das Einhorn, bevor er auf Merlin stieg und sie durch den Wald davon ritten.

Arrow scheuchte Roga immer schneller voran. Ihr Kopf war voller Gedanken. Niemand hatte ihr je erklärt, dass diese Dinge hier so gehandhabt wurden, und ihr wollte einfach nicht einfallen, was das für Versprechen waren.

Als sie am nächstgelegenen Eingang zum Zwergenreich ankamen, wurde es hektisch.

„Hier ist kein Tor“, sagte Arrow verzweifelt. „Die Karte irrt sich!“

„Bisher hat die Karte sich nie geirrt“, versuchte Keylam sie zu beruhigen. „Der Eingang ist nur gut versteckt. Lass uns nochmal danach suchen.“

„Aber Neve und Ardor haben wir auch schon vor Stunden verloren. Sie müssten doch hier sein, wenn wir richtig wären!“

Merlin und Roga tranken erschöpft aus dem großen Teich, neben dem sich laut Karte das Tor befinden sollte.

„Vielleicht sollten wir weiter reiten und es beim nächsten Eingang versuchen.“

„Dafür bleibt uns keine Zeit mehr“, antwortete Keylam. „Die Nacht wird jeden Moment über uns hereinbrechen, und wenn erst die Jagd beginnt ... Wir würden es nicht schaffen!“

„Und was sollen wir sonst tun?“, fragte Arrow aufgewühlt.

In diesem Moment horchten die Pferde auf. Wie erstarrt stellten sie die Ohren auf. Dann zitterten sie am ganzen Körper. Augenblicke später ertönte das Heulen.

Aufgescheucht liefen Arrow und Keylam umher. Jeden Stock und jeden Stein drehten sie um, in der Hoffnung, den Eingang noch rechtzeitig zu finden, doch es gelang ihnen nicht.

Die Dämonen kamen immer näher und Arrow fühlte sich plötzlich wie gelähmt.

„Wo sind die Pferde?“, schrie Keylam entsetzt, bevor er zu Boden fiel und in den Teich gezogen wurde.

„Keylam!“, schrie Arrow und rannte zu der Stelle, um ihn wieder an Land zuziehen. Plötzlich umschlang etwas Grünes ihr Handgelenk und zog sie ebenfalls in die Tiefe. Arrow versuchte, sich zu wehren, doch das Ding war verdammt stark. Während sie immer schneller auf den Grund des Teiches gezogen wurde, erblickte sie noch unzählige Nebelgestalten, die über dem Wasser flogen, und bevor sie wusste, wie ihr geschah, schlug sie mit dem Rücken auf den Boden.

Arrow brauchte einen Moment, um sich zu orientieren. Sie wand sich und hustete große Mengen Wasser aus. Keylam half ihr auf. Genau wie Arrow war auch er pitschnass, doch sie befanden sich im Trockenen. Erleichtert schlang sie ihre Arme um ihn.

Über ihnen schimmerte Wasser, an der Decke. Arrow schämte sich, nicht selbst darauf gekommen zu sein, dass der Teich der Eingang war.

Eine hässliche Gestalt schaute hinter der Oberfläche grimmig auf sie herab. Wie eine Meerjungfrau besaß sie einen Fischschwanz. Von der Taille aufwärts sah sie allerdings nicht so hübsch aus: grüner Körper, dessen Form dem eines Menschen glich, gelbe Augen mit schlitzähnlichen Pupillen, spitze Zähne wie ein Kelpie, Kiemen, Rückenflossen und alles von Schuppen übersät.

Unfreundlich brüllte es Arrow an und schwamm dann wie ein Blitz davon.

„Er sagt, dass du beim nächsten Mal besser auf dich Acht geben und nicht so umher zappeln sollst, wenn man dir helfen will“, erklärte Keylam.

„Oh. Aber so, wie der mich angesehen hat, hätte das auch bedeuten können, dass ich beim nächsten Mal zu seinem Snack werde, sobald ich ihm wieder über den Weg laufe“, entgegnete Arrow eingeschüchtert.

„Ja, Merrows kann man schnell falsch verstehen. Sie sind nicht sehr freundlich und ob sie einem wohlgesonnen sind, weiß man immer erst, wenn sich die Wege trennen, ohne dass man in ihrem Maul gelandet ist. Aber diese hier waren offensichtlich auf unserer Seite.“

„Vielleicht sind sie ja so mies drauf, weil sie nicht annähernd so hübsch sind wie eine Meerjungfrau“, sagte Arrow sarkastisch.

„Das wage ich zu bezweifeln“, antwortete Keylam. „Sie sind das männliche Gegenstück zur Meerjungfrau.“

Arrow verzog das Gesicht. „Und trotzdem sterben sie nicht aus? Also wenn ich eine Meerjungfrau wäre, würde ich mir lieber einen Landbewohner suchen.“

Keylam lächelte. „Einige tun das auch, aber nicht aus Vorsatz, sondern aus Liebe. Dem Rest macht es nichts aus, dass ihre Männer sich so von ihnen unterscheiden. Manchmal ziehen sich Gegensätze eben auch an."

Beim letzten Satz strich Keylam Arrow träumend eine tropfende Haarsträhne aus dem Gesicht. Ihr Herz machte einen Sprung. Er liebte sie doch gar nicht, und obwohl sie sich seit dieser Erkenntnis mit aller Macht gegen die Gefühle wehrte, die sie für ihn empfand, waren sie doch ungebrochen und strömten in Momenten wie diesen wie ein Wasserfall über sie nieder.

Der wunderbare Augenblick endete schlagartig, als Arrow hunderte Wassertropfen ins Gesicht geschleudert bekam.

„Merlin!", rief sie dem Schimmel zu, der versuchte, sein Fell trocken zu schütteln. Neben ihm stand auch Roga.

Keylam half Arrow auf die Beine und legte seinen Arm um ihre Schulter. „Riechst du das?", fragte er. „Offenbar wartet nicht weit entfernt ein Abendessen."

Tatsächlich hatten die Zwerge ganz in der Nähe ihr Lager aufgeschlagen und mit den allabendlichen Feierlichkeiten begonnen.

Smitt rührte Suppe in einem riesigen Kessel und wippte nebenbei zur Musik. Die anderen Zwerge saßen um ein großes Feuer. Mitten unten ihnen feierte auch Neve.

Als Keylam und Arrow dazukamen, wurden sie sofort von Whisper begrüßt. Auch Ardor erhob sich und musterte beide von oben bis unten. Er wollte sich davon überzeugen, dass es ihnen gut ging.

Nachdem sie sich am Feuer aufgewärmt hatten, feierten sie mit den Zwergen bis spät in der Nacht, ohne ein Wort über Kummer oder Sorgen zu verlieren.

Die kommenden Tage verliefen ähnlich. Roga führte sie immer weiter und einige der Zwerge äußerten inzwischen offen ihre Bedenken darüber, ob das Einhorn tatsächlich den richtigen Weg eingeschlagen hatte. Trotzdem hielt sich die Stimmung. Ernsthafte Gespräche blieben aus und auch sonst genossen die Zwerge den Aufbruch in ein großes Abenteuer. Arrow war glücklich, dass sie diesen Weg nicht allein gehen musste.

Am Abend erzählten die Zwerge von längst vergangenen Zeiten und am Tage klärte Keylam Arrow über ihr noch unbekannte Bewohner dieser Welt auf.

Eines Abends hatte sie sogar das Vergnügen, eine neue Bekanntschaft zu machen. Neve hatte in einem abgelegenen Winkel unweit ihres Lagers einen Troll aufgespürt. Er wirkte so verzweifelt, dass sie die Geburt eines neuen Finsterlings befürchtete, und so bat sie ihn mit ans Feuer.

Er war noch etwas größer als Bonn. Sein zotteliges, braunes Fell bedeckte den ganzen Körper und ließ nicht einmal seine Augen durchschimmern. Vom Wesen her wirkte der Troll ziemlich unbeholfen, doch auf eine ganz liebenswerte Art.

Neve munterte ihn auf. Immer und immer wieder sprach sie ihm gut zu, machte kleine Scherze und animierte ihn zum Tanzen. Zuletzt drückte ihm die Elfe noch ein Fläschchen Johanniskrautserum in die Hand – das sollte gegen Depressionen helfen.

Sie erzählte Arrow, dass sie Erfahrung in solchen Dingen besäße. Nach der Verwüstung von Nebulae Hall, als sie bei den Zwergen gelebt hatte, hätte sie sich andauernd mit solchen Sachen beschäftigt. Das hatte die Zahl der Finsterlinge gering gehalten und sie waren leichter zu bekämpfen.

Arrow war überzeugt davon, dass Neve ein gutes Herz besaß, und dachte darüber nach, dass die Elfe, obwohl anfänglich so gefürchtet, zu einer unersetzlichen Freundin geworden war. Schwachsinn, dass sie sich Dewaynes Meinung nach von Arrow fernhalten sollte.

Als sie am nächsten Tag wieder an der Oberfläche reisten, blieb das Einhorn plötzlich stehen.

Keylam holte die Karte hervor und prüfte, wo sie sich befanden.

„Das ist die Mitte“, sagte er zu Arrow und deutete mit dem Finger auf die Lage. „An diesem Punkt treffen die Himmelsrichtungen aufeinander.“

Sie schauten sich um, doch von einem Elfenreich fehlte jede Spur.

Neve landete mit Ardor. „Was ist?“, fragte sie Arrow.

„Keine Ahnung“, antwortete sie. „Roga hat einfach Halt gemacht. Vielleicht hat sie aufgegeben.“

Neve erstarrte. Mit aufgerissenen Augen heftete sich ihr Blick hinter Arrow fest. „Oder wir sind angekommen“, erwiderte die Elfe apathisch.

Keylam kam sofort herbei und Arrow drehte sich um. Auf der Lichtung, die Neve betrachtete, war nichts zu sehen. Nicht einmal die Andeutung eines Elfenreiches gab es hier, sondern nur eine große runde Fläche mit herunter getrampeltem Gras.

„Ein Elfentanzplatz“, murmelte Keylam.

Arrow schaute ihn an. „Ein bisschen klein für ein ganzes Reich ...“

Sein blick heftete sich weiterhin auf den Kreis. „Ab jetzt müssen wir auf der Hut sein“, erwiderte er ernst und mit besorgtem Blick fügte er hinzu: „Bei den Elfen, Arrow, ist nichts, wie es scheint. Dort drinnen darfst du weder Augen noch Ohren trauen.“

Arrow wurde ganz blass. Sie wusste nicht, worauf Keylam hinaus wollte. Er schien so ängstlich, dabei sollten sie sich doch eigentlich freuen, endlich ihr Ziel erreicht zu haben.

„Keylam hat Recht“, pflichtete Neve ihm bei. „Sieh dich bitte vor. Die Elfen hier sind anders als Dewayne oder ich.“

Neve atmete tief durch. Ihr Blick verfinsterte sich mehr und mehr. „Ich werde es als Erste betreten – allein. Wenn alles in Ordnung ist, werde ich euch nachholen. Sollte ich in zwei Stunden nicht zurück sein, müsst ihr unbedingt von hier verschwinden. Sucht einen Weg zurück in den Untergrund und folgt mir unter gar keinen Umständen!“

„Aber Neve, wir können doch ...“

Keylam unterbrach Arrow. Er umfasste ihren Arm und schaute sie besorgt an. „Sie hat Recht, Arrow. Die Welt der Elfen ist anders als diese. Wenn sie einem nicht wohlgesonnen sind, verändern sie die Zeit. Es kann passieren, dass du ihr Reich nach nur einem Augenblick wieder verlässt – und außerhalb des Kreises sind hunderte von Jahren vergangen. Du kannst dich nicht dagegen wehren. Nur ihresgleichen ist gegen solchen Zauber resistent. Neve muss allein gehen.“

„Und wenn ihr dort etwas zustößt? Wie können wir ihr dann helfen?“, fragte Arrow mit bebender Stimme.

„Mach dir keine Sorgen“, warf Neve ein. „Ich schaffe das schon. Und sollte ich nicht zurückkommen, so ist das trotzdem ein Zeichen, und zwar dafür, dass Hinweise und Hilfe dort nicht zu erwarten sind. Sollte das der Fall sein, müsst ihr von hier verschwinden!“

Obwohl Arrow der Ansicht war, auch einen anderen Weg finden zu können, nützte es nichts. Die Elfe war entschlossen und würde keine Widerrede akzeptieren.

Unmittelbar nach ihren letzten Worten marschierte Neve auf den Kreis zu. Arrow wollte ihr hinterherlaufen, um ihr Glück zu wünschen, doch Keylam hielt sie zurück.

Etwas weiter entfernt ließen sie sich im Wald nieder und beobachteten schweigend den Platz mit dem Kreis. Neve war einfach verschwunden, als sie ihn betreten hatte, und war inzwischen schon gefühlte fünf Stunden lang weg. Tatsächlich war noch nicht einmal die Hälfte der vereinbarten Zeit um.

Ardor hockte hinter Arrow und Keylam. Er starrte ebenfalls auf die kreisrunde Stelle. Kein Vogel zwitscherte in diesem Wald und weder ein Käfer noch sonst ein Waldbewohner war in der unmittelbaren Umgebung zu sehen. Sogar Merlin war so angespannt, dass er sich mit Roga zu dem Drachen gehockt hatte. Nach wie vor hatte er große Angst vor der riesigen Echse und trotzdem machte ihm dort draußen etwas Anderes weit mehr zu schaffen.

Arrow und Keylam redeten nicht. Zu groß war die Anspannung. Dies war die Ruhe vor dem Sturm.

Plötzlich kam jemand aus dem Kreis gesprungen. Er lief schnell und direkt auf sie zu. Augenblicke später tauchten weitere Gestalten wie aus dem Nichts auf.

Als sie erkannten, dass es nicht Neve war, flüsterte Keylam: „Lauf!“ Er klang, als würde ihm jemand die Kehle zuschnüren, und sie rannten los. Der Drache erhob sich in die Lüfte und die Pferde liefen in anderer Richtung davon.

Arrow hatte sich an Keylams Handgelenk geklammert, um ihn nicht zu verlieren. Sie liefen, so schnell sie konnten, und als ihnen die Luft ausging, versteckten sie sich hinter einem Baum.

Arrow hatte Mühe, leise zu atmen. Angespannt wartete sie darauf, dass die Verfolger an ihnen vorbei liefen. Als sich einen endlosen Moment lang nichts tat, flüsterte Keylam: „Haben wir sie abgehängt?“

Zitternd schaute Arrow hinter dem Baum hervor. Wenig Schritte entfernt stand jemand von schlanker Gestalt. Sein Gesicht konnte sie nicht erkennen, denn er stand mit dem Rücken zu ihr und schaute sich um.

Geschwind verschwand sie wieder hinter dem Baum. Ängstlich schüttelte sie den Kopf.

Keylam umklammerte den Griff seines Schwertes und Arrow tat es ihm gleich. Als sie hinter dem Baum einen Zweig knacken hörte, wollte sie es ziehen, doch jemand packte ihre Hand. Hastig schaute sie auf und ihr stockte der Atem.

Ungläubig schlug Arrow ihre Hand vor den Mund. Aus ihren stark geweiteten Augen liefen plötzlich massenweise Tränen unkontrolliert herab. Durch ihren Körper strömte es heiß und kalt mit einem Mal.

Mit einem lauten Schluchzen fiel sie dem Elfen um den Hals, der sie so fest umklammerte, als wollte er sie nie wieder los lassen.

„Wo hast du nur gesteckt?“, fragte Dewayne, der seine Tränen auch nicht länger zurück halten konnte.

Obwohl es am naheliegendsten war, hätte Arrow ihn hier nicht vermutet. Das Einzige, was sie sich erhofft hatte, war jemand, der ihr einen Hinweis auf den Verbleib ihres Bruders hätte geben können, doch ihn hier zu treffen, hatte sie nicht zu träumen gewagt. Zu groß wäre die Enttäuschung gewesen. Umso größer war jetzt die Freude, ihn wiederzusehen.

Als Arrow sich soweit beruhigt hatte, dass man ihre Worte wieder verstehen konnte, löste sie sich sanft aus der Umarmung und stellte erschrocken fest, wie ein anderer Elf Keylam in die Mangel nahm.

„Nein! Bitte loslassen!“, schrie sie auf.

Dewayne nickte dem anderen zu und dieser kam der Aufforderung nach.

„Ist alles in Ordnung?“, fragte Arrow besorgt.

Keylam nickte.

Überglücklich stellte sie Dewayne und Keylam einander vor, wobei dem Elfen das Leuchten in Arrows Augen nicht entging, als sie ihren Begleiter anschaute.

Ohne Zeit verstreichen zu lassen, lud Dewayne sie in das Elfenreich ein, an dessen Grenze auch schon Merlin, Roga und Ardor warteten. Das Wiedersehen zwischen Dewayne und dem Drachen war nicht weniger rührend, als es seinerzeit bei Arrow und Whisper gewesen war.

Unter den Elfen, die an der Grenze warteten, erkannte Arrow auch Row sofort, und obwohl er ein respekteinflößender Elf war, umarmte sie ihn herzlich zur Begrüßung. Neves Augen strahlten, als sie sie empfing. Mit einem kurzen Nicken deutete sie Arrow und Keylam an, dass alles in Ordnung war.

Bevor sie jedoch die Grenze überschritten, blieb Arrow zögerlich stehen.

Dewayne musterte sie besorgt.

„Ich habe da noch eine Bitte", sagte sie zu dem Elfen.

„Alles, was du möchtest", erwiderte er mit fragendem Blick.

„Auf unserer Reise hierher wurden wir von Freunden begleitet. Bisher waren wir keinen Abend von ihnen getrennt und ich möchte sie auch jetzt nicht im Stich lassen. Wenn es nicht möglich ist, kann ich das natürlich verstehen. Aber wenn doch, dann möchte ich dich darum bitten, auch sie als Gäste willkommen zu heißen."

Stirnrunzelnd sah Dewayne sich um. „Wo hast du sie denn versteckt?", fragte er.

Nervös wanderte ihr Blick langsam auf den Boden.

Dewayne brauchte einen Moment, um sie zu verstehen. Er holte tief Luft und es sah so aus, als wollte er sein Unverständnis darüber kundtun, doch dann hielt er inne.

„Wie gute Freunde sind es denn?", fragte er zögerlich.

„Sie haben mir mehr als einmal das Leben gerettet", antwortete Arrow ernst.

Das Elfenreich

Das Elfenreich war überhaupt nicht so, wie Arrow es sich vorgestellt hatte. Auf den ersten Blick wirkte es wie ein zweites Nebulae Hall, nur ohne Nebel und mit strahlend blauem Himmel. Die Wiesen blühten in allen Farben und jede Menge Elfen tummelten sich darauf.

Auf den zweiten Blick jedoch entdeckte Arrow den atemberaubenden Kristallpalast. Noch nie zuvor hatte sie ein so gewaltiges Schloss gesehen. Wie der Name schon sagte, bestand es einzig aus strahlend reinen Kristallen und befand sich – anders, als die ihr bekannten Schlösser – freistehend auf einer Wiese. Das überbot sogar ihre wildesten Fantasien.

Im Elfenreich herrschten frühlingshafte Temperaturen. Ein milder Wind wehte und verbreitete überall den Duft von süßem Nektar.

Die Begeisterung wurde schnell zur Nebensache, als plötzlich viele Stimmen durcheinander kreischten. Als Arrow sich umdrehte, erblickte sie die Zwerge. Sie alle hatten die Hände schützend vor ihr Gesicht gehalten, und obwohl die Sonne sie nicht in Stein verwandelt hatte, standen sie wie gelähmt da.

Smitt rührte sich als erster. Überrascht ließ er langsam die Hände sinken und schaute die Sonne an. Nachdem er seinen erstarrten Nebenmann in den Po gezwickt hatte und dieser dabei aufgeschrien hatte wie ein junges Schwein, strahlte Smitt bis über beide Ohren.

„Hey, Leute, wir leben noch!“, rief er den anderen zu, die sich daraufhin ebenfalls erstaunt aus der Starre lösten.

„Bedeutet das jetzt, dass die Sonne sie nicht mehr töten wird?“, fragte Arrow verwirrt.

„Nur die Sonne hier kann ihnen nichts anhaben“, antwortete Dewayne. „Aber das erkläre ich dir später.“

Während die Zwerge das Elfenreich voller Bewunderung erkundeten, wurden sie von den Elfen misstrauisch beäugt. Arrow konnte nicht sagen, dass ihre Blicke einen feindseligen Eindruck machten, doch auf jeden Fall lag große Unsicherheit darin.

Aber sie würden schon noch Freundschaft mit den Zwergen schließen, denn bisher hatten sie sogar den größten Zweifler für sich gewinnen können.

Nachdem Dewayne sie in den Palast geführt hatte, wo Arrow erstaunt bemerkte, dass ihn alle mit „Majestät“ anredeten, ließ er den Neuankömmlingen Speisen und Getränke bringen. Nachdem sie gesättigt waren, wurden frische Kleider gebracht. Arrow nahm dieses Angebot nur allzu gern an, denn was sie bisher getragen hatte, hatte auf der Reise schon sehr gelitten. Zu ihrem Unbehagen bekam sie allerdings ein Kleid. Vielleicht hätte sie darauf hinweisen sollen, dass sie keine Kleider mochte, doch fürs Erste begnügte sie sich damit. Nachdem sie ein Bad genommen und es sich übergezogen hatte, fühlte sie sich sichtlich wohler und Dewayne sagte ihr, dass sie strahlte wie die Sonne.

Arrow wollte noch nach Keylam sehen, doch Dewayne versicherte ihr, dass er und auch ihre anderen Freunde gut aufgehoben waren, und so bat er sie um einen Spaziergang.

Es tat gut, nach allem, was sie erlebt hatte, wieder einmal unbekümmert über eine Wiese schlendern zu können. Dewayne zeigte ihr einen Platz, von dem aus man einen wundervollen Ausblick auf den Palast und das Umland hatte. Ganz in der Nähe gab es auch Wasserfälle. Dieses Fleckchen Erde war einfach perfekt.

Als Arrow und Dewayne sich ins Gras setzten, wurden sie von bunten Schmetterlingen umschwärmt. Dewayne fing einen von ihnen, formte seine Hände zu einem Halbkreis, flüsterte dem Schmetterling etwas zu und ließ ihn lächelnd wieder fliegen.

„Schön habt ihr es hier“, brach Arrow die Stille.

Doch der Elf würgte den Smalltalk umgehend ab. „Ich möchte alles wissen, Arrow. Von dem Moment an, als wir uns das letzte Mal gesehen haben, bis jetzt. Ich will über jedes Detail Bescheid wissen. Wo warst du und wie ist es dir ergangen?“

Betrübt senkte Arrow den Blick, doch sie erzählte ihm die wichtigsten Dinge, angefangen dabei, dass sie jahrelang nichts von ihrem vorherigen Leben gewusst hatte, über die Reise nach Nebulae Hall bis hin zum Aufbruch ins Elfenreich. Am schwersten fiel es ihr, über die Begegnung mit ihrem Vater zu reden. Einzig die Tatsache, dass sie für das Unglück in Nebulae Hall verantwortlich war, verschwieg sie ihm. Stattdessen erzählte sie, dass sie in der Halle unweit des Tores von einem

Dämon bewusstlos geschlagen worden war und Bon sie dort gefunden hatte.

Arrow fühlte sich schlecht bei dem Gedanken, ihn anzulügen, doch die Wahrheit zu sagen, kam für sie nicht infrage – nicht jetzt und nicht hier. Zu einem späteren Zeitpunkt würde sie ihr Vergehen beichten und dafür bezahlen, doch im Moment konnte sie es nicht ändern, und bevor sie Buße tun würde, hatte sie noch andere Dinge zu erledigen.

Als sie ihre Geschichte beendet hatte, schwieg Dewayne. Sein Blick verriet, dass er diese Dinge erstmal verarbeiten musste.

„Roga war bei der Suche nach dem Elfenreich eine große oder womöglich sogar unsere einzige Hilfe“, warf Arrow ein, um ihn abzulenken.

Dewayne lachte auf. „Es war nicht unbedingt Zufall, dass Row sie bei dir gelassen hat. Allerdings hat es ebenso einer gehörigen Portion Glück bedurft.“

„Wie meinst du das?“, fragte Arrow stirnrunzelnd.

„Nach dem Vorfall in Nebulae Hall wurde ich hierher gebracht“, erwiderte der Elf. „Ich kann mir nicht erklären, wie es passiert ist, aber tatsächlich war ich seit meiner Ankunft hier krank. Kaum, dass ich erholt genug war, um etwas zu mir zu nehmen, hatte mich das Fieber auch schon wieder dahingerafft. Erinnerungen regten sich nur selten in mir. Oft bin ich aufgewacht und wusste nicht mal, wer ich bin. In gewisser Weise habe ich also ähnliche Dinge erlebt wie du.

Row erzählte später, dass ich im Fieberwahn oft deinen Namen gesagt habe, allerdings wusste er da noch nicht, wer du bist. Trotzdem wurde er stutzig und ließ das Einhorn bei dir, denn du warst die Einzige, die verrückt genug zu sein schien, einem Elfen Vertrauen zu schenken, und noch dazu hattest du den richtigen Namen.“

Arrow war begeistert. „Anne und sogar Keylam haben immer behauptet, dass Row mich nicht grundlos für Roga ausgesucht hat. Bis zuletzt habe ich das nicht so recht glauben können.“ Dann verschwand das Lächeln auf ihren Lippen. „Allerdings wundert mich jetzt nicht mehr, dass du nicht nach mir gesucht hast. Ich hätte wissen müssen, dass dir etwas zugestoßen ist.“ Arrow klang schuldbewusst. Natürlich hatte sie oft mit den Fragen zu kämpfen gehabt, warum sie nie jemand aufgespürt hatte, doch für sie war der Gedanke, vergessen worden zu sein, immer tröstlicher gewesen als der, dass eine geliebte Person den Tod gefunden haben könnte.

Dewayne hob Arrows Kinn und musterte sie mit ernster Miene. „Ich würde dich niemals im Stich lassen, hörst du? Und ich würde auch niemals zulassen, dass dir etwas geschieht. Ich war krank und dafür konntest du nichts – niemand konnte etwas dafür.“

Der Elf erwartete, dass sie seine Worte akzeptierte. Widerwillig nickte Arrow, obwohl sie tief in ihrem Innern wusste, dass es doch ihre Schuld war.

„Vor einigen Tagen dann war mein Zustand sehr kritisch“, fuhr Dewayne fort. „Es kam so plötzlich, dass sie sogar schon eine Totenwache für mich vorbereitet hatten. Doch über Nacht hindurch ich dann auf einmal völlig genesen.“

„Ardor“, schlussfolgerte Arrow.

Dewayne runzelte die Stirn. „Meinst du, er hat etwas damit zu tun?“

„Es war wie bei Keylam. Als wir seinen Perseiden nicht finden konnten, wäre das auch beinahe sein Ende gewesen.“

Dewayne nickte. „Zu ihm gehört der weiße Hengst?“, fragte er.

„Nein“, antwortete Arrow. „Sein Perseide ist nicht hier. Genau genommen weiß ich nicht, wo er sich überhaupt aufhält. Er hat ... sich auf eine Reise begeben.“

„Auf eine Reise?“, fragte der Elf misstrauisch.

„Ich hätte ihn nicht zurückhalten können“, verteidigte Arrow ihn sofort, wohl wissend, dass Dewayne dies zu denken gab. „Er ist ein Wesen höherer Macht. Er wird schon wissen, was er tut.“

Obwohl Arrow ihm ansah, dass der Elf sich mit dieser Antwort nicht zufrieden gab, beließen sie es dabei.

„Und weißt du schon, wo du nach Melchior suchen willst?“, fragte Dewayne.

„Nein. Ich habe nicht den geringsten Anhaltspunkt. Weder auf seinen Verbleib, noch auf den seines Perseiden.“ Die Trauer hallte deutlich in Arrows Stimme wider. Zwar hatte sie Dewayne wiedergefunden, doch die Freude über diesen Erfolg wurde ganz schnell wieder von dem Gefühl der Verzweiflung verdrängt, denn dem eigentlichen Ziel ihrer Reise war sie nicht näher gekommen.

„Wir haben den Hinweis bekommen, dass sich ein Perseide in der Eisenfestung aufhalten soll“, sagte Dewayne. „Vielleicht handelt es sich dabei um Isidor.“

Arrow schaute ihn stirnrunzelnd an.

„Isidor ist der Perseide deines Vaters“, antwortete der Elf auf ihren Blick.

Arrow starrte in die Leere. Ohne es zu wollen, füllten sich ihre Augen wieder mit Tränen. Sie schluchzte. „Seinen Namen hat er mir nie verraten. Selbst dafür fehlte uns die Zeit.“

Dewayne nahm sie in die Arme. Immer wieder flüsterte er Arrow zu, dass alles gut werden würde, und für einen Moment war sie der Versuchung nahe, ihm von dem Tor zu erzählen. Es würde eine solche Erleichterung sein, wenn sie sich ihm anvertrauen könnte. Oder nicht? Oder würde es vielleicht alles zerstören?

Gerade bevor die Worte ihren Mund verlassen wollten, überlegte sie es sich anders. „Woher hast du die Information über den Verbleib des Perseiden, Majestät?“, fragte sie stattdessen nur, wobei sie dem letzten Wort eine besondere Betonung verlieh. Dewayne kannte sie einfach zu gut. Er hätte sofort gewusst, dass ihr etwas auf dem Herzen lag, doch Arrow verstand es, ihn geschickt abzulenken.

„Schmetterlinge“, entgegnete Dewayne listig, „sind äußerst fähige Spione. Einige von ihnen finden Wege in jeden Teil dieser Welt und manchmal sogar darüber hinaus.“

Auf ihre Stichelei bezüglich seiner adligen Herkunft, ging er nicht weiter ein. Es schien ihm sichtlich unangenehm zu sein.

Arrow zwang sich zu einem müden Lächeln und Dewayne wischte ihr die Tränen aus dem Gesicht.

„Eine Frage habe ich noch“, sagte er zögerlich. „Keylam – liebst du ihn?“

„Nein“, antwortete Arrow wie aus der Pistole geschossen.

Keylam hatte kein Interesse an ihr gezeigt und sie hielt es für überflüssig, von ihren Gefühlen ihm gegenüber zu erzählen, wenn es doch nie mehr sein würde, als es jetzt war. Wenn niemand davon wüsste, würde es ihr leichter fallen, diese Dinge unter Kontrolle zu bekommen.

„Nein“, wiederholte sie kopfschüttelnd. „Aber er ist mir ein guter Freund. Ich habe keine Ahnung, wo ich jetzt ohne ihn wäre.“

Dewayne sah ihr tief in die Augen und strich ihr sanft über die Wange. „Dann solltest du dir schnell etwas überlegen, denn offensichtlich empfindet er weit mehr für dich als nur Freundschaft.“

Auf diese Bemerkung konnte Arrow nichts erwidern. Sie schaute so perplex, dass sie die Röte spürte, die ihr ins Gesicht schoss.

Eindringlich sah Dewayne sie an, bis er sich schließlich erhob und seinen Blick zur Seite richtete.

Keylam verharrte nicht weit entfernt und schaute sie beide an. Glücklich wirkte er dabei nicht, doch es schien ihm unangenehm, entdeckt worden zu sein. Entrüstet blieb ihr Blick an ihm haften.

Nur vage bemerkte sie, wie Dewayne fortging, denn was er gesagt hatte, hallte unweigerlich in ihrem Kopf wider.

Benommen erhob Arrow sich und wanderte den Hügel hinab zu Keylam. Ihr Kleid und die Locken, die ihr ins Gesicht fielen, wehten im Wind. Als sie vor ihm stand, fehlten ihr die Worte.

„Du siehst wunderschön aus“, sagte Keylam verträumt.

Verlegen lächelte sie ihn an, doch bevor sie etwas erwidern konnte, bebte die Erde, als ein halbes Dutzend strahlend weißer Pferde hinter ihnen vorbei galoppierte.

„Ich wollte schon immer mal auf einem Elfenross reiten“, bemerkte Arrow sehnsüchtig.

Es waren überaus edle Tiere und sie waren weit temperamentvoller als alle anderen ihrer Art, doch gerade das machte es zu einem unvergesslichen Erlebnis. Viele Sagen kreisten um die feurigen Rosse, die der Zucht der legendären Tuatha de Danann entstammten. In Irland nannte man die Tuatha de Danann auch Hügelvolk. Die Geschichten über sie waren die ältesten überlieferten eines Elfenvolkes in der Welt der Menschen. Schon seit Arrow das erste Mal von ihnen in den verbotenen Büchern der Bibliothek in Elm Tree gelesen hatte, wollte sie ein solches Pferd reiten.

Diese Rosse wurden nur mit den kostbarsten Metallen beschlagen und mit dem edelsten Zaumzeug ausgestattet. Sie steckten voller Feuer und unterwarfen sich niemandem. Bestenfalls wurde man von ihnen geduldet.

Für Arrow wurden an diesem Nachmittag Träume wahr. Einerseits lag es an diesen kostbaren Pferden und andererseits war es die Tatsache, dass sie dieses Erlebnis mit Keylam teilen konnte. Es war einfach überwältigend.

Als sie wieder zum Kristallpalast zurückkehrten, wurden sie schon von Dewayne erwartet, der sichtlich erfreut darüber war, dass ihnen der Ausritt gefallen hatte.

„Ihr kommt gerade noch rechtzeitig. Die Zwerge haben schon mit der Musik angefangen und die Hälfte meiner Männer betrunken gemacht."

Arrow schaute misstrauisch. „Ihr wollt ein Fest feiern? Was ist mit der Jagd?"

„Perchtas Dämonen haben keinen Zutritt zu unserem Reich", beruhigte sie Dewayne. „Nicht einmal in den Rauhnächten können sie es betreten. Also feierst du nun mit?"

Der gesamte Palast und die Wiese drum herum verwandelten sich bei Einbruch der Dunkelheit in einen Festsaal. Die Lichter der Kronleuchter im Inneren des Palastes wurden durch die Kristalle um ein Vielfaches verstärkt und am Himmel tanzten die Sternbilder.

Es war atemberaubend. Arrow kam sich vor, als müsste sie sich nur umdrehen und ihr Vater wäre wieder da. Es fühlte sich an wie damals in Nebulae Hall.

Die Elfen verstanden sich prächtig mit den Zwergen. An diesem Abend vereinten sie die unterschiedlichen Bräuche des Feierns und machten das Fest zu einem unvergesslichen Erlebnis.

Smitt spielte auf der Fidel, wie Arrow es noch nie zuvor erlebt hatte, und die Zwerge tanzten mit den Elfen ihren berühmten Elfentanz. Alle lachten ausgelassen, wobei das schwere, gemütliche Lachen von Bon am weitesten über die Wiesen hallte und auch, wenn es oft so aussah, als belastete ihn jede Bewegung, tanzte er dieses Mal engangiert mit. Er schnappte sich Arrow und wirbelte sie ordentlich im Kreis herum, während ein großes Publikum dazu klatschte.

Immer wieder wurde Wein eingeschenkt und das opulente Festmahl war köstlicher als alles je dagewesene.

Elfenfrauen tanzten mit Satyrn, Sternregen fiel vom Himmel und auch alte Bekannte gesellten sich zu den Feierlichkeiten. Mit der hellsten Begeisterung, die das zarteste von allen Wesen aufbringen konnte, begrüßten die Sylphen Arrow. Doch bevor sie sie davontragen konnten, schritt Keylam ein. „Heute Abend gehört sie mir", wies er die Sylphen verträumten Blickes ab und die funkelnden Wesen schmachteten ihn voller Romantik an.

Sie tanzten, als wäre die Welt um sie herum plötzlich verschwunden, Kummer und Leid davon geweht. Und Arrow wünschte sich, dass dieser Moment nie enden würde. Es fühlte sich seltsam an, so als geschehe dies nicht zum ersten Mal.

Für eine kleine Verschnaufpause unterbrachen sie ihren Tanz. Mit rasendem Herzen und nach Atem ringend, aber glücklich, trank Arrow von dem Wein. Keylam reichte ihr Weintrauben, von denen sie genüsslich kostete.

„Es ist eigenartig", sagte sie, während sie die verbleibenden Trauben betrachtete. „Nichts wurde mir so sehr eingeschärft wie die Regel, niemals von Elfenspeisen zu kosten, und nun bin ich hier und feiere nach Herzenslust ein Fest in ihrem Reich mit allem, was dazu gehört. Langsam glaube ich, dass es nur eine Legende ist, dass Elfen einem selten wohlgesonnen sind, sondern diese Dinge werden nur erzählt, um neugierige junge Mädchen von der Bereicherung durch eine solche Erfahrung abzuhalten."

Keylam lachte. „Möchtest du gern herausfinden, was hier tatsächlich echt ist?", fragte er mit einem gewissen Ton der Herausforderung.

„Meinst du etwa, dass die Dinge hier nicht real sind?", entgegnete sie zweifelnd.

„Arrow, es gibt nur einen einzigen Platz sowohl in dieser als auch in jener Welt, an dem noch mehr geblendet wird, und der befindet sich im Kopf eines jeden Lebewesens – besser auch bekannt unter den Begriffen Vorstellungskraft oder Fantasie."

Mit seinem charmant arroganten Lächeln reichte Keylam ihr die Blüte einer getrockneten Primel. „Anne hat sie uns mit auf den Weg gegeben. Diese hier ist die Letzte. Sie wird dir zeigen, was den Zauber von der Wirklichkeit trennt."

Seine Worte klangen magisch und auch ein bisschen so, als wäre er an diesem Abend ein völlig anderer als der, den sie kannte. Er sprach wie ein Elf und er bewegte sich wie ein Elf. Seine Art erinnerte Arrow an das Wandbild, auf dem sie ihn zum ersten Mal gesehen hatte. Noch niemals zuvor war er derart aus sich heraus gekommen.

Wie verzaubert aß Arrow von der Primel und die Welt um sie herum veränderte sich. Viele Dinge wie der Kristallpalast und einige Pflanzen behielten ihre Gestalt, doch nahezu jeder prunkvolle Tisch und jeder königliche Stuhl verwandelte sich in ganz gewöhnliches und teilweise beschädigtes Mobiliar. Der köstliche große Gänsebraten wich einem Berg aus püriertem Gemüse. Die vornehme Kleidung einiger Feiernder verwandelte sich in alte Lumpen oder fehlte stellenweise auch völlig und der Sternregen existierte gar nicht.

Arrow war begeistert. Sie konnte nicht behaupten, dass sie nicht damit gerechnet hätte, doch es gab viele Dinge, die so real wirkten, dass nicht davon auszugehen war, die Echtheit anzuzweifeln und ebenso auch anders herum.

Überall in der Umgebung verschwanden Bäume oder es tauchten dort welche auf, wo vorher prächtige Statuen gestanden hatten. Doch ganz besonders interessant war eine Begebenheit, die sich unweit hinter einer verschwundenen Hecke abspielte, denn dort, abseits der feiernden Gesellschaft, konnte Arrow das Treffen eines viel zu lange voneinander getrennten Liebespaares beobachten. Der bewegende Moment, als sich die beiden leidenschaftlich in die Arme schlossen, ließ Arrow den Atem stocken und es verblüffte sie, dass zwischen all den Illusionen und den vielen unglaublichen Abenteuern, die sie inzwischen erlebt hatte, nichts stärker und bewegender war als jener Zauber, der überall in dieser und sogar auch in jener Welt herrschte – die Liebe.

Lange schon wusste Arrow tief in ihrem Innern, dass Dewayne und Neve einander gehörten, doch mitanzusehen, wie sie sich nach diesen schweren Jahren und Ereignissen wiederfanden, war einfach überwältigend und beruhigend zugleich. Es gab Arrow Frieden, Zuversicht und auch Hoffnung.

„Ist alles in Ordnung?“, fragte Keylam die vor sich hin träumend lächelnde Arrow.

Mit leuchtenden Augen nickte sie ihm zu und zog ihn wieder ins Getümmel zum Tanz. Der Wein holte den Zauber zurück und zum ersten Mal verstand Arrow, was es hieß, in die Liebe verliebt zu sein.

Als Arrow erwachte, fand sie sich im feuchten, von Morgentau überzogenen Gras wieder. Eine winzige Blumenfee tanzte auf ihrem Bauch und kicherte. Sie war kaum größer als ein halber Finger und trotzdem sprach die Hingabe aus jeder ihrer Bewegungen. Als sie bemerkte, dass Arrow aus ihrem Schlaf erwacht war, flog sie erschrocken davon.

Nachdem Arrow sich aufgesetzt hatte, betrachtete sie, wie die prickelnden Sonnenstrahlen die letzten Nebelschwaden verdrängten. Die ganze Wiese erwachte zu neuem Leben und blühte in allen Farben und Formen. Offenbar war sie jedoch nicht die Einzige, die sie als Schlafgelegenheit genutzt hatte, denn überall zwischen den hohen Gräsern tauchten Köpfe und sich streckende Gliedmaßen auf.

Schmunzelnd stellte sie fest, dass neben ihr auch Keylam aus seinem Schlaf erwachte.

Eine schlanke Gestalt trat vor ihnen in die Sonne. „Das wurde aber auch Zeit“, schmunzelte Dewayne. „Wir sind bereit zur Abreise.“

„Abreise?“, fragte Arrow verwundert.

Dewayne zog die Augenbrauen hoch. „Du hast doch wohl nicht gedacht, dass ich dich noch mal aus den Augen lasse? Kommt jetzt. Wir sollten keine Zeit verlieren.“

Row und ein gutes Dutzend anderer Elfen begleiteten sie. Ein Teil von ihnen wanderte mit den Zwergen unter der Erde.

Nachdem sie das Elfenreich verlassen hatten, stieg ihnen ein modriger Geruch in die Nase.

„Das Wetter hat in der letzten Zeit verrückt gespielt“, bemerkte Row. „Solange nur der Winter herrschte, war das eine Sache. Doch als er sich dann schlagartig mit dem Sommer abwechselte, kam erst die wirkliche Katastrophe zum Vorschein. Der Erde bleibt keine Zeit zur Regeneration. Weder kann sie die gewaltigen Schneemassen beim Tauen in Zaum halten, noch hat sie die Möglichkeit, das neue Leben, das in ihr keimt, zu entfalten. Wenn das so weiter geht, werden die Resourcen, die so lange schliefen, bald erschöpft sein. Was uns dann erwartet, ist restlose Zerstörung.“

Diese Worte trafen Arrow zutiefst. Bisher hatte sie stets angenommen, in eigener und persönlicher Mission zu dieser Reise aufgebrochen zu sein, doch wie es aussah, war es sehr viel mehr. Die Natur war völlig aus dem Gleichgewicht geraten.

Mit einem unguten Gefühl machten sie sich auf den Weg durch die matschige Welt, welche im Begriff war zu sterben.

Am Abend beim Lagerfeuer herrschte eine beunruhigende Stimmung. Ein jeder spürte die Veränderungen und fürchtete sie, und obwohl die Zwerge krampfhaft versuchten, ihrem abendlichen Feiervergnügen nachzukommen, gelang es keinem von ihnen, seine Ängste zu überspielen.

„Die Bewohner verlassen unsere Welt“, murmelte Row, den Blick starr auf das Feuer gerichtet. „Sie fliehen in die Menschenwelt.“

Arrow drohte förmlich zu ersticken bei diesen Worten. Aufgewühlt erhob sie sich und ging zu Roga. Nur allzu sehr wünschte sie sich, dass das Einhorn die Kontrolle ihrer Gefühle übernehmen würde.

Dewayne folgte ihr. Wortlos verharrte er an ihrer Seite.

„Was in Nebulae Hall geschehen war, ist nur ein Vorgeschmack auf das Schicksal der restlichen Welt, richtig?“ Arrow zitterte.

Dewayne nickte zögerlich.

„Und was werden wir jetzt unternehmen?“

Der Elf schaute sie fragend an. „Wir suchen nach Melchior.“

„Aber das ist nicht alles, richtig? Wir suchen noch nach etwas Anderem, etwas, das diese Welt retten kann.“ Arrow klang eingeschüchtert.

„Kennst du die Geschichte von den Urmächten?“ Dewayne beobachtete Arrows Reaktion sehr aufmerksam.

Sie nickte. „Anne hat mir davon erzählt.“

„Dann weißt du auch, dass der Winter bisher unentdeckt blieb?“

„Ja. Das weiß ich, und seitdem ich davon gehört habe, denke ich viel darüber nach. Mir stellt sich dabei die Frage, ob es sein könnte …“ Arrow atmete tief ein. Ohne es zu wollen, glitt ihr Blick für den Bruchteil einer Sekunde zu Keylam, bevor sie wieder Dewayne anschaute. „Hältst du es für möglich, dass der Träger einer anderen Macht auch den Winter in sich birgt?“

Dewayne senkte den Blick. „Dieser Gedanke ist uns auch schon gekommen, doch wir haben ihn eines Tages verworfen.“

„Warum das?“

„Nun, für eine Weile würde der Träger damit leben können, doch die unterschiedlichen Mächte würden einen unerbittlichen Kampf in seinem Körper ausfechten, so dass er früher oder später daran zugrunde gehen würde. Bedenkt man die Tatsache, wie viele hundert Jahre wir schon mit dem Winter leben, ist diese Option ausgeschlossen. Der Träger würde das keine Wochen, geschweige denn Jahre überleben.“

„Und wie glaubst du, ihn zu finden?“

„Ich weiß es noch nicht. Vielleicht beantworten sich einige Fragen von allein, sobald wir Melchior gefunden haben. Auf einer Reise erwarten einen immer sehr viel mehr Überraschungen als die, mit denen man rechnet, und ich werde das Gefühl nicht los, dort Antworten finden zu können, wo ich es nicht für möglich gehalten habe.“

Dewayne entdeckte das Schwert unter Arrows Mantel und zog es hervor. „Zeig mir, wie gut du damit umgehen kannst.“

Arrow sah den Elfen an, als wäre er verrückt geworden, und auch Keylam warf ihm einen misstrauischen Blick zu.

„Es wird Zeit, dich auf einen Kampf vorzubereiten.“

Sehr schnell zeigte sich, dass Arrow überhaupt nicht mit einem Schwert umgehen konnte. Vielmehr sah es danach aus, als würde sie sich selbst verletzen, wenn man es ihr nicht sofort abnahm.

„Wieso hast du ihr dieses Ding gegeben?“, fuhr Dewayne Keylam an.

„Es ist besser als gar keine Waffe“, gab Keylam wütend zurück.

„Aber sie hat es nicht von Keylam“, rief Neve eingeschüchtert. „Ich habe es ihr gegeben.“

Für diese Worte erntete die Elfe undankbare Blicke von Dewayne. Dann nahm er Arrow das Schwert ab und feuerte es in die Ecke.

„Kannst du dich noch an die Kampftechniken erinnern, die dein Vater dich einst gelehrt hat?“, fragte der Elf herausfordernd.

Arrow betrachtete ihn eingeschüchtert. Es gefiel ihr gar nicht, im Mittelpunkt der Aufmerksamkeit zu stehen. Selbst die Zwerge hatten die Feierei abgebrochen, um zuzusehen.

„Nur vage“, antwortete sie. „Und ich habe seit Jahren nichts davon angewandt.“

Mit einem gezielten Schlag brachte der Elf Arrow zu Fall. Als Keylam ihr zu Hilfe kommen wollte, bedeutete Arrow ihm, dort zu bleiben, wo er war.

„Dann wird es höchste Zeit, dich wieder in Form zu bringen“, funkelte Dewayne sie düster an.

Als Arrow wieder auf den Beinen stand und sich an die blutende Platzwunde fasste, kochte sie innerlich. Mit einem Satz ging sie auf Dewayne los. Die Zwerge jubelten. Einzig Neve und Keylam beobachteten das Geschehen mit Bedenken.

Die Kämpfe dauerten bis spät in die Nacht. Irgendwann tauschten die Elfen mit den Zwergen Kampftechniken aus und alles wirkte nur noch wie eine riesengroße Rauferei.

Neve und Keylam saßen an einer Felswand und schauten dem Getümmel verständnislos zu.

Arrow hatte deutlich mehr Niederlagen hinnehmen müssen als Dewayne, doch bei den letzten beiden Kämpfen hatte sie ihn bezwingen können. Sehr glücklich war sie darüber allerdings nicht, schrieb sie ihren Gewinnen doch nur seinen schwindenden Kräften zu.

Völlig außer Atem ließ Arrow sich an einer Felswand zu Boden sinken.

Als Dewayne aufstand, hob er das in der Ecke liegende Schwert auf und reichte es Smitt.

„Der Faustkampf liegt ihr deutlich mehr als der Schwertkampf. Mach einen Dolch daraus. Der wird ihr noch von Vorteil sein.“ Mit einem arrogant zufriedenen Lächeln trat Dewayne sein Nachtlager an.

„Das war gar nicht schlecht“, bemerkte Bon mit seiner tiefen Stimme.

Nichts, wie es vorher war

In den folgenden Tagen spürte Arrow sämtliche Muskeln ihres Körpers mit jeder Bewegung. Am Abend trainierten sie.

Der Höhepunkt dieser Kämpfe ergab sich, als Keylam gegen Dewayne antrat. Der Elf unterschätzte seinen Gegner gewaltig, denn weder Sieger noch Verlierer gingen daraus hervor. Nachdem keiner von beiden aufgeben wollte, musste auf Bons Befehl hin abgebrochen werden.

„Hebt euch eure Kräfte für einen besseren Zeitpunkt auf!", wies er die beiden verärgert an, wohl wissend, dass dies nicht nur zu Demonstrationszwecken vorgeführt wurde. Vielmehr war es etwas Persönliches. Keylam und Dewayne konnten einander offensichtlich nicht ausstehen und diese Spannung wirkte sich auf die gesamte Gruppe aus.

Dewayne kassierte einen verständnislosen Blick von Arrow, die Keylams Wunden säuberte.

Erschöpft von dem Kampf schlief Keylam schnell ein. Arrow musterte ihn besorgt.

„Kann ich kurz mit dir sprechen?", fragte Bon zurückhaltend. Arrow nickte kraftlos.

Der Riese setzte sich neben sie und breitete eine Karte aus. „Wie es aussieht, werden wir die Feuerschluchten morgen erreichen. Ich schlage vor, dass ihr sie erst am Tage danach überquert, denn der nächste Eingang in das Zwergenreich ist weit entfernt, und wenn man die Schluchten erst einmal betreten hat, gibt es kein Zurück. Ihr könnt es schaffen, wenn ihr am folgenden Tag mit dem ersten Sonnenstrahl aufbrecht. Allerdings wird es auch dann knapp und ihr dürft keine Zeit verlieren. Der Eingang liegt direkt hinter den Schluchten und wir vermuten, dass die Schwelle von Feuer blockiert wird. Ihr müsst also sehr achtsam danach suchen."

„Hast du eine Idee, wie wir das Tor passieren könnten?"

Bon nickte. „Sammelt auf eurem Weg Feuerholz. Nicht viel, doch jeder von euch muss einen Scheit dabei haben, um es anzuheizen."

Arrow runzelte die Stirn.

„Das sind die Feuerschluchten, Arrow. Wie der Name schon sagt, regiert dort das Feuer und man macht es sich nicht zum Freund, wenn man es bekämpft. Es wird euch nur dann helfen, wenn ihr ihm helft. Also gebt ihm für jeden, der diese Schwelle passiert, eine Mahlzeit."

Arrow nickte – das klang einleuchtend. „Werdet ihr schon dort sein, wenn wir durch den Eingang treten?"

„Dieses Mal nicht und wir werden uns auch nicht dort treffen, sondern beim nächsten Eingang." Bon kreiste einen Punkt auf der Karte ein. „Dies ist der Mammutwald. Dort werden wir uns wiedersehen. Wir werden einen großen Umweg um die Schluchten machen müssen. Durch dieses Gebiet führt kein Tunnel des Zwergenreiches."

„Ich habe ein ungutes Gefühl bei dieser Sache", murmelte Arrow.

Bon legte seine Hand auf ihre Schulter. „Ich weiß. Doch das ist die einzige Möglichkeit, wie ihr zur Eisenfestung gelangen könnt. Einen anderen Rat habe ich nicht."

Arrow atmete schwer aus. „Und hast du auch einen Rat, was ich mit den beiden Streithähnen machen soll?" Gezielt richtete sie ihren Blick dabei auf Dewayne.

Hilflos schüttelte Bon den Kopf.

„Die genaue Lage der Festung kenne ich nicht", bemerkte Row auf dem Weg zu den Schluchten. „Das Einzige, was ich weiß, ist, dass sie in eine dunkle Rauchwolke gehüllt ist. Kein einziger Sonnenstrahl ist jemals dorthin durchgedrungen."

„Dann ist dort immer Nacht?", fragte Arrow stirnrunzelnd.

„So ungefähr", antwortete Row.

„Keine Sorge", beantwortete Dewayne Arrows zweifelnden Blick. „Perchtas Dämonen kommen dort nicht hin. In der Wolke würden sie nicht zwischen Tag und Nacht unterscheiden können, und wenn sie zu spät in Perchtas Reich zurückkehren, kriegen sie Ärger. Außerdem gibt es dort nichts als Stein und Dunkelheit. Ansonsten ist dieser Teil der Welt tot."

„Und wisst ihr auch schon, wie wir in die Festung hinein kommen? Bekanntermaßen reagieren wir Naturgeister allergisch auf Eisen."

Dewayne lächelte beeindruckt. „Bis auf den Namen hat sie rein gar nichts damit gemeinsam. Sie besteht ausschließlich aus Stein. Das mit dem Eisen ist nur ein Trick, damit niemand auf die Idee kommt, sich dort blicken zu lassen. Völlig unnütz – meiner Meinung nach. Bedenkt man doch, auf welchem Gebiet sie sich befindet. Wer würde so einen Ort schon freiwillig aufsuchen?"

„Genau", murmelte Arrow mulmig. „Und welcher Idiot baut sich an solch einem Platz schon eine Festung?"

Ein lautes Zischen, gefolgt von unbarmherziger Hitze, brachte die Reisenden zum Stehen.

„Wir sind da", sagte Row ehrfürchtig.

Die Feuerschluchten waren genauso, wie Arrow es sich vorgestellt hatte – nur ein großes Gebiet, in dem keinerlei Leben zu finden war. Hier und da einige Spalten, in deren Tiefe ein zäher Lavafluss dahin schlich. Kalt war es hier nicht und in der Luft lag der unerträgliche Gestank von Schwefel.

Glücklicherweise hatten sie die Tiere bei den Zwergen gelassen. Dies war kein Ort für sie.

Je mehr sie sich dem Mittelpunkt des Schluchtenlandes näherten, desto breiter wurden die Spalten. Elfenzauber mochte noch über einige Hindernisse hinweghelfen, doch schon bald war auch diese Möglichkeit verwirkt. Denn wie überall in dieser Welt herrschten auch hier magische Kräfte, gegen die alsbald jede Art von auswärtigem Zauber unmöglich war. Trotzdem kämpften sie sich durch die speienden Schluchten, deren Zentrum sie nunmehr erreicht hatten.

„Diese Stelle ist zu breit", bemerkte Row. „Das schaffen wir nicht."

„Dann lasst uns ein Stück weiter stromaufwärts gehen", schlug Dewayne vor. „Mit ein wenig Glück wird er dort schmaler."

Eine unendliche Weile wanderten sie, doch die Aussicht, eine passende Stelle zu finden, wurde immer unwahrscheinlicher und die Stunden rannten nur so dahin. Sie hatten einen strengen Zeitplan einzuhalten. Gelang ihnen dies nicht, würden sie vermutlich alsbald unfreiwillig die Gäste der Wilden Jagd werden. So richtig konnte Arrow nicht glauben, in den Schluchten vor den Dämonen sicher zu sein. Erzählen konnte Dewayne viel, doch wer sagte schon, dass er mit seiner Vermutung richtig lag?

Keylam war ungewöhnlich still an diesem Tag. Nur zu gern hätte Arrow ihn aufgemuntert, doch ihr war selbst ganz mulmig zumute. Sie mochte diesen Ort nicht. Überall war es besser als hier. Unter der nicht enden wollenden Schneedecke, die sie in den letzten Jahren gekannt hatte, schlief wenigstens alles nur, doch hier war alles tot. Niemand brauchte einen solchen Ort. Er war zu nichts nütze. Arrow fragte sich, was Mutter Natur sich wohl bei seiner Erschaffung gedacht hatte. Hoffentlich war dies nur ein Rohbau, dessen Fertigstellung sich nur um einige Jahre verzögerte – einige tausend Jahre.

Einige Meter weiter erblickten sie dann endlich die rettende Lösung. Auf einem schmalen Steg führte ein Weg zur anderen Seite.

„Diese Brücke werden wir überqueren“, bestimmte Dewayne.

„Dieses wacklige Ding?“, fragte Arrow verständnislos. „Keinen Fuß werde ich darauf setzen. Da könnte ich gleich freiwillig hinunterspringen.“

„Wo bliebe denn da der Nervenkitzel?“, erwiderte Dewayne unbeeindruckt.

„Aber das ist doch Wahnsinn!“, stieß Arrow aufgebracht hervor.

Dewaynes Lächeln wich entschlossenem Ernst. „Entweder das, Schwesterlein, oder Frau Perchta und ihre Gesellen! Nun, für welche Art des Todes entscheidest du dich – dem schnellen, schmerzlosen oder dem langsamen, qualvollen?“

Zornig setzte Arrow zum Gegenargument an, doch Keylam hielt sie zurück.

„Er hat Recht, Arrow. Wir suchen schon zu lange. Uns bleibt kaum noch Zeit, um den nächsten Eingang rechtzeitig zu erreichen. Dies ist der einzige Weg.“

„Und die Festung?“, entgegnete sie. „Wir müssen sie doch auch finden. Bisher haben wir nicht den geringsten Hinweis auf ihren Standort.“

„Das hat jetzt nicht Priorität. In erster Linie müssen wir von hier verschwinden – so schnell es geht.“ Keylam schaute ihr tief in die Augen. Sein Blick war verständnisvoll, doch auch entschlossen, und seine Stimme war ruhig und sanft. Und natürlich hatte er Recht. Doch Arrow zögerte. Sie wollte nicht die Erste sein, die den Weg auf die andere Seite wagte. Ihre Angst war zu groß. Doch da war auch noch etwas Anderes. Es fühlte sich an wie eine Vorahnung. Sie konnte nicht sagen, woher es auf einmal kam, doch plötzlich spürte sie schwindelerregende Hilflosigkeit. Und so sah sie zitternd zu, wie einer nach dem anderen die Brücke überquerte. Allen voran Dewayne und Neve, gefolgt von Row und seinen Leuten. Arrow und Keylam waren nun die Letzten.

„Komm, nimm meine Hand“, flüsterte Keylam ihr beruhigend zu.

Arrows Anspannung fiel von ihr ab. Alle anderen hatten die Brücke bereits wohlbehalten passiert und sie war jetzt mit Keylam zusammen. Sie würden es schaffen – da war sie sich sicher.

Als Keylam den ersten Schritt auf die Brücke trat, löste er seine Hand von Arrows, um ihr die andere zu reichen, und im gleichen Moment passierte es – die Brücke stürzte ein.

Neves Schrei hallte durch die kahle Landschaft. Arrow war zu entsetzt, um einen Ton rausbringen zu können. Vor ihren Augen lief alles in Zeitlupe ab. In einem Moment lächelte Keylam sie noch zuversichtlich an und im nächsten zog es ihm den Boden unter den Füßen weg.

Arrow warf sich auf den Boden und schaute über die Felskante. Ihre Freunde auf der anderen Seite riefen ihr etwas zu, doch sie hörte sie nicht – wollte sie nicht hören.

Mit aller Kraft umklammerte Keylam einen hervorstehenden Felsbrocken. Lange würde er das nicht aushalten.

Arrow legte sich so weit über die Kante hinaus, wie es nur möglich war. Es reichte gerade aus, um Keylams Hand zu ergreifen. Mit aller Kraft versuchte sie ihn hochzuziehen, doch es funktionierte nicht. Stück für Stück zog sein Gewicht sie immer mehr über die Kante hinaus.

Mit einem letzten liebevollen Blick löste Keylam seine Hand aus Arrows Griff und stürzte in die Tiefe. Ohne auch nur einen Augenblick darüber nachzudenken, sprang sie ihm nach.

Arrow stürzte immer tiefer. Jede Angst war von ihr gewichen. Keylam war dicht unter ihr und Arrows einziger Gedanke war, ihn zu erreichen. Der Lavafluss wurde von einer dicken Rauchwolke verdeckt, so dass es jeden Moment vorbei sein konnte. Aber das war egal. Sie musste Keylam erreichen. Und dann verschwamm alles um sie herum. Ihr Blick visierte nur noch Keylam und wie von einem kräftigen Windstoß angetrieben ergriff sie plötzlich seine Hand. Dann spürte sie, wie es kühler wurde. Noch immer befand sich eine gewaltige Rauchdecke unter ihnen, doch sie war weit entfernt. Auf einmal war da ein Funkeln im Qualm und dann Wüste und ganz plötzlich Grün. Mit einem gewaltigen Aufprall landete sie im weichen

Boden eines dichten Waldes. Schmerz breitete sich in ihr aus und sie rang nach Luft. Das Atmen fiel ihr schwer, doch nach einem Moment ging es wieder.

Panisch schaute sie sich nach allen Seiten um. Nur wenige Meter entfernt lag Keylam. Sie eilte zu ihm. Er war bewusstlos. Arrow versuchte, abzutasten, ob er ansonsten unversehrt war. Anscheinend hatte er sich nichts gebrochen.

Als sie sich umsah, glaubte sie, sich im Mammutwald zu befinden. Die Bäume hier passten auf Bons Beschreibung – sie waren überaus groß und demnach wohl auch sehr alt.

An einem der Bäume entdeckte Arrow ein kleines Fenster und eine offen stehende Tür. Wie es aussah handelte sich dabei um eine Hütte. Vorsichtig näherte sich Arrow ihr und klopfte an. Niemand war daheim. Der Zustand, in dem sich die Behausung befand, ließ vermuten, dass sie schon seit längerer Zeit unbewohnt war.

Das war erstaunlich – von Innen war der Baum hohl, doch von außen völlig intakt.

Ein Blick hinaus verriet, dass bald die Dunkelheit hereinbrechen würde. Eilig befreite sie das kleine Bett von Schmutz und Staub und legte dann den noch immer bewusstlosen Keylam dort hinein. Anschließend verriegelte sie die Tür von innen mit einem stabilen Balken, verhängte das Fenster und kehrte den Boden.

Als sie befürchtete, dass das nicht ausreichen würde, um die Hütte heimisch genug wirken zu lassen, zog sie ihre Stiefel aus, welche sie an die Tür stellte und legte eine kleine Haarspange in die zurückgelassene Schatulle.

In der Hoffnung, den Regeln der Wilden Jagd Genüge getan zu haben, lehnte sie sich an eine Wand und ließ sich daran niedersinken. Starr betrachtete sie den schlafenden Keylam. Immer wieder fragte sich Arrow, was eigentlich in den Feuerschluchten geschehen war. In einem Moment war sie dem Tode so nahe und im nächsten Moment eine Tagesreise davon entfernt. Wie war das nur möglich? Hatten ihre Freunde vielleicht geholfen? Aber dann hätten sie sich auch selbst helfen können und das war unmöglich, denn sie waren nicht hier.

Ihr Blick heftete sich auf ihre Hände. Krampfhaft versuchte sie sich daran zu erinnern, wie sie Keylam gepackt hatte. Erst hatte er sich immer weiter von ihr entfernt und dann war plötzlich alles so schnell gegangen. Doch Tatsache war, dass sie ihre Hände in ihrer Erinnerung gar nicht sehen konnte.

Abwesend nahm Arrow zur Kenntnis, dass die Wilde Jagd bereits in vollem Gange war. Dabei hatte sie keine Ahnung, wie lange das Treiben schon vor sich ging.

Tränen stiegen in ihren Augen und sie starrte auf ihre Hände. Verzweifelt vergrub sie ihr Gesicht darin. „Was passiert nur mit mir?“, schluchzte sie.

Der Mammutwald und die Eisenfestung

Ein schönes Bad war schon lange überfällig. Der stechende Gestank des Qualms hatte sich in Arrows Haaren festgesetzt.

Unweit der Hütte fand sie einen kleinen See, der sehr idyllisch anmutete.

Am Tage zuvor hatte sie die wärmenden Strahlen der Sonne genutzt, um Kleidung zu waschen.

Keylam war noch immer nicht erwacht. Sein Zustand war unverändert.

Auch seine Sachen hatte sie ihm bis auf die unteren Kleider ausgezogen und mit zum Waschen genommen.

Da die Kleidung noch immer nicht völlig getrocknet war, fühlte sie sich schon wie eine Waldfrau, die halbnackt über Stock und Stein sprang. Sie brütete darüber, wie man wohl ein Kleid aus Laub anfertigen könnte. Keylam würde sie dann auch eines „schneidern" – für Beinkleider fehlte ihr noch die Übung.

Entspannt tauchte sie in das wohltuend erfrischende Wasser. Gelegentlich kamen die Fragen über den Vorfall in den Feuerschluchten zurück, doch Arrow zwang sich, diese Gedanken zu unterdrücken. Sie wusste die Antworten nicht, und darüber zu grübeln, hatte sich ebenso wenig als hilfreich erwiesen. Doch die Stille der letzten Tage hatte ihr gut getan. Der Wald half ihr, sich zu erholen. Alles hier war schön und friedlich.

Als sie nach einer Weile plötzlich Stimmen vernahm, schrieb sie es erst ihrer Fantasie zu, bevor sie dann doch erschrocken aus dem Wasser stolperte und nach dem langen Unterhemd griff, welches sie am Ufer abgelegt hatte. Hastig versteckte sie sich hinter einem Baum.

Die Stimmen kamen näher und zu ihrer Freude hörte sie heraus, dass es ihre Freunde waren, die da sprachen. Doch so, wie sie aussah, konnte sie ihnen unter keinen Umständen unter die Augen treten. Ratlos, was sie tun sollte, presste sie sich immer mehr gegen den Baum und wünschte sich nichts sehnlicher, als unentdeckt zu bleiben. Offenbar hatten Arrows Wünsche die seltsame Angewohnheit angenommen, umgehend in Erfüllung zu gehen und so hüllte sich der Wald ganz plötzlich in dichten Nebel.

Den Rücken weiterhin an den Baum gepresst, wagte sie einen Blick. Doch nichts war zu erkennen.

„Welcher See?", hörte sie Neve rufen. „Das ist doch nicht viel mehr als ein Tümpel. Das Wasser reicht gerade bis zu den Knien!"

Arrow runzelte die Stirn? Bis zu den Knien? Vor wenigen Augenblicken erst war sie noch darin geschwommen...

„Ich schlage trotzdem vor, hier Rast zu machen", erkannte sie Rows Stimme. „Immerhin ist es Wasser und für ein kleines Bad und das Auffüllen unserer Krüge wird es reichen."

„Na schön. Dann machen wir es so." Das war Dewayne. Arrow freute sich. Und als sie weiter horchte, erkannte sie auch die Stimmen von Rows Leuten. Sie alle hatten es geschafft.

Während Arrow still weiter lauschte, bemerkte sie zuerst die zarten Finger nicht, die sich sanft um ihre Hüfte legten. Doch dann drehte sie sich erschrocken um. Der Schrei, den sie gerade noch ausstoßen wollte, verstummte.

Direkt vor sich sah sie Keylams Gesicht. Seine Augen funkelten verträumt und er schaute sie einfach nur an. Nur kurz bemerkte Arrow, wie seine und ihre Lippen sich immer näher kamen, und bevor sie auch nur die Chance hatte, sich für ihre spärliche Erscheinung schämen zu können, küsste er sie.

In ihr tobte ein Feuerwerk der Gefühle und es war wunderbar.

Sanft hob er Arrow in seine Arme und trug sie in die Hütte zurück. Niemand hatte sie bemerkt.

Behutsam legte Keylam sie auf das Bett. Während seine weichen Lippen zärtlich über Arrows Hals glitten, knöpfte sie ihm mit zitternden Händen das Hemd auf. Keine Sekunde nahm er seinen leidenschaftlichen Blick von ihr, als er sich aufsetzte und des Kleidungsstücks entledigte. Dann beugte er sich abermals hinunter und küsste sie, als gäbe es kein Morgen.

Sanft fuhren Arrows Fingerspitzen über seine warme, beinahe glühende Brust. Und als Keylam sich stöhnend an sie schmiegte, loderte das Verlangen in ihrem Körper so stark, dass sie nicht mehr klar denken konnte. Fast mechanisch schob sie Keylams verbliebene Kleider über sein Gesäß und ergab sich dann völlig ihrem Sehnen. Weder Zeit noch Raum spielten plötzlich eine Rolle. Die Welt stand still. Und als sie sich wieder drehte, hatte sie sich verändert.

„Schau mich an", flüsterte Keylam während er seine Finger über ihren Bauch gleiten ließ.

„Das tue ich", antwortete Arrow mit einem zarten Lächeln. „Seit unserer ersten Begegnung habe ich meinen Blick nicht mehr von dir genommen – egal ob ich geschlafen habe oder wach war."

Sanft küsste er ihre Wange. „Öffne deine Augen", bat er abermals. „Ich will in ihnen sehen, dass es so ist."

Und als Arrow seiner Aufforderung nachkam tanzte ein funkelndes Leuchten in ihrem Blick.

„Als ich damals erfahren habe, wer du bist, hat für mich festgestanden, dass ich mich von dir fernhalten musste. Doch in dem Moment, da ich dich zum ersten Mal sah, wurde mir klar, dass ich es nicht kann."

„Ich habe immer gehofft, dass du so fühlst", erwiderte Arrow sehnsüchtig. „Selbst, als du mir so fern wie der Mond warst, konnte ich nicht aufhören, es mir zu wünschen."

„Ich war dir immer nahe", entgegnete Keylam leidenden Blickes. „Je mehr ich mich dagegen gewehrt habe, desto unerträglicher wurde es. Und als du mich plötzlich geküsst hast, nachdem Neve dich zu uns gebracht hat, fühlte es sich an, als würde mich mein Verlangen nach dir verbrennen."

„Segen und Fluch zugleich", hauchte Arrow ihm zu. Keylam nickte und küsste sie innig. Dann drehte er sich auf den Rücken und hob sie auf seinen Bauch. Und wieder hörte die Welt auf sich zu drehen. Und das sollte auch bis zum nächsten Tag so bleiben.

Noch immer wie in Glück gebadet erwachte Arrow am nächsten Morgen. Sie hatte das Gefühl, Bäume ausreißen zu können, und etwas Ähnliches wollte sie auch tun. Sanft strich sie Keylam über das Gesicht. Er sah so schön aus, wenn er schlief. Es war unfassbar.

Still und heimlich zog Arrow sich ihre Sachen über, gab Keylam einen Kuss auf die Stirn und verließ die Hütte. Der Nebel hatte sich verzogen.

Nachdem sie sich ausgiebig gestreckt und ihre Haut von den prickelnden Sonnenstrahlen hatte berieseln lassen, suchte sie nach einer Herausforderung, denn es war Zeit für neue Taten.

Nicht wenig überrascht bemerkte sie hinter einem Haufen raschelnder Büsche plötzlich Whisper. Erfreut über das Wiedersehen schloss sie ihn in die Arme.

Gespannt wartete sie auf den Rest der Gruppe, doch offenbar hatte der Rappe die Suche nach ihr im Alleingang gestartet. Doch der Moment war perfekt. Dies war die Herausforderung, auf die sie gewartet hatte. Mit einem Satz schwang sie sich auf das gewaltige Pferd – was sie bisher noch nie ohne Hilfe geschafft hatte. Der Rappe stellte sich auf die Hinterbeine und galoppierte los.

Das war es – das war Leben. Ohne über die Konsequenzen nachzudenken, konnte Arrow sich frei fühlen. Sie musste nur loslassen, um Halt zu finden.

Darauf kam es also an.

Als Arrow von ihrem Himmelsritt zurückkehrte, strahlte sie bis über beide Ohren.

Keylam hatte die Elfen bereits gefunden und nahm Arrow als Erster in Empfang. Sanft half er ihr vom Pferd. Liebevolle Blicke verrieten beiden, dass alles in Ordnung war – dass sie glücklich waren.

Neve fiel Arrow in die Arme, als hätte sie nicht daran geglaubt, sie noch einmal lebend wiederzusehen.

„Arrow!“, rief Dewayne schon von weitem und rannte auf sie zu. Als sie sich auf halbem Wege trafen und sich in die Arme schlossen, schien es, als wollten beide nicht mehr voneinander loslassen.

Sie wusste nicht, was sie den anderen erzählen sollte, also sagte sie, dass sie sich nicht daran erinnern könne, was nach dem Sprung geschehen war. Wieder schmerzte es, ihre Freunde zu belügen, doch es schien leichter, als die Wahrheit zu sagen.

Nachdem Arrow Dewayne die Geschichte erzählt hatte, lief sie eilig zurück zu Keylam. Sie konnte es gar nicht erwarten, endlich wieder in seinen Armen zu liegen und ihn mit jeder Faser ihres Körpers zu schmecken und zu riechen.

Den ganzen Tag rasteten sie an diesem Platz und kehrten am Abend wieder in das Zwergenreich zurück.

Als Arrow Bon erzählte, dass sie in den Feuerschluchten in einen Abgrund gestürzt sei, bewusstlos wurde und sich später im Mammutwald wiederfand, musterte er sie skeptisch, äußerte sich jedoch nicht weiter.

Die anderen hatten die Eisenfestung auch nicht gefunden und Keylam verhielt sich seltsam seit Anbruch ihres Nachtlagers. Kurz vorher hatte Arrow ihn noch zusammen mit Neve gesehen. Die beiden hatten eine heftige Diskussion. Dass Keylam keine Elfen mochte, war für Arrow ja kein Geheimnis und auch vor Neve hatte er sie einst gewarnt.

In der Hoffnung, er würde Arrow auf seine eigene Initiative hin mitteilen, was vorgefallen war, hielt sie sich zurück. Doch es geschah nichts. Er wirkte distanziert. Mit einem mulmigen Gefühl im Bauch schlief sie erst spät ein.

Mitten in der Nacht wurde Arrow vom lauten Schnarchen der Zwerge geweckt. Keylam war verschwunden. Erschrocken setzte sie sich auf. Ungeduldig wartete sie darauf, dass er zurückkehren würde, doch das tat er nicht. Leise streifte sie sich ihre Sachen über und schlich sich aus dem Nachtlager. In dem staubigen Sand, der sich in den Gängen des Zwergenreiches abgelagert hatte, waren ganz deutlich seine Spuren zu erkennen. In der einen Hand eine Laterne haltend und die andere Hand immer griffbereit am Dolch folgte sie ihnen. Einige Stunden vergingen und Arrow musste ihren Körper dazu zwingen, die drohende Erschöpfung zu unterdrücken. Schon bald fand sie sich in einem regelrechten Labyrinth innerhalb des Zwergenreiches wieder. Einen dermaßen verwirrenden Pfad hatte sie hier unten noch nie entdeckt. Wenn sie hier jemals wieder rauskommen wollte, musste sie wachsam sein.

Ganz plötzlich spürte sie einen seichten Windzug. Die Luft schmeckte nach Schwefel. Vor ihr lag ein Ausgang und er war weder durch einen Zauber getarnt noch durch ein Tor versperrt.

Mit einem unguten Gefühl verließ sie das Zwergenreich, und was sie dort draußen sah, ließ ihr den Atem stocken. Doch lag es nicht etwa an der Luft, denn vor ihr lag die Eisenfestung.

Die Elfen hatten Recht – auf den ersten Blick sah sie aus, als wäre sie lediglich aus Stein errichtet. Dort gab es keine Fenster. Das ganze Gemäuer war nichts als ein gewaltiger quadratischer Klotz in der Landschaft, dessen Wände so glatt waren wie die Oberfläche eines Sees an einem windstillen Tag.

Ein merkwürdiges Gefühl überkam Arrow. Die Gerüchte stimmten – an diesem trostlosen Ort befand sich ein Perseide. Arrow fühlte es genau. Aber sie spürte auch noch etwas Anderes und es bereitete ihr großes Unbehagen. Das Tor der Festung stand offen – nicht sehr weit, nur gerade genug, dass sie eintreten konnte. Kaum hörbar schloss es sich hinter ihr.

Aufmerksam sah Arrow sich zu allen Seiten um. Hier gab es nichts. Innen war die Luft klarer und die schwarzen Marmorwände spiegelten ihr Bild wider. Ansonsten waren die endlos hohen Räume leer.

Ein langer Gang führte ins Zentrum der Festung. Der Perseide war nun nicht mehr weit. Und er war mächtig – das fühlte sie.

Als Arrow am Ende des Ganges einen Durchgang passierte, hielt sie inne. Vor ihr lag der bisher größte aller Räume. Riesige Säulen säumten seinen Rand. Von der Decke leuchtete gleißend helles Licht. Und dann sah sie ihn. Der Blick seiner pechschwarzen Augen ließ Arrow einen eiskalten Schauer über den Rücken laufen. Sein Geweih präsentierte die unbeschreibliche Macht, die in diesem Wesen ruhte, und er wirkte beinahe so groß wie Whisper.

„Isidor“, hauchte Arrow.

Der weiße Hirsch drehte ihr den Rücken zu und verschwand durch den Durchgang auf der gegenüberliegenden Seite. Arrow folgte ihm.

Ungeachtet der Gefahren, die dort lauern könnten, lief sie dem Perseiden hinterher. Endlich hatte sie ihn gefunden – den Wächter ihres Vaters. Sie fühlte genau, dass er zu ihm gehörte, und keine Macht der Welt hätte sie jetzt noch aufhalten können. Ein bisschen hoffte sie, sogar ihren Vater selbst hier finden zu können.

Als Arrow einen weiteren großen Raum betrat, schaute sie sich um – da stand der Hirsch, auf der obersten Stufe einer Treppe, die einen Podest hinaufführte. Dort oben befanden sich auch allerhand übergroße Statuen. Es bot einen wahrlich schaurigen Anblick. Überraschenderweise war der Hirsch nicht allein. Jemand stand neben ihm. Der Rücken der Person war Arrow zugewandt, so dass sie sein Gesicht nicht sehen konnte. Zu allem entschlossen, legte sie eine Hand an ihren Dolch und ging zielstrebig auf die Treppe zu.

Die Person drehte sich um und Arrow erstarrte. Geschockt, von dem was sie sah, flüchtete sie sich hinter eine der Säulen. Sie war den Tränen nahe. Übelkeit stieg in ihr hoch. Keylam hatte sie verraten. Er war hier! Die ganze Zeit über hatte er den Weg zur Festung gekannt, in welcher der Perseide ihres Vaters gefangen gehalten wurde. Aber konnte das wirklich sein? Und warum?

Die Minuten rinnen dahin. Alles war unverändert. Arrow verharrte weiterhin hinter der Säule und redete sich immer wieder ein, dass alles nur ein böser Traum sein konnte. Sie wollte aufwachen. Ihr war heiß und doch zitterte sie am ganzen Körper. Sie wollte weinen, doch es ging nicht. Ihr Atem war unregelmäßig und verursachte Schwindelgefühle.

Immer wieder kniff sie ihre Augen fest zusammen, in der Hoffnung, sich woanders zu befinden, sobald sie sie wieder öffnen würde. Schnell atmend fasste sie sich beunruhigt an Kopf, Brust und den kühlen Stein, gegen den sie lehnte. Doch die Kälte verschaffte keine Linderung.

Als Arrow nach endlos scheinenden Augenblicken endlich begriff, dass sie so nicht aus dieser Sache heraus kommen würde, trat sie langsam hinter der Säule hervor. Schritt für Schritt steuerte sie auf die Treppe zu. Das Entsetzen und die Enttäuschung standen ihr über das ganze Gesicht geschrieben.

Keylam rührte sich nicht. Ausdruckslos stand er da und schaute sie an.

Als Arrow die Treppe hinaufging, funktionierte ihr Körper nur noch. Sie fühlte ihn nicht mehr. Ihre Sinne wurden stumpf. Am liebsten hätte sie losgeschrien, doch sie war unfähig, auch nur einen einzigen Ton über die Lippen zu bringen.

Beim Betreten der letzten Stufe zog sie langsam ihren Dolch. Einst wurde ihr diese Waffe zur Verteidigung gegeben und nun sollte Keylams Blut das erste sein, das daran kleben würde. Die ganze Zeit über hatte er alles gewusst. Er wusste, wie viel Melchior ihr bedeutete – dass sie nicht komplett war ohne ihn. Und Keylam wusste auch, wie sehr Arrow unter der Ungewissheit litt. Er kannte ihren Schmerz, wusste, wie sehr sie sich jeden Tag aufs Neue quälte, wenn sie sich die Fragen stellte, ob ihr Vater noch am Leben war oder ob es ihm gut ging. Trotzdem hatte er sie im Dunkeln tappen lassen und zu allem Überfluss auch noch in dem Glauben, dass er sie liebte.

Keylam konnte nicht sehen, wie sehr Arrow zitterte, als sie ihm den Dolch gegen seine Kehle hielt, doch innerlich bebte sie. Noch immer rührte er sich nicht vom Fleck. Er sagte nichts und alles, was er tat, war, ihr in die Augen zu schauen. Dabei blinzelte er nicht einmal. Es war, als würde er ihre Gedanken lesen. Er wusste genau, wie es in ihr aussah, und gerade deshalb hätte sie ihm den Dolch ohne zu zögern in sein Herz rammen sollen. Doch Arrow tat es nicht. Als sie fühlte, wie die Tränen, die hinter der Säule einfach nicht fließen wollten, langsam in ihr aufstiegen, ließ sie von Keylam ab. Nichts wünschte sie sich jetzt mehr, als an einem anderen Ort zu sein.

Ohne auch nur eine Sekunde den Blick von Keylam zu nehmen, streckte sie ihre Hand nach dem Hirsch aus und plötzlich verschwamm alles vor ihren Augen. Es wurde schwarz, dann Sand und auf einmal Grün.

Mit einem kräftigen Aufprall purzelte Arrow auf weichen Waldboden. Der Hirsch wehrte eine Bruchlandung mit einem gekonnten Sprung ab.

Arrow bewegte sich nicht. Stumm lag sie nur da und flehte innerlich, dass dieser unbändige Schmerz nachlassen würde. Mehr noch wünschte sie sich, überhaupt niemals wieder irgendetwas fühlen zu müssen. Sie hatte genug durchgemacht, um nur ein Leben damit zu füllen. Ihre Grenzen waren erreicht.

Plötzlich strömten die Tränen wie von allein aus ihr heraus. Sie schrie aus Leibeskräften und schluchzte immer wieder. Ihr tauber Körper spürte die Kälte nicht, die plötzlich über die Landschaft streifte. Es begann zu schneien.

Arrows Tränen fanden kein Ende. Ihre Schreie sollten die Traurigkeit eindämmen, doch mit jedem Laut folgte ein neuer Stich ins Herz.

Nur dumpf hörte sie die Stimmen, die plötzlich näher kamen. Ihr Körper wurde gestützt und mit einer dicken Decke umwickelt. Behutsam wog Dewayne Arrows Körper in seinen Armen. Immer und immer wieder strich er ihr dabei über das Gesicht.

Wie in Trance schaute sie zum Himmel auf und nahm nicht wahr, was all die Stimmen ihr sagen wollten. Mehrmals versuchte Dewayne, sie anzusprechen, doch Arrow reagierte nicht.

„Bring mich nach Hause“, stammelte sie ihm zu, bevor sie erneut in Tränen ausbrach.

Mit einem Ruck nahm Dewayne sie hoch, doch als sie ganz plötzlich den Hirsch erblickte, sprang sie wie vom Teufel gebissen auf ihre Beine.

„Isidor!“, stammelte sie. „Niemand rührt ihn an!“ Was sie verlangte, war ein Befehl, und sie schrie ihn so laut, dass er bis weit in den Wald zu hören war. Die nassen Strähnen hingen ihr in das bleiche Gesicht. Die weit aufgerissenen Augen wurden von großen dunklen Rändern unterstrichen. Arrow wirkte wie eine Wahnsinnige.

Zögerlich und zugleich besorgt näherte Neve sich ihr. „Arrow, was ist denn geschehen?“

Doch sie antwortete nicht. Die Augen starr auf den Hirsch gerichtet, zitterte sie vor sich hin. Ihre Lippen liefen blau an.

„Meinst du, sie ist der Wilden Jagd zum Opfer gefallen?“, fragte Neve Dewayne.

Er schüttelte den Kopf. „Ich denke nicht. Und ich glaube auch nicht, dass wir in diesem Zustand etwas von ihr erfahren werden. Wir sollten tun, was sie verlangt, und uns vorerst auf den Heimweg machen. Offensichtlich hat sie die Festung und den Perseiden ja jetzt gefunden.“

Der Hirsch musterte Arrow, als ob sie eine Fremde wäre. Zweifellos gehörte dieser Perseide zu ihrem Vater und doch wahrte er Abstand zu ihr.

Zitternd holte Arrow ihr Medaillon hervor und öffnete es. Die kleine Schlüsselblume und das Kleeblatt fielen zu Boden, doch ließ sie sich nicht davon beeindrucken und schaute nur den Hirsch an. Als sie einige Schritte auf ihn zuging, trat sie das Kleeblatt kaputt. Eilig huschte Dewayne zu ihr herüber und rettete im letzten Moment die Blume vor der Zerstörung. Er tat sie in seinen Mantel.

Der Hirsch verstand, was Arrow wollte, und kam ihrem Wunsch nach. Im Bruchteil einer Sekunde verwandelte er sich in den leuchtend hellen Funken, als welchen ihn Arrow einst kennen gelernt hatte, und platzierte sich in ihrem Schmuckstück. Lächelnd schloss sie es und strich darüber, als würde es ihn trösten können.

„Niemand wird dich mir je wieder wegnehmen können“, flüsterte sie ihm zu.

Zurück im Kristallpalast

Die Tage vergingen und sie reisten – wie gewohnt – bei Nacht unter Tage und bei Tag an der Oberfläche.

Bon wirkte besorgt, als er hörte, in welchem Zustand die Elfen Arrow gefunden hatten, und kümmerte sich um sie.

Aber der Riese löcherte sie nicht mit Fragen und stellte auch keine Vermutungen an. Er war einfach nur da. Er war der Erste, der es schaffte, Arrow etwas Essbares anzubieten und ihr einen klaren, anwesenden Blick zu entlocken.

Die meiste Zeit reiste Arrow jetzt mit den Zwergen im Untergrund. Bon war stets an ihrer Seite und schwieg gemeinsam mit ihr. Er sorgte dafür, dass sie ihre Ruhe hatte.

Als sie zurück im Elfenreich waren, wo die Zwerge wieder problemlos die Sonne genießen konnten, tat Arrow noch immer nicht sehr viel mehr, als abwesend vor sich hinzustarren. Auch hatte sie noch niemandem Antworten gegeben. Keiner wusste, was in ihr vorging, und der Schmerz hatte noch immer nicht nachgelassen. Zwar hatte sie seither nicht mehr so angsteinflößend gewirkt wie im Wald, doch immer mal wieder stiegen die Tränen in ihr hoch.

Ganz besondere Sorgen machte sich Dewayne, als Arrow sich anstandslos von den Hofdamen in ein Kleid hüllen ließ, dass sie wie eine Königin anmuten ließ. Nie zuvor war sie so prachtvoll und respekteinflößend gekleidet gewesen. Sie sah wahrlich aus wie eine Herrscherin.

Und dann, ganz plötzlich, waren alle in heller Aufregung. Arrow hatte eine Versammlung einberufen lassen. Dewayne, Neve, Row und – stellvertretend für die Zwerge – Bon, sollten daran teilnehmen. In dem riesigen Ballsaal des prunkvollen Kristallpalastes erzählte sie ihren Freunden, was vorgefallen war. Dabei lächelte sie kein einziges Mal. Niemandem konnte Arrow etwas vormachen und die Trauer sowie Enttäuschung sprachen aus jeder Bewegung ihres Körpers.

Als sie die Geschichte beendet hatte, folgte Stille. Gespannt betrachtete sie jedes einzelne der Gesichter, um wenigstens erahnen zu können, welch ein Sturm sich jeden Moment anbahnen würde.

„Worüber hast du an jenem Abend mit Keylam gesprochen?“, fragte Row Neve.

Betrübt senkte die Elfe den Blick. „Über viele Dinge. Anfangs war es nur dies und das. Dann habe ich ihm von der Hochzeit erzählt und ...“

„Du hast was?“, fuhr Dewayne sie entgeistert an.

„Es tut mir leid.“ Die Lippen der Elfe begannen zu beben. Sie war den Tränen nahe. „Es ist mir einfach herausgerutscht, und als es draußen war, konnte ich ihn nicht mehr beruhigen. Ich habe mir nichts Böses dabei gedacht.“

„Diese Angelegenheit war nicht für seine Ohren bestimmt, Neve“, schalt Dewayne sie. „Sie war für niemandes Ohren bestimmt! Du hast dich in eine Sache eingemischt, die nur mich und Arrow etwas angeht!“

Dewayne war zornig. So hatte Arrow ihn noch nie zuvor gesehen. Neve weinte. Immer wieder entschuldigte sich die Elfe, doch Dewayne wurde immer wütender.

Als Arrow die Welt nicht mehr verstand und die verzweifelte Neve ihr unter Dewaynes wütenden Vorwürfen unendlich leid tat, schritt sie ein. „Moment mal!“

Dewayne schaute Arrow zornig an. In ihm brodelte es. Neve vergrub ihr Gesicht weinend in ihren Händen. Wissenden Blickes hielt Row sich aus der Sache raus. Bon hingegen hatte ebenso wenig Ahnung wie Arrow.

„Was ist hier eigentlich los? Um welche Hochzeit geht es hier und warum betrifft das mich?“, fragte Arrow ungewohnt fordernd.

Dewayne atmete schwer aus und senkte den Kopf. Dann schaute er Arrow in die Augen.

„Es war ein Versprechen, das ich deinem Vater geben musste“, antwortete er.

„Ach ja? Und worum ging es dabei? Dass du mich heiratest?“ In dem Moment, da Arrow es aussprach, hörte es sich wie ein Scherz an, doch schon im nächsten Augenblick dämmerte ihr, dass es bitterer Ernst war.

Entsetzt wanderten ihre Blicke zwischen den Anwesenden hin und her.

„Du sollst mich heiraten?“, stieß Arrow ungläubig aus. „Ich habe da etwas falsch verstanden, oder?“

Dewayne schüttelte den Kopf. „Dein Vater hat es sich gewünscht.“

Arrow schnappte nach Luft. Ihr fielen tausend Dinge ein, die sie gern dazu gesagt hätte, doch sie konnte sie in ihrem Kopf nicht ordnen.

„Und das soll jetzt was heißen? Dass du mich liebst?“, fuhr sie Dewayne an.

„Ja“, antwortete er wie aus der Pistole geschossen.

Arrow lachte auf. „Das ist eine Lüge!“

„Es ist nicht gelogen“, erwiderte Dewayne.

„Natürlich ist es nicht gelogen, doch uns beide verbindet lediglich die Liebe zwischen Geschwistern! Dewayne, das kann unmöglich dein Ernst sein! Du liebst mich nicht, wie ein Mann eine Frau liebt, und das wissen alle hier im Raum.“ Mit gequältem Gesichtsausdruck versuchte Arrow den Elfen von der Wahrheit zu überzeugen. Als ihr Vater ihm einst dieses Versprechen abgenommen hatte, hatte er Dewayne damit eine große Last aufgebürdet. Er liebte Melchior, als wäre er sein eigener Vater. Und ebenso umgekehrt. Stets war Dewayne Arrows Vater dankbar, dass er ihn einst so liebevoll aufgenommen und dabei immer behandelt hatte, als sei er sein eigener Sohn. Doch die Loyalität, die sich daraus entwickelt hatte, würde sie alle ins Unglück stürzen und das hätte Melchior nie gewollt – da war Arrow sich sicher.

„Das war es, was du mir damals sagen wolltest – an meinem letzten Tag in Elm Tree. Richtig?“, fragte Arrow mit ruhiger Stimme.

Der Elf nickte.

Arrow ging auf ihren Bruder zu und fasste ihn sanft an beide Hände. „Dewayne“, sagte sie mit einem zweifelhaften Lächeln, „deine Ergebenheit ehrt dich wirklich. Niemand weiß so genau wie ich, wie sehr du meinen Vater liebst. Aber auch wenn er mir ebenfalls die Welt bedeutet – ich werde dich nicht heiraten. Du liebst mich nicht und ich liebe dich nicht – jedenfalls nicht auf diese Weise.“

„Und wen liebst du dann?“, fragte er in der traurigen Gewissheit, sein Versprechen nicht halten zu können.

Arrow senkte ihren Blick.

„Oh nein“, sagte der Elf. „Noch immer? Nach allem, was er dir angetan hat?!“

„Ich kann es nicht ändern“, entgegnete Arrow und schon wieder stiegen ihr Tränen in die Augen. „So sehr ich es auch möchte, kann ich nichts dagegen tun. Ich weiß, dass es nicht richtig ist, aber es ist, wie es ist."

„Aber er hat dich verraten! Er hat uns alle verraten und vor allem hat er Melchior verraten!"

„Ich weiß", hauchte Arrow traurig. „Und genau deshalb ist es jetzt so wichtig, nicht noch mehr Leute unglücklich zu machen, als es sowieso schon sind. Würden wir beide den Bund der Ehe eingehen, gäbe es zwei gebrochene Herzen mehr. Tun wir es nicht, beschränkt es sich nur auf meins."

Fragend schaute der Elf sie an und verstand ihre Worte, als Arrows Blick zu Neve wanderte. Und auch die Elfe wusste es. Ein Funken Hoffnung flammte in ihren Augen auf.

„Dann gebe ich hiermit ein neues Versprechen", sagte Dewayne. „Ich will mein Glück erst finden, wenn auch du wieder glücklich geworden bist. Das war immer Melchiors Wunsch. Deshalb hat er mich für diese Aufgabe vorgesehen. Dein Vater hat immer gehofft, dass du in mir einen liebevollen loyalen Lebenspartner finden würdest. Vorher werde ich nicht heiraten."

Arrow rollte mit den Augen und küsste Dewayne auf die Wange. „Ich bin mehr als glücklich, wenn du mir weiterhin ein liebevoller Freund und Bruder sein willst."

Sie war zufrieden, ihm diese Sache ausgeredet zu haben und beschränkte sich fürs erste damit. Insgeheim fürchtete sie jedoch, sich niemals wieder verlieben oder auch nur einen Funken Vertrauen zu jemandem aufbauen zu können. Deshalb verschob sie es auf ein anderes Mal, ihn davon zu überzeugen, Neve einfach zu heiraten. Würde er auf Arrow warten, würde so viel Zeit vergehen, bis er schwarz wäre. Und wer wollte das schon? Schließlich heiratet niemand einen alten, vermoderten Mann.

„Und was willst du jetzt tun?", fragte Dewayne besorgt.

Arrow atmete tief ein. „Ich weiß es noch nicht. Aber aufgeben kommt nicht infrage. Ich muss einen Weg finden. Schließlich wären wir nicht an dem Punkt, an dem wir uns hier und heute befinden, wenn ich nicht ..."

Arrow hielt inne. Die Zeit war gekommen, es ihnen zu sagen. Bon hielt die Luft an. Er wusste, was sie im Begriff war zu erzählen, und obwohl er Verständnis dafür hatte, dass sie sich ihnen anvertrauen musste, hoffte er inständig, dass sie es nicht tun würde.

Sie wandte sich von Dewayne ab. Besorgt schaute Arrow zum Fenster hinaus. Natürlich lag es an ihr, den Satz zu Ende zu bringen, denn etwas tief in ihr drinnen sagte ihr, dass sie jämmerlich zugrunde gehen würde, wenn sie sich nicht endlich öffnete.

„Wenn du nicht …?“, fragte Dewayne hellhörig.

„Wenn ich nicht das Tor geöffnet hätte.“

Bon sackte zusammen. Arrow hatte es tatsächlich gesagt. Nun gab es kein Zurück mehr.

„Was hat das zu bedeuten?“, fragte Neve stirnrunzelnd.

„Das weißt du genau“, antwortete sie barsch.

Dewayne und Neve wechselten fragende Blicke.

„Damals – in Nebulae Hall. Du weißt doch, dass ich das Tor geöffnet habe, durch das die Dämonen der Wilden Jagd hineingekommen sind.“

Die Elfen schreckten auf.

„Wie meinst du das?“, fragte Row misstrauisch.

Arrow erzählte von der Suche nach ihrem Medaillon und dass sie ihren Freunden in Elm Tree nur einen kurzen Besuch abstatten wollte. Sie erzählte von dem Baum und den Schreien, die sie aus dem Berg gehört hatte, bevor sie bewusstlos geschlagen worden war.

„Und das erzählst du uns erst jetzt?“, rief Dewayne entsetzt. „Wie konntest du uns nur so lange darüber im Unklaren lassen.“

„Aber das habe ich ja nicht getan. Bon und Neve wussten davon und für mich war es nur eine Frage der Zeit, bis es die Runde machen würde.“

„Nichts habe ich gewusst!“, warf Neve erschrocken ein.

„Aber du hast es mir doch gesagt“, erwiderte Arrow ungläubig. „Antworten können Türen schließen und Tore öffnen – das waren deine Worte.“

„Das war nur eine Metapher, Arrow“, verteidigte sich die Elfe. „Ich hatte nicht den leisesten Schimmer!“

Neve sagte die Wahrheit. Das stand ihr über das ganze Gesicht geschrieben. Ganz gerührt stellte Arrow fest, dass sie am Ende doch eine wahre Freundin in der Elfe gefunden hatte. Allerdings machte sich der Gedanke breit, dass diese Freundschaft nach Arrows Geständnis nun schon wieder vorbei sein könnte, bevor ihr das klar wurde.

„Und von mir weißt du auch, dass ich es niemals jemandem erzählt hätte, Arrow“, bemerkte Bon nebenbei.

Sie senkte den Blick. „Natürlich. Das habe ich damit auch gar nicht sagen wollen. Es tut mir leid, wenn ich dich mit meiner Bemerkung verletzt habe. Seit der Sache mit Key ... mit 'ihm' sehe ich um mich herum nur noch Gespenster.“

Der Riese nickte ihr zu.

„Zu Arrows Verteidigung muss ich allerdings sagen, dass ich sie darum gebeten habe, diese Sache für sich zu behalten“, sagte Bon an die Elfen gerichtet. „Alles, was sie wollte, war ihren Vater finden und vor allem Antworten. Hätte jemand von ihrer Tat erfahren, hätte sie nie die Chance bekommen, es wiedergutzumachen. Und zusammen haben wir eine Menge erreicht. Kein Nyride hat je zuvor solch einen Mut bewiesen, wie Arrow es getan hat. Alle Gefahren dieser Welt haben sie nicht davon abhalten können, ihre Suche fortzusetzen. Und das soll ihr erstmal einer nachmachen! Deshalb sage ich – und damit spreche ich für alle Zwerge -, dass wir ihr weiterhin folgen werden, selbst wenn die Reise bis ans Ende der Welt geht. Damit endlich der Frühling hierher zurückkehrt!“

Bons Ansprache ließ die Elfen nicht unbeeindruckt, trotzdem ließen sich gewisse Zweifel nicht ausschließen.

„Und was machen wir, wenn es schiefgeht?“, fragte Neve zögerlich.

„Genauso gut könnte es aber auch klappen“, erwiderte Arrow salopp. „Immerhin gibt es da noch die Prophezeiung. Vielleicht bin ich ja wirklich der ersehnte Retter.“ In diesen Worten steckte so viel Ironie, dass sie aufgelacht hätte – hätte sich nicht diese unerträgliche Leere in ihr ausgebreitet.

„Arrow, nach allem, was wir wissen, wäre es möglich, dass die Prophezeiung nur erfunden ist. Nichts von dem könnte wahr sein.“ Als Neve den Satz zu Ende sprach, wurde sie sich erst bewusst, wie schonungslos sie das ihrer Freundin gerade beigebracht hatte, und schon tat es ihr wieder leid. Die Elfe wünschte sich, es zurücknehmen zu können, doch dafür war es zu spät.

Erneut stieg die Verzweiflung in Arrow hoch. Hilflos schaute sie zwischen ihren Freunden hin und her in der Hoffnung, sie würden diese Theorie widerlegen. Doch niemand sagte etwas.

Wütend über sich selbst stürmte sie aus dem Saal und ließ die Tür laut hinter sich zuknallen. Sie hielt inne. Da war es wieder – das schmerzliche Gefühl, das sie nach der Entdeckung von Keylams Verrat verspürt hatte. Sie wollte schreien, weinen und auf Gegenstände zerschlagen, doch so weit konnte Arrow es nicht kommen lassen. Es kam ja gar nicht infrage, dass dieser Wahnsinn erneut Macht über sie gewann.

Gefasst machte sie kehrt. Ruhig öffnete sie die Tür, ruhig betrat sie erneut den Saal und genauso ruhig schloss sie die Tür wieder. Schweigend schauten sie ihre Freunde mit fragenden Blicken an.

„Wisst ihr was?“, sagte Arrow, doch niemand reagierte. „Ich scheiß auf die Prophezeiung und ich scheiß auch auf diesen Winter und diese blöde beschissene Wilde Jagd!“

Unsicher, ob Arrow jetzt wieder dem Wahnsinn verfallen war, wechselten die Freunde zweifelnde Blicke.

In Arrows Augen flammte pure Entschlossenheit. „Ich bin einst als glückliches Kind auf die Welt gekommen! Ich hatte eine glückliche Kindheit und auch danach immer Leute an meiner Seite, die mich liebten! Ich habe Dinge erlebt, die mich glücklich gemacht haben, und Sachen gesehen, von denen die meisten Menschen nicht zu träumen wagen! Das kann und wird mir niemals jemand wegnehmen! Ich werde den Teufel tun und den Rest meines Lebens in Angst und auf der Flucht verbringen! Lieber kämpfe ich für meine Freiheit und die Freiheit dieser Welt, als mich selbst in Ketten zu legen!

In drei Tagen werde ich aufbrechen und meinen Vater suchen. Vor allem aber werde ich ihn finden und nach Hause zurückbringen und nichts auf der Welt kann mich davon abhalten! Wer nicht über den Mut verfügt, mich zu begleiten, hat mein tiefstes Verständnis, doch wer auch immer wie ich fühlen mag, den bitte ich, mir zu folgen, denn letzten Endes steht einfach alles auf dem Spiel!“

Ohne eine Antwort abzuwarten, drehte Arrow ihnen wieder den Rücken zu und verließ den Saal. Verärgert über diese, ihrer Meinung nach, bescheuerte Ansprache, ließ sie beinahe wieder die Tür knallen. In letzter Sekunde jedoch dämpfte sie den Aufprall und schloss sie leise.

Und ging in das ihr zugewiesene Zimmer.

Als sie die Tür hinter sich schloss, dachte sie darüber nach, was gerade geschehen war. Noch immer empfand sie es als lächerlich, was sie alles gesagt hatte, denn es stand ihr nicht zu, so großartig und mutig daherzureden, wo sie doch bei allem, was sie erreicht hatte, immer auf die Hilfe ihrer Freunde angewiesen gewesen war. Und sie hatten ihr auch immer zur Seite gestanden. Tatsache war allerdings auch, dass Arrow wirklich so empfand, wie sie es ausgedrückt hatte, und nur das allein war wichtig.

Sie wusch ihr Gesicht, um wieder einen klaren Kopf zu bekommen. Dann schaute sie in den Spiegel und fragte sich, was eigentlich mit ihr geschehen war.

Die Frau, die sie sah, hatte nichts mehr mit dem kleinen Mädchen aus Elm Tree gemein. Durch eine zweifelhafte Fügung des Schicksals war sie dazu gezwungen worden, einen ganz entscheidenden Teil ihrer Entwicklung zu überspringen. Praktisch war sie über Nacht erwachsen geworden. Das, was sie sah, war noch nicht ganz Frau, aber auch schon lange kein Kind mehr. Das, was andere in ihr sahen, war die lang ersehnte Bewahrheitung einer erfundenen Prophezeiung. Das, was Arrow gerne sein wollte, war das kleine zehnjährige Mädchen mit den großen blau-grauen Augen, das sich über nichts den Kopf zerbrechen musste und dessen Vater ihr zum Einschlafen Gute-Nacht-Geschichten vorlas. Bei dem Gedanken daran, dass ihr damals sogar noch die Entscheidung abgenommen wurde, wann sie was zu essen hatte, während sie jetzt pausenlos selbst wählen musste, wie sie am besten todbringenden Gefahren aus dem Weg gehen konnte, rollte sie mit den Augen.

Doch wo stand sie jetzt? Sie wusste genau, wie es hätte sein müssen, hatte jedoch nicht die geringste Ahnung, wie es tatsächlich war.

Niemand hatte sie je gefragt, ob sie all das hier wollte, und doch blieb ihr keine andere Wahl, als sich in die für sie vorgesehene Rolle zu fügen. Es war schwer und vielleicht sogar unmöglich, aber wen kümmerte das schon?

Stirnrunzelnd blickte Arrow an sich hinab. Endlich fiel ihr das Kleid auf, in welches die Elfen sie gesteckt hatten. Es ließ sie aussehen wie eine Königin.

„Das bin ich nicht“, sagte sie und streifte es sich vom Leib.

In einer Truhe fand sie ihre alten Kleider. Sie wirkten ziemlich abgenutzt und die Beinkleider machten alles andere als eine Lady aus ihr, doch sie fühlten sich richtig an.

Sogar den Mantel und den Dolch hatte sie in der Truhe wiedergefunden. Mit schmerzerfülltem Blick strich sie darüber. Als sie fertig war, schlich sie sich aus dem Palast.

Whisper wusste bereits, dass sie ihn an einem der Seitenausgänge erwarten würde, und stand dort schon bereit. Mit einem Schwung saß sie auf. Wie gewohnt stieg der schwarze Hengst mit den Vorderhufen hoch, bevor er mit aller Kraft davon galoppierte.

Gemeinsam verließen sie das Elfenreich. Arrow musste eine Weile für sich sein. Sie brauchte Zeit und Ruhe, um die Dinge der vergangenen Tage zu verarbeiten. Sie wusste, dass es so richtig war. Und Whisper wusste das auch. Wie konnte es auch anders sein, denn immerhin war er ein Teil von ihr und er ließ sie gewähren. In drei Tagen würde sie zurückkehren und es zu Ende bringen.

Auf der anderen Seite – hinter den Grenzen des Elfenreiches – lag der Schnee bereits über einen Meter hoch und noch immer rieselte es sanft vor sich hin.

Die Nacht verbrachte Arrow in einem Wirtshaus am Rande des nächstgelegenen Dorfes. Ihre Taler reichten gerade noch, um den Wirt für Unterkunft, Speisen und Getränke zu bezahlen. Es störte sie wenig, dass er ihr nur einen Schlafplatz bei Whisper im Pferdestall anbieten konnte, da er ansonsten völlig belegt war. Im Gegenteil – letzten Endes kam es ihr sogar entgegen. So schlief sie wenigstens an der Seite eines vertrauten Freundes ein, während draußen die Dämonen tobten.

Wo Erinnerungen lebendig werden

Mit dem Anbruch der Morgendämmerung machten Arrow und Whisper sich wieder auf den Weg. Zwar hatte Arrow keine Ahnung, wohin er sie führte oder ob es überhaupt ein Ziel gab, doch es war ihr egal und so ergab sie sich ganz ihrem Schicksal.

Als es immer dunkler wurde, sah es ganz danach aus, als wollte es wieder anfangen zu schneien. Gegen Mittag machten sie wieder Rast. Es war ein seltsamer Ort, an dem sie da gelandet waren. Alles erinnerte Arrow an Nebulae Hall.

Die Temperaturen waren etwas milder als auf ihrem bisherigen Weg. Schnee lag nirgendwo und das große Moor, dessen Wasseroberfläche in der Windstille wie ein Spiegel aussah, wirkte gespenstisch.

Es tat Arrow nicht gut, an diesem Ort zu sein. Seit der Abreise aus dem Elfenreich hatte sie ihre Gefühle recht gut unterdrücken können, doch hier stieg alles wieder in ihr hoch. Es schmerzte.

Getrieben von dem Verlangen, die Fassung behalten zu können, ließ sie sich am Stamm eines jungen Baumes niedersinken. Mit leerem Blick starrte sie in die Landschaft. Was war nur geschehen? Es hätte alles anders sein sollen. Sie hätte diese Welt nicht allein kennen lernen müssen. Ihr Vater hätte an ihrer Seite sein sollen, um sie alles zu lehren. Er hätte nie verschwinden dürfen. Ohne ihn wäre alles leichter und unter seiner Obhut wäre sie nie auf einen Verräter wie Keylam hereingefallen.

Ihr ganzes Herz hatte Arrow ihm geöffnet – das kostbarste, was sie zu geben hatte. Und Keylam hatte es mit Füßen getreten und dann einfach weggeworfen. Gerade, als sie dachte, endlich nicht mehr allein sein zu müssen, Beistand zu haben und jemanden, auf den sie sich verlassen konnte, stand sie von neuem ohne alles da. Was immer sie jetzt lernte, musste sie allein lernen, welche Entscheidungen sie von jetzt an auch immer treffen sollte, musste sie alleine treffen – ohne Hilfe.

Es hatte keinen Sinn. Arrows Grübelei führte sie, wie so oft, ins Nirgendwo. Die Reise musste weitergehen. Wenn sie jetzt in ein Loch versank, würde es niemandem helfen, also musste sie funktionieren. Schließlich wartete ihr Vater irgendwo da draußen auf sie.

Mit einem Seufzen beschloss Arrow, die Reise fortzusetzen. Sie musste umkehren, wenn sie vor Ablauf der drei Tage wieder bei den Elfen sein wollte. Antworten fand sie hier draußen nicht und auch sich selbst suchte sie noch immer vergebens.

Als sie sich abstützte, um sich von dem Boden zu erheben, stach es in ihrer Hand. Erschrocken zog sie sie weg. Blut quoll aus winzigen Löchern hervor.

Das Büschel Gras, auf welches sie sich gestützt hatte, schaute Arrow ängstlich an, bevor es auf seine Füsse sprang und davonlief.

Irrgras – das passte jetzt so gar nicht. Das seltsame kleine Tierchen hatte die dumme Angewohnheit, Wanderer, die darauf traten, in die Irre zu führen – daher der Name. Arrow würde erst nach Hause finden, wenn die Wirkung nachließ, und das konnte Stunden dauern.

Hilfesuchend sah sie sich nach Whisper um, doch sie konnte ihn nirgendwo sehen – dabei stand der Perseide direkt neben ihr. Das gehörte auch zu den Nebenwirkungen des Giftes – die betreffende Person nahm Freunde und Helfende nicht mehr wahr.

Als Arrow dann plötzlich die wunderbaren Lichter über dem Moor erblickte, empfand sie es gar nicht mehr als so schlimm, dem listigen kleinen Biest in die Falle gegangen zu sein. Ein prächtiges Farbspiel lief vor ihren Augen ab – zweifellos Irrlichter. Ihre Aufgabe war es, die vom Irrgras vergifteten Wanderer in ihr nasses Grab zu locken. Es sah recht nett aus und die Lichter waren überall – als befände man sich direkt im Universum.

Arrows Wahrnehmung wurde immer dumpfer. Sie hörte Stimmen und schon bald sah sie die hell leuchtenden Umrisse von Personen, die sich um sie herum bewegten. Mit der Zeit nahmen sie Gestalt an, doch wirkten sie nicht real, sondern schwammig wie in einem Traum.

Ihre Augen leuchteten, als sie Neve erblickte. Mit schallendem Lachen lief die Elfe auf sie zu, gefolgt von Dewayne, der ebenfalls sehr glücklich aussah. Arrow war gerettet. Ihre Freunde hatten sie gefunden und würden sie in Sicherheit bringen. Doch Neve verschwand vor Arrows Augen, als sie sich nach Dewayne umschaute, der plötzlich ebenfalls wie vom Boden verschluckt war.

Als nächstes erblickte Arrow die Grüne Lady, die auf einmal gar nicht mehr so grün wirkte. Sie lag träumend im Gras. Ein Mann, dessen Gesicht Arrow nicht sehen konnte, hatte sich über die Lady gebeugt und ihr eine Blume gereicht. Lächelnd öffnete sie ihre Augen, dann verschwanden die beiden.

An ihrer Stelle tauchte eine junge Elfe auf, die ein schlafendes Baby im Arm hielt. Ängstlich schaute sie sich um, bevor sie es sanft auf die Stirn küsste und es dann in den Blütenkelch einer übergroßen Tulpe legte. Als sie die Blume mit ihren Tränen beträufelte, schloss sich der Kelch. Anschließend lief die Elfe verzweifelt davon.

Gleich dahinter sah Arrow Harold. Er sah viel jünger aus und doch erkannte man ihn sofort. Zwar war es ungewohnt, dass er einen so glücklichen Eindruck machte, doch es ließ ihn gleich sympathischer wirken. Er sah aus, als befände er sich auf einer Hochzeit. Es musste wohl seine eigene sein, denn mit strahlenden Augen tauschte er Ringe mit einem ihr unbekannten jungen Mann. Sie sahen sich an wie ein frisch verliebtes Paar. Harold war also Männern angetan. Da war es nur logisch, dass er und Sally nie ein Paar wurden, obwohl sie sich so gut verstanden.

Als dieses Schauspiel verblasste, erblickte sie wieder den Harold, den sie kannte. Er war wesentlich älter und er weinte. In seinen Augen spiegelte sich pure Hoffnungslosigkeit wider. Immer wieder laut schluchzend hielt er den leblosen Körper seines Gefährten in den Armen. Er war vom Ruß ganz schwarz. Offensichtlich war er einst in den Flammen des Schlosses ums Leben gekommen. Da war es natürlich ganz klar, warum Harold der war, der er war. Arrow empfand Mitleid.

Als sie sich umschaute, sah Arrow ihre alten Freunde. Gelangweilt drückten Linda, Robert und Adam die Schulbank, während Lizzy fleißig mitschrieb.

Und dann ... dann sah Arrow ihren Vater. In einem Moment tanzte er ausgelassen auf einem Ball und im nächsten las er Gute-Nacht-Geschichten vor.

Tränen stiegen ihr in die Augen. Das alles kam ihr so vertraut vor und sie wünschte sich nichts sehnlicher, als dass es wahr wäre.

Aus dem Augenwinkel bemerkte Arrow plötzlich, dass sie beobachtet wurde. Eine schwarz gekleidete, bewegungslose Gestalt schaute sie unentwegt an. Arrow stockte der Atem, als sie sich der Person zudrehte und erkannte: Es war Keylam.

Mit einem Griff zückte sie ihren Dolch. Dieses Mal war sie zu allem bereit. Er sollte für seine Vergehen bezahlen und dafür, ihr gefolgt zu sein.

Seine Gestalt wirkte so viel realer als all die anderen Figuren hier. Zwar umgab auch ihn ein zart leuchtender Schimmer, doch Arrow ließ sich nicht beirren. Seine Augen wirkten furchterregend. Sie waren pechschwarz und emotionslos.

Keylam reagierte nicht auf Arrow, sondern sah sie einfach nur an, während sich um sie herum weiterhin unzählige andere Dinge abspielten.

„Du hast einen Fehler gemacht!“, sagte Arrow mit zitternder Stimme. Keylam regte sich nicht. „Warum bist du hierher gekommen?“, fragte sie ihn.

„Das fragst du mich?“, erwiderte er erstaunt. „Bist nicht du es gewesen, die den weiten Weg hierher auf sich genommen hat, um Antworten zu finden?“

„Lass den Blödsinn!“, forderte Arrow. Ihre Hand zitterte. „Ich werde kein weiteres Mal auf deine Spielchen hereinfallen!“

„Ich spiele keine Spielchen“, erwiderte er sanft. „Ich bin einzig aus dem Grund hier, dir zu geben, wonach du suchst.“

„Na schön“, antwortete Arrow widerstrebend. „Wo ist mein Vater und was hast du mit ihm gemacht?“

„Er ist da, wo all die anderen sind, und ich habe, in der engen Freundschaft, die ihn und mich verbindet, etwas für ihn verwahrt – etwas Kostbares.“

„Der Perseide?“, fragte Arrow stirnrunzelnd. „Nun habe ich ihn und von der Freundschaft, über die du da sprichst, kann ja wohl kaum die Rede sein. Du hast ihn verraten, und zwar indem du mich verraten hast!“

Unbeeindruckt ging Keylam ein paar Schritte und schaute dann über das Wasser.

„Arrow, weißt du eigentlich, was das hier für ein Ort ist?“

„Wen kümmert das?“, fauchte sie ihn an. „Ich stelle hier die Fragen!“ Sie wurde unsicher und begann zu überlegen, ob das alles hier real war.

„Hast du schon mal von dem Sumpf der Erinnerungen gehört?“

Arrow schwieg, doch ihr Gesichtsausdruck verriet, dass sie ihn nicht kannte.

„Das ist ein Ort, an dem vergessene Erinnerungen aufbewahrt werden“, fuhr er mit ruhiger Stimme fort. „Sie schlafen tief unten auf dem Grund, bis sie eines Tages wieder zu ihren Besitzern zurückkehren, oder aber sie bleiben dort bis in alle Ewigkeit.“

„Was hat das damit zu tun?“, fragte sie spöttisch. „Mich interessiert nicht, was es Magisches mit diesem Ort auf sich hat. Ich will nur meinen Vater wiederfinden!“ Arrow sprach in schroffem Ton. In irgendeiner Weise musste Keylam doch auf sie reagieren. Wenigstens ein Anflug von Hass, Zorn oder Verachtung musste sich doch in ihm regen. Doch es passierte nichts. Diese Gleichgültigkeit wurde mit jedem seiner Worte unerträglicher.

„Bevor wir einige Dinge klären, Arrow, solltest du wissen – nein mehr noch – du musst anerkennen, dass ich nicht der Keylam bin, den du kennen gelernt hast.“

Arrow rollte mit den Augen. „Oh bitte. Willst du mir jetzt weismachen, dass ich alles falsch verstanden habe und du nur die besten Absichten hattest? Wenn du erwartest, dass ich auf so etwas hereinfalle, dann spare lieber deine Worte!“

„Arrow“, redete er mit Nachdruck weiter, „ich bin nicht der Mann, in dessen Schloss du gelebt hast, der mit dir zu einer gefährlichen Reise aufgebrochen ist. Auch habe ich deines Vaters Perseiden nicht versteckt gehalten oder die Nacht mit dir verbracht! Alles, was du hier vor dir siehst, ist nur die Erinnerung des Mannes, den du kennst! Ich bin lediglich ein Teil von ihm.“

Arrow hielt inne. War es möglich, dass dies die Wahrheit war, oder war es letzten Endes doch nur ein Trick?

„Warum bist du so real?“, fragte sie misstrauisch. „Wie kommt es, dass du dich mit mir unterhalten und mir Fragen beantworten kannst, wenn du doch nur eine Erinnerung bist?“

Keylam senkte seinen Blick. „Das ist eine lange Geschichte. Ich bin schon so lange auf dieser Welt, dass ich irgendwann aufgehört habe, die Jahre zu zählen. Nyriden werden sehr alt. Unser Leben verläuft anders als das der Menschen. Trotz allem liegt es auch in unserer Natur, eines Tages zu sterben. Doch mit der Teilung unserer Seelen wurde der gesamte Kreislauf zum Stillstand gebracht.

Unser Volk und auch andere Stämme entwickelten einst die Theorie, dem Ganzen ein Ende setzen zu können, indem sie mich töten, und so legte ich eines Nachts mein Schloss in Brand. Seit diesem Tage bin ich auf der Flucht, tot in den Köpfen vieler, und so landeten die vielen Erinnerungen aller möglichen Leute an mich hier. Das machte mich lebendig. Ich lasse die Bewohner dieser Welt in dem Glauben, seinerzeit bei dem Brand ums Leben gekommen zu sein. Allein Sally, Harold, Anne und deinem Vater konnte ich noch vertrauen. Uns verband eine enge Freundschaft. Ich verdanke ihm sehr viel."

Arrow musterte ihn. Noch immer schaute Keylam so ausdruckslos wie im ersten Augenblick, und was er sagte, klang plausibel. Fast war sie geneigt, ihm Glauben zu schenken. „Beweise es mir!", forderte sie ihn auf.

„Weißt du noch, wie du mit deinen Freunden aus Elm Tree immer über die Felder gezogen bist? Wie ihr Schneeballschlachten ausgetragen habt und Anne sich immer wegen deiner Beinkleider sorgte? All diese Ereignisse habe ich hier schon gesehen, lange bevor wir uns kannten. Hier sind die Erinnerungen an dich allgegenwärtig."

„Das beweist gar nichts!", sagte Arrow forsch. „Das sind keine Geheimnisse. Jeder kann dir davon erzählt haben."

„Nun gut", fuhr Keylam fort, „was ist mit der Tatsache, dass deine Freundin Linda in Dewayne verliebt war, dem Abend, als dir der Elf in Gestalt eines Schneeengels erschienen ist, oder dem Tag, als du das Tor geöffnet hast?"

Arrow schreckte auf. Das konnte nicht sein. Von der Sache mit dem Tor hatte sie zwar ihren Freunden erzählt, doch es konnte unmöglich in so kurzer Zeit zu Keylam gelangt sein. Und selbst wenn – von dem Schneeengel hatte sie nie jemandem erzählt und auch Lindas Geheimnis war immer gut bei ihr aufgehoben gewesen.

Arrows Blicke sprachen Bände und ohne, dass sie ein Wort sagen musste, spielten sich all diese Begebenheiten plötzlich wie ein Traum noch einmal vor ihr ab. Einzig verwirrend an dieser Sache war, dass Arrow sich selbst nicht als solches erkannte, sondern an ihrer Stelle nur die funkelnden Umrisse ihres Körpers erschienen.

„Warum erkennt man mich nicht?", fragte sie abwesend.

„Weil ... Weil das, was sich an dieser Stelle befinden müsste ... du selbst bist."

Verärgert schaute sie ihn an. „Mir ist schon klar, dass ich das sein soll. Meine Frage war, warum ich nicht genauso zu sehen bin wie all die anderen hier!"

Keylam senkte seinen Blick. Er schien nach den richtigen Worten zu suchen und es verging eine ganze Weile, bis er sich zu einer Antwort durchringen konnte. Als er zu reden begann, bohrten sich die Blicke seiner schwarzen Augen in die ihren.

„Arrow, kannst du dich daran erinnern, wie dir dein Freund Bon einst erzählte, dass du die jüngste und seit vielen Jahren einzige Nachfahrin der Nyriden bist?"

Sie nickte und unweigerlich tauchten die Bilder dieser Begebenheit aus dem Sumpf auf. Vor ihren Augen spielte sich alles noch einmal ab.

„Hast du dich je gefragt, wie es dazu kommen konnte?"

Ängstlich vor der Antwort schüttelte sie den Kopf.

„Nun, als die Nyriden einst von ihren Seelen getrennt wurden, wurden sie aus dieser Welt verbannt, während ihre Seelen weiterhin hier wandeln durften. Allerdings ist es einer Seele allein nicht möglich, Nachkommen zu haben. So schien es jedenfalls bis zu dem Tage, an dem du geboren wurdest."

Arrow runzelte die Stirn. „Dann willst du mir jetzt vielleicht erzählen, dass ich vom Himmel gefallen bin?"

„Ob du es glaubst oder nicht – aber diese Theorie ist gar nicht so weit hergeholt."

Arrow schwieg. Immer größer flammte das Misstrauen in ihr auf, doch etwas in ihr sagte, dass sie weiter zuhören sollte.

„Seit ich deinen Vater kenne", fuhr Keylam fort, „war es sein größter Wunsch, ein eigenes Kind zu haben. Wobei das Wort Wunsch nicht unterbewertet werden sollte, denn in diesem Teil des Universums kann so etwas schneller in Erfüllung gehen, als man denkt.

Damals, als Dewaynes Eltern starben, nahm Melchior sich in seiner Trauer des kleinen Elfen an. Einen Jungen hatte er somit schon, doch fand er mit Dewayne nicht die Erfüllung, die er sich erhofft hatte.

Immer öfter gab er sich in seinen Tagträumen der Vorstellung einer eigenen Tochter hin und er gab ihr sogar einen Namen – Arrow sollte sie heißen.

Sein Wunsch nach diesem Kind nahm unvorstellbare Ausmaße an und mit jedem Tag wurden die Träume von einem Leben mit ihr stärker – sie wurden zu Erinnerungen. Und wie aus einer Kettenreaktion wurden die Erinnerungen von dir zu einem eigenständigen Wesen – wie ich es bin. Und irgendwann warst du real."

Ein Moment der Stille folgte. Ungläubig lachte Arrow auf. „Willst du mir etwa erzählen, dass ich aus den Wünschen meines Vaters diesem Sumpf entsprungen bin? Etwas derartig Lächerliches habe ich noch nie zuvor gehört. Aber immerhin – es hat sehr viel Fantasie!"

„Was Keylam sagt, ist die Wahrheit, Arrow."

Erschrocken über die vertraute Stimme, wandte sie sich um. Unfähig, der eigenen Wahrnehmung weiterhin trauen zu können, schüttelte sie den Kopf.

„Das ist nicht real. Das ist nicht real." Arrow murmelte diesen Satz immer weiter vor sich hin, bis plötzlich ihre Hand ergriffen wurde.

„Oh doch, mein Kind, ich bin real."

Die gütigen, liebevollen Augen von Anne hatten so viel Leben in sich und die wärmende Berührung ihrer Hand ließ darauf schließen, dass sie die Wahrheit sprach. Anne war real. In ihrer Erleichterung fiel Arrow der alten Frau in die Arme.

„Anne, was tust du denn hier? Wie hast du mich gefunden und wie bist du überhaupt hierher gekommen?"

Sanft strich Anne ihr über die Wange. „Das ist jetzt alles nicht wichtig, mein Kind. Uns bleibt nur wenig Zeit und darum bitte ich dich inständig, Keylam zuzuhören. Was er dir zu sagen hat, ist nicht gelogen. Es wird dir eine Hilfe sein, auf dem schweren Weg, den du zu gehen hast."

„Dann willst du mir damit sagen, dass die Geschichte über meine Geburt der Wahrheit entspricht?" Arrow konnte nicht glauben, was sie da hörte. Entsetzt schaute sie zwischen Anne und dem ausdruckslosen Keylam hin und her.

Kraftlos nickte Anne ihr zu. „Es ist die Wahrheit, Kind. Ich muss es wissen, denn einst war ich diejenige, die mit eigenen Augen gesehen hat, wie du als Baby diesem Sumpf entsprungen bist, und ich war es auch, die dich seinerzeit zu deinem Vater brachte.

Ich kann dir gar nicht beschreiben, wie mich deine Entwicklung seither beeindruckt hat. Du besitzt alle Eigenschaften, die er sich einst erträumt hat, und selbst als du nichts über deine Vergangenheit wusstest, warst du seinen Vorstellungen noch immer so ähnlich. Dein Vater hat das Unglaubliche möglich gemacht."

Verwirrt und erschrocken zugleich starrte Arrow in die Leere. Was sagte Anne da? Sie war das wahr gewordene Produkt einer Fantasie? Sie war ein Traum, der die Wirklichkeit betreten hatte?

„Was ist mit der Prophezeiung?" Arrows Stimme bebte.

„Nun, wie du bereits erfahren hast, ist die Prophezeiung im Grunde nichts Anderes als eine ausgedachte Geschichte. Auf der anderen Seite ist sie allerdings auch ein Teil des Wunsches deines Vaters. In seiner Vorstellung hast du diese Welt gerettet."

Da war es wieder – das schreckliche Gefühl, der Schmerz, der sich im ganzen Körper ausbreitete. Arrow stiegen Tränen in ihre Augen. Sie hatte große Mühe, die Fassung nicht zu verlieren.

„Hast du überhaupt eine Ahnung", begann sie vorwurfsvoll, „was du da sagst?"

„Arrow ...", begann Keylam, doch sie unterbrach ihn.

„Still!", fuhr sie ihn an, den Dolch auf ihn gerichtet. „Jetzt rede ich!" Arrow schluchzte. „Habt ihr eigentlich die geringste Ahnung, was ihr da von mir verlangt, was ihr mir damit antut?! Mein ganzes Leben habe ich damit verbracht, im Hintergrund zu stehen. Alles, was ich immer gewollt habe, war meine Ruhe, und ihr sagt mir, dass ich eine Lösung finden soll, um etwas zu vereinigen, an dessen Trennung ich noch nicht einmal beteiligt war? Ich habe dieses Dilemma nicht verursacht und trage keine Schuld daran! Warum also sollte ich es richten? Allein die Verantwortlichen sollten dafür herangezogen werden und nicht ich!"

Anne senkte ihren Blick. „Kind, ich verstehe deinen Zorn, auch teile ich deine Verzweiflung, und obwohl du es nicht glauben wirst – ich leide darunter mehr als du. Vom ersten Augenblick an, da ich dich sah, hatte ich dich lieb gewonnen. Du warst mir so nahe, wie es ein Enkelkind nur sein kann, und uns hat stets mehr verbunden als die Beziehung zwischen einem Kindermädchen und dessen Zögling.

Mein ganzes Leben lang habe ich versucht, dich von diesem Weg abzubringen, dein Schicksal in eine andere Richtung zu lenken, doch es hat nicht funktioniert. Wenn es nach mir gegangen wäre, hättest du die Reise auf der Suche nach Deinem Vater nie angetreten und auch nichts von dem, was danach kam, erlebt. Doch ich konnte es nicht ändern. Obwohl ich alles in meiner Macht Stehende getan habe, um dich davon abzubringen, bist du stets den dir vorherbestimmten Weg gegangen. Nur deshalb stehen wir jetzt hier. Somit habe ich eines Tages aufgegeben. An einem Punkt dieser Geschichte musste selbst ich erkennen und verstehen, dass ich es nicht ändern kann. Und auch du kannst es nicht. Gesetzt den Fall, dass du deine Suche hier abbrechen würdest, kann ich dir versichern, dass du eines Tages doch wieder hier stehen würdest. Es ist sinnlos, sich dagegen zu wehren. Das ist die Schattenseite deiner Schöpfung."

Arrow konnte dem nichts entgegensetzen. Sie spürte, dass Annes Worte wahr waren, und sie spürte auch die Macht, die sie antrieb, ihr Schicksal zu erfüllen. Einzig dem nachzugeben, bereitete ihr Schwierigkeiten.

„Was ist mit meinem Nyridenwesen?", fragte Arrow zögerlich.

„In dem Moment, da du geboren wurdest, ist dein Gegenstück in der Verdammnis entsprungen. Zusammen mit all den anderen ist es dazu gezwungen, für die Fehler ihres Volkes zu bezahlen."

Mit einem abwertenden Lächeln schüttelte Arrow den Kopf über diese Worte. Eigentlich hätte Annes Antwort sie nicht wundern sollen. Eigentlich hätte sie gar nichts mehr wundern sollen ...

Unsicher wandte Arrow sich Keylam zu. „Wenn Anne sagt, dass ich dir Glauben schenken soll und alles der Wahrheit entspricht, was du sagst, dann möchte ich jetzt von dir wissen, welche Erkenntnisse ihr bisher gewonnen habt! War irgendetwas von dem Leben um mich herum real oder am Ende doch nur genauso eine Lüge wie Nebulae Hall?"

„Nichts war eine Lüge", antwortete die real gewordene Erinnerung. „In jener schrecklichen Nacht, da das Tor geöffnet wurde, hatten wir endlich die Möglichkeit, einen Blick auf das zu werfen, was wir die ganze Zeit nicht hatten sehen wollen – die verbannten Nyriden sind Gefangene in Perchtas Reich und dazu verdammt, an der Wilden Jagd teilzunehmen."

„Warum habt ihr mir das nicht früher gesagt?“, fuhr Arrow Anne an.

„In deinem Zustand wärst du noch auf die Idee gekommen, Perchta während ihres Treibens die Stirn zu bieten, und das wäre unverantwortlich gewesen!“

„Und warum wäre es das? Dann hätte ich endlich die Antworten finden können, nach denen ich so lange gesucht habe. Möglicherweise wäre mein Vater dann schon wieder hier. Durch euer Schweigen habt ihr es nur unnötig hinausgezögert!“

„Findest du?“, fragte Anne herausfordernd. „Bist du wirklich der Meinung, dass du ihr hättest gegenübertreten können ohne die Kraft deines Perseiden? Denkst du, dass du deinem Vater hättest helfen können, ohne seinen Perseiden gefunden zu haben?“

„Wenn Keylam ihn nicht vor mir versteckt hätte, hätte sich diese Frage gar nicht erst stellen müssen!“

Anscheinend hatte Arrow plötzlich auf jede Frage eine Antwort. So kannte Anne sie gar nicht und es fiel ihr schwer, das zu akzeptieren, obwohl sie es vorausgesehen hatte.

„Soweit ich weiß“, warf Keylam ein, „wurdest du in jener unglücklichen Nacht mit einem Dämon der Wilden Jagd gesehen. Was hätten Anne und ich denn deiner Meinung nach tun sollen, wenn dieser sich bei dir eingenistet hätte? Womöglich auch noch mit dem Ziel, den Perseiden deines Vaters zu zerstören? Wäre das der Fall gewesen, hättest du seine Anwesenheit nicht bemerkt. Ohne jede Ahnung und ohne jedes noch so geringe Anzeichen ist es diesen verfluchten Biestern möglich, über Jahre hinweg in einem Wirt zu schlummern. Dort verstecken sie sich geduldig, bis sich die Gelegenheit bietet. Wenn es dazu gekommen wäre – das versichere ich dir –, hättest du deinen Vater nie wieder gesehen! Schlimmer noch – du hättest nicht einmal mehr davon gewusst, dass er je existiert hat!

Wer einen Perseiden tötet, zerstört nicht nur dessen Seele und Nyriden, sondern löscht alles aus, was je mit dieser Person in Verbindung stand – jede Erinnerung und alles, was durch sie erschaffen wurde. Die Geschichte wäre neu geschrieben worden, und dieses Risiko einzugehen, ist verantwortungslos! Das müsstest selbst du verstehen, ARROW!“

Beeindruckt trat Arrow einen Schritt zurück. Offenbar war der Erinnerungs-Keylam doch nicht so emotionslos, wie es anfangs den Anschein hatte.

„Warum bist du in jener Nacht ohne ein Wort verschwunden?“, fragte sie Keylam sanft. Ihr Herz raste vor Aufregung. „Du hattest nicht vor, zu mir zurückzukommen, richtig?“

Keylam wandte sich von Arrow ab. Vor ihnen tauchte die Erinnerung eines Gesprächs zwischen Smitt und einem der anderen Zwerge auf – der Stimme nach war es eine Zwergin. Äußerlich unterschied sie sich nicht von ihren männlichen Gefährten.

„Sie hätte Keylam nicht von der Hochzeit erzählen dürfen!“, grummelte Smitt sichtlich verärgert.

„Was verlangst du?“, fragte die Zwergin. „Er hat ein Recht darauf, endlich davon zu erfahren. Außerdem wissen doch alle, dass Arrow ihm ihre Liebe nur vorspielt, um den Winter in Schach zu halten.“

„Bist du des Teufels, Zelma?!“, fuhr Smitt die Zwergin an. „Weißt du eigentlich, was du da sagst?“

„Aber es stimmt doch! Alle hier vermuten es längst und niemand spricht es aus – Sommer und Winter regieren im Körper dieses einen Mannes und alles, was den Sommer in ihm die Macht übernehmen lässt, ist seine Liebe zu dieser Frau!“

„Ssscht Weib! Mit deinem Geschwätz bringst du uns alle noch in Teufels Küche!“

„Willst du etwa das Offensichtliche leugnen, Smitt? Wer sonst käme noch infrage? Das Wetter der letzten Tage hat mehr als einmal gezeigt, dass der Sommer nicht gestorben ist, und die Anzeichen, dass alles nur von dem Gemütszustand dieses Mannes abhängt, schreien einem förmlich ins Gesicht!“

Smitt sah sich misstrauisch zu allen Seiten um. Als er sicher war, dass niemand zuhörte, senkte er seine Stimme. „Das will ich ja gar nicht bezweifeln, meine Teuerste. Trotzdem traue ich dem jungen Mädchen eine solche Dreistigkeit nicht zu. Sie liebt diesen Mann von ganzem Herzen – das kann selbst ein Blinder sehen.“

Ärgerlich wandte sich die Zwergin von Smitt ab. „Nimm du ruhig wieder diese Frau in Schutz! Sie hat es dir ja sehr angetan. Ich für meinen Teil halte dieses Weib für unberechenbar! Erst spielt sie mit den Gefühlen dieses Mannes und dann klaut sie mir auch noch dein Herz!“

Schluchzend rannte die Zwergin davon.

„Aber Zelma!“, rief Smitt hilflos.

Dann verschwanden die Bilder.

„Hast du diese Unterhaltung mit angehört?“, fragte Arrow erschrocken.

Keylam nickte. „Zwerge haben die dumme Angewohnheit, sich in alle Richtungen hin abzusichern, nur nach oben schauen sie dabei meist nicht. Ich saß in diesem Moment auf einem Felsvorsprung ziemlich dicht über ihnen. Von dort aus hatte ich einen schönen Überblick.“

„Und du hast geglaubt, was die Zwergin da gesagt hat?“, fragte Arrow fassungslos mit sanfter Stimme.

Keylam drehte sich um. Zum ersten Mal hatte es den Anschein, als regte sich etwas in seinen Augen. „Welche Erklärung hättest du denn an meiner Stelle gehabt? Mein ganzes Leben lang habe ich nie jemanden an mich herankommen lassen, wie ich es bei dir getan habe. Du warst anders als alle Frauen, die ich bis dahin kannte. Du bist einzigartig, Arrow.

All die Jahre, in denen ich mich vor dieser Welt verschließen musste, hatte ich nicht zu hoffen gewagt, jemals wieder glücklich zu werden. Ich war ein Ausgestoßener. Die dunkelsten Gedanken erwachten in diesen einsamen Jahren in mir. Und plötzlich kamst du. Und als wäre deine Existenz allein nicht schon gefährlich genug für dich, kamen wir beide uns noch dazu immer näher. Kannst du dir vorstellen, welche Ausmaße es gehabt hätte, wenn jemand rausgefunden hätte, dass ausgerechnet DU dich mit mir abgibst? Das alles wollte ich nie riskieren. In solch eine Gefahr wollte ich dich nie bringen. Aber irgendwann konnte ich nicht mehr widerstehen! Und plötzlich, da war alles … wieder in Ordnung. Mein Leben machte endlich wieder einen Sinn. Aber warum?“

„Warum?“, fragte sie wie vor den Kopf gestoßen.

„Ja, Arrow – warum? Alle haben mich einst ausgestoßen. Ein Jeder hat sich von mir abgewandt. Warum also hast ausgerechnet du das Gegenteil gemacht? Die Antwort darauf habe ich nie gewusst.“

Arrow rollte mit den Augen. „Ach, und weil das Naheliegendste für dich so unvorstellbar war, hast du dem Geschwätz dieser … dieser … unwissenden Zwergin geglaubt?“

„Das reicht jetzt!“, unterbrach Anne sie. „Uns läuft die Zeit davon. Wenn du deinen Vater retten willst, musst du jetzt aufbrechen.“

„In das Elfenreich schaffe ich es an einem Tag“, entgegnete Arrow. „Whisper ist schnell. Wenn er sich ins Zeug legt, sind wir morgen da.“

„Ab sofort ist dein Ziel nicht mehr das Elfenreich“, sagte Anne ehrfürchtig. „Du wirst zum Holunderwald aufbrechen – umgehend.“

„Holunderwald?“, fragte Arrow stirnrunzelnd.

„Ja“, entgegnete Anne. „Es ist Perchtas Reich. Dort mangelt es nicht an Gefahren – so viel ist klar. Doch vermutlich wirst du Melchior dort finden, dass heißt den Nyriden UND die Seele.“

Arrows Augen weiteten sich. „Er ist dort? Die ganze Zeit schon?“

Anne antwortete zögerlich. „Wie wir erfahren haben, hat einer der Überlebenden mitangesehen, wie die Dämonen der Wilden Jagt seine Seele damals mitgezerrt haben. Nach allem, was wir wissen, ist er noch immer ein Gefangener in Perchtas Reich und wir vermuten, dass sein Nyridenwesen während der Wilden Jagd nach seinem Perseiden sucht. Unserer Meinung nach will er sich mit seiner Seele wieder vereinen und das kann er nur mit der Hilfe von Isidor vollziehen.“

Ungeduldig drückte Anne Arrow ein kleines Säckchen in die Hand. „Wenn die Wiedervereinigung stattgefunden hat, dann streu ihm das ins Gesicht. Davon wird er schlafen wie ein Stein. Du musst dich umgehend, nachdem das geschehen ist, wieder auf den Rückweg machen. Niemand weiß, wozu er fähig ist, wenn er aufwacht.“

Verwirrt betrachtete Arrow das Säckchen. „Was habt ihr mit ihm vor, wenn ich ihn zu euch bringe?“

„Das wissen wir noch nicht“, antwortete Anne besorgt. „Zuallererst müssen wir erforschen, welche Absichten er hat. Im Prinzip muss er, genau wie du, nachdem du damals mit dem Dämon gesehen wurdest, vorerst beobachtet werden.“

„Wie werde ich den Holunderwald finden?“

„Du kennst den Weg, mein Kind. Dein Herz hat dich bisher in die unvorstellbarsten, abgelegensten Winkel dieser Welt geführt. Es wird dich auch dort hinbringen. Und Arrow – verzweifle nicht an deiner Einsamkeit. Ich werde immer in deiner Nähe sein, selbst wenn du mich nicht sehen kannst."

Arrow nickte und umarmte Anne fest zum Abschluss. Mit gemischten Gefühlen wandte sie sich wieder Keylam zu.

„Wünsch mir Glück", hauchte sie ihm zu. Beinahe ließ die Traurigkeit über einen erneuten Abschied ihre Worte im Keim ersticken.

„Das tue ich", antwortete Keylam. Als sie sich zum Gehen von ihm abwandte, hielt er sie zurück. „Und Arrow ..."

Voller Aufregung wandte sie sich ihm erneut zu.

„Bitte gib gut auf dich acht", sagte er. „Ich liebe dich nicht nur in der realen Welt."

Völlig gerührt von Keylams Worten starrte sie ihn an. Dann, nach einem Moment stillstehender Zeit, lief sie auf ihn zu, fiel ihm um den Hals und küsste Keylam genauso innig wie auch leidenschaftlich. Es war ein Kuss, als gäbe es kein Morgen mehr und als hätte es nie zuvor einen Abend gegeben. Überraschenderweise spürte sie keinen Unterschied zu dem realen Keylam. Der Traumbild-Keylam hatte alle Eigenschaften des echten beinahe vollständig in sich aufgenommen.

Mit einem letzten liebevollen Blick wandte Arrow sich von ihm ab und verschwand.

Keylam sah ihr noch lange nach. Nur allzu sehr wünschte er sich in diesem Moment, dass der reale Keylam diesen Schmerz mit ihm teilen könnte, so wie er immer den seinen mit ihm geteilt hatte.

Dem Ziel nahe

Arrow lief zielstrebig immer weiter und weiter. Nur langsam nahm sie wieder die Anwesenheit von Whisper wahr.

Natürlich stellte sie sich immer wieder die Frage, ob das alles in dem Sumpf wirklich passiert oder nur ein Produkt ihrer vernebelten Fantasie war. In dem Moment, da sie es erlebte, hatte es sich so real angefühlt. Die Wärme von Annes Hand und der Duft ihrer Haare. Arrow hatte das schon so oft erlebt, und selbst wenn Anne nicht in der Nähe war, spielten ihr die Erinnerungen Streiche.

Die Dämmerung trat langsam ein. Weit und breit gab es keinen Ort, der ihr hätte Zuflucht gewähren können. Um sie herum gab es nichts Anderes als flache, leblose Wüste.

Schutzsuchend warf sie einen Blick zurück. Was sie sah, mutete an wie eine funkelnde Wiese im Morgentau. Arrow wunderte sich. Sie war sich sicher, an keiner Wiese vorbeigekommen zu sein. Vielleicht war sie aber auch zu sehr in ihre Gedanken versunken gewesen, um das registrieren zu können. Ihr wollte einfach nicht aus dem Kopf gehen, dass allein Selbstzweifel der Anlass für Keylams Rückzug waren. Dass der Verrat, dessen sie ihn bezichtigt hatte, nur eine Einbildung war. Im Grunde wurde er damit wieder zu dem Mann, den sie liebte und der diese Liebe auch verdient hatte.

Wie Arrow so über die Worte des Traumbild-Keylams nachdachte, konnte sie sich kaum vorstellen, dass er der gleiche selbstbewusste, arrogante Mann war, in dessen Bildnis sie sich einst verliebt hatte. Zwar störte es sie wenig, dass diese Haltung unter der Ausgrenzung und Einsamkeit gelitten hatte, doch es warf ein ganz neues Licht auf ihn. Und ohne Zweifel steckte die Arroganz von einst noch immer tief in ihm. Nur wenige Momente verrieten das, trotzdem waren die Anzeichen eindeutig.

Ein aufmerksamer Blick nach vorn holte Arrow aus ihren Gedanken. Sie war sicher, das riesige Eisgebirge, welches vor ihr lag, vorher nicht gesehen zu haben. Langsam wurde sie stutzig. Dieser Ort war mit Abstand der gruseligste, den sie in dieser Welt je betreten hatte. Immerhin befand sie sich mitten in einer ebenen Sandwüste mit äußerst angenehmen Temperaturen. Und direkt vor ihr tauchen plötzlich riesige Eisblöcke auf, die sich in der Mitte teilten, als wollten sie ihr einen Durchgang schaffen. Das war nicht normal.

Vorsichtig betrat sie den Pfad, der sich vor ihr auftat. Es war unheimlich. Immer wieder sah Arrow sich um, um sich zu vergewissern, dass sie allein war. Aber obwohl weit und breit keine einzige Seele zu sehen war, fühlte sie sich wie von tausenden Gestalten beobachtet.

Sie schreckte auf. Da, in ihrem Augenwinkel hatte sich etwas bewegt. Wie ein Schatten war es über das Eis geflogen. Doch jetzt war es verschwunden.

Als Arrow ihren Weg fortsetzen wollte, folgte der nächste Schreck. Zu ihrer linken stand eine steinerne Statue, die todsicher vorher nicht dort gewesen war. Sie wirkte äußerst bedrohlich und besaß in etwa Arrows Größe. Insgesamt sah sie beinah aus wie eine überaus kräftige Kreuzung zwischen einem Schwein und einer Fledermaus mit gewaltigen Schwingen und einem langen stacheligen Schwanz. Ihre Klauen wirkten angsteinflößend.

Arrow wandte sich von der Statue ab und lief los. Sie rannte immer weiter und weiter. Ein Blick zur Seite verriet ihr, dass ähnliche Statuen wie die zuvor zu hunderten über die Eisblöcke verteilt waren. Irgendwie kamen ihr diese hässlichen Biester sehr bekannt vor, doch ihr wollte nicht einfallen, wo sie diese Dinger schon einmal gesehen hatte.

Als Arrow das Eis hinter sich gelassen hatte, hielt sie inne. Sie brauchte eine Pause, um zu verschnaufen. Bei der Flucht hatte sie sämtliche ihr zur Verfügung stehenden Kräfte aufwenden müssen.

Ein kalter Schauer lief ihr über den Rücken, als sie zurücksah.

„Du bist auf dem richtigen Weg“, holte Annes Stimme sie an Ort und Stelle zurück.

Arrow fasste sich an die Brust und wankte zurück. „Bist du verrückt geworden?!“, fragte sie aufgeregt. „Du hast mich beinahe zu Tode erschreckt. Wenn ich das hier zu Ende bringen soll, musst du damit aufhören, sonst bekomme ich noch einen Herzinfarkt.“

„Wenn du diese Richtung hältst, wirst du den Wald schon sehr bald erreichen“, sagte Anne, ohne auf Arrows Worte einzugehen. „Ich werde dich leider nicht mehr weiter begleiten können. Der Zutritt zu Perchtas Reich ist mir nicht gestattet."

Arrow verzog das Gesicht. „Dann muss ich also doch allein da durch?"

„Mein Kind", erwiderte Anne mit sanfter Stimme, „ich bin zuversichtlich. Du wirst dein Ziel erreichen und die Aufgaben bewältigen, die dir gestellt werden. Doch bei allem, was du tust, darfst du eines nie vergessen. Der Kampf, den wir in unserem Innern gegen unser eigenes Selbst ausfechten, ist er schwerste in unserem Leben. Am Ende zählt doch nur die Entscheidung, die wir treffen und dass wir uns dabei nicht selbst verlieren."

„Mach dir keine Sorgen", erwiderte Arrow. „Ich werde nicht versagen. Heute Nacht wird Perchta büßen für alles, was sie und ihre Wilde Jagd uns allen angetan hat. Noch bevor am Morgen die Sonne aufgeht, wird Frau Perchta Geschichte sein."

Entsetzt packte Anne Arrow am Arm. „Du wirst ihr nichts zuleide tun!", ermahnte Anne sie streng. Erschrocken musterte Arrow die alte Frau.

„Perchta ist nicht der Auslöser für dieses Leid. Auf keinen Fall darfst du sie strafen für ein Vergehen, das sie nicht begangen hat. Du darfst noch nicht einmal darüber nachdenken!"

Annes Griff wurde immer fester. Hilflos versuchte Arrow, sich ihr zu entreißen, doch die alte Frau vermochte es wahrlich, übermächtige Kräfte aufzubringen.

„Konzentriere dich auf das Wesentliche, Arrow! Du wirst es nicht besser machen, indem du deine Wut an Frau Perchta auslässt! Einst, als die Nyriden kurz davor standen, diese Welt zu vernichten, war Perchta die Einzige, die sie vor der Zerstörung ihrer Rasse bewahrt hat. Niemand anders war bereit, den Nyriden Asyl zu gewähren, bis eine Möglichkeit der Bereinigung gefunden werden konnte.

Die Rolle, die Perchta in dieser Welt zu spielen hat, hätte sie für sich selbst nie gewählt. Wie die meisten ist sie nur das Opfer ihres eigenen Schicksals. Einer muss immer für Recht und Ordnung sorgen und wer würde diese Aufgabe schon freiwillig übernehmen?

Perchtas Reich mag nicht der ideale Zufluchtsort für dein Volk gewesen sein, Arrow, aber immerhin war es der einzige. Ihr allein hast du zu verdanken, dass du hier heute stehst!"

Anne war sichtlich aufgebracht und Arrow wunderte sich mit jedem ihrer Worte mehr. Schon immer hatte sie gewusst, dass Anne eine überaus hohe Meinung von Perchta gehabt hatte, doch zum ersten Mal verstand sie, dass die alte Frau sich dieses Bild nicht aus Angst, sondern allein aus Respekt, Verständnis und Mitgefühl gemacht hatte.

Ein kalter Schauer lief Arrow über den Rücken. So leidenschaftlich hatte sie Anne noch nie erlebt. Diese Frau, die sie einst großgezogen hatte, war eben doch so viel mehr als nur ein Kindermädchen. Arrow vergaß das nur allzu oft und die Momente, in denen ihr das immer mal wieder bewusst wurde, bewegten sie in höchstem Maße.

Zurückhaltend nickte sie der alten Frau zu. „Ich gebe dir mein Versprechen."

Annes harte Gesichtszüge lockerten sich wieder. „Versprich mir auch, dass du gut auf dich aufpassen wirst. Die meisten, die Perchtas Reich je betreten haben, hat einzig der Tod dort wieder herausgebracht. Versprich mir, dass du es auf dem gleichen Wege verlässt, auf dem du es betreten wirst."

Ungewiss, ob sie imstande war, dieses Versprechen halten zu können, nickte Arrow zögerlich.

„Im Zentrum des Waldes", sprach Anne weiter, „wirst du die Nyriden finden. Wie in einem gigantischen Wirbelsturm sind sie dazu verdammt, bis in alle Ewigkeit im Kreis zu fliegen, ohne, dass ihnen das bewusst ist. Angetrieben von der Suche nach dem, was sie einst verloren haben, machen sie keine Pause. Ständig fliegen sie weiter, bis sie ihr Ziel erreichen werden.

Am Fuße dieses Tornados tanzen sieben Hexen um das ewig brennende Feuer eines toten Baumes. Sie dürfen dich nicht bemerken und du darfst ihren Tanz auf keinen Fall unterbrechen.

Still und heimlich musst du dich in diesen Wirbel einschleichen.

Schau nicht zurück, wenn du durch den Wald gehst, und spreche dort mit niemandem.

Bei allem, was du dort tust, darfst du nicht mehr Aufmerksamkeit erregen als ein Hauch des Windes."

Entsetzt sah Arrow zu Anne auf. Sagte sie gerade ein Hauch des Windes? Doch Arrow bekam nicht die Chance, ihr weitere Fragen zu stellen, denn die alte Frau war verschwunden.

Mit noch mehr Fragen, als sie ohnehin schon hatte, setzte Arrow ihre Reise fort. Die einzige Gewissheit, die ihr jetzt noch blieb, war die, dass Anne über Arrows neue Eigenarten Bescheid wusste.

Der Holunderwald

Da war er – der Holunderwald. Er sah genauso gespenstisch aus, wie man ihn sich vorstellte. Dunkelheit umgab ihn und höchstens das schwache Licht eines starken Vollmondes beleuchtete den Weg.

Holunderwald – das wusste Arrow nur allzu gut – bedeutete nichts anderes als Hexenwald. Dort musste ers vor Hexen nur so wimmeln.

Gleich beim ersten Anblick des Waldes war Arrow klar, dass sie nicht lange nach dem von Anne beschriebenen Wirbelsturm würde suchen müssen, denn er war schon aus der Ferne zu sehen und erhob sich weit über die Baumkronen des Waldes hinaus. Arrow lief ein eiskalter Schauer über den Rücken.

Die Nacht war bereits hereingebrochen. Lange konnte es nicht mehr dauern, bis Perchta ihre Dämonen zur Wilden Jagd aussenden würde. Vielleicht würde sie dann nicht den Nyriden ihres Vaters finden, aber hoffentlich doch seine gestaltangenommene Seele.

Am Waldrand angekommen, hielt Arrow inne. Sie zögerte. Plötzlich war sie sich nicht mehr so sicher bei dem, was sie im Begriff war zu tun. Sie atmete schnell und ihr Herz raste.

Nun, da sie so weit gekommen war, verließ Arrow der Mut. War das hier wirklich richtig? Könnte es nicht vielleicht einen anderen Weg geben? Aber was, wenn dies die letzte Chance wäre – die einzige? Noch konnte sie es sich erlauben zu zögern, doch würde sie erst einmal den Wald betreten haben, gäbe es kein Zurück mehr.

Ein tiefes Grummeln ließ sie aufschrecken.

„Whisper“, stammelte sie erleichtert.

Der schwarze Hengst war nicht weniger angespannt als sie. Jeder Muskel seines Körpers strahlte das aus. Aber Arrow wunderte das wenig – war er doch ein Teil von ihr und ebenso umgekehrt. Liebevoll tätschelte sie den Rappen am Hals.

„Hör zu, mein Freund. Ich weiß, dass es nicht einfach werden wird – für keinen von uns beiden, doch ich denke, dass es besser ist, wenn unsere Wege sich hier trennen.“

Widerwillig wandte sich der Hengst von Arrow ab, bevor er sie aus sicherer Entfernung entschlossen anfunkelte. Anscheinend war er anderer Ansicht.

„Ich weiß nur zu gut, was du jetzt denkst“, fuhr sie ihn an. „Glaubst du etwa, dass mir die Idee gefällt, dort allein rein zu gehen? Aber wir beide haben ja wohl kaum eine andere Wahl! Wenn sie dir dort drinnen etwas antun, sind wir beide Geschichte .... Nein, schlimmer noch – wir sind dann noch nicht einmal Geschichte, sondern gar nichts mehr oder weniger als das! Das kann ich nicht riskieren. Du weisst, dass ich Recht habe.“

Whisper zeigte sich noch immer nicht einverstanden mit Arrows Idee, doch sein Blick sagte eindeutig, dass er ihr zustimmte.

Beunruhigt ging der Hengst auf Arrow zu und ließ sich ein letztes Mal von ihr tätscheln. Dann lief er im donnernden Galopp davon.

Die Entscheidung war gefallen. Jetzt musste Arrow den Wald betreten, und bevor sie auch nur noch eine Sekunde zweifeln konnte, hatte sie auch schon mit einem Schritt die Grenze überschritten.

Ängstlich sah Arrow sich um. Von hier aus gesehen sah der Holunderwald gleich ganz anders aus: noch düsterer und trostloser.

Holunderbüsche waren nicht das einzige Gewächs, aus dem der Wald bestand. Zwischen all dem Gestrüpp gab es auch Bäume – vor allem Birken, wie Arrow an den weißen Stämmen erkennen konnte. Die meisten anderen Bäume konnte sie allerdings nicht bestimmen. Das war schon im Naturkundeunterricht immer eine große Schwäche von ihr gewesen. Eines allerdings wusste sie genau, auch ohne ein Wissensgenie zu sein – in keinem einzigen der hier befindlichen Gewächse glomm auch noch der geringste Lebensfunke. Die Bäume und Gräser waren alle tot.

„Nett hier“, versuchte Arrow ihre Anspannung aufzulockern.

„Hast du etwas gesagt?“, wurde sie von der Seite angefaucht.

Bei dem Anblick des Wesens, das da mit ihr sprach, wollte sie eigentlich schreien, doch die Töne blieben ihr regelrecht im Halse stecken.

Das Ding war unförmig dick. Lange Brüste hingen ihm bis auf den Boden und auch die Arme waren von einer Länge, dass die Hände beim gehen hinterher schleiften. Es war am ganzen

Körper mit Warzen bedeckt. Seine dunkle Haut schimmerte schleimig im blassen Schein des Mondes und in der Front fehlten ihm oder ihr bereits eine ganze Reihe Zähne.

Gerade, als Arrow sich einige Worte überlegte, um diese Kreatur wieder milde zu stimmen, erinnerte sie sich an Annes Anweisung – sprich mit niemandem!

Allen Mut musste sie zusammennehmen, als sie wortlos weiterging. Dabei tobte ihr Herz wie ein Vulkan.

„Hey, du dummes Ding!“, hörte sie die Kreatur rufen. „So wie du aussiehst, könntest du an einem Hässlichkeitswettbewerb teilnehmen!“

Na das kommt ja aus der richtigen Ecke, dachte sich Arrow. Angespannt ging sie weiter. Innerlich wartete sie darauf, dass das hässliche Ding sie angriff oder zumindest seine noch hässlicheren Freunde holte, um sie anzugreifen, doch nichts geschah.

Das Medaillon an ihrer Kette begann, stark zu leuchten. Es stimmte also – ihr Vater konnte nicht mehr sehr weit sein. Isidor spürte das.

Entschlossen setzte sie ihren Weg fort. Allerdings trübte jeder Blick nach rechts und links den neu gewonnenen Tatendrang. Arrow erschauerte. Es war wirklich abartig, was sich alles zwischen den Zweigen der toten Bäume tummelte, doch all diese Dinger nahmen zum Glück kaum Notiz von ihr. Sie fragte sich, woran das wohl liegen konnte. Bemerkte denn niemand, dass sie so viel anders war, dass sie nicht an diesen Ort gehörte? Aber vermutlich war dies nur die Ruhe vor dem Sturm.

Auf einem umgefallenen Baumstamm sitzend erblickte Arrow eine dürre Frau, deren knochige lange Finger einen Strohhalm hielten, dessen Ende in das Ohr eines halbwegs weggetretenen, fetten Kobolds mündete. Seine Kleidung war völlig zerfetzt und seine Haut mit Schrammen übersät.

Gelangweilt nuckelte die Frau an dem Strohhalm.

Offensichtlich hatte dieser Bursche ein Freifahrtticket für die Wilde Jagd gewonnen, was ihm gleichzeitig eine wenig erfreuliche Aufgabe eingebracht hatte. Aber immerhin – die dürre Frau konnte ein bisschen was auf den Rippen vertragen.

Angewidert ging Arrow weiter, wobei sie mit aller Kraft versuchte, die aufsteigende Übelkeit zu bekämpfen.

Auf ihrem Weg begegnete ihr ein Leichenzug. Sechs blasse Männer trugen einen schmucklosen, hölzernen Sarg durch den Wald. Obwohl darin pausenlos jemand panisch gegen die Wände hämmerte, setzten die Träger ihren Weg unbeeindruckt fort.

Es kostete Arrow große Überwindung, ihnen nicht hinterherzulaufen und den Sarg aufzustoßen, doch sie musste an Annes ermahnende Worte denken – sprich mit niemandem und schaue nicht zurück.

Fest presste Arrow ihre Hände gegen die Ohren und kniff die Augen zusammen. Sie wollte die verzweifelten Schreie aus dem Sarg nicht länger hören. Um ihre Aufgabe erfüllen zu können, benötigte sie unbedingt einen klaren Kopf. Am ganzen Körper zitternd ging sie weiter.

Nachdem eine ganze Weile nichts Seltsames geschehen war, nahm Arrow in der Ferne plötzlich traurige Gesänge wahr. Neugierig folgte sie ihnen. In den unteren Ästen eines Baumes sitzend, sang ein kleiner Junger Lieder über den Tod. Seine Haut war ganz bleich und die dunklen Augen lugten müde aus den Höhlen hervor. Er trug einen dunklen, verstaubten Anzug und darunter ein weißes, verschmutztes Hemd. Immer wieder warf er zwei Münzen in die Luft, um sie anschließend wieder aufzufangen. Anscheinend waren die einst für den Fährmann bestimmt.

Der Blick des Jungen richtete sich auf ein kleines Mädchen, dessen Haut ebenso bleich war und dessen Augen ebenso dunkle Ränder aufwiesen. Stumm wusch sie blutige Wäsche in einem schmutzigen Bach. Dieses Schauspiel war mit Abstand das Bedrückendste, das Arrow bisher im Holunderwald gesehen hatte. Es machte ihr eine richtige Gänsehaut.

Ob das wohl die kleine Emily Jane war? Das kleine Mädchen, dessen herzzerreißende Schreie sie schon so oft bei der Wilden Jagd gehört hatte? Obwohl der kleine singende Junge sie pausenlos anschaute, nahm das Mädchen ihn überhaupt nicht wahr. Stumm ging sie ihrer Aufgabe nach und wirkte dabei so leblos wie eine Puppe. So war sie dann auch in ihrer Verdammnis allein.

Arrows Beobachtung wurde vom Beben des Bodens unterbrochen. Das Einzige, was sie in diesem Moment noch sehen konnte, waren gigantisch große Beine, die auf sie zugingen. Erschrocken sprang sie zur Seite und presste sich mit ihrem Rücken gegen einen Baum. Zu ihrer Überraschung musste sie feststellen, dass Bon nicht übertrieben hatte – echte Riesen waren tatsächlich weitaus größer als er. Der Riese hier hatte sogar solche Ausmaße, dass Arrow ihn lediglich von der Hüfte abwärts betrachten konnte. Alles, was darüber lag, versteckte sich über den Ästen der Bäume.

Der Riese schleifte eine runzlige alte Hexe an ihren langen Haaren hinter sich her, die Füße wie ein Huhn hatte. Abwechselnd schrie sie vor Schmerzen und kicherte dann wieder wahnsinnig.

Hier würde ich auch irrewerden, dachte Arrow bei sich und ging weiter.

Hatte sie zuvor noch den Weg zum Holunderwald als gruseligsten Ort dieser Welt auserkoren, musste sie jetzt ohne jeden Zweifel einräumen, sich geirrt zu haben. Das sah wohl auch der hässliche fette Mann so, der an einem steinernen Thron gefesselt eine Eisenkrone auf seinem Kopf trug. Wie Säure brannte sich das Metall in seine Haut.

„Es ist nicht so schlimm, wie es aussieht!", rief er Arrow zu. „Die Hämorrhoiden machen mir wesentlich mehr zu schaffen!"

Arrow nickte ihm mit einem gequälten Lächeln zu. Gut zu wissen ..., dachte sie ironisch.

Einige Schritte weiter erblickte sie eine Gruppe in Mäntel gehüllter Skelette, die mit einem Eimer voller Augen ein Ekel erregendes Kugelspiel spielten. Einer der Skelette hüpfte triumphierend auf und ab. Offenbar hatte sein Auge gewonnen. Allerdings verging ihm seine Freude sofort, als eine Made aus dem Auge kroch und es verspeiste. Das heisere Lachen seines Gegenübers sollte wohl bedeuten, dass er der neue Gewinner war.

Immer weiter ging Arrow ins Zentrum des Waldes und kam damit ihrem Ziel näher und näher. Langsam machte sie sich ernsthafte Sorgen, warum ihr hier niemand besondere Beachtung schenkte, und vor allem machte sie sich Gedanken darüber, dass die Wilde Jagd nicht begann. Die Dunkelheit war schon lange eingebrochen und der Wald hätte längst halbleer sein müssen. Doch nichts geschah. Im Grunde sah alles ganz ruhig aus und Arrow wäre es sicher nicht entgangen, wenn ein Schwarm jaulender Dämonen den Holunderwald verlassen hätte.

Vielleicht entwickelte sich dies aber auch zum Vorteil für sie. Wenn alle Nyriden anwesend waren, standen dic Chancen gut, ihren Vater in einem Stück nach Hause bringen zu können. Doch bevor Arrow sich darüber freuen konnte, kam ihr der nächste schaurige Gedanke. Was, wenn sie nun in diesem Wirbel auf ihr eigenes Nyridenwesen treffen würde? Darüber hatte sie vorher nie nachgedacht. Die ganze Zeit hatte sich alles nur um ihren Vater gedreht, doch was, wenn sie selbst ihr größtes Problem wäre? Wie würde ihr Ebenbild wohl auf sie reagieren? Und wie würde sie selbst auf sich reagieren? Ob sie wohl ahnte, dass ihr Seelen-Selbst auf dem Weg zu ihr war?

Und plötzlich traf es Arrow wie ein Schlag. Ihr stockte der Atem und sie musste stehen bleiben. Es war eine Erkenntnis, die niederschmetternder nicht hätte sein können. Hätte sie eine Chance gehabt, es zu leugnen, hätte sie das nur zu gerne getan, doch die Anzeichen waren erdrückend.

Plötzlich passte alles zusammen, plötzlich hatte alles einen Sinn und Arrow sah es so klar vor sich, dass sie sich einen Dummkopf schalt, es nicht schon früher bemerkt zu haben.

Natürlich würde sie in diesem Wald niemand angreifen und natürlich würde die Wilde Jagd in dieser Nacht nicht stattfinden, denn die Suche nach dem entwischten Dämon war beendet. Vertraut wie eh und je wandelte er bereits unter ihnen. Warum sollten sich die Kreaturen zwischen den Zweigen um jemanden Gedanken machen, der von Rechts wegen hierher gehörte – genau wie sie alle?

Darum verschwamm in den Feuerschluchten und in der Eisenfestung plötzlich alles vor ihren Augen und darum fand sie sich auf einmal ganz woanders wieder. Die Nyriden waren doch Wettergeister! Anne hatte ihr die Geschichte doch erzählt! Und genau aus diesem Grunde konnte niemand etwas über den Dämon sagen, mit dem sie einst gesehen wurde, nachdem sie das Tor geöffnet hatte. Es war gar kein Dämon – ES WAR SIE!

Das grauenvolle Wesen mit dem toten Hahn in der Hand, dem Arrow einst in ihrer alten Behausung des Bergdorfes gegenüber gestanden hatte, hatte es gewusst. Die ganze Zeit über war sie selbst des Rätsels Lösung gewesen! Und kurz nach dieser schauderhaften Begegnung hatte die allnächtliche Jagd begonnen. Deshalb hatten die Dämonen einen Freifahrtschein, das Gesetz der Rauhnächte zu umgehen – sie hatten Arrow gesucht oder vielmehr den Nyriden, der damals, nachdem sie das Tor in Nebulae Hall geöffnet hatte, mit ihr verschmolzen war.

Um einen Nyriden wieder mit seiner Seele zu vereinen, benötigt man die Anwesenheit und das Einverständnis seines Perseiden. Whisper war in jener Nacht anwesend gewesen. Er wusste es – die ganze Zeit über. Und er hatte sie am Leben gelassen, denn die Absichten ihres Nyriden-Selbst waren friedlich. Es hatte sich ganz in ihrer Seele für sie aufgegeben. Nicht die geringste Erinnerung an sein Leben im Holunderwald existierte noch. Einzig seine Kräfte hatte es ihr überlassen.

Aber vielleicht war es auch ganz anders. Vielleicht hatte es die Kontrolle über Arrow und steuerte sie die ganze Zeit, ohne dass es ihr bewusst war, auf dieses Ziel zu.

Arrow erschauderte. Was es wohl vorhatte? War es möglich, dass es im ungünstigsten Moment zum Vorschein kommen und seine Absichten wahr machen würde? Und wenn es so war – was könnten das für Absichten sein?

Allerdings musste es doch etwas Gutes sein. Immerhin hatte Whisper es geduldet. Er hätte sie töten können – damals nach ihrer Begegnung, doch er hatte es nicht getan. Ständig war er an ihrer Seite und verhielt sich dabei immer wie ein treuer Freund.

Arrow schüttelte den Kopf. Was spielte das alles für eine Rolle? So oder so war sie am Ende doch nur die Marionette von etwas Größerem. Ob es nun ihr Nyridenwesen war, das sie gegen ihren Willen steuerte, oder eine blöde Prophezeiung – welchen Unterschied machte das schon?

Allerdings gab es da noch eine Sache, die Arrow durchaus Unbehagen bereitete, denn wenn Perchta ihre Dämonen nicht weiter zur Suche aussandte, konnte das nur eines bedeuten – sie wusste, dass Arrow hier war. Das würde es um einiges schwieriger machen, diesen Wald wieder auf normalem Wege zu verlassen, denn so einfach ließ sie sie jetzt bestimmt nicht mehr entwischen – nach all der Anstrengung, die Perchta unternommen hatte, um sie wiederzufinden.

Arrow spürte einen heißen Luftzug. Eilig versteckte sie sich hinter einem Baum. Nicht weit entfernt bemühte sich neben ihr ein seltsam aussehendes Männchen, sich fortzubewegen. Sein Kopf sah aus wie ein Luftballon in Kartoffelform. Die dicken Schmollmund-Lippen wirkten allzeit bereit für einen saftigen Kuss. Mit hervorstehenden Augen starrte es auf seine riesigen Füße, deren Gewicht sein luftiger Körper gar nicht in der Lage war anzuheben. Dabei trug es einen Frack und einen Zylinder. Auch wenn es sich bis in alle Ewigkeit keinen Millimeter von der Stelle bewegen würde, war es immerhin gut gekleidet.

Arrow richtete ihren Blick wieder nach vorn. Da war er – der brennende Baum mit den tanzenden Hexen. Sie sahen schaurig aus mit ihren wilden, verfilzten Haaren, aus denen spitze Hörner lugten, den zerlumpten spärlichen Kleidern und den roten Augen, die wahrlich das Böse widerspiegelten. Die spitzen unteren Eckzähne traten aus ihrem Mund hervor und legten sich nach oben über ihre Wangen. Die Bewegungen der Hexen glichen einer Beschwörungsformel.

Arrow versuchte zu erkennen, ob noch etwas Anderes zu sehen war, doch außer toten Bäumen gab es weit und breit nichts– auch keine Frau Perchta. Wie sie wohl aussehen mochte? Vielleicht war Arrow ihr bereits begegnet. Möglicherweise war es ja die amtierende Miss Hängebusen am Eingang des Waldes.

Doch eigentlich traute Arrow Perchta nicht zu, so hässlich zu sein. Einige Male hatte sie zwar davon gehört, dass Perchta keine Schönheit sei, aber hätte sie wirklich abstoßend ausgesehen, wäre dieser Ruf ihr mit Sicherheit vorausgeeilt. Außerdem strahlte dieses Hängebusending eine gewisse Dämlichkeit aus, wie sie die amtierende Herrscherin der Verdammten wohl kaum zur Schau tragen konnte.

Aber so oder so hatte Arrow ihr Ziel erreicht. Nun endlich war es so weit. Wie gebannt schaute sie den Wirbel hinauf. Auf Anhieb konnte man die Geister darin nicht erkennen, doch sie fühlte, dass sie hier richtig war.

Wenn sie jetzt alle Konzentration zusammennehmen könnte, wäre sie nur einen Windhauch von den Nyriden entfernt.

Fest kniff sie ihre Augen zu und spürte, wie ihr Körper durchgeschüttelt wurde, und zack – saß sie mitten in dem Strudel.

Die oberen Äste des brennenden Baumes erreichte das Feuer nicht, doch sie fühlten sich morsch an. Aus lauter Angst, in die Tiefe zu stürzen, klammerte sich Arrow ganz fest an sie und sah sich um.

Der Baum war schwarz wie Kohle und die Nyriden nahmen keine Notiz von ihr. Zielstrebig schauten sie nach vorne und flogen immer weiter.

Arrow hatte sie schon einmal gesehen, damals, als ihr das Nyridenwesen ihres Vaters begegnet ist. Sie alle waren körperlose übergroße Gestalten mit meist grimmigen Gesichtern, die aus nichts weiter als funkelndem Nebel bestanden. Im Wald hatten sie damals alle regungslos auf Arrow hinab gestarrt.

Arrow spürte einen stechenden Schmerz. Erschrocken fasste sie in ihre Kleidung und holte das Medaillon hervor – es glühte regelrecht. Die Zeit des Perseiden war gekommen. Er wollte raus. Mit einem Klick kam Arrow dieser Aufforderung nach. Der kleine Funken erhob sich in die Luft und ließ sich auf dem nächstgelegenen größeren Ast nieder. Nach einem hellen Aufleuchten hatte der riesige Hirsch wieder Gestalt angenommen und schaute sie an. Sein Blick wirkte beruhigend. Nur einen kurzen Moment später richtete er ihn an Arrow vorbei. Aufgeregt wandte sie sich um. Da war er wieder – der Nyride ihres Vaters. Ausdruckslos schaute er sie an und Arrows Herz pochte immer schneller.

„Ich bin gekommen, dir zu geben, wonach du verlangst“, sagte Arrow. Der Nyride reagierte nicht. Sein Blick wanderte zu Isidor.

„Bitte sage mir“, sprach Arrow ihn erneut an und zog wieder seinen Blick auf sich, „wo mein Vater ist … Ich … ähm … Ich meine die Seele meines Vaters.“

Der Blick des Nyriden wanderte einen Ast tiefer. Dort befand sich die verkrüppelte Gestalt eines alten Mannes, der in die Leere starrte.

Erschrocken kletterte Arrow zu ihm hinunter und näherte sich ihm vorsichtig. Sie strich ihm die zerzausten langen Haarsträhnen aus dem Gesicht und musterte ihn sorgfältig. Nur sehr langsam wurde ihr klar, dass sie Melchior gefunden hatte. Schockiert wankte sie einige Schritte zurück.

Er atmete so flach, dass man meinen könnte, er wäre tot. Offenbar hatte er viele Knochenbrüche hinter sich, die falsch zusammengewachsen waren.

Am ganzen Körper zitternd setzte Arrow sich zu ihm.

„Dad?“, fragte sie zaghaft. Doch Melchior machte keine Anstalten, sie zu hören.

„Was hast du mit ihm angestellt?“, schrie sie den Nyriden an.

Er reagierte nicht, sondern betrachtete Arrow wie ein Wesen, das er vorher noch nie gesehen hatte.

„Hast du überhaupt eine Ahnung, was du da angerichtet hast?“, schrie sie weiter. „Jeder Schmerz, den du ihm zufügst, fügst du auch dir selbst zu! Wie stellst du dir denn dein Leben vor – mit einer geschundenen Seele?“

Der Nyride beachtete sein Gegenstück nicht. Einzig auf Arrow ruhte sein Blick. Trauer stieg in ihm hoch, als er in ihre Augen sah.

Arrow nahm Melchior in die Arme und strich ihm über das Gesicht. Wie die einer Puppe bewegten sich seine Glieder. Noch immer war er unfähig, etwas um sich herum wahrzunehmen.

„Es tut mir so leid, Dad. Es tut mir so leid.“ Immer wieder sagte sie ihm diesen Satz, obwohl sie genau wusste, dass er sie nicht hören konnte. Er war nur noch ein Schatten seiner selbst.

„Nun gut!“, schrie sie den Nyriden an. „Lass es uns zu Ende bringen, damit wir von hier verschwinden können!“

Arrow wurde ungeduldig. Was immer dort im Holunderwald geschehen war – noch war es nicht zu spät. Ihr Vater lebte und damit musste sie sich vorerst zufrieden geben. Hier im Wald konnte sie nichts für ihn tun, aber sie schwor sich, dass sie irgendwann einen Weg finden würde, um ihn später noch einmal von seinem Nyriden zu trennen, und dann würde sie das Ding in seine Einzelteile zerlegen.

Der Nyride starrte sie weiterhin traurig an. Es war schwer, ihn zu hassen, denn sein Blick war derselbe wie der ihres Vaters. Allerdings hatte sie ihn nie zuvor so verbittert gesehen und plötzlich bekam sie Mitleid. Das war das Letzte, was sie wollte, und so schrie sie ihn wieder an. „Los jetzt!“

Der Blick des Nyriden verfinsterte sich. Mit lautem Gebrüll ließ er donnernde Blitze auf Isidor herabfahren, der Mühe hatte, sich dagegen zu wehren. Arrow runzelte die Stirn. Lief so eine Wiedervereinigung ab?

Der Hirsch tippelte hin und her. Immer wieder gelang es ihm, neuen Blitzen auszuweichen. Der Nyride ließ nicht locker. Hasserfüllt funkelte er den Hirsch an, welcher versuchte, zum Gegenangriff auszuholen.

Irgendetwas stimmte hier nicht. Zwar war Arrow bei der einzigen Vereinigung, die sie je miterlebt hatte, bewusstlos gewesen, aber irgendetwas sagte ihr, dass das so nicht ablaufen sollte.

„Hey!“, schrie sie den Nyriden an, doch er reagierte nicht. „Hey!“

Arrow ließ ihren Vater los und lehnte ihn vorsichtig wieder gegen den Baum. Noch immer hatte er nichts mitbekommen und so, wie das hier gerade lief, war das wohl auch besser so.

Mit einem Satz sprang Arrow zu Isidor hinauf, im gleichen Moment wurde der Hirsch von einem Blitz getroffen und ging zu Boden.

Besorgt beugte Arrow sich über ihn. Isidor hatte es schlimm erwischt. Die ganze Zeit über hatte er sich gut geschlagen, doch nur ein einziger Augenblick der Unachtsamkeit hatte ihn in die Knie gezwungen.

Arrow tastete die Wunde am Hals des Hirsches ab. Isidor schrie vor Schmerzen.

Wütend wandte sie sich zu dem Nyriden um. „Was soll das? Bist du verrückt geworden?!“

Die harten Gesichtszüge des Nyriden ließen sich nicht erweichen. Zornig funkelte er sie an.

„Hör auf damit! Wenn du so weiter machst, wirst du ihn noch umbringen und dann bist du auch verloren!“, schrie Arrow den Nyriden an und plötzlich sackte sie in sich zusammen.

Entsetzt starrte sie das neblige Wesen an und auf einmal war es wieder da – das taube Gefühl im ganzen Körper. „Das ist es, was du willst?“, hauchte sie schockiert. Noch bevor sie die Worte herausbrachte, kamen ihr die Tränen.

Einen Moment lang geschah nichts. Arrow starrte den Nyriden hilflos an und der Nyride erwiderte diesen Blick entschlossen.

„Wie kannst du mir das nur antun?“, schluchzte Arrow. „Wenn du das tust, wirst du alles zerstören, alles was er erschaffen hat – ALLES WAS DU ERSCHAFFEN HAST! Und mich wirst du auch zerstören! Ich kann nicht leben ohne dich!“

Langsam kam er zurück – der seltsame Blick des Nyriden, der glauben ließ, er sah Arrow zum ersten Mal. Mitleid fand sich darin und noch so viele andere Dinge. Der Nyride war müde und kraftlos. So viele Jahre hatte er nun schon auf diese grauenvolle Weise sein Leben verbringen müssen, dass er es leid war. Alle Hoffnung auf etwas Anderes war verschwunden. Für ihn gab es nichts mehr, für das es sich zu leben lohnte. Er wollte sterben, nein schlimmer noch – er wollte aufhören zu existieren.

So viel unerträgliches Leid hatte er über sich ergehen lassen müssen, dass er jeden Willen verloren hatte. Es machte einfach keinen Sinn mehr.

„Ist es dir denn egal, was du anderen damit antust? Was du mir damit antust?“, schluchzte Arrow weiter. „Du hast eine Familie. Da draußen gibt es so viele, die dich lieben. Es wartet eine Welt auf dich, in der es noch so viel zu entdecken gibt.“

Der Nyride sah sie weiter mitleidig an.

„Willst du mir etwa sagen, dass ich deshalb gekommen bin? Weil ich dir beim Sterben helfen soll? Ist es das, was du willst? Ich bin deine Tochter und ich liebe dich. Du kannst so etwas nicht von mir verlangen!“

Arrow wischte sich die Tränen vom Gesicht. Sie erhob sich und ging auf den Nyriden zu. Noch konnte es nicht zu spät sein. Sie war hier und würde alles tun, um sein Vorhaben zu vereiteln. Sie würde so lange betteln, bis er sich erweichen ließe.

„Verstehst du denn nicht, dass ich dich brauche?“, appellierte sie an ihn.

Während eine Träne nach der anderen über ihre Wangen kullerte, betrachtete der Nyride sie nur.

„Komm. Lass uns nach Hause gehen und noch mal ganz von vorne anfangen. Wir werden eine Lösung finden. Du bist dort nicht allein. Ich werde immer zu dir stehen – was auch geschehen mag.“ Sie versuchte, ihre Lippen zu einem Lächeln zu formen, fühlte aber, dass es kläglich aussehen musste.

Der Blick des Nyriden wanderte zu Melchior. Abwesend betrachtete er ihn mit einem gewissen Ausdruck des Bedauerns. Plötzlich verfinsterte sich seine Miene wieder. Mit donnerndem Gebrüll feuerte er erneute Blitze auf Isidor ab.

Entsetzt rannte Arrow auf den Hirschen zu. Einer der Blitze verletzte sie am Oberarm und brachte sie zu Fall. Mit der letzten Kraft kroch sie auf Isidor zu und umarmte ihn schützend.

Der Nyride war sichtlich erschrocken über den Vorfall und schaute Arrow voller Entsetzen an.

Die Wunde roch stark nach verbranntem Fleisch und schmerzte wie das Feuer der Hölle.

„Bist du nun zufrieden?“, schrie Arrow. „Ist es das, was du wolltest? Glaubst du denn tatsächlich, dass alles wieder gut wird, wenn du dich selbst zerstörst?“

Mit großem Bedauern musterte er Arrow.

„Gemeinsam können wir viel erreichen“, versuchte es Arrow weiter. „Wir können es schaffen. Ich werde dich nicht im Stich lassen.“

Traurig senkte der Nyride seinen Blick. Noch einmal sah er Arrow liebevoll in die Augen, bevor er sich auf den Ast zu seiner verkrüppelten Seele nieder ließ. Nach einem Moment des Wartens folgte ein donnernder Knall.

Isidor, der ihr verzeihend in die Augen schaute, löste sich unter Arrows Körper in Luft auf. Die glitzernden, staubigen Überreste des Hirsches stiegen gen Himmel auf.

Wortlos lag Arrow da und starrte den Platz an, auf dem gerade noch der Perseide gelegen hatte. Wie gelähmt fühlte sich ihr Körper an, während ihr Verstand zu begreifen versuchte, was da gerade geschehen war.

Zitternd kroch sie über den Ast und als sie sich auf den Platz niederlassen wollte, wo vorher die Seele ihres Vaters gelegen hatte, geriet sie ins Wanken. Plötzlich fühlte sich ihr Körper fremd an. Sie hatte ihn nicht mehr unter Kontrolle. Es war, als wäre sie wieder ein Kind, das Gehen lernen musste. Wortlos schaute sie auf die Stelle, wo gerade noch Melchior gelegen hatte. Jetzt war sie leer.

Arrows Mund füllte sich mit Speichel und sie übergab sich. Benommen schaute sie sich um.

Die Nyriden flogen noch immer, doch ihre Gestalten verschwammen vor ihren Augen.

Arrow setzte sich auf Melchiors Platz, lehnte gegen den Stamm, zog ihre Beine an und umschlang sie mit ihren Armen.

Stumm schaute sie in die Leere.

Immer einsam und doch niemals allein

Arrow merkte nicht, wie sich ihre Fingernägel in die Haut ihrer Beine bohrten, und auch die unerbittliche Kälte, die sie langsam umschlang, nahm sie nicht wahr. Alles war leer und dumpf.

Plötzlich wurde es für den Bruchteil einer Sekunde hell. Jemand war da, doch er bemerkte sie nicht.

Wenig später hörte sie jemanden ihren Namen sagen, doch sie reagierte nicht.

Eine Hand berührte ihren Arm. Sie war warm und weich. Arrow stieß die Hand weg. Sie wollte die Wärme nicht spüren, wollte nicht das Gefühl von Geborgenheit in ihrem Körper haben.

Jemand sah sie an. Er hockte direkt vor ihr und sprach mit ihr, doch Arrow verstand die Worte nicht.

Dann wieder eine Berührung – am anderen Arm. Der Schmerz fühlte sich höllisch an.

Abwesend betrachtete sie das verkohlte Fleisch und plötzlich kam die Erinnerung zurück. Sie begann zu weinen.

„Arrow! Arrow, was ist los?“, fragte Keylam.

„Nein Dad, verlass mich nicht! Tu mir das nicht an!“ Mit schmerzverzerrtem Gesicht rief sie diese Worte immer wieder, während sie weinte.

„Arrow!“ Keylam schüttelte sie. „Du musst von hier verschwinden, bevor es zu spät ist!“

Plötzlich wurde sie ruhig und sah ihn an. „Keylam?“

Er nickte.

Arrow tastete sein Gesicht ab. Er war es wirklich – der echte Keylam. Ihre Augen hellten sich auf und doch sah sie aus wie eine Wahnsinnige.

„Du musst sofort von hier verschwinden“, wiederholte er. „In wenigen Augenblicken ändern die Nyriden die Richtung. Wenn sie dich dann entdecken, bist du hier nicht mehr sicher!“

„Keylam“, stammelte Arrow lächelnd und umarmte ihn.

„Arrow bitte!“ Er sah sie mit harten Gesichtszügen an. „Bitte verschwinde von hier! Tu mir das nicht an. Du darfst mich nicht alleine lassen. Ich bin dein Freund und ich liebe dich.“

Arrow zuckte zusammen. Diese Worte kannte sie. Sie selbst hatte erst kürzlich auf die gleiche Art und Weise appelliert. Sollte sie den Worten folgen?

Langsam kam sie zu sich. Einen letzten klaren Moment konnte sie ihn noch ansehen, bevor Keylam sie mit aller Wucht aus dem Strudel stieß.

Arrow landete unbequem auf dem harten Waldboden. Nur Sekunden später richtete sie sich wieder auf und rannte auf den Wirbel zu. Dann verschwamm alles und plötzlich war sie wieder drin.

„Bist du verrückt geworden?", schrie Keylam sie an. „Ich hatte dir doch gesagt, dass du verschwinden sollst!"

Wieder gab er Arrow einen Stoß, doch sie klammerte sich am Baumstamm fest.

Als Keylam erneut zum Schlag ausholen wollte, hielt er inne und löste sich direkt vor Arrows Augen in Luft auf. Wie die Überreste von Isidor flog sein funkelnder Staub davon.

„Keylam?", fragte Arrow zaghaft.

Sie rührte sich nicht.

„NEIN!", schrie Arrow so laut, dass es über das ganze Land hallte.

Wieder stiegen Tränen auf und sie brach zusammen.

Plötzlich zerrten die Nyriden an ihr. Sie änderten gerade die Richtung und hatten sie bemerkt.

Wie ein Rudel hungriger Wölfe sich über den Kadaver eines erlegten Rehs hermachte, rissen und zwickten sie Arrow an allen Enden.

Dann auf einmal schleuderte sie wieder aus dem Wirbel und landete auf dem Boden.

Als sie erneut aufstehen und in den Strudel zurückkehren wollte, wurde sie zurück gehalten.

„Arrow, es ist vorbei", sagte Dewayne. „Wir müssen von hier verschwinden!"

Doch sie hörte nicht auf ihn. Wie vom Wahnsinn gepackt wandte sie sich von ihm ab, um ihren Weg fortzusetzen.

Als Dewayne sie erneut zurückhalten wollte, brachte Arrow ihn mit einem gezielten Faustschlag zu Boden. Eilig erhob sie sich wieder in die Lüfte, doch dieses Mal bekam sie keinen Zutritt zum Wirbel, sondern prallte von ihm ab.

In ihrem Flug packte sie etwas bei den Schultern und trug sie davon. Überrascht schaute Arrow auf. Es war Ardor.

Sie versuchte mit aller Kraft, sich gegen den Drachen zu wehren, doch sie schaffte es nicht, sich zu befreien. Selbst, als sie sich noch so sehr wünschte, ihm wie ein Windhauch zu entwischen, gelang es ihr nicht. Immer und immer wieder schrie sie, dass er sie loslassen solle, doch der Drache setzte seinen Flug unbeeindruckt fort.

Arrow zückte ihren Dolch und rammte ihn mit aller Wucht in Ardors Klauen. Er stieß einen herzzerreißenden Schrei aus und lockerte seinen Griff.

Das Letzte, woran Arrow sich erinnerte, war der Aufprall in einem abgelegenen See. Zwar hatte sie keine Ahnung, wo sie sich zu diesem Zeitpunkt befand, doch eines war sicher – den Holunderwald hatte sie bereits weit hinter sich gelassen.

Als Arrow erwachte, regnete es. Die vielen Tropfen prasselten ungemütlich in Gras und Laub, doch die dicht bewachsenen Äste des Baumes, unter dem sie lag, boten ein wenig Schutz.

Eine große dunkle Gestalt saß vor ihr – Whisper. Er hatte sie gefunden und aus dem Wasser geholt.

Als Arrow sich aufrichten wollte, um sich umzusehen, fuhr ein stechender Schmerz durch ihren Oberarm. Abwesend starrte sie auf die große Wunde und dann breitete sich der Schmerz wieder in ihrem ganzen Körper aus. Es war kein Traum gewesen. Im Holunderwald hatte sie ihren Vater und Keylam sterben sehen.

Tränen sammelten sich in Arrows Augen. Sie ließ sich wieder auf den Waldboden sinken und schluchzte.

Whisper wandte sich ihr ganz bewusst nicht zu. Er konnte sie ohnehin nicht trösten. Doch er hielt Wache und bot ihr Schutz. Auch in ihm hatte sich Trauer ausgebreitet.

Benommen griff sie nach dem kleinen Beutel, den Anne ihr auf dem Weg zum Holunderwald gegeben hatte, und streute sich etwas von dem Schlafpulver über das Gesicht. Lange hallten Arrows schmerzliche Klagerufe durch den Wald, bevor sie wieder einschlief.

Vogelgezwitscher drang an Arrows Ohren und holte sie aus dem Schlaf. Die Sonne schien so hell, dass sie eine Weile brauchte, um sich an das Licht zu gewöhnen.

Neben ihr scharrte Whisper mit den Hufen.

Als Arrow sich aufrichtete, fand sie vor sich im Gras drei saftige Äpfel, die sie nur nebenbei bemerkte. Traurig starrte sie das pralle Obst an, dessen Umrissen vor ihren Augen verschwammen. Wieder begann sie zu weinen und vergrub ihr Gesicht in ihren Händen.

Whisper beugte sich zu Arrow herunter und stupste sie sanft mit seiner weichen Schnauze an, doch sie stieß ihn weg.

Als die Tränen immer schneller kamen und der in ihr sich ausbreitende Schmerz sie innerlich zu zerreißen drohte, legte sie sich wieder hin.

Als ihr Körper leer an Tränen und Gefühlen war, nahm sie das Pulver und schlief ein.

Der Ruck, den Arrow spürte, ließ sie von einem Moment auf den nächsten hellwach werden. Whisper hatte sie am Schuh gepackt und zog sie in Richtung Wasser. Arrow zappelte wild herum und er ließ sie los.

Zornig stieß der schwarze Hengst ihr einen der Äpfel vor die Füße. Mittlerweile sahen sie nicht mehr ganz so frisch aus. Arrow musste wohl ziemlich lange geschlafen haben.

Trotzig nahm sie den Apfel auf und warf ihn weit zwischen die Bäume. Grimmig schaute sie Whisper an, erhob sich und stapfte wütend in Richtung ihres Schlafplatzes. Doch bevor sie es sich wieder unter den Bäumen gemütlich machen konnte, kam der Rappe angelaufen und stieß sie zurück. Mit einem weiteren Schupser brachte er Arrow zu Fall und zerrte sie dieses Mal ohne zu zögern in den See.

Wie verrückt schlug Arrow um sich und schrie ihn dabei aus Leibeskräften an, doch Whisper ließ nicht locker.

„Lass mich!“, brüllte sie. „Ich will nicht essen! Lass mich sterben!“

Nachdem sie ordentlich untergetaucht worden war, kroch Arrow ans Ufer, doch gleich, als sie es geschafft hatte, zog der Rappe sie wieder zurück ins Wasser.

Wieder versuchte Arrow, an Land zu gehen und wieder verschaffte Whisper ihr eine nasse Abkühlung.

Erneut brach Arrow in Tränen aus und schluchzte, als sie aus dem Wasser kam. Der Rappe ließ sie in Ruhe, drohte ihr jedoch mit einem dunklen Grummeln, dass es für sie an der Zeit war, sich endlich wieder zu fangen.

Als die Tränen schließlich versiegt waren, starrte Arrow die ziehenden Wolken am strahlend blauen Himmel an. Ein Stoß gegen ihre Hand ließ sie an Ort und Stelle zurückkommen – der Apfel. Nach einem unendlichen Moment des Anstarrens biss sie davon ab. Als sie ihn nach der Hälfte wegwerfen wollte, drohte Whisper ihr wieder. Als sie den Apfel schließlich aufgegessen hatte, ließ der Rappe von ihr ab und setzte sich wieder auf den Platz, an dem er Arrow in den letzten Tagen Schutz geboten hatte. Seine Augen leuchteten triumphierend.

Als Arrow sich an einen Baum setzte, betrachtete sie abwesend die spiegelglatte Oberfläche des Sees. Tränen flossen an diesem Tag nicht mehr, doch Whisper gab sich zufrieden.

Seit Stunden prasselte der Regen nun schon auf Arrow hinab. Sie wusste gar nicht mehr, wie sie auf den großen Stein am Seeufer gekommen war. Eine halbe Ewigkeit musste sie dort nun schon in die Leere geschaut haben.

Whisper stupste sie sanft am Rücken. Unglücklich, wie sie war, schaute Arrow sich zu ihm um. Das war das erste Mal seit dem Holunderwald, dass sie auf ihn reagiert hatte, ohne dass er ihre Aufmerksamkeit mit Gewalt provozieren musste. Erfreut darüber schmuste er ausgelassen an ihrer Schulter.

Arrow schenkte ihm ein gezwungenes Lächeln. Mit ihren zerzausten Haaren, den blutunterlaufenen Augen und dem mutlosen Gesichtsausdruck hätte man denken können, sie wäre ein Poltergeist. Niemand, der sie nicht kannte, hätte in diesem Zustand noch die attraktive, freundliche, junge Frau in ihr gesehen, die sie immer war.

Whisper kniete vor ihr nieder. Es wurde Zeit, aufzubrechen. Arrow wusste das. Schon zu lange hatte sie an diesem Ort darauf gewartet, dass sich die Ereignisse in einen schlechten Traum verwandeln würden, doch das taten sie nicht. Der Schmerz hatte es ihr verraten – mit jedem ihrer Atemzüge.

Als Arrow auf den Perseiden klettern wollte, bemerkte sie, dass der kleine Lederbeutel, in dem das schwarze Küken immer geschlafen hatte, verschwunden war. Abscheu regte sich in ihr. Offenbar war alles, was ihr in die Hände fiel, zum Tode verdammt. Sie hasste sich selbst für diesen Fluch, der auf sie lastete. Doch bevor die Leere sich einmal mehr in ihr ausbreiten konnte, fielen ihr wieder die seltsamen Male an ihrem Unterarm auf. Noch immer warteten einst gegebene Versprechen darauf, erfüllt zu werden. Vielleicht hatte das Leben ja doch noch einen Sinn. Und selbst wenn nicht – sterben konnte sie auch später noch.

Schwach und freudlos stieg Arrow auf den Rappen. Sie schmiegte sich ganz fest an ihn, während er gemütlichen Ganges aufbrach.

Unerwartet stieg ein neues Gefühl in ihr auf – sie war froh, einen solchen Freund zu haben.

Tage später nahm der Regen noch immer kein Ende. Hier und da machten Arrow und Whisper Rast, schliefen eine Weile oder suchten nach Essbarem.

Das Wetter passte zu Arrows Stimmung, denn nachdem sie nicht mehr weinen konnte, tat das der Himmel an ihrer Stelle.

Vor zwei Tagen erst hatte sie den blauen Drachen am Himmel fliegen sehen. Ardor und die anderen suchten nach ihr, doch sie war noch nicht bereit, ihnen unter die Augen zu treten. Sie musste für sich sein. Nachdem sie sich eine Weile im Gebüsch versteckt hatten und die Luft wieder rein war, setzten sie ihre Reise fort – wohin sie auch immer führen sollte.

Am Waldrand ritten sie ohne Eile an einem Fluss entlang. Als Arrow die wunderbaren Klänge von Kindergelächter vernahm, wurde sie aus ihrer gewohnten Abwesenheit gerissen. Sodann befand sie sich an Ort und Stelle.

Benommen schaute Arrow sich um. Sie wollte wissen, woher dieses Lachen kam. Es hatte etwas in ihr geweckt. Sie erinnerte sich an Gefühle aus ihren Kindertagen.

Erstaunt stellte sie fest, dass es auf der anderen Seite des Flusses ganz anders aussah. Zwar befand sich dort ebenfalls ein Wald, doch dessen Blätter standen in voller bunter Pracht. Die Sonne schien wärmend durch alle Äste und Zweige und Vögel zwitscherten überall. Auch schimmerten die Ähren des angrenzenden Kornfeldes wie pures Gold. Alles wirkte so warm und einladend.

Die Seite des Flusses, auf der sich Arrow und Whisper befanden, wirkte dagegen so gar nicht gemütlich. Überall war es nass und matschig. Dicke Regenwolken verdeckten den Himmel und es roch von allen Seiten moderig.

Neugierig stieg Arrow von Whisper ab und horchte auf, als sie abermals das liebliche Lachen vernahm. Auf der anderen Seite liefen Kinder durch das Kornfeld und spielten Fangen.

Arrow formte ihre Hände zu einem Trichter. „Hey!“, rief sie aufgeregt über den Fluss.

Doch die Kinder hörten sie nicht.

„Hallo!“

Sie nahmen nicht die geringste Notiz von ihren Rufen und machten einfach weiter wie bisher.

Plötzlich vergaß Arrow den ganzen Schmerz und Kummer der letzten Tage. Sie lächelte und winkte wie wild, doch noch immer reagierten die Kinder nicht. Sie liefen immer weiter am Fluss entlang und Arrow versuchte, ihnen auf der anderen Seite zu folgen. Immer weiter ging es stromaufwärts und immer wieder versuchte sie, die Aufmerksamkeit der Kleinen zu bekommen.

Traurig gab sie schließlich auf. Es wäre so schön gewesen, dieser grauenvollen Welt für eine Weile entfliehen zu können. Hier würde sie all den Schmerz niemals hinter sich lassen können.

Sehnsüchtig schaute Arrow zum anderen Ufer. Das Lachen entfernte sich langsam und die Kinder verschwanden – genau wie Arrows Lächeln.

Unglücklich ließ sie sich zu Boden sinken und verschränkte ihre Arme.

Dann ganz plötzlich blinkte etwas in ihren Augenwinkeln auf. Erschrocken sah Arrow zur Seite und entdeckte direkt am Flussufer einen großen Stein mit einer Holztür.

Neugierig erhob sie sich von ihrem Platz und ging dorthin. Skeptisch betrachtete sie das seltsame Gebilde, welches so achtlos in der Landschaft herumstand. Wer kam wohl auf die Idee, eine Tür an einen Stein zu nageln, und dann einfach so in der Landschaft zu vergessen?

Vorsichtig griff Arrow an die Türklinke. Sie schloss ihre Augen, als sie diese betätigte, und öffnete sie sogleich wieder begeistert, als es klick machte. Die Tür war nicht verschlossen.

Arrows Herz klopfte immer lauter, als sie die Tür weiter und weiter öffnete und überraschenderweise den Duft der Aromen eines gesunden Waldbodens einatmete.

Gleich hinter der Öffnung lag der einladende Ort der anderen Seite. Traute man der Tür, so wurden die beiden Wälder nicht durch die reißenden Fluten eines wilden Flusses getrennt. Alles wirkte täuschend echt – obwohl es so unmöglich schien.

Ungläubig kniete Arrow sich nieder und zupfte einen Pilz von der anderen Seite. Mit zitternden Händen ließ sie ihn zu ihrer Nase gleiten und atmete den wohlschmeckenden Duft genüsslich ein. Ein strahlendes Lächeln glitt über ihre Lippen und mit leuchtenden Augen warf sie Whisper einen Blick zu.

Neugierig griff Arrow nach einem Stein von ihrer Seite des Flusses und warf ihn mit aller Wucht durch die Öffnung. Auf der anderen Seite purzelte daraufhin ein kleiner Fuchs aus dem Gebüsch. Mit großen Augen nahm Arrow sein Gemecker über den Fluss hin wahr und freute sich.

Nach einem Moment des Grübelns beugte sie sich vor. Die eine Hand an dem Felsen geklammert, steckte sie die andere Hand durch die Öffnung und winkte um die Ecke und tatsächlich konnte sie bei einem Blick über den Fluss ihre eigene winkende Hand in vielen Metern Entfernung beobachten.

Arrow freute sich mehr und mehr. Schließlich setzte sie sich mit dem Rücken zum Eingang und legte sich mit ihrem Rücken über die Schwelle. Das war seltsam. Von der anderen Seite waren weder Fluss noch Matschwald zu sehen. Wenn man dort zur anderen Richtung schaute, sah man weiterhin nur schönen gesunden Wald.

Grübelnd setzte Arrow sich auf. Sie überlegte hin und her. Dann sah sie zu Whisper auf. „Wirst du mich begleiten?“, fragte sie den Rappen. Er antwortete mit einem überschwänglichen Nicken.

Arrow schloss den Hengst freudig in die Arme und krallte ihre Hand in seiner Mähne fest. „Dann gehen wir jetzt gemeinsam da durch.“

Sie schenkte der Zauberwelt keinen letzten bedauernden Blick, sondern ging einfach durch die Felstür zur anderen Seite. Dort verschwand die Öffnung gleich, nachdem sie angekommen war, und Arrow bereute es nicht. Denn über all die Felder bis tief in den Wald drang das Glockengeläut jener kleinen Pfarrkirche, dessen Klänge sie schon so viele Male im Leben gehört hatte – mit denen sie aufgewachsen war.

Sie war wieder zu Hause in Elm Tree.

Die Fremde daheim

Schön war der Herbst. Fast hätte Arrow vergessen, wie gut er ihr immer getan hatte. Und der Wald war reich an Köstlichkeiten. Schade nur, dass Arrow ihn nicht verlassen konnte. Es wurde ihr schummrig vor den Augen, sobald sie versuchte, einen Fuß hinaus zu setzen. Whisper ging es nicht anders, doch das kümmerte ihn wenig.

Recht einfach hatte Arrow versucht, einen Unterschlupf für sie beide aus Ästen und Blattwerk zu bauen, doch es verrottete nur allzu schnell – das heißt, falls noch genug Zeit dafür blieb, bevor der Herbstwind es davontragen konnte.

Glücklicherweise fand sich etwas tiefer im Wald eine kleine Höhle. Der Eingang führte nicht sehr weit hinein und es gab auch keine Abzweigungen, aber als kleine Behausung reichte es.

Keylam hatte ihr einst auf der Reise gezeigt, wie man ein Feuer entfachte. Dieses Wissen brachte sie nun von Tag zu Tag.

Arrow genoss ihre Zeit im Heimatwald. Zwar kannte sie sich darin kaum aus, da es ihr seinerzeit streng verboten gewesen war, diesen Wald zu betreten, doch alles wirkte so vertraut. All die Gerüche und die Wiesen in der Ferne. Man konnte vom Rand aus sogar das Dorf sehen, und wenn man ganz still lauschte, hörte man die Kirchglocken bimmeln. Welch ein Schwachsinn, dass das Geistervolk diese Klänge nicht mochte. Die Glocken läuteten jetzt genauso lieblich wie schon damals. Und warum sollten sie das auch nicht – waren die Naturgeister ihnen doch um Jahre voraus.

Leider kamen nur selten Leute durch diesen Wald. Geschah es aber doch, freute Arrow sich und grüßte freundlich. Nur allzu oft passierte es dann, dass die Reisenden erschrocken ihr Gepäck wegwarfen und schreiend davonliefen. Einmal sogar hatte ein Mann seine voll beladene Kutsche zurückgelassen.

Glücklicherweise fanden sich in den Gepäckstücken gelegentlich einige Speisen und Kleidung.

Anfangs verwirrte Arrow dieses Verhalten, doch schon bald fragte sie sich, wie sie selbst wohl reagiert hätte, wenn sie vor Jahren – in dem Glauben, ein Mensch zu sein -, hier auf einen Elfen getroffen wäre. Bald hatte sie sich dann damit abgefunden.

Es wirkte auch ungewohnt, bedenkenlos den Sternenhimmel betrachten zu können. Hier sah er ganz anders aus als in jener Welt. Zwar war er noch immer wunderschön, doch auf seine ganz eigene Art und Weise.

Als das Korn auf den Feldern geerntet wurde, sah Arrow die Kinder immer öfter beim Spielen. Dabei vermied sie es, die Kleinen anzusprechen, in der Angst, sie zu verschrecken. Doch schon bald erblickten die Kinder sie und eines der kleinen Mädchen winkte ihr zu. Lächelnd erwiderte Arrow den Gruß. Dann zerrten ihre Freunde die Kleine erschrocken weg.

Wochen später tauchten die kleinen Rabauken erneut auf und mitten im Versteck-Spiel schlich sich die Kleine davon. Direkt am Waldrand blieb das Mädchen stehen.

„Hallo“, sagte sie kichernd.

„Hallo“, erwiderte Arrow erfreut. Whisper schaute neugierig auf, bewegte sich jedoch nicht vom Fleck.

„Bist du die Frau, die in den Bäumen lebt?“, fragte die Kleine.

Arrow sah sich verwundert um. „Ich denke schon“, antwortete sie.

„Hm, so schrecklich siehst du gar nicht aus.“

„Dankeschön.“ Arrow runzelte die Stirn. Die Kleine war wirklich niedlich, und auch wenn sie seltsame Dinge sagte, so konnte Arrow sich ein Grinsen nicht verkneifen. „Wie ist dein Name?“

„Ich heiße Hellen. Hellen Elizabeth Folstrow.“

„Das ist ein hübscher Name“, bemerkte Arrow. „Hellen Elizabeth ... Dann könnten dich alle Hellen Lizzy nennen ... oder so was in der Art ...“

Hellen verzog das Gesicht. „Das geht nicht. Meine Mom heißt schon Lizzy. Dann würden wir uns ja immer beide angesprochen fühlen.“ Die Kleine kicherte.

„Oh wirklich? Na ja – Lizzy ist aber auch ein schöner Name. Ich hatte mal eine Freundin mit dem Namen Lizzy. Sie hatte auch noch einen Bruder, der Adam hieß. Kennst du die beiden? Sie wohnten in dem Dorf dort hinten.“

Hellen überlegte. „Das muss dann wohl meine Mom sein. Onkel Adam kenne ich kaum. Mom sagt immer, er wäre tot, dabei treffe ich ihn oft auf dem Weg zur Kirche."

Arrows Lächeln verschwand. Sie musterte das Mädchen erschrocken. Es stimmte – die Kleine sah wirklich so aus wie Lizzy damals mit ihren gelocktem Haselnusshaar und den großen braunen Rehaugen. Aber was erzählte sie da nur?

„Hellen, wie alt bist du jetzt?"

„Ich werde im nächsten Frühling elf Jahre alt."

Elf … Das Mädchen wird elf Jahre alt. Wann war das alles geschehen? Arrow war doch nicht einmal drei Jahre fort. Oder nicht? War sie vielleicht länger weg, ohne es gewusst zu haben? Wäre ja nicht das erste Mal, dass ihr etwas verborgen geblieben war.

„Und dein Onkel … Du sagst, du kennst ihn kaum?"

Hellen nickte. „Ja. Mom und Dad wollen nichts mit ihm zu tun haben. Ich habe mal gehört, dass Onkel Adam etwas sehr Schlimmes getan haben soll. Mom sagt immer, dass es besser wäre, wenn er tot wäre, und Dad versucht mit allen Mitteln, ihn aus dem Dorf zu vertreiben. Es gab eine Zeit, in der es nicht so war, doch dann starb Grandma und alles wurde … anders."

„Hellen!", rief ein Junge, der sich näherte. „Komm sofort her! Du weisst, dass wir nicht mit ihr reden sollen. Wenn Mom davon erfährt, gibt es wieder Ärger."

Die Kleine drehte sich zu dem Jungen um. „Einen Moment noch, Simon. Ich glaube, sie ist gar nicht so böse, wie alle sagen. Ich denke eher, dass sie sehr nett ist. Sie redet mit mir."

Arrow lächelte Hellen dankbar an.

„Das weißt du doch gar nicht", erwiderte der Junge schroff. „Vielleicht hat sie dich schon verhext. Komm jetzt her. Wir müssen nach Hause."

„Aber ich kann gar nicht hexen", wandte Arrow sich verwundert an den Jungen. „Wer hat euch denn solch einen Unfug erzählt?"

Hellen wandte sich ihr wieder zu. „Die Leute im Dorf sagen das. Sie haben Angst vor dir. Sie sagen, du wärst kein Mensch."

„Und deshalb bin ich gleich böse? Ich habe hier doch niemandem etwas getan. Im Gegenteil – früher habe ich hier gelebt. Ich bin hier aufgewachsen und alle waren immer sehr nett zu mir. Deine Mutter kennt mich. Sie wird dir sagen können, dass ich nichts Schlimmes im Sinn habe."

„Das dachte ich auch nicht, aber damit stehe ich – wie es aussieht – wohl allein da."

„Hellen, Schluss jetzt!", rief Simon verärgert. „Rede nicht mit ihr! Sie verzaubert dich ja immer mehr. Komm jetzt – wir gehen sofort nach Hause!"

Die anderen Kinder beobachteten das Gespräch sichtlich angespannt aus sicherer Entfernung. Es waren fünf an der Zahl – drei Mädchen und zwei Jungen. Dem Aussehen nach schienen sie alle in etwa dem gleichen Alter zu sein.

Simon packte seine kleine Schwester grob am Arm und zerrte sie davon. Arrow hätte ihn gerne zurück gehalten, doch wie immer konnte sie den Wald nicht verlassen.

Ein letztes Mal noch sah Hellen zurück. „Mach es gut, Waldfrau! Es hat mich sehr gefreut, dich kennen zu lernen!"

Arrow lächelte verhalten und winkte zum Abschied.

Welch eine seltsame Begegnung. Ganz offensichtlich hatte sich während ihrer Abwesenheit alles verändert.

Wie an jedem Tag, nachdem Arrow am Morgen in dem kleinen See gebadet und etwas gegessen hatte, begab sie sich wieder zu der Stelle am Waldrand, wo sie die Kinder getroffen hatte. Dort kletterte sie auf den breiten Ast ihres Lieblingsbaumes, von dem aus man einige Sonnenstrahlen abfangen konnte.

Immer hoffte sie, die Kinder noch einmal zu sehen. Sie hatte so viele Fragen, die sie Hellen gern gestellt hätte – vor allem, was Adam anging. Hellens Worten nach hatte er etwas Schlimmes getan. Aber was konnte das nur gewesen sein? Ein Mord käme wohl eher nicht infrage, denn dann hätte man ihn sicher eingesperrt. Vielleicht wurde er aber auch nur eines Verbrechens verdächtigt, dessen man ihn nicht überführen konnte. Aber was sollte das bloß sein? Immerhin war von Adam die Rede – ihrem Freund Adam.

In all den Jahren hatte sie niemals irgendwo irgendwen getroffen, der sensibler, einfühlsamer und verständnisvoller war als Adam. Natürlich gehörte all das nicht zu den Eigenschaften, zu denen man einen Jungen erzog, aber er war eben, wie er war, und das machte ihn zu etwas ganz bBesonderem.

Sogar seine Mutter hatte ihn immer für diese Andersartigkeit geliebt. Die meisten anderen Menschen hatten für solch ein Verhalten nur Spott über – natürlich nur, weil es sich dabei um einen Jungen handelte. Seine Mutter aber hatte Adam stets geliebt.

Mit einem schönen Buch, das Arrow im Gepäck eines Wanderers gefunden hatte, machte sie es sich auf dem Baum bequem. Schön war das Gefühl des sanften Windes auf der Haut und das Rascheln der Blätter in den Bäumen.

Nur spät erkannte Arrow, dass sich jemand näherte. Es war eine Frau, deren Rock hin und her wehte. Sie sah etwas älter aus und guckte sehr grimmig. In ihren Haaren ließen sich bereits die ersten grauen Strähnchen erkennen. Mit der einen Hand versuchte sie, ihren Rock zu bändigen, und in der anderen Hand hielt sie ein Kruzifix vor sich gestreckt.

Verwundert betrachtete Arrow die Dame, die in sicherer Entfernung auf dem Feld stehen blieb und sie anstarrte.

„Kann ich Ihnen helfen?“, fragte Arrow stirnrunzelnd.

Die Frau wirkte sehr angespannt. Aus der Nähe betrachtet fiel auf, dass sie noch gar nicht so alt war, wie es auf den ersten Blick schien. Unangenehme Lebensumstände hatten sie jedoch offenbar vor ihrer Zeit altern lassen.

„Woher kennst du meinen Namen, Hexe?“ Hass lag in diesen Worten. Hass und Verachtung. Es ließ Arrow einen eiskalten Schauer über den Rücken laufen. So etwas war ihr in ihrem ganzen Leben noch nicht passiert, dass jemand sie so eiskalt ansprach.

„Entschuldigung ... Ich verstehe nicht ...“

„Letzte Woche hast du meine Kinder angesprochen. Du wusstest Dinge über mich. Meine kleine Hellen kann sich gar nicht mehr beruhigen. Sie spricht über nichts Anderes mehr. Sie will nur noch zu dir. Wir mussten sie unter Arrest stellen. Du hast sie verhext!“

Erschrocken ließ Arrow ihr Buch fallen. „Lizzy?“, fragte sie entgeistert.

„Ich will, dass du dich aus meinem Leben fernhältst, und halte dich vor allem von meinen Kindern fern! Niemand im Dorf spricht noch mit mir. Sie sagen, du hättest einen Fluch auf uns gelegt!“

Lizzys Körper bebte vor Verbitterung. Offensichtlich hatte es sie sehr viel Überwindung gekostet, Arrow gegenüberzutreten, und sie hatte Angst.

„Aber Lizzy, ich bin es doch – Arrow. Weißt du nicht mehr? Früher waren wir doch die besten Freunde – zusammen mit Linda, Robert und ... Adam."

„Hör auf damit! Ich will das alles nicht hören. Ich will nur, dass du mich in Ruhe lässt. Meine Familie hat weiß Gott genug ertragen müssen! Lass uns einfach nur in Ruhe!"

„Aber Lizzy, du kennst mich doch! Du weißt doch genau, dass ich dir oder deiner Familie nie etwas Böses tun würde."

„Lügen – alles Lügen. Das Schlimmste hast du längst getan, indem du über mich gesprochen hast. Alles hast du damit kaputt gemacht. Lass uns einfach in Ruhe!"

Lizzy wandte sich ab, um zu gehen.

„Was ist mit Adam geschehen?", rief Arrow ihr hilflos hinterher.

Lizzy hielt inne. Für einen Moment – so viel war zu sehen – war sie gewillt, ihren Weg fortzusetzen, doch dann drehte sie sich langsam wieder um. „Adam ist tot", sagte sie verbittert.

Arrows Augen verengten sich. „Hellen erzählte bereits, dass du das sagen würdest, aber sie erwähnte auch, dass das eine Lüge ist."

Lizzy lachte auf. „Na gut. Wenn du so willst. Dann ist er eben nicht tot – für dich."

Arrow spürte langsam Zorn in sich aufsteigen. War das wirklich die Lizzy, die mit ihr zusammen aufgewachsen war? Dieselbe Lizzy, die immer so bedacht auf Manieren und ihr Äußeres war? Könnte es sich nicht auch um eine Verwechslung handeln?

„Für Hellen ist er auch nicht tot", erwiderte Arrow barsch.

Lizzy senkte den Blick. Für einen Moment sah es aus, als würde eine Träne in ihren Augen aufblitzen, doch dann fing sie sich wieder.

„Lizzy, bitte – was ist mit Adam? Ich werde keinen Frieden finden, ehe ich nicht weiß, was er getan hat."

„Du willst wissen, was mit Adam ist? Na schön – ich werde es dir erzählen. Aber zuerst musst du mir versprechen, dass du mich ab dann in Ruhe lässt. Du wirst weder über mich, noch über meine Kinder jemals wieder ein Wort verlieren und Hellen wirst du nicht mehr ansprechen – verstanden?“

Arrow hatte Hellen ja gar nicht angesprochen, sondern Hellen Arrow. Sollte es je wieder zu einem Treffen kommen, könnte sie Lizzy jetzt ein Versprechen geben, das ein Hintertürchen offen ließe.

„Versprochen – ich werde Hellen unter keinen Umständen ansprechen.“ Wie seltsam, dachte Arrow bei sich, denn offensichtlich sprach und dachte sie schon genauso listig wie ein richtiger Naturgeist. Innerlich musste sie kichern.

„Nun“, begann Lizzy, „mein Bru … Adam weiß offensichtlich nicht sehr viel mehr mit einer Frau anzufangen, als ihr die Haare zu kämmen. Wie abartig er war, äußerte sich in dem Moment, da er meiner Mutter und mir eröffnete, dass wir, solange er lebte, die einzigen Frauen sein werden, für die er je Zuneigung empfinden könnte – und zwar so, wie es uns gebührt. Meine Mutter liebte er wie eine Mutter und mich … mich würde er immer lieben wie eine Schwester. Der Sinn aller anderen Frauen auf dieser Welt würde ihm auf ewig verborgen bleiben.“

Arrow überlegte. „Dann war das Problem, dass er noch nicht die Richtige gefunden hatte, um zu heiraten?“

„Nein!“, antwortete Lizzy barsch. „Das Problem bestand darin, dass er anfing, meinen Ehemann zu umgarnen!“

Hopla. Arrow wurde rot. So hätte sie Adam nie eingeschätzt. Wer würde denn schon den eigenen Geschwistern den Partner ausspannen?

„Aber … das war sicher ein Missverständnis, Lizzy. Du kennst doch deinen Bruder. Er ist der rücksichtsvollste Mensch, den es gibt. So etwas hätte er nie absichtlich gemacht.“

„Oh, ich bitte dich!“ Lizzy rollte mit den Augen. „Er hat Schande über uns gebracht. Meine ganze Familie ist gestraft durch ihn. So, nun hast du deine Antwort und jetzt lass mich gefälligst in Ruhe!“

Zornig wandte Lizzy sich wieder ab und stapfte davon. Arrow wollte ihr noch nachrufen, doch sie wusste, dass Lizzy nicht darauf reagieren würde.

Niedergeschlagen dachte sie darüber nach, wie glücklich sie einst hier gewesen war. Jetzt war alles anders. Traurigkeit stieg in ihr hoch und sie begann wieder zu weinen. Seitdem sie diesen Ort einst verlassen hatte, ging alles schief und das Glück, welches sie sich von ihrer Rückkehr erhofft hatte, schien unwiederbringlich verloren – in dieser und in jener Welt.

Arrow tat sich schwer damit, ihre Gefühle unter Kontrolle zu bringen, denn wie sie herausgefunden hatte, standen diese seit neustem in engem Zusammenhang mit kräftigen Winden. Immer dann, wenn sie besonders traurig war, entfachte sie einen Sturm, der über die Grenzen des Waldes hinaus viel Verwüstung anrichtete. Das freute sie nicht besonders, aber es brachte ihr wenigstens Beachtung ein. Immer öfter kamen jetzt ein Priester und eine Gruppe Dorfbewohner. Sie hielten alle ängstlich ihre Kruzifixe auf Arrow gerichtet, während der Priester aus der Bibel zitierte und sie mit Wasser bespritzte. An Tagen, an denen die Herbstsonne wärmend auf der Haut prickelte, war das noch ganz angenehm, doch umso näher der Winter kam, desto mehr ging es Arrow auf die Nerven.

Auch störte der Priester sie beim Lesen ihrer Bücher. Was er aus der Bibel zitierte, war schlecht verständlich. Arrow hatte ihn zwar wiederholt aufgefordert, gewisse Passagen zu wiederholen, doch darauf ließ er sich nie ein. So verlor sie irgendwann den Faden und las während dieser Rituale die ihr zur Verfügung stehenden Bücher aus den verlorenen Taschen der Wanderer.

An einem Tag, da es Arrow besonders auf die Nerven ging, vertrieb sie die Gruppe, indem sie ihre Schuhe nach ihnen warf. Dabei wurde sie bald so wütend, dass kurz darauf ein Sturm losbrach. Dummerweise brachte ihr das die Schuhe aber nicht zurück und sie konnte den Wald ja nicht verlassen. So plagte sie sich eine ganze Weile ohne Schuhe. Sehr gelegen kam ihr das nicht, denn der Winter klopfte ja schon an die Tür des Jahreszeitenwechsels.

Der Winter – das wusste Arrow – würde hart werden. Das lag noch nicht einmal unbedingt nur an der Kälte, sondern vielmehr daran, dass es sie so sehr an Keylam erinnerte und damit natürlich gleichzeitig an ihren Vater. Andererseits war es aber auch egal, welche Jahreszeit herrschte und ob es Morgen oder Abend war. Sie dachte sowieso ständig an die beiden und ganz besonders viel an ihren Vater.

Arrow machte sich die größten Vorwürfe. Immer wieder spielte sie die Ereignisse in ihrem Kopf durch und sie überlegte, wie sie es hätte anders machen können, doch es fiel ihr nicht ein. Zwei Dinge jedoch waren ihr völlig klar – sie vermisste ihn so sehr, dass es drohte, sie innerlich zu zerreißen, und sie war Schuld an seinem Tod.

Im Grunde war sie es gar nicht wert, ihr Leben weiterzuleben, während er entschieden hatte, seines zu beenden. Es stand ihr nicht zu, auch nur für einen Moment zu vergessen, was geschehen war oder gar Freude zu empfinden. Nicht einmal das kleinste Fünkchen Glück hatte sie noch verdient – so wie in dem Moment, als sie die kleine Hellen kennen gelernt hatte. Sie war ein erbärmlicher Versager und der einzige Grund, dass sie noch am Leben war, war der, dass sie es auch nicht verdient hatte, all diesen Schmerz durch ihre eigene Hand einfach so zu beenden. Dafür wandelte sie noch immer auf dieser Erde – sie sollte für ihre Vergehen leiden, bis sie daran zugrunde ging. Arrow fühlte das und in jedem Moment, in dem sie das vergaß, hasste sie sich danach umso mehr.

Zu Arrows Verwunderung erfreute sie sich bald immer größerer Neugier anderer. Naturgeister kamen von überallher und fragten nach dem Tor, durch das sie gekommen war.

Viele erklärten Arrow, dass es für eine Weile ganz nett war, unter den Menschen zu leben, sie sich allerdings mittlerweile missverstanden und ignoriert fühlen würden. Seit neustem redeten alle nur noch über die Bibel und die Kirche. Der Kult um die Natur würde dabei zu kurz kommen und das ödete viele an. Die Menschen waren dabei, den alten Glauben völlig aufzugeben. Das war natürlich ein harter Brocken für die Geister. Die meisten hatten sich unter den Menschen offenbar sehr wohl gefühlt. Sie wurden mit Respekt behandelt. Aber wie so immer im Leben kam wohl für jede Kreatur irgendwann die Zeit, einen neuen Weg zu beschreiten. Deshalb suchten alle nach dem Tor, das sie zurück bringen würde.

Ein Kobold erzählte Arrow einst, dass der Weg nach vorn manchmal auch den Weg zurück bedeuten könne. Sie verstand nicht so recht, was er ihr damit hatte sagen wollen, fand die Aussage aber trotzdem hochinteressant.

Glücklicherweise hatte Arrow auch das Vergnügen, kurz vor Wintereinbruch die Bekanntschaft eines Gnoms zu machen.

Gnome waren ja bekannt für ihr Schusterhandwerk und darüber hinaus sehr freundliche Wesen. Auf den ersten Blick konnte man sie mit einem Zwerg verwechseln, denn den langen Bart hatten sie mit Zwergen gemeinsam. Allerdings unterschied das auffällig dicke Kopfhaar, welches scheinbar mit dem Barthaar zu verschwimmen schien, die Gnome dann doch von den Zwergen. Es sah immer so aus, als würden sie ihr Haar wie Kleidung tragen. Das Haar dieses Gnomes reichte beinahe bis zu seinen Füssen. Darunter lugten noch der Saum seines Beinkleides und ein paar unterschiedlich aussehende, jedoch schön gearbeitete Schuhe hervor.

Witzig allerdings war der winzige Hut auf seinem Kopf, der in einem früheren Leben wohl mal eine Tasse hatte sein wollen.

Natürlich konnte man mit einem Gnom auch eine überaus nette und anregende Unterhaltung führen, während Zwerge in ihrer Meinung doch immer recht festgefahren und barsch in ihrem Ton waren.

„Komm doch herein, junges Fräulein", bat der Gnom. „Ich werde erst einmal Maße von deinen Füßen nehmen, und während du ein Tässchen Tee schlürfst, fertige ich dir die Schuhe an."

„Das ist sehr freundlich. Dankeschön."

Neugierig sah Arrow sich in dem Bau des Gnomes um. Er war ziemlich zugestopft mit allem möglichen Zeug – hauptsächlich Schuhen. Trotzdem konnte man meinen, dass dahinter eine gewisse Ordnung steckte.

Glücklicherweise verfügte der kleine Kerl, der Arrow höchstens bis zur Hüfte reichte, auch über einen Sessel für Leute von ihrer Größe. Offenbar beschränkte sich sein Kundenstamm nicht ausschließlich auf Gnome.

„Mein Name ist Socks", stellte er sich vor.

Arrow kicherte, da sie diesen Namen als äußerst passend empfand.

Sie redeten über dies und jenes. Socks erzählte Arrow, dass sie den Wald nicht verlassen könne, weil die Menschen Wind von dem regen Geisterverkehr bekommen hätten. Daraufhin haben sie an der Waldgrenze dicke Eisenstangen unter der Erde vergraben und da Geister bekanntermaßen allergisch auf Eisen reagieren, war es niemandem möglich, den Wald zu verlassen.

Allerdings konnte ihn aber auch niemand betreten und so blieben die Geister nach und nach fern.

Socks sagte aber auch, dass es auf der anderen Seite des Waldes eine Stelle gab, die nicht mit Eisen vermint war, doch das würde eine Reise von zwei Tagen in Anspruch nehmen und dazu konnte Arrow sich nicht aufraffen. Mittlerweile bekam sie ja genügend Aufmerksamkeit und dadurch konnte es nicht langweilig werden.

„Ist es unter Umständen möglich, dass der Priester das Weihwasser nicht richtig geweiht hat? Mittlerweile kommt er schon jeden Tag und bespritzt mich damit, aber ich spüre rein gar nichts – nicht einmal ein Kribbeln."

„Ach Arrow", sagte Socks mit seiner Reibeisenstimme, „wenn die Menschen Angst vor dir haben, dann tu ihnen doch einfach den Gefallen. Die Zeiten haben sich geändert. Wir können uns ihnen nicht aufzwingen und das sollten wir auch nicht. Es war schön, solange es gedauert hat, doch langsam sollten wir Platz machen für andere Bräuche. Solange sie das glücklich macht."

„Macht es sie denn glücklich, wenn wir einfach aus ihrem Leben verschwinden?", fragte Arrow melancholisch. „Weißt du, ich mag die Menschen – sehr sogar. Ich bin unter ihnen aufgewachsen. Zwar erscheinen mir ihre Beweggründe nicht immer logisch, trotzdem sind sie ein Teil von mir."

„Da bist du wohl nicht die Einzige, die das so sieht. Aber Herzchen, wer sagt dir denn, dass es auf ewig so sein wird? Möglicherweise erinnern sie sich eines Tages wieder an uns und wünschen sich uns zurück."

„Und was schlägst du vor?"

„Lass ihnen ihren Willen. Wenn wieder einer kommt und dich mit Wasser bespritzt, dann tu einfach so, als wäre das eine Qual." Socks lachte. „Das machen hier alle so!"

Vorsichtig passte er Arrow den ersten Schuh an. „Sag mal, Herzchen, was hält dich eigentlich hier? Du sagst, alles hätte sich verändert, die Leute hätten Angst vor dir und Freunde hast du hier nicht wirklich."

„Hm." Nachdenklich stellte Arrow ihr Tasse auf den Tisch. „Anfangs hatte ich gehofft, das Glück meiner Kindheit hier wiederzufinden, doch bevor mir klar wurde, dass daraus nichts wird, habe ich erfahren, dass ein Freund von mir in Not geraten ist – in großer Not."

Traurig betrachtete sie die Male an ihrem Unterarm.

„Also möchtest du ihm helfen?“, fragte Socks und strich sich über das Kinn. „Du hast gewissermaßen eine Mission zu erfüllen. Es muss Jahre her sein, dass ich so etwas zum letzten Mal erlebt habe.“

„Ja, aber ich weiß nicht, wie ich an ihn heran kommen kann. Er besucht mich nicht. Dass es ihm schlecht geht, habe ich von anderen erfahren. Und wie du weißt, kann ich den Wald nicht verlassen. Sicher – wenn ich die Reise auf mich nehme, könnte ich in das Dorf, aber wenn dort etwas Unvorhergesehenes geschieht, kann ich ja nicht zurück, weil das Eisen mich sicher nicht wieder in den Wald lassen würde. Verstehst du, was ich sagen will?“

Socks nickte. „Der Wald gibt dir ein Gefühl von Sicherheit. Du bist gefangen im goldenen Käfig.“

Arrows Augen leuchteten und sie schnippte mit den Fingern. „Genau so ist es.“

„Na dann mach dir doch einfach die Angst des Priesters und seiner Schar zu deinem Vorteil.“ Socks grinste durchtrieben. Arrow hätte nicht gedacht, dass er so auf Zack war, aber es war in jedem Fall eine fantastische Idee. Leider jedoch sollte es viele Wochen und Stürme dauern, bis Arrow diesbezüglich zum Zuge kam.

Als Lizzy wütend die Wäsche von der Leine zupfte, bemerkte sie die alte Frau nicht, die ihr vom Wegesrand dabei zuschaute.

Immer und immer wieder fluchte sie über das fürchterliche Weib, dass es nie gut mit ihr zu meinen schien.

Doch als die Alte sie ansprach, fuhr sie wie vom Blitz getroffen herum.

„Verzeihen sie bitte“, sagte die Frau, während sie gleichzeitig auf einem Krückstock gestützt näher kam. „Ich konnte nicht umhin, ihre Worte zu hören. Von wem war die Rede?“

Lizzy hatte sich noch nicht ganz von dem Schock erholt. Die Hand gegen ihr Herz gepresst, während sie heftig atmete, betrachtete sie die Frau. Ganz in Schwarz war sie gehüllt und das dunkle Kopftuch gab einige ihrer weißen Haare preis. Tiefe Falten hatten die Alte geprägt, und obwohl jeder ihrer langsamen Schritte viel Anstrengung zu kosten schien, hatte sie etwas sehr Junges an sich, etwas Anmutiges, das voller Güte strahlte.

„Na von diesem verfluchten Weib!“, stieß sie voller Zorn aus und deutete dabei in Richtung Wald.

Die Alte schaute sie fragend an.

„Na das Weib, das in den Wäldern lebt!“, erwiderte Lizzy verständnislos die Blicke.

Die Alte zuckte mit den Schultern.

„Aber sie müssen doch von ihr gehört haben! Jeder spricht über sie. Seit Monaten stiftet sie überall Unfrieden.“

Die Miene der Alten erhellte sich. „Oh, ich vergaß zu erwähnen, dass ich neu in der Gegend bin – vor wenigen Tagen erst hergezogen. Bisher weiß ich so gut wie gar nichts über dieses schöne Fleckchen Erde. Mein Ehemann, Bernard – Gott habe ihn selig –, erzählte mir einst von diesem Teil Englands. Als er noch jung war, reiste er mit seinen Eltern hier durch. Immer schon sprach er davon, einmal hierher zurückzukehren, doch die Gelegenheit hat sich nie geboten. Da er es jetzt nicht mehr kann, habe ich beschlossen, es an seiner Stelle zu tun und muss sagen, dass meine Erwartungen bei weitem übertroffen wurden. Sie haben es in der Tat ausgesprochen schön hier. Doch von einer Frau, die in den Wäldern lebt, hat er nie ein Wort erwähnt.“

Der Zorn fiel von Lizzy ab. Es war ihr sichtlich peinlich, die Alte so angefahren zu haben.

„Oh, es tut mir leid. Damit hatte ich nicht gerechnet. Ich war nur so wütend. Wissen sie, es ist schon das dritte Mal in diesem Monat, dass sie mir die Wäsche ruiniert. Früher hat sie sich eher zurückgehalten und war darauf bedacht, unbemerkt zu bleiben, doch es wurde immer schlimmer mit der Zeit.“

„Dann ist sie gewalttätig?“

Lizzy überlegte. „Nun, ich denke schon ... Daran gibt es keinen Zweifel.“

„Und was führt sie zu dieser Annahme?“

„Sie ist unheimlich. Wenn unsere Kinder auf den Wiesen spielen, dann beobachtet sie sie von den Bäumen aus und sie weiß Dinge über die Leute hier, die niemand wissen kann. Oft führt sie Selbstgespräche und tanzt im Mondlicht durch den Wald. Manchmal sitzt sie nur so da und beachtet einen nicht, bevor sie hinter sich blickt und in schallendes Gelächter ausbricht. Einige Wanderer haben berichtet, dass sie hilfsbereit sei und im Gegenzug nichts verlange, doch wenn man ihr Vertrauen missbraucht oder versucht, sie hinters Licht zu führen, rächt sie sich schrecklich. Es gibt Leute, die aus diesen Wäldern nicht mehr zurückgekehrt sind."

„Haben sie sie schon einmal gesehen?", fragte die Alte neugierig.

„Aber ja. Anfangs ließ sie kaum von mir ab. Die Kinder spielten täglich auf den Wiesen am Waldrand. Als sie auftauchte, stellte sie ihnen viele Fragen über mich. Den Dorfbewohnern machte das Angst. Sie stießen mich aus und so verbot ich den Kindern, das Dorf zu verlassen, doch sie hörten nicht auf mich. Als ich dahinter kam, eilte ich hin, um sie zu holen, und da sah ich sie."

„Wie hat sie ausgesehen?" Mit jeder Frage weiteten die Augen der Alten sich mehr und mehr.

Teilnahmslos zuckte Lizzy mit den Schultern. „Hübsch war sie natürlich. Wunderschön. Aber das ist doch bei vielen Naturgeistern so."

„Sie denken, dass sie eine Elfe ist?"

„Ob sie eine Elfe ist oder nicht – von dieser Welt kann sie nicht sein. Im Winter friert sie nicht und läuft mit ihren dünnen Kleidern und barfuß umher. Ein dunkler Schatten folgt ihr zu jeder Zeit und es gibt Tage, da ihr Wimmern über das ganze Land ertönt. Tritt man vor die Tür, könnte man meinen, sie stünde direkt neben einem, obwohl es unmöglich ist, denn den Wald hat sie nie verlassen. Man erzählt sich, dass sie in dieser Gestalt an ihn gebunden ist und dort darauf wartet, eine Schuld zu begleichen."

„Und wie heißt das Mädchen?", fragte die Alte gebannt.

„Ihren wirklichen Namen hat sie nie genannt, doch wir nennen sie die Sturmhexe."

Die Alte begann zu zittern. „Wie ist sie zu diesem Namen gekommen?"

Lizzy hielt ein versandetes Wäschestück hoch. „Dadurch hat sie ihn bekommen. Seit sie hier ist, sind alle Bauernregeln nichtig. Wann immer man meinen könnte, es gäbe eine sternenklare Nacht, ertönt ihr Wimmern aus dem Wald, und bald darauf bricht ein Sturm los."

Die Alte taumelte zurück. Hätte Lizzy sie nicht aufgefangen, wäre sie gestürzt.

„Ist alles in Ordnung mit ihnen? Kann ich etwas für sie tun?“

Benommen deutete die Alte auf den Brunnen hinter Lizzy. „Ein Becher Wasser wäre gut. Ich versäume viel zu oft, genug zu trinken.“

Eilig ging Lizzy los und holte, wonach die Frau verlangte, doch als sie sich umdrehte, war sie verschwunden.

Eine Weile rief sie nach ihr und suchte hinter dem Haus und jedem Baum, doch nicht einmal Fußspuren waren in dem angetaut matschigen Boden zu finden.

Als sie später den Dorfbewohnern von der Frau erzählte, konnte ihr niemand einen Hinweis geben, denn keiner hatte die Alte gesehen und neue Bewohner gab es in der ganzen Gegend nicht. Lizzy jedoch wurde von diesem Tag an wieder gemieden und das änderte sich Zeit ihres Lebens nimmer mehr.

Aufgewühlt zupfte Anne sich das dunkle Tuch von dem Kopf.

„Dieses Mal haben wir die Richtige gefunden“, sagte sie zu Dewayne, der am Wiesenrand auf sie wartete.

Behutsam packte der Elf sie am Arm. „Lass mich mit ihr sprechen. Auf meine Worte wird sie hören und außerdem bist du zu geschwächt für ein so emotionales Wiedersehen.“

Zu gerne hätte Anne ihm widersprochen, doch sie wusste, dass er Recht hatte.

„Wir hätten es wissen müssen“, sagte sie gesenkten Blickes. „Dann hätte die Suche bei weitem nicht so lange gedauert.“

Wie an jedem Tag saß Arrow auf ihrem Baum, von dem aus sie bis zum Dorf schauen konnte. Whisper lag auf dem Waldboden und genoss die ersten zarten Strahlen der Frühlingssonne.

„Wir haben dich vermisst“, hörte sie Dewaynes Stimme von der anderen Seite der Waldgrenze.

Dieser unerwartete Satz löste einen solchen Schrecken in Arrow aus, dass sie vom Baum fiel, sich jedoch glücklicherweise nicht ernsthaft verletzte.

„Dewayne!“, rief sie mit gemischten Gefühlen. Natürlich freute Arrow sich, ihren Bruder endlich wiederzusehen. Trotzdem hatte sie Angst vor dem, was er ihr zu sagen hatte. Sicherlich würde er ihr Vorwürfe machen, ihr die Schuld geben für alles, was geschehen war, und dafür, dass sie alle im Stich gelassen hatte. Dabei schnürten ihr ihre eigenen Schuldzuweisungen schon täglich aufs Neue die Luft ab.

„Wie geht es dir, Arrow?“ Dewayne sah besorgt, erleichtert und froh zugleich aus. Eigentlich hätte Arrow ihn gerne zur Begrüßung umarmt, doch wegen der Grenze konnte sie es ohnehin nicht tun.

Langsam richtete sie sich auf und ging, so weit es ihr möglich war, auf ihn zu.

„Danke, es geht mir ... Ehrlich gesagt weiß ich die Antwort auf diese Frage nicht.“ Sie musterte ihn verhalten, versuchte irgendwie seinen Blick zu deuten, doch Dewayne blieb regungslos.

„Du siehst gut aus“, sagte Dewayne mit einem gezwungenen Lächeln.

„Danke“, antwortete Arrow verlegen. Sogleich fing sie sich wieder und schaute ihn flehend an. „Dewayne, warum bist du hier hergekommen?“

„Bitte komm mit uns nach Hause, Arrow. Du fehlst an allen Ecken und Enden.“ Traurig verzog er sein Gesicht. Offenbar war er kurz davor, in Tränen auszubrechen, und seltsamerweise versuchte er nicht, sie zurückzuhalten.

„Das kann ich nicht“, antwortete Arrow schluchzend. „Ich gehöre dort nicht hin.“

„Aber an diesen Ort gehörst du genauso wenig und du fehlst mir. Du fehlst uns allen. Bitte Arrow – ohne dich stehe ich das nicht durch. Ich habe an diesem Tag meine ganze Familie verloren – erst Melchior und dann dich.“

Arrow fühlte die Tränen über ihre Wangen strömen. Sie versuchte, sie wegzuwischen, doch es kamen ständig neue.

„Aber ich habe etwas Furchtbares getan, Dewayne. Ich verdiene die Einsamkeit. Ich verdiene die Heimatlosigkeit und den Hass all dieser Menschen hier.“

Dewayne löste sich vor Arrows Augen in Luft auf.

„Was geschehen ist, ist nicht deine Schuld, Arrow“, hörte sie die Stimme des Elfen hinter sich. Hastig drehte sie sich zu ihm um und tatsächlich stand er vor ihr – mitten im Wald.

„Melchior hat seinen Weg gewählt, lange bevor du ins Spiel gekommen bist. Du hättest ihn nicht aufhalten können. Und schließlich bin ich auch noch da und ich brauche dich mehr denn je."

Arrow fiel Dewayne in die Arme. Gemeinsam weinten sie kräftig um die Wette und versuchten immer wieder die Tränen des anderen zu trocknen.

Es fühlte sich ein bisschen an, wie nach Hause zu kommen. Ein Zuhause war da, wo geliebte Menschen auf einen warteten, sich mit einem freuten und einen in die Arme nahmen, um mit ihm zu weinen. Jetzt verstand Arrow die Bedeutung dieses Wortes.

„Du weißt, was damals im Holunderwald geschehen ist?", fragte Arrow ängstlich.

Dewayne nickte. „Und obwohl ich es lange nicht hatte wahrhaben wollen, so weiß ich heute, dass ich es tief in meinem Herzen immer gewusst habe. Es war nie Melchiors Ziel, die Sache zu Ende zu bringen. Er hatte schon zu viel erleiden müssen. All der Schmerz und der Kummer haben seine Hoffnung verdrängt und auch seinen Mut zu leben. Trotzdem fühlte er sich schuldig und wollte etwas hinterlassen – ein Erbe. Jemanden, der es an seiner Stelle für ihn tut. Aber ganz egal, was du jetzt von ihm denken magst – er hat dich immer geliebt, Arrow. Für ihn warst du das größte Glück auf dieser Welt."

Arrow schaute Dewayne tief in die Augen. „Dich hat er genauso geliebt, mein spitzohriges Brüderchen. Daran gab es nie einen Zweifel."

„Ich weiß. Und genau deshalb ist es jetzt wichtig, dass wir zusammenhalten."

Nachdenklich ließ Arrow von ihrem Bruder ab.

„Dewayne … Die Prophezeiung – sie hat sich nicht erfüllt. Ich konnte nichts für mein Volk tun."

„Ja, aber nur, weil es noch nicht zu Ende ist."

„Das mag sein, aber es gibt schon jetzt Abweichungen in der Prophezeiung."

„Wie meinst du das?" Dewayne musterte sie fragend.

„Die Prophezeiung besagt doch, dass mir ganze Völker auf meinem Weg hätten folgen sollen. Letzten Endes aber war ich doch allein. Noch nie zuvor habe ich mich so verlassen gefühlt."

„Und dabei habe ich dir noch gesagt, dass ich immer bei dir bin – auch wenn du es nicht siehst!“, wetterte Anne auf einem entwurzelten Baumstamm sitzend. Sie wollte gerne wütend aussehen, doch diesmal gelang ihr das nicht. Stattdessen spiegelte sich auch in ihren Augen Hoffnung, Sorgen und Freude wider.

Arrow warf Dewayne einen fragenden Blick zu, der ihr von dem Elfen mit einem Lächeln bestätigt wurde – ein Zeichen, dass sie auch Anne nicht zu fürchten haben brauchte.

Bis über beide Wangen strahlend lief sie der alten Frau entgegen und fiel ihr in die Arme.

„Du dummes Ding“, schimpfte Anne liebevoll. „Ich konnte noch nie etwas dafür, dass ich die Einzige meiner Art bin. Außerdem ist mir nicht entgangen, dass du die Sylphen sehnsüchtig beobachtet hast. Und überhaupt sollte dir vielleicht mal jemand erklären, was Eiselfen und Wasserspeier sind!“

Arrow runzelte die Stirn. „Aber Anne, was redest du da nur?“

„Die Sylphen“, entgegnete Anne schroff. „Du hast sie doch gesehen und sie für im Tau funkelndes Wiesengras gehalten.“

Plötzlich fiel es Arrow wieder ein – die glitzernde Wiese auf dem Weg zum Holunderwald. Arrow hatte sich umgesehen und eine erblickt, wo sie doch sicher war, dort nur an ausgetrockneter Wüste vorbei gekommen zu sein.

„Ah, ich sehe schon – es fällt dir wieder ein. Dann erinnerst du dich auch an die gewaltigen Eisblöcke! Eiselfen schmiegen sich zusammen, wenn es irgendwo zu warm für sie ist. Damit konservieren sie die Kälte. Und Wasserspeier oder auch Gargoyles sind keinesfalls einfach nur leblose Steinstatuen. Sie haben ihre Augen und Ohren überall!“

Plötzlich fiel Arrow alles wieder ein. So wie Anne es jetzt sagte, machte das sogar einen Sinn. Ein Funken der Freude flammte in ihr auf, doch genauso schnell erlosch er auch wieder. „Das alles ändert nichts an der Sache. Melchior und Keylam sind trotzdem tot. Ich konnte einfach nichts für sie tun.“

„Ach, Arrow!“, wetterte Dewayne. „Erkennst du denn nicht auch die guten Seiten? Wir haben auf unserer Reise so viel erreicht. Endlich wissen wir, wohin die Nyriden verbannt wurden. Jetzt endlich können wir über den Weg ihrer Befreiung nachdenken. Und bei allem, was verloren gegangen ist, musst du doch auch an das denken, was du neu gewonnen hast! Die Zwerge haben Tag und Nacht nach dir gesucht und dann sind da noch Neve und Roga. Sie vermissen dich – genauso wie Sally und Harold."

Arrow verzog das Gesicht. „Bis du Harold erwähnt hast, hätte ich dir das glatt abgenommen."

„Ja aber Arrow, denkst du denn nicht auch an uns – an Anne und mich? Du musst diese Sache nicht allein durchstehen!"

Diese Worte klangen aufrichtig. Nie hätte Arrow es gewagt zu vermuten, dass ihr Fehlen jemanden ebenso traurig stimmen könnte, wie es einst sie traurig gestimmt hatte, als ihr Vater verschwand. Und ganz plötzlich wurde ihr klar, dass sie ein Teil dieses Kreislaufs war – sie brauchte nicht nur, sondern sie wurde auch gebraucht. Eine aufbauendere Erkenntnis hätte es für sie nicht geben können.

Glücklich schaute sie Anne in die Augen, doch dann verblasste ihr Lächeln wieder. „Hattest du vorhin gesagt, du wärst die Einzige deiner Art?"

Anne nickte ganz selbstverständlich.

„Und was genau bist du?"

„Allgemein", warf Dewayne ein, „ist sie besser bekannt als Mutter Natur."

Arrow fehlten die Worte. Die Mutter aller Mütter – praktisch die Königin der Könige – sollte ihr Kindermädchen sein. Dabei hatte Arrow immer nur eine liebe Omi in ihr gesehen … – und sie auch so behandelt.

„Also was sagst du nun?", fragte Anne, Arrows weiche Knie nicht beachtend. „Wirst du mit uns zusammen nach Hause kommen?"

Arrow nickte erleichtert. „Aber vorher habe ich noch etwas zu erledigen."

Adam

Wie einen Schwerverbrecher prügelten die Dorfbewohner Adam zum Wald, und als würde der Ärmste nicht schon genug leiden, stachelte Dewayne, der sich als Mensch unter die aufgebrachte Masse geschmuggelt hatte, die Leute nur noch mehr an.

„Hier hast du, Hexe, wonach du verlangt hast!“, schrie der Elf und kassierte dafür einen überaus undankbaren Blick von Arrow.

Mit einem Stoß landete Adam vor Arrows Füßen. Mitleidig schaute sie auf ihn hinab. Zweifellos hatten die letzten Jahre ihre Spuren an ihm hinterlassen.

Er wirkte äußerst verwahrlost und müde. Sein Körper sah dürr und kraftlos aus und seine Kleidung hatte mit Sicherheit die besten Tage weit hinter sich gelassen.

Grob packte Arrow den schwachen Mann und zerrte ihn in den Wald. Da sie nicht wusste, ob die Dorfbewohner ihr folgen würden, wünschte sie sich, ungesehen zu bleiben, und schon bald darauf zog dichter Nebel über das ganze Land.

Adam wimmerte und zitterte vor Angst. Er wirkte, als wäre sein letztes Stündlein gekommen, und trotz all dem Leid, das er hatte ertragen müssen, wehrte er sich mit Händen und Füßen gegen noch mehr Leid. Auch wenn es anders aussah – Adam hatte noch nicht aufgegeben.

Arrow brachte ihn in ihre Höhle. Whisper platzierte sich vor dem Eingang.

Sie füllte zwei Schalen mit heiß dampfender Suppe und reichte Adam eine davon. Verlegen nahm er die Schale an, kostete die Speisen jedoch nicht.

Auf der Suche nach den richtigen Worten, schaute Arrow sich um.

„Wie geht es dir, Adam?“ Blöde Frage. Natürlich ging es ihm nicht gut. Das war mehr als offensichtlich. Wenn das Ganze schon so startete, würde dieses Gespräch ja lustig werden.

„Es geht mit gut, Ma 'am“, stotterte Adam ängstlich.

„Oh Adam.“ Arrow rollte mit den Augen. Dann stellte sie ihre Schale weg und kniete sich neben ihm auf den Boden. Völlig starr vor Schreck schaute Adam sie mit geweiteten Augen an.

„Bitte nenn mich nicht Ma 'am. Ich weiß, dass du dich nicht mehr an mich erinnern kannst, aber wir waren einmal gute Freunde. Mein Name ist Arrow."

Verwirrt von ihren Worten wich Adam so weit es ging zurück. „Wie Sie wünschen", antwortete er.

„Nein, Adam – es heißt 'wie du wünschst'. Ich weiß, dass es dir schwer fällt, mir das jetzt zu glauben, aber ich habe dich mit guten Absichten herbringen lassen. Du sollst wissen, dass ich dir unter keinen Umständen etwas antun werde. Ich möchte mich nur ein wenig mit dir ... unterhalten."

Erwartungsvoll schaute Adam sie an, schwieg jedoch weiterhin.

„Ich hatte ... vor einiger Zeit das Vergnügen, deine kleine Nichte, Hellen, kennen zu lernen. Sie ist ein nettes Mädchen."

Adam lächelte. „Ja, das ist sie."

„Sie hat mir etwas erzählt, das mir große Sorgen bereitet hat. Sie sagte, keiner möchte mehr etwas mit dir zu tun haben."

Adam starrte Arrow an, dann verzog er das Gesicht und begann bitterlich zu weinen.

„Haben sie mich deshalb zu dir gebracht?", schluchzte er hilflos. „Sie wollen, dass du mich gesund machst, richtig? Aber ich wollte das alles nicht."

Arrow verstand nicht, was Adam ihr hatte sagen wollen. Fürsorglich nahm sie ihn in die Arme und versuchte ihn zu beruhigen.

Als er sich ausgeweint hatte, sprach Arrow ihn wieder an. „Was meinst du mit gesund machen? Niemand hat erwähnt, dass du krank bist."

Verstört stand Adam auf. „Sie hassen mich, weil ich mich zu Männern hingezogen fühle!"

Erschrocken zuckte Arrow zusammen. „Davon hat keiner etwas gesagt", murmelte sie zu sich selbst.

„Ach nein?", fuhr Adam sie an. „Ist denn so etwas erwähnenswert? Reicht es nicht, dass das unnormal ist? Ich hasse mich ja selbst dafür!"

„Aber da, wo ich herkomme, ist das nicht unnormal. Es ist dort sogar so uninteressant, dass man es fast nicht bemerkt. Niemand muss sich verstecken oder Angst haben."

„Nun, dann wünschte ich, dieser Ort hier wäre genauso!" Kaum, dass Adam das ausgesprochen hatte, hörte er plötzlich auf zu weinen und schaute sie hoffnungsvoll an. „Kannst du das machen? Kannst du die Leute hier verzaubern, so dass alle denken wie du?“

Arrow senkte ihren Blick. „Nun, Adam, ich denke nicht, dass das in meiner Macht steht, und selbst wenn es so wäre, weißt du genau, dass es falsch wäre. Toleranz ist nichts, das sich erzwingen lässt. Sie sollte nur entstehen aus dem Wunsch nach Wissen und danach, etwas verstehen zu wollen.“

Wieder verzog Adam das Gesicht und begann zu weinen. „Kannst du dann bitte mich anders machen? So normal wie all die anderen auch?“

„Was verstehst du denn unter normal? So wie ich sehe, hast du zwei Arme, zwei Beine und einen Kopf. Für mich siehst du ganz normal aus.“

„Aber ich will so sein wie alle. Ich will akzeptiert und geliebt werden!“

Arrow erhob sich von ihrem Platz und nahm tröstend Adams Hand.

„Auch daran kann ich nicht erkennen, dass du unnormal sein sollst, denn den Wunsch, geliebt und akzeptiert zu werden, verspürt jedes Wesen – egal ob Mensch oder nicht.“

„Dann ist es also besser, wenn ich tot wäre?“

Adams Verzweiflung versetzte Arrow einen tiefen Schlag mitten in ihr Herz. Niemals würde sie verstehen können, was jemanden dazu bewegt, sein Leben einfach beenden zu wollen, ohne darüber nachzudenken, dass man das ganze Leid und den ganzen Schmerz, der einen dazu getrieben hat, einfach an diejenigen weitergibt, die einem am nächsten stehen. Verlockend ist natürlich die Vorstellung, das alles mit dem Selbstmord hinter sich zu lassen, doch auch so tückisch.

Arrow packte Adam fest an beide Schultern und schaute ihm entschlossen in die Augen.

„Hör mir zu“, sagte sie. „Ich weiß, dass du nicht den geringsten Grund hast, mir zu glauben. Ich erzähle dir, dass wir einst die besten Freunde waren, und du erinnerst dich nicht daran – da könnte natürlich jeder kommen. Ich allerdings glaube an meine Worte, denn ich weiß, dass sie wahr sind. Ich weiß auch, wie weh es tut, das Liebste im Leben zu verlieren, und vor allem weiß ich, dass ich dich genug liebe, dass es mich kaputt machen würde, wenn du tot wärest. Also rede in meiner Gegenwart bitte nie wieder darüber!“ Bedrohlich hob Arrow den Zeigefinger und fügte hinzu: „Denke noch nicht einmal daran!“

Verblüfft von Arrows Ansprache hörte Adam auf zu weinen. Offenbar hatte er in der Zwischenzeit seine Angst vor ihr verloren. „Welche Möglichkeit gibt es sonst noch?“, fragte er hoffnungsvoll.

„Lass mich überlegen.“ Nachdenklich wanderte Arrow im Kreis herum. „Tatsache ist, dass ich heute Nacht von hier verschwinden werde.“

„Wohin willst du?“, fragte Adam enttäuscht.

„Ich muss wieder nach Hause zurück – in … mein Reich. Dort habe ich Familie und Freunde. Sie warten auf mich. Wie dem auch sei – es gäbe da eine Möglichkeit.“

Erwartungsvoll schaute Adam Arrow an, die noch immer in Gedanken versunken im Kreis wandelte.

„Die Leute hier haben doch Angst vor mir. Wenn ich heute Nacht verschwinde, könntest du ihnen heldenhaft erzählen, dass du mich vertrieben hast – dann hättest du schon einmal Punkte gesammelt. Wenn du dann noch einen Schritt weiter gehen möchtest, kannst du ihnen sagen, dass ich dich als Baby verhext habe oder so etwas in der Art. So könntest du den Dorfbewohnern jedenfalls weismachen, dass du … geheilt bist. Die Frage ist allerdings, ob du mit dieser Lüge leben könntest …“

„Aber vielleicht werde ich wirklich irgendwann geheilt“, warf Adam ein und kassierte dafür einen verständnislosen Blick von Arrow.

„Erzähl keinen Schwachsinn, Adam – DU BIST NICHT KRANK! Natürlich bleibt auch dann noch zu überlegen, wie wir Lizzy dazu bringen können, dir wieder zu verzeihen …“

„Es gibt nichts, das Lizzy mir verzeihen müsste!“, verteidigte Adam sich barsch.

Arrow musterte ihn fragend. „Sie erzählte, dass du ihren Ehemann umgarnt hast.“

„Natürlich erzählt sie das“, erwiderte er abwertend, „weil er sich die Geschichte so hübsch ausgemalt hat!

Nie im Leben würde ich auf die Idee kommen, meiner eigenen Schwester ihr Glück abspenstig zu machen. Wenn du mich wirklich kennst, müsstest du das wissen!“

Stirnrunzelnd versuchte Arrow, die Puzzleteile zusammenzufügen. „Und warum sollte er so etwas tun?“

„Weil er genauso anders ist,wie ich und ich ihn abgewiesen habe! Offensichtlich fällt es nicht jedem so schwer, mit so einer ... Lüge zu leben.“

Adam klang verbittert. Das Schlimmste, was man einem Menschen antun konnte, war sein ohnehin schwieriges Leben mit unbarmherzigen Lügen noch schwieriger zu machen. Vor allem für Adam musste es die Hölle gewesen sein. Er war immer so sensibel, aber auch hilfsbereit und freundlich. Es musste ihm wirklich einen furchtbaren Schlag versetzt haben.

„Lizzy“, stammelte Adam, „Lizzy weiß, dass sie ihn nicht glücklich machen kann, aber sie verschließt ihre Augen vor dem wahren Grund. Und irgendwo muss immer ein Verantwortlicher her – ein Dämon, den man bekämpfen kann. Jedenfalls kam ich ihm gerade recht, damit er sich wieder ins bessere Licht rücken konnte.“

„Dann bist du also ihre Frau Perchta“, murmelte Arrow verständnislos.

„Was?“, fragte Adam verwirrt.

Arrow lächelte ihn an. „Ach nichts. Das ist nur ... ein Teil aus meiner Geschichte.“

Ganz entspannt nahm Adam wieder Platz und griff nach der Suppenschale.

„Na dann – ich habe heute nichts weiter vor. Und was gibt es Spannenderes als eine Geschichte?“

Arrow zögerte, hielt es dann aber für eine gute Idee. Und so setzte sie sich wieder zu Adam und erzählte ihm möglichst genau von den Ereignissen der letzten Jahre. Angefangen bei dem wunderschönen letzten Weihnachtsfest mit ihm, Lizzy, Linda und Robert, über den schweren Verlust ihres Vaters und dem Mann, den sie liebte, bist hin zu dem Punkt als sie Adam in die Höhle geschliffen hatte.

Adam lachte auf und schüttelte gleichzeitig den Kopf. „Jetzt wird mir so einiges klar.“

Arrow runzelte die Stirn.

„Linda und Robert sind inzwischen miteinander verheiratet“, erklärte Adam.

Arrow war überrascht. Von dieser Nachricht fühlte sie sich so überrumpelt, dass sie ihren Mund gar nicht wieder zukriegen konnte. „Sind sie glücklich?“, fragte Arrow hoffnungsvoll.

Adam nickte. „Sie sind sehr glücklich. Aber jetzt verstehe ich endlich, warum Robert immer zu Linda sagt, dass er sie schon geliebt hat, als sie noch in Beinkleidern über die Wiesen gelaufen ist. Dabei hat sie immer bestritten, so etwas je getragen zu haben, und auch sonst kann sich niemand daran erinnern, sie jemals in Beinkleidern gesehen zu haben.“

Arrow schaute völlig perplex. Dann war also doch eine Erinnerung an sie zurückgeblieben. Aber viel seltsamer war, dass diese Aussage nichts anderes heißen konnte, als dass Robert einst in sie verliebt gewesen war. Wie konnte das nur geschehen? Er hatte doch immer versucht, sie in allem zu übertrumpfen. Stets hatte er sich mit ihr messen wollen. Nicht selten hatte Arrow deswegen schon Angst gehabt, dass er die Freundschaft zu ihr aus diesen Gründen irgendwann beenden würde.

„Aber deine Geschichte ist wirklich ... der Wahnsinn“, fuhr Adam erstaunt fort. „Das ist eine ganze Menge an Abenteuern. Und jetzt bist du hier, weil ... du dir Sorgen um mich machst? Solltest du nicht erst einmal deine eigenen Erlebnisse verarbeiten?“

Arrow seufzte. „Ich denke, dass ich das auf diesem Weg tue. Weißt du Adam, es ist nicht mein Ziel, die schmerzlichen Erinnerungen meines Lebens zu verdrängen, aber ich denke, ich brauche etwas, das mich am Leben hält. Und was könnte das wohl besser tun als das Gefühl, gebraucht zu werden? Mit Taten etwas Gutes bewirken zu können?“

„Ich verstehe dich“, antwortete Adam mit einem Grinsen. „Dann tue ich dir also einen Gefallen, wenn ich glücklich bin?“

Arrow erwiderte sein Grinsen. „Das ist ganz schön raffiniert von dir, aber ja – so könnte man es beschreiben. Dabei zählt natürlich nur, dass einem der Mensch, dem man hilft, auch am Herzen liegt.“

„Natürlich“, stimmte Adam ihr schmunzelnd zu.

„Arrow?“ Dewayne schaute zögerlich zum Höhleneingang hinein. „Es wird Zeit. Das Tor öffnet sich nur für einen kurzen Moment.“

Adam sprang von seinem Platz auf und wurde ganz bleich. „Sie haben uns gefunden! Wenn die Dorfbewohner unsere Unterhaltung mitangehört haben, werden sie denken, dass ich im Bunde mit dem Teufel stehe.“

Arrow versuchte, ihn zu beruhigen. „Mach dir keine Sorgen. Dewayne gehört zu mir. Er ist kein Mensch und schon lange kein Dorfbewohner. Niemand hat etwas mitbekommen. Wir können unsere Sache noch immer wie geplant durchziehen.“

Zitternd musterte er den Elfen, der lächelnd näher trat.

„Hallo, Adam“, begrüßte ihn Dewayne. „Schön, dich mal wieder zu sehen.“ Der Elf gab Adam einen Klaps auf den Hintern und Adam errötete.

„Arrow, wir müssen jetzt wirklich los.“

Sie nickte. „Ich komme sofort.“

„Ich habe es mir anders überlegt“, stammelte Adam, der die Augen nicht mehr von Dewayne nehmen konnte. „Ich will mit euch kommen.“

Arrow musterte ihn kritisch. „Bist du sicher?“

Noch immer starrte Adam Dewayne an. „Ganz sicher!“

„Aber Adam“, versuchte Arrow ihn zur Vernunft zu bringen, „wenn du hier weggehst, wirst du möglicherweise niemals hierher zurückkehren können. All deine Freunde und deine Familie wirst du nie wieder sehen.“

Leidend schaute er Arrow an. „Für meine Familie bin ich längst tot und mit euch beiden hätte ich in eurer Welt zwei Freunde mehr als hier.“ Erwartungsvoll heftete Adam wieder seinen Blick auf Dewayne. „Bitte – darf ich mit euch kommen.“

Sehr bemüht, ein Kichern zu unterdrücken, antwortete Arrow: „Du solltest aber schon wissen, dass der gute Dewayne bereits versprochen ist und heiraten wird.“

Enttäuscht schaute Adam sie an. „Gibt es andere wie ihn?“

„Bessere!“, erwiderte Arrow grinsend mit einem Klaps auf Adams Schulter.

„Hey!“, protestierte Dewayne.

„Dann komme ich mit“, warf Adam ein.

Als sie vor dem Tor standen, warf Arrow einen letzten Blick zurück. Dieses Mal schmerzte es nicht so sehr, ihr geliebtes Elm Tree verlassen zu müssen. Im Gegenteil – sie kehrte dem Dorf mit einem guten Gefühl den Rücken zu, wohl wissend, dass sie es zum letzten Mal aufgesucht hatte.

Socks war gekommen, um sie zu verabschieden. Dabei schenkte er Arrow noch einen einzelnen Schuh – als Ersatz, falls sie wieder mal einen zum Werfen brauchen sollte. Es war schade, dass er nicht mitkommen wollte. Kaum jemand hatte es je geschafft, einen solch liebenswerten Eindruck nach so kurzer Zeit bei Arrow zu hinterlassen.

Als sie gingen, nahm sie Adams Hand. Er wirkte sehr aufgeregt und irgendwie erleichtert. Im Gegenteil zu Arrow sah er nicht zurück, sondern freute sich über eine neue Zukunft.

Dass Lizzy noch viele Jahre die ganze Gegend nach ihm absuchen sollte, würde Adam nie erfahren. Nie wäre es ihr in den Sinn gekommen, ihren Bruder je so schmerzlich vermissen zu können.

Kurz nach seinem Verschwinden ging ihr gesamtes Leben den Bach hinunter. Lizzys Ehemann verließ bald darauf sie und die Kinder. Die liebe Hellen pflegte ihre später bettlägerige Mutter bis zu deren Tode. Hellen selbst sollte das Glück finden, welches Lizzy bis zum Schluss nie vergönnt gewesen war.

Altes Leben – Neues Glück

Dass Arrows Rückkehr so viel Aufsehen erregen würde, hätte sie bis zuletzt nicht geglaubt. Im Elfenreich hatten sich die Zwerge versammelt und sogar Anne, Sally und Harold waren gekommen.

Neve fiel Arrow so herzlich um den Hals, als hätte sie eine verloren geglaubte Schwester zurückgewonnen.

Sogar Adam wurde überaus herzlich begrüßt. Es verwirrte ihn, so viel positive Aufmerksamkeit auf sich zu ziehen, und so wich er Arrow in den ersten Tagen kaum von der Seite. Doch sehr bald schon schloss er eigene Freundschaften. Er wirkte glücklich. Und auch Arrow freute es, ihn so zu sehen.

Immer wieder in den ersten Tagen kam das Thema Hochzeit zur Sprache. Allerdings ging es dabei nicht nur um Dewayne und Neve, sondern wie so oft auch um Arrow.

Jedes Mal betonte Dewayne, dass er Neve erst heiraten würde, wenn auch Arrow ihr Glück gefunden hätte. Dass er dabei so hartnäckig blieb, trieb Arrow beinahe an den Rand der Verzweiflung.

„Wer weiß? Möglicherweise werde ich mich nie wieder verlieben können."

„Ach Arrow!", entgegnete Dewayne. „Du stehst gerade am Anfang deines jungen Lebens, da kannst du das noch gar nicht wissen."

„So viel älter als ich bist du auch nicht und du weißt jetzt schon ganz genau, dass Neve die Einzige für dich ist. Genauso geht es mir. Ich liebe Keylam und das werde ich immer tun. Jemand anderen heirate ich nicht!"

Dem hatte Dewayne nichts hinzuzufügen, bis auf: „Dann heirate ich auch nicht!"

Immer öfter klagte Arrow Adam ihr Leid. Sie konnte sich einfach nicht erklären, warum Dewayne sie nicht verstehen konnte.

Hilflos dachte Adam über eine Lösung nach. „Und wenn du einfach irgendwen heiratest? Dann wärst du aus dem Schneider."

„Und wer kommt dir dabei in den Sinn?", fragte Arrow stirnrunzelnd.

„Keine Ahnung. Am besten wäre wohl jemand, dem du genauso egal bist, wie er dir." Adam nahm einen tiefen Atemzug. „Tut mir leid Arrow. Ich wünschte ich könnte dir helfen."

Ganz plötzlich erhellte sich Arrows Miene. „Das ist es!", rief sie und kniete sich vor Adam hin. „Willst du mich heiraten, Adam Gironimo Smith?"

Verwirrt zog er seine Augenbrauen nach oben. „Du weißt aber schon, dass mich nicht einmal eine so scharfe Braut wie du reizen kann?"

„Wer sonst wäre mir ferner?", erwiderte Arrow grinsend. „Ich entbinde dich auch von allen Pflichten. Du musst mich nur heiraten und wenigstens einmal mit mir tanzen. Danach kann jeder wieder das tun, was ihm gefällt ... und vor allem mit wem es ihm gefällt."

„Und wenn sich doch mal einer von uns ernsthaft verliebt? Meinst du, dass wir dieses Ehe-Ding zwischen uns beiden dann umgehen können?" Adam schien das Thema ziemlich ernst zu nehmen.

„Hey", sagte Arrow begeistert, „dies ist das Land der Drachen, Einhörner und ständig feiernden Zwerge – hier ist alles möglich!"

Und so willigte Adam mit einem etwas unguten Gefühl ein.

Dewayne war gar nicht begeistert von der Idee. „Aber du liebst ihn doch gar nicht – und selbst wenn doch, wird er dich nie lieben können!"

„Na und?", entgegnete Arrow herrisch. „Liebe oder Nicht-Liebe hätte dich ja auch nicht davon abgehalten, mich zu heiraten und wenn ich mich recht erinnere ging es nur darum, dass ich glücklich heirate. So verkünde ich dir nun mit Stolz – einen besseren Ehemann gibt es für mich nicht!"

Bei der Planung der Trauungszeremonie und der anschließenden Feierlichkeiten ging Arrow allerdings keine Kompromisse ein und so wählte sie den Sumpf der Erinnerungen als Ort der Eheschließung.

Viele Fragen rangen sich darum, weshalb es ausgerechnet ein so trostloses Fleckchen sein musste, doch die Antwort kannten nur Arrow und Anne. Niemand sonst wusste, wie viel Magie in diesem Sumpf steckte und wie viel Persönliches von einem jeden der Anwesenden.

Nirgendwo sonst auf der ganzen Welt würde sie ihrem Vater bei einem solch entscheidenden Ereignis noch einmal so nahe sein können. Die Erinnerungen an ihn und auch seine Erinnerungen waren dort allgegenwärtig und das machte ihn zu einem Teil der Hochzeitsgesellschaft. Zu keinem anderen Zeitpunkt in ihrem Leben hatte sie ihn je so gebraucht.

Und auch Keylam wollte sie nicht missen müssen. Arrow wusste, dass er ihr von irgendwo aus zusehen würde. Sein Erinnerungs-Selbst sollte sehen, dass sie in den besten Händen war, aber er sollte auch sehen, dass er noch immer eine so große Rolle in ihrem Leben spielte, dass es für sie nicht infrage kam, jemals wieder eine ernsthafte Beziehung eingehen zu wollen. Das war ihr wichtig. Sie brauchte ihn jetzt – sie brauchte sie beide.

Ihr Herz klopfte so stark, dass Arrow fürchtete, es würde ihr vor Aufregung aus dem Hals springen.

Ein hübsches Kleid hatte Neve ihr für die Zeremonie ausgesucht. Kunstvoll wurde Arrows Haar gelockt und der Staub von Sternregen über sie verteilt. Anne hatte von irgendwo her eine Halskette mit den Perlen des Morgentaus hergezaubert. Ein kleiner Strauß Vergissmeinnicht in der Hand rundete das Bild ab.

Es gefiel Arrow wirklich, trotzdem fragte sie sich inzwischen immer wieder, ob es denn überhaupt eine Bedeutung hatte.

Zitternd betrat Arrow das Floß, welches sie vom Ufer des Sumpfes auf die kleine Insel in der Mitte geleiten sollte.

Die Sonne war bereits untergegangen. Arrow hatte darauf bestanden, in der Dunkelheit getraut zu werden. Andererseits hätte sie auf die Anwesenheit der Zwerge verzichten müssen und das wäre für sie gar nicht infrage gekommen.

Die Luft hatte sich bereits abgekühlt, trotzdem wurde Arrow ganz heiß. Regelmäßig zu atmen, machte ihr Probleme und so hatte sie große Mühe, sich zu konzentrieren.

Wie von Zauberhand stiegen ganz plötzlich Irrlichter aus dem Sumpf auf. Es war ein überwältigendes Farbenspiel und vor allem ein Moment, der jeden Betrachter tief bewegte.

Arrow hatte nicht gewusst, dass man die Lichter auch ohne die Betäubung des Irrgrases sehen konnte, und so genoss sie ganz gebannt das überraschende Schauspiel.

Als das Floß anlegte, wurde sie von der Hochzeitsgesellschaft bereits mit leuchtenden Augen erwartet. Ein Elfenchor sang mit lieblichen Stimmen ein Lied, das Arrow das Blut in den Adern gefrieren ließ.

Dewayne begleitete sie zu Anne, die die Trauung vollziehen sollte, und zu Adam, der sichtlich angespannt auf seine Braut wartete. So wie ihn die Elfen herausgeputzt hatten, gab er einen ganz umwerfenden Bräutigam ab. Er trug einen fein bestickten Gehrock und seine engelhaften braunen Locken fielen ihm leicht ins Gesicht und über die Schultern. Auch hatte Adam inzwischen etwas an Gewicht zugelegt, sodass er sehr gesund aussah.

„Du bist wunderschön", flüsterte er Arrow aufgeregt zu.

„Danke, gleichfalls", flüsterte sie zurück.

Kaum, dass alle sich in Position gebracht hatten und Anne mit der Rede beginnen konnte, zuckte Arrow zusammen.

Ganz fein spürte sie die Kälte von winzigen Schneeflocken auf ihren Armen. Beinahe hätte sie das hübsche Blumenbouquet vor Schreck fallen gelassen.

Verträumt öffnete sie ihre Hand und ließ den Schnee darauf hinunter rieseln.

„Er ist eben doch allgegenwärtig", flüsterte Arrow melancholisch.

Adam erkannte den Schmerz in ihren Augen und begann sich zu fragen, ob die ganze Hochzeit tatsächlich das Richtige für sie beide war.

Plötzlich schreckte die ganze Gesellschaft auf. Ein strahlend helles Leuchten tauchte hinter dem Inselhügel auf. Es sah aus, als würde die Sonne mitten in der Nacht dahinter aufgehen. Erschrocken duckten sich die Zwerge, doch ihnen geschah nichts.

Ein Schatten erschien in dem Licht und dann ging alles ganz schnell.

Ein Vogel stieg hinter dem Hügel auf. Sein Kreischen hallte über das ganze Land. Kraftvoll flog er über die Insel hinweg und machte dann wieder kehrt.

Der Schatten in dem Licht wurde immer größer. Er kam näher und näher, bis ganz plötzlich eine Person daraus hervortrat.

Mit geweiteten Augen sank Arrow auf die Knie. Eine Hand fest gegen ihren Mund gepresst, konnte sie nicht glauben, was sich gerade abspielte.

Auf einmal rückte alles um sie herum in den Hintergrund. Weder konnte sie Anne, noch Adam oder irgendjemanden sonst realisieren. Plötzlich gab es nur noch sie … und Keylam – den echten Keylam.

Heftig atmend ging er langsam auf Arrow zu, bis er schließlich vor ihr stand und ihr die Hand reichte.

Fassungslos ergriff sie seine Hand und in dem Moment, da sie fühlte, dass er es wirklich war, konnte sie ihre Tränen nicht länger zurückhalten.

Ganz sanft berührte Arrow Keylams Wange, über die Augenbrauen bis hin zu seinem Haar. Er sah gut aus – viel jünger, als sie ihn in Erinnerung hatte, aber vor allem wirkte er so … LEBENDIG.

Mit leuchtenden Augen schaute Keylam sie erwartungsvoll an.

„Wie ist das nur möglich?“, schluchzte Arrow ungläubig.

Keylam hob seinen Arm und bot dem gewaltigen Vogel damit einen Platz zum Landen.

Fragend schaute Arrow zwischen Keylam und dem Tier hin und her.

„Arrow“, setzte Keylam mit zitternder Stimme an, „weißt du, was ein Phoenix ist?“

Ganz gebannt betrachtete sie das stolze Tier und im gleichen Moment gingen ihr tausend Gedanken durch den Kopf.

Der Vogel war um einiges größer als ein Adler. Er besaß ein kohlenschwarzes Gefieder, wobei die Spitzen einer jeden Feder rot zuliefen. Ein derart farbig gefiedertes Tier hatte sie nie zuvor gesehen. Plötzlich schimmerte ein Glanz über seine Augen – in den Farben eines Regenbogens.

„Das kleine Küken, das mir der Minotaurus anvertraut hatte …“, flüsterte sie ungläubig. „Aber wie …“

Keylam nickte lächelnd. „Sein Name ist Urban. Die Jungtiere sind ausschließlich schwarz. Dies hier ist sein endgültiges Federkleid.“

Arrow strich ihm ganz sanft über den Kopf und Urban krächzte zufrieden. Dann stieg er gleich wieder in die Lüfte hinauf. Verträumt sah Arrow ihm nach.

„Ein Phoenix ist ein Feuervogel“, erklärte Keylam, „ er geht in Flammen auf, sobald sein Leben endet.“

Arrow schüttelte den Kopf. „Aber wie ist das möglich? Ich habe dich gesehen – im Holunderwald. Auf einmal warst du da und dann ganz plötzlich … tot … und ...“

Keylam nahm Arrows Hände und schaute glücklich in ihre leuchtend blau-grauen Augen.

„Manchmal in meinem Leben“, begann er zu erklären, „fechten die Mächte des Ur-Sommers und des Ur-Winters in meinem Körper einen Kampf auf Leben und Tod aus und jedes Mal verliere ich ihn aufs neue. Urban geht mit mir zusammen in Flammen auf. Für die qualvoll lange Dauer eines unendlich scheinenden Augenblicks finde ich mich in dem Sturm der Nyriden wieder. In dieser kurzen Zeit klagen sie mir das ganze Leid, das sie seit meinem letzten Besuch erfahren mussten, und immer dann, wenn es droht, mich zu zerreißen, stehen Urban und ich erneut aus unserer Asche auf, um den Kreislauf von vorne zu beginnen. Das“, sagte Keylam und strich Arrow eine gelockte Strähnen aus dem Gesicht, „ist mein Fluch – das Gewicht, das auf meinen Schultern lastet.“

„Aber warum hast du nie etwas gesagt?“, schluchzte Arrow und schaute dabei noch immer ungläubig in seine Augen.“

„Weil ich es nicht gewusst habe. Vielmehr wollte ich es nicht wahrhaben. Tief in meinem Inneren habe ich immer gefühlt, dass beide in mir wohnen, doch dann … bist du in mein Leben getreten. Und plötzlich passierte das, was so viele hundert Jahre nicht geschehen war. Arrow“, flüsterte er leidenschaftlich, „du hast den Sommer in mir zurückgebracht.“

Ohne eine weitere Frage abzuwarten, umfasste Keylam mit beiden Händen Arrows Nacken und küsste sie innig.

Die Menge begann zu toben und vom Himmel herab rauschten dicke Schneeflocken, die zwischen all den Irrlichtern wie Kristalle funkelten.

Einzig Adam wusste nicht wirklich, was gerade geschehen war.

„Wie es aussieht, findet die Hochzeit heute nicht statt“, murmelte ein hinter ihm stehender, schlanker Mann in sein Ohr.

Verwirrt drehte Adam sich zu ihm herum. „Offenbar nicht“, entgegnete er fragenden Blickes.

Der schlanke Mann lächelte ihn begeistert an. „Hallo“, sagte er. „Ich glaube, wir wurden einander noch nicht vorgestellt. Mein Name ist Harold.“

Der Kampf, den wir in unserem Innern gegen unser eigenes
Selbst ausfechten, ist der schwerste in unserem Leben.
Am Ende zählt doch nur die Entscheidung, die wir treffen,
und dass wir uns dabei nicht selbst verlieren.

Danksagung

Zuerst möchte ich der großartigen Anna D. danken, die in der Winterwelt-Trilogie den Namen Anne trägt, und die trotz unseres Altersunterschieds von guten siebzig Jahren tatsächlich immer die, in meinen Augen, schönste Frau der Welt gewesen war. Deine Liebe und Fürsorge werde ich auf ewig in meinem Herzen bewahren.

Meine liebe Tante Christine und mein lieber Onkel Ingo – Euch danke ich zutiefst, dass Ihr mich nach all der Zeit wieder so herzlich bei Euch empfangen habt. Bei Euch fühle ich mich ein bisschen wie zu Hause.

Weiterhin danke ich unseren wunderbaren Freunden Bea und André, Lydia, Yvi und Norman, Anne und Christian, Biggi und Niels, Jule und Sven sowie Katja. Ihr seid tolle Freunde, die ich um nichts auf der Welt wieder hergeben möchte.

Ein weiteres großes Dankeschön gilt Frau Henriette B.-S.

Bartlmä Bon – ein wahrer Riese unter Zwergen. Was könnte einen Menschen mehr inspirieren, als vor einer 2,60 m großen Rüstung zu stehen, die vor über vierhundert Jahren tatsächlich einmal ein Mensch getragen hat? Für diesen erstaunlichen Nachlass bin ich sehr dankbar.

Weiterhin danke ich meiner lieben Freundin Sophia und ihrer Cousine Franzi sowie allen anderen Testlesern von Winterwelt, ganz besonders Natalie von natalies-scrap.blogspot.com/, Lisa von schmetterlingsliteraturreise.jimdo.com/, Nanni von fantasie-und-traeumerei.blog.de/ und Dani von lovelybooks.de/ für die tolle Unterstützung.

Ein liebes Dankeschön an Aline und Carolin, die für mich sowohl Familie als auch wunderbare Freunde sind. Ebenso danke ich meinen großartigen Schwiegereltern von ganzem Herzen, dass sie mich auf eine so liebe Art und Weise bei sich aufgenommen haben.

Mein Schatz – das Beste kommt ja bekanntlich immer zum Schluss. Was soll ich sagen? Du hast es innerhalb weniger Jahre geschafft, mein ganzes Leben umzukrempeln. Wo vorher nur Schatten war, scheint die Sonne nun mittlerweile so hell, dass die beste Sonnenbrille nichts mehr bringt. Es ist, als hättest Du mich in einer kalten Winternacht aus meinem Bett geholt und mit mir zusammen das Tor zum Paradies durchschritten. Und das Schönste, was Du mir geschenkt hast, war Deine wunderbare, große Familie mit all Deinen hinreißenden Großeltern, Tanten, Onkeln, Cousinen, Cousins und wer sonst noch alles dazu gehört sowie Deine großartigen Freunde. Dir gilt mein größter Dank, denn ohne Dich hätte ich all diese Ideen vermutlich nie zu Papier bringen können.

3326192R00244

Printed in Germany
by Amazon Distribution
GmbH, Leipzig